ullstein

GRIT POPPE, geboren 1964 in Boltenhagen, studierte am Literaturinstitut in Leipzig und schreibt für Kinder, Jugendliche und Erwachsene Bücher. Ihr Jugendroman *Weggesperrt* wurde mehrfach ausgezeichnet, u. a. mit dem Gustav-Heinemann-Friedenspreis für Kinder- und Jugendbücher. Ihr Buch *Verraten* (Dressler Verlag) wurde für den Deutschen Jugendliteraturpreis nominiert und erhielt 2021 den Deutsch-Französischen Jugendliteraturpreis. Sie lebt in Potsdam.

GRIT POPPE

RABEN KINDER

Kriminalroman

DIE AKTE TORGAU

Ullstein

Besuchen Sie uns im Internet:

www.ullstein.de

Wir verpflichten uns zu Nachhaltigkeit

- Klimaneutrales Produkt
- Papiere aus nachhaltiger Waldwirtschaft und anderen kontrollierten Quellen
- ullstein.de/nachhaltigkeit

MIX
Papier
FSC FSC® C083411

Originalausgabe im Ullstein Taschenbuch

1. Auflage November 2022

Umschlaggestaltung: bürosüd° GmbH, München

Titelabbildung: Hintergrund Jugendwerkhof © Archiv Stiftung Sächsische Gedenkstätten/Dokumentations- und Informationszentrum (DIZ) Torgau; Auto © mauritius images / Zoonar GmbH / Alamy / Alamy Stock Photos; Personen © Arcangel Images / Rekha Garton

Gesetzt aus der Quadraat Pro powered by *pepyrus*

Druck und Bindearbeiten: CPI books GmbH, Leck

ISBN 978-3-548-06655-4

TEIL EINS

November 1989

1

Warum? Warum war er hier? In dieser Zelle? In diesem Loch?

Es war dunkel und kalt. Hinter den Milchglasscheiben des Fensters lag die rabenschwarze Nacht. Die Heizung war ausgestellt. Andreas krümmte sich auf der Holzpritsche zusammen und zog die dünne Decke notdürftig über seinen frierenden Körper. Eine Weile nagte er an seinem Fingerknöchel, der schon ganz wund war.

Er hatte nicht damit gerechnet, dass sie ihn in den Arrest brachten. Jetzt noch. War nicht alles vorbei? Seit drei Tagen hatten sie hier, im Geschlossenen Jugendwerkhof Torgau, fieberhaft damit begonnen, die Gitter von den Fenstern abzumontieren. Nur einige Zellen waren noch vergittert. Zum Beispiel diejenige, in der er jetzt war. Es roch wie immer hier. Als wäre nichts geschehen. Aus dem Eimer, der in der Ecke stand, kam dieser ekelerregende Dunst. Es stank nach Urin und Chlor. Er konnte sich immer noch nicht daran gewöhnen. Ihm wurde übel davon.

Natürlich hatten die Erzieher nichts erklärt. Sie erklärten nie etwas. Aber *da draußen* musste was passiert sein. Fast alle Jugendlichen waren schon weg – auf Transport gegangen, wohin auch immer. Nur er, Maik und Tanja steckten noch in diesem grauen Haus fest. Aber es konnte nicht mehr lange dauern, oder? Höchstwahrscheinlich morgen oder übermorgen würde er hier rauskommen. In die sogenannte Freiheit oder, na ja, ... zurück in den alten Jugendwerkhof nach Burg. Burg bei Magdeburg. Und von dort konnte er leicht wegrennen.

Irgendetwas klapperte – auf dem Gang oder in der Zelle nebenan. Ein metallisches Geräusch. Kam die Nachtwache mit dem schweren Schlüsselbund und kontrollierte den Zellentrakt der Jungen? Obwohl es nicht mehr viel zu kontrollieren gab. Der Jugendwerkhof Torgau wurde aufgelöst. Wer hätte das gedacht?

Konnte man die Hölle denn auflösen?

Andreas lauschte. Meist erkannte er schon am Klang der Schritte, wer kam. Stets war er gewappnet und vorgewarnt. In der Zelle gab es für ihn absolut nichts zu tun, und so achtete er auf jedes Geräusch.

Die Töne wurden lauter. Er hörte jetzt auch Stimmen. Einen Streit? Die Mauern waren zu dick, um auch nur hin und wieder ein Wort zu verstehen. Etwas knallte auf den steinernen Boden. Andreas zuckte zusammen. Jemand fluchte. Stöhnte. Vor Schmerz? Vielleicht arbeiteten sie ja auch nachts weiter, um möglichst schnell möglichst viele Spuren zu verwischen. Und jemandem war ein Werkzeug auf den Fuß gefallen? Andreas grinste nervös, als er sich das vorstellte.

Das Fluchen wurde lauter, aber es schienen nur Laute zu sein, keine Worte, und es verstummte bald. Eine Weile war nichts mehr zu hören. Dann sagte der Unbekannte etwas. Eine andere Stimme antwortete. Leise. Kurz. Bedrohlich. Es klang ... eher wie ein Bellen, Knurren ... dann wie ein Winseln. Aber nicht wie von einem Hund.

Andreas presste das Ohr jetzt an das kalte Gemäuer und lauschte angestrengt. Wieder Geräusche. Ein dumpfer Schlag. Etwas donnerte gegen die Wand. Oder? Das sind sicher nur die Bauarbeiter, versuchte er sich zu beruhigen. Vielleicht reißen die jetzt alles ab, auch die Mauern.

Aber sein Herz glaubte seinem Kopf nicht, schlug wie wild. Noch ein unterdrückter Schrei. Ein Ächzen, das irgendwie wütend klang. War das etwa Maik? Wehrte er sich gegen das Eingesperrt-Werden? Das wäre nicht das erste Mal. Aber es hörte sich nicht nach ihm an; seine Stimme würde er doch erkennen. Dann war es plötzlich still.

Der schnelle Herzschlag, seine Angst, ließen ihn nicht einschlafen. Was passierte da?

Als er sich ein Stück aufrichtete, bemerkte er, dass die Zellentür einen Spaltbreit offen war. Erstaunt schob er sich von der Pritsche. Stand der Erzieher draußen und wartete auf Andreas? War es vielleicht schon der nächste Morgen? Hatte er die üblichen Wecksignale überhört? Das Donnern mit dem Schlüsselbund gegen die Tür? Kaum möglich, dass einen dieser Lärm nicht aus dem Schlaf riss.

Er warf einen schnellen Blick durch den Schlitz.

Nichts. Alles schien ruhig. Seit die meisten weg waren, kam er sich noch verlassener vor.

Zögernd schlich er sich hinaus auf den Gang des Jungentraktes.

Niemand zu sehen. Keiner von der Wache oder vom sonstigen Personal. Wer hatte aufgeschlossen? Wieso kam kein Erzieher, der die übliche Meldung von ihm verlangte?

Andreas spürte etwas unter seinem Fuß, trat zurück und bückte sich. Stopfte das Fundstück blitzschnell in die Hosentasche.

Ein Feuerzeug, ausgerechnet, kein billiges, sondern so eins aus Metall. Wegen einem Feuer war er hier gelandet. Wenn sie ihn damit erwischten, kam er wieder in den Arrest. Andreas zuckte mit den Schultern. Und wenn schon.

Die Tür der Nachbarzelle stand ebenfalls weit offen. Eine Schildkrötenlampe verbreitete ihr matt düsteres Licht.

Komischerweise sah Andreas zuerst, dass oben das Gitter fehlte. Auch das Fenster selbst war weg. Etwas ragte in den Raum hinein. Ein Ding von draußen. Das Ende eines Bretts, auf dem normalerweise die Bauarbeiter entlangliefen. Eine Metallkonstruktion war darum herumgebaut. Wie dürre Arme aus Metall, die etwas festhielten. Etwas umklammerten, würgten ... Sein Hirn suchte nach einer Erklärung. Nach einem Sinn hinter dem Bild, das er sah.

Doch er fand keinen. Eine Weile stand er einfach so da.

Er dachte das Wort Gerüst, als er den Mann musterte, der an der Stange hing. Sein Gesicht wirkte aufgedunsen, geschwollen; der Ausdruck darin kam Andreas irgendwie beschämt vor, der Kopf baumelte nach unten, als wollte der Leblose noch prüfen, ob seine Schnürsenkel ordentlich gebunden waren.

Die Schnürsenkel waren hier sehr wichtig. Sie mussten immer korrekt auf- und zugebunden werden. Nur in der Zelle hatte man keine. Damit man sich nicht erhängen konnte. Wenn die Traurigkeit in einem drin zu groß wurde. Wenn dieses Gefühl alles andere, die Seele und so weiter sprengen wollte.

Andreas senkte den Blick vor dem Toten und schlurfte in seinen schnürsenkellosen Schuhen weiter. Er musste Maik finden. Wahrscheinlich schlief er in einem der Doppelstockbetten des Gruppenschlafsaals oder hockte in einer der anderen Arrestzellen. Träumte von der Freiheit, die schon vor der eisernen Pforte stand. Irgendwo da draußen wartete ein anderes, nein, *das richtige* Leben auf sie.

Er musste Maik erzählen, was passiert war.

Wirklich wahr?, hörte er ihn schlaftrunken murmeln. Andreas würde beteuern müssen, dass er sich nicht irrte, dass er *ihn* wirklich gesehen hatte. Mit einem Seil um den Hals. Mausetot. Und dann würde Maik die Arme nach oben reißen, wie bei einem Fußballspiel, das sie nach vielen Niederlagen gewonnen hatten.

Andreas lächelte, aber seine Zähne klapperten dabei.

Als er den Gruppenraum beinahe erreicht hatte, sah er einen Schatten. Jemand lehnte dort an der Wand, als müsste er sich von einer anstrengenden Arbeit ausruhen. Dann löste sich der Schatten, wurde zu einer dunklen Gestalt, die sich auf die Tür zubewegte und durch das Guckloch in den Schlafsaal der Jungen starrte, in dem Maik höchstwahrscheinlich gerade schlief, bis er irgendwann aufwachte, sein Bett bauen würde: das Laken akkurat glatt ziehen, die Decke Kante auf Kante legen, so wie es hier Vorschrift war.

Andreas hielt den Atem an. Seinem Instinkt gehorchend, zog er sich die Schuhe von den Füßen, schlich auf Zehenspitzen zurück in seine Zelle. Zog die Tür vorsichtig hinter sich zu.

Als er auf der Pritsche lag und so tat, als würde er schlafen, hörte er Schritte.

Sie stoppten vor der Tür. Und er nahm dieses leise schabende Geräusch wahr, wenn jemand die Klappe des Spions beiseiteschob, um zu ihm hineinzuglotzen.

Er wusste, wer da draußen stand.

2

Wie immer roch es nach Kaffee, als Beate Vogt an diesem Freitagmorgen die Dienststelle der MUK, der Leipziger Morduntersuchungskommission, betrat. Sie sog gierig den Duft ein, der ihr noch deutlicher als sonst in die Nase stieg. Wieder einmal hatte sie schlecht geschlafen, dann den Wecker nicht gehört und war, nachdem sie eilig ihre Meerschweinchen versorgt hatte, ohne Frühstück aus der Wohnung gestürzt.

Die Türklinke zum Büro noch in der Hand, hoffte sie auf einen Muntermacher.

Doch Moni, die Sekretärin, die etwa in ihrem Alter, also um die dreißig war, lächelte ihr nicht zu, so wie sonst. Statt ihr einen Guten Morgen zu wünschen, sagte sie nur: »Du sollst mal zum Chef kommen.«

Beate zog die Augenbrauen hoch und blickte Moni fragend an. Hatte sie was angestellt? Sie war sich keiner Schuld bewusst. »Alles in Ordnung?«

Ihre Kollegin zuckte mit den Schultern. »Es eilt«, sagte sie nur, in einem Tonfall, der ungewöhnlich ernst für sie war.

Auch ihr Chef Arno Berg, Major der Kriminalpolizei und Leiter der MUK Leipzig, machte sich nicht die Mühe, sie zu begrüßen. Er bot ihr nicht einmal einen Platz an und schon gar keinen Kaffee. Beate wunderte sich. Eigentlich kannte sie auch ihn nicht als unhöflichen Menschen.

»Sie sind ab sofort Oberleutnant Lehmann zugeteilt. Er erwartet Sie umgehend in Torgau, Fischerdörfchen. Es wurde ein Toter aufgefunden. Die näheren Umstände sind noch unbekannt.«

Beate schluckte. »Ich wurde doch in den Innendienst ...« *Degradiert*, hätte sie beinahe gesagt.

Er schüttelte den Kopf. »Die Anweisung ist hiermit aufgehoben. Wir brauchen ...« Ihr Vorgesetzter räusperte sich. »Wir brauchen im Einsatz fähige Leute ... Leute wie Sie.«

Hatte sie sich verhört? Sie *brauchten* sie? Und sie hielten sie für *fähig*? Seit wann denn das? Nur mit Mühe konnte sie ein Grinsen unterdrücken.

Noch vor ein paar Wochen hatte man sie zur Schreibtischarbeit verdonnert, nur weil sie in einer Dienstbesprechung aufgebracht gesagt hatte, dass sie ihre Waffe niemals gegen die Leipziger Montagsdemonstranten einsetzen würde, die mit Haushaltskerzen in den Händen durch die Straßen liefen. Auch den Einsatz von Knüppeln gegen die friedlich Protestierenden lehne sie ab. Zuvor hatte Genosse Lehmann lauthals seinen Unmut gegen die Konterrevolutionäre kundgetan, eine härtere Vorgehensweise gegen diese gefordert und Beate gewissermaßen zu ihrer Äußerung provoziert. Und jetzt sollte sie zusammen mit ihm in einem Fall ermitteln?

Nun ja, die Kollegen konnte man sich nicht aussuchen.

»Fischerdörfchen«, murmelte sie. Das klang, als müsste es an der Elbe liegen. »Welche Nummer?«

»Es handelt sich um den Geschlossenen Jugendwerkhof.«

Auch das noch. In der Disziplinareinrichtung für Schwererziehbare gab es immer mal wieder Ärger. Bisher hatte sie sich jedoch nicht mit diesen Vorkommnissen beschäftigen müssen.

Überhaupt hatte man Beate, die erst seit einem halben Jahr bei der MUK Leipzig arbeitete, aus den schweren Fällen herausgehalten. Weil sie die einzige Frau in dem Ermittlerteam war?

Beate blickte beinahe sehnsüchtig auf die halb gefüllte Kaffeetasse ihres Chefs.

»Ist noch was?«, fragte Major Berg schroff.

»Was ist denn mit dem Kollegen Michaelis?«, fragte sie beinahe schüchtern. Sie sah sich suchend in dem Raum um, als könnte er sich hinter einem Schrank verstecken.

»Der ist heute nicht zum Dienst erschienen«, antwortete er. »Und wie es aussieht ...« Er winkte ungeduldig ab. »Darüber reden wir ein anderes Mal.«

Etwa eine Stunde später erreichte Beate die Stadt an der Elbe und parkte ihr Motorrad vor einem grauen Schleusentor, neben dem Wartburg der Kollegen. Mit einem kurzen Blick erfasste sie, dass sie vor einem Gefängnis stand. Sollte das nicht ein *Heim* für Minderjährige sein? Doch die hohe Mauer sagte etwas anderes. Der Bau wirkte wie eine Festung. Ihre Müdigkeit verflog bei diesem Anblick. Was spielte sich hinter diesem Gemäuer ab? Einen Moment spürte sie eine Gänsehaut und zögerte, das Haus zu betreten. Dann gab sie sich einen Ruck und lief mit gezücktem Dienstausweis an den beiden Polizisten vorbei, die vor der Tür standen.

Im ebenso finster wirkenden Eingangsbereich wurde sie von einem Mann in einem schmutzigen Arbeitsanzug in Empfang genommen. »Mein Name ist Braun. Ich bin hier der Hausmeister«, murmelte er.

»Beate Vogt, Kripo Leipzig«, antwortete sie knapp.

Der Mann seufzte und fuhr sich durch sein struppiges rotes Haar. »Was für ein verrückter Tag«, sagte er. »Na, dann wollen wir mal.«

Beate fragte sich kurz, was er mit *verrückt* meinte. Ein Toter in diesem Gebäude war sicher kein alltägliches Ereignis. Aber verrückt?

»Erst fällt die Mauer, und dann das. Als ich heute früh zur Arbeit kam, baumelt der tot in der Zelle. Meinen Sie, es gibt da einen Zusammenhang?«

Sie hatte keine Ahnung, wovon Herr Braun da redete. Aber sie verspürte auch nicht die geringste Lust, mit ihm über den Fall zu sprechen, über den sie ohnehin keine Informationen besaß, jedenfalls zum jetzigen Zeitpunkt. Beiläufig nahm sie wahr, dass der Mann nicht gerade respektvoll von dem Toten sprach.

Der Hausmeister zog ein großes schweres Eisengitter vor ihr auf, als wäre sie eine Raubkatze, die er aus seinem Käfig befreite – allerdings nur, damit sie in einen anderen Käfig laufen konnte. Dann ging er vor Beate her, ein paar Stufen hinauf, wo sie vor einem weiteren Gitter stoppten. Der Hausmeister öffnete es, und im nächsten Moment standen sie in einem Flur, unverkennbar ein Zellengang mit massiven Stahltüren, die mit jeweils zwei wuchtigen Riegeln versehen waren.

Ach du Scheiße, dachte Beate und schluckte. Wo war sie hier gelandet?

Die Leiche hing an der Stange eines Baugerüstes, das sich im Innern einer Zelle befand. Immerhin kein Jugendlicher, dachte Beate und fühlte sich einen kurzen Moment erleichtert. Fälle mit Kindern als Opfer waren die schlimmsten.

Sie wechselte mit Kollegen Lehmann einen Blick und nickte ihm zu.

»Wer ist der Tote?«, fragte sie, ohne sich mit den üblichen Floskeln aufzuhalten.

Lehmann unterhielt sich gerade mit Steffen, dem jungen Kriminaltechniker, und mit einem Mann, der zusammengekrümmt auf einem Holzhocker saß. Er ließ sie auf eine Antwort warten. »Karl Zinkner. Der Direktor des Werkhofs«, sagte er schließlich und machte eine vielsagende Pause. »Kein Geringerer als der langjährige Chef dieser Anstalt.«

Lehmanns Augen wirkten schmal. Wahrscheinlich war er alles andere als erfreut, sie hier zu sehen.

»Ich soll Sie unterstützen«, murmelte sie, als müsste sie sich ihm erklären.

»Weiß Bescheid«, sagte er kurz angebunden. »Das hier ist übrigens Doktor Rehling, er war derjenige, der den Tod festgestellt hat.« Ihr Kollege zeigte auf den Mann, der in der Ecke hockte. »Er war auch der Hausarzt des Direktors.«

Der Arzt hob kaum den Kopf. Es sah aus, als wäre er in sich selbst versunken.

»Warum ... warum hängt der Leichnam da noch?« Beate kam sich ein wenig blöd vor, als sie sich das fragen hörte.

»Ein technisches Problem«, antwortete Lehmann ungerührt. »Die Kamera funktionierte nicht. Ich musste eine neue besorgen.« Erst jetzt sah sie, dass er einen Fotoapparat in der Hand hielt.

»Aber die Lage scheint wohl klar zu sein. Das ist ziemlich eindeutig ein Suizid gewesen«, sagte er.

Beate runzelte die Stirn. »Kein Zeichen einer Fremdeinwirkung?« Sie sprach in Richtung des Arztes, aber der Doktor reagierte nicht; er schien sie gar nicht richtig wahrzunehmen. Er wirkte wie ein Häufchen Elend.

Sie wandte den Blick von ihm ab und sah fragend Steffen an.

»Die Erstuntersuchung ist noch nicht abgeschlossen«, sagte er förmlich. »So eindeutig ist das nicht«, setzte er zögernd hinzu.

»In Anbetracht der Umstände schon«, meinte Lehmann.

»Der Umstände? Wie meinen Sie das?«, fragte Beate. Sie musterte den Leichnam, aber um Details zu sehen, war sie zu weit entfernt. Es kostete sie einige Überwindung, einen Schritt näher an ihn heranzutreten. Aus der Nähe fielen ihr sofort die Hände des Toten auf. Da waren Kratzer zu sehen, und der Mittelfinger der rechten Hand sah merkwürdig verdreht aus; er schien gebrochen zu sein.

»Wie ich das meine?« Lehmann klang erstaunt. Sie nickte ihm zu, und er blinzelte sie an, als wäre sie begriffsstutzig. »Das liegt doch auf der Hand. Die Regierung der DDR tritt zurück. Vorher kam noch der Befehl von ganz oben, diese Einrichtung zu schließen. Sein Ein und Alles löst sich so mir nichts, dir nichts auf. Von einem Tag auf den anderen. Dann wird auch noch die Grenze aufgemacht. Was denken Sie, was als Nächstes passiert ... mit Leuten wie ihm?«

»Welche Grenze?«

Lehmann stieß ein Schnaufen aus. »Sehen Sie keine Nachrichten, Frau Diplomkriminalistin?«

Sie überging den sarkastischen Unterton. »In letzter Zeit nicht«, gab sie zu.

Den Fernseher hatte ihr Freund Toni mitgenommen, als er vor über einer Woche ausgezogen war. Ihr Exfreund, genauer gesagt. Sie mochte nicht daran denken. Es tat noch zu weh. Und sie wollte keinen neuen Fernseher kaufen. Nicht nur, weil sie das Geld für andere Dinge benötigte, sondern weil sie nicht glaubte, dass es das jetzt gewesen war. Vielleicht kam er ja doch zurück?

Und wenn nicht? Vielleicht sollte sie als Erstes aufhören, ihn weiterhin in Gedanken Toni zu nennen. Er hieß Anton. Anton Ullrich Becker. Sein richtiger Name verschaffte ihr ein wenig Abstand. Hoffte sie zumindest.

»In letzter Zeit nicht?« Der Mann lachte auf. »Dann sind Sie wohl die Einzige, die es noch nicht weiß: Die Mauer ist gefallen.

Die DDR hat gestern Abend die Grenzübergänge nach Westberlin geöffnet.«

3

Die siebzehnjährige Tanja stand kerzengerade vor ihrem nach Vorschrift gebauten Bett, darauf gefasst, dass die Erzieherin jeden Moment die Tür aufreißen würde. Tanja war die Letzte im Gruppenraum. Die anderen Mädchen waren nach und nach entlassen worden. Nicht entlassen nach Hause, sondern rücküberführt in ihren alten Jugendwerkhof. Sie wusste nicht, warum sie noch hier ausharren musste. Vielleicht, weil sie die Einzige war, die in diesem Ort blieb – sie sollte in ein offenes Wohnheim für Jugendliche ziehen. Der Direktor persönlich hatte ihr versprochen, dass er sich darum kümmern würde. Genau genommen war es seine Idee gewesen. »Du wirst sehen: Torgau ist eine schöne Stadt. Hier lässt es sich gut leben.«

Sie hatte nur genickt. Sich das Grinsen verboten. Begriff er eigentlich, was er da sagte? Bisher hatte sie von Torgau nur diesen Umerziehungsknast kennengelernt, Zellen, Stahltüren, Gefängnisschleusen, den Hof, auf dem sie auch bei Minusgraden in kurzem Sportzeug Hunderte Liegestütze, Hockstrecksprünge und Kniebeugen machen mussten, das Gebrüll der Erzieher, die Idiotenarbeit, die sie hier täglich verrichteten. Indessen, nach den langen Monaten ihres Aufenthalts, war ihr Körper gestählt. Die Kälte draußen nahm sie kaum noch wahr. Der Sport machte ihr nichts mehr aus. Sie hatte sich jede Schwäche abtrainiert. Die

Arbeit, das Zusammenmontieren von Waschmaschinenschaltern, absolvierte sie mechanisch.

Dass die anderen Mädchen weg waren, berührte sie nicht sonderlich. Eigentlich war sie sogar froh darüber. Freundschaften gab es hier nicht, höchstens Zweckgemeinschaften.

Torgau – eine schöne Stadt? Vielleicht stimmte das ja sogar, doch das Versprechen des Direktors bedeutete vor allem eins für sie: kein Jugendwerkhof mehr.

Tanja besaß keine Uhr, die Jugendlichen besaßen absolut nichts in dieser Anstalt, in der sie diszipliniert werden sollten, aber sie hatte das Gefühl, dass die Erzieherin sich heute verspätete. Das sah ihr eigentlich nicht ähnlich. Normalerweise kam sie eher zu früh, riss die Tür auf und schien darauf zu lauern, dass sie Tanja bei etwas Verbotenem erwischte: noch in dem Doppelstockbett zu liegen oder ihr Bettzeug nicht wie vorgeschrieben zusammengelegt zu haben oder etwa trotzig ein Arbeiterkampflied vor sich hin zu summen. »Wacht auf, Verdammte dieser Erde, die stets man noch zum Hungern zwingt …« *Die Internationale* war ihr absolutes Lieblingslied. In ihrem Kopf sang sie es ständig, und manchmal drang es unbemerkt über ihre Lippen. Nur erwischen lassen durfte man sich dabei nicht. Das Singen von Liedern war ebenso verboten wie das Sprechen mit anderen Jugendlichen.

Jede kleinste Verfehlung wurde sofort bestraft: meist mit Drillsport, manchmal mit Arrest.

Tanja stand wartend stramm und dachte an den Besuch ihrer Eltern am gestrigen Tag, dem 9. November 1989. Sie hatten auf die Minute eine Stunde Zeit miteinander verbringen dürfen. Hinter Gittern, eingesperrt, unter Beobachtung.

»Liebe Mutti, lieber Vati, ich werde nicht nach Hause zurückkehren. Auch nicht, wenn ich achtzehn werde.«

Sie hatte auf der einen Seite des Tisches gesessen und in die ungläubigen Gesichter ihrer Eltern auf der gegenüberliegenden Seite gesehen. Zwischen ihnen saß der Direktor, aber sie vermied es, ihn anzublicken. Auch ihr Vater und ihre Mutter taten, als wäre er nicht anwesend.

Schließlich räusperte er sich lauthals. Falls es Fragen gebe, wegen der Unterbringung der Tochter, könnten diese an ihn gestellt werden, gab er Auskunft.

Tanja hatte die Wut ihres Vaters bemerkt und auch, wie schwer es ihm fiel, sie zu unterdrücken. So ein Besuch wurde stets überwacht. Geschenke durften nicht mitgebracht werden, Umarmungen oder gar Küsse waren nicht gestattet. Kein Wort konnte sie ihren Eltern unbemerkt zuflüstern. Immerhin durften sie ihre Tochter überhaupt sehen, oft wurden die Besuchsanträge der Angehörigen vom Direktor einfach abgelehnt.

Tanja erzählte ihren Eltern, dass die anderen Mädchen und Jungen zurückmussten in ihre alten Werkhöfe. Nur sie dürfe in ein ganz normales Jugendwohnheim ziehen. »Das ist eine tolle Chance für mich, wisst ihr?« Alles, was sie an diesem Tisch sagte, klang wie auswendig gelernt. Und im Grunde war es das ja auch. Sie plapperte die Sätze einfach nach. Nur dass er nicht *tolle*, sondern *einzige* gesagt hatte. »Das ist *deine* Chance, begreifst du? Deine *einzige* Chance …«

Direktor Zinkner, der die meiste Zeit schweigend dasaß, nickte zu ihren Worten, als würde er sie zum ersten Mal hören. Zum Glück sagte er ihren Eltern nicht, was er ihr versprochen hatte: dass er seine Hand schützend über sie halten würde.

Womöglich wäre ihr Vater vor Zorn dann doch noch explodiert. Seine geballten Fäuste waren jedenfalls kaum zu übersehen.

»Warum können wir unsere Tochter nicht mitnehmen, wenn Sie hier den Laden dichtmachen?«, fragte ihre Mutter unverblümt. Sie roch nach der Zigarette, die sie vor ihrem Besuch wohl geraucht hatte. Tanja hätte sich gern auch eine angesteckt. Doch das Rauchen war hier für die Jugendlichen verboten. Stattdessen hatte sie nervös ihre Finger geknetet. Hatte ihre Mutter nicht zugehört? Oder nahm sie nicht ernst, was Tanja sagte? Sie würde nicht nach Hause kommen.

»Wir könnten Ihnen schriftlich geben, dass wir ab sofort die Verantwortung für unsere Tochter übernehmen ... und dann ... kommt sie einfach ...«

»Das ist nicht erlaubt. Wir haben unsere Vorschriften.«

»Vorschriften«, echote Tanjas Vater verächtlich und schnaufte. »Sie ist unser Kind!«

Immerhin gestattete der Direktor, dass sie sich zum Abschied die Hand gaben.

Hildegard Hellermann wirkte blass, als sie die Tür mit einer seltsam langsamen Bewegung öffnete. Ohne etwas zu sagen, starrte sie Tanja an.

»Jugendliche Wolter meldet: Nachtruhe ohne besondere Vorkommnisse beendet!«

Die Erzieherin blieb stumm. Sie schien durch Tanja hindurchzublicken. Ihr Körper wirkte massig und groß wie immer. Sie überragte Tanja, die nicht besonders klein war, um ein erhebliches Stück. Dennoch war etwas anders als sonst. In ihrem glasigen Blick lag ein Ausdruck von Furcht.

Tanja stand weiterhin stramm und wartete auf den Befehl zum Raustreten. Auf den Frühsport verzichtete Frau Hellermann auch in diesen Tagen nicht. Am gestrigen Morgen war Tanja zusammen mit den beiden übrig gebliebenen Jungen Runden auf dem Hof gerannt.

Normalerweise wurden die Geschlechter getrennt gehalten. Doch der Aufwand, für das einzige Mädchen den streng geregelten Tag extra einzutakten, lohnte sich wohl nicht. Auch die Mahlzeiten nahmen die drei Jugendlichen seit Kurzem gemeinsam ein, wobei Tanja an einem anderen Tisch sitzen musste. Sobald der Erzieher mal für zwei, drei Minuten den Speiseraum verließ, ging das Geflüster los: »Wie heißt du, wo kommst du her …?«

Maik, der auf dem mit Kohlenstaub überzogenen Hof hinter ihr lief, schnalzte leise mit der Zunge, und Tanja wurde klar, dass er ihr auf den fast nackten Hintern glotzte. Ihre kurze Turnhose war ihr mindestens eine Nummer zu klein und schnitt ihr ins Fleisch.

Tanja ignorierte ihn. Nur mit dem jungen Küken namens Andreas wechselte sie ein paar leise Worte, als sie nach den absolvierten fünfzig Liegestützen eine kurze Pause einlegten. Von Frau Hellermann erhielten sie sofort einen Anschnauzer, als sie beim Flüstern erwischt wurden, und sie bekamen Zusatzsport aufgebrummt: hundert weitere Liegestütze.

Für alle drei. Alles im Kollektiv. Auch die Strafen. Gerade die. Für die Hellermann hatte sich offenbar nichts geändert. Dass die Bauarbeiter, die auf dem Gerüst herumliefen und die Gitter abmontierten, etwas mitbekommen konnten von ihrem Gebrüll und dem Drill, schien ihr egal zu sein. Die anderen Erzieher hatten ihre Erziehungsmethoden in den letzten Tagen peu à peu gelockert. Sogar Herr Spieß, der sonst sehr streng war und den Jugendlichen, um sie einzuschüchtern, auch schon mal seine Karatetechnik präsentierte, indem er vor ihren Augen Ziegelsteine mit der Hand zerschlug, war nachlässiger geworden. Er achtete kaum noch auf die korrekte Ausübung des Sports. Nur Frau Hellermann ließ nach wie vor nichts durchgehen und war unerbittlich wie eh und je. Vielleicht war Andreas wegen ihr später sogar in den Arrest gewandert, denn er hatte noch gewagt zu protestieren.

Der Junge war erst vierzehn und erinnerte Tanja an einen

Nachbarsjungen, mit dem sie vor ein paar Jahren Verstecken und Fußball gespielt hatte. Manchmal vermisste sie ihn. Aber in letzter Zeit dachte sie kaum noch an ihn. Je länger sie in dieser Strafanstalt war, umso mehr verschwand das, was sie mal als normal empfunden hatte, verschwand ihr eigenes Ich.

Das Leben hier war ein komplett anderes als das, das sie von früher gewohnt war. Und auch sie selbst hatte sich verändert. Sich wie ein Roboter zu verhalten brachte an diesem Ort Pluspunkte. Wenn man stark war, konnte man sich behaupten und durchkommen. Dazu gehörte, dass sie ihre Gefühle abstellte – wie einen tropfenden Wasserhahn. Und dazu gehörte, dass sie sich Verbündete suchte, auch wenn diese eigentlich ihre Feinde waren. Mit Frau Hellermann klappte das natürlich nicht. Die wirkte wie ein Eisberg, an dem jedes noch so große Schiff zerschellte. Mit dem Direktor schien das anders zu sein. Aus irgendeinem Grund mochte er sie wohl. Diese seltsame Zuneigung bot ihr einen gewissen Schutz: vor den Übergriffen der anderen Erzieher zum Beispiel oder vor allzu harten Strafen.

Frau Hellermann räusperte sich jetzt. »Der Frühsport fällt heute für dich aus, Jugendliche Wolter«, brachte sie mit belegter Stimme hervor. »Da ist eine Polizistin, die mit dir sprechen will.«

4

Beate Vogt wartete im Besucherraum des Jugendwerkhofs auf die Jugendliche Tanja Wolter. Außer einfachen Stühlen und Sprelacart-Tischen gab es nichts in dem Zimmer. Kein Bild, keine Topfpflanze, nur die nackten Wände.

Lehmann überließ es ihr, die Jugendlichen zu befragen. Nach wie vor hielt er an seiner Selbstmordthese fest. Auch glaubte er, dass die Insassen nichts vom Geschehen mitbekommen haben konnten, da sie ja Tag und Nacht eingeschlossen waren.

Das erste Gespräch mit dem sechzehnjährigen Maik Kerner war tatsächlich ergebnislos verlaufen.

Er hatte nur widerwillig auf ihre Fragen geantwortet und keinen Hehl daraus gemacht, dass er sich über den Tod des Direktors freute. Als sie den Grund erfahren wollte, sagte er nur: »Schauen Sie sich doch einfach um, wie wir hier hausen müssen. Vielleicht geht Ihnen dann ein Licht auf.« Offenbar wollte er nicht deutlicher werden. Er wirkte nervös, blickte sich während des Gesprächs einige Male um. »Wir haben alle Angst vor ihm gehabt«, flüsterte er ihr auf einmal zu, schaute kurz zur Tür, als könnte der tote Direktor plötzlich in den Raum marschiert kommen. »Der hatte einfach die absolute Macht. Konnte tun und lassen, was er wollte. Verstehen Sie?«

Beate hatte nicht geantwortet. Nur registriert, dass sich die

Härchen auf ihren Unterarmen vor Unbehagen aufrichteten. »Und Sie haben also nichts mitbekommen in der vergangenen Nacht? Nichts gesehen oder gehört? Keine besonderen Vorkommnisse?«

Der Junge lachte auf, und Beate Vogt musterte ihn irritiert. Er trug einen blauen Arbeitsanzug, war blass, hager, hatte schlechte Zähne und einen kurzen militärischen Haarschnitt, der nicht zu ihm zu passen schien.

Maik war plötzlich aufgesprungen und sie daraufhin erschrocken zusammengefahren. »Jugendlicher Kerner meldet: Keine besonderen Vorkommnisse, Frau Polizistin!«

Gerade als sie ihn ermahnen wollte, sich zu setzen, ließ er sich auch schon wieder auf seinen Holzstuhl fallen und grinste sie an. »So müssen wir uns melden, wenn wir einem Erzieher begegnen. Und wenn das auf dem Gang geschieht, muss man fragen, ob man vorbeigehen darf.«

»Jedes Mal?«

Maik hatte genickt. »Klar, jedes Mal.«

»Warum sind Sie in den geschlossenen Jugendwerkhof eingewiesen worden?«

Er zuckte mit den Achseln. »Ich hab mich eben nicht benommen. Nicht so, wie die Erzieher in Freital es wollten.«

»In Freital war der Jugendwerkhof, in dem Sie vorher gewesen sind?«

»Ja. Ein Werkhof nur für Jungen. Wir mussten da im Dreischichtsystem im Edelstahlwerk schuften.«

»Was meinen Sie damit, Sie hätten sich nicht benommen?«

»Hab meine Klappe nicht gehalten. Mich beschwert, wenn die uns schikaniert haben. Und bin ein paar Male aus dem Werkhof da weggelaufen. Das genügte schon, um hier zu landen.«

»Und wo sind Sie dann hin, wenn Sie entwichen sind?«

»Ich hatte eine Käte in Dresden. Also, das heißt auf Deutsch 'ne Freundin. Die Einrichtung in Freital war nicht besonders gut bewacht, und bis Dresden war es nicht weit.«

»Wie war Ihre Beziehung zu dem Direktor Zinkner?«

Maik hatte aufgelacht. »'ne Beziehung hatte ich zu dem nicht. Da fragen Sie den Falschen.«

»Ich meinte, wie das Verhältnis war zwischen den Jugendlichen und …«

»Das habe ich Ihnen doch schon gesagt!«, unterbrach sie der Junge gereizt. »Alle hatten Schiss vor dem. Der konnte richtig fies werden. Und der Direktor Zinkner bestimmt komplett über den Laden. *Bestimmte*, besser gesagt.«

Beate hatte sich ein paar spärliche Notizen gemacht, sich schließlich erhoben und Maik die Hand gereicht. »Danke für Ihre Aussage. Falls Ihnen noch etwas einfällt …«

Der Junge zögerte, ihren Gruß zu erwidern, und als er es schließlich doch tat, spürte sie, dass seine Finger eiskalt waren. Mit einem erstaunten Ausdruck im Gesicht, der nicht zu übersehen war, hatte er kräftig zugedrückt und so schnell nicht losgelassen.

Kurz nachdem Maik von einem Erzieher abgeholt worden war, öffnete sich die Tür erneut, und eine große, kräftige Frau trat ein und schob ein Mädchen mit kurzen Haaren vor sich her, das ebenfalls blaue Arbeitskleidung trug.

»Tanja Wolter?«

Die Jugendliche nickte stumm.

»Setzen Sie sich bitte!«

»Sie brauchen mich nicht zu siezen«, sagte Tanja und lächelte plötzlich.

»Das entscheidet wohl die Polizistin selbst!«, zischte die Frau, die das Mädchen am Oberarm festhielt, als könnte sie in diesem vergitterten Bau weglaufen.

Tanja sagte nichts dazu, aber das Lächeln verschwand aus ihrem Gesicht.

»Verstanden, Jugendliche Wolter? Und jetzt setz dich gefälligst!«

Das Mädchen folgte dem Befehl und starrte vor sich hin auf die Tischplatte.

»Und Sie sind …?« Diesmal hatte Beate keine Lust, per Handschlag zu grüßen.

»Hildegard Hellermann. Erzieherin.« Einen Moment sah die Frau so aus, als wollte sie vor der Polizistin salutieren.

»Mein Kollege Lehmann und ich werden auch noch das Personal befragen. Jetzt können Sie bitte gehen.«

»Auf Anweisung des Genossen Direktors lassen wir die Jugendlichen nicht ohne Aufsicht mit den Besuchern. Schon gar nicht, wenn es Fremde sind.«

Beate unterdrückte ein Grinsen. »Wir sind nur keine Fremden. Wir sind die Kripo!«, sagte sie mit einem Anflug von Spott. »Die Befragungen sind vertraulich, verstehen Sie?«, fügte sie schnell hinzu.

Die Erzieherin sah plötzlich verwirrt aus.

»Eigentlich müsste … müsste ich … *ihn* fragen. Also, den Genossen Zinkner … Aber da er ja …«, stammelte sie. »Da er ja sozusagen nicht mehr unter uns weilt …« Das klang, als könnte sie das nicht glauben, als würde ihr jemand nur einen makabren Streich spielen. Die Frau wandte sich zum Gehen, ohne den Satz zu beenden.

Beate Vogt blickte ihr nach und wartete, bis sie die Tür mit einem lauten Rums hinter sich schloss. Dann richtete sie ihre Aufmerksamkeit auf das Mädchen.

Tanja war kreideweiß geworden. Ihre dunklen Augen sahen groß und erschrocken aus.

»Ist er wirklich ...?«, fragte sie. »Ist er wirklich *tot*?«

Beate nickte. »Der Direktor, Herr Zinkner, ist letzte Nacht verstorben.«

»Das kann gar nicht sein«, murmelte Tanja. »Ich hab ihn gestern noch gesehen. Er saß da, wo Sie jetzt sitzen!«

»Ich verstehe, dass Sie ..., dass du ...«

»Ich glaub das nicht!«, schrie Tanja mit plötzlich veränderter Stimme und schüttelte energisch den Kopf. »Ist das wieder irgend so ein Trick? Steckt er dahinter? Will er mich testen? Sie sind gar keine Polizistin, oder?« Tanjas weit aufgerissene Augen starrten sie an, als versuchte sie zu ergründen, was Beate tatsächlich beabsichtigte.

»Doch, Tanja, tut mir leid, ich ermittle in dem Fall. Entschuldige, ich habe mich dir gegenüber noch gar nicht ausgewiesen ...« Beate zog ihren Dienstausweis aus der Tasche und hielt ihn der Befragten unter die Nase. »Es ist kein Trick. Wie kommst du darauf?«

Tanja schwieg einen Moment. Dann holte sie tief Luft. »Das darf doch alles nicht wahr sein. Was ist passiert? Wieso ist er ...«

»Das müssen wir erst noch herausfinden.«

Tanja fuhr sich fahrig über das Gesicht, rieb sich die Stirn und die Schläfen, als hätte sie Kopfschmerzen.

Beate lehnte sich zurück und ließ dem Mädchen einen Moment Zeit, sich zu sammeln. Wieso reagierte sie so heftig auf die Todesnachricht? Irgendetwas stimmte hier nicht.

»Warum hast du gedacht, dass der Direktor dich testen will?«, hakte sie schließlich nach.

Tanja senkte die Lider. »Nur so. Man wird doch ständig belogen ... von den Erwachsenen.«

Sie sprach auf einmal leise und konzentriert. Sie ist jetzt auf der Hut, so schien es Beate. In den folgenden Minuten antwortete Tanja höflich, aber einsilbig auf die Fragen. Viel Neues erfuhr Beate nun nicht mehr.

»Wann und bei welcher Gelegenheit hast du den Direktor das letzte Mal gesehen?«

»Na, gestern. Meine Eltern haben mich besucht.«

»Und Herr Zinkner war dabei?«

Tanja nickte. »Er ist ... ähm ... *war* überall dabei, wo er dabei sein wollte. Jedenfalls bei mir.«

»Ist dir etwas an ihm aufgefallen? Hat er sich irgendwie anders verhalten als sonst?«

»Nein. Mir ist nichts aufgefallen.«

»Auch Kleinigkeiten könnten schon bedeutsam sein.«

Tanja saß einen Moment wie erstarrt da. »Ist er ... hat ihn jemand ... *umgebracht*?«

»Wie kommst du darauf?«

Sie kaute eine Weile auf ihrer Unterlippe herum. »Na, weil Sie hier sind und Ihre Kollegen. Sie kommen ja wohl nicht zum Spaß.« Beim letzten Wort stiegen Tanja Tränen in die Augen und rannen über ihre Wangen. Sie versuchte nicht, sie wegzuwischen.

»Da hast du recht«, antwortete Beate und verbarg ihre Verwunderung über den Gefühlsausbruch, so gut sie konnte. »Wir ermitteln in alle Richtungen.«

Andreas Schwalbe, mit seinen gerade mal vierzehn Jahren der Jüngste und Kindlichste der drei Jugendlichen, steckte in seinem blauen Arbeitsoverall wie in einem Sack. Sein Haar wirkte frisch geschoren, seine leicht abstehenden Ohren leuchteten rot.

Beate bemühte sich, während sie mit ihm sprach, seinen Blick einzufangen. Aber er schaute stets auf seine Hände oder auf den

Fußboden. Ihre Fragen beantwortete er mit einem Achselzucken oder so leise, dass sie nachfragen musste.

»Du magst wohl nicht mit mir reden?«, fragte sie schließlich.

»Sie sind doch Polizistin, oder?«

»Ja.«

»Na, ich hab schlechte Erfahrungen mit den Bullen gemacht.«

Beate zuckte zusammen. Dann bemühte sie sich um ein Lächeln. »Wenigstens bist du ehrlich. Aber ich bin nicht wegen dir hier, sondern um einen Fall aufzuklären. Es ist jemand gestorben. Und wir müssen herausfinden, wieso und was passiert ist.«

Andreas schwieg auch dazu. Ihr Gefühl sagte ihr, dass er von dem Toten bereits wusste. Sonst hätte er doch bestimmt nachgefragt.

»Willst du nicht wissen, wer gestorben ist?«

Der Junge zuckte mit den Achseln und betrachtete ausgiebig seine Hände.

»Was machst du da eigentlich?«

»Die Fingernägel müssen sauber sein«, antwortete er. »Sie werden kontrolliert. Das ist sehr wichtig.«

»Wichtiger als ein Toter?«

Er schüttelte den Kopf. Aber er blickte immer noch nicht zu ihr auf.

»Herr Zinkner, der Direktor, ist letzte Nacht gestorben.«

Der Junge nickte und fummelte weiter an seinen Fingern herum. Offenbar erzählte sie ihm nichts Neues.

»Hat dir Maik schon mitgeteilt, was passiert ist?«

»Nee.«

»Er hat dir nichts gesagt?«, fragte sie erstaunt nach.

»Ging ja nicht. Er saß die letzten zwei Stunden in einer Zelle, ich in einer anderen. Damit wir nicht reden können, denk ich mal«, erklärte Andreas. »Also wegen Ihnen!« Auf einmal sah er sie bockig an.

Sein Blick machte sie nervös. Vierzehn, dachte sie. Er ist erst vierzehn. Und irgendwie wirkte er noch jünger. Er kam ihr vor wie ein einsamer Zwölfjähriger.

»Verstehe. Das tut mir leid, wirklich. Es wäre trotzdem schön, wenn du mit mir reden würdest.«

»Mach ich doch.«

»Na gut. Der Direktor: Was war er deiner Meinung nach für ein Mensch?«

»Weiß ich nicht. Hab ihn ja kaum gesehen. Nur beim Appell. Oder beim Antreten im Gang. Da stand er manchmal plötzlich hinter uns. Und am Anfang, als ich nach Torgau kam. Da musste ich zum Gespräch.«

»Worüber habt ihr geredet?«

»Ich hab gar nichts gesagt. Herr Zinkner hat gesagt, dass ich mich benehmen soll, und er hat mir Angst gemacht.«

»Angst gemacht?«

»Wenn ich mich nicht normgerecht verhalte, werde ich bestraft. Und muss länger bleiben als geplant.«

»Weswegen bist du hier?«

»Hab in meinem alten Werkhof gezündelt.«

»Was meinst du damit?«

Andreas seufzte und verdrehte die Augen. »Na, was angezündet.«

»Und was?«

»Eine Decke in der Arrestzelle. In meinem Stammjugendwerkhof. In Burg.«

Beate schüttelte unwillkürlich den Kopf. »Das war sehr leichtsinnig. Du hast dich selbst und andere in Gefahr gebracht. Du hättest sterben können.«

Wieder zuckte Andreas mit den Schultern. Es wirkte durch und durch gleichgültig. »Mich vermisst doch sowieso keiner«, murmelte er.

Jetzt wusste Beate auf einmal nicht, wohin sie blicken sollte. *Mist! So ein Mist!* Sie musste aufpassen, dass sie professionell blieb, die Fragen stellte, die sie stellen sollte. Trotzdem fühlte sie Mitleid wie eine kurze kräftige Welle in sich hochschwappen. Mit vierzehn sollte man so einen Satz nicht sagen müssen. Sie räusperte sich.

»Hast du in der vergangenen Nacht etwas Ungewöhnliches bemerkt? Ich meine: komische Geräusche, Stimmen, Krach ...«

»Ich weiß, was Sie meinen.«

»Schön. Dann erzähl mal.«

Er schüttelte den Kopf.

»Du hast nichts bemerkt? Oder willst mir nichts sagen?«

»Beides.«

»Hm. Das ist schade. Du könntest uns vielleicht helfen herauszufinden, was passiert ist.«

»Selbst wenn es so wäre«, sagte Andreas plötzlich mit heller, fast schriller Stimme. »Dann spazieren Sie nachher raus, und ich bin immer noch hier drin!«

Beate schluckte. Womöglich hatte er recht. Wenn die Jugendlichen etwas ausplauderten, schwebten sie vielleicht in Gefahr. Ausschließen konnte sie es jedenfalls nicht.

»Ich werde natürlich niemandem etwas von unserem Gespräch erzählen«, sagte sie. Außer Lehmann und den Kollegen, und wer weiß, an wen die diese Informationen weitergeben, setzte sie in Gedanken hinzu.

»Vielleicht ist dir ja was aufgefallen? Etwas, das anders war als sonst?«

Andreas schwieg eine Weile. Er legte seine Hände auf den Tisch, als wollte er ihr zeigen, wie sauber seine Fingernägel waren.

»Meine Zellentür war aufgeschlossen«, sagte er schließlich leise. »Sie stand morgens ein Stück offen, obwohl sie wie immer verriegelt und zugeschlossen wurde, als sie mich da reingesteckt haben.«

Beate nickte ihm aufmunternd zu. »Das könnte ein wichtiger Hinweis sein. Wie läuft das denn normalerweise am frühen Morgen ab?«

»Ein Erzieher kommt, schließt auf, und man muss gerade stehen und Meldung machen.«

»Das war diesmal also anders?«

Andreas nickte.

»Was hast du getan, als du gemerkt hast, dass die Tür offen stand?«

»Nichts weiter«, sagte er schnell. »Rausgeschaut. Da war niemand. Jedenfalls hab ich keinen gesehen und mich wieder auf die Pritsche gelegt.«

»Weil du noch müde warst?«

»Genau.«

Beate blickte auf die Kinderhände auf dem Tisch. »Kann ich verstehen, Andreas. Ich bin auch oft müde, wenn ich früh aufstehen muss.«

In so einem Käfig zu leben würde jeden zermürben, dachte sie.

»Welche schlechten Erfahrungen mit der Polizei hast du denn gemacht?«, wollte sie zum Ende des Gesprächs wissen.

»Die haben mich hierhergebracht.«

5

In ihrer Mittagspause saß Beate mit Steffen, dem Kriminaltechniker, im Café am Torgauer Markt. Sie hatte sich gleich ein Kännchen Kaffee bestellt und trank die zweite Tasse. Besonders stark war das Getränk nicht, aber langsam begann das Koffein zu wirken, und sie entspannte sich ein wenig. Sie blickte aus dem Fenster über den Marktplatz zu einem Brunnen hinüber. Einige ältere Damen kamen aus dem *Haus der guten Kleidung*, schlenderten mit ihren Dederon-Einkaufsbeuteln umher und stellten sich an die Schlange vor der Fleischerei an.

»Eine ganz normale Stadt«, murmelte sie.

Steffen sah sie fragend an.

»Eigentlich«, ergänzte sie.

»Ach so. Ja. Ich weiß, was du meinst. Diese Einrichtung ist schon … speziell. Aber eine hohe Mauer versperrt ja die Sicht für die Bürger. Keiner weiß, was dahinter los ist. Vielleicht will es auch keiner wissen.«

Das Café war um diese Zeit nur spärlich besetzt. Steffen sprach dennoch so leise, dass Beate ihn gerade noch verstehen konnte.

Sie dachte an die drei Jugendlichen. Einen besonders schwer erziehbaren Eindruck hatten sie nicht auf sie gemacht. Und Andreas war ein Kind. Wie konnte man diese Minderjährigen in so ein Zuchthaus sperren?

Ein junges Pärchen, das am Nachbartisch saß, erhob sich zum Gehen. Beate wartete, bis sie das Café verlassen hatten. Nun waren sie beinahe unter sich.

»Glaubst du an Lehmanns These? Dass es Selbstmord war?«

Steffen zuckte mit der Schulter. »Motive hätte er gehabt dafür, da hat Lehmann schon recht. Und statistisch gesehen ist Strangulation eine der häufigsten Suizidmethoden. Bei der ersten Durchsuchung seiner Wohnung haben wir allerdings nichts gefunden, was auf einen Suizid hindeutet. Keinen Abschiedsbrief. Keine Notiz mit *Tut mir leid*. Kein Schuldbekenntnis wegen seiner Tätigkeit als Menschenschinder. Kein Schreiben an Angehörige. Und der Kühlschrank war gut gefüllt. Offenbar war er gerade erst einkaufen. Wenn er sich wirklich umgebracht hätte, warum dann nicht in seinen eigenen vier Wänden? Zumal diese sich ebenfalls in dem Gebäude befinden.«

»Lehmann hat die Bauarbeiter vorhin vernommen. Aber ich kenne das vollständige Ergebnis noch nicht«, sagte Beate und trank den letzten Schluck Kaffee. »Einer der Bauarbeiter hat wohl ausgesagt, dass seine Werkzeugkiste nicht dort stand, wo er sie abgestellt hatte, sondern an einem anderen Platz. Nämlich auf der Laufbohle, die direkt in das Fenster der Zelle hineinragte, in dem der Direktor tot aufgefunden wurde. Höchstwahrscheinlich haben seine Kollegen an der Stelle einfach schlampig gearbeitet, und es war nur ein merkwürdiger Zufall.«

Steffen seufzte. »Das glaub ich kaum. Fehlte denn was aus diesem Werkzeugkasten? Vielleicht stammte ja das Seil, mit dem sich Zinkner erhängt hat beziehungsweise mit dem er getötet wurde, daraus.«

Beate zuckte mit den Schultern. »Ich weiß nicht, ob Lehmann

so gründlich war und nachgefragt hat, was sich in dieser Kiste befand.«

»Ich fürchte, dieser Fall wird uns noch einige Zeit beschäftigen. Und ganz ehrlich? Es ist irgendwie ziemlich gruslig in diesem Jugendwerkhof.« Steffen schüttelte sich. »Ich dachte, wir arbeiten in einem Kinderheim, stattdessen ist das ein Hochsicherheitstrakt. Würde mich nicht wundern, wenn einer der unfreiwilligen Bewohner da Rachegelüste verspürt.«

»Hältst du das für möglich?«

»Keine Ahnung. Aber wie würde es dir gehen, wenn man dich wegen irgendwelcher Verstöße gegen die sozialistische Ordnung in so ein Gefängnis sperrt?«

Beate seufzte und hob ratlos die Hände. Sie wusste keine Antwort darauf. »Was ist eigentlich mit dem Kollegen Michaelis?«, wechselte sie das Thema. Sie wusste, dass Steffen gut mit ihm befreundet war.

»Tja. Er hat mich mitten in der Nacht angerufen.« Steffen räusperte sich und zündete sich eine Zigarette an. Seine Stimme wurde noch etwas leiser, und Beate hatte Mühe, alles mitzubekommen, was er vor sich hin murmelte. »Und jetzt halt dich fest: Nicht etwa von zu Hause! Sondern aus Westberlin! Und er hat mir gleich zu verstehen gegeben, dass er nicht wiederkommen wird.«

Beate hielt sich an ihrer leeren Tasse fest. »Ach, du ... *glaubst es nicht*.«

»Offenbar ist er gleich los, als die Nachricht verkündet wurde, dass die Mauer auf ist. Er wird wohl nicht der Einzige sein, der die Gelegenheit nutzt. Nur mit dem Unterschied, dass er nicht zurückkehren *kann*.«

»Wieso nicht?«

»Als Volkspolizist ist es ihm nicht gestattet, einfach in den Westen zu spazieren. Jedenfalls noch nicht. Also ist das Republikflucht. Paragraph 213 des Strafgesetzbuches der DDR. Er hat wohl das Gewühl ausgenutzt. Wenn man den Fernsehbildern glauben darf, wurde der Antifaschistische Schutzwall beziehungsweise wurden die Grenzübergangsstellen überrannt.«

Beate behielt lieber für sich, dass sie von dem Jahrhundertereignis nichts mitbekommen hatte. Zum einen war ihr das aus irgendeinem Grund peinlich, zum anderen wollte sie nichts von ihrem Ex erzählen. »Denkst du, die machen die Grenze wieder dicht?«

»Wer weiß? Möglich ist alles.«

»Und der normale Bürger kann jetzt einfach so da rüberspazieren? Zum Klassenfeind?« Es fiel ihr schwer, das zu glauben.

»Schau es dir selbst an. Zumindest in der Glotze. Die Nachrichten sind voll davon. Jubelnde Leute, die sich an der Grenzpolizei vorbeischieben.« Steffen lachte leise.

»Und unser Kollege war also gestern Nacht mitten unter ihnen und hat sich einfach so mir nichts, dir nichts in den Westen abgesetzt. Na, wenigstens muss ich mich dank ihm nicht mehr länger mit verstaubten Akten beschäftigen.«

Beate hob schon seit einer geraumen Weile die Hand, doch die Kellnerin übersah sie geflissentlich.

»Willst du auch rüber?«, fragte sie ihren Kollegen.

»Du meinst zum Gucken? Ja, klar, sobald das für unsereins möglich ist. Du nicht?«

»Ich weiß noch nicht. Wahrscheinlich schon. Ganz schön mutig von Michaelis, von heut auf morgen sein Leben zu wechseln.«

»Vielleicht müssen wir das bald alle«, meinte Steffen.

»Wie meinst du das?«

»Na, ist doch gut möglich oder sogar sehr wahrscheinlich, dass wir demnächst alle unser Leben ändern werden. Jetzt, wo die Mauer auf ist ...«

Die Kellnerin kam mit einem missmutigen Ausdruck im Gesicht an ihren Tisch.

»Sie wünschen?«

»Ich hätte gern das Würzfleisch«, bestellte Beate und tippte auf die fleckige Speisekarte.

»Ich auch«, sagte Steffen schnell.

»Ist aus«, teilte die Kellnerin gleichmütig mit.

»Dann die Soljanka.«

»Ist auch aus.«

»Was haben Sie denn noch?«, fragte Beate ungeduldig.

»Wiener Würstchen sind noch da. Mit Gurke, Bautz'ner Senf und Toastbrot.«

»In Ordnung.« Sie wechselte einen Blick mit Steffen, und er nickte ergeben. »Zweimal bitte. Und für mich noch ein Kännchen Kaffee.«

Nach ihrer Mittagspause erwartete der stellvertretende Direktor des geschlossenen Jugendwerkhofs, Reinold Spieß, Beate in seinem Büro. Er trug ein rosafarbenes Hemd, darüber eine blauschwarz karierte Jacke, war von kräftiger Statur, aber nicht übergewichtig, sondern er sah eher so aus, als würde er die Sportübungen, die man den Jugendlichen hier abverlangte, auch selbst beherrschen. Seine borstigen Haare wirkten, als stünden sie ihm zu Berge, was vielleicht in Anbetracht der Situation sogar zutraf.

»Ihr Kollege, Genosse Lehmann, hat bereits mit mir gesprochen«, sagte er und reichte ihr seine Hand, die sich kalt und feucht anfühlte. »Aber natürlich beantworte ich auch gern noch Ihre Fragen. Setzen Sie sich doch. Möchten Sie einen Kaffee?«

Beate lächelte höflich. »Nein, danke, ich habe gerade am Markt eine Tasse getrunken.« Das war wohl die Untertreibung des Tages. Aber sie konnte ihm ja schlecht erklären, dass sie sich in ihrer Mittagspause drei Kännchen, also mindestens sechs Tassen, gegönnt hatte.

»Ohne Kaffee geht bei mir gar nichts«, sagte Herr Spieß. »Zu Dienstbeginn habe ich manchmal mit dem Boss eine ganze Kanne geleert.« Sein Gesicht verfinsterte sich plötzlich, und er stöhnte leise. »Was für ein unglaublicher Verlust. Wie konnte das passieren? Ich kann es noch immer nicht glauben.«

»Das verstehe ich. So ein plötzlicher Tod ist schwer fassbar. Wer hat Sie über den Todesfall informiert?«

»Unser Hausmeister, Herr Braun. Er hat auch die Polizei gerufen und vorher noch Doktor Rehling aus dem Bett geklingelt und um Hilfe gebeten.« Der Mann rang einen Moment nach Atem, als müsste er ein Schluchzen unterdrücken. »Aber die Hilfe kam leider *zu spät!* ... Über Jahre und Jahrzehnte war Karl Zinkner der Leiter dieser Jugendhilfe-Einrichtung, hatte immer alles unter Kontrolle. Auch wenn es nicht gerade wenige Probleme gab. Ich könnte Ihnen da Geschichten erzählen ...« Er hob die Hand und ließ sie wieder fallen, als wäre sie ihm zu schwer. »Vierzig rebellische Jungen und zwanzig freche, widerspenstige Mädchen auf einem Haufen beziehungsweise in einem Haus in den Griff zu bekommen – und das Tag für Tag, Nacht für Nacht –, das ist alles andere als eine leichte Aufgabe. Und nun so ein Ende!«

Beate nickte unbestimmt. »Was für ein Mensch war der Direktor?«

»Gute Frage, aber nicht einfach zu beantworten«, murmelte Reinold Spieß.

»Versuchen Sie es.«

»Er war eine absolute Respektsperson. Alle kamen seinen Anweisungen sofort nach – nicht nur die Jugendlichen, meine ich ... Widerspruch duldete er nicht. Aber das wurde akzeptiert. So gab es unter den Kollegen wenig Ärger. Es war ja klar, wer das Sagen hatte.«

»Hatte er Freunde? Familie?«

»Ich würde ihn eher als Einzelgänger beschreiben, der mit diesem Werkhof verheiratet war. Ihn umgab immer eine Art ... *Geheimnis*. Er vertraute sich selten jemandem an. Behielt alles für sich, offenbar auch seine Probleme. Wissen Sie, dass er sogar in diesem Gebäude gewohnt hat?« Er blickte ihr jetzt direkt in die Augen, als wollte er ihr mit dieser Bemerkung etwas zwischen den Zeilen mitteilen. Beate fragte sich, was.

»Seine Wohnung wurde von unseren Leuten schon auf Spuren und mögliche Hinterlassenschaften durchsucht«, antwortete sie. »Sie meinen mit Ihrer Einschätzung also, dass er keine Familie und keine Freunde hatte?«, fragte sie direkt.

»So kann man es ausdrücken. Ja.« Herr Spieß rutschte unruhig auf seinem Stuhl umher. »Und haben Sie denn schon etwas gefunden?«, wollte er wissen.

»Darüber darf ich nichts sagen.«

»Verstehe. Aber Karl war nicht der Typ, der Abschiedsbriefe schreibt. An wen auch?«

»Hatte Ihr Chef irgendwelche Feinde?«

»Feinde?«, fragte er überrascht zurück. »Sie meinen also, es war *kein* Selbstmord?«

»Wir sind erst am Anfang der Ermittlung. Sie glauben, es war ein Suizid?«

»Er hat gerade alles verloren«, wich er aus und hob jetzt beide Hände. »Da weiß man nicht, wie ein Mensch reagiert. Zumal einer, der sich nicht in die Karten gucken lässt. Aber ... Zu Ihrer Frage: Sicher hatte er auch Feinde. Nicht jeder von unseren Jugendlichen hat begriffen, dass wir nur zu ihrem Besten handeln.«

»Sie meinen, manche, die hier festgehalten wurden, haben Rachegelüste?«

»Das kann man wohl kaum ausschließen.« Er verschränkte die Arme und lehnte sich zurück. »Trotz all unserer Bemühungen, verweigern sich manche der Umerziehung. Leider müssen wir auch die UVBs entlassen, wenn sie achtzehn und damit volljährig werden.«

»UVBs?«

»Unverbesserliche.«

»Aber niemand kommt hier so einfach rein oder raus«, sagte Beate nachdenklich. Sie sah zum Fenster hinüber, das hier weder vergittert war noch aus Milchglas bestand. Ein einsamer, halb vertrockneter Kaktus stand auf dem Fensterbrett. »Wir brauchen eine Liste der Leute, die einen Zugang zum Gebäude haben, und natürlich die Namen derjenigen, die in der fraglichen Nacht Dienst hatten.«

»Die Namen des Personals und weitere Informationen habe ich bereits an Ihren Kollegen, Oberleutnant Lehmann, gegeben. Und sonst ... gelangen nur Leute hinein, die einen Grund dafür haben. Der Fahrer, der die Jugendlichen in ihre Stammwerkhöfe bringt, die Bauarbeiter, die Postfrau ... Aber die meisten, die nicht zum Personal gehören, kommen auch nicht direkt in den Teil des Werkhofs, in dem sich die Jugendlichen befinden, sondern höchstens auf den Hof oder in den Eingangsbereich der Verwaltung.«

»Und die Eltern der Jugendlichen?«

»Besuch ist nur im Besucherraum gestattet.«

»Und wo befindet der sich?«

»In der Verwaltungsabteilung.«

Klar, dachte Beate. Der Anblick des Gefängnistrakts könnte ja unangenehme Fragen aufwerfen.

»Wo werden eigentlich die Schlüssel für den Jugendwerkhof

aufbewahrt?« Beate dachte an Andreas und seine Beobachtung: Irgendjemand musste vor Tagesanbruch seine Tür geöffnet haben. Wer? Und wozu?

»Die Erzieher und das Personal tragen ihre Schlüssel bei sich. Sonst würden sie hier nicht weit kommen. Warum fragen Sie?«

»Ich möchte nur wissen, an wen ich mich wenden muss, wenn ich die einzelnen Räume inspizieren will.«

»Jederzeit an mich, Frau Vogt!« Er zeigte ihr ein wohlwollendes Lächeln, als würde er ihr gleich ein frisch gezapftes Pils ausgeben. »Sie bekommen selbstverständlich die Unterstützung, die Sie benötigen.«

»Davon gehe ich aus«, sagte sie trocken und erhob sich. Als sie an der Tür stand, drehte sie sich noch einmal zu ihm um. »Ach ja, eine Frage noch: Warum bringt man die Minderjährigen eigentlich in Zellen unter?«

»*Zellen?*« Reinold Spieß hob erstaunt die Augenbrauen. »Wir haben hier keine Zellen. Das sind Schutzräume. Die Jugendlichen müssen vor sich selbst geschützt werden.«

»Vor sich selbst?« Sie lächelte säuerlich.

»Die Jugendlichen, die hier eingewiesen werden, sind unberechenbar«, antwortete er. »Keiner von denen ist ein Unschuldslamm.«

Beate hörte den verächtlichen Ton und fragte sich, ob sie noch bleiben und nachhaken sollte. Doch sie hielt die Klinke schon in der Hand, und kurz dachte sie an ihre Meerschweinchen, die sie sicher mit einem hungrigen Quieken empfangen würden. »Über Ihre Ansichten zu den Heiminsassen sprechen wir noch ein anderes Mal«, sagte sie.

6

Die Erzieherin Hildegard Hellermann marschierte unruhig durch den Gang des Gefängnisbaus. Sie befand sich im Mädchentrakt, in dem bis vor Kurzem noch zwanzig Insassinnen gehaust hatten. Bis zu jenem Tag, als der Anruf kam: von ganz oben – aus dem Büro von Margot Honecker, von einem Mitarbeiter der Volksbildungsministerin. Oder gar von ihr höchstpersönlich? Direktor Zinkner hatte den Anruf entgegengenommen, den Befehl zur Auflösung: Plötzlich musste alles ganz schnell gehen. Jugendliche wurden rücküberführt in ihre Stammwerkhöfe, Handwerker bestellt, die die Gitter abmontierten, die Gummiknüppel verschwanden aus dem Erzieherzimmer.

Und nun? Wie sollte es weitergehen?

Den Direktor konnte sie nicht mehr fragen ...

Bei jedem ihrer Schritte klirrte der große Schlüsselbund, den sie am Gürtel trug.

Zu Beginn ihrer Zeit in Torgau – das war nun schon fast zehn Jahre her – hatte sie dieses Geräusch gestört. Mittlerweile hörte sie es kaum noch. Sie hatte sich an die eigenartigen Töne, die in diesem Werkhof normal waren, gewöhnt. Aber seit die meisten Jugendlichen im Lauf der letzten Tage fortgebracht worden waren, hallten ihre Schritte lauter als früher, und heute klirrte und klimperte der Schlüssel direkt in ihre Nerven.

»Der Chef ist also tot«, murmelte sie vor sich hin, als müsste sie sich diese Tatsache ein für alle Mal ins Gedächtnis rufen, und schüttelte ungläubig den Kopf. »Aber warum? Wie konnte das bloß geschehen?« Sie blickte lauernd den leeren Gang hinab, starrte durch die Gitterstäbe hindurch, die das Stockwerk vom Treppenhaus trennte. Als könnte dort jemand auftauchen, der ihr eine Antwort gab.

Aber niemand erschien. Natürlich nicht. Der Direktor war, außer der Nachtwache, der Einzige gewesen, der hier zu später Stunde manchmal herumspazierte. In seinem Reich. Wie ein alter König, der nach dem Rechten sah.

Und jetzt ...?

Sie musste wegen *der Vorkommnisse* Überstunden machen. Bis die Nachtwache auftauchte, war sie auf diesem Flur allein. Mal abgesehen von der Jugendlichen Wolter, die hinter der Zellentür des Gruppenraums für die weiblichen Insassen auf einer Doppelstockpritsche lag und schlief.

Hildegard überlegte, ob sie das Licht in dem Raum einschalten und das Mädchen aus dem Schlaf reißen sollte. Vielleicht wusste sie ja etwas? Immerhin war sie Karl Zinkners Liebling gewesen. Schlaftrunken, wie sie bei einem Wecken um die Zeit sein würde, könnte ihr womöglich eher etwas herausrutschen. Andererseits traute Hildegard ihr nicht über den Weg. Dieses verlogene kleine Aas tat immer so unschuldig und zeigte niemandem ihr wahres Gesicht. Einen Moment fragte sie sich, ob die Wolter den Genossen Direktor womöglich in den Selbstmord getrieben hatte. Zuzutrauen wäre es diesem Flittchen. Vermutlich war schon so mancher Mann auf dieses scheinbar harmlose Puppengesicht hereingefallen. Hildegard kannte ihre Pappenheimer. Und diese Tanja war mit allen Wassern gewaschen, so viel stand fest. Da konnte sie noch so viele Krokodilstränen vergießen. Die Kleine war nichts als eine verwahrloste Schlampe. *Sexuell* verwahrlost. Was auch sonst.

Hildegard ballte die Fäuste, und ihre Zähne pressten sich zusammen. Sie war sich plötzlich sicher, dass dieses Gör irgendwie für den Tod des Direktors verantwortlich war.

Aber was konnte sie, Hildegard, nun tun? Wie sollte sie das beweisen? Sollte sie zur Polizei spazieren und über ihre Vermutungen eine Aussage machen? Unmöglich. Diese Polizistin würde nur weiter herumschnüffeln und mutmaßlich der Jugendlichen Wolter eher Glauben schenken als ihr. Die Frau von der Kripo war doch selbst noch grün hinter den Ohren. Solidarisierte sich sogar mit den schwererziehbaren Gören, wie es aussah. Die hatte doch keine Ahnung. So eine glaubte, alles besser zu wissen.

Vielleicht sollte sich Hildegard an den Kollegen von ihr wenden, an diesen Lehmann. Das war doch der Vorgesetzte von der Vogt? Sicher war der das. Und der wirkte wenigstens seriös.

Mit ein bisschen Glück würde er ihr dankbar sein. Sich womöglich für sie einsetzen, wenn ... wenn hier alles den Bach runterging. Gab es einen Plan B, wenn der letzte Jugendliche aus diesem Haus entlassen worden war? Hildegard konnte sich nicht vorstellen, was danach kam.

Sie musste mit Spieß sprechen, der ja jetzt der neue Chef war. Aber Chef wovon? Von einem leeren Gebäude?

Sie schüttelte den Kopf, murmelte weiter vor sich hin. Früher war der Werkhof mal ein richtiges Gefängnis gewesen, wie unschwer jeder erkennen konnte, der hier drin landete.

Die Gitter von den Fenstern zu entfernen, empfand sie als Fehler. Es gab immer Leute, die man besser einsperrte, die man hinter schwedischen Gardinen hielt.

»Schwedische Gardinen.« Sie lachte leise auf. Wenn jetzt wirklich alle reisen durften, wohin sie wollten, wie die Nachrichtensprecher im Fernsehen behaupteten, konnte sie sich ja mal die Gardinen in Schweden anschauen – warum nicht?

Kam man da überhaupt mit Ostmark hin?

Sie zuckte mit den Schultern. »Wohl kaum«, murmelte sie.

Und was sollte sie denn auch in Schweden? Sie konnte kein Wort Schwedisch. Und sie wusste ja nicht einmal, wie die Hauptstadt dort hieß. Ob es in Schweden auch Schwedeneisbecher gab? Im Sommer aß sie den gerne auf dem Torgauer Markt: Vanilleeis mit Apfelmus, einem ordentlichen Schuss Eierlikör und Sahne. Sie seufzte leise. Im grauen November konnte man von einem Schwedeneisbecher unter strahlend blauem Himmel natürlich nur träumen.

Ein scheppperndes Geräusch ließ sie zusammenfahren. Was war denn das? Nervös blickte sie sich um. Niemand zu sehen. Die Nachtwache? Die sollte erst in einer halben Stunde erscheinen. Und zu früh kam die bestimmt nicht.

Hildegard starrte die Tür an, hinter der die Jugendliche Wolter eingesperrt war. Ganz allein. Das letzte Mädchen. Möglicherweise konnte sie ja nicht schlafen? Drehte die jetzt etwa durch? Oder war sie beim Herumtapsen im Dunkel gegen den Kübel für die Notdurft gestoßen? Wäre nicht das erste Mal, dass der umkippte. Das erwies sich dann immer als eine Riesensauerei, wenn Hildegard morgens die Zellentür aufschloss und aufpassen musste, dass sie nicht in die stinkende Pfütze trat.

Aber es hatte sich nicht nach einem Eimer angehört.

Wieder erklang der metallene Ton. Nicht ganz so laut. Als würde sich der Verursacher mehr Mühe geben, niemanden aufzuscheuchen.

Kam das Geräusch von der Etage unter ihren Füßen? Sie versuchte, etwas durch die Milchglasfliesen, mit dem der Boden hier bestückt war, zu erkennen und zuckte plötzlich zusammen. Da! Ein schemenhafter Umriss! Eine Gestalt, die sich bewegte.

Und wenn sich der Boss nun doch nicht selbst aufgehängt hatte? Erst jetzt wurde ihr bewusst, dass ja möglicherweise ein Mörder frei herumlief.

Was hatte sie hier noch zu suchen? Warum saß sie nicht längst in ihrem Ohrensessel neben dem Kachelofen und hörte sich die Schlagersendung an, die sie so mochte? Sie fand, einen schönen Titel von Frank Schöbel oder Dagmar Frederic hatte sie sich nach all der Aufregung redlich verdient.

Auf die verbliebenen drei Jugendlichen aufzupassen, die sowieso bald verschwinden würden, erschien ihr auf einmal ziemlich sinnlos. Sie waren einzeln eingeschlossen und wussten, dass sie früher oder später gehen konnten. Sie mussten nur abwarten. In so einer Situation würde doch keiner der drei noch etwas Unüberlegtes anstellen. Es sei denn ...

Es sei denn?

Sie ging hastig zum Etagengitter, schloss es auf und hinter sich wieder zu. Jetzt noch schnell ins Erzieherzimmer, den üblichen Bericht schreiben, danach ihren Mantel und ihre Tasche holen ... Und dann: endlich Feierabend! Wer wusste, ob sie die Überstunden überhaupt noch bezahlt bekam.

Plötzlich nahm sie ein Stück unter sich eine Bewegung wahr, und ein blasses Gesicht schob sich über das Treppengeländer und starrte zu ihr herauf.

Es war zu spät, um umzukehren. Das Gitter hinter ihr hatte sie höchstpersönlich selbst zugeschlossen.

»Jugendlicher ... Kerner«, stammelte sie. »Maik? Was machst du ... Was machen Sie denn hier?« Sie holte tief Luft. Konzentrierte sich auf den scharfen Ton, der hier sonst üblich war. »Gehen Sie sofort zurück in Ihren Verwahrraum! Ansonsten hat das ein übles Nachspiel für Sie! Haben Sie mich verstanden?« Ihre Stimme klang belegt, das hörte sie selbst. »Ob Sie mich verstanden haben?«, kreischte sie hysterisch.

Er grinste sie so breit an, dass sie seine bräunlich verfärbten Zähne sah. Maik Kerner antwortete nicht. Aber die Kälte in seinen Augen war Antwort genug.

7

Beate hörte das laute Quieken ihrer Meerschweinchen schon, als sie die Tür aufschloss. Es klang ein wenig empört. Besonders Susi, die meist für die anderen mit protestierte, machte ihr Vorwürfe.

»Ja, ich weiß, es ist wieder spät geworden.« Sie seufzte und lief in die Küche, um schnell Möhren und Salat zu holen.

Doch dann hielt sie mitten in der Bewegung inne. Da, wo der Kühlschrank heute früh noch gestanden hatte, war nichts. Nur ein viereckiger schmutziger Fleck auf dem Boden. Wie es aussah, war da mal etwas ausgelaufen. Eine braune Soße? Es musste schon länger her sein, sie konnte sich nicht erinnern, was das gewesen sein sollte.

»Na toll, Toni, ganz toll!« Dann fiel ihr ein, dass sie den Kosenamen ja nicht mehr benutzen wollte. »Anton Ullrich Becker, du hast sie wohl nicht mehr alle!«

Auf dem Küchentisch lag der spärliche Inhalt des Kühlschranks ausgebreitet: Mohrrüben, ein paar Blätter Salat, eine Gurke, ein Stück Butter, eine Packung Eier, etwas Käse ...

Hatte ihr Ex den Kühlschrank mal bezahlt? Er schien jedenfalls davon auszugehen. Nach einem Zettel mit einer Erklärung hielt sie vergeblich Ausschau.

Da er selbst kein Auto besaß, musste er sich extra ein Transportfahrzeug besorgt haben oder jemanden, der ihm half. Spontan war sein Einbruch jedenfalls nicht gewesen. Und genau genommen konnte von Einbruch nicht die Rede sein. Vor zwei Jahren hatten sie in der Kommunalen Wohnungsverwaltung behauptet, dass sie heiraten und Kinder wollten, um diese engen zwei Zimmer beziehen zu dürfen. Theoretisch war er also auch noch Mieter.

Blöd, dass sie ihm den Schlüssel nicht abgenommen hatte. Nur weil sie hoffte, dass Toni die Meerschweine füttern könnte, wenn sie mal nicht dazu kam …

Stattdessen räumte er ihr die Wohnung aus.

Erst verschwand der Fernseher und nun auch noch der Kühlschrank.

»Das darf doch nicht wahr sein! Ist das zu fassen … Hast du vergessen, dass ich bei der Polizei bin?«, murmelte sie vor sich hin, während sie ins Wohnzimmer lief und die Nagetiere fütterte. »Ich könnte dich verhaften. Klauen ist Diebstahl! Laut Paragraf 177 des Strafgesetzbuches der DDR ist das strafbar, was du hier machst!«

Eigentlich gehörte der Kühlschrank ihnen beiden. Aber in der Mitte durchsägen kam ja wohl eher nicht infrage. Aus ihrer Kehle drang ein komischer Laut. Ein Lachen oder Schluchzen oder eine Mischung aus beidem.

Susi blickte fragend zu ihr hoch. Aber dem Schweinchen ging es wohl eher um das nächste Stück Gurke als um Beates Probleme.

Sie hockte neben ihren Tieren und betrachtete die Stelle in der Schrankwand, wo vor Kurzem der Fernseher gestanden hatte. Nur die blöde Matroschka war immer noch da. Obwohl die definitiv ihrem Exfreund gehörte. Seine Mutter hatte sie angeschleppt, als sie mal zum Abendessen gekommen war. Allerdings hatte sie dieses Mitbringsel ihnen beiden geschenkt, soweit Beate sich erinnern konnte. Eine Matroschka mit weiteren Matroschkas in ihrem

Innern. Was genau sollte sie damit? Dieses kitschige Ding hätte er ruhig mitnehmen können.

Nichts Gutes ahnend, erhob sie sich und schob langsam die Tür zum Schlafzimmer auf. Und richtig: Das zweite Bett fehlte. Samt Matratze, Kopfkissen, Decke und Laken.

Immerhin wirkte der Raum jetzt größer. Während sie dastand und ihre Tränen wegblinzelte, beschloss sie, sich einen schönen Nachttisch zu kaufen und eine passende Nachttischlampe gleich dazu. Jetzt war ja Platz. Nicht nur in dem Zimmer. Auch in ihrem Leben. Sie konnte sich jetzt endlich mal um sich selbst kümmern.

Und um den Mordfall in Torgau, wisperte eine Stimme höhnisch in ihrem Kopf. Wenn es denn Mord war. Beate hielt das allerdings für mehr als wahrscheinlich. Es *sollte* auf den ersten Blick wie ein Suizid aussehen. Allein dieser Umstand erschien ihr schon verdächtig. Das Bild des aufgefundenen Leichnams kam ihr ungebeten wieder in den Sinn. Das aufgedunsene Gesicht des Mannes, die Kratzer auf der Hand, der Mittelfinger, der anscheinend gebrochen war. Sie musste mit Steffen über diese Verletzungen reden.

Lehmann schien diese Zeichen ja zu ignorieren. Er beharrte auf seiner These von der Selbsttötung. Andere Meinungen interessierten ihn offenbar nicht.

Beate trat ans Fenster, das, wie sie am Morgen gesehen hatte, schon wieder schwarz war vom Ruß der nahe gelegenen Braunkohlekraftwerke und Brikettfabriken. Je nachdem, wie der Wind wehte, schwebten die dunklen Wolken durch Leipzig und überzogen die Häuser mit einer schmierigen Dreckschicht. Die Fenster zu putzen hatte zumindest an solchen Tagen wenig Sinn. Außerdem war dafür Toni zuständig. Beate schluckte. *Gewesen*, fügte sie in Gedanken hinzu und riss das Fenster weit auf. Eine Straßenbahn zuckelte durch die Dunkelheit, die Leninstraße entlang. Sie quietschte erbärmlich, als sie um die Kurve bog und Richtung Völkerschlachtdenkmal weiterfuhr.

Beate nahm den Geruch von Kohlestaub wahr, der zu Leipzig gehörte, als wäre es der Atem der Stadt.

Sie fragte sich, wie sie jetzt schlafen, wie sie einschlafen sollte. Sie fühlte sich wach, aufgekratzt, wütend. Am liebsten hätte sie in diesem Moment Anton Ullrich Becker angeschrien oder ihn wenigstens zur Rede gestellt. Aber sie wusste nicht einmal, wo er jetzt steckte. Sie war allein. Nur Susi quiekte schon wieder im Nachbarzimmer. Für sich und für die anderen Meerschweinchen verlangte sie nach Futter.

8

Maik hörte im Halbschlaf, wie sich der Schlüssel im Schloss drehte. Wie die Riegel beiseitegeschoben wurden. Erst der eine, dann der andere. Was war hier los?

Benommen kam er hoch und starrte durch das Dunkel hindurch die Tür an.

Welcher Erzieher wollte um die Zeit noch etwas von ihm? Zwar besaß er keine Uhr, aber es war eindeutig Nacht.

Automatisch schob er sich von der Pritsche und nahm Haltung an. Bereitete sich darauf vor, die Meldung aufzusagen, die hier, ganz egal, wie spät es war, verlangt wurde. »Jugendlicher Kerner meldet ... Nachtruhe noch nicht beendet, keine besonderen Vorkommnisse.«

Na ja, so ganz stimmte das ja nicht. Keine besonderen Vorkommnisse? Der Mann, den er am meisten hasste, war tot. Abgekratzt. Hinüber.

Diesen Abgang gönnte Maik ihm von Herzen.

Er wartete darauf, dass jemand die Zelle betreten würde. Aber nichts geschah.

Ein schmaler Streifen Licht schimmerte zwischen Schwelle und Fußboden. Einen Moment sah er zwei kreisrunde schwarze Flecken darin. Waren das Füße? Stand jemand vor der Tür?

Maik blinzelte, rieb sich die Augen. Im normalen Leben hätte er gefragt: Wer ist denn da? Wer stört um diese Zeit? Oder etwas in der Art. Aber hier war das nicht erlaubt. Keine Fragen. Keine Bemerkungen. Nicht singen, nicht pfeifen, nicht lärmen. Das stand so in der Arrestbelehrung. Sich mit anderen Jugendlichen zu unterhalten war streng verboten. Reden durfte er nur, wenn er vom Erzieher ausdrücklich dazu aufgefordert wurde.

Maik war lange genug im Geschlossenen Jugendwerkhof, um zu wissen, welche Gesetze an diesem Ort herrschten. Jeder falsche Ton, jedes Wort konnte eine Strafe nach sich ziehen. Und er wollte raus aus diesem Loch. So schnell wie möglich. Er verstand ohnehin nicht, warum er noch immer eingesperrt war. Als einer der letzten Insassen.

Der Streifen Licht verschwand nicht, aber die Schuhe, die er glaubte, gesehen zu haben, waren nicht mehr da. Und kein Erzieher kam herein und brüllte ihn an.

Misstrauisch schlich Maik zur Tür und drückte vorsichtig dagegen. Tatsächlich: Sie gab nach. Was zum Teufel ...?

Ehe er sichs versah, stand er draußen auf dem Gang. Unsicher blickte er sich um. Wenn er jetzt erwischt wurde ... Aber niemand stürmte auf ihn los. Es blieb ruhig. Nur über sich, in der Mädchenetage, nahm er eine Bewegung wahr. Durch die Glasbausteine konnte er erkennen, dass dort jemand entlanglief. Maik hielt den Atem an, konzentrierte sich auf die schemenhafte Gestalt. Eine Frau. Das konnte nur die Hellermann sein.

Mit der wirst du fertig, sagte etwas in seinem Kopf.

Maik winkelte die Arme an, machte sich bereit, im Laufschritt durch den Flur zu rennen. Dann fiel ihm ein, dass das nicht notwendig war. Kein Erzieher da, der ihn antrieb. Er zwang sich beinahe dazu, langsam zu gehen. Und leise. Vorsichtig. So eine Gelegenheit kam nicht so schnell wieder. Auch das Etagengitter stand sperrangelweit auf. Er könnte hinunterschleichen und im unteren

Trakt nach Andreas suchen. Nach dem Todesfall, nach dem Fund des toten Direktors hielten sie die beiden Jungen strikt voneinander getrennt. Nicht einmal zum Essen sahen sie sich. Damit sie sich nicht absprechen konnten?

Gingen die Polizisten davon aus, dass sie etwas mit dem Fall zu tun hatten?

Maik hörte ein Schlüsselklirren über sich. Und die Stimme der Hellermann. Sie nuschelte irgendwas vor sich hin. Redete sie mit jemandem? Er lauschte einen Moment. Nein, sie war allein. Offenbar führte sie nur Selbstgespräche.

Gute Gelegenheit. Mit der wirst du schon fertig.

Er spürte sein Herz schneller schlagen. Obwohl es kalt war in dem Knastgebäude, trat ihm der Schweiß auf die Stirn.

Ihm fiel ein, wie ihn die Hellermann vor zwei, drei Wochen im Speiseraum angeschnauzt hatte. Wegen was? Das hatte er vergessen. Jedenfalls hatte er hungrig hinter seinem Stuhl strammstehen müssen, während alle anderen schnell ihr Essen herunterschlangen. Und ihm fiel ein, wie er bei seiner ersten Einweisung nackt in der Kleiderkammer gestanden hatte und warten musste. Lange. Sehr lange. Und dann kam eine große, stämmige Frau, die er damals noch nicht kannte. Die eine Leibesvisitation bei ihm durchführte. Erst sollte er den Mund weit aufmachen. Und dann ... dann musste er sich bücken ... vor dieser ... dieser ... *Elefantenkuh.*

Maik spürte die Übelkeit wieder. Er schüttelte sich, als wollte er so die Erinnerung loswerden.

Doch die Wut in ihm blieb. Diese Wut hatte sich längst in ihm festgekrallt. Denn die Frau hatte noch etwas anderes getan: Hatte ihn, als er sich einmal wehrte gegen den Befehl, alles in der Arrestzelle noch einmal zu putzen, was er gerade mit der Bürste sauber geschrubbt hatte, in diesen Fuchsbau gezwungen. In ein

Loch, in dem er nicht stehen konnte, nur kauern, die Arme um sich selbst geschlungen, oder liegen, zusammengekrümmt wie ein Embryo, auf dem eiskalten Boden. Wo er in seiner Einsamkeit vor sich hin vegetiert hatte – bis er sich selbst nicht mehr spürte. Bis er sich selbst verloren ging.

Es war nicht nur Wut. Es war schwarzer Hass.

Maik zwang sich zu einem Lächeln, als er sich über das Geländer beugte und zu der Erzieherin hochsah. Ein böses Grinsen für eine böse Frau.

Er hatte mehr als nur eine Rechnung mit ihr offen.

Sie redete mit ihm. Aber in seinen Ohren rauschte es. Kaum konnte er verstehen, was sie sagte. Nur dass es ein Befehl war, nahm er wahr. Und er würde keinen ihrer Befehle mehr befolgen. Nie wieder.

»Ich komm jetzt rauf zu Ihnen«, hörte er sich schließlich selbst. »Und dann geben Sie mir den Schlüssel.«

Seine Stimme klang beinahe sanft.

9

Unruhig wälzte sich Beate auf dem zerknautschten Laken hin und her. Seit Stunden versuchte sie nun schon einzuschlafen. Ein paarmal hob sie ungläubig den Kopf und starrte auf die Stelle, an der gestern noch das zweite Bett gestanden hatte. Neben ihr, direkt neben ihr. Und heute war da nichts, nur diese Leere. Als wäre Toni jetzt endgültig weg.

Das Gefühl von Verlassenheit, gegen das sie die letzten Tage gekämpft hatte, war wieder da. Wie ein Raubtier, das sich unbemerkt angeschlichen hatte, hielt es sie gepackt. Beate schluchzte. Eine einzelne Träne rann über ihre Wange. Wo kam die denn plötzlich her?

Beinahe war sie froh, als mitten in ihre Unruhe hinein das Telefon klingelte. Sofort sprang sie auf. Und anders als sonst, wenn sie nachts der Klingelton hochscheuchte, wurde ihr nicht mal kurz schwindlig. Fast rannte sie zum Telefon und riss den Hörer hoch. »Ja?«

»Lehmann«, sagte der Anrufer knapp. »Es tut mir leid, Ihren Schönheitsschlaf zu stören. Aber Sie müssen nach Torgau kommen.« Seine Stimme klang leicht arrogant, so wie immer, wenn er sich dazu herabließ, mit seiner jungen Kollegin zu sprechen, aber sie hörte sich irgendwie auch heiser und gepresst an. Er räusperte sich.

»Was ist passiert?«

»Die drei Jugendlichen sind weg. Einfach abgehauen. Aus ihren Zellen getürmt.«

»Aus ihren Zellen? Wie ist das …?«

»Keine Ahnung, wie das möglich ist!«, unterbrach er sie ungeduldig. »Genaueres weiß ich noch nicht. Eine Erzieherin wird vermisst.«

»Oh«, sagte Beate und schwieg einen Moment verblüfft. Sie hörte eine Art Schnaufen auf der anderen Seite der Leitung. Es klang verärgert, als hätte sie mit diesem Laut des Erstaunens etwas Falsches gesagt. »Geht es um Frau Hellermann?«, fragte sie. Kurz zuckte in ihr das Bild dieser Frau auf: groß, stämmig, griesgrämig.

»Ich habe jetzt keine Zeit für Erklärungen. Ich muss Sie bitten, auf das Zähneputzen, Haarekämmen und Schminken zu verzichten und umgehend an den Tatort zu kommen«, sagte Lehmann rau.

Beate verdrehte die Augen. Was sollte denn diese Bemerkung? Was bildete sich der Kerl ein? »Aber anziehen darf ich mich noch?«, murmelte sie und legte auf.

Wenigstens musste sie kein schlechtes Gewissen mehr haben, dass sie mitten in der Nacht losmusste. Es war niemand da, den das noch interessierte. Abgesehen von ihren Meerschweinchen, aber die schliefen tief und fest und würden sie erst am Morgen vermissen, wenn das Tageslicht oder der Hunger sie weckten. Und sie würden auch nicht sie, sondern die Futterquelle vermissen.

Sie fuhr schnell, jagte durch die Dunkelheit, raste mit ihrem Motorrad vor ihrem Schmerz davon. Der kommende Winter lag schon in der Luft, und ein Hauch von Frost legte sich auf ihr Gesicht. Ein schneidender Luftzug nahm ihr fast den Atem. Der Ge-

genwind schien sie aufhalten zu wollen. Sollte das eine Warnung sein? Unsinn. Seit wann glaubte sie an solch mysteriöse Zeichen? Seit sie die finsteren Gänge und Zellen in diesem Kinderknast gesehen hatte? Und die Leiche des einstigen Herrschers dort? Ein Toter konnte keine Macht mehr ausüben. Oder? Was hatte er in den Seelen dieser jungen Menschen angerichtet? Warum fragte sie sich das? War das ihre Aufgabe? Wohl kaum.

Wie Blätter im Herbststurm wirbelten ihre Gedanken umher.

Diese halben Kinder ... einfach abzuhauen ... aus diesem Hochsicherheitstrakt ... Wie hatten sie das denn bloß ...? Jemand ... musste ihnen doch ... geholfen haben. Doch ... Wer? ... Und ... Warum? ... Wo steckte Frau Hellermann? ... Und wenn sie nun ...? ... Bloß nicht noch eine Leiche!

Beate parkte ihre MZ an dem Werkhofgebäude, das ihr in der Finsternis noch bedrohlicher erschien als am Tage. Der Einsatzwagen der MUK Leipzig stand auf der anderen Straßenseite. Lehmann war also schon da.

Hinter den Torgauer Gefängnisfenstern brannte Licht. Durch das Milchglas wirkte es diffus, verschwommen. Die Jugendlichen hatten nicht hinaussehen können aus ihrem Kerker, aber man konnte auch nicht in die Zellen hineinsehen. Es war, als würde das Haus selbst seine grausigen Geheimnisse verbergen. Das Gerüst, das die eine Wandhälfte bedeckte, klapperte leise im Wind. Das Metall schlug wohl auf ein noch nicht abmontiertes Gitter. Ein beharrlicher Rhythmus, der ihr einen Schauer über den Rücken jagte. Womöglich war es aber auch nur der fehlende Schlaf, der ihre Nerven so anspannte. Sie holte noch einmal tief Luft, atmete den dunstigen Geruch der Elbe ein, die nur ein paar Schritte weiter in einem kräftigen breiten Strom unablässig entlangfloss.

Ein Volkspolizist mit unbewegtem, bleichem Gesicht zog die

schwere Tür auf und ließ sie ein. Er schien über ihr Kommen Bescheid zu wissen, grüßte sie jedoch nicht und blickte müde vor sich hin. Vielleicht war er ja auch gerade aus dem Bett gejagt worden. Sie schob den Gedanken beiseite. Es war ihr egal. Sie musste ihren Job erledigen. Diese Erzieherin suchen. Herausfinden, was eigentlich passiert war. Wohin die Jugendlichen geflohen waren.

Tanja, Maik und der kindliche Andreas. Sie stellte sich vor, wie die drei durch die Nacht irrten. Auf der Flucht, ohne Essen, ohne Hilfe. Beate schämte sich plötzlich. Wie konnte sie sich bloß so verloren fühlen? Sie hatte doch eine Wohnung, ein Bett, ein Zuhause. Diese Halbwüchsigen besaßen all das nicht. Man hatte sie – aus welchen Gründen auch immer – in diese finstere Burg gesperrt. Und nun waren sie eben abgehauen. Konnte sie ihnen das verübeln?

Lehmann hockte im Erzieherzimmer und sah aus, als wäre ihm nicht nur eine Laus über die Leber gelaufen. Es war offensichtlich, dass er überall lieber gewesen wäre als in dieser finsteren Anstalt. Neben ihm hockte mit ebenso verdrießlicher Miene Reinold Spieß.

Er sah kaum auf, als sie eintrat, sondern rieb an einem Fleck auf seinem rosa Hemd herum. Der Dunst von Alkohol und Zigarettenqualm lag in der Luft. Erst jetzt sah sie zwei leere Schnapsgläser, einen halb gefüllten Aschenbecher und die Schachtel Club auf dem Tisch.

Eine Erziehungsanstalt, in der nun niemand mehr erzogen wurde, ist ziemlich nutzlos, ging ihr durch den Kopf. Es gab keinen mehr zu disziplinieren, wenn nun auch noch die letzten rebellischen Zöglinge ausgeflogen waren. Ein Grinsen wollte sich über ihre Lippen schummeln. Aber Beate presste den Mund zusammen. Die Lage war schließlich ernst und unübersichtlich.

»Gibt es schon eine Nachricht über die geflohenen Jugendlichen?«, fragte sie.

»Bisher noch nicht«, antwortete Lehmann. »Die Fahndungsmeldung ist seit einer Stunde raus.«

»Irgendeine Spur von Frau Hellermann?«, fragte sie.

»Abgesehen von einem Schuh – nichts.«

»Ein Schuh?«

Er deutete auf einen klobigen knöchelhohen schwarzen Stiefel, der in der Ecke stand. »Der lag auf der Treppe. Die Nachtwache hat ihn gefunden und uns alarmiert.«

»Sonst nichts?«

Lehmann schüttelte den Kopf.

»Sie muss zuletzt in der Mädchenetage gewesen sein«, antwortete Spieß nachdenklich. »Und dann wollte sie wohl ins Büro und von dort aus nach Hause. Ihren Bericht hatte sie noch nicht geschrieben.«

»Welchen Bericht?«, fragte Beate.

»Über das Verhalten der Jugendlichen werden täglich Berichte angefertigt«, gab der Mann sachlich Auskunft. »Eine Anweisung vom Direktor. Und die ist meines Wissens noch nicht außer Kraft gesetzt.«

»Täglich«, murmelte Beate. Sie nahm sich vor, mal einen Blick in diese Aufzeichnungen zu werfen. Aber zunächst mussten sie wohl oder übel die Erzieherin ausfindig machen.

»Wir haben gerade jede einzelne Zelle im Mädchentrakt abgesucht«, erklärte Lehmann. »Die Gruppenräume und die Einzelzellen. Auch den Waschraum. Da ist sie nicht.«

»Und bei den Jungs?«

»Dort sucht der Hausmeister mit zwei Kollegen der MUK. Die Nachtwache ist auch noch unterwegs, schaut in die Werkstätten und so weiter.« Lehmann sah sie mit trägem Blick an. »Bleibt dann nur noch der Keller.«

Beate fragte sich, ob die beiden sich mehr als nur den *einen* Schnaps auf den Schreck gegönnt hatten. Die Alkoholwolke stand jedenfalls ziemlich deutlich im Raum.

»Die Ausreißer werden sie wohl kaum mitgenommen haben«, sagte ihr Chef und lachte trocken auf.

Beate verstand seine Heiterkeit nicht. Immerhin konnte die Frau auch tot in einer Ecke liegen, oder? Traute sie den Jugendlichen eine solche Gewalttat zu? Tanja mit Sicherheit nicht, Andreas ebenso wenig. Bei Maik war sie sich da nicht so sicher. Er hatte irgendwie abgebrüht auf sie gewirkt. Hart, verbittert. Aber war er deshalb zu einem Mord fähig?

»Ich geh schon«, sagte sie gleichmütig. »Geben Sie mir den Schlüssel?«, fragte sie Spieß.

»Ist sicher besser, wenn ich Sie begleite«, murmelte er, ohne sich jedoch vom Fleck zu rühren.

Beate schüttelte den Kopf. Aus irgendeinem Grund wollte sie ihn nicht dabeihaben. Was sollte ihr ein angetrunkener, schlecht gelaunter Kerl wie er nutzen?

»Sie beide müssen hier die Stellung halten. Falls es Probleme gibt, gebe ich Bescheid«, sagte sie und klopfte auf die Tasche mit dem Funkgerät. So sicher, wie sie tat, war sie nicht, aber sie spürte auch keine Angst.

Sie ging über den Hof, um zum Eingang des Kellers zu gelangen. Ein Scheinwerfer beleuchtete ihren Weg. Es war kein Mensch zu sehen. Nur ihr Schatten lief vor ihr her. Schotter und Kohlendreck knirschten unter ihren Füßen. Der Schlüsselbund wog schwer in ihrer Hand. Er wirkte altertümlich, wie aus einer längst vergangenen Zeit.

Reinold Spieß hatte ihr noch kurz erklärt, welcher Schlüssel in welches Schloss passte. Und ihr dann ein zweites und sogar drittes Mal angeboten mitzukommen, doch sie wehrte ihn ab. »Das ist Polizeiarbeit!«, sagte sie schroff. Er hatte sie mit gerunzelter Stirn angesehen, ein Rülpsen unterdrückt und aufgegeben. Oberleutnant Lehmann hätte sie begleiten können. Doch der machte keine Anstalten. Als hätte er sein Soll für diese Nacht erfüllt. Und sie würde ihn nicht bitten, ihr zur Seite zu stehen.

Beate schloss die Kellertür auf und blieb am Treppenabsatz stehen. Die Stufen wirkten, als führten sie in einen Abgrund. Düster, wie das ganze Gebäude. Sie schaltete das Licht ein und bemerkte, dass es flackerte. Eine Motte hatte sich in der Schildkrötenlampe verfangen. Ihr schwarzer Flügelschlag warf unheimliche, riesige Schatten an die schimmligen Wände. Es war eindeutig ein Verlies, in das Beate sich hinabbegab. Kein Wunder, dass ihr Boss nicht mitkommen wollte. Er hatte vielleicht schon einen Blick in diese Gruft geworfen.

Beate umklammerte den Schlüsselbund. Er verlieh ihr eine gewisse Zuversicht, dass sie jederzeit, zu jedem Moment aus diesem Knastgebäude wieder herauskommen konnte. In dem flackernden Licht sah sie drei Medizinbälle in einer Ecke liegen, daneben ein paar Hanteln. Kurz wunderte sie sich darüber: Hier war doch sonst alles penibel aufgeräumt. Doch sie dachte nicht weiter darüber nach. In einem Keller lagen eben Dinge herum, die sonst nirgendwo Platz fanden.

Kaum zu fassen: Auch hier unten gab es Zellen. Schwere Eisentüren, mit jeweils zwei Riegeln und einem Schloss gesichert. Beate schaute durch die Spione. Nichts. Es war stockdunkel hinter den Gucklöchern. Sie blieb vor einer dieser Türen stehen. Zog die Riegel beiseite. Leise, als könnte sie jemanden wecken. Ein scharrendes Geräusch zog durch ihre Nerven. Sie steckte einen der Schlüssel ins Schloss. Er passte nicht. Also der nächste. Und der nächste ... Der fünfte Schlüssel griff schließlich, und es kam ihr vor, als öffnete sie das Tor zur Unterwelt. Sie sah wieder nichts. Nur absolute Dunkelheit.

Stocksteif blieb sie vor dieser Finsternis stehen. Ist da jemand? Aber sie sprach die Frage nicht aus. Sie schob sich ein Stück vor, tastete nach einem Lichtschalter, fand ihn nicht. Vielleicht gab es keinen. Von irgendwo vernahm sie ein leises Rascheln. War da etwa wer? Wieso sollte jemand dort hocken? Die Jugendlichen waren alle weg. Die letzten drei geflüchtet. Dann fiel ihr ein, nach wem sie eigentlich suchte.

»Frau Hellermann?«, rief sie.

Aus der Dunkelheit kam keine Antwort. Natürlich nicht. Sie lachte leise über sich selbst. Wieso gruselte sie sich? Glaubte sie etwa an Gespenster? Sie rief noch einmal den Namen der Frau, hielt den Atem an und lauschte.

Nichts.

Beate schaltete ihre Taschenlampe ein und leuchtete in den Raum. Er war klein und eng. Als sie sich ein Stück hineinbegab, musste sie den Kopf einziehen. Obwohl sie nicht besonders groß war, lag die Decke dicht über ihr. Das winzige vergitterte Fenster schien von außen verdunkelt worden zu sein. Beate sah sich kurz um. Es gab nicht viel zu sehen: Außer einer kurzen Holzpritsche und einem Eimer befand sich nichts dort.

Sie zog sich aus der Zelle zurück und beeilte sich nun, die anderen Türen zu öffnen. Überall fand sie das gleiche Inventar. Keine Menschenseele.

Gerade als sie den Keller wieder verlassen wollte, hörte sie ein Geräusch: Schritte. Sie knirschten über den Hof. Deutlich vernehmbar. Zackig. Als würde jemand auf sie zumarschieren. Vielleicht kam ja Lehmann doch noch? Oder Reinold Spieß missachtete ihre Aufforderung, sich aus der Ermittlung herauszuhalten?

Erst als sich ein Schatten auf die Kellertreppe schob, fiel ihr ein, dass sie die Tür oben nicht geschlossen hatte. Wozu sollte sie sich auch einschließen? Sie hatte vorgehabt, so schnell wie möglich wieder aus dieser Gruft zu verschwinden.

Den Mann, der langsam die Stufen hinunterstieg, kannte sie noch nicht. Er war groß, breitschultrig, unrasiert. Ein schmales Gesicht mit irgendwie verformter Nase. Eine Narbe auf der linken Wange. Seine dunklen Augen unter den üppigen Augenbrauen sahen sie durchdringend an. Er trug eine Uniform – oder etwas in der Art. Sie konnte den militärisch wirkenden Anzug nicht zuordnen. Seine Haltung wirkte zwar nicht bedrohlich auf sie, aber doch wie ein Vorwurf. Sie hatte hier nichts zu suchen, hieß dieser Blick.

»Wer sind Sie? Was machen Sie hier?«, fragte er schroff.

Beate zückte ihren Ausweis, erklärte kurz, wer sie war und wen sie suchte.

Er sagte nichts dazu, starrte sie nur weiter auf diese direkte Art an.

»Und wer sind *Sie*?« Beate zwang sich dazu, ruhig zu bleiben und sich ihre Nervosität nicht anmerken zu lassen.

»Bruckner. Georg Bruckner Die Nachtwache. Ich hab die Werkstätten durchsucht, die Sporthalle und den Speiseraum. Kollegin Hellermann ist wie vom Erdboden verschluckt.« Er sprach hölzern. Unwillkürlich musste Beate an eine Figur aus einem Kinderbuch denken, vor der sie sich als kleines Mädchen gefürchtet hatte: *Der schlaue Urfin und seine Holzsoldaten* hieß es.

Dieser Urfin in dem Märchen war ein ungehobelter, grobschlächtiger Kerl, der aber eine unheimliche Macht besaß und mit einem Pulver tote Dinge zum Leben erwecken konnte.

Komisch, dass ihr das jetzt einfiel.

»Ach, Sie waren das ... Sie haben ihren Stiefel gefunden, stimmt's?«, fragte sie.

Er antwortete nicht.

»Hier unten ist sie auch nicht«, sagte sie.

Der Mann beachtete sie nicht weiter, lief den Gang mit großen Schritten ein paarmal auf und ab und betrachtete die geöffneten Zellentüren.

»Haben Sie auch im Fuchsbau nachgesehen?«

»Wo?«

Bruckner deutete mit dem Kinn auf die Ecke, in der die Medizinbälle und die Hanteln lagen. »Normalerweise befinden sich die Sportgeräte im Fuchsbau.«

Beate sah ihn verständnislos an.

»Wenn sie draußen liegen, ist ein Jugendlicher dadrin. Aber es ist ja kein Jugendlicher mehr hier.«

»Was? *Dadrin?*«

Er streifte sie mit einem Blick, der ihr beinahe verächtlich vorkam. Als hätte sie keine Ahnung von den Dingen, die sich hier ereignet hatten. Sie sollte ihn vielleicht nach diesen Dingen fragen. Doch im Moment war keine Zeit dafür.

Georg Bruckner räumte jetzt die schweren großen Bälle aus dem Weg, die Hanteln schob er mit dem Fuß beiseite. Eine Tür erschien – klein, wie für Zwerge.

Beate schüttelte ungläubig den Kopf. »Sie glauben doch nicht ernsthaft ...«

»Geben Sie mir Ihre Taschenlampe!«, herrschte er sie an.

»Das ist verrückt. Das kann doch gar nicht ...« Sie verstummte, gab ihm, was er verlangte.

Bruckner hockte sich vor den Eingang, richtete den Lichtkegel in den winzigen Raum und kroch schließlich hinein.

Einen Moment nahm sie nur sein leises Schnaufen wahr.

»Scheiße!«, hörte Beate ihn auf einmal fluchen. Dann stieß er ein Ächzen aus.

»Was ist los?«

Wieder gab er diese seltsamen Laute von sich, die in Beates Ohren fast tierisch klangen.

»Nun sagen Sie doch endlich ...«

»Sie ist hier!«, unterbrach er sie. »Kommen Sie! Verdammt noch mal! Sie müssen mir helfen!«

Beate Vogt zögerte. Wie konnte sie diesem Urfin-Typen trauen? In ein dunkles Loch zu ihm kriechen? Kam nicht infrage!

»Na los, machen Sie schon!«

Einen Herzschlag lang herrschte Schweigen. Beate schluckte. Auf was zum Teufel ließ sie sich hier ein? Wer würde ihre Meerschweinchen versorgen, wenn sie ...

»Nun kommen Sie endlich!«

Sie ließ sich auf ihre Knie fallen, als wollte sie beten. Dann krabbelte sie auf allen vieren in das Loch.

10

Wie eine tote Krähe hatte der Schuh auf der Treppe gelegen. Schwarz und plump.

Und Georg Bruckner hatte gleich gewusst, dass das Ärger bedeutete. Vorher schon, als er die Türen offen fand. Alle ausgeflogen. Nie zuvor hatte es so was gegeben. Nie zuvor, soweit er sich erinnern konnte, war auch nur einem Jugendlichen die Flucht aus dem Geschlossenen Jugendwerkhof Torgau gelungen. Und jetzt waren gleich drei auf einmal weg!

Einer von den Schwererziehbaren musste die Hellermann überwältigt, ihr den Schlüssel abgenommen und die anderen beiden befreit haben. Dieser Schlaksige mit dem harten Gesicht. Der war Punk gewesen, als er hier reinkam. Daran erinnerte sich Georg noch. Und dann hatten sie ihm seine Stacheln einfach abgeschnitten. Ohne Pardon. Ausziehen, Leibesvisitation. Und er kam in den Arrest. Wie all die anderen. Ein Igel ohne Stacheln. Gedemütigt, fertiggemacht. Ausgeliefert. In ein Loch geschmissen. Eingeschlossen. Kein Entkommen möglich. Die Wut hinter dem leerer werdenden Blick war geblieben. Eine irrsinnige Wut. Ein irrsinniger Hass. Früher wäre Georg Bruckner das nicht aufgefallen. Aber dann waren es nur noch drei statt dreißig gewesen: jugendliche Gefangene, die abgerichtet wurden wie junge Hunde – nur gewalttätiger.

Und er, Georg, der Unsichtbare, der nachts seine Runden drehte, sah sie manchmal, wenn er am frühen Morgen seine Arbeit beendete. Drei sehr unterschiedliche junge Menschen. Jeder auf andere Art widerspenstig, gestrandet in Torgau. Immer noch mussten sie vor die Zelle treten und Meldung machen, als wäre nichts geschehen. Strammstehen. Fertig machen zum Frühsport. Rechts um, links um! Im Laufschritt! Dann: Runden rennen auf dem Hof, Liegestütze, Hockstrecksprünge, Kniebeuge.

Jetzt waren es nur noch diese drei, die man hier festhielt: ein Mädchen, ein Kind und ein Junge. Tanja, Andreas und Maik. Er kannte ihre Namen, auch wenn sie seinen nicht kannten. Er beobachtete sie, auch wenn sie ihn nicht wahrzunehmen schienen. Um Mitternacht lauschte er manchmal an den Türen.

Wenn er Andreas, den Jüngsten hier, in der Einzelzelle weinen hörte, fühlte er seine eigene Verlorenheit, den Schmerz aus Kindertagen, den er versuchte zu verdrängen. Er sah in Andreas das Kind, das er selbst einst gewesen war. Doch der Wunsch, der manchmal in ihm aufkam, etwas für ihn zu tun, ihn zu beschützen, blieb nur ein Wunsch. Die Realität in der Düsternis dieses Gefängnisses war eine, die sich um Wünsche und Träume nicht scherte.

Waren die sogenannten Erzieher gern hier? Empfanden sie Freude daran, ihre Macht auszuüben? Die Hellermann jedenfalls war nicht freundlicher zu den eingesperrten Jugendlichen, nur weil sie eine Frau war. Das hatte er auch mitbekommen. Der einzige Unterschied war die Tonlage: Wenn die männlichen Erzieher brüllten und bellten, hörte er Frau Hellermann keifen und kreischen.

Die zwei Jahre, die er in dieser Einrichtung arbeitete, war er immer froh gewesen, wenn er kurz nach Tagesanbruch gehen konnte. Das Elend nicht mitansehen musste. Die Nacht reichte auch so schon. Das Geflenne und Geheule der sechzig Eingesperrten. Die verzweifelten Rufe nach der Mama, nach dem Zuhause und manchmal nach Gott. Zwanzig Mädchen und vierzig Jungen. Nachts saß das Weinen hinter den Zellentüren, als wohnte es dort. Gewöhnen konnte er sich an diese Geräusche nicht. Sie zerrten an seinen Nerven.

Auch er war gewissermaßen in Torgau gestrandet. Sollte sich bewähren. Nachdem er als Grenzer einen Flüchtling hatte entkommen lassen, ohne einen Finger zu rühren – geschweige denn den am Abzug seiner Waffe. Nicht einmal einen Warnschuss hatte er abgegeben. »Befehlsverweigerung« und »vorsätzliche Verletzung der Dienstpflichten« – so lauteten die Vorwürfe. Beweisen konnten sie ihm damals nichts. Dem Militärknast in Schwedt war er gerade so entgangen. »Unehrenhaft entlassen« aus der *Grenztruppe* wurde er dennoch. Die Soldaten in seinem Regiment hielten ihn für plemplem, die Offiziere zweifelten ebenso an seinem Geisteszustand. Er taugte nicht als Soldat. Vorübergehend hatten sie ihn sogar in eine psychiatrische Klinik eingewiesen. Wenn er diesen Menschen erschossen hätte, wäre er dann mit einem Orden ausgezeichnet worden?

Im Geschlossenen Jugendwerkhof hatte er die Gefängnisgänge auf und ab zu laufen und zu kontrollieren, dass die Zöglinge zwischen Einschluss und Aufschluss der Verwahrräume am Leben blieben, keinen Suizid begingen und sich nicht gegenseitig umbrachten. Seine Aufgabe war es, nachts herumzuschleichen und zu lauschen – auf das, was passierte. Und deshalb wusste er mehr als andere.

Wusste, dass Tanja manchmal nachts fluchte und auf die Erzieher schimpfte, dass Andreas sich in den Schlaf weinte und im Traum nach seiner Oma rief, dass Maik auch mitten in der

Nacht auf und ab ging, an die Tür schlug – manchmal auch mit dem Kübel für die Notdurft, sodass es durchs ganze Haus schepperte. Aber er erzählte niemandem etwas über seine Beobachtungen. »Keine besonderen Vorkommnisse«, schrieb er in das Dienstbuch. Ansonsten erledigte er, was erledigt werden musste.

Und auch heute führte er aus, was ihm befohlen wurde: »Die Hellermann ist also verschwunden, wie Sie sagen. Dann suchen Sie sie!«

Er dachte nicht darüber nach. Er führte nur den Befehl vom neuen Chef aus. Ging ohne besondere Eile durch die Gänge des alten Gefängnisses. In den Werkhallen war sie nicht. Im Sportsaal ebenso wenig. Auch nicht in dem Essensraum.

Soviel er wusste, war die Erzieherin alles andere als beliebt. Weder bei den jungen Eingesperrten noch beim Personal.

Einmal hatte er miterlebt, wie sie am späten Abend die Jugendliche Tanja Wolter aus der Arrestzelle geholt und in den Keller gebracht hatte. »Das Mädel kann sich einfach nicht benehmen!«, hatte sie gekreischt, als sie sich auf der Treppe begegneten. Georg hatte geschwiegen. Diese Dinge gingen ihn nichts an. Er war kein Erzieher. »Die Wolter singt noch, wenn sie in der Zelle ist!«, hatte Frau Hellermann empört hervorgestoßen.

Unverbindlich hatte er ihr zugenickt. Singen war nun mal verboten. Singen hinter Gittern – das passte nicht. Singen wurde bestraft. Wie jeder andere Disziplinverstoß auch. So waren nun mal die Regeln. Und an Regeln musste man sich halten. Besonders hier.

Wahrscheinlich hatte Hildegard Hellermann nicht nur diese Jugendliche nach unten in die Dunkelzelle gebracht.

Natürlich! *Der Keller*! Da hatte er noch nicht gesucht.

11

Beate kroch in den Schlund, den der Wachmann Georg Bruckner *Fuchsbau* genannt hatte. Wohl war ihr dabei nicht. Ganz und gar nicht! Sie fühlte sich wie in einem Albtraum. Nur war sie ziemlich sicher, dass es keiner war. Sondern Realität – eine Realität, die sie vor Kurzem noch nicht für möglich gehalten hätte.

In diesen Kabuff sperrte man Jugendliche ein? Das durfte ja wohl nicht wahr sein!

»Frau Hellermann? Geht es Ihnen gut?«

Das ist vielleicht nicht die passende Frage, dachte sie. Wie mochte man sich fühlen, wenn man in diesem Loch steckte?

Sie versuchte, etwas zu erkennen, und sah den gebeugten Rücken und die dreckigen Stiefelsohlen der Nachtwache vor sich. Dann entdeckte sie die Erzieherin, ihre massige Gestalt lag ausgestreckt da – wie ein riesiges Stück Fleisch. Ihr dauergewelltes Haar kringelte sich im Schmutz.

»Frau Hellermann!«, rief Beate laut. »Hören Sie mich?«

»Ich versuche, um sie herum zu kriechen, und schiebe«, sagte der Wachmann. »Und Sie ziehen, okay?« Er sprach ruhig. Nicht in einem Befehlston. Beinahe zu ruhig, als hätte er so eine seltsame Aktion schon häufiger durchgeführt. Wohl oder übel musste sie Vertrauen zu ihm fassen.

Beate stemmte sich ein Stück hoch, sodass sie unter der erdrückenden Kellerdecke halb saß, halb hockte, und wartete ab, bis er an der Liegenden vorbeigerobbt war.

Frau Hellermann lag gefesselt und geknebelt auf dem nackten Boden. Es war schwer zu erkennen, ob sie überhaupt noch atmete. Es kam Beate zwar so vor, aber sie hätte es nicht beschwören können.

»Sie lebt«, murmelte Georg Bruckner.

»Gott sei Dank.«

Beinahe ruppig entfernte er den Knebel aus ihrem Mund.

Wie es aussah, war es ein Strumpf. Der Mann ließ ihn angewidert fallen.

Die Erzieherin schien nicht schwer verletzt zu sein. Sie hatte nur ein paar Schürfwunden im Gesicht, an den Armen und Händen und an ihrem nackten Fuß, soweit Beate das erkennen konnte. Wahrscheinlich war sie nicht gerade sanft in dieses Verlies befördert worden.

»Greifen Sie unter die Kniekehlen der Frau. Ich versuche, sie etwas anzuheben.« Er klang besonnen. Beinahe so, als müsste er ein Möbelstück von A nach B bewegen, ein schweres unhandliches Sofa – und das möglichst konzentriert und schnell.

Sie nickte ihm zu.

Es stank bestialisch in dem engen Raum. Nach Urin und noch etwas anderem, Säuerlichem. Vielleicht hatte sich Frau Hellermann übergeben, bevor sie ohnmächtig wurde. Beate wollte es sich lieber nicht so genau vorstellen und vermied es, nach dem Erbrochenem Ausschau zu halten. Mit angehaltenem Atem folgte sie den Anweisungen des Wächters. Während sie die Bewusstlose gemeinsam ein paar Zentimeter anhoben, starrte er Beate direkt in die Augen.

Es kam ihr vor, als würde sie in einen Tunnel sehen, der schwarz und tief vor ihr lag. Aber sie hielt dem Blick stand, packte

Frau Hellermann – die nicht gerade ein Fliegengewicht war – noch ein wenig fester, bewegte sich rückwärts kriechend aus dem Fuchsbau heraus. Als sie die Erzieherin nach draußen befördert und im Gang abgelegt hatten, sah sie plötzlich etwas aufblitzen. Der Wachmann beugte sich mit einem Messer in der Hand über die Bewusstlose. Beates Herz machte einen Sprung. Doch dann löste er schnell, mit ungeduldig rücksichtsloser Bewegung die Fesseln der Frau.

Ein Zucken lief durch den Körper der Liegenden, und auf einmal stöhnte sie leise.

»Frau Hellermann? Keine Sorge. Wir helfen Ihnen«, sagte Beate, erleichtert darüber, dass sie ein Lebenszeichen von sich gab.

»Hildegard! Aufwachen!«, sagte Georg Bruckner streng, hob ihren Oberkörper an, schüttelte ihn und versetzte der Frau eine heftige Ohrfeige.

Die Erzieherin riss plötzlich die Augen auf und schnappte nach Luft. »Was ... Was erlauben Sie sich?«, stieß sie hervor.

»Wir haben Sie da rausgeholt«, erklärte Beate Vogt schnell. »Aus diesem ...« Sie deutete auf die kleine eckige Öffnung.

Mit einem Fuchsbau hatte dieses Loch eigentlich nichts zu tun. Jeder Fuchs lebte bequemer und hatte mehrere Ausgänge, die ihm im Notfall die Flucht ermöglichten.

Frau Hellermann blickte verständnislos um sich. Sie kam ein Stück hoch und streifte die Hand des Wächters mit einer empörten Geste von der Schulter. »Wo ist mein Schuh? Wo ist mein Strumpf?«, fragte sie verwirrt.

»Machen Sie sich keine Sorgen«, sagte Beate.

»Na, Sie sind gut, junge Frau. Das sind *Salamander*-Schuhe aus dem *Exquisit*! Wissen Sie, wie teuer die waren?«

Beate schüttelte den Kopf. Beinahe hätte sie über die Bemerkung gelacht. Doch wahrscheinlich stand die Erzieherin unter Schock.

»Sie waren bewusstlos. Wir werden jetzt erst mal einen Arzt rufen.« Beate griff nach ihrem Funkgerät und verständigte Lehmann.

Eine Stunde später saß Beate im Erzieherzimmer Georg Bruckner gegenüber und versuchte, nicht an Urfin, die Gestalt aus ihrem alten Kinderbuch, zu denken.

Frau Hellermann war mit der *Schnellen Medizinischen Hilfe* auf dem Weg ins Krankenhaus. Lehmann, der sie so bald wie möglich befragen wollte, und Reinold Spieß begleiteten sie. Den Wachmann überließ man ihr. Sie hatte ja schließlich schon nähere Bekanntschaft mit ihm geschlossen.

»Als Sie kamen, waren die Türen also geöffnet?«

»Ja.«

»Alle?«

Er zuckte mit den Schultern. »Das Schleusentor auf dem Hof stand einen Spaltbreit offen. Die Etagengittertüren waren nicht verschlossen. Und die Zellen der drei Jugendlichen fand ich ebenfalls geöffnet vor, *Frau Kriminalpolizistin*.«

Er redete sachlich – so wie in dem winzigen Verlies, in dem sie Hildegard Hellermann geborgen hatten. Aber unter diesem Ton lag etwas anderes, ein zynischer Klang, und in seinen dunklen Augen saß ein spöttisches Funkeln.

»Zeigten sich Spuren von einem gewaltsamen Eindringen?«, hakte sie nach.

Er lachte kurz auf, beugte sich über den Tisch und kam ihr auf eine Art nahe, die ihr unangenehm war. »Gewaltsames Eindringen, Frau Kommissarin?« Er sah ihr direkt in die Augen. »Hier? Das wäre schlichtweg unausführbar.«

»Wir müssen allen Möglichkeiten nachgehen«, sagte sie matt und lehnte sich ein Stück zurück. Sie wurde aus dem Mann nicht schlau. Aber das musste sie ja auch nicht, oder? Und außerdem: Ohne ihn hätte sie Frau Hellermann nicht gefunden. Oder jedenfalls nicht so schnell.

»Sicher«, sagte er. »Sicher müssen Sie das. *Alle* Möglichkeiten sind natürlich auch ganz schön viele.« Er lachte.

Sie nickte, fragte sich, ob das ein Witz sein sollte, schenkte ihm ein unverbindliches Lächeln und gähnte plötzlich.

Der fehlende Schlaf machte sich bemerkbar. Ein starker Kaffee wäre nicht schlecht. Richtiger Bohnenkaffee. Nicht dieser Muckefuck, nach dem es in dem Büro roch. Beinahe sehnsüchtig dachte sie an ihr gemütliches Nest, in dem sie jetzt eigentlich liegen sollte. Es kam ihr auf einmal gar nicht mehr so schlimm vor, dass Tonis Bett verschwunden war. Sie konnte ohnehin nicht in zwei Betten gleichzeitig schlafen.

»Welche Variante des Entkommens halten Sie denn für möglich?«, fragte sie ihr Gegenüber.

Er zuckte mit den Schultern. »Die Jugendlichen haben wohl einen Schlüsselbund gehabt.«

»Und woher?«

»Von Frau Hellermann, von wem sonst?« Er klang auf einmal leicht genervt.

»Aber … alle drei Minderjährigen waren eingeschlossen, soweit ich informiert bin.«

»Das ist in diesem Hause so üblich«, sagte er sarkastisch.

»Meinen Sie, Ihre Kollegin hat eine Zelle betreten und ist dort überwältigt worden?«

Er schüttelte den Kopf. »Warum sollte sie nachts allein in einen Verwahrraum gehen?«

»Was denken Sie, was passiert ist?«

Er zuckte mit den Achseln. »Normalerweise wird penibel darauf geachtet, dass alle Türen und vor allem die Räume, in denen sich die Jugendlichen befinden, zugeschlossen sind.«

Beate nickte. »Waren sie dann aber wohl nicht.«

»Richtig.«

»Und das heißt?«

»Entweder hat der diensthabende Erzieher beim Einschluss einen Fehler gemacht, oder ...«

Georg Bruckner verstummte. In seinen dunklen Augen lag ein Ausdruck, den sie nicht deuten konnte.

»Oder?«

»Na ja, jemand, der einen Schlüssel hatte, hat aufgeschlossen, was sonst?«

12

Tanja war sich nicht sicher, ob das der richtige Zeitpunkt war, um zu fliehen. Doch sie konnte doch unmöglich in der Zelle hocken bleiben, oder?

Sie starrte Maik an, der plötzlich wie ein Geist vor ihr aufgetaucht war.

Er hatte aufgeschlossen, als wäre weiter nichts dabei, sie angegrinst, und nun sagte er etwas, das sie nicht glauben konnte, das viel zu unwahrscheinlich klang: »Die Hellermann ist im Fuchsbau, und ich hab den Schlüssel.« Als müsste er das noch beweisen, hob er den eisernen Ring, an dem die schweren Metallteile matt glänzten – wie fette Fische, die er gerade geangelt hatte.

War das ein Traum? Aber sie träumte nicht mehr in Torgau, schon lange nicht mehr. Seit Wochen blieb ja auch ihre Regel aus. Gab es da einen Zusammenhang? War sie innerlich hohl? Karl Zinkner hatte sie ein paar Tage vor seinem Tod zum Frauenarzt gebracht, hatte sich besorgt um sie gezeigt und ihr sogar die Handschellen abgenommen, bevor sie die Praxis betraten – was keineswegs üblich war. Doch der Doktor, der sie im Beisein des Direktors untersuchte, stellte nur fest, dass sie nicht schwanger war; sie musste also keinen Abbruch vornehmen lassen. Und er sagte ihr: »Das Ausbleiben der Menstruation kommt gelegentlich vor, bei Stress und zu hohen Belastungen.« Er sah sie nicht an, während er mit ihr redete, blickte auf ein Stück Papier auf seinem Schreibtisch, wollte ihr ein Medikament verschreiben, ein paar Tabletten Rudotel zur Beruhigung. Doch Direktor Karl Zinkner erklärte dem Arzt, dass sie keine Medizin brauche, da sie ja vollkommen gesund sei. So groß und breit, wie er war, schien er den kleinen Untersuchungsraum auszufüllen, und der Doktor sah dagegen klein und schmächtig aus – irgendwie wie ein Wurm. Und ein Wurm hatte nichts zu sagen. Ein Wurm war etwas, das man zertrampeln konnte.

Doch jetzt hatte *der Direktor nichts mehr zu sagen*, weil er nämlich tot war.

Tanja gewöhnte sich erst allmählich an den Gedanken. Dieser Tod war einfach zu plötzlich gekommen, zu überraschend, zu unerwartet. Wie etwas, das vor ihren Füßen explodierte, obwohl Silvester längst vorbei war. Sie befand sich nun nicht mehr in der Obhut dieses Mannes. Ein für sie noch immer unvorstellbarer Umstand.

Sie lief Maik nach. Sie musste nichts weiter tun, als ihm zu folgen. Er schien zu wissen, was er tat. Sie war froh, dass sie nicht selbst über die nächsten Schritte nachdenken musste.

Maik stoppte vor einer Zelle im Jungentrakt, und sie sah hoch, blickte aus der Benommenheit, in der sie sich befand, zu ihm auf. Er grinste sie an, und dann tat er etwas Merkwürdiges: Er klopfte – als wäre das eine ganz normale Tür. Wer klopfte denn in einem Knast? Auch wenn das hier offiziell ein Spezialheim für die Schwersterziehbaren war: Niemand der Erzieher wäre je auf diese Idee gekommen. Natürlich konnte Andreas ihm nicht öffnen. Höchstwahrscheinlich hörte er das leise Pochen an der Eisentür nicht einmal. Tanja wartete, bis Maik aufschloss, die Riegel beiseite knallte, als wäre er darin geübt.

Andreas stand da wie eine Puppe; er wirkte erstarrt, regungslos. In seinem kalkweißen Gesicht fand sich nichts. Kein Erstaunen, keine Freude. Hinter der Blässe saß die nackte Angst. Maik versetzte ihm einen leichten Schlag gegen die Schulter, wie um ihn zu wecken. »Was ist, kommst du mit?«

Tanja hörte die Frage, als würde sie ihr gelten. Einen Moment überlegte sie, zurück in ihre Zelle zu gehen, sich auf die Pritsche zu legen und zu warten, bis Frau Hellermann kam, um sie anzuschreien und zum Frühsport zu treiben.

Es gab doch keinen Grund mehr wegzulaufen, oder? Schließlich sollte sie bald in dieses Wohnheim kommen – wo sie fast ein freier Mensch sein würde. Doch wenn es stimmte, was Maik erzählt hatte, befand sich die Hellermann im Keller, und dann konnte sie ja nicht an Tanjas Tür erscheinen und sie anbrüllen. Der ganze perfekt geordnete Tagesablauf war damit abhandengekommen. Und für Maiks Irrsinnstat würden sie alle drei büßen müssen. Vielleicht kamen sie sogar in die Dunkelzellen. Jeder in ein Extraloch, und da konnten sie dann hocken, bis sie so schwarz wurden, wie es da unten schon war. Wahrscheinlich würden die Erzieher sie nicht mehr herauslassen, nie mehr. Frau Hellermann würde sich an ihnen rächen. Zuerst an Maik. Dann an Tanja und schließlich an Andreas. Sie wären geliefert.

Da unten im Rabenschwarz konnten sie klopfen, brüllen, weinen, so viel sie wollten. Niemand würde sie hören. Sie würden sich selbst in Raben verwandeln. In Rabenkinder. Die Flügel gestutzt. Von allen verlassen. Unglücksraben waren sie ja ohnehin schon. Ihre Gedanken schienen Karussell zu fahren, Kettenkarussell. Alles wirbelte umher. Der Boden unter ihr gab nach. Sie schwankte kurz, taumelte, dann fing sie sich. Reiß dich zusammen, dachte sie. Sie durfte sich keine Schwäche erlauben.

Andreas drehte sich noch einmal um und betrachtete seine Lagerstätte. »Ich hab das Bett noch nicht gemacht«, stellte er fest.

Seine Stimme klang in all dem Harten, das sie umgab, viel zu weich.

Tanja ging einen Schritt auf ihn zu, griff instinktiv nach seiner Hand, zog ihn entschieden heraus aus der Zelle, schlug die Tür zu. »Du brauchst dein Bett nicht mehr bauen. Nie mehr! Kante auf Kante ist vorbei! Verstehst du?«

Andreas antwortete nicht. Doch er überließ sich ihrem Griff, trabte hinter ihr her, als wäre er ein Kindergartenkind, das noch ein bisschen müde war. Und Tanja hielt ihn fest; sie wusste, dass sie ihn so schnell nicht loslassen würde.

Sie rannten im Laufschritt durch die Gefängnisgänge, so wie sie es gewöhnt waren. Tanja spürte die Finger von Andreas allmählich warm werden. Hand in Hand mit einem Jungen zu laufen – wie viele Tage Arrest hätte das gegeben?

Maik spielte den Erzieher, der Gitter und Türen aufschloss. Nur dass er »vergaß« zuzuschließen, nur dass er nicht brüllte: »Tempo!«, »Dalli, dalli!«, »Schlaft nicht ein, ihr lahmen Enten!« Stattdessen verbeugte er sich mit ironischer Geste, wenn er sie durch die Absperrungen ließ. Sagte albern lachend: »Simsalabim, Sesam öffne dich!«

Sie erkannte ihn kaum wieder. Er hatte sichtlich Spaß in seiner neuen Rolle, wirkte leicht, *erleichtert.* Beinahe schwebte er durchs Haus – so schien es Tanja. Vielleicht war er ja doch ein Geist? Es kam ihr fast zu einfach vor, ihm zu folgen.

Als der eisig kalte Novemberwind sie empfing, kam sie endgültig zu sich. Drückte die schmale Hand, die in ihrer lag, noch etwas fester. Wechselte einen Blick mit Andreas. Ein schüchternes, ungläubiges Lächeln zeigte sich auf seinem Gesicht.

Passierte das tatsächlich?

Alles fühlte sich so unwirklich an. Der Boden unter ihren Füßen kam ihr wie aus Gummi vor.

Waren sie gerade dabei abzuhauen?
Aber wo sollten sie jetzt hin?

13

Beate Vogt lief am Torgauer Marktplatz vorbei und warf einen kurzen, sehnsüchtigen Blick Richtung Café. Sie hatte nach einer weiteren unruhigen Nacht wieder einmal verschlafen und das Frühstück ausgelassen. Ihr Magen knurrte leise vor sich hin wie ein kleiner hungriger Wolf, aber sie ignorierte ihn. Sie war auf dem Weg zum Volkspolizeikreisamt in Torgau. Vielleicht hatten die Kollegen von der Transportpolizei, die dort ein Büro hatten, ja etwas von den Geflüchteten gehört?

Wenn sie von hier verschwinden müsste, würde sie jedenfalls den Zug nehmen. Egal wohin, Hauptsache möglichst schnell möglichst weit weg. Wenn sie Glück hatte, waren die drei schon an einem Bahnhof von der Trapo erwischt worden und saßen bei der Polizei fest. Die Kollegen konnten das sicher mit ein paar Anrufen in Erfahrung bringen. Die meisten Zöglinge, die aus den Kinderheimen und Jugendwerkhöfen entwichen, kamen nicht weit. Sie besaßen kein Geld, keine Ausweise und trugen oft auffällige Heimkleidung. Die drei Abgängigen aus dem Werkhof Torgau hatten zudem noch den gleichen militärisch kurzen Haarschnitt. Es konnte doch nicht so schwer sein, sie zu finden.

Beate konnte gut verstehen, dass sie abgehauen waren. Sie bildete sich sogar ein, sich ihre verzweifelte Lage vorstellen zu können. Wer wollte schon hinter Gittern leben? Noch dazu, wenn –

was sie selbst noch kaum glauben konnte – gerade der eiserne Vorhang fiel und sich die Welt zu öffnen schien? Doch als Ermittlerin musste sie unbedingt herausfinden, ob es einen Zusammenhang zwischen dem Tod des Direktors und der Flucht der Jugendlichen gab. Das war nun mal ihr Job.

Sie war sich jetzt ziemlich sicher, dass Tanja, Maik und sogar Andreas ihr Dinge verschwiegen hatten, die zur Aufklärung des Falls beitragen könnten. Bloß warum? Um sich selbst nicht zu belasten? Oder einen der ihren? Wie tickten diese Kids, die als so schwierig und rebellisch galten, dass man sie wegsperrte? Was bedeutete *schwer erziehbar*? Was steckte dahinter an Lebenserfahrung, an Schicksal, an Unglück? Und wie war das Verhältnis zu dem Direktor dieser Einrichtung tatsächlich gewesen?

Sie rief sich die Gesichter der drei in Erinnerung, wie sie bei den Vernehmungen ihre Blicke gesenkt, sie weggesehen oder auch eine undurchdringliche Mimik zur Schau gestellt hatten. Sogar Andreas hatte so gewirkt, als wäre er vollkommen abwesend und in Gedanken woanders. Niemand von ihnen ließ sich in die Karten schauen. Sie besaßen kein Vertrauen zur Polizei. »*Die haben mich hierhergebracht*«, hörte sie Andreas wieder sagen. Die Worte hatten ihr einen Stich versetzt. Der Satz verfolgte sie. Aus Sicht dieser Teenager war sie auch nur ein *Bulle*. Warum sollten sie ihr vertrauen?

Als Beate von der Leipziger Straße in die Breite Straße einbog, blieb sie vor Überraschung einen Moment stehen. Eine lange, nicht enden wollende Schlange von Menschen wartete vor dem Volkspolizeikreisamt in Torgau. Junge und Alte, Männer und Frauen, Mütter mit Baby auf dem Arm oder mit Kinderwagen, Leute, die sich in einem nervös aufgeregten Tonfall unterhielten, andere, die mit verbissenen Mienen schwiegen, und einige, die ihr misstrauische Blicke zuwarfen, als sie sich schließlich an ihnen vorbeidrängelte. Sie alle standen geduldig an, als würde die Polizei plötzlich Bananen und Apfelsinen verteilen. Und ein paar Minuten später erfuhr Beate auch weshalb.

»Sie sehen ja, was hier los ist!«, wurde sie unwirsch noch im Gang des Amtes und inmitten des dichten Gedränges von einem in Schweiß gebadeten Leutnant der Transportpolizei abgefertigt. »Sie suchen nach drei geflüchteten Jugendlichen? Die können längst sonst wo sein. Die Leute, die hier anstehen, wollen alle in den Westen! Und wir erteilen jedem Einzelnen von ihnen ein Visum, damit sie sich drüben ihr Begrüßungsgeld beim Klassenfeind abholen können. Hundert D-Mark pro Nase. Alle Kollegen, die im Amt arbeiten, helfen derzeit mit aus! Ansonsten gibt es noch einen Aufstand wie am 17. Juni 53! Wenn Sie wollen, können Sie sich gern an der Arbeit beteiligen. Wir brauchen derzeit alle verfügbaren Kollegen für die neuen Aufgaben in der Abteilung Pass- und Meldewesen!«

»Aber ich wollte nur ein paar Auskünfte«, wandte Beate beinahe zaghaft ein. Sie räusperte sich und holte tief Luft, um lauter zu sprechen. »Die Minderjährigen sind immerhin seit Tagen verschwunden«, versuchte sie sich in dem Menschenstrom Gehör zu verschaffen. »Vielleicht sind die drei ja an einem Bahnhof oder in einem Zug aufgefallen? Schließlich haben sie ja nicht mal Fahrkarten.«

Der Uniformierte lachte auf. »Wissen Sie, was für ein Gedränge in den Zügen gerade herrscht? Kein Schaffner kommt durch zur Kontrolle. Fahrkarte oder nicht – was spielt das noch für eine Rolle? Die Leute, die es geschafft haben, in die Bahn zu kommen, treten sich gegenseitig auf die Füße. Hier hauen gerade *alle* ab. Nicht nur Ihre drei Jugendlichen! Schauen Sie sich doch mal um!«

»Es hilft ja nichts. Ich muss sie finden«, sagte Beate trotzig und warf nur einen flüchtigen Blick auf die Umstehenden.

Als DDR-Bürger war man das Anstehen ja gewohnt. Wenn man eine Schlange sah, stellte man sich einfach erst mal an. Auch wenn man nicht wusste, wieso eigentlich, was es denn so Besonderes zu kaufen gab. Es könnte schließlich sein, dass es sich lohnte und man etwas ergatterte, was sonst Mangelware war: Papiertaschentücher, Tomatenketchup, Kirschen im Glas, eine Amiga-Schallplatte mit Westmusik oder andere Bückware. Das erschien ihr hier so ähnlich. Die Leute wollten also nach drüben und warteten geduldig, bis sie die Eintrittskarte dafür bekamen – als wollten sie in den Zoo oder in den Zirkus.

»Sie weigern sich also, mir zu helfen?«, hakte sie nach.

Der Mann zuckte nur ratlos mit den Schultern. »Was heißt *weigern*? Ich habe gerade Wichtigeres zu tun. Kommen Sie ein anderes Mal wieder«, antwortete er und wandte sich ab.

Ein anderes Mal? Sie starrte ihm sprachlos nach. Die drei Jugendlichen waren aus dem Geschlossenen Jugendwerkhof getürmt, seit fast einer Woche untergetaucht, und niemanden schien es zu kümmern. Es war nicht mehr zu übersehen, dass sich etwas änderte im Land. Chaos herrschte. Alte Strukturen lösten sich auf. Die DDR schien zu zerbröseln wie alter Streuselkuchen.

Es blieb Beate nichts anderes übrig, als sich durch das Gewühl der Leute, die auf ein Visum zur Ausreise aus der DDR warteten, zurückzukämpfen.

Ihr fiel Lehmanns Auftrag für den heutigen Tag wieder ein: Sie sollte in das Krankenhaus gehen und nach Frau Hellermann sehen, sie zum Tathergang ihrer »Freiheitsberaubung« noch einmal befragen. »Als ich sie vernommen habe, war sie noch zu verwirrt, um klare Antworten zu geben. Und einer Frau vertraut sie vielleicht eher.«

Beate bezweifelte das. Hildegard Hellermann war ihr suspekt. Und sie vermutete, dass es umgekehrt genauso war. Die Art, wie die Erzieherin Tanja Wolter wie ein dressiertes Tier vorgeführt hatte, jagte ihr jetzt noch Schauer über den Rücken. Aber sie durfte sich ihre Abneigung nicht anmerken lassen, musste professionell bleiben. Immerhin hatte diese Frau als Letzte Kontakt zu Maik Kerner gehabt – wenn auch einen unfreiwilligen. Vielleicht konnte sie Beate irgendeinen Hinweis gegeben, wohin er und die anderen beiden Jugendlichen wollten?

Beate hasste Krankenhäuser. Schon von dem Geruch dort, dieser Mischung aus Medizin, Putzzeug, süßlichem Kräutertee und Wofasept, einem streng riechenden Desinfektionsmittel, wurde ihr schlecht. Als sie das Gebäude betrat, hielt sie die Luft an und marschierte eilig durch den Korridor.

Ein Arzt in weißem Kittel warf ihr einen kurzen irritierten Blick zu und verschwand in einem der Patientenzimmer. Er kam ihr bekannt vor – sie hatte ihn schon einmal gesehen. War das nicht Dr. Rehling? Der am Tatort die Leiche des Direktors untersucht hatte? Wieso grüßte er sie nicht? Ihr war nicht einmal Zeit geblieben, ihm zuzunicken.

Obwohl Beate unangekündigt kam, saß Hildegard Hellermann aufrecht in ihrem Bett und sah ihr erwartungsvoll entgegen. Auf ihrem Nachtschrank stand eine Vase mit Strohblumen, daneben lag die Frauenzeitschrift *Für Dich*. Beate fiel ein, dass die meisten Patienten erwarteten, von ihrem Besuch eine Kleinigkeit geschenkt zu bekommen. Ein wenig verlegen kramte sie in ihrer Handtasche herum und fand einen Apfel, der schon etwas schrumpelig aussah und den sie als Ersatz für ihr Frühstück mitgenommen hatte. »Ein bisschen Vitamine«, murmelte sie. »Für die Genesung«, fügte sie idiotischerweise hinzu. Was sollte man denn anderes in einem Krankenhaus tun als zu genesen?

Frau Hellermann zog ihren Mund ein wenig in die Länge und nahm den Apfel entgegen, ohne ihn eines weiteren Blickes zu würdigen.

»Erika!«, rief sie plötzlich in ihrem schrillen Erzieherinnen-Befehlston, und Beate zuckte zusammen. »Erika, wach mal auf! Ich muss mit der Genossin Kriminalpolizistin allein sprechen!«

»Ich bin keine Genossin«, murmelte Beate. Doch Hildegard Hellermann achtete nicht darauf, sondern zog an dem Bettgestell nebenan herum, sodass es wackelte und quietschte. »Erika?« Die Decke auf dem Nachbarbett bewegte sich, und zum Vorschein kam eine dünne Frau mit dunklen strähnigen Haaren. Sie gähnte, streckte sich und blinzelte verwirrt, während sie umherblickte. Offenbar hatte sie tief und fest geschlafen.

»Ich hab dir doch gesagt, dass ich noch mal vernommen werden muss«, sagte Frau Hellermann. Ihre Stimme klang seltsam stolz. Als wäre es ein Verdienst, von der Polizei befragt zu werden.

Erika murmelte etwas vor sich hin, warf sich einen Bademantel über das blassgelbe Blümchennachthemd und schlurfte in Filzpantoffeln aus dem Raum.

»Jetzt sind wir ungestört. Was wollen Sie wissen?«, fragte Frau Hellermann munter.

Beate zögerte kurz, dann setzte sie sich auf den einzigen Stuhl, den es in dem Raum gab.

»Zunächst einmal: Wie geht es Ihnen? Haben Sie sich von dem Schreck etwas erholt?«

Insgeheim war Beate verwundert, dass die Erzieherin immer noch im Krankenhaus lag. So viele Verletzungen hatte sie gar nicht an ihr festgestellt. Und auch jetzt sah sie nur ein Pflaster, das auf ihrer Stirn klebte, und ein paar fast verheilte Schrammen auf ihren Händen.

»Ich hatte einen Schock«, erklärte Hildegard, als ahnte sie ihre Gedanken. »Damit ist nicht zu spaßen.«

Beate nickte. »Natürlich nicht.«

»Dr. Rehling meinte, ich solle zur Beobachtung ein paar Tage bleiben und mich erholen.«

»Geht es Ihnen besser?«

»Besser? Wie würde es Ihnen gehen, wenn Sie von einem Halbwüchsigen in ein Loch gestopft werden ... wie ein ... Hähnchen in eine Bratröhre?«

Wie ein Hustenreiz stieg Beate plötzlich ein Lachen in die Kehle. Sie schluckte, räusperte sich, kämpfte dagegen an. Nur nicht grinsen. *Hähnchen in einer Bratröhre* – da hatte die Frau nicht ganz unrecht. Unwillkürlich dachte sie an einen saftigen, knusprigen, frisch gegrillten Goldbroiler, und ihr Magen knurrte vernehmlich.

»Haben Sie Anzeige erstattet?«, fragte sie schnell.

»Anzeige erstattet?«, wiederholte Hildegard Hellermann und lachte auf, als wäre der Gedanke völlig abwegig. »Und wenn es zur Gerichtsverhandlung kommt, bin ich dann die Dumme?«

»Ich verstehe nicht«, sagte Beate.

»Den Fuchsbau gibt es offiziell gar nicht. Also ... die Kammer da unten im Keller ... ist nicht vorgesehen für ...« Sie hob schwerfällig die Hand und ließ sie auf die Bettdecke fallen.

»Sie meinen ... Maik Kerner ist nicht ohne Grund auf die Idee gekommen, Sie ausgerechnet dort einzusperren?«

Die Erzieherin warf ihr einen eiskalten Blick zu. »Wer weiß, in welche Zeiten wir jetzt hineingeraten. Das ganze Land geht doch kaputt. Auf einmal fällt diese Mauer, unser Antifaschistischer Schutzwall, und alle rennen wie die Schafe rüber! Und dann der Direktor ... *tot!*« Sie seufzte und schüttelte den Kopf. »Ich kann es immer noch nicht fassen, wissen Sie? Aber dass etwas nicht stimmt, hat sich ja schon länger angekündigt.«

Beate wurde hellhörig. »Inwiefern?«

»Neulich hat ein Erzieher Westzeitungen mit in den Werkhof gebracht. Einfach so. *Westzeitungen*! Schund- und Schmutzschriften aus der BRD! Normalerweise ist das ein Entlassungsgrund!«

Beate dachte an die endlos lange Schlange vor dem Volkspolizeikreisamt. Westzeitungen würde es bald jede Menge geben, wenn die Leute ihr Begrüßungsgeld ausgaben und mit der Beute aus dem anderen Deutschland zurückkehrten. *Falls* sie zurückkehrten.

»Wenn ich diesen Bengel anzeige, bin ich am Ende die Dumme, wissen Sie?«

Hildegard Hellermann lauerte offenbar auf eine Bestätigung oder wenigstens ein Nicken. Doch Beate tat ihr den Gefallen nicht. »Erzählen Sie bitte, was passiert ist.« Sie zog einen kleinen Schreibblock und einen Kugelschreiber aus ihrer Tasche.

»Wenn ich das noch so genau wüsste ...«

»Sie erinnern sich nicht?«

»Nicht an alles.«

»Versuchen Sie, das zu berichten, woran Sie sich entsinnen können.«

Die Erzieherin drehte ratlos den Apfel in ihren Händen, als wüsste sie nicht, wo der auf einmal herkam. »Ja, also ... Mein Dienst war an diesem Tag so gut wie vorbei. Ich wartete noch auf das Erscheinen der Nachtwache. Aber die kam nicht ... nicht pünktlich, glaube ich. Da stand *er* plötzlich vor mir ... mit diesem Blick ... diesem lauernden Blick. Das weiß ich noch. Und er wollte etwas haben ... Er wollte ... *den Schlüssel*! Jetzt fällt es mir wieder ein! Er hat ihn mir weggenommen, hat mir den Schlüsselbund aus der Hand gerissen!«

»Sie meinen Maik?«

Sie nickte. »Der Jugendliche Kerner.«

»Der eigentlich eingeschlossen sein sollte?«

»Natürlich. Aber ... Er war es nicht. Rannte einfach da herum.«

»Wissen Sie, wer die Zellentür aufgeschlossen haben könnte?«

»Nein! Das gab es meines Wissens noch nie! Schon gar nicht nachts! Ich sag ja: Es läuft alles aus dem Ruder!«

»Was passierte danach?«

Frau Hellermann zuckte mit den Achseln. »Ich weiß nicht. Er hat mich geschubst. Und mich gleichzeitig festgehalten – damit ich nicht die Treppe runtersegle. Es gab ein Gerangel, weil ich den Schlüssel zurückholen wollte. Und irgendwie hab ich dabei einen Schuh verloren. Und ... Dann ... Filmriss ... Er muss mich wohl mit Gewalt ... Diese Jugendlichen sind ja gestählt durch den täglichen Sport. Jedenfalls: Wir waren plötzlich im Keller. Und ich dachte, er sperrt mich in eine der Dunkelzellen. Aber ... Ich sollte die Medizinbälle und Hanteln aus dem Fuchsbau räumen.«

»Warum?«

»Er wollte sich an mir rächen«, sagte sie.

Beate wartete, dass Hildegard Hellermann von sich aus weitererzählte. Aber sie schwieg eine Weile und drückte ihren Daumen in den weichen verschrumpelten Apfel, bis das Fruchtfleisch herausquoll, und seufzte tief.

»Es war so unglaublich eng dadrin. Er hat mir meinen Strumpf in den Mund gesteckt, sodass ich kaum Luft bekam, mich gefesselt, die Tür zugeschlossen, und ich dachte ... Das wär's. Jetzt ist Schluss. Das ist das Ende. Erst stirbt der Direktor, und dann sterbe ich.«

Einen Moment herrschte Schweigen. Wahrscheinlich sollte Beate ihr jetzt etwas Tröstliches sagen, aber ihr fiel nichts ein.

Maik hatte sich gerächt. Wohl nicht ohne Grund. Die Saat des Hasses war aufgegangen. Sie ging immer auf.

»Und die anderen beiden Jugendlichen?«

Hildegard Hellermann zuckte mit den Achseln. »Die habe ich nicht gesehen.«

»Hat Maik Ihnen irgendetwas erzählt ... von seinen Plänen? Seinem Fluchtvorhaben?«

»Natürlich nicht!« Ihre Stimme kippte auf einmal. »Was denken Sie sich eigentlich?«, kreischte sie plötzlich und lief rot an. »Glauben Sie, die erzählen was von ihren *Vorhaben*? Das dürfen die auch gar nicht. Das wäre *abstandsloses Verhalten* und wird bestraft! Diese Jugendlichen, die bei uns landen, sind wilde Tiere! Sie sehen ja, was passiert, wenn man sie aus ihren Käfigen lässt!«

Etwas in Beate begann heftig zu brodeln, und sie erhob sich abrupt. Sie hätte dieser Frau gern eine patzige Antwort gegeben, doch sie musste ruhig bleiben. »Danke für Ihre Aussage«, sagte sie hölzern. Ein Lächeln brachte sie nicht zustande. »Gegebenenfalls melden wir uns noch einmal bei Ihnen.«

Ihr war ein wenig schwindlig, als sie den Raum verließ. Sie musste dringend etwas essen. Oder, wenn sie schon hier war, vielleicht doch erst mal mit diesem Dr. Rehling sprechen.

14

Wieso zum Teufel tauchte diese Polizistin hier auf?

Dr. Rehling fror augenblicklich seine Gesichtszüge ein, versuchte, sich seine Überraschung, sein Unbehagen nicht anmerken zu lassen.

»Frau Vogt, ach ja, ich erinnere mich.« Dr. Rehling sah sie durch seine große eckige Brille prüfend an. »Setzen Sie sich doch. Entschuldigen Sie, dass ich Sie vorhin nicht gleich erkannt habe. Hier im Krankenhaus ist immer viel zu tun, wissen Sie? Gerade im Herbst und im Winter, da häufen sich die Infekte, und manche davon arten aus, werden zum Beispiel zu beidseitigen Lungenentzündungen. Und die sind dann schnell lebensgefährlich. Sie haben ja keine Vorstellung, wie häufig das vorkommt. Nicht nur bei älteren Herrschaften.«

Er sprach langsam, fast schleppend. Manche Patienten schien das zu beruhigen, vielleicht half es auch bei dieser Polizistin. Dabei zog er seine Mundwinkel leicht nach oben. Er versuchte ein Lächeln und hoffte, dass es echt wirkte.

Wieso kam sie zu ihm? Oberleutnant Lehmann hatte ihn doch schon verhört. Nicht besonders interessiert allerdings an seiner Geschichte, an dem Leichenfund und der Diagnose. »Unklare Todesursache«, hatte er auf dem Totenschein vermerkt. »Meinen Sie, es war ein Suizid?«, hatte ihn Lehmann gefragt. »Sehr wahrscheinlich«, hatte er geantwortet. »Jedenfalls keineswegs unwahrscheinlich«, war er nach kurzer Überlegung etwas zurückgerudert.

Genosse Lehmann hatte genickt. Und nicht unzufrieden gewirkt. Ein Suizid bedeutete wohl eben weniger Arbeit. Die Polizisten waren Stümper, jedenfalls kamen sie ihm wie Stümper vor.

Bei den sogenannten *besonderen Vorkommnissen* im Geschlossenen Jugendwerkhof Torgau hatten sie nie herausbekommen, worum es eigentlich ging. Anscheinend hatten sie sich nie die Mühe gemacht, die Hintergründe des Geschehens näher zu beleuchten.

Als ein Junge in die Elbe gesprungen und dabei ertrunken war – ein missglückter Fluchtversuch –, hatte auch die Polizei ermittelt. *Wirklich?*

Der Junge, der sich letztes Jahr in der Einzelzelle erhängt hatte. Psychische Probleme, hieß es danach. *Ernsthaft?*

Ein anderer, der sich vor ein paar Jahren in seiner Zelle verbrannt hatte. Ein Feuer in Torgau – und niemand hatte es rechtzeitig bemerkt?

Natürlich hatte er die Dinge auf sich beruhen lassen, nur das Nötigste mit dem Direktor Zinkner besprochen. Zum Glück war er jedes Mal, wenn es zu so einem Zwischenfall kam, im Urlaub gewesen. Wenn er von seinen Reisen zurückkehrte, hatte sich der Sturm schon wieder gelegt. Eigentlich waren diese Zufälle seltsam, aber er hatte nie länger darüber nachgedacht.

Die Polizistin, die ihm gegenübersaß, wäre ihm als Insassin des Werkhofs kaum aufgefallen. Sogar im grellen Licht seines Behandlungsraums wirkte sie jünger, als sie vermutlich war. Dieser wache, trotzig misstrauische Blick signalisierte ihm, dass er aufpassen musste, was er sagte. Sie schien ihm nicht alles abzukaufen. Bei der musste er vorsichtig sein. Wusste Lehmann überhaupt, dass sie hier war?

Die Vogt war einfach hier aufgetaucht, ohne sich vorher anzumelden. Hatte mit der Hellermann gesprochen, dieser dummen Nuss. Er behielt diese Patientin lieber noch etwas unter Aufsicht, ehe sie sich unbedacht äußerte. Damit, dass diese junge Polizistin hier ohne Ankündigung reinplatzte, hatte er nicht gerechnet. Hatten die Polizisten des Volkes nichts Besseres zu tun?

»Ich dachte, der Fall wäre abgeschlossen«, sagte er langsam.

»Wie kommen Sie darauf?«

Er zuckte mit den Schultern, begegnete ihrem lauernden Blick. »Ich habe nichts mehr von dem Genossen Lehmann gehört. Und ... Es passiert gerade so viel in dieser Stadt, in diesem Land, alles ändert sich, und ich dachte ...«

»Was dachten Sie?«

»Er war ein sehr einsamer Mensch, müssen Sie wissen.«

»Der Direktor?«

Er nickte. Was für eine Frage war das denn? Um wen ging es denn sonst? »Keine Familie. Keine Freunde. Keine Aussicht auf eine Zukunft mehr. Als die Mauer fiel, war sein Leben vorbei.«

»Aha.« Sie sah ihn an. Wartete. Lauerte. So kam es ihm vor. Glaubte sie ihm nicht? Saß da ein ironisches Glitzern in ihren Augen?

»Wenn Sie mich fragen, hat Herr Zinkner konsequent gehandelt. Das ist tragisch, aber nachvollziehbar.« Er hoffte, dass seine Stimme sachlich und emotionslos klang.

»Es ist nach wie vor unklar, ob es sich um einen Suizid oder ein Tötungsdelikt handelt«, entgegnete die junge Frau. In ziemlich kühlem Ton, wie er fand.

»Bei meiner Erstuntersuchung des Leichnams vor Ort konnte ich keine Zeichen eines Fremdverschuldens feststellen.«

»Und die Verletzungen? Der Tote hatte doch Spuren an den Händen?«

»Die kann er sich selbst zugefügt haben. Manche überlegen es sich im allerletzten Moment anders. Wenn die Schlinge sich zuzieht und sie keine Luft mehr bekommen, versuchen sie, sich zu befreien. Das ist dann natürlich zu spät.«

»Kannten Sie den Direktor so gut, dass Sie einen Suizid für wahrscheinlich halten?«

»Ich äußere nur eine Vermutung. Immerhin arbeite ich seit sechzehn Jahren in der Disziplinaranstalt. Zweimal die Woche hatte ich da meine ärztliche Sprechstunde für die Eingewiesenen. Der Leiter des Werkhofs wollte einen Bericht von mir, wenn etwas Besonderes vorgekommen war.«

»Was war denn *etwas Besonderes*?«

»Na, zum Beispiel, wenn sich ein Jugendlicher im Arrest selbst verletzt hatte, versuchte, sich die Pulsadern zu öffnen, oder im Arbeitsbereich zu viele Schrauben, Muttern, Büroklammern oder Desinfektionsmittel schluckte, oder wenn es dort einen Unfall gab, der über das Übliche hinausging.«

Dr. Rehling blickte ihr prüfend ins Gesicht. Wurde sie blass? Verriet er zu viel?

»Wie war das Verhältnis der Zöglinge zu Direktor Zinkner?«

Er schwieg einen Moment, tat so, als würde er über ihre Frage nachdenken. Ahnte sie bereits, was sich hinter den Torgauer Mauern abgespielt hatte?

Vielleicht sollte er ihr etwas liefern – etwas, womit sie sich eine Weile beschäftigen konnte. Woran sie sich die Zähne ausbiss, wie es so schön hieß.

»Die Jugendlichen haben ihn akzeptiert. Die meisten hatten Angst vor ihm, vor seiner uneingeschränkten Macht, aber im Großen und Ganzen haben sie ihn akzeptiert. Er war der große Boss, der das Sagen hatte. Und er hat sich um jeden Einzelnen gekümmert. Auf seine Weise.«

Die Polizistin rutschte unruhig auf ihrem Stuhl herum. »Wie meinen Sie das?«

»Manche haben sich ihm und seinem System unterworfen, andere nicht. Einige blieben rebellisch. Und das konnte er sich natürlich nicht bieten lassen. Er musste entsprechend reagieren. Er nannte das: die Erziehungsbereitschaft herstellen. Mit manchmal etwas drastischen Mitteln. Und dann gab es noch diejenigen, mit denen er eine Art besonderes Mitleid zu haben schien, um die er sich besonders kümmerte.«

»Wie sah dieses Kümmern aus?«, fragte die Polizistin, während sie sich ein paar Notizen machte.

»Wie gesagt: Er war einsam. Er sehnte sich nach einer Familie.«

Sie hob den Kopf. »Das heißt konkret?«

»Es konnte vorkommen, dass der Direktor einen Jugendlichen mit in den Urlaub nahm, zum Beispiel. Und ... dann gab es noch die Spezialfälle.«

Sie sah ihn mit großen Augen an. Wieder bekam er das Gefühl, zu viel zu verraten. Aber was sollte passieren? Zinkner war tot.

»Er erwog sozusagen, die aussichtsreichsten Kandidaten zu adoptieren beziehungsweise sie zunächst als Pflegekinder zu übernehmen.«

»Und das war legal?«

»Natürlich. Na, hören Sie: Er war der Leiter des einzigen Geschlossenen Jugendwerkhofs der DDR, der direkt unter der Aufsicht des Volksbildungsministeriums und der Ministerin Margot Honecker stand. Alles wurde abgestimmt mit den Organen der Jugendhilfe. Vielleicht sogar mit Genossin Honecker persönlich.«

»Und das heißt?« Die junge Frau runzelte die Stirn. »Welche Jugendlichen betraf das denn?« Sie wirkte jetzt beunruhigt, beinahe gequält.

»Sie haben sie kennengelernt. Er hat die drei nicht zufällig zurückgehalten. Er hatte die Absicht, sie zu sich zu nehmen. Maik Kerner, Tanja Wolter und Andreas Schwalbe. Der Mauerfall machte diese Pläne natürlich zunichte.«

Er lehnte sich zurück, strich sich über den stets ordentlich anliegenden Seitenscheitel und verschränkte die Arme.

15

Erschöpft vom Tag und immer noch hungrig, stieg Beate die Treppen zu ihrer Wohnung hinauf. Die Tür eines Nachbarn knallte zu, als sie daran vorbeilief, und sie zuckte zusammen. War das Absicht? Oder Zufall? Vielleicht nur ein Windstoß? Wie auch immer: Ihre Nerven lagen blank. Sie hatte Feierabend und musste dringend abschalten. Sie nahm sich vor, jetzt nicht mehr an die geflüchteten Jugendlichen, Frau Hellermann, Dr. Rehling und den toten Direktor zu denken. Stattdessen würde sie sich mit ein paar Eierkuchen belohnen. Eier, Zucker und Mehl hatte sie zu Hause, und wenn sie sich nicht irrte, auch noch ein Glas Apfelmus. Seit sie ein Kind war, aß sie diese süße Speise am liebsten. Toni hatte die Begeisterung für dieses einfache Gericht allerdings nicht geteilt und meist die Nase gerümpft, wenn sie es auf die Schnelle zubereitete. Er war eher ein Fleischesser und sein Lieblingsgericht Rinderrouladen mit Thüringer Klößen, und dafür brauchte man mindestens zwei bis drei Stunden.

Als sie die Tür aufschließen wollte, merkte sie, dass sie nur angelehnt war. Hatte sie etwa am Morgen vergessen abzuschließen? Sie war überstürzt aufgebrochen, in aller Eile die Stufen hinuntergerannt. Aber das kam ja nicht so selten vor, und bisher hatte sie doch immer daran gedacht, den Schlüssel ins Schloss zu stecken und herumzudrehen – oder etwa nicht?

Mit einem mulmigen Gefühl betrat sie ihre Wohnung. Einen Moment stand sie im Flur und lauschte. Vielleicht war Toni ja gerade da, um wieder etwas abzuholen. Sie besaß noch ein paar Bücher und Schallplatten von ihm.

»Hallo?«, fragte sie halbherzig. »Ist da wer? Toni, bist du da?«

Es blieb still. Dann quiekte Susi lauthals. Beate verriegelte die Tür und ging in die Küche, um Futter für die Meerschweinchen zu holen.

Als sie den Küchenschrank öffnete, lächelte ihr in Augenhöhe die Matroschka entgegen. Aha, dachte sie, also ist er doch hier gewesen. Offenbar hatte sich Toni einen Scherz erlaubt. Nur konnte sie gerade nicht darüber lachen. Auf Dauer würde sie ohne Kühlschrank nicht auskommen, doch im Moment fehlte ihr das Geld, um einen neuen zu kaufen.

Sie angelte Mohrrüben, Gurke und Salatblätter aus dem provisorischen Gemüsefach und zupfte etwas Petersilie von dem Bund, der in einer Vase stand. Mittlerweile hörte sie alle vier Meerschweinchen quieken.

»Ja, ja, ich beeil mich ja schon!« Sie seufzte. Wieso hatte ihr Ex die Tiere nicht gefüttert, wenn er hier schon ungebeten auftauchte?

Zuerst erschien das hell-pelzige Gesicht von Susi, die Männchen machte und gierig nach Nahrung Ausschau hielt. Auch die anderen drei Schweinchen versammelten sich nun erwartungsvoll, streckten sich in die Höhe und schnupperten. Gerade als sie begann, die Tiere zu füttern, fiel ihr auf, dass etwas anders war in dem Gehege. Beate stutzte, dann lief ihr ein Schauer über den Rücken. Träumte sie oder lag da tatsächlich ... eine *Schlange* im Heu? Ihr Herz machte einen Sprung, sie ließ die Gemüsestückchen fallen und zog ihre Hand zurück. Erst dann erkannte sie, dass das vermeintliche Reptil sich nicht bewegte.

Ein Spielzeug! War das noch so ein komischer Scherz?

»Was soll das denn?«, murmelte sie, während sie das Ding hochhob. Die Schlange bestand aus beweglichen Holz-Gliedern und hatte rote Plastikaugen und eine rote Zunge, die sie Beate herauszustrecken schien. »Mein Gott, hast du mich erschreckt.«

Beate erinnerte sich an einen kleinen alten Pappkoffer mit Spielzeug, den ihr Freund mal wegen irgendwelcher nostalgischer Kindheitserinnerungen aus seinem Elternhaus angeschleppt hatte, und seufzte tief. Was wollte ihr Verflossener ihr mit diesen Späßen sagen? Und wieso hatte er den Stapel mit Schallplatten und Büchern nicht mitgenommen, der abholbereit auf dem Tisch lag? Höchste Zeit, ihm den Schlüssel abzunehmen! Aber vielleicht sollte sie lieber das Schloss austauschen.

Als sie sich nach der Meerschweinfütterung die Hände waschen wollte, stieß sie einen erschrockenen Laut aus. Im Waschbecken fand sie einen weiblichen Kopf mit langen blonden Haaren. Diesmal erkannte sie zwar sofort, dass es sich um ein Spielzeug handelte, dennoch wirkte das Ding gruslig. Eine Gummipuppe. Die hellblauen Augen strahlten sie an. Das Gesicht war merkwürdigerweise geschminkt. Die Haare sahen beinahe echt aus. Im nächsten Moment entdeckte sie auch den Rest der Puppe: Der Körper, der zu dem Kopf gehörte, saß irgendwie verloren auf der Toilettenbrille. Wie Beate feststellte, war der Rumpf eine Nixe mit Fischschwanz und nackten Brüsten. Sie fühlte eine Gänsehaut und schüttelte sich.

Gehörte das Zeug wirklich ihrem ehemaligen Freund?

Er war eigentlich nicht der Typ, der mit Gumminixen spielte. Sie lachte laut auf. Vielleicht wollte er das erreichen. Dass er sie zum Lachen brachte. Einen seltsamen Sinn für Humor besaß er jedenfalls.

Sie drückte den Kopf der Meerjungfrau auf den Gummileib.

Es fühlte sich merkwürdig an, weich und klebrig, aber immerhin passten die Teile zusammen. Noch einmal wusch sie sich gründlich die Hände, dann ging sie in die Küche, um sich endlich ihren Eierkuchen zu widmen.

Sie griff nach der Packung aus weißem Kunststoff, in der zwölf Eier sein müssten. Doch sie war leer. Sie merkte es gleich, als sie sie anhob. Nichts drin. Nicht das kleinste Stück Schale.

»Jetzt reicht's«, murmelte sie. »Was zu viel ist, ist zu viel.«

Sie musste eine Weile in den Schubladen ihres Schreibtisches suchen, ehe sie den Zettel mit der Adresse fand, der erst gestern in ihrem Briefkasten gelegen hatte. Toni wohnte ebenfalls in Leipzig, nur ein paar Straßen weiter. Dort konnte sie zu Fuß hingehen. Sie stopfte drei seiner Taschenbücher in eine Tasche, die Holzschlange, die Gumminixe und die Eierpackung ohne Eier. Die Schallplatten und die restlichen Bücher waren ihr zu schwer und unhandlich. Die sollte er sich gefälligst selbst abholen. Aber nur, wenn sie ihm einen Termin dafür gab.

Ihre Wut verrauchte allmählich, als sie in die dunkle Seitenstraße einbog, in der Toni jetzt lebte. Vielleicht sollte sie besser umkehren. Womöglich würde er es falsch auslegen, wenn sie plötzlich vor seiner Tür stand. Würde gar denken, sie liefe ihm hinterher. Aber ihr knurrender Magen stachelte sie an weiterzugehen. Ihr Verflossener nahm sich einfach zu viel heraus. Verschleppte Kühlschrank, Fernseher, Bett und nun auch noch die Eier aus ihrer Wohnung. Ohne mit ihr zu reden!

Sicher, sie hatte in den Wochen vor seinem Auszug auch nicht mehr mit ihm geredet. Aber sie nahm ihm nicht einfach Dinge weg, die er zum Leben brauchte. Das fand sie nun doch ziemlich würdelos. Immerhin hatten sie drei Jahre zusammengelebt. Das letzte halbe Jahr waren sie allerdings schon eigene Wege gegangen – in ganz und gar unterschiedliche Richtungen, wie ihr schien. Toni hatte nicht verstanden, dass sie von der Streife zur Kripo und dann noch zur Morduntersuchungskommission gewechselt war. »Wer sich in Gefahr begibt, kommt darin um«, hatte er ihr vorgehalten. »Du überschätzt dich. Du bist nicht so stark, wie du denkst.«

Sie hatte sehr wohl registriert, dass er sie mit seinen Worten gleich doppelt abwertete. Aber sie hatte sich ohnehin immer weniger für das interessiert, was er von sich gab. Auch wenn er von seiner Arbeit in der Deutschen Bücherei geredet hatte, war sie ihm nur noch halbherzig gefolgt. Die Zeit, in der er ihr ab und zu ein verbotenes Buch aus dem Westen herausgeschmuggelt hatte, war ohnehin lange vorbei. Damals, als sie sich kennenlernten, beeindruckte er sie damit, dass er für sie heimlich George Orwells 1984 aus dem sogenannten Giftschrank besorgte. Niemand durfte davon wissen. Schon gar nicht, dass sie, eine Volkspolizistin, das verbotenste aller verbotenen Bücher der DDR las. Sie fand Tonis Aktion damals romantisch. Immerhin hatte er wegen ihr seinen Job riskiert. Aber das war lange her.

Wie sich herausstellte, wohnte Toni in einem der vielen heruntergekommenen Häuser, die Leipzig zu bieten hatte. Natürlich musste sie erst einmal etliche Stufen durch ein Treppenhaus steigen, das nach Katzenurin stank. Durch die kaputten Fenster drang ungehindert die kalte Luft. Nicht auf jeder Etage funktionierte das Licht.

Schließlich fand sie seinen Namen auf einem Zettel, der an die Tür geklebt war. Darunter stand der Spruch: »Klingel kaputt, bitte pfeifen.« Es roch nach Essen. Kam das aus seiner Wohnung? Beate seufzte leise und klopfte gegen das marode Holz. Ein paar lose Farbsplitter fielen wie vertrocknete Herbstblätter zu Boden.

Nichts geschah, und sie klopfte noch einmal, diesmal etwas energischer.

Toni blickte sie verschlafen an, als er ihr die Tür endlich öffnete. Seine Haare sahen strubblig aus, er war unrasiert, und seine Brille saß irgendwie schief in seinem Gesicht. Er trug eine fleckige Küchenschürze, an der er sich jetzt seine Hände abrieb.

»Was machst du denn hier?«, fragte er verblüfft.

Statt zu antworten, hielt sie ihm die Eierpackung aus Styropor unter die Nase.

»Musste das sein?«, fragte sie.

»Was denn?«

»Na ... *das*. Deine ganze ... scheiß Klauerei.«

Sie sprach leise oder jedenfalls nicht lauter als sonst. Trotzdem schob er sich ein Stück in den Hausflur hinaus und schaute, ob sie jemand belauschen könnte.

Beate spürte, wie ihre Wut zurückkehrte, und hob nun absichtlich die Stimme. »Erst der Fernseher, dann der Kühlschrank und schließlich das Bett ... und nun auch noch meine Eier?«

»Komm doch erst mal rein«, sagte Toni. »Dann kannst du dadrin weiter Theater machen.«

»Was heißt hier Theater?«, fragte sie gereizt.

Er sah sie beinahe belustigt an. »Wie würdest du das denn bezeichnen?«

»Eine nötige Aussprache?«

»Na gut. Dann komm rein, damit wir die nötige Aussprache in meinem neuen Domizil führen können.« Er grinste sie an.

Irgendwie schien er sich zu freuen, dass sie hier auftauchte. Oder täuschte sie sich?

War das eine gute Idee, seine Wohnung zu betreten?

Aber dann stieg ihr der Geruch von Gebratenem in die Nase.

Sie spürte die Leere ihres Magens jetzt überdeutlich. In Zukunft würde sie die Mittagspause einhalten, nahm sie sich vor.

»Ich hab Hunger, hast du was zu essen?«, fragte sie und ging direkt in seine Küche.

»Willkommen in meinem Heim«, sagte er ironisch und folgte ihr.

In der Bratpfanne brutzelten zwei Schnitzel. Beate sog unwillkürlich den Duft ein.

»Das riecht aber lecker«, sagte sie und versuchte, nicht zu gierig zu klingen. Es kam ihr vor, als hätte sie nie etwas Besseres gerochen.

»Da kommst du ja gerade richtig. Setz dich. Ich deck den Tisch.«

»Danke«, brachte sie hervor. Eigentlich wollte sie ein Fass aufmachen, und jetzt bedankte sie sich bei ihm? »Hab den ganzen Tag noch nichts gegessen.«

»Ach, ist ja ganz was Neues.« Er schob ihr einen Teller über den Tisch. »Leider kann ich dir kein Spiegelei dazu braten, weil ich nämlich keine Eier dahabe.«

»Du warst heute nicht in meiner Wohnung?«

»Nein.«

Beate blickte sich in der Küche um. Viel zu sehen gab es nicht. Ein kleiner Gasherd, ihr gemeinsamer Kühlschrank, der jetzt offenbar ihm allein gehörte, eine Kiste mit etwas Geschirr und Besteck, ein Tisch, zwei Stühle.

»Wer hat denn sonst meine Eier geklaut?«

»Vielleicht hast du sie doch selbst gegessen?«

Beate schüttelte den Kopf.

»Oder erst gar keine gekauft?«

»Ach Quatsch.« Sie holte das Spielzeug aus ihrer Tasche und

legte es neben den leeren Teller. Die Schlange, der jetzt ein Auge fehlte. Die Meerjungfrau, deren Kopf wieder abgefallen war.

»Kommt dir das bekannt vor?« Sie angelte noch nach dem Gummiblondschopf und schob ihn neben die anderen Dinge.

Er lachte. »Was ist das denn für Zeug? Sieht aus wie von der Müllkippe.«

»Stammt das nicht aus deinem alten Spielzeugkoffer?«

»Mit Sicherheit nicht. Wo hast du das her?«

»Das lag heute in meiner Wohnung. Die Tür stand offen und ...« Sie zuckte mit den Achseln. »Ich hatte dich in Verdacht«, sagte sie kleinlaut.

»So? Wenn das ein Einbrecher war, solltest du die Polizei rufen«, sagte er sarkastisch.

»Außer den Eiern fehlt nichts.« Eigentlich hatte sie nicht so genau nachgesehen. Aber welcher Einbrecher brachte solch komischen Spielzeugkrempel mit?

»Seltsam.« Er runzelte die Stirn.

Beate lächelte ihn künstlich an. »Ist mein Schnitzel ... fertig?« Gerade noch so vermied sie das Wort *endlich* in ihrer Frage.

Beiläufig registrierte sie, dass er ihr das größere Stück Fleisch servierte. Als Soße gab es einen Klecks Ketchup.

»Kartoffeln sind auch alle«, sagte Toni.

»Macht nichts«, murmelte Beate mit vollem Mund.

»Schmeckt's dir?«

»Mhm.« Das Schnitzel war heiß, knusprig und nur ein bisschen fettig. »Wirklich lecker.«

Er nickte zufrieden. Ansonsten aßen sie schweigend.

»Ist das schon mal vorgekommen?«, fragte ihr Exfreund, als er die Teller abräumte.

»Was?«

»Dass jemand in deiner Wohnung war und ...«

»*Du* warst in meiner Wohnung«, unterbrach sie ihn.

»Das meine ich nicht.«

»Aber ich! Ohne mir wenigstens Bescheid zu sagen!« Sie klang verletzt, das hörte sie selbst.

»Das Bett war ja auch meins«, murmelte er. »Die anderen Möbel, die wir gemeinsam gekauft haben, kannst du dafür behalten.«

»Na, du bist ja großzügig!«

»Den Plattenspieler, das Radio und den Brotröster überlasse ich dir ebenfalls.«

»Das Radio gehörte meiner Großmutter.«

»Ich hatte nichts in dieser Wohnung hier. Gar nichts. Ich gebe dir etwas Geld als Entschädigung, okay?«

»Ein Farbfernseher kostet mindestens viertausend Mark. Ein Plattenspieler höchstens fünfhundert. Für den Toaster haben wir dreißig Mark bezahlt, glaube ich. Für den Kühlschrank ... ich weiß nicht mehr, eintausend?«

»Tausendfünfhundert.«

»Aha.«

»Willst du den Kühlschrank zurück?« Toni sah sie an. In seinem Blick lag die Resignation der vergangenen Wochen und Monate.

Beate senkte die Lider und schüttelte den Kopf. »Eigentlich bin ich ja nur wegen der Eier gekommen«, sagte sie verlegen.

16

Andreas blickte sich in dem Zimmer um. Es sah ganz normal aus. Trotzdem spürte er eine Gänsehaut. Irgendetwas stimmte hier nicht. Warum fühlte er sich so merkwürdig in dieser Wohnung?

Vor etwa zehn Minuten waren sie hier eingedrungen. Aber Tanja machte den Eindruck, als würde sie sich in den Räumen schon auskennen, als wäre sie keineswegs das erste Mal hier. Sie hatte nicht gesucht – nicht nach dem Haus, das in einem unauffälligen Torgauer Viertel stand, nicht nach dieser Wohnung.

»Ist das nicht verboten?«, fragte Andreas und sah Tanja ängstlich an. Bei ihr traute er sich, furchtsam zu sein. Ihr musste er nichts vormachen. Oder?

»Was?«, fragte sie zerstreut. Sie wühlte gerade in irgendwelchen Schubladen herum. Warf ihm einen flüchtigen Blick über die Schulter zu.

»Einfach in diese Bude zu gehen«, antwortete Andreas. »Unbefugtes Betreten nennt man das doch? Oder Hausfriedensbruch?«

»Mach dir keine Sorgen«, sagte Tanja. »Hier wohnt keiner mehr.«

»Danach sieht es aber nicht gerade aus.«

Alles wirkte penibel aufgeräumt und sauber. Die Schrankwand mit sorgfältig aufgestelltem, blau gemustertem Keramikgeschirr hinter den Glasscheiben wirkte wie eine dunkle Festung. Kahle Wände. Keine Fotos. Nur eine Uhr hing da, die vor sich hin tickte. Sie zeigte auf die Minute die richtige Zeit an. Eine Couch, ein Sessel, ein Tisch. Es roch ein wenig muffig, als wäre lange nicht gelüftet worden. Aber da lag noch ein anderer Geruch in dem Raum, ein chemisch süßlicher Duft, den er irgendwo schon mal gerochen hatte. Ein Hauch von Parfüm oder Deo-Spray oder Rasierwasser?

Sie befanden sich ganz oben unter dem Dach. Es war die einzige Wohnung in dem Haus, die keine Nachbarn auf der gegenüberliegenden Seite hatte. Der Schlüssel hatte einfach unter der Fußmatte gelegen.

»Vertrau mir. Hier können wir ein paar Tage bleiben.«

»Was ist, wenn jemand kommt?«

»Glaub nicht, dass das passiert«, murmelte Tanja. »Nicht so schnell jedenfalls.«

Sie zog die nächste Schublade auf, beachtete ihn nicht weiter.

»Was suchst du da eigentlich?«

»Geld. Wertsachen. Irgendwas, das wir gebrauchen können.«

Andreas zog unbehaglich die Schultern nach oben. »Wer wohnt denn hier?«

»Niemand«, sagte sie schnell. »Hast du einen Namen an der Tür gesehen?«

Er schüttelte den Kopf.

»Na also.«

»Aber wenn die uns erwischen?«

»Wer denn? Wir müssen einfach leise sein. Und wir bleiben nur so lange, bis die Essensvorräte in der Küche aufgebraucht sind.« Tanja ging zum Fenster und zog die Gardinen zu.

Andreas fragte sich, woher sie diese Wohnung in Torgau kannte. Aber es war offensichtlich, dass sie es ihm nicht sagen wollte. Sie bewahrte ihre Geheimnisse für sich. So wie er sein Geheimnis nicht ausplauderte. Er erzählte ihr nicht von dem Schatten, den er gesehen hatte in jener Nacht. Von der Gestalt, die sich für einen Moment bewegt hatte, aus der Dunkelheit getreten war. Er erzählte ihr nicht ... von dem *Mörder*.

Das Feuerzeug, das vom Tatort stammte, trug er in seiner Hosentasche bei sich. Er benutzte es nicht, noch nicht. Es war Teil des Geheimnisses, das er wie eine Last mit sich herumschleppte.

Wenn er bei ihr bleiben wollte, musste er dann in Kauf nehmen, dass sie ihm nicht alles sagte?

Keinesfalls mochte er allein sein mit dieser unheimlichen Erinnerung. Und mit allem anderen, was geschehen war, was er in den letzten Monaten erlebt hatte. Die Kälte der Einzelzelle steckte ihm noch in den Knochen, das Gebrüll der Erzieher, das Geklirr der Schlüssel, doch er versuchte, nicht mehr daran zu denken. In Tanjas Gegenwart fühlte er sich einigermaßen sicher. Obwohl er wusste, dass er das nicht war. Sie waren nicht sicher. Sie wurden gesucht. Von den Erziehern, von der Jugendhilfe, von der Polizei.

Tanja machte den Fernseher an. Ein krisseliges Schwarz-Weiß-Bild erschien. Sie schaltete um, drehte an den Knöpfen. Männer mit Cowboyhüten ritten durch die graue Prärie.

»Ein Western«, sagte sie. »Magst du Western?«

Andreas zuckte mit den Achseln. »Klar, warum nicht?« Automatisch blickte er zur Tür. Aber hier war kein Erzieher, der sie anschreien und bestrafen würde.

Sie lümmelten sich auf das Sofa, schauten »Westfernsehen«, ließen den Ton so, dass sie die Dialoge gerade noch verstehen konnten. Wenn geschossen wurde, stellten sie etwas leiser.

»Wo Maik jetzt wohl ist?«, fragte er.

»Ist doch egal«, murmelte sie.

Nach der Flucht waren sie zum Torgauer Bahnhof gelaufen.

Aber auf den Bahnsteigen hatten sich unzählige Menschen gedrängelt – darunter auch solche in Uniformen. Was war hier los? Es hatte ausgesehen, als wären gleich ein paar Züge hintereinander ausgefallen.

»Das ist viel zu riskant. Wir verstecken uns erst mal, tauchen unter«, hatte Maik gesagt. »Niemand wird uns in Torgau suchen. Die uns verfolgen, denken, wir sind schon über alle Berge.«

Die ersten Tage und Nächte hatten sie noch gemeinsam in Datschen und auf Dachböden verbracht. Dort geschlafen und am Morgen Kleidung aus Truhen, Schränken und von den Wäscheleinen gestohlen. Sie passte kaum, aber wenigstens fielen sie damit nicht so auf wie mit den blauen Arbeitsoveralls, in denen sie geflüchtet waren.

In der letzten Nacht hatte sich Maik ohne viel Federlesen verabschiedet. »Ich geh jetzt meine eigenen Wege. Macht's gut.« Er hatte ihnen noch zugewinkt. Mit der Zigarette in der Hand. Die angebrochene Schachtel F6 hatte er aus einem der Wochenendhäuschen mitgehen lassen. Andreas starrte zum Abschied auf den Glimmstängel, auf den Punkt, der wie ein Glühwürmchen in der Nacht tanzte.

»Wo willst du denn hin?«

»Irgendwohin«, antwortete Maik lakonisch.

Und weg war er. War in die Dunkelheit getaucht und verschwunden.

Andreas rutschte unruhig auf dem Sofa hin und her. Er war es nicht gewohnt, auf etwas Weichem zu sitzen. Fast versank er in dem Polster, und der widerlich süßliche Geruch schien noch zuzunehmen. Irgendwie musste er an den Direktor denken. Hatte es nicht so gerochen, wenn der mit grimmigem Blick durch die

Gänge seines eisernen Reiches gelaufen war? Aber das konnte doch nicht sein, oder? Dass es hier so roch wie *dort*?

»Meinst du, wir sehen Maik noch mal wieder?« Er wollte es nicht wirklich wissen. Er wollte nur, dass Tanja sich mit ihm unterhielt. Egal worüber. Es beruhigte ihn, ihre Stimme zu hören. Sie schien zu wissen, was jetzt zu tun war. Er wusste es nicht.

»Keine Ahnung. Vielleicht. Vielleicht auch nicht.« Sie wirkte gleichgültig. Es schien ihr nicht viel auszumachen, dass Maik weg war. Machte es ihm etwas aus? Andreas versuchte darüber nachzudenken. Maik war sein Kumpel, kein Freund, aber ein Kumpel. Aber er dachte wohl, dass er allein besser klarkam.

Tanja ging in die Küche und kam mit zwei Tassen, einer Kanne Pfefferminztee und mit einer Schüssel, in der Walnüsse lagen, zurück. Während sie ihm zeigte, wie man sie knackte, fragte er sich, ob sie sich irgendwann auch so von ihm abwenden würde wie Maik. Einfach Tschüs sagen, winken und verschwinden.

Ihm wurde kalt bei dem Gedanken. Er zog sich die Ärmel des Pullovers, den er gestern von einer Wäscheleine gestohlen hatte, über die Hände. Das war kein Problem. Er war ihm ohnehin etwas zu groß. Außerdem bunt gestreift – vermutlich gehörte er einem Mädchen, das ziemlich lange Arme hatte. Aber er konnte nicht wählerisch sein.

Tanja drückte jeweils zwei Nüsse mit beiden Händen gegeneinander. Die besonders harten legte sie beiseite. Schließlich stand sie auf, steckte die Nuss in den Türrahmen und zog die Tür sanft zu, bis die Schale dieses leise unheimliche Geräusch machte – als würden kleine dünne Knochen brechen.

»Raben können das auch«, sagte sie.

»Was?«

»Nüsse knacken. Sie lassen sie auf die Straße fallen und warten, dass ein Auto drüberfährt.« Sie lächelte.

Er nickte ihr zu, nahm eine Nuss und schob sie in den Türrahmen. Er tat einfach das, was sie tat. Tanja schien Bescheid zu wissen, lavierte ihn durch das Labyrinth, in dem er sich jetzt befand.

Als die Tagesschau angekündigt wurde, wollte Andreas umschalten.

»Nein, lass mal«, sagte Tanja.

»Das sind bloß blöde Nachrichten.«

»Ich weiß. Aber ...«

»Aber?«

»Findest du es nicht komisch, dass die Erzieher uns in den letzten Wochen keine *Aktuelle Kamera* mehr gucken ließen?«

Andreas zuckte mit den Achseln. »Na und?« Er hasste diese Sendung. Sonst hatten sie die täglich ansehen müssen und wurden anschließend abgefragt. Meist ging es irgendwie um Erich Honecker, der immer gleich aussah, immer die gleichen schrecklichen Klamotten trug, die gleiche Mimik zur Schau stellte, der immer das Gleiche sagte und tat.

»Etwas muss passiert sein. Sonst würden die doch nicht den Geschlossenen Jugendwerkhof auflösen.« Natürlich hatten die Erzieher ihnen nichts erklärt. Sie erklärten ihnen nie irgendetwas. Sie redeten nicht mit den Jugendlichen, als wären sie normale Menschen. Sie brüllten sie an, erteilten Befehle, von morgens bis abends.

»Vielleicht wird der ja gar nicht aufgelöst. Vielleicht wollen die den nur renovieren? Die Farbe blättert schon lange von den Wänden. Oder sie bauen endlich mal Toiletten in die Zellen ein?«

»Glaub ich eher nicht. Die sind nicht um unser Wohl besorgt. Das waren die noch nie«, murmelte Tanja.

»Na ja, aber die Erzieher riechen doch auch, dass es aus den Kübeln nach Scheiße und Chlor stinkt«, entgegnete er bockig.

Tanja sah an ihm vorbei zum Fernseher und stellte die Nachrichten lauter.

»Guten Abend, meine Damen und Herren. Weit mehr als eine Million Besucher sind heute aus der DDR in die Bundesrepublik gekommen.«

Andreas warf Tanja einen ungläubigen Blick zu. »Was hat der Typ da gesagt?«

»Sei mal still. Ich kapier's auch nicht. Vielleicht hat der einen über den Durst getrunken?«

»Oder das sind gar keine Nachrichten. Sondern das ist irgend so ein Science-Fiction-Film«, sagte Andreas.

»Hast du das eben gehört? Was soll das denn heißen: *Wieder wurde ein neuer Grenzübergang eröffnet*? Hat er das wirklich gesagt?«

Andreas nickte. Aber er hörte nicht mehr zu, was der Nachrichtenmann sagte. Das Große da draußen war ihm zu groß. Es schwappte ungefragt in ihren Unterschlupf, in ihre Höhle hinein. Aus irgendeinem Grund tastete er nach dem Feuerzeug in seiner Hosentasche. Es war eckig und aus Metall. Bisher hatte er es noch nicht ausprobiert. Aber er war sicher, dass es funktionierte. Zur Not konnte er etwas damit anzünden. Diese Wohnung zum Beispiel. Die Wohnung, die womöglich die Wohnung des toten Direktors war.

Wie kam er denn auf diesen Gedanken? Der hatte doch gar nicht hier, sondern direkt im Werkhofsgebäude gelebt? Sicher hatten seine Fenster keine Gitter gehabt, oder?

Andreas blickte zu den zugezogenen Gardinen. Der Stoff war weiß-braun und hässlich. Ein Muster aus verwelkten Rosen zog sich über die Fenster. Die Dornenranken schienen sich auf ihn zuzubewegen, als wollten sie nach ihm greifen.

Er spürte plötzlich Lust, die Gardinen anzuzünden, und wandte schnell den Blick ab. Versuchte, sich wieder auf den Bildschirm zu konzentrieren. Auf Tanja, die rote Wangen bekam vor Aufregung über das, was sie da hörte und sah.

»Guck dir das an!«, sagte sie. »Hör zu, was der sagt!«

Andreas versuchte, sich auf die Nachrichten zu konzentrieren. Der Sprecher berichtete jetzt etwas von Sonderzügen, die maßlos überfüllt waren.

»Deswegen war es so voll auf den Bahnsteigen! Die wollen alle rüber! Nach drüben! Wie kann das sein?«

Tanja griff nach seinem Arm, dann kicherte sie plötzlich. »*Neue Regierung? Öffnung der innerdeutschen Grenze? Besucheransturm?* Nicht zu fassen! Ich glaub, mein Schwein pfeift! Die fahren in den Westen und gehen da einkaufen, als wäre da weiter nichts dabei!«

Die Bilder wechselten. Menschenmengen wurden gezeigt, die »Wir sind das Volk!« und »Demokratie! Jetzt oder nie!« riefen.

»Alle nicht«, sagte Andreas. »Alle fahren nicht einkaufen. Da demonstrieren ja welche. Jede Menge sogar. Wo ist das?«

Sie beugten sich näher zum Fernsehgerät und lauschten der Stimme des Nachrichtensprechers, die ihnen in einem merkwürdig sachlichen Ton Unvorstellbares verkündete.

»Das ist in Leipzig.«

17

Ratlos stand Beate in der Mitte ihres Wohnzimmers und sah sich um, als wäre sie fremd in ihren eigenen vier Wänden. Jemand war also in ihrer Wohnung gewesen. Aber wer? Und wozu? Wieso machte sich der Unbekannte die Mühe, komische Dinge hierherzubringen? Eine kopflose Nixe? Die Attrappe einer Schlange im Gehege ihrer Meerschweinchen? Ein Einbrecher, der nur Eier klaute? Was sollte das?

Wenn sie das ihren Kollegen erzählte, würden die sie für durchgeknallt halten. Reif für die Klapsmühle. Sogar Toni hatte sie einen Moment angeguckt, als hätte sie nicht alle Tassen im Schrank. Beate fühlte eine Gänsehaut und schüttelte sich. Aber mit irgendwem musste sie doch darüber reden, oder nicht? Sonst würde sie wirklich noch die Nerven verlieren.

In Gedanken ging sie die Gesichter ihrer Kollegen durch. Doch egal, an wen sie dachte: Sie sah nur Erstaunen, Verständnislosigkeit und Häme vor ihrem geistigen Auge.

Bis auf … Ja, *einer* käme vielleicht doch in Frage. Und er war sogar noch vom Fach, wenn es um verdächtige Spuren ging. Beate lief zum Telefon und blickte in den Spiegel, während sie wählte. Ihre Stirn war immer noch in Falten gelegt, aber um ihren Mund zeigte sich ein erstes zaghaftes Lächeln. Nun, sie wollte sich lieber nicht zu früh freuen. Vielleicht war er ja nicht zu Hause?

»Hallo?«, fragte da am anderen Ende der Leitung Steffens Stimme. Beinahe sofort hatte er den Hörer abgenommen, als würde er auf einen Anruf warten.

Beate schluckte. Wie sollte sie ihm ihr Dilemma auf die Schnelle erklären?

»Wer ist denn da?« Es klang eher neugierig als genervt.

»Ich bin's. Beate«, sagte sie, plötzlich verlegen. »Kannst du zu mir kommen? Ich habe da ... ein Problem.« Den letzten Satz sprach sie langsam. Als müsste sie noch über die Worte nachdenken. Wie sollte sie dieses komische *Problem* am Telefon beschreiben?

»Klar«, sagte Steffen einfach. Er fragte gar nicht nach. »Bin schon auf dem Weg.«

Eine knappe Stunde später saß ihr Steffen gegenüber. Der Kriminaltechniker, der auch in Leipzig lebte und ein Jahr jünger war als sie selbst, soweit sie wusste, hörte ihr zu und musterte sie fragend. Er nahm den Gummikopf der Nixe vom Tisch, drehte ihn in seinen Händen hin und her, zupfte an den blonden Haarsträhnen herum, als müsste er das Ding nach Spuren von Blut und sonstigen Sekreten untersuchen.

»Es ist ja nur eine Puppe«, sagte Beate und lachte nervös. »Vielleicht hat es auch nichts zu bedeuten.« Insgeheim war sie froh, dass Steffen gleich gekommen war. Er schien sich nicht einmal darüber zu wundern, dass sie ausgerechnet ihn um Hilfe bat.

»Na ja«, sagte er. »Entweder es erlaubt sich jemand einen makabren Scherz mit dir, oder ...«

Beate sah ihn an und wartete ab.

»... oder es steckt tatsächlich etwas dahinter.« Steffen räusperte sich. »Ich würde das an deiner Stelle aber nicht herumerzählen. Mal im Vertrauen: Einige der Kollegen reden sowieso schon über dich.«

»Inwiefern? Was reden sie denn?« Beate spürte zu ihrem Ärger, dass sie rot anlief.

»Dass du der Arbeit in der MUK nicht gewachsen bist.«

»Sagt wer?«

Steffen zuckte mit den Achseln. »Einige. Das übliche Gequatsche eben. Du bist noch relativ neu, jung, unerfahren. Kein Wunder, dass sie dich auswählen für ihr Geschwätz. Als ich mit der Arbeit anfing, war ich auch eine Zeit lang Mode. Ich habe das damals ignoriert. Inzwischen schalte ich bei Klatsch und Tratsch möglichst ab. Kann dir nicht mal genau sagen, wer das nun erzählt oder weitergegeben hat. Jemand meinte, du wärst zu freundlich zu den befragten Jugendlichen, die Genosse Lehmann für negativ dekadent oder gar staatsfeindlich hält. Bei den Verhören wärst du zu lasch.«

»Selbst wenn es ein Tötungsdelikt war, was wir nicht hundertprozentig wissen – bis jetzt haben wir doch noch nicht mal einen Verdächtigen«, entgegnete sie.

»Du weißt doch, wie das ist: Jeder ist mal Zielscheibe.« Er seufzte. »Nimm es dir nicht so zu Herzen.«

»Mach ich nicht«, sagte sie schnell, obwohl ihr seine Worte Stiche versetzten. »Aber wer zum Teufel ist hier eingedrungen? Das ist doch irgendwie ... gruslig!«

Steffen nickte nachdenklich. »Wenn es keine Einbruchspuren gab, besaß derjenige also einen Schlüssel oder die nötige Technik.«

Beate horchte auf. Sein Tonfall klang, als hätte er eine Ahnung. Eine Vermutung, von der er ihr lieber nichts sagen wollte?

»Außer Toni und mir hat niemand einen Schlüssel von meiner Wohnung.«

Steffen sah sie einen Moment an, als wäre sie etwas naiv. Als wäre des Rätsels Lösung greifbar nahe und sie müsste gleich von selbst draufkommen.

»Du solltest auf alle Fälle dein Schloss auswechseln«, sagte er.

Beate lauschte dem Unterton in seiner Stimme und nickte ihm zögernd zu. »Das hatte ich ohnehin vor. Nach so einer Trennung muss man erst mal begreifen, dass man mit allem allein dasteht.«

Steffen grinste. »Hast du etwa Angst? Wie ein Mimöschen wirkst du eigentlich nicht auf mich.«

Sie lachte auf. »Nichts gegen Mimosen. Eine gewisse Sensibilität braucht man in meinem Job. Und in deinem ja auch. Zum Beispiel dafür, Dinge zu erkennen, die andere übersehen.«

Beate war sich gerade nicht sicher, ob sie nicht etwas übersah, was ihr Kollege zumindest schon ahnte.

»Das stimmt nun auch wieder.« Steffen ließ seine Blicke durch das Zimmer schweifen. Es war das erste Mal, dass er sie besuchte. »Hübsch hast du es hier. Aber ... besitzt du eigentlich gar keinen Fernseher?«

»Den hat mein Ex mitgenommen bei seinem Auszug.« Beate räusperte sich. Sie hatte keine Lust, Steffen die unschönen Details zu erklären.

»Verstehe. Dann hast du sicher nicht die Nachrichten gesehen, oder?«

Sie schüttelte den Kopf.

»In Leipzig waren heute wieder die Leute auf der Straße und haben für Reformen demonstriert. Zwar wesentlich weniger als sonst, weil viele im Westen mit ihrem Begrüßungsgeld einkaufen sind, aber es waren immer noch Tausende.« Er machte eine kleine Pause und sah sie mit leuchtenden Augen an. »Und einer von ihnen war ich.«

Beate musterte ihn überrascht. »Hast du keine Angst, deinen Job zu verlieren?«

»Nein. Die Zeiten ändern sich. *Alles* ist jetzt möglich, verstehst du? Die Zeit der Angst ist vorbei! Das Neue Forum hatte zum ersten Mal eine Genehmigung für die Demo. Und ich hab schon vor einer Weile so einen Aufruf unterschrieben. Den *Aufbruch 89*. Bin jetzt Mitglied sozusagen. Du verrätst mich doch nicht?« Steffen zwinkerte ihr zu. »Ich treffe mich auch gleich noch mit Leuten aus der Bürgerbewegung. Es ist einfach wichtig, finde ich, dabei zu sein, wenn sich endlich was tut in diesem Land.«

Beate lächelte verwirrt. »Das geht alles so schnell«, sagte sie. »Im Oktober haben sie die Leute noch reihenweise verhaftet. Und jetzt …? Willst du eigentlich auch abhauen in den Westen?«

»Wozu denn? Jetzt, wo es spannend wird?« Steffen blickte auf die Uhr und sprang auf. »Tut mir leid. Ich muss los!«

Beate erhob sich und reichte ihm die Hand. »Danke, dass du gekommen bist.«

»Keine Ursache. Gern geschehen.«

»Nimmst du mich mal mit?«, hörte sie sich auf einmal zu ihrer eigenen Überraschung fragen.

»Wohin?«

»Zu einer Demo?«

»Warum nicht? Zeit wird's.« Er lachte. »Gleich am Montag?«

Sie nickte. Immer noch überrascht über sich selbst. Wollte sie das wirklich?

»Geht klar. Und wenn du das nächste Mal komische Dinge in deiner Wohnung findest, ruf mich gleich an, okay? Lass das Zeug stehen und liegen und greif zum Telefonhörer.«

18

War es riskant, sich in Leipzig herumzutreiben?

Tanja sah sich nach allen Seiten gleichzeitig um und nagte nervös an ihrem Daumennagel. Sie spürte Andreas an ihrer Seite, er hielt sich dicht an ihr, während sie durch die Straßen liefen – wie ein verängstigtes Kind. Es war ein Montag. Und an den Montagen ging hier die Post ab, wie Tanja nun wusste. In den Nachrichten sprachen sie darüber. Und es gab Sondersendungen im Fernsehen. Sie hatte Andreas überreden müssen, in diese Stadt zu fahren, die etwa fünfzig Kilometer von Torgau entfernt lag. Die Züge waren immer noch überfüllt. Auch die Straßenbahn in Leipzig war überfüllt. Kaum jemand schien in diesen Zeiten zu Hause zu hocken. Aber niemand kontrollierte sie. Niemand beachtete sie.

»Ich muss das mit eigenen Augen sehen«, flüsterte Tanja in sein Ohr. »Vorher glaube ich das nicht. Ein Aufstand? Gegen die Regierung? Gegen diese beknackte Partei? Ist das wirklich wahr?«

Sie zitterte vor Aufregung oder auch vor Kälte. Sie wusste es nicht so genau. Das Bibbern lief durch ihren ganzen Körper. Sie befanden sich auf dem Leipziger Ring, inmitten einer Menschenmenge, zwischen unübersehbar vielen Leuten, die irgendwas riefen von Freiheit und von Demokratie. Und sie lachte. Tanja lachte mit klappernden Zähnen.

Andreas sah sie stirnrunzelnd an. »Viel zu viele Menschen hier«, beklagte er sich. »Alles Fremde.« Sein junges Gesicht sah plötzlich alt aus.

»Keine Sorge, die beachten uns gar nicht.« Sie streifte ihn mit einem prüfenden Blick. Er wirkte alles andere als glücklich.

Seit einigen Tagen schien er in sich selbst versunken. »Wie soll es denn jetzt weitergehen?«, hatte er sie einmal gefragt.

»Wir müssen erst herausfinden, was hier passiert. Was hier gerade läuft. Und dann sehen wir weiter«, hatte sie ausweichend geantwortet.

Und jetzt standen sie auf diesem Platz in Leipzig, eingequetscht zwischen den Leibern, die hin und her wogten und sich schließlich in Bewegung setzten. Mit Transparenten, Kerzen und Deutschlandfahnen. Eine DDR-Fahne sah Tanja nicht. Nur die Fahne von drüben. Die Fahne aus dem Westen, die doch eigentlich verboten war. Und die Träger riefen etwas davon, dass sie »ein Volk« wären, brüllten plötzlich: »Deutschland, einig Vaterland!« Sie waren lauter als die anderen Demonstranten. Es klang trotzig. Und es war verrückt. Kein Polizist kam, um die Staatsfeinde zu verhaften.

Deutschland, einig Vaterland?

Was genau sollte das bedeuten? Wie sollten zwei verfeindete Staaten eins werden? Ein Vaterland?

Tanja dachte unwillkürlich an ihren Vater. Hatte er von ihrem Ausbruch gehört? War die Polizei schon da gewesen? Sicher war sie das. Im Elternhaus suchte sie immer zuerst. Dort konnte sie also nicht hin. Aber in der Wohnung des Direktors gefiel es ihr nicht schlecht – jetzt, da der Direktor tot war und er sie nicht mehr als sein persönliches Eigentum betrachtete. Niemand schien von der Existenz dieser zweiten Wohnung etwas zu wissen. Abgesehen von den Jugendlichen, die er dorthin »eingeladen« hatte.

Sie wollte nicht mehr daran denken. Den Ekel hatte sie eingeschlossen – so wie sie eingeschlossen worden war. Der Ekel kam in das kleinste und ausbruchsicherste Verlies: in den Keller mit den Dunkelzellen, in den *Fuchsbau* – so stellte sie es sich vor. Dort konnte er vermodern, bis sie all das vergaß, was gewesen war. Auch diesen Ekel vergaß, der sich verband mit dem Geruch nach Schweiß und Sperma und diesem süßlichen Parfüm, das der Genosse Direktor, dieser Drecksack, benutzte. Der Parfümgestank hing immer noch in der Wohnung. Er hatte seinen Träger überlebt. Einen Geruch konnte man nicht einsperren, oder?

Tanja schnappte nach Luft. Griff sich an den Hals. Würgte einen Moment. Wieso dachte sie jetzt daran, wenn sie nicht mehr daran denken wollte? Ausgerechnet hier? Unter dem Himmel dieser neuen, aufregenden *Freiheit*? Sie konnte es immer noch nicht fassen, doch die Menschen um sie herum machten alles andere als einen ängstlichen oder erstaunten Eindruck. Mal abgesehen von Andreas, der jetzt irgendwas vor sich hin brabbelte. Musste er pinkeln? Ausgerechnet jetzt? »Geh doch, ich bleib hier«, sagte sie, ohne groß auf ihn zu achten. Das *Volk* – was war das eigentlich? Diese Leute ... Sie meinten es ernst mit ... *Was auch immer.*

»Wir sind *das* Volk!« mischte sich mit anderen Rufen, mischte sich mit: »Wir sind *ein* Volk!«

Ihr fiel auf, dass die Menschen, die die verschiedenen Sprüche riefen, auch verschieden aussahen. Die einen trugen Kutten und lange Haare, wirkten wie die Hippies, die in den besetzten Häusern lebten, bei denen Tanja auf ihren Fluchten aus den verschiedenen Jugendwerkhöfen oft untergekommen war. Die anderen, die Deutschlandfahnen schwenkten, sahen eher aus wie Kerle, die angeheitert vom Fußballspiel oder aus der Kneipe kamen und jetzt mit Gesang und Gebrüll einen draufmachen wollten.

»Ist das nicht alles vollkommen irre?«, fragte sie und wandte sich nach Andreas um.

Aber die Stelle, an der er eben noch gestanden hatte, war leer.

Er wollte doch nach der Pinkelpause wieder herkommen, oder?

Tanja wartete und hielt Ausschau. Zehn Minuten vergingen, zwanzig, eine halbe Stunde.

Wieso kam er nicht zurück? War er etwa erwischt worden? Von der Polizei? Aber wie sollten die ausgerechnet ihn in dieser Menschenmenge ausfindig machen?

Sie drehte sich ein paarmal um sich selbst, stellte sich auf die Zehenspitzen, versuchte, über die Köpfe zu spähen.

»Andreas!«, schrie sie. »Scheiße, wo steckst du?«

Doch sie erhielt keine Antwort.

Er war weg.

19

Beate steckte mitten im Gedränge der Demonstranten, die sich vor der *Runden Ecke*, der Bezirksverwaltung der Staatssicherheit, in Leipzig versammelten.

»Stasi raus!«, »Stasi in die Produktion!«, schrien manche. Oder auch: »Stasi in die Volkswirtschaft!«

Zwei Männer hielten vor dem Eingang des zylinderförmigen Gebäudes ein Transparent in die Höhe, und Beate las zu ihrem Erstaunen einen Reim: *Krumme Ecke – Schreckenshaus: Wann wird ein Museum draus?*

Sie hörte Steffen neben sich hysterisch kichern, aber sie wusste nicht, ob sie den Spruch lustig finden sollte. Ein Museum? Ausgerechnet hier? Und was würde man dann ausstellen? Orden, Abzeichen und Urkunden? Waffen und Uniformen? Wanzen und andere Abhörgeräte? Oder etwa Akten über die Bespitzelungen? Und wozu sollte das gut sein?

Einige Demonstranten zündeten Kerzen an und stellten sie nach und nach auf dem Platz vor dem Haus und auf den Treppenstufen auf. Immer mehr Flammen flackerten. Das Licht spiegelte sich in den Gesichtern, die gerötet aussahen, als wäre es im November plötzlich sommerlich warm. Verblüfft erkannte sie, dass die Menschen lächelten – auf eine Art, die sie miteinander verband. Ein erstauntes, euphorisches Lächeln. Es tat sich was in dieser Stadt, in diesem Land, und wer dabei war, hatte Glück, dabei zu sein, schien dieses Lächeln zu sagen. Die Menschen, die sich hier an diesem Meer aus Kerzen versammelten, sahen tatsächlich *glücklich* aus. Müssten sie nicht wütend sein, wenn sie gegen die Stasi demonstrierten? Aber die Leute wirkten wie Kinder, die sich bewusst waren, dass sie etwas Verbotenes taten, und die sich dennoch im Recht fühlten. Weil sie im Recht *waren*? Sie wirkten unglaublich stolz. Stolz auf sich selbst, dass sie sich das hier trauten.

»Das wird den Genossen dadrin sicher nicht gefallen«, murmelte Steffen und lachte leise.

Beate wunderte sich über seine Heiterkeit. Immerhin gehörten sie zur Polizei, zur Kripo; die Bezirksbehörde der Deutschen Volkspolizei befand sich unmittelbar neben dem MfS-Gebäude, wie ihr plötzlich bewusst wurde. Sie waren also ein staatliches Untersuchungsorgan und in gewisser Weise ebenso Vertreter der DDR wie die Stasi, oder nicht?

Natürlich hätte Beate sich niemals vorstellen können, für das MfS direkt zu arbeiten, die Tätigkeit von Horch und Guck war ihr suspekt, aber die Morduntersuchungskommission klärte nichtnatürliche Todesfälle zuweilen auch mit der Staatssicherheit gemeinsam auf, wenn diese »sicherheitspolitisch relevant« waren. Erst vor einigen Monaten, im Frühjahr dieses Jahres, hatte die MUK im Auftrag des MfS bei der Ermittlung zum Tod eines Westdeutschen mitgewirkt, der wegen der Leipziger Buchmesse in der Stadt gewesen und bei einem Verkehrsunfall ums Leben gekommen war. Die beteiligte Abteilung IX und ihre Spezialkommission saß in diesem Gebäude, vor dem sie jetzt standen, und gehörte zur Bezirksverwaltung des MfS.

Auch wenn sie bei diesem Fall nicht beteiligt gewesen war – hatte sie ein Recht, hier zu stehen? Auf der Seite der Empörten? Würde sich dieser Zorn nicht auch irgendwann, vielleicht bald, vielleicht morgen oder sogar schon heute, gegen die Polizei richten?

Beate bekam ein mulmiges Gefühl. Wieso wirkte ihr Kollege Steffen so unbefangen und gut gelaunt? Wenn sich das Land verändert, wird sich wohl auch die Polizei ändern, dachte sie. Was kam da auf sie zu? Sie hatte keine Ahnung. Im Moment schien nur der Augenblick zu zählen, die Gegenwart mit brennenden Kerzen, Transparenten und Protestrufen vor dem Stasi-Bau.

Und mit den Kameras am Gebäude, die sie jetzt gerade filmten? Mitten im Getümmel von Staatsfeinden? Jedenfalls aus Sicht von Lehmann, der sich sicher freuen würde, wenn sie Schwierigkeiten bekam.

Das Unbehagen breitete sich in ihr aus, schnürte ihr einen Moment die Kehle zu. Sie griff sich an den Hals und räusperte sich. »Wir müssen hier weg«, brachte sie heraus.

Die Rufe nach *Deutschland, einig Vaterland!* wurden in dem Moment lauter. Steffen zuckte mit den Achseln, er hatte seine Kollegin offenbar nicht verstanden. Sie zupfte an seinem Ärmel herum. »Ich würde ganz gern weitergehen. Noch mehr von der Demo sehen!«, rief sie ihm jetzt lauter zu.

Erst mal weg von hier. Weg von diesem unheilvoll wirkenden Stasi-Haus, weg von der Bezirksbehörde der Volkspolizei, weg von Kameras und Überwachung.

Zu ihrer Überraschung hakte sich Steffen bei ihr unter. Zu zweit marschierten sie durch das Gedränge. Es roch nach Kerzen, Rauch und Schweiß.

Jemand drückte ihr eine weiße Haushaltskerze in die Hand. Sie brannte schon, und automatisch löste sie sich von Steffen, schützte die Flamme mit ihrer Hand vor dem Wind.

Mit einer Zigarette im Mund beugte er sich zu ihr und nahm

sich Feuer. Seine Augen leuchteten, als er sie ansah. Kam das von dem Licht der Kerze?

»Hab ich dir zu viel versprochen?«, fragte er, als wäre diese Demo irgendwie sein Verdienst.

»Versprochen?« Sie lächelte irritiert, ließ ihren Blick über die Menge schweifen. Und auf einmal sah sie ... *Konnte das sein?* War das nicht ...?

»Mensch, da laust mich doch der Affe! Da ist er! Auf der anderen Straßenseite! Da ist einer von diesen entwichenen Jugendlichen! Es ist ... *Andreas!*«

Steffen zog uninteressiert an seiner Zigarette. Pustete irgendwie unwillig den Qualm in ihre Richtung. »Wo denn? Ich sehe keinen. Und wenn schon. Ach, lass den doch.«

Beate reckte den Hals und starrte über die Köpfe hinweg. Oder versuchte es zumindest. »Eben war er aber noch ...«

»Selbst wenn er das war, was willst du denn tun? Ihn einfangen? *Hier?*«

Steffens gute Laune schien im Nu verflogen. »Was denkst du, was passiert, wenn du in dieser aufgebrachten Masse einen Jugendlichen verhaftest?«

Ich bin Polizistin, dachte Beate. Die Jugendlichen sind abgehauen, möglicherweise ist Andreas ein Zeuge für einen *Mord*. Aber sie hielt sich zurück, schwieg und kaute auf ihrer Unterlippe herum. Spähte nervös umher, drängte von Steffen weg, weiter durch die Menge. Heißes Wachs kleckerte auf ihre Hand, und sie ließ die Kerze fallen. Und schließlich erblickte sie seine schmächtige Gestalt: Er war es tatsächlich. Andreas. Der Junge kauerte in einem Hauseingang wie ein Häufchen Elend. Irgendwie verschüchtert. Als wäre ihm alles zu viel.

Und dann sah sie, dass er sie sah. Er schreckte hoch, tastete sich an der porösen Mauer des Hauses entlang und rannte los.

Beate sah ihm nach, ohne sich zu rühren. Es hatte keinen Sinn, ihm zu folgen, ihm zwischen all den Demonstranten mit ihren Bannern und Kerzen hinterherzurennen. Steffen hatte recht. Sie konnte Andreas jetzt sowieso nicht festhalten. Ohnehin war sie nicht im Dienst und sozusagen privat hier.

Nur: Sie hätte versuchen können, mit ihm zu reden. Vielleicht brauchte er Hilfe?

20

Wieso hatte Tanja ihn an diesen lauten, beunruhigenden Ort gebracht?

Andreas wünschte sich, er wäre in der Wohnung in Torgau geblieben, in ihrem gemeinsamen Versteck. Am liebsten würde er jetzt auf dem Sofa sitzen, Nüsse und Cornflakes knabbern, einen alten Western gucken oder einen Trickfilm, *Tom und Jerry* oder so. Am liebsten würde er sich *verkriechen*.

Jetzt waren sie hier. Im Draußen. In Leipzig. Inmitten Tausender Menschen, wie eine Sardine in einer Büchse zwischen ihnen eingequetscht. Nein, schlimmer. Diese Fremden konnten ihn plötzlich anrempeln. Kamen ihm bedrohlich zu nahe. Brüllten ihre komischen Worte in seinen Nacken. So wie der dicke, nach Schweiß stinkende Mann, der direkt hinter ihm mit einer Fahne herumfuchtelte und diesen Spruch brüllte. »Deutschland! Einig! Vaterland!« Andreas begriff nicht, was das bedeuten sollte, was das *alles* bedeuten sollte.

Nicht einmal mit Tanja konnte er sich unterhalten. Zwar stand sie neben ihm, war aber gleichzeitig weit weg. Sie hörte ihn nicht, wenn er etwas sagte. Er sprach wohl zu leise. Mutlos, matt, mit trockener Kehle. Ab und zu schaute er zu ihr auf. Ihre Augen glänzten – das sah er deutlich. Wie konnte sie an diesem schrecklichen Ort so glücklich sein? Andreas fühlte sich alleingelassen in seinem Unglück. Sie würde ihn verlassen. Ihn im Stich lassen. Eigentlich verließ sie ihn jetzt schon, auch wenn sie noch da war. Und er bekam kaum Luft inmitten der fremden Leiber. Er musste hier weg. Sofort!

»Ich ... ich muss mal«, stammelte er und kam sich dämlich vor. Wie ein kleines Kind, das an irgendeinem Rockzipfel hing. *Zum Toilettengang vortreten! Rechts um!*, hörte er den Erzieher in seinem Kopf brüllen. Was hatte der da noch zu suchen? Wieso hallten diese kalten Befehle in ihm nach? Andreas war doch geflohen. Aber das bedeutete ja nicht, dass sie ihn nicht wieder einfangen würden.

Tanja gab ihm jetzt doch irgendeine Antwort. Sie sah ihn aber nicht an dabei, als wäre er gar nicht mehr da. Sein Herz klopfte so laut vor Verzweiflung, dass er die Worte nicht verstand. Er quetschte sich zwischen zwei Männern hindurch, die ihm nur unwillig Platz machten. Er stolperte gegen eine Frau mit roten Haaren. »Pass doch auf!«, schimpfte sie und schubste ihn von sich weg.

Die Kerze eines Mädchens mit gestylter Punkfrisur erlosch. War das seine Schuld? Er kramte das Feuerzeug aus der Hosentasche. Das Feuerzeug des *Mörders*. Zündete mit zitternder Hand die Kerze wieder an, bis die Flamme wie ein kleiner Geist vor seinem Gesicht tanzte. Das Mädchen betrachtete ihn, während er ihr Feuer gab. Mit ihren Stachelhaaren sah sie ein bisschen wie ein Igel aus. Andreas fragte sich einen Moment, wie sie das machte, dass die Frisur in dieser verrückten Form hielt, und nickte ihr zu. Dann schob er sich weiter, ohne auf ein Danke zu warten – das vermutlich sowieso nicht gekommen wäre. Weg von dem Pulk, den er nicht ertrug. Bis er eine Wand erreichte. Ein Haus, das ihm den Weg versperrte. Stieg die Stufen zum Eingang hinauf; bis zur Tür, die verschlossen war. Drehte sich um. Sah in die Menge und hielt nach Tanja Ausschau. Würde sie ihn vermissen, wenn er jetzt weglief?

Andreas konnte sie nicht entdecken. Stattdessen traf sein Blick plötzlich auf ein Gesicht, das ihm bekannt vorkam. Die Frau starrte ihn an, und er sah, dass sie ihn auch erkannte. Sie musterte ihn, redete mit dem Mann, der neben ihr stand, und zeigte auf ihn. Ihm wurde warm und dann kalt.

Die Polizistin! War sie etwa hinter ihm her?

Statt einer Stimme in seinem Kopf hörte er nun ein Geräusch: das Klicken von Handschellen. Leise und unwiderruflich. Er fühlte die Schwere des Metalls, die ihn hinabziehen wollte. Diese Frau von der Kripo glotzte immer noch zu ihm. Irgendwie sah sie besorgt aus. Eigentlich war sie ihm nett vorgekommen. Aber, so viel war ihm klar: Sie würde ihn zurückbringen, wenn sie ihn erwischte.

Wenn sie ihn erwischte.

Er konnte sehen, dass sie sich von dem Mann wegbewegte und auf ihn zukam. Worauf wartete er noch?

Seine Beine setzten sich wie von selbst in Bewegung. Schienen ihm zuzurufen: *Hau ab! Hau ab! Hau ab!*

Er dachte nicht weiter darüber nach, wohin er eigentlich wollte. Schnell rennen hatte er auf dem Gefängnishof in Torgau gelernt. Runde um Runde ... *Mehr Tempo, du lahme Ente!*, brüllte der Erzieher in seinem Kopf.

Andreas rannte auch vor dieser Stimme davon, entfernte sich immer mehr von der Menschenmenge, von den Demonstrierenden ... von Tanja. Von der Polizistin, die, als er sich nach ihr umsah, einfach stehen geblieben war. Ihre Hände hielt sie erhoben oder nach ihm ausgestreckt.

Du kriegst mich nicht, keine Chance, dachte er.

Aber da waren noch andere Schritte. Und sie folgten ihm.

21

Beate drängte sich zurück durch die Menschenmenge und blickte sich nach allen Seiten um. Vielleicht waren Tanja und Maik ja auch hier irgendwo? Sie konnte doch nicht hinnehmen, dass die drei Jugendlichen einfach so verschwanden, oder?

»Alles in Ordnung?«, fragte Steffen, der plötzlich neben ihr stand.

»Nein. Eigentlich ist gar nichts in Ordnung.« Sie seufzte. »Der Bengel ist einfach vor mir weggerannt.« Sie spürte erst jetzt, dass sie wütend war. Auf wen? Auf Andreas? Oder auf sich selbst?

»Ja, klar, du bist für ihn ein Bulle, schon vergessen?« Steffen grinste.

Beate war immer noch nicht nach Lächeln zumute. »Lass uns von hier verschwinden. Können wir nicht einfach ein Bier trinken gehen?«

»Schon die Nase voll von der Konterrevolution?«

Sie lachte nun doch kurz auf. Diesmal war sie es, die sich bei Steffen einhakte. Es tat gut, nicht allein zu sein. Auch in einer Menge von Tausenden konnte man sich verdammt allein fühlen.

»Oder willst du lieber noch bleiben? Ich kann auch ...«

»Ich lass mich gern von dir auf ein Bier einladen, Frau Kollegin.«

Sie drückte kurz seinen Arm. Er musste in der Menschenmasse weiter ein Auge auf sie gehabt haben, als sie zu Andreas hinübergegangen war. Sonst hätte er sie doch nie und nimmer so schnell finden können.

»He! Frau Vogt? So heißen Sie doch?«

Beate drehte sich zu der Stimme um.

»Ich suche Andreas! Haben Sie ihn gesehen?« Tanja atmete heftig, als hätte sie einen Sprint hinter sich. »Ich kann ihn einfach nicht finden.«

»Ja, er ist …« Beate blinzelte überrascht, traute ihren Augen kaum. »Tanja! Geht es dir gut? Geht es *euch* gut? Wir können Andreas auch gemeinsam suchen!«

Tanja warf einen prüfenden Blick zu Steffen hinüber, der sie wortlos musterte, und sah dann wieder Beate an.

»Nee, ich will nur wissen, wo er ist. Können Sie mir das sagen oder nicht?« Sie strich sich fahrig über ihre geröteten Wangen.

»Ist Maik auch hier? Es wäre besser, wenn ihr mit mir mitkommen würdet. Es wird euch nichts passieren, versprochen. Ich übernehme die Verantwortung, dass euch nichts geschehen wird, wenn ihr mit mir mitkommt.«

Tanja schüttelte den Kopf. »Haben Sie ihn nun gesehen oder nicht?«, fragte sie schroff.

»Ja. Aber er ist weggelaufen, als er mich gesehen hat.« Sie räusperte sich. Es kam ihr vor, als hätte sie versagt.

»In welche Richtung?«

Beate holte tief Luft. »Er war … da drüben auf der anderen Seite …« Sie zeigte in die Richtung. » … und ist dann die Straße dort hochgerannt. Aber … *Tanja, bitte!*« Sie griff nach dem Mädchen, ohne dass sie das geplant hatte, packte sie am Arm. »Lauf nicht auch noch weg, ich bitte dich!«

»Lassen Sie mich!«, schrie Tanja. »Lassen Sie mich los!«

»Sei doch bitte vernünftig«, bat Beate. »Wir suchen Andreas zusammen, okay?«

Tanja schien sie gar nicht zu hören. »Ich lass mich nicht anfassen! Von euch schon gar nicht!«

»Mensch, Mädel, sie will dir doch nur helfen«, mischte Steffen sich ein. Er hielt ihr seine Zigarettenschachtel hin, aber sie beachtete sie nicht.

»Ja, klar, die Polizei, dein Freund und Helfer! Wollen Sie mich jetzt verhaften?«

Tanjas Stimme war immer lauter geworden. Die Umstehenden blickten misstrauisch zu ihnen herüber.

»Bullenschweine!«, kam ein Ruf aus der Menge. »Bullen raus!«, brüllte eine andere Stimme.

»Lasst das Mädel in Ruhe!«

»Ich will dich nicht verhaften«, sagte Beate und hörte selbst, dass sie zu leise klang, seltsam unglaubwürdig. »Ich will nur dein Bestes!«

»Ha, wissen Sie, wie oft ich diesen Spruch schon gehört habe?«

»Tut mir leid, wirklich. Ich möchte dir ... *Halt* geben. *Euch*. Deswegen ...« Beate fand die richtigen Worte nicht.

»Lassen Sie mich sofort gehen! Was *Sie* wollen, interessiert mich einen Scheiß!«

Mit einem Ruck riss sich Tanja los. Beate spürte die Kraft, die in diesem Mädchen steckte, den Willen, der in diesem Moment viel stärker war als ihrer. Vielleicht war es auch Trotz, Verzweiflung. Es hatte keinen Sinn, sie aufhalten zu wollen. Eher instinktiv langte sie dennoch nach dem Ärmel, versuchte ein letztes Mal, sie zurückzuhalten. Nicht als Polizistin, nicht mit einem Polizeigriff, sondern aus einer unbestimmten Ahnung heraus.

»Ihr seid womöglich in Gefahr«, sprach sie den Gedanken aus, der ihr erst jetzt bewusst wurde.

In Tanjas Miene sah sie nichts als Abwehr. »Sie ist ein Bulle! Sie will mich verhaften!«, kreischte sie plötzlich in einem unnatürlich hohen Ton, als wäre Beate schon dabei, ihr eine Knebelkette anzulegen, mit der sie sie abführen konnte.

Tanja entzog sich ihr, lief, sie im Blick behaltend, ein paar Schritte rückwärts, wandte sich von ihr ab und drängelte sich zwischen zwei Leuten hindurch.

Ein Mann in schwarzer Kleidung, stämmig und groß, baute sich breitbeinig vor Beate auf, verschränkte die Arme vor der Brust. Es war klar, dass er sie nicht durchlassen wollte. Aber Beate hatte gar nicht die Absicht, der Flüchtenden zu folgen. Es hatte einfach keinen Sinn.

Sie spürte die Berührung ihres Kollegen an ihrem Arm. Vorsichtig zog er sie ein Stück beiseite. »Komm schon«, sagte er. »Lass uns von hier verschwinden.«

Ein paar Minuten später lief sie mit Steffen wieder an der *Runden Ecke* vorbei. Es befanden sich nur noch wenige Menschen dort; die Kerzen auf den Steinstufen waren fast heruntergebrannt.

»Du darfst den Leuten das nicht übel nehmen, dass sie so sind, wie sie sind. So ... feindselig, meine ich«, sagte Steffen. »Sie haben noch im Kopf, was am 7. Oktober geschah. Die vielen Verhaftungen. Die brutalen Zuführungen. Das war wirklich kein Ruhmesblatt! Einige unserer Kollegen von der VP haben sich richtig ausgetobt. Die Menschen wurden wie Vieh auf LKWs geworfen. Sie mussten in Pferdeställen die ganze Nacht auf eiskaltem Beton stehen. Das waren noch nicht mal alles Demonstranten. Manche gerieten zufällig in das Desaster. Wer nicht parierte, bekam Schläge mit dem Gummiknüppel übergezogen.«

Beate rang einen Moment nach Fassung. »Woher weißt du das?«

»Eine Nachbarin von mir hat die Nacht zum 8. Oktober in dem besagten Pferdestall verbracht. Es gab nicht einmal Stroh dort. Sie hat jämmerlich gefroren. Und ... na ja ... sie war im fünften Monat schwanger. Das hat sie den Wachposten mitgeteilt. Auch, dass sie nicht bei der Demo war und von einem Arztbesuch kam. Und sie wurde trotzdem erst am nächsten Morgen laufen gelassen.«

Beate blinzelte ihn ungläubig an. Machte er ihr etwa Vorwürfe, weil sie zur Volkspolizei gehörte? Machte er sich selbst Vorwürfe?

»Ich habe mich gegen diese Gewalt auf den Leipziger Montagsdemos eingesetzt, wie du weißt«, sagte sie. »Hab dagegen protestiert und bin abgestraft worden. Wenn Kollege Michaelis nicht in den Westen getürmt wäre, würde ich immer noch Akten sortieren, Blumen gießen und Büromikado spielen.«

»Ja, klar weiß ich das. Du warst mutig ... mutiger als ich jedenfalls. Alle anderen haben ihre Klappe gehalten. Aber glaub mal nicht, dass die da deinen Protest vergessen haben.« Steffen deutete mit dem Kinn auf das Stasigebäude. »Du stehst vielleicht unter Beobachtung. Wer weiß, ob es nicht die Genossen von Horch und Guck waren, die in deine Wohnung eingedrungen sind.«

»Ist das dein Ernst?«, fragte sie überrascht. »Du meinst ernsthaft, die Stasi legt mir eine Puppe mit abgerissenem Kopf ins Badezimmer? Und wozu soll das gut sein?« Ihre Stimme klang ärgerlicher, als sie wollte. Warum erzählte er ihr solche ... Schauermärchen?

Steffen zuckte mit den Achseln. »Keine Ahnung, ist nur so ein Gedanke. Vielleicht liege ich falsch, und es steckt doch dein Ex dahinter.«

Beate blieb einen Moment stehen und sah ihn entgeistert an.

»Eins ist jedenfalls glasklar: Ich brauche jetzt dringend ein Bier für meine strapazierten Nerven.«

22

Tanja lief in die Richtung, die ihr die Polizistin gewiesen hatte. Die Häuser kamen ihr dunkel und rußig vor. Die Straßenlaternen schimmerten matt vor sich hin und spendeten nur ein diffuses unheimliches Licht. Wo sollte sie Andreas hier suchen?

Warum war er weggerannt? Er wusste doch, dass sie sich Sorgen machen würde, oder nicht?

Schon in den letzten Tagen hatte er sich komisch verhalten. Stand manchmal in der Torgauer Wohnung bewegungslos herum und schnupperte nur misstrauisch, sah sie dann an, vorwurfsvoll, fragend, als hätte er einen Verdacht, den er nicht aussprechen wollte. Ahnte er, woher sie die Wohnung kannte? Warum sie wusste, dass der Schlüssel unter der Matte lag? Wer dort gewohnt hatte?

Sein Vertrauen zu ihr war schon länger brüchiger als Eis. Und offenbar war es jetzt gebrochen. Andreas verschwand nicht einfach so, nicht zufällig. Lief er auch vor ihr davon?

Tanja stolperte plötzlich über etwas Großes, das im Weg lag. Es schepperte laut. Was zum Teufel …? Eine umgekippte Mülltonne? Sie war tatsächlich über diesen verdammten Kübel geflogen! War das zu fassen? Wieso hatte sie das Ding nicht gesehen? Lag das etwa daran, dass sie heulte? Seit wann vergoss sie denn Tränen wegen eines anderen Menschen?

Sie rappelte sich auf, rieb sich den Dreck von den Händen, die aufgerissen waren und anfingen zu bluten. Auch ihr linkes Knie schmerzte, aber darauf konnte sie jetzt keine Rücksicht nehmen.

Die Straße lag öde vor ihr. Andreas war weit und breit nirgends zu sehen. Stattdessen bog ein Polizeiwagen um die Ecke, langsam, als würden die Polypen etwas suchen. *Jemanden* suchen. Hatte diese Polizistin etwa die Streife gerufen? Bereitschaftspolizei, die sie einfangen sollte? Ihr wurde übel vor Angst. Sie konnte unmöglich wieder hinter Gitter!

Was scherte sie Andreas, wenn er einfach abhaute? Sollte er doch sehen, wie er klarkam. Sie musste sich um sich selbst kümmern. Tanja begriff, dass sie etwas falsch gemacht hatte. Sie hätten in der Wohnung bleiben sollen, in ihrem Versteck, sich verbarrikadieren gegen die Welt. Abwarten, bis Gras über die Sache gewachsen war. Über ihre Flucht. Mit klopfendem Herzen schob sie sich so dicht an der Hauswand entlang, dass kleine Gesteinsbrocken sich lösten und auf den Boden rieselten. Verhielt sie sich zu auffällig?

Der Scheinwerfer des Streifenwagens beleuchtete die Straße. Sie mussten sie längst gesehen haben. Was sollte sie tun? Davonrennen? Stehen bleiben? Mit den Polizisten reden? So tun, als wäre sie die Unschuld vom Lande? Sie besaß keinen Ausweis. Sie würden sie auf die Wache bringen und in eine Zelle sperren. Sie würde wieder in irgendeinem finsteren Loch landen.

Warum war sie nicht als Rabe auf die Welt gekommen? Dann hätte sie auf einen Baum flattern und von da oben auf alles hinabblicken können. Und wenn sie genug davon hatte, flog sie einfach davon.

Eine Wagentür klappte. Sie blickte sich nicht um. Jemand stieg also aus.

»Hallo?«, rief der Polizist. »Hallo, junges Fräulein?«

Junges Fräulein? Tanja hasste es, wenn sie so angesprochen wurde.

Die Männer, die sie so nannten, nahmen sie nicht für voll. Auch diesmal schwang ein Vorwurf in dieser Anrede mit. Sie hatte etwas ausgefressen, musste zur Ordnung gerufen werden. Dennoch war sie froh, dass sie auf diese Weise angeredet wurde und nicht mit ihrem Namen. Sie wussten also nicht, wer sie war und wie sie hieß?

»Meinen Sie mich?« Tanja drehte sich nun doch um.

Der Polizist stand in gehörigem Abstand zu ihr – direkt neben der Tonne, über die sie gestolpert war. Noch konnte sie einfach losrennen ... Aber ... da saß noch ein zweiter Mann in dem Wagen. Sie würde nicht weit kommen.

»Allerdings meine ich dich«, sagte der Uniformierte.

Tanja schwieg, wartete ab. Ihre Beine fühlten sich an, als wären sie aus Gummi. Sie zwang sich ein Lächeln ins Gesicht.

»Was haben wir denn falsch gemacht?«, fragte der Volkspolizist.

»Wir?« Einen Moment war sie irritiert. Dann verstand sie, zog die Mundwinkel noch weiter nach oben, als würde er nur mit ihr scherzen.

»Du. Was hast *du* falsch gemacht?«

Sicherlich so einiges, dachte sie. Was wollte er hören? Dass es dumm gewesen war, aus dem Geschlossenen Jugendwerkhof wegzulaufen? So kurz vor ihrer möglichen Entlassung? Dass sie es bereute? Sie hatte einfach nur eine Chance genutzt. Eine Chance, die nur einmal kam im Leben.

»Welchen Fehler meinen Sie?«

Er lachte auf, kam aber immer noch nicht näher. »Na, was soll ich wohl meinen?« Er legte den Kopf spöttisch schief und sah sie an, als würde er sie für dumm halten.

Er unterschätzte sie also, das war gut.

»Es tut mir leid«, sagte Tanja vorsichtshalber. »Kommt nicht wieder vor.«

»Das will ich hoffen. Und jetzt räumst du die Sauerei hier weg, und zwar dalli!« Er versetzte der Mülltonne einen leichten Tritt. Bei dem metallischen Ton zuckte sie leicht zusammen. »Hast du mich verstanden?«

Tanja nickte. Mit tauben Beinen und schmerzendem Knie humpelte sie auf den Kübel zu. Die Tonne hatte bereits im Weg gelegen, als sie gekommen war. Es war nicht ihre Schuld gewesen. Nicht ihre *Sauerei*. Aber spielte das eine Rolle?

Sie beobachtete den Polizisten, der jetzt wieder in den Streifenwagen stieg. Das Auto fuhr noch nicht los.

Sie bemerkte die Blicke und stellte die Tonne auf, die sich kalt, dreckig und schmierig anfühlte, aber nicht besonders schwer war. Dann hockte sie sich auf den Boden. Widerwillig griff sie in etwas Schlieriges, Schleimiges und beförderte es in den Mülleimer. Das Zeug stank erbärmlich und brannte in ihren Wunden. Hoffentlich bekam sie jetzt keine Blutvergiftung. Ohne so genau hinzusehen, sammelte sie ein, was auf dem Bürgersteig lag. Irgendwelche Essensreste, gammlige Zwiebeln und Kartoffelschalen vermutlich. Sie griff in Asche, die noch warm war. Ein Funken Glut brannte sich in ihre Haut, und sie zuckte erschrocken zusammen, schüttelte ihre Hand.

Der Wagen stand immer noch am Straßenrand, nur zwei bis drei Schritte von ihr entfernt. Die Polizisten saßen da und glotzten sie an. Aus den Augenwinkeln heraus bemerkte sie, dass einer von ihnen in ein Funkgerät sprach.

Sie fuhren nicht weg. Verdammt noch mal! Sie fuhren einfach nicht weg!

Schon wieder wollten Tränen in ihre Augen steigen, und sie

blinzelte gegen sie an, schaufelte jetzt mit beiden Händen Abfall in den Eimer. Erneut stieg einer aus dem Wagen, kam auf sie zu. Diesmal war es der andere. Er war größer, stämmiger. Und sein Gesicht sah grimmig und entschlossen aus. Langsam, wie in Zeitlupe, erhob sie sich, wischte sich die schmutzigen Hände an ihrer Jacke ab und sah ihm entgegen. Es war seltsam: Sie fühlte auf einmal eine Kälte, als würde aus heiterem Himmel ein Schneetreiben einsetzen; eine eiskalte Gleichgültigkeit machte sich in ihr breit.

»Wir wissen, wer du bist«, sagte der Mann in Uniform mit einer tiefen, fast väterlich klingenden Stimme und lächelte sie breit an. »Es hat keinen Zweck, es zu leugnen. Du wirst gesucht, Tanja Wolter. Und denk bloß nicht, dass du noch entkommen kannst.«

Also doch, dachte sie oder etwas in ihr. Also doch, jetzt haben sie dich wieder mal einkassiert.

Mit einer ruhigen Bewegung streckte sie ihre Arme vor und wartete darauf, dass der Polizist ihr die Handschellen anlegen würde.

23

Als Andreas an einem der typischen maroden Häuser in Leipzig vorbeilief, das in ein Gerüst gehüllt war, dachte er automatisch an den toten Direktor, an sein aufgedunsenes Gesicht, die plumpe Gestalt, die wie ein Sack Kartoffeln dort gebaumelt hatte, an dieser Stange, in dieser Zelle, in die *normalerweise* Jugendliche gesperrt wurden. Solche wie er. Würde er das Bild dieses Leichnams jetzt für immer und ewig mit sich herumtragen? Und den Anblick dieser düsteren Gestalt, die *vielleicht* der Mörder war? Aber was hatte er denn gesehen? Einen Schatten, mehr nicht. Jemanden, den er *vielleicht* erkannt hatte. Vielleicht aber auch nicht. Und überhaupt: Er war jetzt *draußen*. Am besten, er vergaß das alles, vergaß, was dort *drinnen* passiert war.

Und wohin sollte er nun? Wo konnte er untertauchen?

Auf keinen Fall wollte er zurück in seinen alten Jugendwerkhof nach Burg. Auf Entweichung stand auch dort Arrest als Strafe. Allein die Vorstellung, wieder in so einem Loch zu hocken mit nichts drin außer zwei an die Wand montierten schmalen Holzbretter – eines als Sitzgelegenheit, das andere als Tischersatz –, einem Eimer und der üblichen Pritsche, die nur nachts benutzt werden durfte, löste Panik in ihm aus. Und auf keinen Fall konnte er zurück nach Torgau. Wieso wollte Tanja unbedingt in dieser kleinen Stadt an der Elbe bleiben und sich dort verstecken? Ausgerechnet in einer Wohnung, in der es nach dem süßlichen Parfüm des Direktors stank? In Leipzig konnte man doch viel eher eine Bleibe finden, oder nicht? Jedenfalls bis ihm etwas Besseres eingefallen war.

Aber wo sollte er danach suchen? Der Winter stand vor der Tür. Er musste dahin, wo es warm war. Vielleicht fand er eine runtergekommene verlassene Bude, in die er einbrechen konnte?

Ein metallisches Scheppern schallte von irgendwoher, und er zuckte nervös zusammen, lief schneller.

In einer Stadt, in der die Leute demonstrierten, gab es sicher viel Polizei. Und die hielten gern Ausschau nach Jugendlichen, die sich herumtrieben. Und womöglich folgte ihm die Polizistin ja doch. Oder sie verständigte ihre Kollegen.

Als er Schritte näher kommen hörte, drückte er sich in einen Hauseingang, lief an einer rissigen Wand mit einer Reihe von verbeulten Briefkästen vorbei, durch die Hintertür wieder hinaus und stand im nächsten Moment auf einem Hof. Das Hinterhaus wirkte in der Düsternis noch verfallener als das Vorderhaus. Nur ein paar matte Lichter glommen hinter einigen wenigen Fenstern. In den unteren Etagen sah Andreas etliche Bretter statt Glasscheiben. Vielleicht waren die meisten Wohnungen unbewohnt.

Auf dem Hof war niemand zu sehen. Eine Ziegelmauer versperrte den Blick auf das Nachbargelände. Eine schwere Tür knallte. Andreas ging um einen Kohlehaufen herum und tauchte in einen Kellereingang, kauerte sich auf die unterste Treppenstufe und wartete.

Ab und zu warf er einen Blick nach oben. Den freien Himmel zu sehen, die blinkenden Sterne und den halben Mond, war immer noch etwas Besonderes. In der Zelle in Torgau hatte er durch die Glasbausteine nichts von der Welt da draußen wahrgenommen, alles blieb schemenhaft und verwaschen, hell oder dunkel.

In diesem Raum der Leere fühlte er sich irgendwann selbst leer werden. Manchmal war es ihm vorgekommen, als könnte er aus seiner Hülle steigen, an die Decke schweben und auf sich hinabschauen.

Als Schritte über den Hof hallten, zog er sich zusammen wie ein Embryo. Wenn das wirklich die Polizistin war, musste sie schwere Stiefel tragen. Aber eigentlich klang es nicht nach einer Frau. Vielleicht war es ja einfach nur ein Mann, der nach acht Stunden Arbeit mit schweren Füßen nach Hause kam. Aber eine innere Stimme sagte ihm etwas anderes.

Die Geräusche verstummten, der Unbekannte schien dazustehen und zu lauschen, und Andreas blieb nichts anderes übrig, als abzuwarten.

Es war still. Zu still.

Nach einigen Minuten fragte er sich, ob er wieder hervorkommen und nachschauen sollte. Vielleicht war der Typ längst weg. Zwar stand die Kellertür hinter ihm halb offen, aber bei der Vorstellung, in dieses Dunkel zu tauchen, sträubten sich ihm die Nackenhaare.

Wieder hörte er Schritte. Diesmal klangen sie leichter und leiser. Stimmen waren zu hören. Ein Mann fragte etwas, dann folgte eine Antwort. Also war der Unbekannte doch noch da. Nur stand er nun nicht mehr allein dort herum. Andreas strengte sich an, etwas zu verstehen.

Wie es schien, stellte der Mann Fragen.

»Keine Ahnung«, sagte die helle Stimme auf einmal lauter. »Vielleicht ist der Junge ins Haus gegangen. Bei Wolfi steigt heut 'ne Party.«

»Wolfi?«

»Wolfgang Reimann. Dritte Etage oder vierte. Der hat heut Geburtstag.«

Der Mann sagte etwas. Er sprach leise, sodass Andreas ihn nicht verstehen konnte. Kurz darauf klappte wieder eine Tür.

Andreas ging die Kellerstufen hinauf, tauchte aus seinem Versteck auf und umrundete geduckt den Kohlehaufen. Nichts wie weg hier!

Doch da stand jemand auf dem Hof.

Andreas blieb abrupt stehen.

»Er ist da rein«, sagte das Mädchen mit dem Igelhaarschnitt. »Du hast ein paar Minuten, um abzuhauen.«

Er starrte sie an. »Bist du mir gefolgt?«

»Zeit für ein Pläuschchen haben wir jetzt nicht.«

»Ich hab keine Ahnung, wo ich hinsoll«, sagte Andreas leise.

Das Mädchen taxierte ihn kurz. »Kannst du klettern?«

»Klar.« Andreas dachte an die Eskaladierwand auf dem Jungenhof in Torgau. Wie oft waren sie über die gejagt worden? Beinahe jeden Tag, beantwortete er sich die Frage selbst.

»Komm einfach mit.«

Sie steuerte auf die Mauer zu. Irgendwo sprang ein Licht an, das heller war als die anderen, es leuchtete fast wie ein Scheinwerfer. Andreas, der ihr folgte, sah den Schatten ihrer verrückten Frisur auf dem Gemäuer tanzen. In Windeseile griffen sie in die Ziegelwand, zogen sich hinauf und ließen sich auf der anderen Seite einfach fallen. Jemand fluchte und brüllte ihnen hinterher. Aber da waren sie längst auf dem anderen Hof, schlüpften durch eine Lücke in einem Zaun, durchquerten das nächste fremde Areal – wobei das Mädchen sich auszukennen schien. Offenbar wusste sie, wo es langging.

Sie krochen durch einen Busch, umrundeten Gerümpel und landeten schließlich in einer dunklen Seitenstraße.

Das Mädchen griff nach seiner Hand. »Wir tun einfach so, als wären wir ein Paar. Dann fallen wir weniger auf.«

Andreas war viel zu überrascht, um etwas zu erwidern. Ihre Finger fühlten sich kalt und knochig an, als würde sie zu wenig essen, aber ihm wurde warm bei der Berührung.

»Bin übrigens Flora«, murmelte sie. »Kommt von Florena. Weil ich manchmal so weiß bin, als hätte ich mich dick eingecremt. Als Kind hatte ich irgend so 'ne Schwäche, und meine Mutter hat mich mit Lebertran gefüttert deshalb. Den ekligen Geschmack wird man nie wieder los, verstehst du? Bin dann trotzdem manchmal umgekippt in der Schule. Alle haben die Hand zum Pioniergruß erhoben: *Für Frieden und Sozialismus, seid bereit!* Und wer liegt unterm Tisch und ist kalkweiß in der Gusche?« Sie kicherte.

Er hörte ihrem Geplapper zu, das ihn eigenartig beruhigte, und wollte etwas sagen, sich bei ihr bedanken, aber er brachte keinen Ton heraus.

Sie schien ein Ziel zu haben. Sie schien zu wissen, wohin sie gingen. Das musste genügen.

»Wieso ist der Typ hinter dir her? Wer ist das?«, fragte sie nach einer Weile unvermittelt.

Er zuckte mit den Achseln. »Ich weiß nicht«, murmelte er. »Ich weiß es echt nicht.«

Der *Mörder*, dachte er. Vielleicht war das ja der *Mörder*.

24

Major Berg blickte niemanden an, als sich seine Kollegen im Sitzungszimmer der Morduntersuchungskommission Leipzig an dem langen eckigen Tisch niederließen. Der Leiter der MUK blätterte in einer Akte und nippte an seiner Kaffeetasse.

Beate Vogt bemerkte zwei Männer in beigefarbenen Anzügen, mit Aktentaschen und blassen, ernsten Gesichtern, die, ohne sich groß umzusehen, den Raum betraten. Sie kannte sie nicht, hatte sie nie zuvor gesehen. Was hatten die hier zu suchen? Sie warf einen Blick zu Lehmann hinüber, der ihr direkt gegenübersaß. Er wirkte nicht sonderlich überrascht. Wusste er Bescheid? War er eingeweiht, was den Grund dieses Treffens betraf? Beate hatte vorab keine Informationen bekommen, abgesehen vom Termin. Das war zumindest ungewöhnlich.

Major Berg erhob sich und begrüßte die Ankömmlinge mit Handschlag. »Setzen Sie sich bitte. Unsere Sekretärin wird Ihnen gleich Kaffee bringen.«

Moni huschte auch schon mit einem Tablett herein. Das Geschirr klapperte, als sie die Tassen, ein Kännchen Milch und ein Schälchen mit Würfelzucker vor den Besuchern abstellte und den Kaffee eingoss. Sie wirkte nervös.

Was war los?

Beate versuchte, ihren Blick aufzufangen. Immerhin hatten sie heute Morgen schon über das Wetter geplaudert und über den langwierigen Husten von Monis kleiner Tochter. Doch die Sekretärin sah zu Boden und verschwand sofort wieder, nachdem sie ihren Auftrag erledigt hatte.

Ein Gefühl von Unbehagen stieg in Beate auf und machte sich in ihr breit. Sie drehte sich zu Steffen um, der neben ihr saß. Er verzog leicht einen Mundwinkel und hob die rechte Augenbraue. Also war auch er ahnungslos. Beate zuckte mit den Schultern und konzentrierte sich auf Major Berg, der gerade alle Anwesenden begrüßte.

Beate fiel auf, dass er die Fremden nicht vorstellte. Sie saßen einfach nur so da – mit unbeweglichen Mienen und ohne einen Ton zu sagen.

»Zu Beginn unserer heutigen Sitzung möchte ich Ihnen mitteilen, dass der Fall des tot aufgefundenen Direktors des Geschlossenen Jugendwerkhofs Torgau, Genosse Karl Zinkner, von der MUK Leipzig nicht weiterbearbeitet wird. Die Ermittlungen werden von den Kollegen der Hauptabteilung IX des MfS der Bezirksverwaltung Leipzig übernommen. Die Ergebnisse unserer Vorermittlung wurden bereits an die Genossen der Spezialkommission übergeben.«

Einen Moment herrschte Schweigen. Beate spürte, wie ihre Finger eiskalt wurden. Was hatte das zu bedeuten? Vermutete man einen staatsfeindlichen Hintergrund? Eine Straftat gegen den Staat?

Einer der geheimnisvollen Besucher beugte sich jetzt zum Leiter der MUK hinüber und flüsterte ihm etwas ins Ohr.

Major Berg nickte und räusperte sich verlegen. »Entschuldigung, ich habe mich versprochen. Das Amt für Nationale Sicherheit wird den Fall übernehmen. Das Ministerium für Staatssicherheit ist ja nun die veraltete Bezeichnung.« Er räusperte sich noch einmal und warf den beiden Herren einen fragenden Blick zu. Sie schwiegen und deuteten nicht einmal ein Nicken an.

»Wie Sie wissen, war Direktor Zinkner direkter Untergebener von Margot Honecker, der ehemaligen Volksbildungsministerin. Insofern existiert hier ein staatliches Interesse in diesem Fall«, erklärte er knapp.

Die Kollegen aus dem Ermittlerteam sagten auch dazu kein Wort. Nicht einmal ein Murren war zu hören. Wenn das Ministerium für Staatssicherheit anwesend war, behielt man seine Meinung lieber für sich. Da nützte auch die Umbenennung nichts. Beate blickte einen Moment ratlos an die Wand, an den eckigen Fleck. Vor Kurzem hatte da noch das Bild mit dem Staatsratsvorsitzenden Erich Honecker gehangen. Man hatte es einfach abgenommen und nicht durch ein anderes Foto ersetzt. Jedenfalls noch nicht.

Schließlich hob sie die Hand. »Was ist mit den vermissten Jugendlichen?«

Ihre Finger fühlten sich immer noch an, als hätte sie sie in Eiswasser getaucht. Wenn ihnen der Fall entzogen wurde, konnte sie sich auch nicht mehr um Tanja, Andreas und Maik kümmern, oder?

Major Berg blätterte wieder in seinen Papieren herum, statt sie anzusehen.

»Tanja Wolter wurde in Leipzig aufgegriffen und befindet sich wieder in ihrem Elternhaus«, antwortete er. »Maik Kerner ist in die BRD ausgereist, und nach Auskunft seines Stamm-Jugendwerkhofs befindet er sich derzeit auf ... ähm ... auf einer spanischen Insel. Er hat von dort eine Postkarte an seinen Werkhof geschrieben. Vermisst wird weiterhin Andreas Schwalbe. Die bisherige Ermittlung hat ergeben, dass er sich zumindest nicht bei seiner Mutter befindet. Der ABV[1] seines Heimatortes hält regelmäßigen Kontakt zu ihr. Falls er doch noch dort auftauchen sollte, werden wir sofort informiert. Die Fahndung nach ihm bleibt also selbstverständlich bestehen. Vermutlich hält der Junge sich zurzeit im Raum Leipzig auf.«

Tanja war *aufgegriffen* worden? Beate sah die Jugendliche wieder vor sich. Die Aufregung in ihrem Gesicht, ihre fahrigen Bewegungen. Sie hörte ihre Stimme, ihren anklagenden Ton. Tanja hatte auf der Leipziger Montagsdemo völlig aufgelöst auf sie gewirkt.

Und jetzt sollten sie und ihre Kollegen den Fall einfach so abgeben?

Beate hatte es nicht geschafft. Sie hatte es nicht geschafft, Tanja, Andreas und Maik aufzuspüren und zu schützen. Immerhin befand sich Tanja nun wieder bei ihren Eltern. Das war doch eine gute Nachricht, oder nicht?

Die schlechte war: Andreas musste jetzt ganz allein klarkommen. Hätte sie ihm doch hinterherlaufen sollen?

Wie auch immer, es war zu spät, darüber nachzudenken. Sie waren den Fall los.

TEIL ZWEI

Oktober 1990

25

Fünf Minuten nach dem Anruf aus dem Polizeirevier machte sich Beate Vogt mit ihrem Motorrad auf den Weg von Leipzig nach Torgau. Seit Monaten hatte sie auf eine Nachricht aus dieser Stadt gewartet. Es war noch nicht vorbei. Der Fall war nicht abgeschlossen. Nie hatte ihr jemand mitgeteilt, dass die Ermittlungen eingestellt worden wären.

Das Amt für Nationale Sicherheit, ehemals Ministerium für Staatssicherheit, gab es nicht mehr. Waren die Ermittler der Spezialkommission überhaupt dazu gekommen, sich mit dem Tod des Direktors des geschlossenen Jugendwerkhofs zu befassen? Wieso mussten sie diesen Fall überhaupt noch an sich reißen – so kurz vor Toresschluss? Vielleicht wollten sie ja der Bevölkerung etwas beweisen? Dass die Existenz der Staatssicherheit nicht nur aus der Bespitzelung und Verfolgung von sogenannten Staatsfeinden bestand und doch irgendeinen Sinn ergab? Aber dafür war es wohl zu spät. Und die Ermittlungen, falls es sie überhaupt gegeben hatte, waren offenbar im Sande verlaufen.

Wie auch immer: Der Polizist aus Torgau hatte ihr nicht gesagt, worum es konkret ging. »Kommen Sie einfach her, und dann erfahren Sie es.«

Warum wollte er, dass sie extra kam? Seine Stimme hatte nicht besonders aufgeregt geklungen. Eher so, als müsste er eine nebensächliche Aufgabe erledigen.

An diesem Morgen schien die Sonne durch eine leichte Wolkendecke, die immer wieder aufriss und den Blick auf einen blassblauen Himmel freigab. Das Wetter war angenehm mild für die Jahreszeit. Es war Dienstag, der 2. Oktober 1990. Die Volkskammer wurde heute aufgelöst, wie Beate vorhin im Radio gehört hatte. Ab morgen war die DDR Geschichte. In Berlin bereiteten sich die Politiker aus Ost und West auf die Einheitsfeier vor.

Beate erschien diese ganze Zeit immer noch unwirklich. Aber so langsam gewöhnte sie sich an das Gefühl des Irrealen. Spätestens seit dem Fall der Mauer war nichts mehr wie zuvor. Aber in Leipzig, der »Heldenstadt«, hatte das alles ja schon viel früher angefangen. Die Demos am Montag, dieser Aufruhr, der manchmal Umsturz genannt wurde und manchmal Friedliche Revolution. Nur das merkwürdige Wort *Konterrevolution* benutzte zurzeit niemand mehr, jedenfalls nicht offiziell. Sogar die Zeitungen und ihre Journalisten hatten sich quasi über Nacht umgestellt. Überhaupt änderte sich der Sprachgebrauch. Genossen und sozialistische Grüße gab es plötzlich nicht mehr. Der Genosse Major Berg hieß jetzt Herr Kriminaloberrat Berg. Daran musste sich Beate erst gewöhnen. Die militärischen Dienstränge bei der Polizei Ost waren sämtlich abgeschafft.

Als sie ihr Motorrad vor dem Polizeirevier in der nordsächsischen Kleinstadt parkte, sah sie, dass die Kollegen gerade damit beschäftigt waren, die DDR-Embleme von den Streifenwagen zu entfernen. Die Volkspolizei-Schriftzüge auf den Motorhauben waren bereits verschwunden. Neue Aufschriften existierten noch nicht. Die Wagen sahen irgendwie nackt aus und schienen zu keinem bestimmten Land zu gehören.

Niemand beachtete Beate. Sie grüßte dennoch mit einem flüchtigen Handzeichen und betrat das Gebäude.

In dem kahlen Gang schlug ihr ein Geruch von Farbe entgegen. Die Wände waren genauso fleckig und grau wie im letzten Jahr. Die könnten tatsächlich mal einen Anstrich gebrauchen, dachte Beate. Anders als sonst standen die Türen weit offen. Beate blickte in einen der Räume hinein und fragte nach Herrn Lüder, der sie angerufen hatte.

»Worum geht es denn?«, fragte eine Frau, die hinter einer Erika-Schreibmaschine saß und gerade ein Farbband wechselte.

Beate erläuterte kurz den Grund ihres Kommens. »Es scheint dringend zu sein«, setzte sie hinzu.

Die Sekretärin musterte sie ohne ein Lächeln. »Die sind alle in der Kantine«, sagte sie.

Beate warf einen verwunderten Blick auf die Uhr, die an der Wand tickte. »Gibt es schon Mittag?«

Die Frau schüttelte den Kopf. »Da ist am meisten Platz.« Sie erklärte Beate ihre Bemerkung nicht, zeigte ihr mit ihren vom Farbband fleckigen Fingern nur den Weg.

Auf den Tischen des Speisesaals lagen Uniformjacken. Die Polizisten standen über ihre Uniformen gebeugt da, wie Kinder, die etwas bastelten. Beate fragte sich, was sie da taten, und trat neugierig einen Schritt näher.

Mit weißer Textilfarbe schrieben sie das Wort POLIZEI auf den grünen Stoff und benutzten dafür eine Schablone als Hilfsmittel. Beate verkniff sich ein Grinsen. Das Seltsame in dieser Zeit war vollkommen normal geworden. Wie in einem Science-Fiction-Streifen mussten sie alle durch ein Portal in eine neue Zeit eintreten.

Zwei Polizisten, die offenbar mit ihren Jacken schon fertig waren, nahmen sich nun ihre Mützen vor. Das mit dünnen Drähten befestigte DDR-Staatswappen-Symbol mit Hammer und Zirkel wurde aus dem Stoff gezogen und durch einen schwarz-rot-goldenen Knopf ersetzt, der auf den ersten Blick aussah wie ein zu klein geratener Bierdeckel. Das neue Auge des Gesetzes an den alten Schirmmützen wirkte blutunterlaufen. Nur der blecherne Ährenkranz blieb als Umrandung.

»Herr Lüder?«, fragte sie in den Saal hinein.

Ein junger Mann hob den Kopf.

»Ich bin Beate Vogt aus Leipzig. Sie hatten mich angerufen.«

Viktor Lüder begrüßte sie mit einem lässigen Handschlag. Sein Kinn war unrasiert, und sein Haarschnitt sah ebenfalls wenig militärisch aus. Ein paar Locken hingen ihm ins Gesicht. Einige Knopflöcher seines Hemdes standen offen. Vor ein paar Monaten wäre auch die fehlende Anzugordnung noch undenkbar gewesen.

»Ich dachte, es ist besser, wenn Sie herkommen, als wenn ich die Post noch mal mit der Post verschicke«, sagte er mit ironischem Unterton und geleitete sie durch den Flur in ein mit Akten vollgestelltes Büro, das nicht größer war als eine Abstellkammer.

»Verstehe«, murmelte Beate, obwohl sie nur erraten konnte, worum es ging. »Es ist also ein Brief für mich gekommen?«

»Ich nehme an, dass Sie gemeint sind«, sagte er, suchte eine Weile in einer mit Briefen gefüllten Plastikablage und reichte ihr den Umschlag.

An die Polizistin Frau Fokt
Polizei Torgau
7 290 Torgau
DDR

»Ohne Absender«, sagte sie mehr zu sich selbst. Gerade fragte sie sich, warum man sie wegen eines anonymen Briefes extra herbestellte, als sie bemerkte, dass der Umschlag offen war.

»Unsere Sekretärin hat ihn versehentlich geöffnet.« Viktor Lüder räusperte sich verlegen. »Sie hat wohl gedacht, dass die Sendung nicht weiter wichtig wäre.«

»Hm.« Beate fühlte eine leichte Übelkeit, als sie die Seite aus dem Kuvert zog.

Der Brief war handschriftlich verfasst und recht kurz.

Direktor Karl Zinkner hat das bekommen, was er verdient!

Er soll in der Hölle schmoren!

Beate starrte ratlos auf die Sätze. Die Schrift sah kraklig aus. Als hätte ein Kind die beiden Zeilen hastig aufs Papier gebracht. Es fehlten Anrede und eine Unterschrift. Die freundlichen Grüße sowieso. Wer immer das geschrieben hatte, war nicht freundlich, sondern zornig gewesen.

»Wir konnten nicht einschätzen, was sich dahinter verbirgt«, sagte Viktor Lüder. »Womöglich schreibt hier ja der Täter.« Nervös rieb er sich über das unrasierte Kinn. »Oder auch ein wichtiger Zeuge. Und da dachte ich ...«

»Schon klar. Danke«, unterbrach sie ihn.

Die Gesichter der geflohenen Jugendlichen tauchten vor ihr auf: Maik, Tanja, Andreas.

Wo befanden sich die drei jetzt? Hatte einer von ihnen den Brief an sie geschrieben und an die Torgauer Polizei geschickt? Und wozu?

»Wird der Fall wieder neu aufgerollt?«, fragte der junge Polizist neugierig.

»Das muss ich mit meinem Vorgesetzten, Major Berg, besprechen. Ähm, *Kriminaloberrat* Arno Berg.«

»Ich wäre lieber bei der Kripo, wissen Sie?« Viktor Lüder lächelte sie an.

»Dann bewerben Sie sich doch«, schlug sie vor. »Im Moment fehlen Kollegen. Einige sind in letzter Zeit in den Vorruhestand gegangen.«

»Meinen Sie, ich habe eine Chance?«

»Das kann ich nicht beurteilen«, sagte sie ausweichend. »Aber wie heißt es so schön: Wer nicht wagt, der nicht gewinnt, stimmt's?«

Sie sah, wie seine Augen einen kurzen Moment aufleuchteten. »Da haben Sie recht.«

Auf dem Rückweg machte sie noch einen kleinen Umweg und fuhr am ehemaligen Jugendwerkhof vorbei. Das Gebäude sah aus wie eine verlassene Burg. Die Gefängnisschleusen waren geschlossen. Alles wirkte verriegelt und verrammelt. Die Scheibe eines großen Fensters war zerstört, als hätte jemand Steine geworfen.

Der mysteriöse zweizeilige Brief hatte etwas in Beate geweckt. Ihr alter Spürsinn war nur eine Weile verschüttet gewesen und regte sich auf einmal wieder. Am liebsten würde sie sofort in das Haus marschieren und alles noch einmal gründlich untersuchen. Auch wenn die Spuren der Tat längst verwischt waren – bestimmt ließ sich irgendetwas finden, was in dem Fall weiterhalf. Vielleicht lagen in den Verwaltungsräumen ja noch irgendwo die Akten der Jugendlichen und andere Schriftstücke, die irgendwie Hinweise geben könnten auf ein Mordmotiv. Allerdings brauchte sie laut Vorschrift einen Kollegen, der sie begleitete. Und sie würde sich erst einen Schlüssel und eine Genehmigung zum Betreten des Objektes besorgen müssen, um hineinzugelangen.

Beate überlegte kurz, wie sinnvoll das war. Sie musste zunächst mit Berg sprechen. Wenn klar war, dass die Ermittlungen wieder aufgenommen wurden, würde sie den Ort des Geschehens noch einmal genauer unter die Lupe nehmen. Sie war sich sicher, dass sich hinter den grauen Mauern noch Geheimnisse verbargen, von denen sie im Moment nichts ahnte.

Ihr Chef sah nicht besonders begeistert aus, als sie ihm die kraklige Schrift unter die Nase hielt. Sie saßen sich gegenüber, und Beate kam es vor, als würde sie einen Hauch von Alkohol wahrnehmen.

»Was soll das sein?«, brummte Berg schlecht gelaunt. Er rieb sich die Schläfen, als hätte er Kopfschmerzen. Ein neu aufgelegter Mordfall hatte ihm in dem Wirrwarr dieser Zeit vermutlich gerade noch gefehlt.

»Ein Hinweis. Vielleicht eine neue Spur? Der Fall ist nicht abgeschlossen, und wenn es tatsächlich Mord war ... der verjährt bekanntermaßen nicht. Kollege Lehmann und ich sollten die Ermittlungen sofort wieder aufnehmen«, sagte Beate. »Dieses Schreiben schreit doch geradezu danach, finden Sie nicht?«

Ihr Vorgesetzter hob schwerfällig den Kopf und blickte sie an. »Dann haben Sie es noch nicht gehört?«

»Was gehört?«

Arno Berg seufzte so laut, dass es wie ein Stöhnen klang.

Einen Moment fragte sich Beate, ob Major Berg, der jetzt kein Major mehr war, wohl entlassen werden sollte. Immerhin wäre er nicht der erste Abteilungsleiter, der gehen musste. Zwar trug er seinen *Bonbon*, sein Parteiabzeichen, nicht mehr und war, wie es schien, aus der SED, die jetzt PDS, *Partei des Demokratischen Sozialismus*, hieß, ausgetreten. Aber genügte das?

»Genosse Lehmann ... ich meine ... Herr Lehmann hat soeben

seinen Dienst quittiert«, erklärte der Mann. »Er steht für Ermittlungen nicht mehr zur Verfügung.«

»Lehmann?!«, rief sie erstaunt aus. »Aber warum? Ich verstehe nicht. Wieso?«

»Das fragen Sie ihn am besten selbst. Allerdings wird er Ihnen die Gründe vermutlich nicht nennen.«

»Aha.« Beate versuchte, den Blick ihres Gegenübers zu ergründen. »Weshalb soll ich ihn fragen, wenn er mir nicht antworten wird?« Sie mochte Lehmann nicht, und diese Antipathie beruhte auf Gegenseitigkeit. Dennoch waren sie Kollegen. Und so schlecht war ihre Zusammenarbeit nun auch nicht gelaufen.

»Keine Antwort ist eben manchmal auch eine Antwort«, sagte Arno Berg. »Gerade in Zeiten wie diesen.«

Beate überlegte, was ihr Boss ihr damit sagen wollte. Dann fiel ihr das Formular mit den Fragen ein, das sie kürzlich erhalten hatte. Sie war noch nicht dazu gekommen, sich näher damit zu beschäftigen. Innerhalb der nächsten Zeit sollte sie Auskunft über sich selbst geben: zum Beispiel, ob sie Mitglied in der SED gewesen sei und dort irgendwelche Funktionen ausgeübt oder jemals offiziell oder inoffiziell, hauptamtlich oder wie auch immer für das Ministerium für Staatssicherheit oder das Amt für Nationale Sicherheit gearbeitet habe. Und für den Fall, dass sie »Ja« ankreuzte, musste sie angeben, wie, wo und wann die Tätigkeit für das MfS erfolgt war.

Sie brauchte sich darüber keine Gedanken zu machen, glaubte sie zumindest, denn sie konnte guten Gewissens zweimal »Nein« ankreuzen. Aber was war mit ihren Kollegen?

»Hat das Ganze was mit dem Personalfragebogen zu tun?«, fragte sie leise.

Arno Berg seufzte schon wieder, als würde ihm etwas wehtun. Er beugte sich unter seinen Schreibtisch und tauchte mit einer halb gefüllten Flasche Nordhäuser Doppelkorn und zwei Schnapsgläsern wieder auf.

»Trinken Sie zur Feier des Tages einen Schluck mit?« Ohne eine Antwort abzuwarten, füllte er eines der Gläser und schob es ihr zu. »Na dann: Prost! Auf die deutsche Einheit!«

Er erhob sich, und Beate blieb nichts anderes übrig, als es ihm gleichzutun.

»Einigkeit und Recht und Freiheit – für das deutsche Vaterland!«, rief er zu ihrem Schreck.

Wollte er jetzt etwa die Nationalhymne singen? Beate sah ihn verblüfft an und wartete auf das, was da noch kommen würde.

»Und was sagen Sie dazu, Frau *Kriminaloberassistentin?*«

»Zu was?«

»Na, zur Wiedervereinigung. Weshalb stehen wir beide denn sonst so feierlich hier herum?«

Beate fühlte sich nicht in Feierlaune. Sie zuckte mit den Schultern und antwortete mit der Liedzeile, die ihr zuerst einfiel: »Auferstanden aus Ruinen und der Zukunft zugewandt, lass uns dir zum Guten dienen, Deutschland, einig Vaterland!«

Arno Berg nickte ihr zu. Offenbar akzeptierte er ihren Trinkspruch. Er hob sein Glas. Und dann tranken sie.

Normalerweise ließ Beate die Finger von hochprozentigem Alkohol. Aber dieser Tag und diese Situation waren wohl eine Ausnahme.

Als sie eine Stunde später reichlich benebelt zur Tür wankte, über der – wie ihr in diesem Moment auffiel – statt Erich Honecker jetzt Michail Gorbatschow hing, rief ihr Arno, mit dem sie indessen verbrüdert war, noch etwas nach.

Beate drehte sich um – vorsichtig, damit sie nicht das Gleichgewicht verlor.

»Ach übrigens: Wir bekommen einen neuen Kollegen!«

Ihr Chef schien mehr zu vertragen als sie. Er lallte kein bisschen, im Gegenteil, er wirkte vollkommen klar.

Beate dachte an Viktor, den jungen Polizisten aus Torgau. Hatte er sich etwa doch schon beworben?

»Wen denn?« Wenn sie zu ihrem Chef sah, drehte sich alles. Sie griff nach einem Halt.

»Hauptkommissar Almgruber. Josef Almgruber wird uns zukünftig unterstützen.«

Mit der Klinke in der Hand blieb sie stocksteif stehen. Was war das denn für ein komischer Name? »Noch nie … gehört«, brachte sie mit schwerer Zunge heraus.

»Tja, er ist ja auch nicht von hier. Josef Almgruber aus …« Arno Berg blätterte in seinen Unterlagen, die sich auf dem Tisch stapelten. »Aus Nürnberg.«

»Auch noch nie gehört«, murmelte sie. »Liegt das nicht … in der Nähe … von Thüringen?« Beate schwor sich in diesem Moment, nie wieder einen Nordhäuser Doppelkorn zu trinken. Schon gar nicht auf fast leeren Magen.

»Weiter drunter«, erklärte Arno Berg. »Weiter im Süden. Also im Westen.«

26

Josef Almgruber spazierte über den Leipziger Marktplatz. An einigen der eigens für den Tag der Wiedervereinigung aufgebauten Buden gab es Feuerwerk zu kaufen, an anderen Sektflaschen, so als würde eine große Silvesterparty bevorstehen. Die Menschen standen an den Verkaufsständen Schlange. Sie würden es also heute Abend krachen lassen zur Feier des Tages. Die Trennung in Ost und West war Geschichte, die beiden deutschen Staaten gingen genau um Mitternacht den Bund der Ehe ein. Oder weniger romantisch ausgedrückt: Nach Artikel 23 des Grundgesetzes trat die DDR der Bundesrepublik bei. Von Gleichberechtigung konnte da natürlich keine Rede sein. Allerdings hatten das die meisten Ossis ja so gewollt, oder nicht? Der schnellen Währungsunion folgte der überhastete Anschluss. Bundeskanzler Helmut Kohl hatte schließlich den Ostdeutschen im Brustton der Überzeugung »blühende Landschaften« versprochen.

Josef wusste nicht, ob er sich über seine Anwesenheit in Leipzig freuen sollte. Seit gestern Abend wohnte er nun offiziell hier – mitten im Zentrum der Stadt, in der Nähe des Gewandhauses und der Moritzbastei, dem angeblich größten Studentenklub Europas. Auch bis zur Nikolaikirche, die durch die Friedensgebete und Montagsdemonstrationen weltberühmt geworden war, lief er von seiner Zweizimmerwohnung nur ein paar Minuten. Orte mit Tradition und langer Geschichte umgaben ihn also hier jede Menge. Einer Geschichte, mit der er bisher nichts zu tun gehabt hatte. Er kannte keinen einzigen Ossi, und er war nie zuvor in der DDR gewesen. Wozu auch?

Die Stadt kam ihm auf den ersten Blick grau und trostlos vor. Viele Häuser, an denen er vorbeilief, waren verfallen, einige sogar so baufällig, dass man sie besser heute als morgen abreißen sollte. Ohne Zweifel: Er war in einem anderen Land.

Aber hatte er das nicht gewollt? Nach dem Autounfall vor drei Jahren, bei dem seine Frau ums Leben gekommen war, und nach seinem Klinikaufenthalt wegen einer schweren Depression in der Zeit danach hatte er um Versetzung gebeten – in eine »ruhigere Gegend«. Er war die Fälle leid, die er als Hauptkommissar der Mordkommission in Nürnberg zu bearbeiten hatte – Messerstechereien in Obdachlosenunterkünften, Prostituiertenmorde, Drogendelikte mit Todesfolge, Schießereien, brutale Straftaten von Neonazis gegen Ausländer, getötete Kinder, sogar getötete Babys – die Palette war lang. Beinahe jeden Tag gab es eine schwerwiegende Gewalttat.

Natürlich hätte er einfach kündigen können, aber das wäre noch eine viel größere Flucht gewesen, als nach seiner Lebenskrise woanders neu anzufangen. Aufgeben kam für ihn nicht infrage.

Gegenüber seinen Kolleginnen und Kollegen hatte er daraus keinen Hehl gemacht, dass er aus Nürnberg wegwollte. Und so war es wohl kein Zufall, dass man ausgerechnet ihn auserkor, als »Aufbauhelfer« in den Osten zu gehen.

Der Ortswechsel war auch für seinen Sohn Florian nötig gewesen. Die Nürnberger Wohnung hatte den Jungen zu sehr an seine Mutter erinnert. Auch wenn er zum Glück nicht wie sein Vater in eine Depression gefallen war, eine andere Gegend, neue Eindrücke, vielleicht neue Freundschaften würden ihm wahrscheinlich zugutekommen.

Aber ausgerechnet im Osten? Doch warum nicht? Das Land befand sich in einer Aufbruchstimmung. Und Josef konnte bei all dem Neuen vielleicht mitwirken und sich nützlich fühlen.

Dass er für seinen Sohn einen passenden Internatsplatz in Halle an der Saale gefunden hatte, spielte sicher eine Rolle dabei, dass er sich auf dieses Wagnis einließ. Von Leipzig nach Halle war es nur ein Katzensprung. Er konnte seinen Sohn am Wochenende oder nach Dienstschluss besuchen, mit ihm Eis essen gehen oder in den Zoo. Es gab sowohl in Halle als auch in Leipzig einen Zoo, und Florian mochte Tiere. Gestern hatten sie den Tag gemeinsam an der Saale verbracht, sich die Schiffe angesehen, waren durch einen Park gelaufen und auf einen Felsen geklettert. Sein Sohn war sehr aufgeregt gewesen und hatte so schnell gestikuliert, dass Josef kaum hinterhergekommen war.

Zwar hatte er die Gebärdensprache schon vor einer Weile gelernt, aber so gut wie sein Sohn konnte er sie natürlich noch nicht. Wie es aussah, freute sich Florian auf die Kinder, die er kennenlernen würde. Mit der zukünftigen Klassenlehrerin der Gehörlosenschule, Juliane Siebenbach, hatte Josef Almgruber ein paarmal telefoniert. Die Telefonleitungen in den Osten waren immer noch miserabel, und er hatte jedes Mal Stunden gebraucht, die Frau zu erreichen. Aber das war es ihm wert. Er erzählte ihr von seinem Sohn, von seinen Hobbys und Vorlieben; sie hörte zu, beantwortete seine Fragen und berichtete von der Gehörlosenschule und dem Internat. Die Lehrerin wirkte jung am Telefon und schien wirklich nett zu sein. Dass Florian sich gut aufgehoben fühlte, war für ihn das Wichtigste.

Es fiel Josef fast ein bisschen schwer, ohne seinen Sohn durch diese fremde Stadt zu laufen. Er vermisste ihn schon jetzt. An den

Tagen vor ihrer Abreise aus Nürnberg hatten sie viel Zeit gemeinsam verbracht. Wie lange würde er brauchen, um hier anzukommen und sich nicht zu fühlen, als wäre er im Ausland unterwegs?

Josef ging in eine Gaststätte, die sich in einem Gewölbekeller befand. Seit der Währungsunion im Juli zahlte man natürlich auch hier mit Westgeld, aber die Gerichte auf der Karte waren ihm zum großen Teil unbekannt. Die alten Angaben in DDR-Mark hatte man einfach durchgestrichen und durch vermutlich sehr viel höhere DM-Preise ersetzt.

Zerstreut betrachtete er die Speisekarte und bestellte ein Gericht, das er zu kennen glaubte. Josef dachte an Florian, den er gestern nach ihrem Ausflug in die Obhut des Internats in Halle gegeben hatte. Sein Sohn teilte sich ein Zimmer mit drei anderen Jungen, mit denen er sich dem ersten Eindruck nach gut zu verstehen schien. Dass er in einem Doppelstockbett schlafen musste, schien dem Zehnjährigen nichts auszumachen. Anscheinend empfand er das Ganze als ein Abenteuer.

Der Kellner brachte Josef einen Wein, den er sich wegen des Namens ausgesucht hatte: *Grauer Mönch*. Ein ungarischer Weißwein, reichlich süß für seinen Geschmack. Trockene Weine schien es hier nicht zu geben. Auch das Essen war merkwürdig. Er hatte sich ein Jägerschnitzel bestellt. In seiner Heimat verstand man darunter ein normales Schnitzel mit Champignons, Soße, Pommes frites und Salat. In der Leipziger Gaststätte bekam er stattdessen zwei dicke panierte Wurstscheiben mit Nudeln und Tomatensoße serviert. In Nürnberg hätte er ein solches Essen zurückgegeben, aber er wusste nicht, ob das im Osten üblich war. Und wahrscheinlich lag der Fehler ja bei ihm. Also unterdrückte er den Würgereiz nach dem ersten Bissen und aß brav alles auf. So übel schmeckte es nun auch wieder nicht; das Gericht erinnerte ihn an das Schulessen in seiner Kindheit. Wenn man einigermaßen hungrig war, passte eben auch ein exotisches Essen aus der Vergangenheit.

Obwohl der Kellner ihn ohne ein Lächeln bediente, gab er ihm ein gutes Trinkgeld, verabschiedete sich höflich und kehrte zurück in seine Wohnung, die er möbliert gemietet hatte.

Die Möbel waren alt und zerkratzt und stammten nach Auskunft des Vermieters aus einem Leipziger Antikkaufhaus und Wohnungsauflösungen. Josef fühlte sich ein wenig wie im Haus seiner Großmutter. Abgesehen von dem etwas muffigen Geruch störte es ihn aber nicht. Nur die Matratze des Bettes würde er wohl so schnell wie möglich auswechseln müssen. Er versank in ihr beinahe wie in einer Hängematte. Von der letzten Nacht schmerzte sein Rücken noch immer.

Als an diesem Abend die ersten Raketen gezündet wurden, warf Josef einen Blick aus dem Fenster. Doch er konnte nicht viel erkennen. Die Straße war offenbar eine unbeleuchtete Sackgasse. Der Krach von draußen drang fast ungefiltert zu ihm durch. Da der offizielle Beitritt um Mitternacht stattfinden sollte, war wohl an Schlaf vorerst nicht zu denken.

Josef zog seine schwarze Lederjacke über, die er sich vor etlichen Jahren in Haight-Ashbury, dem Hippie-Viertel von San Francisco, in einem Secondhand-Shop gekauft hatte, und warf noch einen Blick in den Spiegel, bevor er die Wohnung verließ. Sah man ihm an, dass er aus dem Westen stammte? Oder sogar, dass er ein Polizist von »drüben« war?

Na, wie ein Sachse wirkte er vermutlich nicht. Und spätestens, wenn er ein paar Worte im Nürnberger Dialekt sagte, verriet er sich mit Sicherheit.

An der Straße begrüßte ihn ein Hupkonzert. Junge Leute schwenkten deutsche Fahnen aus den heruntergekurbelten Fenstern ihrer verbeulten Gebrauchtwagen, die aus Westdeutschland stammten und die sie vermutlich zu überhöhten Preisen gekauft hatten. »So ein Tag, so wunderschön wie heute!«, sang eine vielleicht Zwanzigjährige und winkte ihm ausgelassen zu. »So ein Tag, der dürfte niiiieee vergehn!« Sie hing in ihrem angetrunkenen Zustand halb aus dem Auto heraus, und Josef machte sich einen Moment Sorgen um sie.

Eine Weile lief er ziellos durch das Zentrum, am *Kino Capitol* und an der Thomaskirche vorbei, überquerte den Kirchhof und musterte die Bronzestatue von Johann Sebastian Bach, die dunkle, etwas mürrische Mimik des Komponisten. Täuschte er sich, oder zog der Mann eine Augenbraue hoch, als er auf Josef hinabblickte?

Auf seinem Weg durch die Stadt betrachtete Josef die Gesichter der Leute, die ihm entgegenkamen. Einige tranken Sekt. Nicht aus Gläsern, sondern direkt aus der Flasche. Ausgerechnet den von Faber, den billigsten Sekt, den es im Westen zu kaufen gab und der jetzt offenbar literweise in den Osten schwappte. Obwohl man von dem garantiert Kopfschmerzen bekam. Aber wen interessierte, was morgen sein würde? Die Party war schon voll im Gange.

Josef fragte sich, ob er zur Feier des Tages auch irgendwo ein Gläschen trinken sollte. So nüchtern zwischen den vielen Alkoholisierten fühlte er sich noch mehr als Außenseiter.

Eine Weile irrte er durch Straßen, die voller Menschen waren, bog in eine Gasse ein und landete schließlich in einer kleinen, dunklen gemütlichen Gaststätte, die *Zum Kaffeebaum* hieß.

In dem offenbar historischen Kaffeehaus trank er ein paar Schnäpse, bis er sich angeheitert genug fühlte. Morgen musste er ja noch nicht so früh aufstehen. Der 3. Oktober war Feiertag für alle Deutschen in Ost und West – egal, ob die Vereinigung für sie ein Grund zum Feiern war oder nicht. Josef fand das merkwürdig. Er konnte sich nicht vorstellen, dass in Nürnberg heute jemand mit einer Flasche Sekt auf die Straße ging oder eine Deutschlandfahne schwenkte. Die Ossis schienen tatsächlich dankbar zu sein, dass sie Honecker und die Grenze endlich los waren. Jedenfalls heute.

Auf dem Rückweg fegten ihm immer noch Raketen um die Ohren. Einige der Betrunkenen schrien jetzt: »Deutschland! Deutschland!« Und dann immer wieder und immer wieder: »Deutschland! Deutschland!« Josef fragte sich, warum sie den Namen des Landes stets zweimal hintereinander riefen. Und weshalb sie sich überhaupt auf diese Art vergewissern mussten, wo sie lebten. Es klang ein wenig wie ein Schlachtruf im Fußballstadion.

Ein paar der Jüngeren sahen aus wie die Neonazis, die er aus Nürnberg kannte. Wo kamen die denn plötzlich her? Sie trugen Lonsdale-Sweatshirts und Bomberjacken, und sie hatten sich Mühe gegeben mit ihren Frisuren. Die Haarschnitte sahen schon sehr ordentlich aus, wie Josef feststellte.

Das Geschrei artete irgendwann aus in Radau. Josef bekam Kopfschmerzen, auch ohne Billigsekt. Er wollte jetzt nur noch zurück in seine Wohnung. Sich in sein Hängemattenbett legen und schlafen.

Als er sich nach den Krakeelern umblickte, sah er ein paar von den Neonazis, die im Osten Faschos genannt wurden, wie er schon wusste. Sie jagten gerade zwei junge Punks durch die Straße. Ein Mädchen mit Igelhaarschnitt und einen Jungen mit einem Iro, der wohl erst noch wachsen musste. Kirchenglocken begannen zu läuten. Es war also Mitternacht. Ein Feuerwerk knallte in den Himmel. Josef blieb seufzend stehen, schaute zu den Funken hinauf und fühlte sich fremd. Morgen würde er nach Halle fahren, Florian im Internat besuchen und ihn in den Arm nehmen. Er wollte ihm zu verstehen geben, dass er in der Nähe war, falls etwas sein sollte.

Die Punks, die jetzt in Panik an ihm vorbeirannten, waren vermutlich nicht älter als fünfzehn. Der Polizist in ihm schoss zwei scharfe Fotos, die er in seinem Gedächtnis speicherte. Reine Gewohnheit. Man konnte ja nie wissen.

»Andy, hier lang!«, schrie das Mädchen.

Der Junge stolperte kurz, fing sich wieder und folgte ihr. Die beiden flüchteten Richtung Moritzbastei.

Josef seufzte noch einmal, als er in die Innentasche seiner Jacke griff. Das war bestimmt nicht erlaubt, was er jetzt tat, aber das war ihm in diesem Moment egal. Im Osten herrschte ohnehin gerade eine Art Anarchie, oder nicht?

Er stellte sich den Verfolgern in den Weg.

»Mach Platz da, Alter!«

Josef zog in aller Ruhe seine Waffe und richtete sie auf den Ersten, der eine hübsche frisch frisierte Scheitelfrisur trug. Wie lange der Bub dafür wohl vor dem Spiegel gestanden hatte?

»Polizei! Keinen Schritt weiter!« Josef setzte eine grimmige Miene auf, die er sonst nur benutzte, wenn er bei Verhören nicht weiterkam.

Wie erstarrt blieben die Faschos vor ihm stehen. Die Waffe machte wohl Eindruck. Dass sie nicht geladen war, brauchten sie ja nicht zu wissen.

Eine Feuerwerksrakete pfiff über ihre Köpfe hinweg. Der Junge mit dem Seitenscheitel zuckte nervös zusammen. Mit angespannten Sinnen musterte Josef die Jugendlichen. Auch sie waren noch jung. Fünfzehn bis siebzehn Jahre alt. Unbewaffnet. Sie besaßen noch nicht einmal Baseballschläger. Vermutlich würde sich das bald ändern. Er registrierte ihre Gesichter und speicherte sie ab. Nur den Mann, der offenbar ein Erwachsener war, konnte er nicht erkennen. Er hielt sich im Hintergrund und trug eine Sturmhaube. Sein Gesicht war mit schwarzem Stoff verhüllt.

Die Schritte der flüchtenden Punks verhallten. Die Treibjagd war für heute beendet.

»Geht mal lieber nach Hause, Jungs«, sagte Josef einfach.

27

Das Mädchen mit der Igelfrisur riss Andreas ungestüm mit sich, erst die Straße entlang, dann im rasenden Tempo die Stufen der Moritzbastei hinunter. Andreas musste aufpassen, dass er nicht hinfiel.

»Die hätten uns fast gehabt!« Flora keuchte, lachte nervös und blickte die Mauer der Bastei hinauf. Aber sie wurden nicht mehr verfolgt. Sie betastete ihre aufgestellten Haare, als müsste sie sich vergewissern, dass ihre Stacheln noch richtig vom Kopf abstanden.

»Der Typ mit der schwarzen Lederjacke hat sich denen einfach in den Weg gestellt«, sagte Andreas verwundert. »Hoffentlich kriegt er jetzt keine Dresche.«

»Hat der nicht was von Polizei gerufen?«, fragte Flora. »Dass er von der Polente ist?« Sie zog ihn in das Gebäude zwischen den Studenten hindurch, die alle durcheinanderredeten. Niemand achtete auf sie.

»Weiß nicht. Hab nur die Knallerei gehört.«

»Wäre ja ein Wunder, wenn sich ein Bulle mal für uns einsetzt«, murmelte Flora.

Sie liefen die verwinkelten Kellergänge in der Moritzbastei entlang und verzogen sich in eine Nische des Ziegelgewölbes. Auf einem zerkratzten Holztisch brannte eine Kerze. Andreas ließ sich auf eine Bank fallen und spielte automatisch mit der Flamme und dem warmen Wachs. Flora griff sich eine Bierflasche, die fast noch voll war, trank einen Schluck und reichte sie an Andreas weiter.

»Vielleicht bekommen wir hier irgendwo noch was zu futtern«, sagte sie.

Andreas trank nur einen kleinen Schluck. Bier schmeckte ihm nicht besonders. »Ja, ein bisschen Hunger hab ich jetzt auch.« Er hob den Kopf und schnupperte. »Riecht es nicht nach Bratwurst?«

»Das hat mein Bauch gehört, und jetzt knurrt er.« Flora lächelte ihn an, dann kaute sie auf ihrem Daumennagel herum.

Andreas drückte das Wachs in die Flamme hinein. Die Wärme an seiner Haut, der Geruch der Kerze beruhigten ihn ein wenig. Der Bratwurstduft stieg ihm nun deutlicher in die Nase. Außer ein paar Süßigkeiten, die zur Feier des Tages kostenlos auf dem Markt verteilt worden waren, hatten sie noch nichts gegessen.

»Warte mal Andy, beweg dich nicht vom Fleck. Ich geh auf Beutefang, komm gleich wieder.«

Andreas nickte ihr zu, obwohl ihm mulmig wurde. Er sah die schwarze Gestalt mit der Sturmmütze wieder vor sich, die ihnen inmitten der Faschos hinterhergerannt war. Sah er Gespenster? Oder wurde er tatsächlich verfolgt? Nicht zum ersten Mal bekam er das Gefühl, dass jemand hinter ihm her war. Besonders wenn er allein war, sah er Schatten herumschleichen, hörte komische Geräusche oder Schritte, die ihm nachzugehen schienen. Er erzählte Flora nichts davon. Sie würde ihn für plemplem halten, für überängstlich und paranoid. Und vielleicht war er das ja auch?

In dem Abrisshaus, in dem sie zurzeit wohnten, knarrte ständig eine Diele, rieselte der Putz von der Wand oder quietschte eine Tür. Bei starkem Wind ächzte manchmal das ganze Haus, wie ein alter Mann, der nur noch schwer die Treppe hinaufkam. Die besetzte Wohnung ließ sich nicht abschließen, auch weil sie gar keinen Schlüssel besaßen. Im Grunde konnte jeder zu jeder Zeit hereinspaziert kommen.

Und wenn der *Mörder* noch auf freiem Fuß war ... Andreas schluckte. Natürlich war er das! Suchte die Kripo überhaupt nach ihm? Hatte sein anonymer Brief, den er an die Polizei in Torgau geschickt hatte, irgendwas gebracht? Beschäftigte sich diese Polizistin, die ihn befragt hatte, überhaupt noch mit dem Fall? Und war er in Leipzig sicher?

28

Beate Vogt gab sich Mühe, den Neuen nicht anzustarren.

Das war nicht so einfach, weil er ihr bei der Dienstbesprechung direkt gegenübersaß. Da, wo sonst Lehmann gesessen hatte. Nicht, dass sie ihren alten Kollegen vermisste, aber wieso kam einer aus dem Westen zu ihnen?

Statt Kaffee und Kuchen für den Einstand zu spendieren, hatte er einen Stapel Akten mit Gesetzesblättern mitgebracht, ein paar Ratgeber-Broschüren »für die Bürgerinnen und Bürger in den neuen Bundesländern« und fünf Exemplare des Grundgesetzes. Als ob sie hier hinter dem Mond lebten.

Soweit Beate wusste, trugen Bayern gerne Lederhosen, tranken Bier aus riesigen Gläsern, aßen weiße Würste und gingen in ihrer Freizeit in den Bergen wandern. Und natürlich waren sie Christen und glaubten an Gott, oder? Ihr neuer Kollege trug ein ordentlich gebügeltes blau-weiß gestreiftes Hemd und war, wie es aussah, frisch rasiert. Das passte zu einem Mann, der Josef Almgruber hieß und aus Bayern kam, fand sie. Die schwarze zerkratzte Lederjacke, in der er den Raum betreten hatte, hing wie ein erlegtes wildes Tier über der Stuhllehne. Dieses Kleidungsstück sprach irgendwie eine andere Sprache.

Bei der Vorstellungsrunde hatte er, abgesehen von seinem Alter – er war zweiundvierzig –, nichts Privates über sich gesagt. Er hatte von der Mordkommission in Nürnberg berichtet, von dem letzten Fall, den er mit Kollegen bearbeitet und aufgeklärt hatte: den Mord an einem Obdachlosen.

»Obdachlose gibt es bei uns nicht!«, hatte Arno Berg dazu gesagt, in einem abwehrenden Ton, als wäre das Fachwissen aus dem Westen daher im Osten nicht nötig. Der Neue war darauf nicht eingegangen.

Wenn die Mieten so hoch wurden wie im Westen, würden sie früher oder später vermutlich auch Obdachlose bekommen, dachte Beate. Wohnraummangel gab es ja ohnehin schon lange. Und viele Leipziger lebten in völlig desolaten Häusern. Ungeduldig wartete sie darauf, dass der formale Akt des Begrüßens endlich abgeschlossen war. Als niemand mehr etwas sagte, legte sie den Brief oder genauer gesagt, den Zettel auf den Tisch.

»Ich habe anonyme Post erhalten«, sagte sie lapidar und las die Sätze vor: »Direktor Karl Zinkner hat das bekommen, was er verdient! Er soll in der Hölle schmoren!«

Sie hob den Kopf und betrachtete die Kollegen der MUK, sah von einem zum anderen. Aber kaum jemand begegnete ihrem Blick. »Ich finde, wir sollten den Fall neu aufrollen.«

Einige Gesichter wirkten verschlossen, andere ratlos. Sie waren einfach zu wenige Leute. Lehmann war weg, und drei ältere Kollegen hatten das Angebot angenommen, in den Vorruhestand zu gehen. Gleichzeitig nahmen seit der Währungsunion und Einführung der D-Mark im Sommer die Gewalttaten wie Einbrüche und Raubzüge zu. Dass Banken, Sparkassen und Tankstellen überfallen wurden, war relativ neu in der DDR. Für Ostgeld hatte sich der Aufwand offenbar nicht gelohnt. Auch der Überfall auf einen Geldtransporter, bei dem der Wachmann niedergeschlagen und die Waffe entwendet, der Fahrer angeschossen und schwer verletzt worden war, hatte noch niemand aufgeklärt. Zum Glück war Beate in diesen Fall nicht involviert.

»Was heißt *sollten*«, sagte sie etwas lauter und leicht gereizt. »Wir *müssen* die Ermittlungen wieder aufnehmen!«

»So? Müssen wir?« Arno Berg runzelte die Stirn. »Wegen dieser anonymen Schmiererei?«

»Es könnte eine Art Hilferuf sein«, sagte Beate. »Ich vermute, dass der Brief von Andreas Schwalbe ist, dem Jüngsten der aus Torgau entflohenen Jugendlichen. Vielleicht weiß er etwas, was wir noch nicht wissen. Und womöglich befindet er sich deswegen in Gefahr.«

»Das ist ziemlich weit hergeholt«, wehrte Berg ab. »Da hat jemand seinen Frust über den toten Direktor geäußert. Mehr nicht.«

»Der Fall war nicht abgeschlossen, oder haben Sie andere Erkenntnisse? Ähm, ich meinte ... *du* ... hast *du* andere Informationen?« Sie lächelte, plötzlich verlegen.

Ihr Chef sah sie einen Moment verdutzt an. Konnte er sich an den Nordhäuser Doppelkorn und ihre Verbrüderung nicht mehr erinnern?

»Beate«, sagte er gedehnt. »Beate, Beate.« Allmählich schien ihm einzufallen, dass sich ihr Verhältnis verändert hatte.

»Ja?« Sie fühlte, wie ihr das Blut ins Gesicht stieg.

Seine Mimik änderte sich. Er blickte sie nun beinahe freundlich an. »Es haben sich durch dieses Schreiben keine wesentlich neuen Dinge ergeben. Aber ich gebe dir recht: Durch die gegebenen Umstände konnte der Fall in der Tat bisher nicht aufgeklärt werden.«

Beate nickte. »Das dachte ich mir. Die anonyme Post sollte nicht ignoriert werden, meiner Meinung nach.«

»Dann finde heraus, was und wer hinter dem Schreiben steckt.

Danach sehen wir weiter. Der neue Kollege wird dich dabei unterstützen. So kannst du ihn gleich in den Fall einarbeiten. In Ordnung?«

Beate nickte verdattert. Seit wann fragte Arno Berg, ob eine Weisung »in Ordnung« sei?

»Und für Sie, Herr Almgruber?«

»Passt schon. Kann ich die Akte zu dem Fall bitte vorher einsehen?«

Arno Berg schwieg einen Moment und starrte auf den Stapel mit den Grundgesetz-Exemplaren. Beate sah ihm sein Unbehagen an. Noch vor Kurzem wäre eine Weitergabe von Schriftstücken der MUK an den Staatsfeind im Westen Spionage gewesen oder Landesverräterische Nachrichtenübermittlung oder auch Agententätigkeit. Laut Strafgesetzbuch der DDR standen darauf hohe Gefängnisstrafen.

»Natürlich«, sagte er dann ein wenig gequält. »Sie sind unser Kollege. Und wenn Sie uns mit Ihrer Erfahrung unterstützen können, freut uns das.«

Einen Tag später, am frühen Morgen, forderte Beate Vogt eine der beiden Wartburg-Limousinen an, die der MUK Leipzig zur Verfügung standen. Doch wie sie erfuhr, war bei einem der Wagen der Keilriemen gerissen, der andere befand sich im Einsatz. Ratlos knallte sie den Telefonhörer auf die Gabel. Und nun? Sollte sie den Kollegen aus dem Westen etwa auf den Rücksitz ihrer MZ setzen?

»Wir nehmen mein Auto«, erklärte Josef Almgruber beiläufig. Er saß im Büro, vor der aufgeschlagenen Fall-Akte und warf ihr einen leicht amüsierten Blick zu. »Und keine Sorge, wir verstoßen nicht gegen irgendwelche Vorschriften. Es ist ein Dienstwagen.

Und ich bin befugt, ihn für Einsätze in der Zone zur Verfügung zu stellen.«

Sie lauschte einen Moment in seinen Dialekt hinein, der ihr fast so ungewöhnlich erschien wie eine fremde Sprache und aus einer anderen Welt zu kommen schien. In der *Zone*? Was für eine Zone denn? Lebten sie hier im Zoo? Immerhin verstand sie ihn ansonsten ganz gut; sicher, weil er sich Mühe gab, Hochdeutsch zu reden.

»Na, dann los!«, sagte sie schroff. Beate spürte keine Lust, sich bei ihm zu bedanken. »Wir fahren nach Burg bei Magdeburg. Da war Andreas im Jugendwerkhof, bevor er in die Geschlossene Disziplinaranstalt nach Torgau kam.«

»Wieso dann nicht gleich nach Torgau?« Almgruber erhob sich und griff nach seiner Lederjacke. »Liegt das nicht näher?«

Sie zuckte mit den Achseln. »Der Werkhof in Torgau wurde geschlossen und steht zurzeit leer.«

»Und der andere existiert noch?«

Beate blickte auf den Zettel, auf den sie sich Notizen gemacht hatte. »Ja, ich habe gerade mit einer Erzieherin geredet. Der Jugendwerkhof Burg ist jetzt offiziell ein Landesjugendheim.«

Auf der Fahrt nutzten sie nun also das Dienstfahrzeug von Josef Almgruber, einen Opel Rekord, wie er erklärte. Genauso gut hätte er behaupten können, sein Auto sei das Raumschiff Enterprise. Sie hatte keine Ahnung von den Westwagen. Fuhr man nicht eigentlich Mercedes, wenn man in Westdeutschland was zu sagen hatte? Aber vielleicht hatte er in seiner Heimat weniger zu sagen, als sie glaubte. Und spielte sich hier im Osten als Retter in der Not auf. Und nun musste sie ihm all das erklären, wovon er keine Ahnung hatte? Sah ganz danach aus.

Als Erstes versuchte sie, ihm begreiflich zu machen, was es

mit den Jugendwerkhöfen auf sich hatte, und hielt auf dem Beifahrersitz einen kleinen Vortrag über die Jugendhilfe der DDR und ihre Spezialheime.

»Verstehe. Heime für Schwererziehbare, gell? Gibt es bei uns auch. Besserungsanstalten sozusagen.«

»Das wage ich zu bezweifeln, dass sich dort, in so einem Spezialheim, ein Kind oder Jugendlicher tatsächlich *gebessert* hat. Eher im Gegenteil.«

»Im Gegenteil? Sie meinen, die Kids schlagen danach erst recht über dic Stränge und werden kriminell?«

»Ich meine«, sagte Beate langsam und dachte an die Zellen in Torgau, an das vergitterte Gebäude, die meterhohe schimmlig graue Mauer. »Ich meine, *niemand* hat verdient, in so einen mittelalterlichen Kerker oder gar in eine Dunkelzelle gesperrt zu werden. Niemand! Erst recht nicht diese Jugendlichen, die ... die wie der Andreas, den wir jetzt suchen, so ...« Sie holte tief Luft und suchte nach Worten. »Die so ... so *verloren* sind. So ... alleingelassen wurden. Egal, was sie eventuell mal angestellt haben.« Sie nahm wahr, wie ihre Stimme auf einmal brüchig wurde, und verstummte abrupt.

»Verstehe«, sagte Josef Almgruber. Aber an seinem Tonfall hörte sie, dass er sich über ihren Ausbruch wunderte. »Ich habe gestern Abend und heute früh noch die Akte des Falls durchgesehen«, erklärte er zögernd. »Es kam mir so vor, als würden einige Seiten fehlen.«

»Welche?«

»Zum Beispiel der Bericht aus der Gerichtsmedizin.«

Sie nickte, ohne ihn anzusehen. »Wenn wir Pech haben, sind die Seiten bereits vernichtet.«

»Hä? Wieso das denn?«

Sie wunderte sich kurz über sein *Hä*. Das klang unhöflich.

Zweifelte er an dem, was sie sagte, oder war das Nürnberger Slang?

»Die Spezialkommission des MfS hatte den Fall an sich gezogen. Vermutlich, weil das Opfer sozusagen ein Angestellter des Ministeriums für Volksbildung war, jedenfalls Margot Honecker direkt unterstellt. Es ist ja bekannt, dass das MfS seit dem Mauerfall Akten vernichtet hat, vermutlich diejenigen, die obenauf lagen, zuerst.«

»Allmächdd! Ich meine: Herrgott! Das kann ja heiter werden. Also fangen wir von vorn an?«

»Nicht ganz. Wir haben ja bereits selbst ermittelt, wie Sie an der Akte sehen können. Die Rechtsmediziner konnten keine klaren Aussagen machen, soweit ich das in Erinnerung habe. Insofern hat uns der Bericht ohnehin nicht weitergebracht.« Beate überlegte, ob sie ihm von den Verletzungen an den Händen des Opfers berichten sollte. Aber so weit waren sie noch nicht. Zuerst mussten sie herausfinden, ob das anonyme Schreiben überhaupt mit dem Fall in Zusammenhang stand. Spinner gab es schließlich genug auf der Welt.

Beinahe im Schritttempo fuhren sie eine schmale Straße der Kleinstadt entlang, die ungefähr fünfundzwanzig Kilometer von Magdeburg entfernt lag. Das ehemalige Gut Lüben und jetzige Jugendheim, das vor Kurzem noch Jugendwerkhof gewesen war, lag in einer ländlichen Gegend. Eine Weile fuhren sie an Feldern und Brachflächen vorbei, ehe sie das Areal von unscheinbaren Häusern erreichten, die zu dem Anwesen gehörten. Beate Vogt sah auf der einen Seite Gebäude mit einem Turm in der Mitte, auf der anderen einen hässlichen grauen Anbau mit vergitterten Fenstern. Offenbar der Zellentrakt des Jugendwerkhofs, in dem auch Andreas mindestens eine Strafe abgesessen hatte, soviel sie wusste.

Wurden die Zellen noch genutzt? Sollte sie ihren neuen Kollegen darauf aufmerksam machen?

Aber da bemerkte sie die Frau, die unter einem Torbogen in einem Hauseingang stand und offenbar auf sie wartete.

Josef Almgruber fuhr um die Ecke, parkte den Wagen auf einem Hof, und sie stiegen aus. Die Frau kam ihnen ein Stück entgegen.

Ihre Frisur wirkte, als würde sie einen grauen Helm tragen; auch von ihrem Gesichtsausdruck ging eine Autorität aus, die sogar der Polizistin vermittelte, dass Widerspruch – ganz egal, aus welchem Grund – vollkommen zwecklos war. Mit verkniffenem Lächeln reichte die Erzieherin ihnen die Hand, und Beate fühlte einen unangenehm zupackenden Griff.

»Vogt, Kripo Leipzig«, stellte sie sich vor. »Und mein Kollege, Hauptkommissar Almgruber.«

»Herrmann«, sagte die Frau knapp. Ihr prüfender Blick blieb einen Moment zu lang an Josef Almgruber hängen. »Na, dann folgen Sie mir mal!«

Sie marschierte voraus, und sie tauchten in einen engen Gang, der offenbar zur Verwaltung gehörte. In einem Büro, das extra aufgeräumt wirkte, setzten sie sich an einen eckigen Tisch, auf dem eine Akte lag. Andreas' Akte.

»Wir suchen ein von Andreas Schwalbe verfasstes Schriftstück«, sagte Beate. »Ganz egal, was es ist. Wir brauchen von dem Jungen eine Schriftprobe.«

Frau Herrmann nickte. »Das sagten Sie bereits am Telefon. Wir haben hier einen zurückgehaltenen Brief von ihm.« Ohne Umschweife reichte sie Beate das Schreiben über den Tisch. »Darf ich fragen, was der Jugendliche angestellt hat?«

Beate warf einen Blick auf den Brief. »Zu einer laufenden Ermittlung dürfen wir uns nicht äußern«, sagte sie. »Das Schriftstück werden wir mitnehmen. Sie bekommen es später zurück.«

Frau Herrmann winkte ab. »Die Akten der Jugendlichen, die noch im Büro stehen, gehen in Kürze sowieso an die Jugendämter. Wir haben keine Verwendung mehr dafür. Sie brauchen sich also nicht bemühen.«

»Wir beschlagnahmen gleich die gesamte Akte, um uns ein besseres Bild zu verschaffen«, sagte Josef Almgruber plötzlich. »Dann ersparen wir Ihnen und uns, dass wir noch mal herkommen müssen. Das verstehen Sie doch?«

»Selbstverständlich, Herr Hauptkommissar.« Die Antwort kam wie aus der Pistole geschossen.

Beate verkniff sich ein Grinsen. Offenbar machten Kleider Leute. Oder auch der Opel Rekord auf dem Parkplatz. Die leichte Arroganz, die Herr Almgruber – vielleicht von Natur aus – verströmte, zeigte ebenfalls Wirkung. Die Erzieherin zuckte nicht mit der Wimper, als er mit der größten Selbstverständlichkeit den Ordner an sich zog und darin zu blättern begann.

»Weshalb ist Andreas Schwalbe hier eingewiesen worden?«, fragte Beate Vogt.

Frau Herrmann streifte sie mit einem verwunderten Blick. »Aus den üblichen Gründen«, sagte sie beinahe gelangweilt. »Mutter überfordert, seinen Vater hat er nie kennengelernt. Zu einer ordentlichen Erziehung war die Mutter nicht in der Lage. Sie arbeitet in Schichten in einem Braunkohlewerk, hat noch mehr Kinder von verschiedenen Vätern. Ich habe mir seine Akte gerade noch einmal angesehen: Aufenthalt im Normalkinderheim. Wiederholte Entweichung. Einweisung ins Spezialkinderheim. Dann, mit vierzehn, Überführung in unseren Jugendwerkhof August Bebel. Anfangs bemühte sich der Jugendliche Schwalbe um Anpassung ans Kollektiv, kam seinen Verpflichtungen nach, erledigte seine Ämter, doch dann – aus heiterem Himmel sozusagen – erneute Flucht. Nachdem ihn unsere Volkspolizei zurückgebracht hatte, kam er in die Zelle. Strafe muss natürlich sein. Im Arrest zündete er seine Decke und die Holzpritsche an. Irgendwie ist es ihm gelungen, eine Schachtel Streichhölzer mit in den Raum zu schmuggeln. Er legte Feuer, beschädigte Volkseigentum und gefährdete sich und andere aufs Gröbste! Zum Glück haben wir den Qualm rechtzeitig bemerkt. Noch am selben Tag stellte der Heimleiter einen Antrag an die Genossen des Volksbildungsministeriums, den Jugendlichen Schwalbe nach Torgau in den Geschlossenen Jugendwerkhof zu überweisen. Dem Antrag wurde stattgegeben.«

Beate nickte – mit irgendwie steifem Hals. Mit anderen Worten: Andreas hatte eben Pech gehabt. Schon sein ganzes Leben lang. Eigentlich von Geburt an. Seine Eltern konnte man sich schließlich nicht aussuchen. Und das System, in das man hineingeboren wurde, auch nicht.

»An wen hat er den Brief geschrieben?«, fragte sie.

»An seine Mutter. Er hat immer wieder an seine Mutter geschrieben. Und sie hat ihm nie geantwortet.«

Beate schüttelte unwillkürlich den Kopf. »Der arme Junge«, murmelte sie.

»Es gibt keinen Grund, Mitleid mit ihm oder den anderen Jugendlichen zu haben, die in den Werkhof eingewiesen wurden«, sagte die Erzieherin schroff. »Das sind alles keine Unschuldslämmer. Und eine straffe Führung, ein geregelter Tagesablauf und Arbeit haben noch niemandem geschadet! Ganz im Gegenteil: Unsere Erziehung hat vielen Gestrauchelten geholfen, ordentliche Mitglieder der Gesellschaft zu werden.«

Beate dachte an den Zellentrakt, den sie gesehen hatte. Half das Einsperren den Heiminsassen auch? Oder wohl eher den Erziehern, die ihre Ruhe haben wollten? Aber es hatte keinen Sinn, zu widersprechen und einen Streit anzufangen. »Wissen Sie, wo sich Andreas zurzeit aufhalten könnte?«

Die Frau schüttelte den Kopf. Unwillkürlich sah Beate zu der altmodischen Frisur hinauf. Kein einziges Haar löste sich.

»Er wurde, wie bereits erwähnt, nach Torgau überwiesen. Nach seinem Aufenthalt dort sollte er zu uns rücküberführt werden. Aber hier tauchte er nicht auf. Und die Kollegen aus Torgau haben sich nicht mehr gemeldet. Indessen mussten die dort ja den Schlüssel abgeben.«

»Sie haben also keine Ahnung, wo ...«

»Wissen Sie eigentlich, was bei uns los ist?«, fiel die Frau ihr ins Wort. »Seitdem der Antifaschistische Schutzwall nicht mehr existiert, herrschen Unordnung und Chaos! Glauben Sie, die Jugendlichen lassen sich in unserer Einrichtung noch länger halten? Und da kommen Sie und fragen nach einem einzelnen Jungen?« Frau Herrmann ballte die Fäuste, beugte sich über den Tisch und starrte Beate vorwurfsvoll an. Einen Moment sah die Erzieherin aus, als wollte sie der jungen Polizistin an die Kehle springen.

Beate Vogt hielt dem Blick stand. Sie antwortete nicht.

»Wir verstehen, wie schwer Ihre Lage sein muss«, mischte sich Josef Almgruber in das Gespräch ein. »Danke für Ihre Hilfe. Haben Sie noch ein Foto von Andreas Schwalbe? Leider ist in seiner Akte keines zu finden.«

Die Erzieherin entspannte sich beinahe sofort. »Einen Augenblick, Herr Hauptkommissar. Da muss ich nachsehen.« Beflissen sprang sie auf und trat an den Aktenschrank heran.

Beate wechselte einen verwunderten Blick mit Almgruber. Wieso fraß ihm diese Betonkopffrau aus der Hand?

Fünf Minuten später stiegen sie mit der Akte und einem Gruppenfoto, auf dem Andreas zu sehen war, in den dunkelblauen

Opel. Frau Herrmann stand unter dem Torbogen und winkte. Beate wusste natürlich, dass das Winken nicht ihr galt.

29

Andreas stand in der Küche und starrte in den Schrank, in dem normalerweise ihre Essensvorräte lagen. Es war nichts mehr da. Kein noch so kleiner Kanten Brot, kein Apfel, kein Müsli, auch die Cornflakes-Schachtel war leer. Nicht ein einziger verdammter Krümel lag da noch.

Das Abendbrot war schon spärlich ausgefallen. Sie hatten Stullen mit der restlichen Teewurst gegessen. Die Rinde war so hart, dass sie zwischen den Zähnen knirschte.

Flora schlief noch. Sie lag unter einer muffig riechenden Steppdecke vergraben. Nur ihre Haarspitzen waren zu sehen. Eine Weile lauschte er auf die Geräusche, die sie machte. Ein paar dahingebrabbelte Wörter, ein Seufzen, ein Lachen. Es gefiel ihm, ihr zuzuhören – so wie man dem Plätschern eines Baches lauschte. Wovon träumte sie?

Seine eigenen Träume waren meist Albträume. Beinahe in jeder Nacht befand er sich wieder im Jugendwerkhof Torgau, hockte eingesperrt in einer Zelle. Alle anderen waren schon fort. Auch Tanja. Er war allein. Ganz und gar allein. Nur die Wände waren da, die allmählich auf ihn zurückten. Schließlich, als ihm die Luft wegblieb, erwachte er von seinem eigenen rasenden Herzschlag. Jedes Mal fuhr er in Panik hoch von seinem Lager, rang nach Atem und gab sich Mühe, den Traum so schnell wie möglich zu vergessen.

Es war noch früh am Morgen, gerade mal acht Uhr. Wie es aussah, würde Flora noch eine Weile weiterschlafen. Er musste sich irgendwie ohne sie beschäftigen. Sein Magen knurrte, und er ging in den Flur und suchte in den Taschen der Jacken nach Kleingeld. Zu seiner Überraschung fand er ein paar Münzen: zwei Markstücke, ein paar Groschen, vier Zwanzigpfennigmünzen und einmal fünfzig Pfennig. Für einfache Brötchen und den billigsten Käse sollte das gerade genügen.

Andreas kritzelte eine Notiz, dass er kurz einkaufen sei, und heftete das Papier mit einer Pinnnadel an die Korktafel. Wäre es nicht besser, Flora mit den frischen Brötchen zu überraschen? Einen Moment stellte er sich ihr schlaftrunkenes Gesicht vor, wenn er sie zum Frühstück weckte, das Lächeln, das sich allmählich in ihrer Miene ausbreiten würde. Womöglich umarmte sie ihn ja sogar. Er nahm den Zettel wieder ab und warf ihn in den Papierkorb, der unter den Garderobenhaken stand.

Das Treppenhaus war marode. Ein Teil des Geländers fehlte. Durch die zerstörten Fenster drang ungehindert der Wind. Unten quietschte eine Tür, und Andreas hielt einen Moment inne. Eigentlich wohnte nur noch eine alte Frau in dem Haus. Brachte sie den Müll raus oder schaute nach ihrer Katze? Er beugte sich über die Reste des Geländers, konnte aber nichts erkennen.

Flora hatte ihm von den Punks erzählt, mit denen sie hier einige Monate gelebt hatte. Die meisten waren inzwischen im Westen. Andere hatten das Abrisshaus verlassen, ohne auch nur Tschüs zu sagen. Einige wenige waren zu ihren Eltern zurückgekehrt.

»Und warum bist du geblieben?«, hatte er gefragt.

»Weil ich nicht weiß, wo ich sonst hinsoll.«

»Der Westen lockt dich nicht?«

»Nein. Ich bin in Leipzig zu Hause.«

»Und deine Eltern?«

»Die können mich mal.«

»Was ist passiert?«

»Die haben mich rausgeworfen.«

»Warum?«

»Sie haben gedacht, ich hätte ihnen Geld geklaut.«

»Und? Hast du?«

»Es war nur geborgt. Ich hätte es zurückgezahlt, ehrlich.«

Flora fragte ihn nie, wo er am liebsten sein wollte, was mit seiner Mutter, seinem Vater war oder wie er seine Zukunft plante oder ob er überhaupt eine Vorstellung davon besaß, wie er einmal leben wollte. Trotzdem war er froh, dass sie sich gefunden hatten. Dass sie seine Anwesenheit in ihrem Leben wie selbstverständlich akzeptierte.

Als er unten an der Haustür wie aus dem Nichts gepackt wurde, war er im ersten Moment starr vor Schreck. Im zweiten Moment versuchte er zu schreien, aber etwas wurde in seinen Mund gestopft. Mit einem gewaltigen Ruck zerrte ihn jemand, der sehr stark war, irgendwohin – in einen Raum, der ihm verschwommen vorkam. Er sah die Decke über sich schweben wie ein Gespinst, das jeden Moment reißen konnte. Eine Glühbirne ohne Licht geriet in seinen Blick. Andreas japste nach Luft, hustete, versuchte, das Stück Stoff, oder was das war, auszuspucken. Dann traf ihn ein Schlag an der Schläfe. Mit einem Knüppel? Einer Schusswaffe? Oder der bloßen Faust? War's das jetzt? Wurde er umgebracht?

In Panik drehte er sich nach dem Angreifer um. Da sauste ein zweiter Hieb auf ihn nieder. Und diesmal fiel er in ein schwarzes Loch.

30

Liebe Mutti,
wie geht es Dir? Mir geht es schlecht. Hast Du meinen letzten Brief bekommen? Hier ist noch keine Antwort eingetroffen. Kannst Du mich mal in Burg besuchen kommen? Ich weiß, Du hast wenig Zeit. Acht Stunden arbeiten am Tag ist viel. Danach bist Du sicherlich sehr müde. Und Du musst Dich ja auch noch um meine kleinen Geschwister kümmern. Aber in diesem JWH versteht mich niemand. Man soll nur funktionieren, alles machen, was die Erzieher sagen. Manchmal habe ich dazu keine Lust. Aber wenn man die Ämter nicht richtig erledigt, mal nicht ordentlich putzt oder wenn man sein Bett nicht richtig baut, wird man bestraft. Manchmal bekommt man auch nur Ärger und wird angemeckert. Wegen solcher Kleinigkeiten habe ich aber auch schon Strafen bekommen. Der Ausgang wurde gestrichen, weniger Taschengeld, Urlaubssperre habe ich sowieso. Keine Ahnung, warum, ehrlich gesagt. Glaube, die wollen nicht, dass ich nach Hause komme. Stattdessen drohen die damit, dass ich in den geschlossenen JWH Torgau komme, wenn ich noch mal abhauen sollte. Da will ich nicht hin. Alle, die von da zurückkommen, sind ausgesprochen komisch, lachen nicht mehr, reden kaum noch, sind ganz andere Menschen. Die sehen sogar anders aus. Richtig gruslig ist das. Was passiert mit mir, wenn die Erzieher mich wirklich dahin schicken? So viel kann ich Dir sagen: So eine Behandlung habe ich nicht

verdient. Ich bin doch ein Mensch! Und ich möchte doch nur, dass man mich als Menschen sieht und behandelt. Verstehst Du, was ich meine? Ich würde mich sehr über eine Antwort freuen.
Viele liebe Grüße – Dein Andreas

Beate Vogt räusperte sich, ließ den Brief sinken, als wäre er ihr auf einmal zu schwer, und holte, ohne jemanden im Raum anzusehen, das anonyme Schreiben aus der Tasche.

Direktor Karl Zinkner hat das bekommen, was er verdient!
Er soll in der Hölle schmoren!

Einen Moment war es still. Ihre beiden Kollegen äußerten sich nicht zu dem Gehörten, sie sahen sie nur abwartend an.

»Die zwei Schriftstücke stammen eindeutig aus derselben Feder«, sagte Beate Vogt schließlich und legte die Briefe sorgfältig nebeneinander. »Aber wo steckt Andreas?«

Und wieso hatte er an sie diese merkwürdigen Zeilen geschrieben? War das ein Hilferuf? An sie persönlich? Sie blickte ihre Kollegen an, ohne eine Antwort auf ihre Frage zu erwarten.

»Wenn wir diesen Jungen finden, können wir vielleicht etwas über den Täter herausfinden. Vielleicht aber auch nicht.« Josef Almgruber zuckte mit den Achseln.

»Wenn es einen Täter gibt«, meinte Berg und schlürfte geräuschvoll aus seiner Tasse.

Sie saßen zu dritt in dem Besprechungsraum und tranken dünnen, lauwarmen Kaffee. Aber irgendetwas lag in der Luft, so kam es Beate vor, irgendein Unmut.

»Davon gehe ich aus«, sagte Almgruber. »Ich habe heute früh mit dem Rechtsmediziner telefoniert, der die Leiche untersucht hat. Er will mit mir persönlich sprechen. Nach seinen Andeutungen zu urteilen, gibt es eindeutige Hinweise auf ein Fremdverschulden, die bisher nicht berücksichtigt wurden.«

Arno Berg blickte den Westkollegen überrascht an. »Soll das heißen, Sie ermitteln schon?«

»Ich ermittle erst einmal nach dem verschwundenen Bericht aus der Gerichtsmedizin. Beziehungsweise nach den *tatsächlichen* Ergebnissen. Offenbar gab es da im Vorfeld eklatante Versäumnisse!« Der letzte Satz klang beinahe wütend.

»Möchten Sie uns erklären, wie wir zu arbeiten haben?«, fragte Berg und knallte die Tasse auf den Unterteller.

»Keineswegs. Aber wenn ich schon in der Zone bin, will ich auch helfen, den Fall aufzuklären. Falls weiterhin Dinge vertuscht werden sollen, kann ich auch wieder die Koffer packen und heimfahren!«

Beate Vogt schüttelte den Kopf. »Nun machen Sie mal halblang, Herr Kollege. Sie glauben doch nicht ernsthaft, dass wir zum Spaß hier sitzen. Meinen Sie, wir haben kein Interesse daran, den Fall aufzuklären?«

»Das habe ich nicht gesagt. Aber es ist doch wohl eindeutig, dass die bisherigen Ermittlungen im Sande verlaufen sind. Die Leute, die sich zur fraglichen Zeit in dem Torgauer Kinderheim aufgehalten haben, müssen schnellstmöglich noch einmal befragt und die Alibis geprüft werden.«

»Dazu gehören aber auch die drei geflohenen Jugendlichen!«, sagte Beate Vogt, jetzt langsam gereizt. »Und als Kinderheim kann man dieses Zuchthaus nun wirklich nicht bezeichnen!«

»Selbstverständlich sollten wir die Fahndung nach den Teenagern wieder aufnehmen, und wir müssen möglichst bald den Tatort noch einmal unter die Lupe nehmen und das gesamte Gebäude. Bekommen wir von Ihnen nun grünes Licht, Herr Berg?«

Der Angesprochene holte tief Luft. »Bleibt mir etwas anderes übrig?«

»Ehrlich gesagt nein!«, erwiderte Almgruber. »Es sei denn, Sie möchten einen Skandal riskieren.«

Arno Berg runzelte die Stirn. »Wollen Sie mich etwa erpressen, Herr Kollege?«

»Natürlich nicht! Ich gehöre doch jetzt selbst zum Team. Es könnte uns aber auf die Füße fallen, wenn wir alles so belassen, wie es ist.« Er wühlte nervös in seiner Aktentasche herum und legte das Gruppenfoto, das die Erzieherin, Frau Herrmann, ihnen gegeben hatte, auf den Tisch. »Wer von denen ist nun eigentlich Andreas?«

Beate beugte sich über das Bild und deutete auf einen schmächtigen blassen Jungen, der etwas abseitsstand. »Er hier ist es.«

»Dachte ich mir«, sagte Almgruber.

»Warum?«

»Weil ich ihn schon mal gesehen habe.« Er hob den Kopf und blickte ihr direkt in die Augen. »Bei dem Einheitsfest in Leipzig. Er rannte zusammen mit einem Punkmädchen vor einer Horde Neonazis davon. Seine Frisur sah allerdings anders aus.«

»Sind Sie sicher?«, fragte Berg.

»Sonst würde ich es nicht sagen.«

»Neonazis!«, rief Beate erschrocken. »In Leipzig habe ich ihn auch das letzte Mal gesehen. Das war im vorigen Jahr bei einer Montagsdemo. Das deutet darauf hin, dass er in der Stadt geblieben ist.«

»Die beiden sind in die Moritzbastei geflüchtet«, erklärte Josef Almgruber. »Da sollten wir einmal nachfragen, ob jemand sie kennt. Das Mädchen trägt eine ziemlich auffällige Liberty-Spikes-Frisur.«

»Eine *was?*«, fragte Berg.

»Das sind sozusagen Stachelhaare, die in alle Richtungen vom Kopf abstehen. Sieht ein bisschen wie ein Igel aus. Oder wie die Krone der Freiheitsstatue.« Almgruber grinste. »Die Freiheitsstatue in New York haben Sie doch sicher schon mal im Fernsehen gesehen, oder?«

»Nee«, sagte Beate grimmig und verschränkte die Arme. »Wir kennen nur Pittiplatsch und Schnatterinchen.«

Irgendwie war sie wohl noch sauer auf ihren Kollegen, wie sie gerade selbst merkte. Er hatte sie nach ihrer gemeinsamen Tour nach Burg auf dem Rückweg einfach unterwegs am Bahnhof von Halle abgesetzt. Mit der vagen Erklärung, er hätte in der Stadt noch privat zu tun. Was zum Teufel hatte jemand, der gerade erst nach Leipzig gezogen und vorher noch nie im Osten gewesen war, wie er ihr erzählt hatte, *privat* in Halle an der Saale zu suchen?

Wollte er sie loswerden? Jetzt schon?

Arno Berg sah etwas verwirrt von Beate Vogt zu Josef Almgruber. »Mir scheint, Sie werden beide ein gutes Team«, sagte er betont ernst. »Um auf die Frage von vorhin zurückzukommen, Herr Almgruber: Sie werden die Ermittlung in diesem Fall ab sofort übernehmen. Ist das grünes Licht genug?«

»In Ordnung«, sagte der Hauptkommissar und blätterte in den Unterlagen. »Was die drei geflohenen Jugendlichen betrifft, wissen wir nur von dem Mädchen den aktuellen Aufenthaltsort, richtig?«

Beate nickte zögernd. »Von Tanja Wolter. Richtig. Zumindest haben wir die Adresse ihrer Eltern und den Hinweis, dass sie sich bei ihnen aufhält.« Sie wusste nicht, ob sie froh oder enttäuscht sein sollte, dass ihr Chef nicht sie die Ermittlung leiten ließ. Traute er ihr so wenig zu? Andererseits hatte der Neue mehr Erfahrung und wusste, welche Gesetze und Regeln neuerdings auch in diesem Teil Deutschlands galten. Sollte er sich doch die Zähne am Osten ausbeißen. Wenn etwas schiefging, war es immerhin nicht ihre Schuld. Trotzdem ärgerte es sie, dass sie übergangen wurde. Natürlich würde sie sich ihren Unmut nicht anmerken lassen.

»Das ist doch schon mal ein Anhaltspunkt«, sagte Almgruber. »Dann würde ich vorschlagen, dass wir nach meinem Termin beim Rechtsmediziner gleich aufbrechen und der Familie Wolter einen Besuch abstatten. Ist das in Ihrem Sinne, Frau Vogt?«

»Was ist mit der Moritzbastei?«, fragte sie.

»Das erledigen wir auf dem Rückweg. Abends ist da ohnehin mehr los.«

31

Tanja wälzte sich in ihrem Bett hin und her. Sie hatte wieder einmal schlecht geschlafen, war beinahe halbstündlich aufgewacht. Und nachdem sie wohl so um fünf Uhr früh endlich in einen etwas tieferen Schlaf gesunken war, hatte sie davon geträumt, dass ihre Eltern sie zurück nach Torgau brachten. Sie hatten genug von ihr, wollten nichts mehr mit ihr zu tun haben. Sie taugte nicht als Tochter; sie war einfach nur unnütz, zu nichts zu gebrauchen. Das eiserne Tor schob sich auf, und Karl Zinkner, der Direktor, grinste ihr entgegen, grapschte mit seinen klobigen Fingern nach ihrem Arm. »Jugendliche Wolter, da bist du ja wieder. Da, wo du hingehörst!«, zischte er ihr zu.

Prompt war Tanja aus ihrem Bett hochgefahren, mit rasendem Herzen.

»Er ist tot, verdammt noch mal, er lebt nicht mehr!«, murmelte sie jetzt vor sich hin. Warum war der Mann in ihren Träumen noch lebendig? Sie griff nach der Packung mit den Schlaftabletten, die ihre Mutter ihr besorgt und auf den Nachttisch gelegt hatte, und drückte zwei Stück aus der Zellophanhülle. Vielleicht waren ja zwei auf einmal zu viel, aber sie musste doch endlich mal ein paar Stunden durchgängig und albtraumlos schlafen. »Ruhe«, flüsterte sie und massierte ihre Schläfen mit den Fingern. »Ich brauche Ruhe, Ruhe in meinem Kopf.«

Das nächste Mal wurde sie wach, als jemand – die Stimme eines Mannes – etwas brüllte: »Hier ist die Polizei! Öffnen Sie die Tür! Wir wollen nur mit Ihnen reden!«

Träumte sie diesen Mist? Oder war das real? Wurde sie von den Bullen jetzt wieder eingefangen? Mitgenommen? In eine Zelle gesperrt?

Sie schwitzte plötzlich. Der Schweiß brach ihr aus allen Poren. Sollte sie fliehen? Wohin?

Tanja riss das Fenster auf. Unten an der Straße parkte ein dunkelblaues Westauto. Kein Streifenwagen weit und breit. Es regnete. Tanja starrte einen Moment in die schwarzen Pfützen. Auch der Himmel wirkte grau und feindselig. Als wollte er ihr ins Gesicht spucken.

Wie durch Watte hörte sie die Stimme ihrer Mutter. Sie redete mit irgendwelchen Leuten. Mit wem? Tanja schlich an die Tür und lauschte.

»Meiner Tochter geht es nicht gut«, hörte sie. »Sie schläft noch. Es ist sicher nicht hilfreich, wenn sie solch einen Lärm machen.«

»Ist sie krank?«, fragte eine Frau. Die Stimme klang besorgt und kam Tanja bekannt vor.

»Warum haben Sie uns nicht gleich reingelassen? Wir wollen uns doch nur mit ihr unterhalten«, sagte ein Mann. »Es geht um Andreas Schwalbe.«

Tanja zitterte auf einmal. Sie drückte die Türklinke hinunter und blickte die Besucher fragend an. »Was ist mit ihm? Ist Andreas was passiert?«

»Hallo, Tanja«, sagte die Polizistin. »Nein, ich hoffe nicht. Wir wollen Andreas nur finden. Können wir mit dir reden?«

Tanja erkannte sie wieder. Sie hieß Frau Vogel oder so ähnlich. Nach dem Tod von Zinkner war sie im Geschlossenen Jugendwerkhof aufgetaucht. Und später hatte Tanja sie auf einer Demo in Leipzig getroffen. »Ich weiß nicht, wo er ist.«

»Wir würden trotzdem gern mit Ihnen sprechen«, sagte der Mann, den sie noch nie gesehen hatte. Wer war er? Was suchte er in ihrer Wohnung? »Jeder Hinweis kann womöglich helfen.«

»Helfen? Wobei?« Tanja fühlte sich müde, benebelt. Sie schwankte, als wäre sie betrunken. »Ich weiß nichts. Lassen Sie mich ... in Ruhe, *bitte*.«

Sie wollte die Tür wieder schließen, spürte jedoch einen Widerstand.

»Wir brauchen nur ein paar Auskünfte. Danach gehen wir wieder, versprochen«, sagte der Fremde und drängelte sich in ihr Zimmer.

Tanja wich vor ihm zurück. »Sie haben hier nichts zu suchen. Ich kenne Sie nicht.«

»Almgruber, Josef. Kripo Leipzig. Ich bin ein Kollege von Frau Vogt.« Er hielt ihr seine Hand hin.

Tanja ignorierte die Geste. »Ich rede nur mit ihr. Nur mit der Polizistin!«

»Aber ... wir würden gern beide mit Ihnen sprechen!« Er sah sie an, als wäre er irgendwie beleidigt.

»Ist mir egal, was Sie wollen!«, entgegnete sie grob. »Hauen Sie ab! Scheiße noch mal! Raus aus meinem Zimmer!«

Der Polizist hob die Hände, als würde sie eine Waffe auf ihn richten.

»Schon gut. Ich meine: Schade. Aber ... gut«, stammelte er, »ich akzeptiere ..., dass Sie ...«

»Ich möchte mit Frau Vogt sprechen«, sagte Tanja zu ihrer eigenen Überraschung. »Allein. Unter vier Augen.«

Wollte sie das wirklich? Erschöpft ließ sie sich auf ihr Bett fallen. Verkroch sich in die äußerste Ecke, mit dem Rücken an die

Wand. Beobachtete misstrauisch die Polizistin, die ihr gezwungen zulächelte, sie besorgt musterte.

»Alles in Ordnung mit dir?«

Tanja nickte, dann schüttelte sie den Kopf. »Nichts ist in Ordnung.«

»Verstehe«, sagte die Frau in sanftem Ton. »Das heißt: Ich möchte gern verstehen. Begreifen, was passiert ist.«

Tanja nahm ein Kissen und drückte es an ihren Bauch. »Das möchte ich auch«, sagte sie. »Aber es geht nicht in meinen Kopf rein.«

Die Polizistin blieb einen Moment still stehen. »Es tut mir leid, wenn mein Kollege dich erschreckt haben sollte. Er ist noch neu. Jedenfalls neu bei uns. Darf ich mich setzen?« Ohne eine Antwort abzuwarten, zog sie den Stuhl, der an einem Schreibtisch stand, zu sich heran. »Wie geht es dir?«

Tanja begann zu weinen. »Tut mir leid«, schluchzte sie. »Ich bin irgendwie neben der Spur. Schon seit einer ganzen Weile. Seit ich wieder zu Hause bin. Komisch, oder? Und jetzt flenne ich Ihnen auch noch was vor.«

Die Polizistin reichte ihr ein Papiertaschentuch. »Wein doch ruhig. Das ist in Ordnung. Weinen ist manchmal gut … für die Seele.«

Tanja war erstaunt über die vielen Tränen, die plötzlich aus ihr herausflossen. Ein warmer, unaufhörlicher Regen, der über ihr Gesicht strömte. Schließlich, als der Fluss versiegte, holte sie tief Luft. »Jetzt ist es gut«, sagte sie und setzte sich aufrecht hin. »Was wollen Sie wissen?«

»Alles«, antwortete die Polizistin.

32

»Sie nehmen meine Tochter doch nicht mit, oder?«, fragte Frau Wolter.

Josef Almgruber schüttelte den Kopf. »Das haben wir nicht vor. Wie gesagt: Wir wollen nur ein paar Fragen stellen. Auch an Sie und Ihren Mann.«

»Mein Mann ist noch auf Arbeit.«

»Wo ist er denn beschäftigt?«

»Er arbeitet für eine Baufirma. Heute sind sie in einem Nachbardorf.«

»Gut, dann unterhalten wir beide uns erst mal. Wollen wir uns nicht setzen?«

Sie standen in der Küche und Josef deutete auf einen Küchenstuhl. Tanjas Mutter strich verlegen über die Kittelschürze, die sie trug, und setzte sich zögernd. Sie legte den Kopf schief und sah ihn misstrauisch an. »Worum geht es denn eigentlich?«

»Wir suchen nach Andreas Schwalbe, der wie Ihre Tochter Insasse in der Torgauer Erziehungsanstalt war. Und wir ermitteln im Fall des tot aufgefundenen Direktors Zinkner. Ich nehme an, Ihre Tochter hat Ihnen davon berichtet?«

»Wenig. Nur dass der plötzlich gestorben ist.« Sie sah zu ihm auf, und an ihrer Miene erkannte er, dass sie sich unbehaglich fühlte. »Ich weiß nicht, ob ich ohne meinen Mann mit Ihnen reden sollte.«

»Das können Sie ja immer noch entscheiden, wenn ich Ihnen die Fragen stelle, ob Sie mir antworten, gnädige Frau.« Josef ließ sich ihr gegenüber nieder und lächelte sie so charmant er konnte an.

Frau Wolter betrachtete ihn verblüfft. »Sie sind nicht von hier, oder?«

Josef ruckte mit dem Stuhl hin und her. Der schien ihm nicht besonders stabil zu sein. »Sieht man mir das an?«

»Allerdings. Sie wirken auf mich wie jemand aus dem Otto-Katalog.« Sie lächelte verlegen. »Ich meine, so adrett.«

Josef lachte unwillkürlich auf. »Ich komme aus Westdeutschland, genau genommen aus Nürnberg, und unterstütze als Kommissar die Kollegen der Kripo in Leipzig.«

»Aha. Nürnberg also. Wir hatten mal Lebkuchen aus Nürnberg im Westpaket. Die waren wirklich lecker. Kommissare kenne ich bisher nur aus dem Tatort. Tja, die Zeiten ändern sich. Was wollen Sie denn von mir wissen?« Ihr Misstrauen mischte sich jetzt mit einer Spur Neugier.

»Sie waren zusammen mit Ihrem Mann am 9. November letzten Jahres in Torgau, um Ihre Tochter in diesem Erziehungsheim zu besuchen, richtig?«

»Ja, das stimmt. Das Datum kann man sich ja leicht merken.«

»Da haben Sie vollkommen recht, Frau Wolter.« Er machte eine Geste, als würde er sie für besonders clever halten. »Mich würde interessieren, wie das Gespräch verlief. Ist Ihnen etwas Besonderes aufgefallen? Auch am Verhalten des Direktors Herrn Zinkner?«

Frau Wolter zuckte mit den Achseln. »Ich kannte ihn ja kaum. Er saß die meiste Zeit einfach nur dabei. Also an dem Tisch. Ab und zu hat er etwas gesagt. Dass er sich gut um unsere Tochter kümmern wird – so was in der Art. Offiziell sollte das ja ein Heim sein. Aber wir waren da in einem *Gefängnis*. Meine Tochter war eine Gefangene! Und sie hat nichts getan! Sie war dort völlig fehl am Platz!«

Ein nervöses Zucken lief über ihr Gesicht, und sie strich sich fahrig über die Wange. Dann fingerte sie an der kleinen vollgekrümelten Decke herum, die schief auf dem Tisch lag, tippte mit dem Finger auf die Brotkrümel und zerquetschte sie. »Tanja hatte dort nichts zu suchen. Aber er wollte sie einfach nicht gehen lassen, dieser Direktor. Er hat sich benommen, als wäre unsere Tochter sein persönlicher Besitz.«

»Wie meinen Sie das?«

»Als könnte er ganz allein über sie bestimmen und nicht wir, ihre Eltern.« Sie sah ihn eindringlich, beinahe Hilfe suchend an. »Das ist doch nicht normal, oder? Er hatte sie schon so weit ... so weit im Griff, dass sie nicht mehr nach Hause wollte.«

»Können Sie sich das erklären?«

Frau Wolter schüttelte energisch den Kopf. »Wir durften damals ja nicht allein mit ihr sprechen. Der Direktor war immer anwesend. Es wurden in der Zeit ihres Aufenthaltes auch nur drei Besuche genehmigt. Vorher mussten wir einen schriftlichen Antrag stellen, damit wir unsere Tochter überhaupt besuchen dürfen. Und meist wurde der Antrag ohne Begründung abgelehnt. Deshalb waren wir froh, dass wir sie überhaupt sehen konnten.«

»Und haben Sie später einmal bei Ihrer Tochter nachgefragt, wie das Verhältnis zu Karl Zinkner war?«

»Sie redet nicht über die Zeit in Torgau. Und wir wollen sie nicht drängen, wissen Sie? Es geht ihr wirklich nicht besonders gut. Sie muss erst mal wieder Fuß fassen.«

»Vielleicht wäre eine Therapie hilfreich«, sagte Josef vorsichtig.

»Sie meinen, sie muss in die Klapsmühle?« Ihre Augen funkelten plötzlich wütend. »Das kommt für uns nicht infrage, dass wir sie noch mal hergeben!«

»Nein, das meine ich natürlich nicht. Ich meinte eine ganz normale Psychotherapie, zu der sie ein-, zweimal die Woche hingehen kann, um mit jemandem zu reden.«

»Sie will nicht reden, Herr Kommissar.«

»Verstehe.«

»Wirklich?« Sie erhob sich, als wollte sie das Gespräch abrupt beenden.

»Verzeihung. Ich bin neu in der Zo… in der ehemaligen DDR und kenne mich mit den hiesigen Gegebenheiten noch nicht so aus«, gab Almgruber zu. »Ich kann Ihnen nur sagen, was ich in Ihrer Situation versuchen oder Ihrer Tochter raten würde. Oft schafft man es nicht allein, aus einer psychischen Krise herauszufinden. Ich spreche aus eigener Erfahrung.«

Warum erzählte er ihr das? Er betrachtete die Krümel auf dem Tisch und spürte plötzlich ebenfalls Lust, sie zu zerdrücken.

»Möchten Sie einen Fencheltee?«, fragte Frau Wolter. »Ich habe was mit dem Magen, deshalb trinken wir zurzeit keinen Kaffee.«

»Gern«, antwortete er. Zuletzt hatte er, soweit er sich erinnern konnte, Fencheltee getrunken, als er als kleines Kind krank im Bett gelegen hatte.

»Was haben Sie nach dem Gespräch in Torgau gemacht?«, fragte er.

Frau Wolter drehte ihm den Rücken zu, erhitzte Wasser mit einem altertümlichen Tauchsieder und holte Tassen aus dem Schrank.

»Wir sind nach Hause gefahren, glaube ich. Ach nein, wir waren essen in einem Restaurant. Wir hatten den ganzen Tag noch nichts gegessen und waren hungrig. Wir haben Schnitzel mit Spiegelei und Bratkartoffeln gegessen, falls Sie das interessiert. Dann sind wir zu unserem Trabi. Der parkte in der Nähe des Werkhofs. Mein Mann ist dann noch einmal zu dem hässlichen Haus gegangen und wollte den Direktor sprechen.«

»Warum?«

»Weil ... Er wollte unsere Tochter da rausholen und mitnehmen. Er hatte vielleicht auch einfach ein Bier und einen Schnaps zu viel getrunken in der Gaststätte.«

»Weshalb sind Sie nicht mit ihm mitgegangen?«

»Ich wollte nicht. Es erschien mir nicht aussichtsreich, was er vorhatte.« Sie seufzte und hob die Arme.

Josef nickte verständnisvoll. »Was passierte dann?«

»Nichts. Sie haben ihn nicht reingelassen.«

»Wissen Sie, wie spät es war?«

»Nicht genau. Es war jedenfalls schon dunkel. Ich bin im Trabi eingeschlafen, und als er zurückkam, hat er mich geweckt, und wir sind losgefahren.«

»Also hat es länger gedauert, ehe er zu Ihrem Auto zurückkehrte?«

»Das weiß ich nicht. Ich war müde ... erschöpft davon, Tanja zu sehen und sie nicht mal in den Arm nehmen zu dürfen. Sie sah so elend aus. Diese merkwürdige Frisur ... sie sah bleich und dünn aus ... und ihr *Blick* ... So fremd, so weit entfernt, ich kann es gar nicht richtig beschreiben. Wenn man sein eigenes Kind leiden sieht, leidet man mit, verstehen Sie?«

»Ja, natürlich.«

»Nach dem Essen fiel die Anspannung etwas von mir ab. Vermutlich bin ich in unserem Trabi irgendwann eingenickt, als ich da auf meinen Mann wartete.«

»Ist Ihnen in der Zeit des Wartens etwas aufgefallen?«

Sie zuckte mit den Schultern. »Ja, es waren viele Menschen unterwegs. Die Demo in Torgau, wissen Sie?«

»Nein, welche Demo?«

»Na, für Freiheit, Demokratie, freie Wahlen und so weiter. Leute mit Plakaten rannten herum. Genauer gesagt mit an Besenstielen befestigten Bettlaken, auf denen etwas geschrieben stand.«

Das Wasser im Tauchsieder blubberte. Frau Wolter klapperte mit den Tassen herum, und einen Moment später breitete sich der Duft nach Fenchel in der Küche aus.

»Wie hat sich Ihr Mann auf der Rückfahrt verhalten?«

»Ach Gott. Ganz normal. Wir haben kaum geredet. Ich musste mich ja auch aufs Fahren konzentrieren. Und das im Dunkeln. Eigentlich bin ich nachtblind, wissen Sie?«

»Hat er denn gar nichts erzählt über seinen Versuch, Ihre Tochter aus dem Erziehungsheim zu holen?«

»Er hat nur gesagt, dass der Direktor für ihn nicht mehr zu sprechen war und dass er abgewiesen wurde.«

»Abgewiesen? Von wem?«, hakte er nach.

»Von einem Wachmann, glaube ich.«

»War Ihr Mann wütend? Enttäuscht?«

»Natürlich, was denken Sie denn? Aber nicht zorniger als sonst.«

»Würden Sie ihn als zornigen Menschen beschreiben?«

Sie schüttelte den Kopf. »Wie würde es Ihnen gehen, wenn man Ihnen Ihr Kind wegnimmt? Falls Sie eins haben, meine ich.« Sie sah ihn fragend an.

»Ja, ich habe einen Sohn. Ich glaube, ich wäre ... sehr ... *sehr* wütend.«

Automatisch dachte er an Florian, obwohl er in diesem Moment nicht an ihn denken wollte. Oder jedenfalls nicht in diesem Zusammenhang. Sein Sohn hinter Gittern? Unvorstellbar.

»Na, sehen Sie!«

Frau Wolter servierte außer dem Fencheltee eine Packung Zwieback.

Josef starrte auf die Aufschrift: *VEB Burger Knäcke-Werke*, las er. Hatte seine Kollegin Beate Vogt ihm nicht erzählt, dass die Zöglinge aus Burg dort arbeiten mussten?

»Wieso kam ihre Tochter eigentlich in den Jugendhof?«

»Jugend*werk*hof. Genau wissen wir das nicht. Die haben ja nie was begründet. Die Jugendhilfe hatte unsere Tochter auf dem Kieker. Wir vermuten, weil sie ab und zu mal die Schule schwänzte und sich rumgetrieben hat. Pubertäres Verhalten eben. Sie hatte einen Freund, der etwas älter war als sie und einen Ausreiseantrag gestellt hatte. Da wurde die Volkspolizei auf sie aufmerksam, vielleicht auch die Stasi, die Lehrer sowieso und schließlich die Jugendhilfe. Die kamen dann mal her und redeten dummes Zeug, dass wir nicht in der Lage wären, unsere Tochter ordentlich zu erziehen. Also die meinten im Sinne des Sozialismus, und da ist mein Mann etwas ausgerastet. Nur mit Worten allerdings, aber das hat wohl gereicht. Danach haben sie Tanja eines Tages aus der Schule abgeholt, in einen Wagen gesetzt und in ein Durchgangsheim gebracht. Von dort kam sie in den Jugendwerkhof.«

Josef trank einen Schluck aus der Tasse, die sie ihm hingestellt hatte, und das Fenchelaroma schien ihn zu durchströmen.

»Wow! Der Tee! Einfach fantastisch!«, sagte er ehrlich begeistert.

Frau Wolter verzog ihre Mundwinkel, aber es sah nicht nach

einem Lächeln aus. Sie blickte ihn irritiert an. »Können Sie mir überhaupt folgen?«, fragte sie direkt. »Ich meine, wenn Sie aus dem Westen sind, haben Sie ja noch nie mit solchen Dingen zu tun gehabt, oder?«

»Ich denke schon, dass ich Ihnen folgen kann. Erzählen Sie bitte weiter.«

Sie schob ihm einen kleinen Teller zu, auf dem ein einzelner Zwieback lag.

»Sie ist ein paarmal weggelaufen aus dem ersten Werkhof, in den man sie gebracht hatte; manchmal, um nach Hause zu kommen, manchmal, um sich mit ihrem Freund zu treffen. Da haben sie Tanja schließlich nach Torgau verfrachtet. In dieses Umerziehungsgefängnis. Wir haben das erst ein paar Wochen nach ihrer Einweisung erfahren, dass sie dort ist.«

»Und ihr Freund?«

»Der ist noch vor dem Mauerfall in den Westen gezogen.«

»Er hat sie im Stich gelassen?«

Frau Wolter zuckte mit den Schultern. »Sein Ausreiseantrag wurde eines Tages genehmigt. Das bedeutete: Er wurde aus der DDR-Staatsbürgerschaft entlassen und musste innerhalb weniger Stunden das Land verlassen. Wir haben nie wieder etwas von ihm gehört.«

»Das ist ... nicht schön«, sagte Josef betroffen.

Sie seufzte. »Sie wissen doch, wie das ist. Aus den Augen, aus dem Sinn. Wahrscheinlich hat er längst eine andere.«

»Zu wem hatte Ihre Tochter denn Kontakt, seit sie wieder zu Hause ist?«

Frau Wolter blickte ihn erstaunt an. »Wieso wollen Sie das wissen?«

»Sie ist zusammen mit zwei weiteren Zöglingen aus dem Torgauer Fürsorgeheim geflohen, und von den anderen beiden wissen wir aktuell nicht, wo sie sich aufhalten.«

»Zöglinge! Fürsorgeheim! Was für Worte sind das denn?« Sie schnaubte verächtlich. »Da gab es keine *Fürsorge*. Vielleicht sollten Sie einmal ermitteln, was in diesem schrecklichen Haus so alles passiert ist, Herr Kommissar! Da kommen Sie vielleicht auch drauf, was mit dem Direktor geschehen ist und warum!«

Er nickte ihr zu. »Womöglich haben Sie recht.«

»Sie hatte zu niemandem Kontakt«, antwortete sie schließlich noch auf seine Frage. »Nur zu uns, ihren Eltern.«

Josef schlürfte den letzten Schluck aus der Tasse, als wäre es ein edler Tropfen Wein, knabberte höflich an dem Zwieback, der ihm ziemlich hart erschien, und bedankte sich bei Frau Wolter.

»Ist jetzt für uns alles geklärt?«, fragte sie unsicher. »Ich meine, für mich und meine Familie?«

Sie klang beunruhigt, aber nicht so sehr, dass es auffällig wäre.

»Wir müssen noch mit Ihrem Mann sprechen.«

33

Andreas wachte mit heftigen Kopfschmerzen auf. Es war dunkel um ihn herum. Als er die Hand ausstreckte, berührte er eine kalte Wand. Auch wenn er nichts sehen konnte, er wusste sofort, wo er sich befand. Er konnte es *riechen*. Der alte Geruch, die Kellerluft, der Gestank nach dem Kübel, Urin, Fäkalien, Chlor.

Wieso? Weshalb war er wieder an diesem Ort?

Er wollte schreien, aber sein Hals war wie zugeschnürt. Er wusste, dass es keinen Sinn hatte.

Niemand würde ihn hören. Etwas war um seinen Körper gewickelt. War er gefesselt? Er wand sich hin und her, strampelte es weg. Eine Decke, nur eine muffig riechende Decke. Seine Glieder fühlten sich taub an, als er sich von der Pritsche erhob. Seine Arme und Beine kamen ihm seltsam schwer vor. Sein Bauch tat weh. War das Hunger? Durst? Angst?

»Ich bin hier falsch«, murmelte er. »Ich bin hier falsch.« Schließlich taumelte er an seine Gefängnistür. »Ich bin hier falsch!«, schrie er.

Ein anderer Satz fiel ihm nicht ein. In seinem Kopf war nichts als Leere.

Er trommelte eine Weile mit den Fäusten gegen die schwere Tür. Aus Erfahrung wusste er, dass das wenig Sinn hatte. Wenn nicht jemand direkt auf der anderen Seite stand, würde ihn niemand hören.

Plötzlich wurde ein Licht von außen angeschaltet. Andreas zuckte zusammen. Er nahm das leise metallische Geräusch war, das er nur allzu gut kannte. Jemand glotzte durch den Spion.

Er wollte wieder schreien. Aber ihm gelang kein einziger Ton. Der Satz, den er aus sich herausgeschleudert hatte, lag in der Luft. Schwebte durch den Raum zur Tür und wieder zu ihm zurück. Es hatte keinen Sinn, die Worte noch einmal zu rufen.

Der, der hinter der Tür war, musste ihn gehört haben. Er hielt ihn gefangen. Und der Unbekannte würde ihn früher oder später töten.

Warum?

Spielte das eine Rolle?

Und wer würde ihn schon vermissen?

Eine merkwürdige Gleichgültigkeit überkam ihn. Erst jetzt sah er sich in der Zelle um. Es sah anders aus als sonst, anders als *früher*.

Neben dem Kübel für die Notdurft stapelten sich ein paar Rollen Klopapier. Auf dem Holzhocker stand eine Schüssel mit Wasser. Daneben befand sich sogar ein kleiner Tisch. Andreas blinzelte ungläubig. Da lagen Bananen, ein paar mit Wurst und Käse belegte Brotscheiben, eine Tafel Sarotti-Schokolade. Auf dem Boden stand eine Flasche Coca-Cola. Sollte er darüber lachen oder weinen? Sein Gefängniswärter sorgte für ihn. Immerhin. Wie die Hexe im Märchen, die Hänsel gefüttert hatte, um ihn dann zu braten – hätte Gretel sie nicht daran gehindert, indem sie die Alte tötete. Aber eine Gretel gab es nicht in diesem Verlies. Auch keine Tanja und keine Flora. Er war allein.

34

Beate saß auf dem Beifahrersitz des Opels neben ihrem Kollegen und starrte durch die Windschutzscheibe. Sie fuhren in gemächlichem Tempo auf einer Landstraße und versuchten, den größten Schlaglöchern auszuweichen. Es hatte angefangen zu regnen, die Scheibenwischer zogen in einem regelmäßigen Rhythmus hin und her.

Beate blickte durch die Regenwand hindurch auf die Straße, ohne sie jedoch wahrzunehmen. Seit sie in das Auto gestiegen war, hatte sie kein Wort gesprochen.

»Sie sehen etwas blass aus. Was haben Sie erfahren?«, fragte Josef Almgruber schließlich.

»Einiges«, antwortete sie. »Der Direktor hatte offenbar ein sehr spezielles Verhältnis zu einigen der Jugendlichen.« Sie holte tief Luft. »Tanja hat er sogar mit in den Urlaub genommen.«

»Das klingt doch erst mal …« Er stoppte mitten im Satz. »Oha, hm, sehr merkwürdig«, sagte er schließlich.

»Der Direktor war mit ihr in verschiedenen Pensionen im Thüringer Wald, im Harz und im Erzgebirge. Tagsüber ist er mit ihr wandern gegangen, abends waren sie in Gaststätten gut essen, und nachts hat er sie in der Unterkunft missbraucht.«

Almgruber stieß einen Fluch aus, der in Beates Ohren klang

wie »Hundsverregg[2]!«, und versetzte dem Lenkrad einen wütenden Schlag. »Furchtbar! Wie muss sie ihn hassen!«

Sie schwieg einen Moment. »Ja und nein, auch wenn es schwerfällt, das zu glauben: Sie verachtet ihn, und sie bemitleidet ihn«, sagte sie und schüttelte sich, als wäre ihr auf einmal kalt. »Es ist kaum zu fassen, dass sie noch nach Erklärungen sucht für sein erbärmliches Verhalten. Sie denkt, er ist einsam gewesen. Angeblich sei er oft fürsorglich mit ihr umgegangen in diesem Urlaub und habe es nicht böse gemeint. Und die Wanderungen durch die Natur seien ja auch schön gewesen.« Beate seufzte gequält und hob ratlos die Hände.

»Meint sie das ernst? Oder ist das eine Schutzbehauptung?«

»Sie ist völlig neben der Spur! Schon mal was vom Stockholm-Syndrom gehört?«, fragte Beate in schroffem Tonfall.

Josef stieß ein Geräusch aus, das wie *pfff* klang. »Eine Überlebensstrategie von Geiseln. Klar weiß ich, was das ist. Aber ich hätte nicht gedacht, dass meine geschätzte Kollegin das auch weiß.«

»Sie meinen, weil ich aus der *Zone* komme, wie Sie das bezeichnen?«

Josef Almgruber lachte verblüfft. »Wieso kennt ihr im Osten das Stockholm-Syndrom, wenn ihr nicht mal Stockholm kennt?«

Dann fuhr er plötzlich von der Straße ab, bog in einen Feldweg ein und wendete den Wagen. »Wir fahren zu dieser Baustelle, auf der Tanjas Vater arbeitet, und sprechen gleich mit ihm.«

»Warum das?«

»Er hat ein Motiv, war am fraglichen Tag am Tatort, und er hat kein Alibi.«

Beate Vogt sah ihn verwundert an.

»Seine Frau erzählte mir gerade, dass ihr Mann am 9. November noch einmal zu diesem Torgauer Jugendarrestheim gegangen ist, um sich den Direktor – ohne dass seine Gattin danebensteht – vorzuknöpfen und seine Tochter dort rauszuholen. Seine Abwesenheit hat immerhin so lange gedauert, dass Frau Wolter in ihrem Trabant eingeschlafen ist. Was ist, wenn er von dem Missbrauch etwas wusste? Oder zumindest ahnte? Zinkner, der Missbraucher, verweigert ihm die Herausgabe seiner Tochter. Da würde jeder Vater durchdrehen!«

»Tanja hat mir aber erzählt, dass sie bisher mit niemandem über die sexuellen Übergriffe geredet hat«, wandte Beate ein.

»Nicht mal mit ihrer Mutter?«

»Nein. Ich bin die Erste, der sie das erzählt hat.«

»Und Sie sind sich sicher, dass sie die Wahrheit sagt?«

Beate dachte an den verstörten Gesichtsausdruck des Mädchens. »Ja, ich bin mir sicher. Es ist ihr alles andere als leichtgefallen.«

»Sie denken, sie ist traumatisiert?«

»Was meinen Sie damit?«, fragte Beate. »Ob sie durch ihre Erlebnisse einen Dachschaden hat? Selbst wenn: Was spielt das für eine Rolle? Ihre Eltern wissen nichts von dem Missbrauch.«

»Wir müssen ihren Vater trotzdem befragen. Möglicherweise hat sich der Direktor bei Tanjas Gespräch mit den Eltern, bei dem Zinkner ja die ganze Zeit anwesend war, durch irgendetwas verraten. Durch eine Geste. Eine Formulierung.«

»Genügt das, um jemanden umzubringen?«

»Zumindest müssen wir das in Betracht ziehen. Und noch etwas: Herr Wolter ist Bauarbeiter. Er verfügt über genug körperliche Kraft, und er kennt sich sicherlich auch mit Gerüsten aus.«

»Haben Sie die Adresse der Baustelle?«

»Ich habe den Namen des Dorfes. Es liegt nur fünf Kilometer von hier, und vermutlich gibt es dort nicht viele Häuser.«

Beate starrte vor sich hin und dachte an das Gespräch mit

Tanja. Sie hatte auch eine Wohnung in Torgau erwähnt, in der sie sich ein paar Tage mit Andreas versteckt gehalten hatte. Offenbar eine Zweitwohnung des Direktors, von der niemand etwas wusste, niemand außer Tanja. Zinkner wurde ihr immer suspekter. Er musste irgendeinen merkwürdigen Plan verfolgt haben.

Nachdenklich blickte sie durch die Windschutzscheibe. Es hatte aufgehört zu regnen, aber der Asphalt war teilweise überflutet. Sie fuhren durch eine Pfütze, die fast die ganze Breite der Straße einnahm. Schmutziges Wasser schwappte zu beiden Seiten. Erst nach einer Weile fiel ihr auf, dass sich der Scheibenwischer immer noch hin und her bewegte. Ihr neuer Kollege schien ebenfalls in Grübelei versunken.

Herr Wolter war ein untersetzter kräftiger Mann mit Vollbart und rotem, verschwitztem Gesicht. Er kam mit einem Hammer in der Hand und Nägeln im Mund die Leiter, die an dem halb fertiggebauten Haus lehnte, hinunter und stellte sich mit verschränkten Armen vor die Besucher.

»Sind Sie Herbert Wolter? Wir sind von der Kriminalpolizei und möchten Sie sprechen«, erklärte Almgruber knapp und zückte seinen Dienstausweis.

Der Chef der Baustelle, der seinen Kollegen gerufen hatte, verabschiedete sich mit einem beiläufigen Nicken von den Polizisten.

Der Angesprochene nahm seinen Helm ab, beugte sich ein wenig zur Seite und spuckte die Nägel aus. Sie klimperten, als sie auf die Betonplatten fielen, die vor seinen Füßen lagen. »Ist was mit meiner Tochter?«, fragte er.

»Nein, keine Sorge«, antwortete Beate. »Wir möchten nur mit Ihnen reden. Es geht um Ihren Besuch in Torgau am 9. November letzten Jahres.«

In seiner Mimik zeigten sich jetzt deutlich Abwehr und Missmut. »Dazu habe ich nichts zu sagen.« Er sammelte die Nägel wieder ein, steckte sie in die Tasche seiner Arbeitsjacke und wandte sich von ihnen ab.

»Moment bitte!«, forderte Beate. »Ein paar Minuten werden Sie doch für uns haben, oder?«

»Ich hab noch zu tun!«, antwortete er, steckte sich eine Zigarette an, setzte seinen Helm wieder auf und ging auf die Leiter zu.

»Stopp, Herr Wolter!«, rief Josef Almgruber und lief ihm nach. »Sie müssen schon mit uns reden, ansonsten können wir Sie auch nach Leipzig mitnehmen und im Polizeipräsidium vernehmen, wenn Ihnen das lieber ist.« Der Kommissar stellte sich ihm in den Weg, und einen Moment standen sie sich gegenüber und maßen sich mit Blicken.

Beate ging ihrem Kollegen hinterher und gesellte sich zu ihm. »Seien Sie bitte vernünftig, Herr Wolter. Ihre Frau und Ihre Tochter waren es auch.«

Statt zu antworten, nahm Herr Wolter einen tiefen Zug aus seiner Zigarette und blies ihnen den Rauch ins Gesicht.

»Wir können es kurz machen«, sagte Almgruber, der den Qualm ungeduldig mit der Hand wegwedelte. »Es geht um Ihren zweiten Versuch, an jenem bewussten Tag mit dem Direktor zu sprechen. Ihre Frau sagte aus, Sie seien noch einmal zu dem Jugendhof, ähm, Jugendwerkhof gegangen. Was passierte dort?«

Herr Wolter stieß einen verächtlichen Laut aus. »Nichts. Absolut gar nichts. Ich hab ein paarmal geklingelt. Erst kam keiner. Nach einer Weile erschien ein Wachmann, guckte blöd, fragte, was ich will. Ich sagte, dass ich den Direktor noch einmal sprechen muss, und zwar sofort. Er antwortete, das ginge nicht, knallte mir die Tür vor der Nase zu, und das war's.«

»Sie haben also Karl Zinkner nicht noch einmal gesehen?«, fragte Beate.

»Nein.«

»Ihre Frau hat gemeint, Sie wären womöglich eine ganze Weile weg gewesen«, warf Almgruber ein.

»Die hat gepennt im Trabi, als ich wiederkam.«

»Der Direktor selbst hat sich also nicht noch einmal blicken lassen?«, hakte Beate nach. »Und der Wächter hat nicht begründet, weshalb Sie ...«

»Nein!«, fiel Wolter ihr ins Wort. »Es hat sich so abgespielt, wie ich gesagt habe. Und noch etwas: Wieso kommt ihr erst jetzt? Warum habt ihr Genossen der Volkspolizei nicht vorher mal geschaut, was in dieser Einrichtung so abgeht? Aber eine Krähe hackt der anderen ja bekanntlich kein Auge aus, nicht wahr?« Er atmete heftig, sein Gesicht färbte sich rot vor Zorn, und an seinen Schläfen traten die Adern hervor.

Beate drängte es, ihm zu widersprechen, aber das kam ihr in dieser Situation wenig sinnvoll vor. Und dann machte Herr Wolter plötzlich einen Satz zur Seite und rannte davon. Er lief nicht nur vor ihnen davon, wie ihr klar wurde, er lief vor sich selbst davon, vor der Wut, die in ihm brodelte und die jederzeit ausbrechen konnte wie Lava aus einem Vulkan.

Beate blickte ihm nach. Er sprang über einen Graben, über Baustellenschutt und aufgewühlte Erde. Wie ein gejagtes Tier oder ein bockiges Kind rannte er davon und drehte sich nicht mehr nach ihnen um. Sie sah nur seinen Rücken, aber sie war sich fast sicher, dass er weinte.

»Ist das jetzt ein Schuldeingeständnis?«, fragte Almgruber ratlos.

»Wie kommen Sie darauf?«

»Weil er da gerade wegläuft, wenn mich meine Augen nicht täuschen.«

»Ich denke, nicht«, sagte Beate. »Ich denke, er ist nur zutiefst ... ich weiß auch nicht.« Verletzt, dachte sie. Vielleicht verzweifelt. Aber sie hätte dieses Gefühl, ihr Empfinden nicht begründen können. »Na egal. Ich glaube, er hat uns keineswegs beschwindelt.«

Almgruber sah wenig überzeugt aus. Er blickte dem Fliehenden unschlüssig nach, machte aber keine Anstalten, ihm zu folgen.

Wozu auch, dachte Beate. Sie wussten, wo er wohnte.

»Rache ist ein starkes Motiv«, brummte Almgruber.

»Aber nicht das einzige«, entgegnete sie.

35

Josef wusste nicht, ob seine Ost-Kollegin naiv war oder ihrer Intuition folgte oder etwas wusste, was sie ihm bisher nicht mitgeteilt hatte.

Herbert Wolter war für ihn verdächtig. Er benahm sich eigenartig, war wütend auf den Direktor und fühlte sich scheinbar hilflos, was seine traumatisierte Tochter betraf, die gerade mit einer Depression zu Hause nicht aus dem Bett kam. Wolter verhielt sich nicht gerade kooperativ, war vor ihnen davongerannt, und sie standen einfach da und sahen zu, wie er wie ein Hase über ein Feld türmte.

»Na schön, er ist weg. Fahren wir zurück«, sagte Josef kurz angebunden und schaute auf seine Armbanduhr. Viel Zeit blieb nicht mehr, wenn er seinem Sohn Florian im Internat in Halle noch einen kurzen Besuch abstatten wollte.

»Sie haben mir noch gar nichts über Ihr Gespräch mit dem Rechtsmediziner erzählt«, sagte Beate Vogt, nachdem sie schon eine Weile gefahren waren. Sie klang etwas verärgert, als dächte sie, er würde ihr mit Absicht Informationen vorenthalten.

»Stimmt. Entschuldigung. Aber Sie haben ja schon erwähnt, dass der Leichnam verdächtige Verletzungsspuren an den Händen aufwies. Dies wurde von dem Mediziner bestätigt. Hautschuppen und Faserspuren fanden sich allerdings nicht unter den Fingernägeln.«

»Also gab es keinen Kampf?«, fragte sie nach.

»Wir wissen es nicht. Der Bericht mit den Untersuchungsergebnissen aus der Akte ist nach wie vor verschwunden. Wir haben nur das Gedächtnisprotokoll des Rechtsmediziners.«

»Oder die Spezialkommission der Staatssicherheit hat den Bericht aus der Akte herausgenommen«, überlegte Beate. »Sie wollten den Fall ja untersuchen. Nur dass die Geschichte schneller war und sich das *Amt für Nationale Sicherheit* von heute auf morgen aufgelöst hat.«

»Ich vermute mal, wir haben da keinen Ansprechpartner?«, fragte er mit ironischem Unterton.

Sie schüttelte den Kopf. »Keinen, der mir bekannt wäre. Vielleicht weiß Berg da mehr. Vielleicht auch nicht. Sie hatten uns den Fall ja entzogen – ohne irgendeine Begründung selbstverständlich, ohne ihre Namen zu nennen sowieso, ohne irgendwas.«

Josef seufzte. »Nun, wir haben immerhin die Aussage des Rechtsmediziners.«

»Und die Spezialkommission hätte vermutlich nicht eingegriffen, wenn es tatsächlich ein Suizid gewesen wäre«, stellte Beate fest. »Eigentlich hätten die Verletzungen auch dem Leichenschauarzt auffallen müssen, der zuerst am Tatort war. Dr. Rehling. Ich hatte ihn schon letztes Jahr vernommen. Ein eigenartiger Kerl. Er war auch der zuständige Arzt für die Jugendlichen im Werkhof. Den sollten wir uns auf jeden Fall noch mal vornehmen.«

»Nicht nur den«, sagte Josef. »Die zur fraglichen Zeit anwesenden Erzieher und das sonstige Personal auch. Die Liste der Personen ist ja in der Akte zum Glück noch zu finden. Wir brauchen nähere Angaben zu ihnen. Irgendwer muss doch irgendwas bemerkt haben. Was ist eigentlich mit den beiden Buben?«

Beate Vogt schien kurz zu stutzen. »Den Begriff Buben kenne ich nur aus dem Kartenspiel. Sie meinen Andreas Schwalbe und Maik Kerner? Die sind immer noch zur Fahndung ausgeschrieben. Ich hoffe, es findet sich bald eine Spur von ihnen. Wir gehen davon aus, dass Maik sich noch in Spanien und Andreas sich in Leipzig aufhält. Sie haben ihn ja auch gesehen. Aber sicher sein können wir nicht, dass er noch dort ist. Tanja konnte mir nicht viel weiterhelfen, was Andreas betrifft. Allerdings hat sie mir von einer geheimen Wohnung des Direktors erzählt, in der sich die beiden versteckt hielten. Die Adresse in Torgau habe ich notiert. Der Schlüssel liegt ganz klassisch unter der Fußmatte.«

»Dann besorgen Sie bitte einen Durchsuchungsbeschluss, Frau Vogt. Und wir sollten auch den Kriminaltechniker hinzuziehen.«

»Gut, wobei ich nicht glaube, dass uns das viel weiterbringt«, sagte sie. »Nach Tanjas Beschreibung war die Wohnung spärlich eingerichtet und fast leer.«

Schon seit etlichen Minuten fuhren sie beinahe im Schritttempo einem Traktor hinterher, und Josef wurde langsam nervös. »Eure Straßenverhältnisse sind eine einzige Katastrophe!«, schimpfte er plötzlich. »Man kommt überhaupt nicht voran in dieser ... dieser verdammten *Zone*!«

Josef merkte, dass ihn seine Beifahrerin verwundert musterte, und bereute seinen Ausbruch sofort.

»Immerhin haben wir ein Auto, das fährt«, sagte sie trocken. »Ihr Wessis seid doch einfach nur verwöhnt.«

Josef, dem es endlich gelang, den Traktor zu überholen, lachte. »Da könnten Sie nicht ganz unrecht haben, Frau Kollegin.« Er bemühte sich, seine Stimme wieder munter klingen zu lassen, als hätte es den Wutanfall eben gar nicht gegeben. »Im Osten unterwegs zu sein ist für mich ein bisschen wie ... eine Zeitreise auf ziemlich holprigem Kopfsteinpflaster. Aber wenigstens sind unsere Sitze gepolstert.«

Beate Vogt stimmte ein wenig zögernd in sein Lachen mit ein. Sie schien ihm seinen Ausraster nicht übel zu nehmen.

»Haben Sie eigentlich Hunger?«, fragte er unvermittelt. »Ich habe noch kurz in Halle zu tun, das liegt ja sowieso auf unserer Strecke. Sie könnten in ein Restaurant gehen, und ich hole Sie nach etwa einer Stunde wieder ab. Von dort machen wir dann unseren geplanten Abstecher in die Moritzbastei. Was halten Sie davon?«

»Sie haben wohl häufiger in Halle zu tun?«, fragte sie.

»Ja.« Er überlegte, ob er ihr von Florian erzählen sollte. Früher oder später würde sie ohnehin von ihm erfahren. Doch musste er dann nicht auch von seiner Frau erzählen, die bei dem Unfall vor drei Jahren verunglückte? Trotz Therapie fiel es ihm immer noch schwer, über sie und das Unglück, das sein Leben überschattete, zu sprechen.

»Einverstanden«, sagte seine Kollegin da jedoch. »Ich habe tatsächlich Hunger.«

Irgendwie verloren stand Florian am Zaun und wartete offenbar schon eine Weile auf ihn. Es versetzte Josef einen Stich, seinen Sohn so zu sehen. Im Abseits, wie es schien, darauf lauernd, dass sein Vater endlich kam. Aber was erwartete er? Florian war zehn Jahre alt, und an die fremde Umgebung musste er sich erst gewöhnen.

Als er seinen Vater sah, hellte sich seine Miene im Nu auf. Er winkte ihm zu, öffnete das Tor und kam stürmisch auf ihn zugerannt. Josef fing ihn auf und umarmte ihn, strubbelte durch sein lockiges Haar. Für sein Alter war Florian recht schmächtig, aber Josef unterließ es, ihn hochzuheben wie ein Kleinkind. Er küsste ihn auf die Wange, und sie drückten sich kurz und fest. Und wenn er sich nicht täuschte, spürte er Florians Erleichterung, dass sein Vater tatsächlich noch aufgetaucht war.

»Entschuldige«, sagte Josef und gestikulierte gleichzeitig dabei, strich mit der rechten Hand in Kreisen über den linken Handrücken. »Ich wollte eigentlich früher kommen. Da war ein Traktor vor mir auf der Straße, und der fuhr sehr langsam.«

Florian winkte ab, was wohl so viel bedeutete wie: Das macht nichts.

»Wie geht's dir?«

Sein Sohn zeigte ihm das Zeichen für gut. Ein entspanntes Lächeln bedeutete ihm, dass alles in Ordnung sei. Stimmte das?

»Und geht's dir auch gut?«, fragte Florian mit Handzeichen zurück und zeigte auf ihn. Er musterte seinen Vater prüfend. Josef wusste, dass seinem Sohn kaum mal etwas entging. Er schien ihn nur anzusehen und dann alles zu wissen. Manchmal war ihm das ein bisschen unheimlich.

»Na klar.« Josef lächelte seinem Sohn zu. »Und hast du schon Freunde gefunden?«

Florian nickte und berichtete in der Gebärdensprache, dass er nach der Schule Fußball spiele und sich mit einem Jungen namens Mark angefreundet habe.

Josef seufzte erleichtert. In der Grundschule in Nürnberg war Florian der einzige Gehörlose gewesen, und einige Kinder hatten ihn gemobbt, ihn als Krüppel beschimpft, als behindert und beschränkt, ihn ausgegrenzt und manchmal weggeschubst, wenn er versuchte, beim Fangen oder Verstecken auf dem Pausenhof mitzuspielen. Zwar kam für ihn alle zwei Tage eine Gebärdendolmetscherin in die Schule, aber er war Außenseiter geblieben. Auch einige Lehrer hatten ihn nicht für voll genommen und sogar übersehen, wenn er sich meldete.

War jetzt wirklich alles in Ordnung? Josef kam es so vor, als würde er eine Spur Traurigkeit im Gesicht seines Sohnes erkennen. Aber vielleicht war das noch die alte Traurigkeit, die eines Kindes, das seine Mutter verloren hatte.

»Und du?« Florian zeigte auf ihn und machte die Geste für Freunde.

Unwillkürlich zuckte Josef mit den Achseln. »Meine Kollegin ist nett«, gebärdete er und setzte ein Lächeln auf, das nicht einmal ihn selbst überzeugte.

Florian hob fragend beide Hände.

»Wo sie ist, möchtest du wissen? Sie hatte Hunger und sitzt gerade in der Nähe in einer Pizzeria, die ganz neu eröffnet wurde.« Er bewegte die Lippen, so deutlich er konnte, und gestikulierte.

Natürlich antwortete Florian sofort mit den Zeichen für Hunger und Pizza. Das hätte er sich ja denken können.

»Was gab es denn bei euch zum Mittag?«

Sein Sohn machte die Gebärde für Suppe, streckte die Zunge heraus und verzog das Gesicht.

36

Florian ging an der Hand seines Vaters. Er wusste eigentlich, dass er dafür schon zu alt war, aber hier kannte ihn ja fast keiner – in dieser Stadt, die Halle hieß und in der er jetzt lebte.

Es war eine gute Stadt, glaubte er. In ihr floss ein Fluss, die Saale, die ihren Ursprung in Bayern hatte, sogar in Franken, da wo er herkam, und die so lang war, dass sie gleich durch mehrere Städte strömte. 413 Kilometer lang, hatte er in seiner neuen Schule schon gelernt. Und es gab am Ufer auch Felsen, auf denen man herumklettern konnte. Florian kletterte gern. Man musste nicht reden, nicht hören, einfach nur das Gestein erklimmen, sich hochziehen, den Fuß so setzen, dass man nicht abrutschte – bis man schließlich oben war und alles aus einer anderen Perspektive betrachten konnte.

Von den Häusern dieser Stadt hatte er noch nicht viele gesehen. Die sahen ein bisschen traurig aus, waren grau, schmutzig und verfallen, aber es lebten trotzdem noch Menschen drin.

»Die Stadt wird sich ändern«, hatte sein Vater gesagt, »schon bald. Nach und nach werden diese Häuser schöner gemacht.« Und jetzt spürte Florian die warme Hand seines Vaters und fühlte sich beschützt.

In der Gaststätte roch es gut. Und eine Pizza hatte er schon eine Weile nicht mehr gegessen. Die Frau, die an dem Tisch am Fenster saß, war blond und wirkte nett, fast hübsch sogar.

Jedenfalls für eine Polizistin. Florian sah, wie überrascht sie war, als sein Vater dort mit ihm auftauchte. Sie sprach ihn an, aber natürlich hörte er sie nicht. Er sah nur an ihren Lippen, dass sie »Hallo« sagte und: »Freut mich, dich kennenzulernen. Das ist ja eine schöne Überraschung!«

Florian las aufmerksam in ihrem Gesicht. Das war ganz einfach. Bei manchen Menschen war es schwer, weil sie ihre Miene eingefroren hatten oder ihre Augen etwas anderes ausdrückten als sie selbst. Aber bei ihr erkannte er, dass sie erst wirklich überrascht war, sich ein bisschen wunderte und dann freute. Er lächelte sie an und stellte sich vor. Seinen Namen und viele Wörter konnte er in Lautsprache. Auch wenn er nicht wusste, wie es sich für andere Menschen anhörte, wenn er sprach. Vielleicht quakte er ja wie ein Frosch.

Sein Vater erklärte der blonden Frau, dass sein Sohn gehörlos sei, aber von den Lippen ablesen könne, wenn auch nicht immer alles. Sein Arm lag dabei schwer auf Florians Schultern. Es war eine gute Wärme, ein guter Schutz. Seit seine Mama gestorben war, brauchte er diesen Schutz wie ein Ritter seine Rüstung.

Die blonde Frau hatte nicht auf sie gewartet und ihre Pizza schon fast aufgegessen. Aber das war okay. Ein bisschen Restsuppe schwappte ja noch in seinem Bauch herum. Das Schulessen schmeckte ihm fast nie. Sogar die Nudeln waren da zu einem komischen ekligen Haufen zusammengeklebt. Die Soße war zwar rot, schmeckte aber nicht nach Tomate.

Die blonde Frau fragte ihn, wie alt er sei, in welche Klasse er gehe und was er mal werden wolle, wenn er groß sei. Sie sah ihn an dabei, drehte den Kopf nicht weg. Ihre Fragen waren zum

Glück einfach. Florian zeigte ihr zehn Finger für sein Alter, dann fünf für seine Klasse und schließlich auf seinen Vater.

»Oh, du bist zehn Jahre alt, gehst in die fünfte Klasse und willst mal Kommissar werden, richtig?«

Er nickte ihr zu, zupfte seinen Vater, der gerade ihre Pizza bestellte, am Ärmel und grinste ihn an. »Sie scheint doch cool zu sein«, gebärdete er. Sein Vater lächelte schief, übersetzte aber nicht.

Während sie auf das Essen warteten, trank die Frau Kaffee, und Florian beobachtete sie.

Die Frau merkte es und wurde ein bisschen rot. »Möchtest du vielleicht auch etwas über mich wissen?«

Florian musste nicht lange überlegen. Er fragte sie in Gebärdensprache nach ihrem Namen, ob es ihr Spaß mache, Polizistin zu sein, und ob sie gerade einen aufregenden Fall bearbeiten würde?

Sein Vater sah ihm genau zu und übersetzte dann für ihn die Antworten. Beate hieß sie also. Florian behauptete, dass das ein schöner Name sei, obwohl er sich nicht sicher war. Aber er wollte freundlich sein zu ihr. So lächelte sie ihn öfter an – und ihr Lächeln gefiel ihm. »Manchmal ist es spannend, Polizistin zu sein, manchmal aber auch anstrengend.« Sie redete zu ihm, nicht zu seinem Vater – auch das gefiel ihm. Er hatte schon Erwachsene erlebt, die so taten, als wäre er gar nicht da, wenn er gebärdete, die das irgendwie peinlich fanden, als wäre er geistesgestört. Florian war froh, dass die Kollegin seines Vaters nicht so war.

»Ja, ich glaube, dein Vater und ich bearbeiten gerade einen ziemlich aufregenden Fall.«

Florian wollte eigentlich mehr wissen, aber er wusste schon von seinem Vater, dass sie darüber nicht reden durften. Mit niemandem und auch nicht mit ihm.

Ist es gefährlich, fragte er sich selbst. Wie gefährlich ist es? Kann mein Vater auch noch sterben? Wurden Polizisten nicht manchmal erschossen? Oder passierte das nur in den Krimis im Fernsehen? Er versank in die Stille, in die er immer versank, wenn er über diese Dinge nachdachte.

Seine Mutter war von einem Tag auf den anderen nicht mehr in seinem Leben gewesen. Von einem Augenblick zum anderen. Er durfte nicht daran denken. Er durfte nicht zu viel darüber nachgrübeln.

Die Erwachsenen redeten jetzt so schnell, dass es ihm zu anstrengend wurde, ihnen zu folgen oder sich weiter am Gespräch zu beteiligen. Zum Glück brachte der Kellner nun endlich die Pizza, und Florian klopfte auf den Tisch.

Das heißt: »Guten Appetit«, erklärte sein Vater seiner Kollegin.

Beate lächelte und pochte auch auf den Tisch.

37

Am Abend betraten sie die Moritzbastei in Leipzig, aber es schien nicht viel los zu sein.

Beate musterte die Besucher, die sich im Eingangsbereich aufhielten. Sie rauchten, tranken, sprachen durcheinander, und die meisten sahen aus wie Studenten. Ein Punk war weit und breit nicht zu sehen.

Aber das musste nichts bedeuten. Es gab so einige Räume hier, mit Nischen, die nicht gleich einsehbar und schlecht beleuchtet waren. Jeden Winkel in diesem Gewölbebau zu durchsuchen würde Zeit in Anspruch nehmen.

»Sollen wir uns aufteilen?«, fragte sie ihren Kollegen. Josef Almgruber sah müde aus. Es schien, als hätte ihn der Abschied von seinem Sohn, den sie noch in das Internat gebracht hatten, die restliche Kraft für diesen Tag gekostet.

»Reden wir doch erst mal mit dem Barkeeper«, sagte er und deutete auf einen jungen Mann mit Glatze, der hinter dem Tresen stand und Gläser spülte. »Die wissen doch immer am meisten von der Kundschaft.«

Als sie ihn ansprachen, reagierte er erst nicht. Weder auf das Wort Kriminalpolizei noch auf die gezückten Ausweise. Beate fragte sich, ob er vielleicht auch taub war, so wie Florian.

»Wir suchen zwei Jugendliche, die sich hier möglicherweise aufgehalten haben«, erklärte sie ihm geduldig.

Der Barkeeper griff nach dem nächsten Glas. Sein rechter Mundwinkel verzog sich. Immerhin. Er hörte sie also doch. »Wissen Sie, wie viele Jugendliche sich hier so täglich tummeln?«, fragte er.

»Es wäre schön, wenn Sie die Angelegenheit etwas ernster nehmen würden«, sagte Almgruber. »Wir suchen nach einer jungen Punkerin mit Igelfrisur und einem Jungen namens Andreas, der die Haare vermutlich etwas hochgestylt trägt.«

Der Barkeeper grinste. »Bestellen Sie auch was? Ansonsten sag ich gar nichts.«

Beate sah, wie ihr Kollege verärgert die Stirn runzelte. »Ich nehme ein Glas Wein«, sagte sie schnell.

Almgruber warf ihr einen verwunderten Blick von der Seite zu. Sie war noch im Dienst, klar, aber der Tag war lang genug gewesen, und sie brauchte etwas zur Entspannung. »Nur ein kleines Glas, keinen Schoppen«, fügte sie bescheiden hinzu.

»Na also, warum nicht gleich so. Wie wär's: Wir haben auch schöne bunte Cocktails«, sagte der Barmann.

Beate schüttelte den Kopf. »Nur ein Gläschen Rotwein, danke.«

Der Mann hinter dem Tresen machte sich nicht die Mühe, sie zu fragen, welche Sorte sie wollte. Wahrscheinlich gab es nur die eine. »Und der Herr?«

»Nichts. Oder doch. Ein Bier.«

»Aber nicht aus einer grünen Flasche, richtig?«

Almgruber blickte ihn irritiert an. »Hä? Einfach a Seidla Bier vom Fass.«

»Der gewöhnliche DDR-Bürger trinkt sein Bier bevorzugt aus braunen Flaschen«, klärte Beate ihn auf. »Die lassen angeblich kein Licht durch, die grünen schon. Weshalb sie oft schlecht werden oder jedenfalls ziemlich komisch schmecken und im Konsum meist übrig bleiben.«

Almgruber starrte sie an, als hätte sie ihm gerade erzählt, sie hätte auf dem Klo Marsmännchen getroffen.

Aber auch der junge Mann hinter dem Tresen wirkte verwundert. »Ein *was* wollen Sie? Ein Seidler?«, fragte er und wischte sich seine Hände an einem Geschirrtuch trocken. »Was soll das denn sein? Noch nie gehört. Oder ist das irgend so ein Slang? Habt ihr neuerdings Wessis bei der Kripo?«

»A Seidla, das bedeutet: einen halben Liter«, klärte Almgruber ihn auf. »Und ich bin aus Nürnberg, also ein Franke.«

»Alles klar, Herr Kommissar. Und wieso sucht ihr nach diesen Punks?«

»Dürfen wir nicht sagen. Aber angestellt haben sie nichts«, erklärte Beate. »Wir suchen sie eben einfach.«

»Hm. Verstehe. An so ein Mädchen mit recht auffälligen Stacheln erinnere ich mich. Die tauchte hier ab und zu auf. In unterschiedlicher Begleitung, würde ich sagen. Ob da nun einer Andreas hieß ...« Er zuckte mit den Schultern.

Beate hob den Kopf und taxierte ihn. »Sicher? Wissen Sie ihren Namen? Oder wo sie wohnt?«

Der Barmann schob die gefüllten Gläser über den Tresen. Almgruber prostete Beate zu und trank. Es sah aus, als hätte er Durst. Vielleicht stimmte es ja, dass in Bayern Bier ein Grundnahrungsmittel war.

»Sorry, aber ihr müsst schon mal andeuten, worum es geht. Ich haue keinen gern in die Pfanne, kapiert? Die Zeiten sind nämlich vorbei, und zwar ein für alle Mal.«

»Klare Ansage«, meinte Beate, die sich nach ihrem Feierabend sehnte und keine Lust auf unsinnige Diskussionen verspürte. »Details darf ich nicht nennen. Aber wir ermitteln tatsächlich in einem Mordfall. Dieser besagte Andreas könnte ein Zeuge sein. Und leider ist er spurlos verschwunden.« Wahrscheinlich erzählte sie ihm mehr, als sie durfte, aber so langsam verlor sie die Geduld.

»Wow!« Der Barmann hob die Augenbrauen. »Ein echter Kriminalfall also.« Sein Gesicht wurde plötzlich ernst. »Wenn das so ist. Warum habt ihr das nicht gleich gesagt? Ich habe mich vor Kurzem tatsächlich mal mit so einem Mädchen unterhalten. Sie suchte einen Jungen. Vermutlich nannte sie sogar den Namen Andreas. Das weiß ich nicht mehr so genau. Sie hat mir einen Zettel mit einer Adresse hinterlassen.«

»Wunderbar«, sagte Beate und trank ihr Glas in einem Zug leer.

Die Adresse, die der Barkeeper ihnen gegeben hatte, befand sich nicht weit entfernt. Beate Vogt kannte die Straße. Sie ließen den Opel stehen und gingen zu Fuß – quer durch die Innenstadt. Der Altbau in einer Seitenstraße, vor dem sie schließlich standen, war verfallen und offenbar weitestgehend verlassen. Kaum zu glauben, dass in dieser Ruine überhaupt noch ein Mensch hauste.

Soweit zu erkennen war, brannte im Vorderhaus nur ein einziges Licht.

»Dann schauen wir mal«, sagte Beate leise.

Die Haustür war nicht abgeschlossen; sie schoben sie auf und standen in einem dunklen Korridor, der scharf nach Katzenurin roch. Das Flurlicht funktionierte nicht, zumindest nicht im Eingangsbereich, und Beate schaltete ihre Taschenlampe an. Der Lichtkegel fiel auf ein Namensschild: M. Müller. Darunter hing eine lackierte Scheibe Holz mit der eingebrannten Aufschrift *Haxen abkratzen*.

Josef Almgruber drückte auf den Klingelknopf.

Es blieb still.

»Falsche Wohnung?«

Beate schüttelte den Kopf und klopfte – erst leise, dann, als sich nichts rührte, etwas lauter.

»Wer ist da?«, knurrte eine raue Stimme hinter der Tür. »Willi, bist du's?«

Beate signalisierte ihrem Kollegen, dass sie antworten wollte. Er nickte ihr zu.

»Frau Müller? Können wir bitte kurz mit Ihnen sprechen? Wir sind von der Polizei.«

Die Angesprochene antwortete nicht. Beate Vogt klopfte noch einmal. »Machen Sie bitte auf, es dauert nicht lange.«

»Moment! Ich habe schon im Bett gelegen.« Ein Raucherhusten erklang, und Frau Müller japste eine Weile nach Luft.

»Wir wollen Sie wirklich nicht groß stören. Es geht nur um eine Information«, sagte Almgruber.

Durch den Türspalt schaute nun ein runzliges Gesicht. »Sind Sie wirklich von der Polizei? Sie haben ja gar keine Uniform an.« Ihre Stimme klang irgendwie beleidigt, als würden sie bei ihr einen Klingelstreich machen.

»Ja, sind wir.« Beate holte ihren Dienstausweis hervor und streckte ihn der Bewohnerin entgegen. »Kriminalpolizei. Wir tragen keine Uniformen. Entschuldigen Sie die Störung. Wir haben gesehen, dass bei Ihnen noch Licht brennt.«

»Ja, ich war gerade noch mal auf dem Klo, wissen Sie?« Frau Müller beugte sich seufzend über den Ausweis. »Meine Augen sind nicht mehr die besten. Aber dann will ich Ihnen mal glauben. Möchten Sie hereinkommen?«

»Danke, das ist nicht nötig. Wir wollen nur wissen, ob hier im Haus ein Mädchen wohnt mit einer ziemlich auffälligen Frisur«, sagte Beate.

»Sie meinen die kleine Punkerin?«

»Genau. Und wissen Sie, wo wir sie finden können?«

Die Frau wollte antworten, aber ein Husten schüttelte sie. »Weiter oben«, brachte sie heiser heraus.

»Wo genau?«, fragte Josef Almgruber.

Sie schob die Tür jetzt ganz auf, und vor ihnen stand eine kleine Frau um die siebzig, die einen dunkelblauen Bademantel trug.

»Sie hat doch nichts ausgefressen?«, fragte sie argwöhnisch und zog den Gürtel etwas fester zu.

»Nein«, antwortete Beate. »Sie soll uns nur zwei, drei Fragen beantworten. Wir suchen jemanden, den sie kennt.«

»Das hätte mich auch gewundert. Das ist eine ganz Liebe, auch wenn sie auf den ersten Blick aussieht wie eine Räubertochter. Sie holt mir manchmal Kohlen aus dem Keller, wissen Sie? Apropos, die sind schon wieder gerade alle.« Sie sah zu Almgruber hoch. »Und Sie sehen groß und stark aus.« Sie kicherte.

Beate biss sich auf die Zunge, um nicht loszulachen.

»Kein Problem«, sagte Almgruber. »Ich helfe Ihnen gern.«

»Oh, wirklich? Das würden Sie tun?« Sie legte die Hände zusammen, als wollte sie beten. Dann beschrieb sie ihm schnell, wie er zu ihrem Keller kommen würde, und Almgruber machte sich, ohne zu murren, auf den Weg.

Vier hochgetragene Eimer Kohlen später brachte Frau Müller sie tatsächlich die Stockwerke hinauf, bis ganz nach oben.

Josef Almgruber hatte Kohlenruß im Gesicht und schwarze Hände und sah aus wie der Schornsteinfeger. Es schien ihn jedoch nicht weiter zu stören, oder er bemerkte es nicht.

Frau Müller klopfte in einem bestimmten Rhythmus – einmal lang, dreimal kurz – an die Tür.

»Mäuschen? Bist du da?«

Sie pochte noch ein zweites Mal im selben Takt – direkt auf das Plakat einer Punkband, die sich *Schleimkeim* nannte. Das Poster war von Aufklebern eingerahmt, einer davon mit dem Slogan *No Cops No Problems*.

»Was'n los? Willst du wieder schnorren? Hab selbst nichts zu rauchen«, meldete sich eine verschlafene Stimme.

»Nein, Schätzchen, ich bringe Besuch mit!«, rief Frau Müller munter und lächelte Josef Almgruber zu.

»Hoffentlich nicht wieder dieser Willi?« Die Tür öffnete sich, und sie blickten in ein auffällig blasses Mädchengesicht. »Wer seid ihr denn?«

»Der Herr war so nett und hat Kohlen für mich geholt«, sagte Frau Müller, als würde das irgendetwas erklären. »Die Herrschaften sind von der Polizei, und sie tragen keine Uniformen, weil sie von der Kripo sind.«

»Fuck!« Das Mädchen versuchte augenblicklich die Tür wieder zuzudrücken. »Haut ab!«

Almgruber schob jäh seinen Fuß vor.

»Es geht um Andreas!«, rief Beate. »Wir suchen ihn. Wissen Sie, wo er sich aufhält?«

»Fickt euch!«

»He!«, rief Almgruber. »Wir haben uns schon mal gesehen, erinnerst du dich? Ihr beide, du und Andreas, seid vor diesen Faschos davongelaufen. Und ich kam zufällig da lang, hab ihnen ein bisschen den Weg versperrt.«

Einen Moment war es ruhig.

»Echt jetzt? Du warst das?« Das Mädchen schaute misstrauisch durch den Türspalt und musterte ihn.

»Ja, ich war das. Und lässt du uns nun rein oder nicht?«

Das Mädchen öffnete zögernd ein Stück die Tür. »Ich weiß

nicht, wo Andy steckt. Er ist einfach abgehauen. Ohne was zu sagen und ohne sich zu melden. Dabei dachte ich …«

»Was dachten Sie?«, fragte Beate. »Fräulein … wie heißen Sie eigentlich?«

»Jedenfalls nicht Fräulein. Die meisten nennen mich Flora. Das kommt von … ist ja auch egal.« Das Mädchen sah sie verdrießlich an. »Ich dachte, Andreas vertraut mir. Aber dann … ich bin aufgewacht, und er war weg.«

»Dürfen wir nun erst mal reinkommen?« Almgruber klang leicht gereizt.

»Ich verabschiede mich dann wohl mal«, sagte Frau Müller und gähnte. »Gute Nacht allerseits.«

»Danke für Ihre Unterstützung.« Beate lächelte ihr zu. »Ich begleite Sie noch runter.«

»Ach was, ich kenne den Weg. Sogar im Dustern.« Sie lachte.

»Sind Sie sicher?« Beate beleuchtete mit ihrer Taschenlampe die Treppe. Nur in einigen Stockwerken brannte noch ein schwaches Licht. Auch das Geländer sah ziemlich instabil aus.

»Ja. Und wenn ich nicht ankomme, können Sie ja nach mir fahnden. So wie im Krimi 110.« Ihr Kichern mischte sich mit ihrem Raucherhusten.

»Okay, das machen wir«, versprach Almgruber. »Gute Nacht, Frau Müller.«

Flora, die in Wirklichkeit Friederike Beyer hieß, bot ihnen einen Platz auf einem alten durchgesessenen Sofa an.

»Andreas Schwalbe hat also bei Ihnen gewohnt?«, fragte Beate. »Wann und wie haben Sie sich kennengelernt?«

»Letztes Jahr im November. Er lief draußen rum und wurde offenbar von jemandem verfolgt. Ich dachte erst, das wäre ein Polizist. Aber es war keiner.«

Josef Almgruber rutschte unruhig auf der Couch hin und her. »Nun mal der Reihe nach: Was genau ist passiert?«

»Zuerst hab ich Andy auf dieser Demo vor der Stasizentrale gesehen. Er machte irgendwie einen verlorenen Eindruck und ... na ja, als er von da abgehauen ist, bin ich ihm nachgegangen.«

»Warum sind Sie ihm gefolgt?« Beate zog die Augenbrauen hoch. »Da waren doch so viele Menschen und ... Sie kannten ihn gar nicht.«

»Keine Ahnung. Er hat meine Kerze angezündet, und wir haben uns in die Augen gesehen. Er sah so traurig aus. Ich glaube, ich wollte wissen, wer er ist. Ihm helfen. Er hat gewirkt, als bräuchte er Hilfe.«

Beate nickte. Diesen Eindruck hatte Andreas auch auf sie gemacht. »Schildern Sie uns bitte, was danach passiert ist, Friederike. Sie sind ihm also nachgegangen?«

»Flora, sagen Sie Flora. Das wäre mir lieber, ja?«, bat sie. »Ich bin ihm nachgelaufen, weiß nicht genau, warum. Vielleicht aus Neugierde. Und dann ist Andy in einen Hauseingang rein und ich hinterher ... Auf dem Hinterhof, da war so ein unheimlicher Typ, als ich da ankam. Es war dunkel. Und ich wusste nicht, wer das ist. Der hat sich komisch benommen und gefragt, ob ich wen gesehen habe. Also, der suchte wohl nach Andy.«

»Können Sie den Mann beschreiben?«

Flora zuckte mit den Achseln. »Nicht so genau, fürchte ich. Das ist ja auch schon ewig her.« Sie strich sich fahrig über die Stirn. »Ist Andy in Gefahr?«

»Das wissen wir nicht. Wir wollen herausfinden, wo er ist«, sagte Beate.

»Wie hat der Mann ausgesehen?«, fragte Almgruber. »Wie groß war er, was hat er getragen, war er dick, dünn, welche Frisur hatte er ... Gab es irgendwas, was dir an ihm aufgefallen ist?«

Flora lachte auf. »Merken Sie sich jeden Menschen, dem sie begegnen?«

»Jeden nicht, auffällige Personen schon. Sonst hätte ich dich nicht so schnell wiedererkannt, oder?«

Sie grinste ihn an und strich sich über ihre hochgestylten Haare. »Das war ja wohl nicht so schwer. Jeder, der mich schon mal gesehen hat, erkennt mich.« Sie klang ein bisschen stolz.

»Na schön.« Er machte eine Handbewegung, als wollte er das eben Gesagte wegwischen.

»Kannst du den Mann irgendwie beschreiben?«

Sie seufzte und verdrehte die Augen. »Er war normal groß, nicht dick, schwarz gekleidet ... Frisur ... weiß ich nicht. Glaub, der hatte 'ne Mütze auf.« Sie überlegte eine Weile. »Der hatte 'ne Narbe im Gesicht, soweit ich mich erinnern kann. Aber es ist lange her und war wie gesagt dunkel. Kann auch sein, dass das nur tiefe Grübchen waren oder Falten oder so wettergegerbte Haut. Ich will euch ja nix Falsches erzählen.«

»Hat Andreas etwas über den Verfolger gesagt? Hat er den Mann gesehen? Wusste er, wer das sein könnte?«

Sie schüttelte den Kopf. »Nein. Glaube nicht, dass er den kannte oder gesehen hat.« Flora steckte sich jetzt eine Zigarette an und nahm einen tiefen Zug. »Entweder hatte Andy keine Ahnung, oder er wollte es nicht sagen.«

»Er hat *gar nichts* erzählt?« Beate sah das Mädchen zweifelnd an.

»Nur, dass er abgehauen ist. Aus einem Heim oder Jugendwerkhof. Aber nichts Genaues.«

Beate musterte das blasse Gesicht. Es wirkte selbst ziemlich unglücklich. Sie schien die Wahrheit zu sagen.

»Sie haben doch monatelang hier zusammen gehaust, oder

nicht?«, fragte sie trotzdem. »Da redet man doch miteinander. Erzählt sich alles Mögliche.«

»Wissen Sie, wir haben mehr oder weniger einfach so nebeneinanderher gelebt. Ohne dass wir das abgesprochen haben, behielt jeder seine Geheimnisse und seine Familiengeschichte für sich.«

»Aber wenn er irgendwohin ging, sagte er Ihnen normalerweise Bescheid?«, hakte Beate nach.

»Ja. Das hat er. Eigentlich sogar dann, wenn er nur kurz irgendwohin wollte.«

»Hatten Sie sich vielleicht gestritten? Manchmal reicht ja schon eine kleine Auseinandersetzung, die Ihnen vielleicht gar nicht so wichtig …«

»Ach was!«, unterbrach Flora den Satz. »Es war alles wie immer. Ich hab noch gepennt. Wenn ich schlief oder nicht da war, heftete er eine Notiz an die Korktafel.« Ihre Stimme klang einen Moment dünn.

»Und die befindet sich wo?«, fragte Almgruber.

»Er hat keine Nachricht hinterlassen.«

»Wir möchten trotzdem nachsehen«, sagte Beate.

Flora verdrehte die Augen, klemmte die Zigarette in den Aschenbecher und schlurfte in den Flur. Sie tippte auf die Korktafel. »Da ist sie.«

Beate überflog die Notizen, Terminkärtchen und Flyer. Ein von Andreas beschriebener Zettel war offenbar nicht dabei.

Almgruber suchte den Boden ab, schaute hinter einem Schränkchen nach, hob die achtlos hingeworfenen Schuhe hoch. Schließlich wühlte er im Papierkorb herum und zog etwas heraus.

»Und was ist das?« Er hielt ein kleines Stück Papier in die Höhe.

Beate erkannte die Handschrift sofort.

»Kommt Ihnen der Zettel bekannt vor?«
Flora wurde noch eine Spur blasser. Sie schüttelte den Kopf.

Bin kurz was einkaufen. Bis gleich. Andy

38

Andreas nannte den Mann, der ihn gefangen hielt, Herr Jemand.

Er wusste nicht, wer er war, er hatte bisher ja noch nicht mal sein Gesicht gesehen.

Wenn Herr Jemand kurz an die Tür kam, um was zu essen oder zu trinken oder sonst etwas hereinzureichen, zeigte er sich nicht. Er trug eine schwarze Sturmmaske. Den Blick hielt er gesenkt, damit Andreas ihm nicht in die Augen blicken konnte. Ihn umgab ein merkwürdig süßlicher Geruch – nach einem aufdringlichen Parfüm oder Rasierwasser, als wollte er alles, was zu seiner Identität gehörte, verdecken.

Herr Jemand sprach nicht zu ihm. Schweigend stellte oder legte er etwas auf den Fußboden und schob es mit dem Fuß in Andreas' Richtung.

Anfangs hatte Andreas ihm Fragen gestellt: »Warum halten Sie mich fest?«, »Können Sie mir sagen, was das soll?«, »Wann lassen Sie mich endlich gehen?«, »Warum tun Sie das?«, »Was habe ich Ihnen denn *getan?*«

Eine Antwort erhielt er nie. Nur etwas Einfaches zu essen: ein Paar Wiener Würstchen mit Senf und einem Brötchen, das sogar einigermaßen frisch war. Oder ein Schnitzel mit Kartoffelsalat. Oder eine Bulette mit Nudeln und einem Klecks Ketchup. Er bekam auch Obst, Kekse und Saft; morgens und abends erhielt er belegte Brote. Nachdem er einmal über die grauenhafte Kälte geklagt hatte, die vor allem in der Nacht herrschte, hatte Herr Jemand ihm wenig später eine zweite Filzdecke zugeworfen.

Als Andreas die Decke auf die Pritsche legte, fielen ihm die in das Holz gekratzten Inschriften auf. Manche Buchstaben standen kreuz und quer, manche Handschriften waren schwer lesbar, aber es gab ja sonst nichts, womit er sich beschäftigen konnte. Er ließ sich Zeit mit dem Entziffern und entdeckte immer wieder neue Sätze:

Keine Macht für niemand.
Ich wollte lieben und lernte hassen.
Als Mensch kam ich auf die Welt, und als Mensch will ich von ihr gehen.
Niemand hat mich gefragt, ob ich geboren werden will, also hat mir keiner zu sagen, wie ich lebe.
Anarchie ist machbar, Herr Nachbar.
Lieber Schamlippen küssen, als sich lahmschüppen müssen.
Wir sind alle Fische in einem Aquarium aus Scheiße.
Ich wurde zum Lieben geboren und zum Hassen erzogen.[3]

Offenbar wurde er von Herrn Jemand durch den Türspion dabei beobachtet, wie er die Inschriften las. Denn kurze Zeit später wurden ihm Bücher in den Kerker gebracht: *Der Graf von Monte Christo* von Alexandre Dumas, *Moby Dick* von Herman Melville, *Frankenstein* von Mary Shelley, Erzählungen von Edgar Allan Poe und – besonders merkwürdig – *Entführt* von Robert L. Stevenson.

In den ersten Tagen war Andreas nicht in der Lage gewesen, auch nur einen Blick in eines der Bücher zu werfen. Doch schließlich wurden Leere und Langeweile schmerzhafter als die Angst. Manchmal schaffte er es, ein bisschen zu lesen. Die Geschichten waren spannend und lenkten ihn etwas ab. Manchmal blickte er nur auf eine Ansammlung von Buchstaben oder las denselben Satz immer wieder.

Doch warum tat sein Entführer das? Wieso brachte er ihm diese Literatur? Wollte Herr Jemand ihn ruhigstellen? Und wozu?

Wieso war er hier?

Sosehr er auch darüber nachgrübelte, er kam zu keinem Ergebnis.

Vielleicht war der Mann verrückt. Womöglich wollte er Andreas erst quälen, bevor er ihn tötete. Mit ihm spielen – wie die Katze mit der Maus. Andreas hockte auf der harten Pritsche über ein Buch gebeugt, tastete sich mit Blicken durch die Zeilen, ohne etwas zu begreifen. Die Unruhe in ihm war zu groß. Wurde er beobachtet? In diesem Moment?

Herr Jemand war sehr leise. So leise, dass Andreas ihn nicht hörte, wenn er sich anschlich. Einmal, als er darauf achtete, sah er, dass Herr Jemand Filzpantoffeln trug. Also konnte ihn Andreas nicht anhand seiner Schritte identifizieren.

Wenn Herr Jemand nach seinen Besuchen wieder ging, lauerte Andreas trotzdem auf die Geräusche. Auf jedes Geräusch. Vergaß Herr Jemand doch einmal abzuschließen?

Aber er vergaß es nicht. Der Schlüssel klimperte, knirschte im Schloss. Und wenn er einmal nicht rasselte, krachte der Riegel zu.

Herr Jemand sorgte auch dafür, dass der Fäkalien-Kübel jeden Tag geleert wurde.

Er machte Andreas mit Gesten klar, dass er den Eimer an die Tür bringen sollte. Nach ein paar Minuten kehrte er zurück, schloss auf, stellte das Ding, das jetzt statt nach Urin und Kot nach Chlor roch, vor ihm ab.

Am Anfang hatte Andreas sich versehentlich bedankt. Aber

inzwischen schwieg auch er, wenn er den Eimer für die Notdurft zurückerhielt.

Seine Fragen wurden von Tag zu Tag weniger.

Einmal, als die weiße knochige Hand von Herrn Jemand erschien und eine Thermoskanne mit Tee in das Verlies gereicht wurde, fragte Andreas leise: »Warum reden Sie nicht mit mir?«

Er erhielt keine Antwort.

39

Der Schlüssel der Zweitwohnung des Direktors lag tatsächlich unter der Fußmatte. Josef zog sich blaue Einweghandschuhe über, holte den Schlüssel hervor und zeigte ihn seiner Kollegin. Beate Vogt zuckte mit den Achseln. Sie schien das simple Versteck für nichts Besonderes zu halten.

War das nun ostdeutsche Ordnung oder ostdeutsche Naivität, fragte sich Almgruber. Er wusste indessen schon, dass manche Leute hier ihre Türen nicht abschlossen, dass man einfach die Klinke hinunterdrückte, um hineinzugelangen. Dass sie, selbst wenn sie einkaufen gingen, alles offen stehen ließen. Wie lange noch? Er kannte keinen einzigen Wessi, der seine Tür unverschlossen ließ oder einen Schlüssel zugänglich für jeden irgendwo ablegte, wo man ihn sofort fand.

Wie auch immer: Zinkner schien sich ziemlich sicher gewesen zu sein, dass keiner von der Wohnung in der Straße des Friedens, einer recht unscheinbaren Gegend, wusste und dass niemand außer Tanja – nach ihrer Entlassung aus der Disziplinaranstalt – hier auftauchen würde. Oder hatte der Mann noch andere Jugendliche hierher »eingeladen«?

Vorsichtshalber klingelten sie und klopften an die Tür.

Sie warteten ein paar Augenblicke ab. Nichts geschah. Es antwortete niemand.

Nach dem Betreten der Wohnung standen sie einen Augenblick lang im Flur und lauschten. »Hallo? Jemand da? Hier ist die Polizei!«, rief Almgruber. Es war nichts zu hören, kein einziges Geräusch. Dennoch spürte er eine merkwürdige Unruhe in sich aufkommen. Josef fragte sich, was ihn so nervös machte. Die Wohnung, in die sie jetzt weiter vordrangen, sah nichtssagend aus, spießig, graubraune Sessel, eine dunkle Schrankwand ... Abgesehen von etwas Keramikgeschirr war nichts Persönliches zu entdecken, vielleicht war es das. Kein Landschaftsbild, keine Fotos von Kindern oder Enkelkindern, keine Pflanze, kein Kalender, nicht einmal ein Kaktus. Die Wohnung wirkte, obwohl sie mit Möbeln vollgestellt war, leer und kalt. Er hatte das Gefühl, dass diese Leere, diese Kälte nach ihm griff.

»Wie hässlich«, hörte er sich sagen und schüttelte sich.

»Tanja hat erzählt, dass hier in diesem Plattenbau ein Jugendwohnheim entstehen sollte – für aus Torgau entlassene Jugendliche. Jedenfalls war es das, was der Direktor ihr sozusagen versprochen hatte. Ein ganz normales Wohnheim – natürlich unter seiner *Obhut*.« Beate Vogt zeichnete Gänsefüßchen in die Luft.

Josef sagte nichts dazu. Ihm wurde übel bei der Vorstellung, was der Direktor hier vermutlich geplant hatte: ein Heim zum gemütlichen Missbrauch. Ein zweites Reich, um seine Macht auszuüben. Er selbst als Herrscher und vermeintlicher Gönner.

»Nur der Direktor im Jugendwerkhof Torgau zu sein, genügte ihm anscheinend nicht auf Dauer«, meinte seine Kollegin. »Offenbar wollte er eine Art persönliche Nachbetreuung einführen.«

»Alle Despoten müssen ihre Macht von Zeit zu Zeit vergrößern«, sagte Josef. »Sie müssen sich immer wieder selbst beweisen, dass sie die Größten sind, und das geht am besten, indem man andere erniedrigt, unterdrückt oder auch missbraucht. Vielleicht hat er sich ja diesmal mit dem Falschen angelegt.«

»In den Torgau-Akten der Jugendlichen finden sich Briefe, die sie nach der Entlassung an Zinkner schreiben mussten«, berichtete Beate. »Offenbar waren sie verpflichtet, Auskunft darüber zu erteilen, wie sie sich benehmen, welche Fehler sie sich geleistet haben und was sie in Zukunft besser machen wollen.«

»Das heißt, er wollte sie unter totaler Kontrolle halten«, überlegte Josef.

»Sieht ganz danach aus«, stimmte Beate zu. »Auch wenn sie aus der Disziplinaranstalt rauskamen, hat er sie nicht entkommen lassen. Sie lebten mit der Drohung, dass er sie zurückholen würde in den Geschlossenen Jugendwerkhof, wenn sie nicht brav sein sollten.«

»Womöglich wollte sich einer von diesen Zöglingen von ihm befreien«, mutmaßte er. »Und wusste sich nicht anders zu helfen, als das letzte aller Mittel anzuwenden?«

»Zuletzt hatte er noch drei Jugendliche in seiner Gewalt: Andreas, Tanja und Maik. Aber ich glaube nicht, dass es einer von ihnen war.«

»Es könnte ja auch ein Ehemaliger gewesen sein«, spekulierte Josef weiter. »Einer, der bereits erwachsen ist, der es schon länger auf seinen einstigen Peiniger abgesehen hatte und sozusagen die Gunst der Stunde nutzte.«

»Dann aber einer, der Zugang hatte zu der Umerziehungsanstalt«, sagte Beate.

Josef nickte ihr zu. »Wir müssen das Personal noch einmal genauer durchleuchten.«

Sie gingen von Zimmer zu Zimmer; ein abgestandener, muffiger Geruch lag in der Luft. Offenbar war schon länger niemand in der Wohnung gewesen.

»Ich verschwinde mal kurz auf die Toilette«, sagte Beate Vogt und lächelte verlegen.

Josef war etwas verwundert, dass sie ihm das mitteilte, und begann die Schrankwand zu durchsuchen. Als er die erste Schublade öffnete, hörte er ein Geräusch. Es klackte leise. Was war das? Kam das aus dem Bad? Aber dann nahm er Schritte wahr, die sich durch den Flur bewegten.

Jemand betrat die Wohnung. Automatisch zog er seine Waffe, verbarg sich im toten Winkel hinter der Tür. Der Mann, der ins Wohnzimmer kam, war von hinten nicht zu erkennen; er trug einen Mantel mit Kapuze.

»Keinen Schritt weiter, Hände über den Kopf!«, befahl Josef.

Zögernd gehorchte der Eindringling.

»Was ist denn hier los?«, rief Beate da, die aus dem Bad kam. »Das ist doch Steffen, unser Kriminaltechniker!«

Josef rührte sich nicht. Als hätte er sie nicht gehört. »Umdrehen! Drehen Sie sich um! Schön langsam.«

»Guten Tag, Herr Hauptkommissar.« Der Angesprochene wandte sich in übertriebenem Zeitlupentempo in seine Richtung. »Haben Sie schlecht geschlafen, oder ist das Ihre Art, einen Kollegen zu empfangen?«

»Warum haben Sie sich nicht bemerkbar gemacht?«, fragte Josef und senkte seine Waffe.

»Ich wusste ja nicht, dass Ihnen die Pistole so locker im Halfter sitzt. Mannomann.« Der Ankömmling zog die Augenbrauen hoch und steckte sich erst einmal eine Zigarette an.

»Finden Sie es gut, hier zu rauchen?«, fragte Josef, immer noch zornig. »Sie sollen schließlich nach Spuren suchen und nicht selbst welche fabrizieren.«

»Wie wäre es denn damit: Sie setzen sich bequem aufs Sofa und lassen mich meine Arbeit machen«, konterte sein Kollege.

»Danach können Sie mit der Wohnungsdurchsuchung ja weitermachen.«

»Danke für das Angebot, aber wir überlassen Ihnen gern das Feld. Wir haben ohnehin noch einen Termin zu einer Befragung.«

Aus den Augenwinkeln bemerkte er, wie seine Kollegin und der Kriminaltechniker spöttische Blicke wechselten, aber er ignorierte es.

»Begleiten Sie mich, Frau Vogt?« Er verspürte plötzlich das Bedürfnis, sofort von hier zu verschwinden.

Sie blickte ihn etwas verwundert an. »Gehen Sie schon mal vor? Ich komme gleich nach.«

Josef zuckte mit den Achseln. »Na schön, wie Sie wünschen.«

Ihm war schon klar, dass er weggeschickt wurde, weil Beate mit diesem Steffen über ihn tratschen wollte. Über den Neuen, den aus dem Westen, der vom Osten keine Ahnung hatte.

Nun ja, was hatte er geglaubt? Dass sie ihn in der Zone mit Blümchen bewerfen würden vor lauter Freude über seine Anwesenheit?

An der Straße blieb er wie angewurzelt stehen. Sein Wagen hatte einen Platten, genauer gesagt vier. Jemand hatte die Reifen zerstochen!

Beunruhigt blickte er die Straße hinab. Aber auf dem Bürgersteig lief nur eine etwa Neunzigjährige, die sich auf einen Stock gestützt im Zeitlupentempo vorwärtsbewegte. Die kam als Täterin wohl eher nicht infrage. Sie als mögliche Zeugin der Sachbeschädigung zu befragen hatte wohl auch wenig Sinn. Josef lief ratlos um den Opel herum. Unter einem der Scheibenwischer klemmte ein Zettel. Er zog sich wieder blaue Einweghandschuhe über, ehe er das Papier hervorzog.

Die Nachricht war auf einer Schreibmaschine getippt worden:

Hau ab aus Torgau! Wir wollen hier keine West-Polizei!!!

Die großen Buchstaben waren etwas verschmiert. Der Täter hatte offenbar nicht das neueste Modell benutzt. Das und die Formulierung verrieten, dass derjenige wohl eher zu den älteren Semestern gehörte. Wäre es ein Jugendlicher oder gar ein Punk-Freund von Flora gewesen, hätte dort vermutlich das Wort *Bullen* gestanden.

»Oje, was ist denn hier los?« Beate Vogt sah ihn entgeistert an.

Josef deutete nur stumm auf die Autoreifen. Er gehörte nicht zu den Fahrern, die ihren Wagen abgöttisch liebten und um jeden Kratzer ein Theater machten, aber dieser Angriff schmerzte ihn. Er war nicht nur nicht willkommen, er sollte verschwinden. Das war eine Drohung. Was kam als Nächstes?

»Ich gehe noch mal hoch und sage Steffen Bescheid, dass er gleich die Spurensicherung an Ihrem Wagen durchführt. Er kann sich dann auch um alles Weitere kümmern und den Opel in die Werkstatt bringen lassen. Geben Sie mir den Autoschlüssel?«

Josef reichte ihn ihr stumm. Heute war wohl nicht sein Tag. Wie sollte er nun nach Dienstschluss nach Halle kommen?

40

Beate saß im Besprechungsraum der Torgauer Polizei, den sie für ihre Ermittlungsarbeit vor Ort nutzen durften, und massierte sich die Schläfen. Das schmerzhafte Ziehen machte ihr seit einer Weile zu schaffen. Dabei hatte sie schon zwei *Spalt*-Tabletten geschluckt und drei Tassen Kaffee getrunken. Sie machte sich Sorgen. Wo steckte Andreas? War ihm etwa was passiert? Wieso saßen sie hier herum, statt nach ihm zu suchen? Doch Almgruber brauchte sie das im Moment nicht fragen. Ihr Kollege wirkte immer noch griesgrämig. Dass jemand die Reifen seines Wagens zerstochen hatte, schien er offenbar der ganzen Stadt oder sogar dem ganzen *Osten* übel zu nehmen.

Von der Straße des Friedens vorbei an dem zehngeschossigen Hochhaus, ein Stück die Eilenburger Straße entlang, bis zum Polizeirevier waren es nur etwa zwei Kilometer zu Fuß gewesen. Aber er hatte die gesamte Zeit geschwiegen, und so war ihr die Strecke viel länger vorgekommen.

Beate sah auf die Uhr, die an der Wand hing. Der Zeuge Reinold Spieß schien sich etwas zu verspäten. Sie wollten den ehemaligen stellvertretenden Direktor des Werkhofs zu den Angestellten befragen, vor allem zu denen, die am 9. November 1989 dort Dienst gehabt hatten.

»Also, was müssen wir über die Beschäftigten wissen?«, fragte

Almgruber und klopfte mit einem Kugelschreiber auf seinen Notizblock. »Ausbildung, beruflicher Werdegang, Verhältnis zum Direktor, Verhältnis zu den Zöglingen …«, zählte er auf.

»Wir sollten auch die Vorgeschichten erkunden und zum Beispiel nach Heim- und Jugendwerkhofaufenthalten fragen«, meinte Beate. »Oder auch nach Vorstrafen, Alkoholmissbrauch, Gewaltausübung gegenüber Insassen, Aggressionen und Streitigkeiten unter den Kollegen.«

»Und nach Zinkner selbst müssen wir uns erkundigen«, ergänzte Almgruber. »Es ist kaum vorstellbar, dass ein Mann wie er keine Feinde hatte.« Der Ton, in dem er das sagte, klang grimmig, und Beate sah ihn fragend an. Aber er erklärte die Bemerkung nicht, blickte an ihr vorbei zur Tür, die sich gerade öffnete.

Reinold Spieß wirkte abgehetzt und außer Atem, als er den Raum betrat. Er riss sich die mit Fell gefütterte Mütze vom Kopf und knöpfte hektisch seinen knielangen, militärisch wirkenden Mantel auf. Ein rosafarbenes Hemd kam zum Vorschein, das bis zum Kehlkopf zugeknöpft war.

»Entschuldigen Sie die Verspätung«, brachte er hervor. »Irgendein Trottel hat mein Fahrrad geklaut.« Er wischte sich den Schweiß von der Stirn, und Beate und Josef wechselten einen Blick.

Almgruber zog die Augenbrauen hoch. »Das tut mir leid«, sagte er höflich. »Wo befand sich denn Ihr Rad?«

»Vor meiner Haustür. Hier in dieser Stadt! Früher gab es mal einen ABV, der aufpasste, dass so was nicht passiert. Natürlich war das Fahrrad neu!«

Beate nickte ihm mitfühlend zu. »Möchten Sie einen Kaffee?«

Er nickte. »Mit viel Zucker bitte.«

Eine halbe Stunde später saßen sie zu dritt über die Personalbögen gebeugt da. Sie enthielten weniger Informationen, als

Beate gehofft hatte. Zwar konnte Reinold Spieß zu beinahe jedem Kollegen noch ein paar Sätze sagen, aber Wesentliches kam nicht dabei heraus.

Beate machte sich hinter den Namen Notizen, hakte hin und wieder nach, wenn etwas unklar war. Das Fragen überließ sie meist Almgruber.

Nach zwei Stunden hatten sie die Adressen, das jeweilige Alter, die Ausbildungen, Arbeitsstätten und Berufe notiert. Keiner der Erzieher und Erzieherinnen und sonstigen Mitarbeiter war selbst einmal Insasse eines Jugendwerkhofs oder eines anderen Heims gewesen – jedenfalls soweit Spieß darüber informiert war. Alkohol sei nur zu Betriebsfeiern ausgeschenkt worden; von Alkoholmissbrauch während der Arbeitszeit wisse er nichts. Streitigkeiten unter Kollegen seien hin und wieder vorgekommen, aber es sei nie etwas Gravierendes gewesen. Politische Meinungsverschiedenheiten habe es zum Schluss zwar gegeben, zum Beispiel, weil ein Kollege verbotene Westzeitungen mitgebracht habe, aber auch diese Aufregung sei nach zwei, drei Tagen vergessen gewesen. Eine länger währende Auseinandersetzung habe im Frühsommer 1989 stattgefunden, als es um die Abschaffung der Wachhunde ging. Er, Reinold Spieß, habe sich dafür eingesetzt; einige Kollegen seien aus Sicherheitsgründen dagegen gewesen. Nach einigem Hin und Her seien die Schäferhunde vom Gelände entfernt worden, den Hundeführer habe Direktor Zinkner entlassen. Aggressionen und aufmüpfiges Verhalten von Insassen seien entsprechend den gültigen Regeln und nach Anweisungen aus dem Ministerium für Volksbildung bestraft worden.

Von Schlägen sei ihm nichts bekannt. Er selbst habe nicht geschlagen. Die Gummiknüppel habe das Personal nur zur Selbstverteidigung eingesetzt. Dass Direktor Zinkner Feinde habe, sei ihm nicht zu Ohren gekommen; er würde es aber auch nicht ausschließen.

»Wenn Karl Zinkner den Hundeführer entlassen hat, war der bestimmt nicht gut auf ihn zu sprechen, oder?«, fragte Almgruber.

»Er war wütend, dass seine Hunde abgeschafft wurden. Den Mann selbst hat man nach ein paar Wochen wieder eingestellt. Als Hausmeister.«

»Können Sie das näher erläutern?«

»Sicher kann ich das. Der alte Hausmeister kam aus seinem Urlaub in Ungarn nicht zurück und seilte sich in den Westen ab. Und da fehlte eben ein Hausmeister in unserer Einrichtung. So erinnerte man sich an den Hundeführer, der sich ja bestens auskannte auf dem Gelände.«

»Sie meinen Herrn Braun?«, fragte Beate. Sie dachte an den ersten Tag der Ermittlung und an den Mann mit dem borstigen roten Haar, der sie in das finstere Gebäude und an den Tatort mit der Leiche gebracht hatte. Ihr war gleich aufgefallen, in welch abwertendem Ton der Hausmeister über den Toten gesprochen hatte.

»Genau, Herr Braun. Das Verhältnis zwischen ihm und dem Direktor war in der Tat angespannt. Sie sind sich aber weitestgehend aus dem Weg gegangen.«

»Wissen Sie, warum die beiden sich nicht mochten?« Beate nahm die Thermoskanne und schenkte, ohne zu fragen, noch Kaffee in alle drei Tassen nach.

»Herr Braun hat sich manchmal negativ zu den Erziehungsmethoden geäußert. In seiner Position als Hundeführer und später als Hausmeister stand ihm eine Kritik an pädagogischen Maßnahmen natürlich nicht zu.«

Beate blickte zu der runden Uhr hinauf, die noch aus der DDR stammte. Statt Ziffern hatte sie nur Striche, und sie tickte viel zu laut. So langsam bekam sie das Gefühl, dass sie ihre Zeit verschwendeten. Die Auskünfte brachten sie nicht viel weiter. Es half alles nichts. Sie mussten sich von der Belegschaft jeden einzeln vornehmen. Mit dem rothaarigen Hausmeister konnten sie ja anfangen. Vielleicht war er eher bereit, über den Direktor, seine Strafanstalt und seine möglichen Feinde oder Feindseligkeiten zu plaudern. Aber wichtiger fand sie eigentlich, nach Andreas zu suchen. Es war ihre Aufgabe, ihn zu finden und zu schützen. Am liebsten wäre sie sofort aufgesprungen und losgezogen. Aber der Kollege aus dem Westen leitete die Ermittlung und bestimmte somit den Ablauf.

»Wie kommt es eigentlich, dass sich die Personalbögen noch in Ihren Händen befinden?«, fragte Almgruber.

Reinold Spieß rutschte unruhig auf dem Stuhl herum. »Das *Amt für Nationale Sicherheit* bat mich telefonisch darum, die Akte mit den Personalunterlagen zur Verfügung zu stellen. Ich habe sie gemäß der Vorschrift im Panzerschrank aufbewahrt. Allerdings kam nie jemand, um sie abzuholen. Also habe ich sie nach der Räumung des Werkhofs mit nach Hause genommen und ehrlich gesagt nicht mehr daran gedacht. In dieser wirren Zeit hatte ich ja auch anderes zu tun.«

»Was zum Beispiel?«

Der Mann zuckte mit den Achseln. »Mich arbeitslos melden, Bewerbungen schreiben. Was man eben so macht im Kapitalismus.«

Beate lachte ungewollt auf. »Sehen Sie sich als Opfer?«, fragte sie spitz. »Oder was wollen Sie uns damit sagen?«

»Ich will gar nichts damit sagen. Ich habe meine Arbeitsstelle verloren so wie viele andere Genossen auch.« Seine Stimme klang weinerlich, gequält, beinahe selbstmitleidig.

»Diese Disziplinaranstalt wurde ja nicht grundlos aufgelöst«, sagte Beate Vogt.

»Die Pläne waren aber andere«, erklärte Spieß – nun in einem fast bockigen Tonfall. »Der Jugendwerkhof wurde auch nicht *aufgelöst*, sondern nur geräumt, damit eine Sanierung stattfinden konnte. Die Gitter sollten entfernt, die Räume vergrößert und die sanitären Einrichtungen verbessert werden. Nach den Umbaumaßnahmen war geplant, die Einrichtung in ein Wohnheim für Jugendliche umzuwandeln.«

»Noch eins?«, entfuhr es Beate. »In der Straße des Friedens in Torgau sollte doch unter Leitung des Direktors Zinkner auch ein Wohnheim entstehen. Können Sie uns dazu etwas sagen?«

»Davon weiß ich nichts«, antwortete er. »Das halte ich für unwahrscheinlich. Ich bin selbst in der Gegend zu Hause. Dort sind doch nur ganz normale Wohnungen.«

»Wenn Sie selbst dort leben: Wussten Sie, dass Karl Zinkner in einem der Neubaublöcke einen Zweitwohnsitz hatte?«

»Nein, davon höre ich zum ersten Mal«, sagte Spieß. Die Antwort klang mechanisch, als wäre er nicht wirklich überrascht. »Ich kannte nur seine Wohnung, die sich im Gebäude des geschlossenen Jugendwerkhofs befand.«

Beate glaubte ihm nicht. Torgau war eine kleine Stadt. Ihm musste Zinkner doch mal begegnet sein in diesem Viertel. Aber vielleicht hatte der Direktor diese zweite Wohnung nicht oft betreten.

»Wieso lebte er ausgerechnet im Jugendwerkhof, also an seiner Arbeitsstelle?«, fragte Almgruber.

»Er behielt gern alles unter Kontrolle. Wenn etwas war, konnte er sofort eingreifen.«

»Was zum Beispiel?«

»Wenn einer der Jugendlichen sich schwerer verletzte, brachte er ihn persönlich ins Krankenhaus und blieb auch bei dem Verletzten.«

»Wenn sich jemand schwerer verletzte? Sie meinen Selbstverletzungen und Suizidversuche?«, fragte Beate.

»Nicht nur. Es gab auch Verletzungen während der Arbeit, die die Jugendlichen verrichteten. Uns stand nicht gerade die neueste Technik zur Verfügung.«

»Das kam also häufiger vor«, stellte Almgruber fest. »Und wie verhinderte man, dass die Jugendlichen aus dem Krankenhaus wegliefen?«

»Ihnen wurden Handschellen angelegt.« Die Antwort klang trocken. Als wäre an der Bemerkung nichts Besonderes.

Almgruber klopfte mit dem Kugelschreiber nervös auf dem Tisch herum. »Verstehe ich das richtig? Der Bub oder das Mädel waren schwer verletzt, und man legte sie in Handschellen? Und da meinen Sie also, man hätte einfach mit dem gleichen Personal weiterarbeiten können?«

»Natürlich. Warum denn nicht? Die Handschellen waren nötig, um Fluchtversuche zu verhindern.«

»Wieso wurde aus Ihrer Sicht der Jugendwerkhof so übereilt geschlossen?«, hakte der Kommissar nach.

»Die Räumung war eine Anordnung des Volksbildungsministeriums und kam aus dem Büro von Margot Honecker, das hatte ich doch schon bei der ersten Befragung gesagt. Außerdem gab es Hinweise, dass männliche Ehemalige die Mädchen befreien wollten.«

»Sie meinen in den Unruhen des Herbstes 89?«, fragte Almgruber.

»Genau. Im November. Während der Konterrevolution. Diese Halbstarken dachten ja, sie können sich auf einmal alles erlauben. Also mussten wir schnell räumen.«

»Das klingt … nun ja, etwas abenteuerlich«, wagte Beate einzuwenden.

»Sie glauben mir nicht? Der Hinweis kam direkt aus dem Ministerium für Volksbildung. Das mussten wir ernst nehmen! Es gab zu diesem Zeitpunkt sogar in Haftanstalten Revolten!« Reinold Spieß verschränkte die Arme und sah sie trotzig an.

»Apropos«, murmelte Almgruber und blätterte in seinen Unterlagen. »Sie haben selbst in einem Gefängnis gearbeitet, bevor Sie Erzieher in Torgau wurden?«

»Im Strafvollzug. Das ist richtig.«

»Welche Gründe gab es für den Wechsel der Arbeitsstelle?«

»Persönliche. Hin und wieder braucht man eben mal eine Veränderung. Außerdem habe ich eine soziale Ader.«

Beate dachte an die Arrestzellen im Jugendwerkhof, die sie gesehen hatte: Kerker ohne jede Beschäftigungsmöglichkeit, Bunker im Keller ohne Licht, den Fuchsbau, in dem man nicht mal stehen, sitzen oder ausgestreckt liegen konnte. Soziale Ader? Aber sie hielt den Mund. Um eine Diskussion über unsinnige Behauptungen ging es ja auch nicht. Sie mussten herausfinden, wer ein Interesse daran gehabt hatte, Zinkner zu beseitigen, und sie waren noch keinen Schritt weiter.

Beate fragte sich, als sie nach diesem anstrengenden Arbeitstag die Stufen zu ihrer Wohnung hinauflief, was es mit den zerstochenen Reifen des Opels in der Torgauer Straße des Friedens auf sich hatte. Vielleicht wollte da einfach nur jemand seinen Frust ausleben und einen geparkten Westwagen beschädigen. Schließlich gab es auch Leute, die Mercedes-Sterne abbrachen. Aus Neid? Aus Wut? Aus Langeweile?

Es herrschte nicht gerade die beste Stimmung im Land. Immer mehr Menschen wurden arbeitslos, gleichzeitig stiegen die Mieten, und viele mussten sich erstmals Gedanken machen, wie sie ihre Zukunft im wiedervereinigten Deutschland und in einer anderen Gesellschaftsordnung gestalten wollten.

Nicht alle wussten die neu gewonnene Freiheit zu schätzen. Wobei Beate ziemlich sicher war, dass die meisten, die sich im alten System angepasst hatten, keine großen Schwierigkeiten haben würden, auch im gesamtdeutschen Staat Fuß zu fassen oder sogar Karriere zu machen.

Als sie ihre Wohnungstür aufschließen wollte, merkte sie, dass sie nachgab. Ein siedend heißer Schreck durchfuhr sie. Wieso hatte sie nicht endlich das Schloss ausgetauscht? Seit jemand ihr seltsame Dinge wie diese Gummipuppe und die Holzschlange in die Wohnung gelegt hatte, war das doch ihr Plan gewesen. Zwar kam ihr Exfreund Toni mittlerweile nicht mehr, um noch das eine oder andere nützliche Teil für sich zu beanspruchen, aber ihre Nachlässigkeit wurde ihr jetzt plötzlich in diesem Anflug von Panik bewusst.

»Wie blöd muss man sein«, flüsterte sie und meinte sich selbst.

Mit angehaltenem Atem lauschte sie in den Korridor hinein. Es war nichts zu hören, aber etwas war anders als sonst. Die Müdigkeit, die sie mit sich herumschleppte, fiel im Nu von ihr ab. Irgendwer war wieder hier gewesen, in ihrer Wohnung, in den vier Wänden, die ihr Rückzugsort waren. Ein Schutz, der sich plötzlich in etwas Bedrohliches verwandelte.

Warum hatte sie sich nicht um ein neues Sicherheitsschloss gekümmert? Wie konnte sie einfach vergessen, dass sie sich besser schützen musste? Als Ermittlerin in einem Mordfall war es nicht ganz unwahrscheinlich, dass sie schnell selbst in den Fokus des Täters rückte, oder nicht?

Mit mulmigem Gefühl schlich sie tiefer in die Wohnung hinein, die ihr in diesem Moment vertraut und gleichzeitig fremd vorkam. Sie wohnte hier, nichts sah auf den ersten Blick anders aus, und doch spürte sie, dass hier jemand eingedrungen war. Wer? Und warum?

Immer noch blieb es still.

Das war es, was anders war: diese Geräuschlosigkeit!

Normalerweise wurde sie vom Quieken ihrer Meerschweinchen empfangen. Doch diesmal hörte sie absolut nichts. Entweder Toni war aus irgendeinem Grund doch noch einmal in der Wohnung gewesen und hatte bei der Gelegenheit die Tiere gefüttert, und sie waren gerade satt oder ...

Oder?

Ihr Herz schlug schneller und sie lief los, stolperte verwirrt in das Zimmer hinein, in dem das Gehege stand.

Es war leer.

41

Tanja saß auf ihrem Bett und presste das Gesicht gegen die Fensterscheibe.

Seit einer Weile schon beobachtete sie den großen schwarzen Vogel. Sein Gefieder glänzte im matten Tageslicht, sein Blick wirkte irgendwie stolz. Nicht zum ersten Mal betrachtete sie den Raben. Schon früher war er ihr aufgefallen, lange bevor man sie in den Jugendwerkhof gebracht hatte. Der Vogel erschien ihr wie eine Art Geist. Immer wenn sie ihn sah, spürte sie eine gewisse Verbundenheit. Manchmal kam es ihr vor, als würde er direkt zu ihr hineinsehen – nicht nur in ihr Zimmer, sondern auch in sie selbst, in ihre Seele. Als wüsste er genau, was mit ihr los war, wie sie sich fühlte. Er war stets allein, saß auf einem Zaun, einem steinernen Pfeiler oder der Mülltonne. Manchmal, wenn das Fenster offen war, hörte sie ihn krächzen, als wollte er sich bei ihr bemerkbar machen, sie rufen. Er war wieder da. Etwas Lebendiges, Schönes, Freies. In ihrem Leben. Wenn auch nur für ein paar Augenblicke.

Es war schon ein Fortschritt, dass sie ihn wieder wahrnahm. Seit sie aufgehört hatte, diese Tabletten zu nehmen, die sie zwar schlafen ließen, aber auch betäubten, wirkte allmählich alles wieder klarer, die Umrisse wurden schärfer, die Laute deutlicher.

Als der Rabe davonflog, sah sie ihm lange nach, seinem gemächlichen Flügelschlag, und wünschte sich, ihm folgen zu können. Wo würde sie landen?

Ihre Stirn lehnte an der kühlen Glasscheibe, und sie wartete eine Weile, ob er wohl zu ihr zurückkehren würde.

Zu ihr? Glaubte sie an Märchen?

Sie registrierte, wie ihre Eltern sich in der Etage unter ihr stritten. Sie diskutierten jetzt öfter miteinander, seit die Polizisten hier gewesen waren. Sie wusste nicht, worum es genau dabei ging. Sie war zu müde, um an der Tür zu lauschen. Und sie fühlte nichts als eine matte Gleichgültigkeit, wenn sie die beiden herumbrüllen hörte.

Ging es um sie? Um die Veränderung? Sie war jetzt eine andere, ein todunglückliches Etwas, das sich immer mehr in sich selbst verkroch. Ohne Hunger, ohne Durst, ohne Elan, ohne ein Lächeln, ohne einen Funken Lebensfreude. Weder mit ihrer Mutter noch mit ihrem Vater konnte sie über das reden, was in Torgau und mit diesem Direktor, der nun als Leiche in der mit Blut getränkten Erde vergammelte, passiert war. Sie hatte es dieser Polizistin gesagt, und die hatte ihr zugehört, ihr geglaubt. Einen Toten konnte man nicht mehr bestrafen. Einen Toten konnte man auch schlecht hassen. Die Wut in ihr war noch da, aber sie kauerte in einer Ecke, wie eine hungrige Ratte. Lange Zeit hatte sie nichts gewusst von dieser Wut. Sie hatte funktioniert wie eine Marionette, sich nach den Fäden bewegt, die in der fetten Hand des Direktors hingen. Eine Hand, die jederzeit zuschlagen konnte, die sie mit einem fiesen Griff auf die Knie zwang, vor seinen nach Pisse stinkenden Hosenschlitz. Zur Belohnung gab es dann am nächsten Morgen ein Brötchen mit Paprikawurst, ein gekochtes Ei, einen Kaffee – in irgendeiner abgelegenen Pension im Harz oder im Thüringer Wald.

Aber das gehörte der Vergangenheit an. Sie durfte nicht mehr daran denken. Die Strippen waren gerissen. Wer immer dieser Mörder war, er hatte ihr einen Gefallen getan. Sie war jetzt frei. Auch wenn sie mit dieser Freiheit nichts anzufangen wusste. Noch nicht.

Der Rabe kam tatsächlich noch einmal zurück, drehte eine Runde über ihr. Kreiste wie ein Raubvogel im gelblich grauen Himmel. Es kam ihr vor, als wollte er sie zu etwas auffordern, als würde er sie mit seiner schwarzen Kraft aus ihrem muffig warmen Bett zerren.

Komm hoch, steh endlich auf! Suche nach Andreas!

Das war doch verrückt, dass sie diese Worte in ihrem Innern hörte, in ihrem *Kopf*. Aber sie hörte sie.

42

Beate starrte fassungslos in das leere Gehege. Ein Gefühl von Verlassenheit ergriff sie. Einen Herzschlag lang war ihr zumute, als wäre sie vollkommen allein, der letzte Mensch auf diesem Planeten.

Wer tat denn so was? Wer klaute Meerschweinchen? Gleich alle vier! Und was sollte sie jetzt tun?

Zunächst durchsuchte sie das Zimmer für den unwahrscheinlichen Fall, dass die Tiere aus der Behausung geklettert waren. Sie hielt nichts von Käfighaltung; das Gehege aus Holz war einmal ein Bücherregal gewesen. Sie hatte die Zwischenbretter entfernt und den Boden mit Teichfolie ausgestattet. Zu entkommen war aus Meerschweinsicht also nicht völlig unmöglich. Sie blickte unter den Kleiderschrank, hinter das Sofa, hielt Ausschau nach Spuren, genauer gesagt nach den bohnenähnlichen Kötteln. Nichts. Auch im Zimmer nebenan, im Bad und in der Küche suchte sie vergeblich. Kein Schweinchen sauste durch den Raum und schlüpfte in das nächstbeste Versteck.

Als das Telefon klingelte, zuckte sie zusammen. Vielleicht rief ja der Entführer an. Der Entführer ihrer Meerschweinchen? Das klang seltsam, irgendwie verrückt. Ging es hier etwa um Lösegeld? Blödsinn. Das konnte doch nicht sein.

Es war eine weibliche Stimme, die sich meldete und die ihr bekannt vorkam. Beate zwang sich dazu, ihr zuzuhören.

»Wollte nur wissen ... ob Sie ... ihn schon gefunden haben. Also ... Andreas«, kam die Frage zögernd aus der Leitung.

»Tanja? Bist du's?« Beate erinnerte sich, dass sie dem Mädchen ihre Telefonnummern gegeben hatte – sowohl die dienstliche als auch die private.

»Ja?« Es klang tatsächlich wie eine Frage – als wüsste Tanja im Moment nicht, wer sie eigentlich war. »Ich rufe an ... ich möchte wissen ... ob Andreas ...«

»Nein«, unterbrach Beate etwas ungeduldig das Gestammel. »Wir haben ihn noch nicht gefunden. Lieb von dir, dass du nachfragst. Wenn es etwas Neues gibt, sag ich dir Bescheid, okay?«

Auf der anderen Seite blieb es still. Hatte Tanja schon aufgelegt?

Aber Beate hörte sie atmen und auch etwas vor sich hin murmeln, was sie nicht verstand. Sprach sie mit sich selbst? War sie immer noch so durcheinander?

Beate fühlte ein schlechtes Gewissen. Das Mädchen hatte sich ihr anvertraut, ihr alles erzählt, die schlimmsten Dinge, unverarbeitete grauenhafte Erlebnisse, und dann war Beate einfach gegangen. Sie hatte sich keine Gedanken darüber gemacht, was ihr Gespräch bei Tanja auslösen könnte.

»Geht es dir gut?«, fragte sie zaghaft. »Rufst du von zu Hause an?« Hatte die Familie Wolter überhaupt ein Telefon? Beate Vogt wusste es nicht.

»Ich bin in einer Telefonzelle«, antwortete Tanja. »Ich bin dem Flügelschlag des Raben gefolgt.«

»Was? Wem bist du gefolgt?« Es rauschte in der Leitung, und Beate presste den Hörer dichter an ihr Ohr. »Wie geht es dir? Ist alles in Ordnung?«

»Ich bin in einer Telefonzelle«, wiederholte Tanja. »Komisch. Es macht mir nichts aus, obwohl es sehr eng und stickig hier drin ist, wie in einem Glaskäfig.«

»Gut«, sagte Beate. »Ich meine, das ist gut, dass es dir nichts ausmacht. Und das Telefon funktioniert sogar. Das ist auch ... gut.« Sie schien den Faden zu verlieren. Sie starrte vor sich hin an die Wand, auf ein Landschaftsfoto. Das Meer, Wellen, die Gischt. Möwen, die sich gegen den Wind stemmten. Beate schnappte nach Luft, als wäre sie selbst einer heftigen Bö ausgesetzt.

»Bei Ihnen alles in Ordnung?«, fragte Tanja auf einmal. »Sie klingen, als hätten Sie etwas verloren.«

Beate stutzte kurz. »Ich freue mich über deinen Anruf, über dein Lebenszeichen, wirklich. Aber ja, wie man's nimmt. Also ... ich habe tatsächlich was verloren ...« Sie seufzte oder stöhnte.

Sie beließ es bei der Bemerkung. Sie hatte nicht vor, auszuplaudern, was passiert war, geschweige denn, es einem psychisch labilen Mädchen zu erzählen.

»Das Verlorene kommt bestimmt zu dir zurück«, sagte Tanja ruhig. »Der Rabe ist auch zurückgekommen.«

»Ich kann dir nicht ganz folgen«, gab Beate zu.

»Nicht so schlimm«, sagte Tanja. »Ich hab die Tabletten ins Klo geworfen.«

»Und jetzt geht es dir besser?«

»Ich kann mich wieder spüren. Das ist ein Anfang.«

»Das klingt gut«, sagte Beate vage und fragte sich, ob sie sich selbst spüren konnte. Ein unbestimmtes Gefühl von Bedrohung durchfloss sie wie ein Strom. Wollte ihr jemand Angst einjagen? Vielleicht hatte sich derjenige einen bösen Scherz erlaubt und die Nagetiere irgendwo versteckt.

»Hör zu, Tanja. Ich muss auflegen, muss nach dem, was ich

verloren habe, suchen. Danke, dass du dich gemeldet hast. Es ist schön, dass es dir besser geht.«

»Es wird dich finden«, sagte Tanja. »So wie der Rabe. Er hat mich gefunden, als ich ihn gesehen habe, und ich habe ihn gesehen, als er mich fand.«

Sie klang immer noch etwas wirr, redete in Rätseln. Beate dachte an die Schlaftabletten. Hatte sie die wirklich in die Toilette geworfen? In Verbindung mit Alkohol konnten die vielleicht eine Psychose auslösen. »Hast du was getrunken?«, fragte Beate besorgt.

»Ja«, antwortete sie. »Fencheltee. Meine Mutter schwört auf Fencheltee, und es steht immer eine Kanne auf dem Küchentisch.«

War das ein Witz, oder meinte sie das ernst? Beate lauschte in diesen Ton hinein. Er klang vollkommen gelassen. Abgehoben, beinahe schwebend. Sie dachte komischerweise an den Raben, von dem Tanja erzählte hatte.

»Du solltest jetzt lieber nach Hause gehen«, riet sie ihr.

»Ist gut«, kam es leise, fast im Flüsterton zurück. Tanja legte auf.

Beate stand mit dem Hörer in der Hand da und überlegte, wen sie anrufen sollte.

Almgruber? Hatte dieser Diebstahl etwas mit ihrem Fall zu tun? Aber vermutlich war ihr Kollege gerade in Halle an der Saale oder auf dem Weg dorthin. Und da der Opel in der Werkstatt stand, musste er mit dem Zug und der Straßenbahn fahren. Er ist nicht erreichbar, dachte sie.

Aber jetzt allein bleiben? Was, wenn der Täter noch in der Nähe war?

Sie wählte Steffens Nummer, und er ging beinahe sofort ran. »Wer stört?«

»Ich«, sagte sie und erzählte ihm, was passiert war. »Kannst du kommen?«

Ein langes Schweigen war die Antwort. Dann hörte sie ein Seufzen. »Hat das nicht Zeit bis morgen? Ich bin gerade erst rein und ziemlich kaputt.«

Beate dachte darüber nach, ob die Meerschweinchen überleben würden, wenn der Einbrecher sie einfach draußen ausgesetzt hatte. Aber wie konnte Steffen ihr bei der Suche helfen? Nach Spuren forschen? Die Gegend konnte sie auch selbst ablaufen und erkunden.

»Ist gut«, antwortete sie. »Dann sehen wir uns morgen.«

»Ja«, sagte Steffen. »Ich muss sowieso noch mit dir reden. Über diese Wohnung des Direktors in der Torgauer Siedlung. Ich habe da was entdeckt, etwas Merkwürdiges.«

Beate wusste nicht, ob sie das im Moment hören wollte. Das Verschwinden ihrer Tiere war für sie merkwürdig genug. »In Ordnung. Wir sprechen uns. Tschüs.« Sie drückte den Hörer unwirsch auf die Gabel. Hatte er noch etwas gesagt? War das wichtig?

Sie lief wieder nervös herum, schnappte sich ihren Schlüssel und probierte, ob er noch schloss. Es knackte komisch, es schien einen leichten Widerstand zu geben, aber das Schloss funktionierte.

Beate lief zwei Etagen hinunter und klingelte bei Frau Erdmann. Wenn jemand etwas wusste oder bemerkt hatte in diesem Haus, dann sie. Meist stand Frau Erdmann hinter einer dünnen Gardine und spähte aus dem Fenster. Sie registrierte, wer kam und wer ging. Manchmal lauschte sie offenbar auch an der Tür. Sie konnte stets Auskunft darüber erteilen, wer vergessen hatte, die Treppe zu putzen.

Es dauerte eine Weile, ehe Frau Erdmann erschien. Sie trug

ein langes, ausgewaschenes Nachthemd, und statt etwas zu sagen, schnaubte sie laut in ein Taschentuch.

»Guten Tag, Frau Erdmann. Es ist mir ein bisschen peinlich, Sie zu stören. Haben Sie heute etwas Auffälliges bemerkt?«, fragte Beate. »Eine Person, die nicht in dieses Haus gehört, zum Beispiel?«

Frau Erdmann schüttelte den Kopf. »Ich bin krank«, krächzte sie. »Liege schon den ganzen Tag im Bett.«

»Oh, tut mir leid. Gute Besserung!«, sagte Beate hastig. »Ich wollte auch nicht lange stören, nur fragen, ob ...«

Frau Erdmann schlug ihr die Tür vor der Nase zu. Beate zuckte zusammen. Das war wohl nichts, dachte sie. Also weiter.

Sie rannte die Stufen wieder hinauf und holte ihre Taschenlampe und ein Paar von den Einweghandschuhen, die Almgruber ihr überlassen hatte, dann lief sie hinunter und auf den Hof hinaus. Kam es nicht vor, dass manche Leute Tiere, die sie nicht mehr gebrauchen konnten, in den Mülltonnen entsorgten? Wer immer dieser Gestörte war, vielleicht hatte er nach dem Diebstahl nicht gewusst, wohin mit dem Diebesgut?

Als sie den Lichtkegel auf die Tonnen richtete, sah sich eine schwarze Katze nach ihr um, blickte sie einen Moment an, bevor sie davonhuschte. Galten schwarze Katzen nicht als Unglücksboten? Beate zog die blauen Gummihandschuhe an, hielt die Luft an und begann, den Inhalt der Tonnen zu durchsuchen. Irgendwann musste sie wieder atmen, den abscheulichen Geruch einatmen. Waren das eigentlich die Babywindeln, die so stanken? Oder der undefinierbare Matsch aus irgendwelchen vergammelten Essensresten?

Hier war nichts zu finden. Aber wieso sollte der Täter die Tiere mitnehmen? Sie machten doch bloß Arbeit. Vielleicht hatte er sie im Keller ausgesetzt? Oder auf dem Dachboden?

Ohne große Hoffnung kehrte sie ins Haus zurück und rannte die Stufen hinunter. Die Brettertüren der einzelnen Keller ihrer Nachbarn waren mit Vorhängeschlössern gesichert. Beate leuchtete fahrig mit ihrer Taschenlampe durch die Holzleisten hindurch. Die kleinen Nager waren Meister darin, sich zu verstecken, und suchten sich meist die dunkelsten Ecken dafür. Beate hatte sie manchmal in der Wohnung laufen lassen und dann Mühe gehabt, sie zu finden und wieder einzufangen. Das, was sie hier tat, hatte also wenig Sinn, wie sie sich eingestehen musste. Sie schaltete die Taschenlampe aus und lauschte in die Dunkelheit. Nichts. Kein Rascheln, kein Knistern, kein Quieken.

Sie pfiff eine kurze Melodie, so wie sie es oft tat, wenn sie ihren Haustieren Löwenzahn, Salat oder Gurke brachte. Doch es blieb still, und eigentlich hatte sie auch nichts anderes erwartet. Beate lief die Treppe wieder hinauf, an ihrer Wohnungstür vorbei, bis zum Dachboden. Nur der Form halber wollte sie dort auch noch nachsehen.

Die Tür knarrte leise. Sie betätigte den Lichtschalter, aber der funktionierte nicht. Es blieb dunkel. Beate konnte auf einmal spüren, dass dort in der Finsternis noch jemand war. Ihr Griff um die Taschenlampe wurde fester, aber sie schaltete sie nicht ein. Stattdessen versuchte sie, ruhig zu bleiben, und wartete darauf, dass sich ihre Augen an die Dunkelheit gewöhnten. Die Stabtaschenlampe war massiv und schwer genug, dass sie sie zur Not auch als Waffe gegen einen Angreifer nutzen konnte. Der Dachboden war recht groß und weitläufig. Weiter hinten knarrte eine Diele. Beate nahm wahr, wie sich eine Gestalt langsam auf sie zubewegte, und packte ihre provisorische Waffe mit beiden Händen.

43

Josef war viel zu spät dran. Der Zug hatte Verspätung gehabt, die Straßenbahn war ausgefallen, und die nächste, die kam, war überfüllt und zuckelte im Schneckentempo durch Halle. Almgruber wurde langsam nervös. In seiner Vorstellung sah er Florian am Zaun stehen und vergeblich auf seinen Vater warten. Bisher hatte er es geschafft, seinen Sohn täglich zu besuchen. Würde er das auf Dauer durchhalten?

Wenn Florian sich eingelebt hat, wird ihm die Trennung schon nicht mehr so schwerfallen, hoffte er. Vorausgesetzt, es war alles in Ordnung, und sein Sohn würde sich in Schule und Internat wohlfühlen. Und was wäre, wenn nicht?

Das Tor am Zaun war zugeschlossen. Niemand zu sehen. Josef suchte nach einer Klingel, doch er fand keine. Er zögerte nur kurz, dann gab er sich einen Ruck und griff in den Maschendraht. Über die Absperrung hinüberzuklettern fiel ihm nicht besonders schwer. Er hoffte nur, dass ihm niemand aus irgendeinem Fenster dabei zusah.

Im Internatsgebäude roch es nach süßem Kräutertee. Er folgte dem Geruch durch den leeren langen Gang und hörte das Klappern von Geschirr. Als er den Speisesaal betrat, sah er Florian sofort: Er stand in einer Ecke des Raums, mit dem Rücken zu den anderen Kindern, die über die Teller gebeugt dasaßen und ihre

Brote aßen. Florian wirkte vollkommen einsam, allein, abgestraft. Beinahe blieb Josef bei dem Anblick die Luft weg. Mit schnellen Schritten ging er auf seinen Sohn zu und berührte ihn sacht an der Schulter. Er trat in sein Sichtfeld und sah ihn besorgt fragend an.

Florian musste geweint haben. Seine Wimpern wirkten tränenverhangen. Der Junge blinzelte, senkte beschämt den Blick. Josef nahm ihn in den Arm, spürte das Zittern, das ihn durchlief, und strich ihm beruhigend über Kopf und Rücken.

»Wer sind Sie denn? Was machen Sie hier?«, fragte eine raue, fast heisere Stimme.

Josef wandte den Kopf, ohne seinen Sohn loszulassen. Er erblickte einen alten grauhaarigen Mann, der ihn durch eine Erich-Honecker-Hornbrille grimmig anstarrte. Dabei zupfte er nervös an seinen Hosenträgern herum, die über seinem Bauch spannten.

»Das ist mein Sohn«, sagte Josef. »Wieso muss er hier in der Ecke stehen? Was sind das denn für vorsintflutliche Methoden!« Hundsverregg! Was soll der Scheiß!, dachte er aufgebracht, doch er hielt sich gerade noch zurück. Florian musste mit den Leuten, die hier arbeiteten, ja klarkommen. Irgendwie.

»Der Junge kann sich nicht an Regeln halten«, brummte der Mann. »Er gebärdet sogar während des Abendbrots. Das dulde ich hier nicht.«

Almgruber sah ihn perplex an. »Unterhalten Sie sich nicht mit anderen Menschen, Herr …?«

»Holter«, antwortete der Grauhaarige. »Erhard Holter.« Einen Moment sah es so aus, als wollte er Josef die Hand geben.

»Unterhalten Sie sich nicht zum Beispiel mit Ihrer Familie, wenn sie gemeinsam am Tisch sitzen, Herr Holter?«

»Während der Mahlzeiten hat Ruhe zu herrschen. Ihr Sohn weigert sich außerdem, in Lautsprache zu reden, selbst wenn er dazu aufgefordert wird«, fuhr der Grauhaarige ungerührt fort.

»Die Gebärdensprache sehen wir nicht so gern in unserer Einrichtung.«

»Aber das ist doch ... *seine* Sprache! So kann er sich nun mal am besten verständigen!« Josef schlang den Arm um Florians Schultern und zog ihn einfach mit sich.

»Wo wollen Sie denn hin?«

»Es ist Wochenende. Ich nehme ihn mit nach Hause«, antwortete Josef, ohne sich nach dem Mann umzusehen.

Er hörte ein empörtes Schnaufen und verstand etwas von »Polizei rufen«.

Im Gehen zückte er seinen Ausweis, hob ihn kurz hoch und grinste. »Nicht nötig. Ich *bin* die Polizei!«

Irgendeinen Vorteil musste sein Job ja schließlich haben.

Er bot Florian an, mit ihm in die Pizzeria zu gehen, aber sein Sohn signalisierte ihm, dass er keinen Appetit habe. »Vielleicht später«, zeigte er mit seinen Fingern.

»Okay. Sollen wir dann jetzt nach Leipzig fahren?«

Auf dem Bürgersteig sah Florian sich suchend um.

»Wir müssen die Straßenbahn nehmen und dann den Zug«, gestikulierte Josef. »Mein Auto ist in der Werkstatt.« Er verriet lieber nicht, dass jemand die Reifen zerstochen hatte.

Florian nickte, und in seinem Gesicht zeigte sich ein Lächeln. Er mochte Zugfahrten. Josef beschloss, später mit seinem Sohn über das zu reden, was in dem Internat passiert war. Der Junge sollte erst einmal zur Ruhe kommen. Außerdem würde er Florians Klassenlehrerin anrufen und sich über die Behandlung beschweren. In die Ecke stellen? Vom Abendbrot ausschließen? Die Gebärdensprache untersagen? Wo gab es denn so was! Zum Glück besaß Josef ihre private Telefonnummer. Vielleicht konnte er auch ein Treffen mit ihr vereinbaren?

An der Straßenbahnhaltestelle nahm Florian seine Hand und sah erwartungsvoll zu ihm hoch. Offenbar war der Junge erleichtert, dass sein Vater ihn aus der demütigenden Situation erlöst hatte.

»Morgen gehen wir in den Leipziger Zoo, okay?«

Die Augen seines Sohnes leuchteten auf. Er hatte ihn sofort verstanden. Das Ablesen von den Lippen klappte immer besser.

44

Es war kalt auf dem Dachboden. Trotzdem brach Beate der Schweiß aus. Sie stand starr und steif da, bis aufs Äußerste angespannt – mit der Taschenlampe in den Händen.

Ihr war bewusst, wie unzulänglich ihre »Waffe« war. Sie würde einmal kurz zuschlagen und dann flüchten. War das ein guter Plan oder eher eine idiotische Idee? Was, wenn sie nicht richtig traf?

Sie wusste nicht, mit wem sie es zu tun hatte. Wenn der Dieb Geld oder das bisschen Schmuck, das sie besaß, gestohlen hätte, wäre ihr das beinahe egal gewesen. Aber ihr das Persönlichste zu nehmen, *lebendige Wesen* zu stehlen, war schon eine andere Hausnummer. Vielleicht sollte sie doch nicht weglaufen. Sondern diesem Wer-auch-immer-das-war einen ordentlichen Hieb verpassen, ihn überwältigen und ihn dann zur Rede stellen.

Die Gestalt kam langsam weiter auf sie zu. Im nächsten Moment blendete sie ein greller Strahl. Beate wich ein Stück zurück. Ihr fiel nichts Besseres ein, als ihre Taschenlampe ebenfalls einzuschalten.

Im ersten Moment sah sie nur das Licht, aber dann ... glaubte sie ihren Augen nicht zu trauen.

»Verdammt noch mal, Steffen!«, schrie sie. »Das ist nun wirklich total unprofessionell!«

»Beate?«, fragte er. »Ich dachte, du bist … na ja, der Einbrecher.«

»Und ich dachte das Gleiche von dir!« Fast kamen ihr die Tränen. »Wieso bist du hier? Du wolltest doch nicht kommen?«

»Ich hab's mir eben anders überlegt«, antwortete er zerknirscht. »Es klang ja doch irgendwie so, als wärest du womöglich …« Er holte tief Luft. » … *tatsächlich* in Gefahr.«

»Aber warum bist du auf meinem Dachboden?«

Er zuckte mit den Schultern. »In deiner Wohnung warst du ja nicht. Und ich dachte …«

Beate fing plötzlich an zu schluchzen. »Ich habe immer noch keine Ahnung, mit wem wir es zu tun haben! Es ist alles so … so verrückt!«

Steffen kam zu ihr und nahm sie in den Arm. »Schon gut«, sagte er. »Ich wollte dich wirklich nicht erschrecken.«

»Verstehe«, sagte sie, obwohl sie immer noch verwirrt war. Sie wollte von ihm abrücken, stattdessen schmiegte sie sich an ihn.

»Hey, was ist jetzt los?«, fragte er verlegen.

»Ich weiß nicht. Kannst du vielleicht hierbleiben?«, hörte sie sich selbst. Sagte sie das wirklich? »Ich kann gerade nicht … nicht allein sein«, stammelte sie.

Er zögerte eine lange Sekunde. Dann küsste er sie auf den Mund. Es war nur ein kurzer Kuss, nichts, was sich nach Verlangen anfühlte. »Gehen wir in deine Wohnung, oder willst du auf dem Dachboden bleiben?«

»In meine Wohnung?«, fragte sie verwundert, als wäre das völlig abwegig.

»Ich könnte in dem Meerschwein-Zimmer nach Spuren suchen.« Er lachte. »Oder auch …« Er zuckte mit den Achseln. »Anderswo?« Er klang unschuldig, als machte er nur eine harmlose Bemerkung, aber sie hörte den Unterton deutlich.

»Okay«, sagte sie einfach. »Gehen wir zu mir.«

Wie eine Seiltänzerin bewegte sie sich die Treppe hinunter – vorsichtig, als würde sie auf schwankendem Untergrund balancieren.

Steffen warf die Tür zu und nahm sie gleich in die Arme. »Du«, sagte er. »Bea. Darf ich Bea zu dir sagen?« Es klang ein wenig albern.

Sie lächelte nur. Ihr schwirrte der Kopf. Sie machte sich von ihm los, und sie gingen in das Zimmer, in dem ihr Bett stand. Sie zog die Gardinen zu. Sie war sich nicht sicher, ob sie nicht beobachtet wurden.

Sie kehrte in seine Arme zurück, in seinen Geruch, in seine Wärme. Sie küssten sich. Wieder nannte er sie Bea. Es kam ihr seltsam vor, dass er ihren Namen auf diese Weise in den Mund nahm. Dass er ihr einen *Kosenamen* gab und ihn wiederholte, als wäre er etwas Wertvolles. Als wäre er etwas anderes als nur ein Name. Sie ließ seine Zunge zwischen ihre Lippen stoßen. Sie tastete nach seinen Wangen, ihre Hände berührten seine Haut, die ihr weich und trocken vorkam, beinahe sandig. Sie dachte an den Ostseestrand, von der Abendsonne beschienen. Die Wärme sammelte sich unter ihren Fingern.

Sie sagten ein paar Augenblicke kein Wort. Steffen begann, sie auszuziehen. Er zog sich das Hemd vom Leib. Die Art, wie er ihr den BH aufhakte, erschien ihr routiniert. Einen Moment kam ihr in den Sinn, dass er vielleicht verheiratet war. Was wusste sie denn von ihm? Sie trat einen Schritt zurück.

»Es geht zu schnell, was?« Seine Stimme klang heiser. »Entschuldige. Wollen wir erst etwas trinken? Hast du Wein da oder Bier?«

Sie verschränkte die Arme vor den Brüsten. »Ich weiß nicht«, sagte sie verwirrt. Sollte sie so mit ihm trinken, so halb nackt? Sie fror plötzlich.

»Du weißt nicht?« Er schien es lustig zu finden. »Was weißt du nicht?« Er wusste wohl auch nicht so genau, was er sagte.

»Ich geh nachschauen.« Sie lief in die Küche, holte eine Flasche Rotwein aus dem Schrank, zwei Gläser. Irgendwie mechanisch kehrte sie zu ihm zurück.

Steffen lächelte, öffnete die Weinflasche, rasch, mit Kraft. Sie konnte sehen, wie sein Muskel anschwoll. Sie stellte die Gläser bereit.

Während er einschenkte, ging sie zu ihm, umarmte ihn von hinten, berührte seine Brust, seinen Bauch. Fuhr mit dem Finger über die Grenze zwischen Haut und Gürtel. Er drehte seinen Kopf zu ihr. Der Wein floss über den Rand des Glases. Sie küsste seinen Hals. Ihre Zunge drängte gegen seine warme Ostseesandhaut. Sie wusste, was sie wollte. Sie wollte, dass er das mit ihr machte, was er jetzt tat.

45

Andreas lauerte an der Tür.

Wie alle Gefängnistüren ging sie nach außen auf. Herr Jemand betrat die Zelle so gut wie nie.

Und wenn, setzte er höchstens einen Fuß über die Schwelle. Er war groß und kräftig. Andreas hatte keine Chance, ihn körperlich anzugreifen und zu überwältigen. Es blieb ihm nur, auf eine günstige Gelegenheit zu warten, ihn zu überlisten – wie es in Märchen hieß.

Aber die Gelegenheit kam nicht.

Herr Jemand war vorsichtig. Er beobachtete Andreas genau. Jede Bewegung, jeden Schritt, jede Haltung. Oft stand Andreas stocksteif da, angespannt, lauernd.

Die Mitbringsel interessierten ihn meist nicht. *Mitbringsel.* Nur manchmal, wenn er Hunger hatte, starrte er auf das Essen, das ihm gebracht wurde. Er hatte oft Hunger. Er musste das hier überleben. Oft quälte ihn die Langeweile. Die Bücher hatte er gelesen. Das Herumlaufen von Wand zu Wand oder im Kreis war eintönig. Er musste aufpassen, dass er nicht mit dem Kopf gegen die Mauer schlug.

Es war aber eigentlich gar nicht so schlimm. Nicht schlimmer als seine reguläre Zeit im Geschlossenen Jugendwerkhof. Da hatte er auch häufig in der Einzelzelle gehockt – beinahe ohne jede Beschäftigung. Man hatte ihm nur etwas Essen gebracht, und der Erzieher hatte ihn zum Arrestsport verdonnert. Sport ohne Gnade. Unter Aufsicht. Liegestütze, Hockstrecksprünge, Kniebeuge. Hunderte. Manchmal hatte er das Keuchen der anderen Arrestanten gehört. Gewusst, dass er nicht allein war. Aber jetzt war er der Einzige in diesem Verlies. Der letzte Mohikaner. Die anderen waren weg. Sonst wo. In der Welt, die angeblich frei sein sollte.

Wo mochte Tanja stecken? Dachte sie noch an ihn?

An diesem Tag hatte er sich einen Plan zurechtgelegt. Er wollte die Schüssel mit dem Waschwasser nehmen und sich beschweren, dass das Wasser dreckig war. Und dann würde er den ganzen Schwall über den Mann kippen und weglaufen, wenn der sich die Augen rieb.

Ein guter Plan, dachte er in einem Moment. Ein total bescheuerter Plan, dachte er im nächsten Augenblick.

Als die Tür sich endlich öffnete, stand er mit der gefüllten Emaille-Schüssel da. Sie war schwer. Er fühlte sich schwach. Geschwächt durch die Zeit der Gefangenschaft. Er konnte das Gefäß kaum halten. Geschweige denn mit Schwung hochheben.

Blöder Plan.

»Ich brauche frisches Wasser«, sagte er bloß und fühlte sich schlecht. Wie ein Versager.

Herr Jemand hatte wieder etwas mitgebracht. Kein Essen diesmal. Was war das?

Er hob einen Beutel hoch. Im Dämmerlicht konnte Andreas nicht gleich erkennen, was es war. Vielleicht ein Kissen? Das Ding bewegte sich. Andreas sah, dass es zappelte. Genauer gesagt: Dass etwas im Innern des Kissens zappelte. Bekam er jetzt einen kleinen Hund? Er hatte sich mal einen kleinen Hund gewünscht. Irgendwann in seinem früheren Leben. Von wem? Seiner Großmutter? Jemand anderes kam wohl kaum infrage. Das musste lange her sein. Zu lange, um sich klarer zu erinnern. Oder war er nicht mehr klar im Kopf?

Zögernd nahm er den zappelnden Beutel entgegen. Auf einmal quiekte es auch laut aus dem Stoff heraus. Sehr laut. Er sah hinein.

Nicht zu fassen! Was sollte das denn?

Es waren Meerschweinchen. Vier lebende, lebendige, zappelnde Meerschweinchen!

Verblüfft ließ er sie frei. In die begrenzte Freiheit seiner Zelle. Sie hockten eine Weile erstarrt da. Dann begannen sie herumzulaufen, wuselten umher, suchten sich Verstecke. So als wohnten sie hier.

Herr Jemand brachte auch noch Futter für die Tiere, Heu, Gurken, Salat. Und einen Handfeger mit Kehrschaufel. Einen zusätzlichen Eimer. Zeug zum Putzen.

Andreas bekam also eine Beschäftigung. Herr Jemand wollte, dass er sich mit den Tieren beschäftigte. Damit er nicht mehr so allein war?

Er war trotzdem allein.

46

Josef wartete, bis sein Sohn auf dem Sofa eingeschlafen war, ehe er sich erhob, in den Korridor ging, die Tür vorsichtig hinter sich zuzog und zum Telefon griff.

Sie hatten den ganzen Tag im Leipziger Zoo verbracht. Florian konnte sich an den Tieren, an den Pinguinen und Robben, an den Tigern und Löwen, an den Elefanten und Eisbären nicht sattsehen. Er hatte die Tiere genau beobachtet, und Josef hatte ihm seine Kamera überlassen, die er vor Kurzem erst gekauft hatte und die nicht ganz billig gewesen war. Florian knipste wie verrückt Fotos. Besonders mochte sein Sohn die Schimpansen, die an Seilen herumhangelten, auf Ästen balancierten und unvermittelt auf Florian zuzuspringen schienen. Er wich nicht einen Zentimeter zurück, lachte sich halbtot, wenn sie keinen Schritt von ihm entfernt Grimassen schnitten, drückte immer wieder auf den Auslöser des Fotoapparates. Josef freute sich noch jetzt über sein Lachen; es erleichterte ihn. Seinem Sohn ging es gut, das war die Hauptsache. Die Schimpansen hatten Florian neugierig angeblickt, hatten ihn beobachtet wie er sie, und so war er mit Florian noch zwei weitere Male ins Affengehege gegangen.

Juliane Siebenbach, Florians Klassenlehrerin, nahm beinahe sofort den Hörer ab.

Josef entschuldigte sich für die späte Störung und suchte nach

Worten, um seine Beschwerde möglichst höflich und sachlich zu äußern.

Frau Siebenbach hörte ihm zu. Eine Weile sagte sie gar nichts.

Josef lauschte in dieses Schweigen hinein. »Sind Sie noch dran?«, fragte er schließlich.

»Ja, natürlich.« Sie klang etwas resigniert. »Sie müssen verstehen, dass Sie sich in der ehemaligen DDR befinden«, sagte sie. »Die Regeln und Strukturen waren vorgegeben vom Volksbildungsministerium. Und zwar einheitlich für alle Schüler. Da blieb wenig Spielraum. Die Gebärdensprache war ... nun ja ... verpönt. Die gehörlosen Kinder sollten lernen zu sprechen, damit sie sich in der Gesellschaft verständigen konnten. Darauf wurden sie getrimmt. Auch wenn sie gar nicht hören konnten, was sie nach mühsamer Dressur selbst sagten. Natürlich verständigten sie sich untereinander dennoch mit Gebärden. Aber erwünscht war das nicht. Deshalb kam es auch zu Sanktionen und Bestrafungen durch Erzieher. Und ...« Sie räusperte sich. »Leider muss ich sagen: Das In-die-Ecke-Stellen war dabei noch harmlos und allgemein üblich. Nicht nur in Gehörlosenschulen, sondern auch in anderen Einrichtungen, sogar schon im Kindergarten. Keiner sollte aus der Reihe tanzen. Nicht das einzelne Kind, seine Fähigkeiten und Bedürfnisse, sondern das Kollektiv stand im Mittelpunkt und – zumindest offiziell – die Erziehung zur sogenannten allseitig gebildeten sozialistischen Persönlichkeit. Ich fürchte, Herr Almgruber, das wird noch eine Zeit brauchen, ehe die Gebärdensprache Anerkennung findet und der Unterricht bilingual durchgeführt wird. Aber was unsere Schule betrifft, sind wir auf einem guten Weg, glaube ich. Zumindest in meinem Unterricht können Florian und seine Klassenkameraden gebärden, so viel sie wollen.«

Was sie sagte, klang für ihn glaubwürdig. Lügner erkannte er meist schon am Tonfall. Jedenfalls diejenigen, die nicht geübt waren im Lügen.

»Und was ist mit dem Umgang im Internat?«, fragte er. »Ich hoffe, diese … diese völlig unangemessene Bestrafung war nur ein einmaliger Ausrutscher.«

»Ich werde mit dem Kollegen Erhard Holter reden«, versprach sie. »Gerade das Personal vom Internat besteht zum Teil noch aus älteren Erziehern, und einige von ihnen sind nicht besonders motiviert, sich von der strikt autoritären Pädagogik zu lösen.«

»Ich danke Ihnen für Ihre Offenheit«, sagte Josef. »Ich werde meine Beschwerde dennoch schriftlich bei der Schul- und Internatsleitung einreichen. So eine Behandlung hat Florian nicht verdient und die anderen Kinder auch nicht. Sie haben es schon schwer genug.«

»Ich verstehe Sie und teile Ihre Meinung«, sagte Frau Siebenbach. »Als Vater machen Sie sich natürlich Sorgen. Aber ich kann Ihnen versichern: Alles in allem macht sich Ihr Sohn gut in der Schule, und er hat auch schon Freundschaften geschlossen. Er ist ein intelligenter, sensibler Junge. Er wird schon klarkommen … mit Ihrer und meiner Unterstützung.«

»Das hoffe ich.«

»Sollte es wieder mal ein Problem geben, rufen Sie mich ruhig an.«

»In Ordnung. Danke. Ich bringe Florian morgen Abend nach Halle zurück. Und ich gehe davon aus, dass sich so ein … so ein *Vorkommnis* nicht wiederholt.«

»Davon gehe ich auch aus«, antwortete sie. Besonders zuversichtlich klang sie allerdings nicht.

Sie verabschiedeten sich und wünschten sich gegenseitig einen schönen Sonntag.

Josef fühlte sich einigermaßen beruhigt. Probleme gab es

schließlich überall. Dennoch blieb ein leichtes Unbehagen. Ihn schmerzte die Erkenntnis, dass er seinen Sohn nicht vor allen Ungerechtigkeiten und schlechten Erfahrungen schützen konnte.

Er schlich sich in das Zimmer zurück, in dem sein Sohn friedlich schlief, stand einfach nur da und lauschte eine Weile seinem gleichmäßigen Atem.

47

Wolfgang Braun, der ehemalige Hausmeister des Geschlossenen Jugendwerkhofs, saß mit verschränkten Armen am Tisch in dem kleinen Raum des Torgauer Polizeigebäudes und sah erst Almgruber, dann Beate missmutig an.

»Dachte, der Tod des Direktors wäre ein Suizid gewesen«, brummte er. »Selbst ...« Er machte eine Pause. »...mord.«

Beate nickte ihm zu und wollte etwas erklären, aber ihr Kollege kam ihr zuvor.

»Wie kommen Sie darauf?«, fragte Josef Almgruber schroff.

Braun zuckte mit den Achseln. »Das hat doch dieser Genosse Volkspolizist gesagt. Ihr Kollege. Lehmann hieß der, richtig? Und der Arzt, Dr. Rehling, war auch der Meinung, dass es keine Hinweise auf Fremdverschulden gab. Soweit ich mich erinnere, waren genau das seine Worte.«

»Die Ermittlungen zu dem Fall wurden wieder aufgenommen«, erklärte Beate trocken. »Wir gehen noch einmal jedem Hinweis nach. Sie waren der Erste am Tatort?«

»Scheint so.«

»Erzählen Sie uns bitte, wie Sie den Toten auffanden.«

»Da gibt es nicht viel zu erzählen. Ich kam an meine damalige Arbeitsstätte, schaute wie jeden Morgen nach dem Rechten und schloss die Türen auf für die Bauarbeiter, die im November 89 gerade die Fenstergitter entfernen und andere bauliche Maßnahmen durchführen sollten. Ein paar Gitter waren ja schon abmontiert, am Haus stand ein Gerüst, und ich hab gehört, dass da was klapperte.«

»Das kam Ihnen verdächtig vor?«, fragte Almgruber.

»Verdächtig wäre zu viel gesagt. Es klapperte ja öfter mal. Dann bin ich den Gang abgelaufen im mittleren Jungentrakt, in der zweiten Etage. Hab durch die Spione geguckt, ob alles in Ordnung ist. Und gehe dann weiter ... und plötzlich bemerke ich eine Tür, die meiner Meinung nach abends noch verschlossen gewesen war und die jetzt halb offen stand ... und gucke durch den Spalt, und dann sehe ich in dieser Zelle den Direktor baumeln.« Unwillkürlich griff er sich an den Hals. »Er hing an so einer Stange, die ... Na ja, das wissen Sie ja alles. Kein schöner Anblick. Ich hab mich natürlich tierisch erschrocken, bin in das Erzieherzimmer gerannt und hab telefoniert. Dr. Rehling wurde von mir aus dem Bett geklingelt. Und dann rief ich auch die Polizei.«

»Haben Sie die Leiche berührt?«, wollte Almgruber wissen.

»Natürlich nicht. Das ist doch nicht gestattet, oder? Ich hatte sowieso den Eindruck, dass der Mann nicht mehr lebte. Aber ich bin ja kein Arzt, deswegen habe ich auch erst den Doktor angerufen.«

»Glaubten Sie gleich, als Sie den Toten fanden, er hätte sich das selbst zugefügt?«, fragte Beate.

Wolfgang Braun fuhr sich nervös durch sein struppiges rotes Haar. »Keine Ahnung. Da habe ich in dem Moment nicht drüber nachgedacht. Erst später. Also ... na ja, die Berliner Mauer fällt um, und unmittelbar darauf hängt der Boss leblos in dem Reich, in dem er die uneingeschränkte Macht besaß. Es kam mir nicht ganz unwahrscheinlich vor, dass er sich umgebracht hat. Andererseits ...« Braun fummelte eine zerquetschte rote Packung Pall

Mall aus der Jackentasche, zog eine Zigarette heraus und steckte sie sich an.

»Andererseits?«, hakte Almgruber nach.

Braun inhalierte tief, und es dauerte eine Weile, ehe er den Qualm wieder ausstieß und weitersprach. »Der war eigentlich nicht der Typ dafür.«

»Warum nicht?«, fragte Beate.

»Weiß nicht. Es passte nicht zu ihm. Er war so ein absoluter Machtmensch und ein Kontrolleur. Und wenn man sich selbst wegmacht, hat man weder Macht noch Kontrolle mehr, oder?«

»Könnte man so sagen.« Josef Almgrubers Gesicht blieb ernst, aber Beate hörte den ironischen Unterton deutlich.

»Sie und der Direktor hatten nicht das beste Verhältnis?«, fragte sie.

»Sagt wer?«

»Für mich klingt es so, dass Sie der Tod Ihres Vorgesetzten nicht wirklich berührt hat.«

»Es ist ja auch ein Jahr her«, wich Wolfgang Braun aus. »Wir waren keine Freunde, falls Sie das wissen wollen.« Er stockte und bedachte Beate mit einem misstrauischen Blick. »Aber auch keine Feinde«, fügte er leise hinzu.

»Sie haben als Hundeführer gearbeitet, aber dann beschloss das Kollegium eines Tages, die Wachhunde abzuschaffen? Warum?« Almgruber sah ihn durchdringend an.

»Angeblich aus Kostengründen. Sie mussten ja jeden Tag gefüttert werden.«

»Es gab also plötzlich keine Aufgabe mehr für Sie, und der Direktor hat Sie entlassen«, stellte der Kommissar fest. »Da waren Sie doch sicher ziemlich wütend?«

»Zuerst schon. Aber dann wurde plötzlich die Stelle des Hausmeisters frei, da der Kollege nicht aus seinem Ungarn-Urlaub zurückgekehrt ist, weil er – wie sich später herausstellte – beim sogenannten *Paneuropäischen Picknick* im August zusammen mit Hunderten DDR-Bürgern nach Österreich geflohen war. Man setzte notgedrungen mich an seinen Platz, und mein Verdienst lag sogar etwas höher als vorher.« Braun blickte auf den Boden oder betrachtete seine Schuhe.

Es schien Beate, als würde er bestimmte Dinge für sich behalten. War es tatsächlich darum gegangen, die Tiere abzuschaffen, oder eher darum, *ihn*, einen unliebsamen Kollegen, aus dem Weg zu räumen?

»Und die Hunde?«, fragte Beate. »Tat es Ihnen nicht leid um die Hunde? Man baut doch im Lauf der Jahre eine Beziehung auf zu den Tieren, mit denen man täglich zu tun hat.« Sie versuchte, nicht an ihre Meerschweine zu denken.

Der Mann runzelte die Stirn. Seine Augenbrauen zogen sich zusammen, und Beate kam es vor, als würden zwei haarige rote Raupen aufeinander zukriechen. Sie beobachtete ihn, irgendwie fasziniert: Von einem Moment auf den anderen veränderte sich seine Mimik, wurde düster.

»Er hat sie einschläfern lassen«, brachte er hervor.

Beate wartete, dass er von sich aus weiterreden würde, und starrte auf seine Hände, die sich auf der Tischplatte zu Fäusten ballten. Die Knöchel seiner Finger waren tätowiert, wie sie erst jetzt erkannte. Sie sah genauer hin. Es waren Buchstaben, die etwas dilettantisch aussahen. FUCK stand auf der linken Hand, LUCK auf der rechten.

»Wer?«, fragte sie schließlich. »Wer hat die Hunde einschläfern lassen?«

Braun schnaufte. Es klang irgendwie verächtlich. Oder auch empört. »Na, der Direktor.«

Beate schüttelte sich unwillkürlich, als wäre ihr plötzlich kalt. »Und da gab es keine andere Lösung?«

»Die hätte es sicher gegeben. Aber Karl Zinkner machte einfach immer, was er wollte. Ohne Rücksicht auf Verluste. Auch wenn es um die Jugendlichen ging.«

»Sie waren mit seinen Erziehungsmethoden nicht einverstanden?«, fragte Almgruber.

»Nicht nur mit seinen. Auch mit denen der anderen Erzieher. Aber ich sollte mich nicht einmischen und die Klappe halten, wurde mir klargemacht.«

»Was hat Sie gestört?«

»Die Jugendlichen wurden nur angebrüllt. Es gab nie ein freundliches Wort. Sie mussten den ganzen Tag schuften und danach noch raus auf den Hof und diesen Extremsport absolvieren. Hunderte Liegestütze, Hockstrecksprünge, Kniebeuge, dann Runden rennen ... Bei Wind und Wetter und in kurzem Sportzeug. Wenn sie nicht parierten, kamen sie in die Einzelzelle. Manchmal drei Tage, manchmal vier, fünf, sechs, sieben ...« Er holte tief Luft. »Es gab welche, die sind durchgedreht, haben rumgeschrien. Sogar ihre Pritsche zerlegt, obwohl das kaum zu schaffen war, dieses Bretterbett kaputt zu kriegen, oder sie haben den Hocker gegen die Tür gedonnert. Die wurden dann in die Dunkelzelle in den Keller geschafft. Oder auch in den Fuchsbau. Manche kettete man an ein Gitter an und ließ sie dort stehen, bis sie aufhörten zu schreien.«

Einen Moment herrschte Schweigen. Beate sah Andreas vor sich, dann Tanja und schließlich Maik. Blasse Gesichter, kurze Haare, leere Blicke. Was hatten sie in diesem Haus des Schreckens erlebt?

Sie schluckte. »Die Jugendlichen haben Ihnen also leidgetan?«, fragte sie.

»Man sagt ja, man gewöhnt sich an alles. Aber das stimmt nicht«, sagte Wolfgang Braun. »Ich habe spät Skrupel bekommen, das gebe ich zu, aber zum Schluss, also in der sogenannten Wendezeit, konnte ich diese Quälereien kaum noch ertragen.«

»Und? Was haben Sie getan?«, hakte Beate nach. »Welche Konsequenzen hatte ihr Gesinnungswandel?«

Wolfgang Braun antwortete nicht gleich. Er rauchte die letzten Züge seiner Zigarette und drückte die Kippe umständlich im Aschenbecher aus.

»Ich wurde etwas nachlässiger, was das Abschließen von Türen betrifft«, erklärte er schließlich zögernd.

»Lassen Sie mich raten«, sagte Beate. »Das betraf auch den Arrestraum von Andreas?«

»Stimmt.«

»Da Sie ja für das Zuschließen nicht zuständig waren, gehe ich davon aus, dass Sie die Tür unerlaubterweise aufgeschlossen haben?« Beate lächelte ihn gezwungen an.

Er nickte. »Die von dem Vierzehnjährigen. Er wirkte immer wie ein Kind auf mich.«

»Wann genau haben Sie die Zellentür aufgesperrt?«, wollte Almgruber wissen.

Der Mann rieb sich die Stirn und überlegte einen Moment. »Der Andreas tat mir schon leid. Es hat mich traurig gestimmt, ihn da hocken zu sehen, in diesem Loch. Er ist noch so extrem jung, wissen Sie? So ein schmächtiger Junge. Soweit ich mich erinnern kann, hab ich die Tür am Abend des neunten November aufgeschlossen. Eigentlich hatte ich da schon Feierabend.«

»Warum?« Josef Almgruber beugte sich ein Stück weiter vor, als wollte er dem ehemaligen Hausmeister auf die Pelle rücken. »Wieso gerade an diesem Tag?«

»Es kam mir so widersinnig vor. Draußen, auf den Straßen

von Torgau, rannten die Leute rum und demonstrierten für Freiheit, Demokratie und Menschenrechte, und da hockten zur gleichen Zeit noch welche in diesen kalten, düsteren Zellen. Absurd. In Torgau gab es erst an jenem neunten November 1989 die erste große Demonstration. Die Torgauer waren etwas spät dran, wenn man bedenkt, was schon lange in Leipzig los war.«

»Hat Sie jemand gesehen?«, erkundigte sich Beate. »Und hat Andreas bemerkt, was Sie taten?«

Er schüttelte den Kopf. »Ich war vorsichtig. Und sehr leise.«

»Und einige Zeit später haben Sie auch die Tür, hinter der Maik eingesperrt war, heimlich geöffnet?«, fragte sie weiter.

»Nee, bei dem hab ich das nicht gemacht.«

Almgruber hob überrascht den Kopf. »Warum nicht?«

»Er erschien mir ... wie soll ich sagen ... unberechenbar.«

»Aber seine Zelle war kurze Zeit danach auch auf einmal nicht abgeschlossen«, erklärte Beate. »Maik Kerner kam also heraus, stieß daraufhin auf Frau Hellermann und hat ihr den Schlüsselbund entwendet, sie in den Fuchsbau bugsiert und dort eingesperrt. So wie sie es mit ihm gemacht hatte. Er muss voller Hass auf die Erzieherin gewesen sein. Ein Wunder, dass die Situation nicht eskaliert ist und Frau Hellermann mit dem Schrecken davonkam. Und dann ergriff Maik die Gelegenheit und ist zusammen mit den beiden anderen Insassen abgehauen.«

Wolfgang Braun schüttelte den Kopf. »Das war ich nicht. Echt nicht. Ich hab nur den Kerker von dem Andreas aufgeschlossen.«

48

Der Rabe flog um sie herum. Wenn sie die Augen schloss, konnte Tanja ihn sehen. Seine Flügel, die sich ausbreiteten, zusammenzogen und wieder öffneten. Seine Bewegungen erschienen ihr vollkommen. Es war wie ein Tanz. Es musste gut sein, ein Rabe zu sein, so zu treiben, zu schweben. Irgendwo zu landen, die Welt von oben zu betrachten und sich im nächsten Moment von dem Ast, auf dem man saß, mit kraftvollem Schwung abzustoßen, hinaus in den Himmel zu fliegen. Höher und höher, weiter und weiter.

»Tanja? Schläfst du noch?« Ihre Mutter zog die Bettdecke zurück und beugte sich über sie. »Bist du denn immer noch müde? Willst du nicht mal aufstehen?«

Tanja öffnete die Augen und starrte ihre Mutter an. Sie schüttelte den Kopf. Sie war nicht müde, aber sie wollte auch nicht aufstehen. Wozu?

»Die Sonne scheint sogar«, sagte die Mutter hilflos. »Weißt du?«

Tanja zuckte mit den Achseln. »Ja«, sagte sie.

Die Mutter ging zum Fenster und zog die Gardinen auf. Die Sonne schoss ins Zimmer, und Tanja blinzelte.

»Weißt du was?«, fragte die Mutter auf merkwürdige Art fröhlich. »Ich mache uns jetzt ein Frühstück. Ich habe Brötchen gekauft. Stell dir vor, sie waren noch warm. Ganz frisch.«

»Schön«, sagte Tanja. Sie versuchte, den Raben zu sehen. Seine langsamen Bewegungen. So musste sie atmen, so wie er sich bewegte, in diesem Rhythmus. Auf und ab. Ein und aus. Ein und aus und immer so weiter. Sie brauchte nur zu atmen, zu essen, zu trinken, »ja« und »schön« sagen, weiter nichts.

»Ich habe sogar solche Hörnchen gekauft, die du so magst. Solche französischen.«

»Croissants«, sagte Tanja – beinahe stolz darauf, dass sie dieses fremde Wort aus sich herausbrachte.

»Genau.«

Tanja hielt den Kopf schief wie ein Rabe und lächelte. »Danke, Mutti.«

»Schon gut.« Ihre Mutter nickte und ging hinaus.

Tanja erhob sich und zog die Gardinen zu. Es wurde wieder finster in dem Zimmer. Keine Sonne mehr. Der Rabe flog im Zeitlupentempo über sie hinweg. Sie spürte seinen Flügelschlag in ihrem Gesicht.

Ihre Mutter öffnete die Tür, ohne anzuklopfen. »Ich habe dir Wasser eingelassen«, sagte sie.

Aus dem Hahn brach noch der Strahl. Der Schaum wuchs. Tanja streckte ihre Hand aus und berührte die Blasen. Sie gaben nach, duckten sich, blieben an ihren Fingern haften. Tanja kroch mit den Armen voran in die Wanne. Hielt den Kopf unter den Strom. Er war heiß und hart. Kräftig, aber nicht kräftig genug. Nicht so kräftig wie der Direktor. Der sie an sich herangezogen und sie umklammert hatte, fest umklammert – wie eine Beute.

Wie viel Wasser passte in einen Menschen?

Tanja öffnete den Mund, ließ das Wasser bis in die Kehle laufen und gurgelte. Sie verschluckte sich und hustete, spuckte. Und ihr fiel die Polizistin ein, die bei ihr gewesen war und ihr ein Taschentuch gereicht hatte für ihre Tränen. Hatte sie tatsächlich geweint? Warum?

Kleine schwarze Augäpfel saßen auf den Blasen. Tausende kleine schwarze Murmeln, und Tanja beugte sich über sie, als wären sie Augen von Raben, die zu ihr emporblickten. Ein ganzer Schwarm! Sie schöpfte den Schaum mit beiden Händen und roch an ihm. Sie mochte alles, was duftete. Tanja hielt die Zunge in die Flocken. Wie konnte etwas, das so duftete, so bitter schmecken? Sie tauchte ihr Gesicht in die weiche Masse. Atmete durch die Nase ein. Wenn Seelen in den Himmel stiegen, lebten sie dann als Raben in den Wolken?

Wie fühlte er sich an, dieser Himmel? Wie schmeckten Wolken? Konnte man sie essen?

Sie sog die Bläschen in sich ein, und sie stellte sich vor, wie sie in ihr Hirn stiegen und dort platzten. Sie hörte es knallen. Aber es war die Tür, die gegen die Wand schlug.

»Tanja? *Tanja!*«

Das Gekrächze ihrer Mutter brachte sie zurück aus ihren Rabenträumen. Sie wischte sich den Schaum aus dem Gesicht. In ihren Augen brannte es. Das Wasser lief noch immer. Ihre Mutter beugte sich über die Wanne und drehte den Hahn zu. Wolken waren vom Himmel gefallen und krochen überall herum.

»Tanja!« Ihre Mutter klatschte einen Wischlappen auf den Boden. »Was hast du dir nur dabei gedacht?«

»Wobei gedacht?« Tanja lauschte dem fremden Ton in der Stimme.

»Meinst du, ich habe noch nicht genug Ärger. Meinst du das?« Ihre Mutter hielt einen Schrubber in der Hand und fuchtelte wild damit herum. »Ich gebe mir ja nun wirklich Mühe.« Sie schluchzte und begann, den Boden zu wischen. »Aber du ... du trampelst auf meinen Nerven herum. Du trampelst auf mir herum!« Sie tauchte ihren Arm in die Wanne und zog den Stöpsel heraus.

Tanja saß ganz still. Das Wasser lief ab. Die Flocken tanzten um sie her, und sie saß ganz still, lauschte dem Gurgeln und wartete darauf, dass ihr Körper sich in Schaum auflöste. Dass der Abfluss die schwarzen Augäpfel-Lichter einsaugte. Dass der Schlund sie einsaugte.

Aber nichts passierte. Sie saß nur nackt in einer leeren Badewanne.

Ihre Mutter murmelte vor sich hin, bewegte den Schrubber wie eine Waffe. Heulte sie? Aber warum? Was war los?

»Welchen Ärger meinst du?«, fragte Tanja schließlich. Ruhig, beinahe sanft.

»Sie haben vorhin deinen Vater abgeholt«, sagte ihre Mutter. »Ich wollte dir das ja eigentlich nicht erzählen. Aber da waren Polizisten, die ihn zum Verhör nach Leipzig bringen wollen. Ich fürchte, sie glauben, dass er diesen Direktor getötet hat.«

Mit einem Schlag war Tanja hellwach. »Er war es nicht!«, sagte sie und rang nach Luft. »Er war es auf keinen Fall!«

49

»Sie haben *was?*« Beate Vogt stand mit einer halb gefüllten Kaffeetasse im Büro vor ihm und sah ihn erschrocken an.

»Er wird gerade abgeholt«, sagte Josef sachlich. Warum fand sie das so besonders? Aus seiner Sicht war das ein folgerichtiger Schritt. »Herr Wolter ist ein Verdächtiger«, erklärte er ihr. »Der Vater von Tanja war zur fraglichen Zeit, am Abend des 9. November, am Tatort. Sein Alibi ist seine zu dem Zeitpunkt im Trabi schlafende Frau. Sie konnte nicht mal angeben, wie lange er weg gewesen ist.«

»Aber wieso wird er abgeholt? Sie hätten ihn doch einfach herbestellen können.«

»Er hat sich unserer Befragung entzogen, schon vergessen?«

Die Fassungslosigkeit seiner Kollegin erstaunte ihn. Er war sich keiner Schuld bewusst. Er hatte alles richtig gemacht. Da gab es für ihn keinen Zweifel. Sie mussten den Mann noch einmal befragen.

»Im Moment ist er der Hauptverdächtige«, behauptete er, obwohl er sich alles andere als sicher war.

»Ach was? Wann haben Sie das denn entschieden? Und wieso lassen Sie ihn nach Leipzig holen, ohne das mit mir zu besprechen?«

Darum ging es also. Um die gekränkte Ehre oder die beleidigte Ostseele.

Jammerossi, dachte er. An diesem Begriff war schon was dran. Aber Beate Vogt fand vermutlich die Bezeichnung *Besserwessi* gerade auch recht treffend.

»Ich leite die Ermittlung«, sagte Josef. »Ich muss nicht jeden Schritt mit Ihnen absprechen.«

»Na, fantastisch«, erwiderte sie sarkastisch. »Sind wir nun ein Kollektiv, das zusammenarbeitet, oder nicht?«

»Wir sind ein Team«, antwortete er. »Ein Team, das ich leite.«

»Team … Kollektiv … Das ist doch dasselbe. Und man spricht sich ab, Herr Kollege! Was wollen Sie ihn denn fragen?«

»Ich will herausfinden, ob er weiß, dass seine Tochter von dem Direktor sexuell missbraucht worden ist. Das wäre nämlich ein Motiv.«

Beate Vogt schüttelte heftig den Kopf. »Das dürfen Sie ihn aber nicht direkt fragen. Denken Sie mal an Tanja! Sie hat mir diese schreckliche Geschichte anvertraut. Sie will bestimmt nicht, dass ihr Vater das von uns erfährt.«

Josef sah, dass ihre Hände vor Empörung zitterten. Etwas von dem restlichen Kaffee schwappte aus ihrer Tasse, ohne dass sie es zu bemerken schien.

»In erster Linie müssen wir einen Fall aufklären, oder sehen Sie das anders?« Ihre Gereiztheit übertrug sich allmählich auf ihn.

»Nein, aber wir haben auch eine Verantwortung für das Mädchen«, sagte sie. »Wir können das, was sie uns gebeichtet hat, nicht einfach weitergeben. Auch nicht an die Eltern.«

»Ich bin kein Priester. Bei mir kann man nichts beichten«, entgegnete Josef. »Aber ich werde versuchen, Ihren Wunsch zu berücksichtigen. Unter einer Bedingung.« Er blickte ihr einen Moment direkt in die Augen. »Halten Sie sich aus der Befragung heraus. Mir scheint, Sie sind befangen. Wenn er der Täter ist, ist er der Täter. Auch wenn seine Tochter gelitten haben sollte und noch leidet.«

Er sah, wie sie plötzlich blass wurde. Auf ihrer Stirn zeigten sich Furchen, die vorher nicht da gewesen waren.

War er zu weit gegangen? Aber er meinte, was er sagte. Ihr schien mehr an diesen Jugendlichen zu liegen als an der Aufklärung des Mordes.

Die Tür flog plötzlich auf, und Josef fuhr mit einem Ruck herum.

Arno Berg trat ein, in Begleitung eines jungen Mannes, den er nicht kannte.

»Und hier sehen Sie Ihre wichtigsten Kollegen! Hauptkommissar Almgruber und Kriminaloberassistentin Vogt. Sie ermitteln in dem Fall, von dem ich Ihnen eben schon berichtet habe.«

Der Leiter der Morduntersuchungskommission deutete jetzt auf seinen Begleiter.

»Darf ich vorstellen: Viktor Lüder aus Torgau. Er wird unser Team ab sofort verstärken.«

Josef reichte dem jungen Mann überrascht die Hand. Zwar hatte Berg davon gesprochen, dass sie mehr Personal bräuchten, aber die Einstellung eines neuen Kollegen mit keinem Wort erwähnt.

Lüder war unrasiert, nachlässig gekleidet und wirkte auf den ersten Blick drahtig und schüchtern. Doch der Druck seiner Finger war kräftig, wie Josef feststellte.

»Willkommen! Freut mich wirklich, Viktor, Sie hier zu sehen«, sagte Beate Vogt. »Ihr Berufswunsch ist also in Erfüllung gegangen.«

»Ich habe einfach nicht lockergelassen.« Ein stolzes Lächeln huschte über sein Gesicht.

»Ach, Sie kennen sich bereits!«, rief Arno Berg aus und hob beide Hände, als wollte er ihnen seinen Segen erteilen. »Wie schön!«

»Durch Frau Vogt hatte ich das erste Mal mit dem Fall zu tun«, erläuterte Viktor Lüder. »Genau genommen durch einen anonymen Brief, der an sie gerichtet war und der bei uns, bei der Torgauer Polizei, gelandet ist. Das hat natürlich mein Interesse geweckt.«

Arno Berg nickte übertrieben fröhlich. »Prima. Dann fangen Sie ja nicht bei null an, wenn ich das richtig sehe?«

»Nicht ganz«, antwortete er bescheiden. »Und meine Kollegen werden mich ja sicher schnell einarbeiten.«

»Natürlich«, sagte Josef. »Sie können gleich bei einer Vernehmung dabei sein und erst einmal zuhören, in Ordnung?«

Josef spürte den verwunderten Blick seiner Kollegin, der ihn streifte. »Zusammen mit Frau Vogt und mir«, ergänzte er vorsichtshalber.

Eine halbe Stunde später saß Herbert Wolter wie ein begossener Pudel vor ihnen, die Arme verschränkt, mit trotzigem Blick.

»Es tut mir leid, dass wir Sie herbringen lassen mussten. Aber das haben Sie sich selbst zuzuschreiben. Wieso sind Sie denn bei unserer ersten Befragung weggelaufen?« Josef schob seinen Oberkörper ein Stück über den Tisch und blickte Wolter neugierig an. »Warum haben Sie nicht einfach unsere Fragen beantwortet?«

»Werde ich verdächtigt?«, fragte der Mann unwirsch zurück. »Ist das hier so was wie früher bei der Stasi: die *Klärung eines Sachverhalts?*«

Josef warf Beate Vogt einen fragenden Blick zu. Sie stand schweigend an die Wand gelehnt da. Klar, sie ließ ihn im Stich. Geschieht Ihnen recht, schien ihr Blick zu sagen. Viktor Lüder,

der etwas abseits auf einem Stuhl saß, hob den Finger, wie ein Schüler, der sich bei seinem Lehrer lieb Kind machen wollte. Josef ignorierte ihn.

»Würden Sie bitte antworten, Herr Wolter!«, forderte er in scharfem Tonfall.

Der Mann zuckte mit den Schultern. »Es hat sich angeboten. Einfach über das Feld wegzurennen, kam mir in diesem Moment als ... ähm ... Ausweg vor.«

Josef schüttelte unwillkürlich den Kopf. »Sie wollten also nicht mit uns reden. Warum nicht?«

»Weil ich nichts beitragen kann, was Ihnen weiterhilft.«

»Deswegen rennt man weg?«

»Ich will mit diesem Direktor nichts zu tun haben! Das wollte ich nicht, als der lebte. Und das will ich auch jetzt nicht, wo er ... tot ist.«

»Meinen Sie *endlich* tot?«

»Das habe ich nicht gesagt.«

»Aber womöglich gemeint? Erzählen Sie doch mal, was Sie von dem Mann hielten, der Chef in der Umerziehungsanstalt in Torgau war.«

»Nichts.« Wolter schwieg einen Moment und kniff die Lippen zusammen, als würde er mit sich selbst ringen. »Er war einfach ein Schwein, das sich an seiner Macht ergötzt hat!«, brach es dann aber aus ihm heraus. »Ich hielt absolut gar nichts von ihm. Mir tat meine Tochter leid, und ich wollte sie da herausholen. Ich wollte sie *befreien*. Aber es führte kein Weg rein. Meine Frau und ich haben Eingaben geschrieben, uns in unserer Verzweiflung immer wieder an die Jugendhilfe gewandt und sogar an das Ministerium für Volksbildung. Alle zuständigen Organe haben gemauert. Als ich nicht nachließ, haben sie mir gedroht, mich anzuzeigen.«

»Wer?«

»Die von der Jugendhilfe. Sie drohten uns damit, dass wir das Erziehungsrecht endgültig verlieren und unsere Tochter nie wiedersehen. Der Referatsleiter kündigte an, dass er mich anzeigen würde, wenn ich mich weiter beschwere und Ärger mache.« Er holte tief Luft. »Und Zinkner hat dem Ganzen noch die Krone aufgesetzt. Uns vorgeschrieben, wann wir Tanja besuchen dürfen und wann nicht. Meistens wurden unsere Besuchsanträge abgeschmettert. Der für den neunten November kam überraschenderweise durch. Niemand ahnte, dass das mal ein historisches Datum werden würde. Ich natürlich auch nicht. Meine Pläne, meine Tochter da rauszuholen, hatten sich nicht geändert. Deswegen bin ich abends noch einmal zu diesem Knastgebäude. Aber ich bin gar nicht bis zum Direktor gekommen. Da war so ein komischer Typ, wohl ein Wächter. Der hat mich abgewiesen.«

»Wissen Sie noch, was er genau gesagt hat?«, fragte Josef.

»Genau weiß ich das nicht mehr. Nur dass es zu spät wäre. Und der Direktor nicht mehr zu sprechen. So in etwa. Und dann hat er mir die schwere Tür vor der Nase zugeknallt.«

»Wie fühlten Sie sich in diesem Moment?«

»Wütend natürlich! Ich wollte meine Tochter mit nach Hause nehmen. Sie gehört zu uns, zu ihrer Familie! Und der Zinkner plante, Tanja nach dem Aufenthalt im geschlossenen Jugendwerkhof noch in irgendein Wohnheim zu stecken. Das erfuhren meine Frau und ich bei dem Gespräch mit meiner Tochter, bei dem der Direktor ja dabei war. Er tat so, als wäre das schon klar, dass sie nicht zu uns zurückkehrt. Sie sollte in dieses Wohnheim unter seiner Leitung, nehme ich an, da sich der Torgauer Werkhof ja aufgelöst hat und er seinen Job loswurde.«

»Haben Sie eine Ahnung, warum er das ausgerechnet mit ihrer Tochter vorhatte?«

Wolter fuhr sich nervös durch sein strähniges Haar. »Er wollte sie weiter beaufsichtigen, kontrollieren und manipulieren. Sie und die beiden anderen Jugendlichen, die zum Schluss noch übrig waren.«

»Ja, aber weshalb?«

»Woher soll ich das wissen?«

Josef beobachtete sein Gegenüber genau. Er wirkte angespannt, sein Gesicht verfärbte sich in ein zorniges Dunkelrot, aber er schien tatsächlich ahnungslos zu sein, was den Missbrauch betraf.

»Wissen Sie, welches Verhältnis der Direktor zu Ihrer Tochter hatte?«, unternahm Josef noch einen Versuch.

»Was soll das denn nun wieder heißen?«

»Antworten Sie bitte.«

Herbert Wolter schnaubte verächtlich und warf einen Blick zu Beate Vogt hinüber. »Soweit ich weiß, hat Ihre Kollegin schon ausführlich mit meiner Tochter über dieses Thema gesprochen. Vielleicht fragen Sie ja sie?«

»Herr Wolter!«, sagte Josef leicht entnervt. »Es wäre in Ihrem eigenen Interesse, wenn Sie sich kooperativer verhalten würden. Ich frage noch einmal: Welches Verhältnis hatte nach Ihrer Ansicht Karl Zinkner zu Ihrer Tochter?«

»Gar keins. Er war nur ein Handlanger des Systems, einer von vielen. Eine Marionette von Margot Honecker und der SED. Vielleicht hatten auch Horch und Guck die Finger im Spiel.«

»Horch und Guck?«

Wolter warf ihm einen verwunderten Blick zu. »Die Stasi. Wir wollten in den Westen. Meine Frau, Tanja und ich. Wir hatten einen Antrag auf Übersiedlung gestellt und saßen quasi auf gepackten Koffern. Meine Tochter in den Geschlossenen Werkhof zu stecken war eine Möglichkeit, unsere Ausreise zu verhindern.«

Josef fiel keine passende Erwiderung dazu ein. Spielte die Politik in dem Mordfall eine Rolle? Und wenn ja, welche? Diesmal verzichtete er jedoch darauf, Beate Vogt, die das Verhör schweigend verfolgte, fragend anzusehen.

»Sie geben also zu, dass Sie wütend waren, als Sie von dem Wachmann abgewiesen wurden. Was haben Sie dann gemacht?«

»Ich bin zum Trabi zurück, zu meiner Frau, und wir sind nach Hause gefahren.«

»Wirklich? Sie haben nicht versucht, in das Gebäude einzudringen, um vielleicht Ihre Tochter zu befreien, wie Sie vorhin ausgesagt haben? Und Sie sind bei Ihrem Befreiungsversuch nicht zufällig auf den Direktor der Einrichtung gestoßen?«

»Blödsinn!«, stieß Tanjas Vater verächtlich aus. »Fragen Sie doch diesen Wachmann. Ich bin sicher, er hat mich beobachtet und genau geschaut, ob ich wirklich verschwinde.«

»Das werden wir.«

Josef verabschiedete Herrn Wolter höflich und drückte die Tür hinter ihm ein wenig zu heftig ins Schloss.

Er fragte sich, warum Beate Vogt so viel an diesem Mann lag, dass sie darauf bestand, ihn mit Samthandschuhen anzufassen. Wenn er ein Tatverdächtiger war, war er ein Tatverdächtiger. Punkt. Wie es ihm schien, ging es seiner Kollegin nicht um Herrn Wolter an sich, sondern darum, Tanja zu schützen. Sie sorgte sich zu sehr um diese Problemkids. Ihr fehlte der professionelle Abstand, und das konnte aus seiner Sicht die Ermittlung gefährden. Erkannte sie ihn überhaupt als ihren Chef an? Nach allem, was er über sie wusste, war sie noch recht unerfahren bei der Mordkommission. Trotzdem ließ sie sich von ihm, einem »alten Hasen« und Profi, nichts sagen. Konnte er es sich leisten, einer Kollegin zu vertrauen, die sich aus seiner Sicht dilettantisch und unprofessionell verhielt? Immerhin war er extra in die Zone gekommen, um seinen Kollegen aus dem Osten das Ermitteln nach rechtsstaatlichen Prinzipien beizubringen – ohne Bevormundung durch die SED, die Zusammenarbeit mit dem MfS zum einen, aber zum anderen auch ohne sentimentale Befindlichkeiten, wie sie Beate Vogt an den Tag legte. Wenn es um Andreas oder Tanja ging, handelte die Frau eher wie eine engagierte Sozialarbeiterin und nicht wie eine kühl überlegende Polizistin. Sie konnten jedoch nicht auf die verletzten Seelen von Jugendlichen Rücksicht nehmen, wenn es darum ging, einen Mord aufzuklären.

Josef griff kurz entschlossen zum Telefonhörer und rief Arno Berg an. Er berichtete ihm über die Vernehmung des Tatverdächtigen Wolter, dann wechselte er abrupt das Thema und kam auf die Zusammenarbeit mit Frau Vogt zu sprechen.

»Ich betätige mich gern als Aufbauhelfer«, sagte er etwas ironisch. »Aber ich brauche Klarheit, grünes Licht für meine Ermittlung, ohne dass mir meine Kollegin dazwischenfunkt.« Er erzählte Berg knapp, woran es in der Zusammenarbeit aus seiner Sicht haperte. Berg schien ihm zuzuhören. Verstand er ihn auch?

»Verstehen Sie mich nicht falsch. Frau Vogt ist eine sympathische, fähige und kluge Kollegin. Ich bin sicher, dass sie ein gutes Gespür hat und Andreas finden wird. Aber ich bin mir nicht sicher, ob sie die nötige Reife für eine Mordermittlung besitzt. Vorsichtshalber wollte ich Sie darauf hinweisen, dass sich da ein Konflikt anbahnt. Und zwar sollten Sie als unser Vorgesetzter darauf reagieren, *bevor* dieser womöglich noch eskaliert.«

»Ich kümmere mich darum«, sagte sein Chef schließlich.

Josef wartete einen Moment, ob er noch etwas hinzufügen würde. Doch Arno Berg legte einfach auf.

Erleichtert stieß Josef einen leisen Pfiff aus. Er hatte eine langwierige, unangenehme Diskussion befürchtet. Aber wie es aussah, akzeptierte Berg seine Einwände.

50

Beate lief verwirrt in ihrer Wohnung umher. Irgendetwas wollte sie doch gerade tun. Bloß was?

Das, was sie immer tat, bevor sie zur Arbeit fuhr: ihre Meerschweinchen füttern. Doch die waren noch nicht wieder aufgetaucht. Kein Nachbar hatte etwas gesehen oder gehört. Kein anonymer oder sonstiger Hinweis war bei ihr eingegangen.

Die Verpflichtung, sich um die Tiere zu kümmern, spürte sie jedoch jeden Morgen und auch abends, wenn sie zu Hause eintraf. Lebten die Schweinchen überhaupt noch? Sie versuchte den Gedanken beiseitezuschieben.

Wenigstens hatte sie jetzt keinen Grund mehr, zu spät zur Arbeit zu kommen.

Steffen wartete ausgehfertig an der Tür auf sie. Wahrscheinlich stand er dort schon ein paar Minuten herum. Er lächelte sie an – ein nachsichtiges Lächeln, so kam es ihr vor. Du bist langsam wie eine Schnecke, aber das stört mich nicht sonderlich. Natürlich würde er das nie sagen. Er war freundlich zu ihr, aufmerksam, versuchte zu erraten, was sie sich wünschte. Sogar im Bett. Oder gerade dort. Er schien sie wirklich zu mögen. Er mochte sogar, dass sie Motorrad fuhr. Gestern waren sie zu zweit auf ihrer MZ durch Leipzig gefahren. Er schien nichts dabei zu finden, dass er hinter ihr saß und sich an ihr festklammerte wie ein Äffchen – besonders, wenn sie Vollgas gab. Ihm zuliebe raste sie nur kurz, vielleicht fünf Minuten, durch die Stadt. Auf dem fahrbaren Untersatz war sie normalerweise alles andere als langsam.

Vielleicht trödelte sie auch deswegen herum, weil heute eine Sitzung anstand?

Das Verhältnis zu Almgruber hatte sich merklich abgekühlt. So ganz erklären konnte sie sich das nicht. Eigentlich hatten sie anfangs gut zusammengearbeitet, aber jetzt ging er seine eigenen Wege, informierte sie nur, wenn es sich nicht länger vermeiden ließ. Das kam ihr seltsam vor und machte sie sauer. Vermutlich war das Arno Berg auch langsam aufgefallen. Kollegen, die sich lieber aus dem Weg gingen, waren kein neues Phänomen bei der MUK.

Auch mit Lehmann hatte sie das so praktiziert und er mit ihr. Sie hatten zwar zusammengearbeitet, das Nötigste geredet und die tägliche Arbeit, soweit das sein musste, gemeinsam bewältigt, doch ansonsten hatten sie Abstand gehalten und nichts voneinander gewusst. Offenbar wiederholte sich das Ganze nun, nur unter anderem Vorzeichen. Warum? Weil sie eine Frau war? Vermutlich verstand Josef Almgruber aus Nürnberg nicht, dass eine Frau mitunter den Ton bei der Ermittlung angab, wenn sie sich einfach mal besser auskannte. Die Frauen im Westen arbeiteten ja oft nicht, sondern kümmerten sich um Haushalt und Kinder. Bestenfalls wurden sie Lehrerinnen oder Kindergärtnerinnen oder auch Sekretärinnen, die ihren männlichen Chefs den Kaffee servierten und hinterher auch noch die Tassen abwaschen mussten.

Wäre sie im Westen Polizistin geworden? Oder hätte sie statt vier Meerschweinchen indessen vier Kinder? Sie musste grinsen und grinste Steffen an. Er verstand das wohl falsch, nahm sie in den Arm und küsste sie. Auch gut.

Als sie den Versammlungsraum betrat, bemerkte sie als Erstes Arno Bergs Gesichtsausdruck. Er wirkte gequält, als hätte er Zahnschmerzen.

Sie tat so, als würde sie die schlechte Stimmung ihres Chefs nicht bemerken, und grüßte mit einem saloppen »Hallo!« in die Runde, die noch nicht vollzählig war. Steffen würde in fünf Minuten eintreffen. Sie wollten vorerst ihr Techtelmechtel für sich behalten. Bisher wusste Beate nicht, ob sich aus ihrer Liaison mehr oder gar etwas Dauerhaftes entwickeln würde.

Viktor Lüder saß mit einem Stapel Akten vor sich am Tisch, lächelte ihr zu, grüßte zurück und blätterte eifrig weiter in einem Ordner. Sie sah, dass er sich etliche Stellen mit Lesezeichen markiert hatte.

»Grüß Gott«, sagte Josef Almgruber, als er eintrat, und korrigierte sich gleich selbst. »Guten Morgen, die Herrschaften!«

Beate fragte sich, ob sie auch zu dieser Herrschaft dazugehörte oder er nur die Männer meinte. Aber das war vielleicht ein bisschen ungerecht. Immerhin war ihm schon aufgefallen, dass auf »Grüß Gott« hier niemand reagierte oder höchstens von irgendwo ein albernes »Ebenso« erklang.

Wie sollte man Gott auch grüßen? Und grüßte Gott eigentlich irgendwann mal zurück?

»Kommen wir gleich zur Sache«, sagte Arno Berg, als alle Kollegen anwesend waren und Steffen – etwas auffällig – sich recht dicht neben ihr niederließ. »Mit Hauptkommissar Almgruber zusammen habe ich mir Gedanken gemacht, wie wir unsere Arbeit im Fall Zinkner effektiver gestalten können.«

Beate wurde hellhörig. Sie war mal wieder nicht eingeweiht worden. Von dem Vorgespräch hatte sie nichts mitbekommen.

»Da wir jetzt einen Kollegen mehr an Bord haben, können wir die Ermittlungsarbeit anders einteilen: Ab sofort ermitteln Almgruber und Lüder im Mordfall Karl Zinkner. Und Beate Vogt geht dem Vermisstenfall Andreas Schwalbe nach. So haben wir eine gute Einteilung, denke ich, und kommen hoffentlich schneller voran.«

Einen Moment herrschte Schweigen. Beate blickte zu ihrem Westkollegen hinüber. Für sie war klar: Er hatte sie eiskalt ausgebootet.

»Außerdem wird Kollege Steffen Grabowski vorübergehend von seinem Posten als Kriminaltechniker abkommandiert und unterstützt Kollegin Vogt bei der Suche nach dem verschwundenen Minderjährigen.« Arno Berg holte tief Luft und stieß sie mit einem deutlich hörbaren Seufzen wieder aus.

Beate redete, ohne abzuwarten, dass sie von ihrem Chef dazu aufgefordert wurde. »Du weißt, dass die Fälle zusammenhängen. Aus meiner Sicht macht es wenig Sinn …«

»Eine Diskussion ist hier nicht vorgesehen«, fiel Berg ihr ins Wort. »Wir haben das gemeinsam entschieden, der Leiter der Ermittlung und ich. Wir brauchen endlich Resultate, Beate!« Er lachte kurz auf. »Das reimt sich sogar«, murmelte er. »Wir brauchen *Resultate. Beate.*« Er hob die Hände, als erwartete er für seine Dichtkunst Beifall. »Es ist keine Entscheidung gegen dich. Versteh das bitte nicht falsch. Du hast sehr gute Arbeit geleistet. Aber wir müssen einen Gang zulegen, auch um Andreas schnellstmöglich zu finden und ihn aus der Gefahrensituation, in der er sich womöglich oder sehr wahrscheinlich befindet, herauszuholen.«

Beate lehnte sich zurück und verschränkte die Arme. »Jetzt führst du dich auf wie früher, Arno«, sagte sie bockig. »Genosse Major.«

Berg schlug jäh mit der Faust auf den Tisch. »Was erlaubst du dir? Möchtest du lieber suspendiert werden?«

Beate bemerkte, dass eine Ader an seiner Schläfe anschwoll,

und schwieg. Sie war selbst ein wenig überrascht über ihre Respektlosigkeit. Wütend starrte sie zu Josef Almgruber hinüber, dem sie diese Demütigung zu verdanken hatte. Er hielt den Blick gesenkt. Hoffentlich schämt er sich wenigstens, dachte sie.

»Ich gehe mal nicht davon aus, dass wir dich von dem Fall abziehen müssen«, redete ihr Chef in einem plötzlich versöhnlichen Ton weiter. »Wir brauchen da jeden Mann. Und ähm ... jede Frau ... also dich. Gab es in letzter Zeit irgendwelche neuen Erkenntnisse?«, kam er hastig zum nächsten Thema. »Herr Almgruber, können Sie uns etwas über die Ergebnisse der Vernehmungen mitteilen?«

Almgruber zuckte mit den Schultern. »Ich kann leider von keinem Durchbruch berichten. Die Protokolle der Vernehmungen haben Sie ja erhalten. Herbert Wolter, den Vater von Tanja, würde ich weiterhin als Verdächtigen nicht ausschließen. Aber die Indizien haben nicht ausgereicht, um ihn festzusetzen.«

»Tja«, sagte Berg und rieb sich missmutig dreinblickend die Wange.

Vielleicht hat er ja tatsächlich Zahnschmerzen?, fragte sich Beate. Andererseits war wirklich mager, was Almgruber da vorbrachte.

»Die Verdachtsmomente gegen Herrn Wolter reichen bei Weitem nicht aus«, stellte sie fest. »Zwar hat er sich verdächtig verhalten, das heißt aber noch lange nicht, dass er auch verdächtig ist.«

»Gut, dann sind Sie ja einer Meinung«, behauptete Berg großzügig. »Gibt es sonst noch Neuigkeiten? Dann wäre jetzt der richtige Zeitpunkt, diese vorzubringen.«

Viktor Lüder meldete sich beflissen. Auch Steffen hob kurz die Hand.

»Herr Grabowski? Bitte!«, forderte Arno Berg ihn zum Sprechen auf.

»Hm, na ja, ich bin mir nicht sicher, ob es etwas zu bedeuten hat«, schickte Steffen vorweg. »Aber ich war neulich in der offenbar geheim gehaltenen Zweitwohnung des Direktors Zinkner, in der er angeblich ein Wohnheim für Minderjährige einrichten wollte. Die Spuren stammten, wie schon vermutet, von ihm, von Tanja Wolter und Andreas Schwalbe. Es gab weitere Fingerabdrücke, die ich noch nicht zuordnen konnte. Aber das Besondere war etwas anderes: Auf dem Flur habe ich eine Luke in der Decke entdeckt. Sie war überklebt mit Raufasertapete, aber die Umrisse schimmerten leicht durch. Mit einem Cuttermesser habe ich die Luke freigelegt, und als ich den Deckel vorsichtig öffnete, kam mir eine Falttreppe entgegen. Da oben war eine Art Dachkammer ohne Fenster. Ausgestattet nur mit einer Pritsche und einem Kübel. Für mich sah das aus wie eine Zelle.«

Beate warf ihm von der Seite einen überraschten Blick zu. Bisher hatte er ihr von seiner Entdeckung noch nichts erzählt.

»Ich war mir nicht sicher, ob dieser Fund relevant ist«, erklärte er, als würde er ihre Verwunderung spüren. »Schließlich ermitteln wir ja nicht gegen den Toten.«

Arno Berg nickte nachdenklich. »Jeder Hinweis kann weiterhelfen. Und wir wissen offenbar längst nicht alles über die Hintergründe des Falls. Gibt es Fragen dazu an Herrn Grabowski?«

Niemand sagte etwas.

»Und unser neuer Kollege hat auch etwas zu berichten?«

Viktor Lüder lief rot an, als müsste er vor einer Schulklasse ein Gedicht aufsagen. Sogar seine Ohren verfärbten sich.

»Ich bin die Akten durchgegangen, von den Jugendlichen, aber auch die von den Mitarbeitern des Geschlossenen Jugendwerkhofs in Torgau. Und ich habe nachrecherchiert, ob die Angaben stimmen oder was dahintersteckt, wenn mir etwas seltsam vorkam. Es gibt einige Auffälligkeiten in den beruflichen Werdegängen und Lebensläufen.«

»Schießen Sie los!«, forderte Arno Berg. »Wir sind ganz Ohr.«

Beate, die einen Hang dazu hatte, sich Redewendungen bildlich vorzustellen, schüttelte sich kurz. Dennoch interessierte sie, was der Neue herausgefunden hatte.

»Dass die wenigsten der Erzieher ausgebildete Pädagogen sind, wissen Sie ja wahrscheinlich schon. Es zeigt sich in den Vorgeschichten, dass das Personal teilweise aus verschiedenen Einrichtungen strafversetzt wurde.« Viktor Lüder hob den Kopf und sah in die Runde. »So ist Frau Hellermann in einem anderen Jugendwerkhof auffällig geworden, weil sie ein Verhältnis zu einem minderjährigen Insassen hatte. Das steht natürlich nicht in ihrer Akte. Aber ich konnte alte Kollegen von ihr ausfindig machen, die mir von der Versetzung und dem Anlass dafür erzählten. Herr Spieß hat vorher im Strafvollzug gearbeitet und wurde ebenfalls zwangsversetzt. Den Grund wollte man mir am Telefon leider nicht nennen. Da bin ich noch dran. Der Wachmann Georg Bruckner hat angegeben, dass er bei der NVA gedient und anschließend in der Psychiatrie als Pfleger arbeitet hatte, bevor er schließlich vom Werkhof Torgau übernommen wurde. Tja, und jetzt kommt's: Meine Nachforschungen haben ergeben, dass Herr Bruckner wegen eines Vorfalls an der Grenze unehrenhaft aus der Armee entlassen worden war. Er hat auch nicht in der Nervenklinik in Leipzig gearbeitet, sondern war dort Insasse, bevor er in der Umerziehungseinrichtung in Torgau als Wächter angestellt wurde.«

Arno Berg horchte auf. Beate bemerkte, dass sich seine Mimik schlagartig veränderte. Seine Augen begannen beinahe zu funkeln.

»Leute, das klingt ja richtig nach einer heißen Spur!«, rief er aus. »Gute Arbeit, Viktor!«

Lüder lächelte verlegen, immer noch knallrot im Gesicht.

»Dann nehmen Sie sich diesen Bruckner mal zur Brust, Kollegen!«, ordnete Berg an.

Beate registrierte stillschweigend, dass sie nicht gemeint war. Unwillkürlich dachte sie an ihr altes Kinderbuch *Urfin und die Holzsoldaten*. Georg Bruckner hatte tatsächlich merkwürdig und etwas unheimlich auf sie gewirkt und sie an diesen Urfin erinnert. Aber dann hatte er ihr geholfen, die vermisste Erzieherin, Frau Hellermann, zu finden. Was sagte es schon über ihn aus, dass er in einer psychiatrischen Klinik gewesen war? Jeder konnte dort landen.

Aber wie auch immer: Sie war raus. Nicht ganz. Aber doch ... irgendwie.

Ihr blieb Andreas. Die Suche nach ihm.

Vielleicht hatte Berg sogar recht. Vielleicht war es für sie wichtiger, den Jungen zu finden. *Lebend*.

Es klopfte an der Tür, im nächsten Moment trat Moni, die Sekretärin, ein und blieb zögernd stehen.

Alle blickten zu ihr – vielleicht in der Hoffnung, dass sie ihnen Kaffee bringen würde. Doch sie hatte weder Thermoskanne noch Tassen dabei, stattdessen sah sie betrübt zu Beate hinüber.

»Ich habe gerade einen Anruf von Tanjas Mutter erhalten.« Sie machte eine bedeutungsschwangere Pause, und Beate fuhr der Schreck in die Glieder.

Bitte nicht, dachte sie.

»Ihre Tochter ist ... wohl weggelaufen.«

Beate atmete auf. Wegzulaufen war für Tanja nun nichts Neues und vielleicht sogar ein gutes Zeichen, dass sie wieder aktiv wurde, aus ihrer Lethargie erwachte.

»Sie hat einen Zettel mit der Bemerkung hinterlassen, dass sie nach Andreas suchen wolle. Und nach … ähm ja … also auch nach dem Mörder des Direktors, damit man ihren Vater nicht mehr verdächtigt.«

Die Blicke wandten sich von der Sekretärin ab und Beate Vogt zu. Das war jetzt ganz klar ihre Angelegenheit.

51

Tanja saß in dem Bus, die Hände lagen auf ihrem Schoß, die Finger gespreizt, bewegungslos, und sie sah aus dem Fenster. Andreas hatte ihr in Torgau, in der Zeit, als sie heimlich in der Wohnung des Direktors hausten, die Adresse seiner Großmutter genannt. Zu seiner Mutter hatte er keinen Kontakt mehr. Seinen Vater kannte er nicht.

Vielleicht war er ja bei seiner Oma untergetaucht?

Die Adresse war in ihrem Kopf hängen geblieben: Ein kleines Haus am See, so hatte er es beschrieben, in einem Dorf, wenige Kilometer entfernt von der nächsten Stadt, die Herzberg hieß. Ein ideales Versteck, wenn man seine Ruhe haben wollte.

Tanja versuchte, ruhig zu atmen und die Landschaft zu sehen, durch die sie fuhr. Sie dachte: Ich sehe mir die Landschaft an. Sie dachte: dieser Baum, dieses Haus, das Glitzern auf den gefrorenen Feldern. Sie sah hinaus, und es kam ihr merkwürdig vor, dass da oben der Himmel war und unter ihr die Erde. Es kam ihr vor, als wäre es in Wirklichkeit umgekehrt. Die Sonne war nicht zu sehen, aber die Erde drehte sich um sie. Vielleicht hing Tanja gerade mit dem Kopf nach unten wie eine Fledermaus. Der Bus rollte über den Globus, und sie saß in ihm gefangen, und sie konnte jederzeit in den Himmel stürzen. Der Mond war nicht zu sehen, aber er drehte sich gerade jetzt um die Erde. Vielleicht fing der Mond sie ja auf, wenn sie durch die Wolken fiel.

Sie musste daran denken, wie sie mit dem Direktor in seinem Auto durch die Gegend gefahren war. Nicht durch diese hier – die war flach und unspektakulär –, sondern durch die bergige waldreiche Gegend im Harz und anschließend im Thüringer Wald. Er hatte komisch gerochen: Das süßliche Parfüm konnte den Schweißgeruch kaum überdecken. Ihr war immer übel davon geworden. Und manchmal hatte sie das Fenster ein Stück heruntergekurbelt. Sie wusste damals, dass er das nicht mochte. Glaubte er, sie würde um Hilfe schreien? Sie schrie nie um Hilfe. Sie fügte sich in ihr Schicksal und wartete einfach die Zeit ab.

Jede Zeit verging doch irgendwann, oder nicht? Jeder Schrecken war auch mal zu Ende.

Sie hatte sich stets nackt gefühlt in seiner wuchtigen Nähe, dumm, zerbrechlich wie ein ausgepustetes Ei. Er könnte ihre Schale mit dem kleinen Finger zerbrechen. Glaubte sie. Nein, wusste sie. Und nun war dieser Mann tot. Es gab keinen Grund mehr, an *das Schlimme* zu denken, auch nicht an die Zellen von Torgau.

Wieso dachte sie trotzdem ständig daran?

Die Kirchenglocken läuteten in dem Dorf, in dem der Bus hielt. Für sie hörte es sich so an, als würden die Töne sie empfangen. Ein beruhigendes Geräusch. Sie brauchte beruhigende Geräusche.

Tanja hielt den Blick auf das Kopfsteinpflaster gesenkt. Es gab keinen Fußweg. Der Zaun an der Haltestelle schubste sie direkt auf die Straße, und es kam ihr seltsam vor, über diese Buckel zu laufen, die aussahen wie kleine nackte Schädelkuppen. Irgendwie mühsam löste sie sich von dem Anblick und schaute hinauf. Der Himmel über ihr war weiß und leer. Kein Vogel zu sehen, nicht einmal eine Krähe, die doch überall waren, erst recht kein Rabe. Vielleicht würde es bald schneien. Vielleicht würde die Welt bald umkippen. Sie dachte an ihre Mutter. Sie kam sicher gerade nach Hause in diesen verdreckten Hosen, die sie bei der Arbeit trug und die Tanja an ihr hasste. Ihre Mutter würde einen Apfel schälen und in Stücke schneiden und damit in Tanjas Zimmer kommen – um ihr »Vitamine« zu bringen, wie sie die zerstückelte Frucht nannte. Und feststellen, dass ihre Tochter nicht mehr dort lag, wo sie sonst gelegen hatte: in ihrem Bett. Sie würde den Brief finden, in dem Tanja ihr erklärte, was sie erklären musste. Ihre Mutter machte sich sicher Sorgen, das hatte sie nicht verdient.

Ihr Vater war an dem Tag nach dem Verhör bei der Polizei spät in der Nacht gekommen. Betrunken. Seine Schritte waren durch die Wohnung getapst. Ihr Vater hatte irgendetwas umgerissen. Vielleicht die alte Stehlampe, die aussah wie aus dem Museum. Etwas hatte gerumst und geklirrt.

»Sie denken, dass ich der Mörder bin«, hatte er gelallt – zu niemand Bestimmtem, nicht zu ihr, zu sich selbst vielleicht – und sich auf das Sofa fallen lassen.

Als sie am Morgen davonschlich, schlief er noch. Sie hörte sein Schnarchen, das sich mit dem Lärm aus dem Fernseher mischte. Der Fernseher musste die ganze Nacht gelaufen sein. Er hatte wohl vergessen, ihn auszuschalten.

Die Türklinke in der Hand, hatte Tanja darüber nachgedacht, ob es ihre Schuld war, dass sie ihn abgeholt hatten, ihn für den Mörder hielten.

Sicher. Ohne sie wäre das nicht passiert.

Wie war das möglich, dass alles so leicht kaputtging? Wie konnte es sein, dass diese Polizisten so falschlagen?

Ihr Vater hatte niemanden umgebracht.

Sie war sich ziemlich sicher, dass Andreas den wahren Täter

kannte. Dass er mehr wusste, als er sagte. Aus Misstrauen? Angst? Oder um sie zu schützen?

Als Mitwisserin wäre sie doch auch in Gefahr, oder?

Das kleine Haus wirkte schief, als hätte ein Sturm es zur Seite geschoben. Der Name auf dem verwitterten Holz des Eingangstores stimmte mit dem Namen in ihrem Kopf überein. Sie war hier richtig. Auch wenn der See, von dem Andreas erzählt hatte, eher ein mickriger Teich war, der einige Meter entfernt lag.

Zaghaft drückte Tanja auf den Klingelknopf und wartete. Nichts geschah. Sie spähte zu dem Haus hinüber. Die Gardine hinter dem Fenster bewegte sich nicht. Kein Licht war eingeschaltet.

Tanja klingelte erneut. Diesmal dreimal hintereinander.

Nichts.

Mit zwei Fingern tippte sie die Pforte an – und siehe da, sie gab mit einem leisen Quietschen nach und öffnete sich.

Vorsichtig blickte sie sich um. Wurde sie beobachtet? Von irgendwelchen misstrauischen Nachbarn? Zu sehen war jedenfalls niemand. Das Dorf wirkte wie ausgestorben.

Sie drückte wieder auf die Klingel, und diesmal lief sie einfach los, auf das Haus zu. Vielleicht war Andreas' Oma ja auch schwerhörig. Sie wollte herausfinden, ob sie zu Hause war, und wenn nicht, würde sie wieder verschwinden und ein anderes Mal wiederkommen.

Die Beete vor dem Haus waren mit Gras, welken Blättern und Unkraut überwuchert. Aber das musste ja nichts bedeuten.

Dass niemand auf ihr Klopfen reagierte, wunderte sie nun nicht mehr. Die Tür war abgeschlossen. Tanja ging schnell um das Haus herum. Ihre Blicke huschten über einen zugewucherten Garten, einen Maschendrahtzaun, dahinter lag Wald. Wirklich ein ideales Versteck. Früher oder später würde Andreas hier auftauchen, war sie sich sicher.

Vorsichtig drückte sie die Klinke der Hintertür hinunter. Sie gab nach. Die Tür klemmte etwas und scharrte über die Holzdielen. Tanja schob sich in das Halbdunkel hinein. »Hallo?«, rief sie. »Jemand zu Hause?«

Das Haus blieb still, als würde es den Atem anhalten. Tanja tastete sich weiter vor, an einem Tisch entlang, bis in eine kleine Küche hinein. Es roch ein wenig muffig, aber nicht so sehr, dass es sie störte. Ein Kühlschrank begann zu brummen, wie ein Tier, das Wache hielt und den Eindringling anknurrte. Er war fast leer. Ein Stück Butter, eine halbe Salami, ein Glas Marmelade, ein paar Eier und Mohrrüben und eine angebrochene Flasche Schnaps.

Vielleicht war die Großmutter von Andreas ja einkaufen und würde gleich zurückkehren? Mit etwas Glück war ihr Enkel sogar bei ihr?

Tanja zögerte nun doch, das Haus wieder zu verlassen. Es erschien ihr sinnvoller, hier zu warten. Sie ging ins Wohnzimmer, den hellsten und größten Raum, und setzte sich in einen Sessel, der direkt am Fenster stand. Wenn jemand kam, würde sie es ja sehen. Und wenn Andreas' Großmutter erschien, konnte sie sich immer noch durch die Hintertür hinausschleichen, um vorn an der Pforte zu klingeln oder aber an der Haustür zu klopfen. Ein simpler Plan, aber etwas Besseres fiel ihr im Moment nicht ein.

Sie musste sich auch einfach ein Weilchen ausruhen. Der Weg bis hierher hatte sie erschöpft. Ihr Zuhause in den letzten Wochen und Monaten war ihr Bett gewesen, das sie nur selten verlassen hatte.

Nach einer Weile begann sie zu frieren. Sie erhob sich und sah sich nach einer Heizung um, die sie einschalten konnte. Da war nur ein Ofen, ein kleiner Kachelofen. Er war kalt; geheizt hatte heute noch niemand.

Über der Sofalehne hing eine Wolldecke, und Tanja legte sie sich um die Schultern. Ein wenig fühlte sie sich selbst wie eine alte Frau, die, eingehüllt in eine Decke, hinter der Gardine darauf lauerte, dass etwas geschah.

Und früher oder später würde dieses Etwas passieren. Was immer es auch war: Es existierte schon. Es existierte irgendwo da draußen und fühlte sich bedrohlich an.

52

Josef klimperte ungeduldig mit dem Autoschlüssel herum. Das Zeichen zum Aufbruch war doch nicht misszuverstehen, oder? Am Morgen hatte er den Opel aus der Werkstatt abgeholt. Er wollte endlich los. Doch Viktor Lüder saß immer noch über eine Akte gebeugt an einem wackligen Schreibtisch im Torgauer Behelfsbüro, das ihnen für die Ermittlung vor Ort zur Verfügung stand, knabberte wie ein Zwölfjähriger an einem Kugelschreiber herum und kritzelte ab und zu etwas in sein Notizbuch.

»Die Adresse haben wir?«, fragte Josef vorsichtshalber.

Lüder nickte, ohne aufzusehen, erhob sich aber schließlich.

Josef drängte es, dem Verdacht nachzugehen und den Wachmann zu überprüfen. Wieso war er nicht schon eher auf ihn gekommen? Schließlich hatte dieser Bruckner hauptsächlich nachts in dem Gebäude gearbeitet. Er musste also auch in der fraglichen Nacht vom 9. zum 10. November letzten Jahres Dienst geschoben haben.

Der Neue trank noch den letzten Schluck kalten Kaffee im Stehen und setzte die Tasse sorgfältig auf den Unterteller ab. »Let's go!«, rief er plötzlich und klatschte zweimal in die Hände.

Josef zuckte zusammen und starrte ihn einen Moment befremdet an. Aber dann nickte er dem jungen Kollegen zu. »Ja, wir sollten keine Zeit mehr verlieren.«

Dass Lüder noch etwas grün hinter den Ohren war, konnte er ihm ja kaum übel nehmen. Motiviert schien er zu sein. Und sicher war er besser formbar als Beate Vogt und tat, ohne seine Anweisungen erst mal anzuzweifeln und zu hinterfragen, was Josef als Leiter der Ermittlung anordnete.

Wenn die Adresse aus der Personalakte stimmte, wohnte Georg Bruckner etwas außerhalb in einer ländlichen nordsächsischen Gegend in einem Nest an der Elbe, nur wenige Kilometer von Torgau entfernt.

In dem Ort, den sie in etwa zwanzig Minuten erreichten, gab es auf den ersten Blick nicht viel: ein für eine Kleinstadt recht imposantes Rathaus mit einer meterhohen Skulptur, die wie ein Ritter aussah, der mit seltsam langen Beinen und bewaffnet mit einer Lanze das Gebäude und einen menschenleeren Marktplatz mit Bänken, Mini-Bäumen und Blumenrabatten zu bewachen schien.

Sie parkten in dieser gottverlassenen Gegend direkt neben der Statue und schauten auf einem Plan nach der Adresse. Viele Straßen existierten hier ohnehin nicht. Die Wohnung befand sich in einer kleinen Seitenstraße, etwa dreihundert Meter vom Markt entfernt.

Das Mehrfamilienhaus, in dem Bruckner leben sollte, sah schlammig braun-gelb aus und wirkte heruntergekommen. Tatsächlich stand auf dem Klingelschild sein Name, wenn auch kaum lesbar. Die Haustür wirkte marode und stand halb offen.

Sie gingen in den Flur, prüften kurz den Briefkasten, der, wie es aussah, regelmäßig geleert wurde, und stiegen zügig die Stufen hinauf in den zweiten Stock. Josef klingelte nur einmal. Wenn dieser Mann wirklich der Täter war, wollte er ihm keine Zeit schenken, um zu entkommen. Nichts rührte sich.

Er klopfte. »Herr Bruckner, öffnen Sie bitte, hier ist die Polizei!«

Einen Moment standen sie da und lauschten. Etwas schepperte oder klapperte – es klang nach einer umgekippten Flasche oder vielleicht nach einer unsanft abgestellten Schüssel.

Viktor Lüder nickte ihm zu. »Er ist zu Hause«, flüsterte er.

Josef war sich da nicht so sicher. Aber die Ohren seines jüngeren Kollegen funktionieren ja vielleicht besser als seine, und er hatte die Geräusche deutlicher vernommen.

Der junge Polizist holte jetzt, ohne zu zögern, eine Plastikkarte aus der Tasche und öffnete damit im Handumdrehen die Tür. Sie war nicht abgeschlossen. Es war ja offenbar auch jemand anwesend.

In der Wohnung roch es nach Fisch, und eine graue Katze strich ihnen im Korridor um die Beine. Sie hob den Kopf, starrte sie aus ihren grünen Augen an und fauchte misstrauisch. Vielleicht hatte ja sie das Scheppern verursacht?

»Herr Bruckner, wir kommen jetzt rein!«, sagte Josef – obwohl sie genau genommen ja schon drin waren.

Es klapperte und scharrte wieder leise. Die Katze war also nicht die Verursacherin des Geklirrs. Oder Georg Bruckner besaß mehrere Katzen. Josef zog seine Waffe und schob sich weiter vor.

In der Küche kauerte ein Mann mit Halbglatze auf dem Boden und drehte ihnen den Rücken zu. Offenbar war er damit beschäftigt, Tierfutter in Blechnäpfe zu füllen.

»Herr Bruckner?«

Der Mann reagierte nicht.

Josef ging langsam um ihn herum, während sein Kollege hinter dem Hockenden blieb.

»Erheben Sie sich und zeigen Sie uns Ihre Hände!«

Josef sah jetzt kleine tote Fische in einer der beiden Schüsseln liegen. Vermutlich Heringe. Sie sahen irgendwie mumifiziert aus. Die Katze kam angelaufen, schob sich an ihm vorbei und schnappte sich einen Fisch.

Der Mann stand gemächlich auf und rieb sich die Finger an seinen blauen Arbeitshosen ab. Erst dann bemerkte er Josef und stieß einen unartikulierten Schrei aus.

»Wir sind von der Polizei. Sind Sie Herr Bruckner?«

Stumm schüttelte der Angesprochene den Kopf. Er deutete auf die Katze und machte eine Bewegung zur Tür hin, als er plötzlich Viktor Lüder erblickte. Er zuckte erschrocken zurück und blickte sie beide fassungslos, mit weit aufgerissenen Augen, an.

Wie es aussah, hatte der Mann sie nicht gehört. Josef dachte erst jetzt an die Beschreibung des Gesuchten. Seine Kollegin Beate Vogt hatte Bruckner als einen groß gewachsenen Menschen beschrieben mit dunklen Augenbrauen und einer Narbe im Gesicht. Er habe auf sie hölzern wie ein Soldat gewirkt. Sie hatte auch den Titel eines Kinderbuchs genannt, der ihm aber nichts sagte. Dieser Mann hier sah eher klein und pummlig aus, und auf seinen Wangen zeigten sich höchstens vor Aufregung rote Flecken.

Josef steckte seine Waffe weg und zog seinen Dienstausweis hervor. »Wir sind von der Polizei«, wiederholte er. »Können Sie mich verstehen?«

Wieder signalisierte der Mann ein Nein. Er deutete auf sein rechtes Ohr und tippte sich mit dem Zeigefinger seitlich ans Kinn. Das Zeichen für gehörlos.

»Entschuldigung«, sagte Josef. »Wir wollten Sie nicht erschrecken. Können Sie Lippen lesen?« Während er das fragte, gebärdete er gleichzeitig.

Der Mann nickte und blickte ihn verwundert an.

»Ich bin Hauptkommissar Almgruber, und das ist mein Kollege Lüder. Wir suchen Georg Bruckner. Wissen Sie, wo er sich aufhält?«

»Nein.« Der Laut klang kehlig. »Nachbar«, brachte er heraus. Er beugte sich zu der Katze, die sich den zweiten Fisch holte, und streichelte sie.

Josef wartete, bis sie wieder Augenkontakt hatten. »Wie heißen Sie?«

»Meier«, artikulierte der Mann mühsam, aber verständlich in Lautsprache.

»Herr Meier, wissen Sie, wo sich Ihr Nachbar befindet?«, gebärdete Josef und erntete wieder einen erstaunten Blick.

Der Mann machte eine Geste mit der rechten Hand, als würde etwas davonschwimmen.

»Ihr Nachbar ist unterwegs?«, fragte Josef.

Herr Meier nickte.

Das war nun nicht besonders präzise.

»Ist er im Urlaub?«

Meier zuckte mit den Achseln und gestikulierte, dass er für zwei Wochen die Katze füttern und sich um die Post kümmern sollte.

»Er hat Ihnen nicht gesagt, wohin er möchte?«

»Nein.«

»Wissen Sie, ob er Familie hat oder Freunde? Eine Freundin vielleicht?«

Herr Meier gab ihm zu verstehen, dass er keine Ahnung habe.

»Wie lange ist er schon weg?«

Er zeigte ihm sieben Finger.

»Sieben Tage also?«

Meier nickte.

»Und er hat sich bisher nicht gemeldet?«

Der gehörlose Nachbar gebärdete ein entschiedenes Nein.

Josef antwortete mit dem Zeichen für »Schade«. Ihm fiel ein, dass sein Sohn Florian es oft benutzte. Schade, dass sie umziehen mussten. Schade, dass es keine dritte Kugel Eis gab. Schade, dass sie nicht stundenlang die Pinguine im Zoo beobachten konnten. Schade, dass der Papa schon wieder gehen und dass er so viel arbeiten musste.

Josef fragte sich, ob Herr Meier als Kind auch zur Strafe in der Ecke gestanden hatte. Wie war er aufgewachsen als Gehörloser in der DDR?

»Wir sollten noch die anderen Nachbarn befragen«, mischte sich Viktor Lüder ein. Er sprach so, dass es Herr Meier nicht sehen konnte. »Vielleicht hat er ja eine Frau, die reden kann?«

Irgendwie war Josef froh, dass Herr Meier nichts von der Frage mitbekam. Auch wenn Lüder sie vermutlich nicht abwertend meinte, klang sie ziemlich geringschätzig.

»Gibt es noch weitere Nachbarn, die zu Georg Bruckner Kontakt haben?«, fragte Josef und gebärdete gleichzeitig.

Herr Meier schien ihn zum Glück gut zu verstehen. Er überlegte nur kurz und blickte auf die Katze hinab, die ihm um die Beine strich. »Meine Schwester«, bedeutete er schließlich.

Zehn Minuten später saßen sie zusammen mit Herrn Meier auf einem watteweichen, mit diversen Decken belegten Sofa in einem verrauchten Wohnzimmer im Nachbarhaus.

Ihnen gegenüber saß Birgit Zobel, die Schwester von Herrn Meier. Sie war zurzeit arbeitslos, Mutter von zwei schulpflichtigen Kindern, geschieden und Kettenraucherin. So viel hatten die beiden Ermittler, die inmitten einer Qualmwolke saßen, schon herausgefunden.

»Der Georg kommt manchmal herüber, wenn ihm langweilig ist, und wir spielen Karten mit den Kindern. Mau-Mau oder

Knack«, berichtete sie mit tiefer, rauer Stimme, rutschte unruhig in einem überdimensional großen Sessel hin und her und sog die letzten Züge aus einem Zigarettenstummel. »Worum geht's denn? Hat er was angestellt?« In ihren Augen leuchtete ganz unverhohlen die Neugier.

»Zu den laufenden Ermittlungen dürfen wir nichts sagen«, spulte Josef den üblichen Spruch herunter. »Zu dem Fall, den wir gerade bearbeiten, möchten wir ihn jedoch dringend befragen.«

»Geht es immer noch um diesen toten Direktor aus Torgau?« In ihrer Stimme schwang ein Hauch von Verachtung mit.

»Hat er darüber gesprochen?«, fragte Josef zurück.

»Nicht viel. Nur dass der Mörder noch nicht gefasst wurde.«

»Was für ein Verhältnis hatte er zu dem Direktor des Geschlossenen Jugendwerkhofs?«

»Keine Ahnung. Da fragen Sie mich zu viel.«

»Wissen Sie, wo Herr Bruckner sich gegenwärtig aufhält?«

Frau Zobel stieß ein merkwürdiges Lachen aus, das in einen Raucherhusten überging. Sie schüttelte amüsiert den Kopf. »Er ist jemand, der gewisse Dinge gern für sich behält.«

»Wie meinen Sie das?«

»So wie ich es sage!« Sie fingerte die nächste Zigarette aus der Schachtel Marlboro und steckte sie sich an.

Josef runzelte die Stirn. »Nun werden Sie mal bitte deutlicher!«, forderte er schroff.

»Ein Schwätzer ist jemand, der einem alles sofort auftischt. Und Georg … nun ja, er ist das Gegenteil. Man muss ihm alles aus der Nase rausziehen.«

Josef sah sie fragend an, in der Hoffnung, dass sie von sich aus weitererzählte.

»Sie meinen, Sie haben keinen blassen Schimmer, wo er sein könnte?«, funkte Lüder da ungeduldig dazwischen. »Vielleicht fällt Ihnen ja doch jemand ein, mit dem er sich trifft. Eine Freundin vielleicht?«

Unwillig schüttelte sie den Kopf. »Er spricht nur das Nötigste. Also beim Kartenspiel. Manchmal vergisst er sogar *Mau-Mau* zu sagen, obwohl er gewonnen hat. Oder er miaut stattdessen auf einmal wie seine Katze. Wenn ihm etwas nicht passt, faucht er auch wie sie. Worüber sich meine Kinder natürlich sehr amüsieren. Und ich dachte auch erst, er macht das, um die Kids zu erheitern. Aber er ist eben einfach … *besonders*. Eine Freundin? Nicht dass ich wüsste. Ich habe keine Frau bei ihm gesehen. Er bekommt eigentlich nie Besuch.«

»Warum nicht?«, übernahm Josef wieder das Ruder.

»Er lebt eben für sich«, murmelte sie.

Herr Meier beugte sich über den Tisch zu seiner Schwester und gestikulierte mit beiden Händen. Sie nickte ihm zu.

»Stimmt. Mein Bruder macht mich gerade darauf aufmerksam, dass Georg auch sonst manchmal etwas sonderlich ist. Zum Beispiel glaubt er, dass er sich, wenn er will, unsichtbar machen kann.«

»Unsichtbar«, wiederholte Almgruber erstaunt. »Er ist also psychisch auffällig?«

»Wenn Sie meinen, dass er einen an der Klatsche hat … Ja, das kommt mir schon so vor. Auf alle Fälle ist er ein komischer Kauz.«

»Wissen Sie etwas darüber, ob er sich möglicherweise in psychiatrischer Behandlung befindet oder befunden hat?«

»Nein. Und selbst wenn es so wäre: Denke nicht, dass er mir was davon berichten würde. Er sagt und tut gelegentlich Dinge, die einem merkwürdig vorkommen. Er glaubt an Geister, hat er mal erzählt, oder auch an böse Wesen, die ihn oder sein zweites Ich verfolgen. So ungefähr hat er sich ausgedrückt. Fragen Sie mich nicht, was das bedeuten soll. Und er glaubt anscheinend daran, dass er in die Zukunft sehen kann oder dass seine Katze zu ihm spricht. Außerdem zieht er sich komisch an, wenn gerade ein besonderer Tag ist. Ach ja, einmal hatte er einen Rock an, weil ja Frauentag war. Ich wusste nicht, ob er bloß Witze machte oder das ernst meinte. Aber er ist immer freundlich zu uns, zu meinem Bruder und zu mir; auch lässt er die Kinder absichtlich gewinnen und solche Sachen. Er bringt Schokolade mit, malt mit ihnen fantasievolle Bilder ... mit Drachen, Einhörnern und Feen. Gleichzeitig hält er Abstand. Zum Beispiel mag er nicht umarmt werden.«

Lüder schrieb etwas in sein Notizbuch, und Frau Zobel starrte ihm auf die Finger.

»Hilft Ihnen das weiter?«, fragte sie.

»Das werden wir noch sehen«, erwiderte Lüder.

»Hatte er Arbeit?«, fragte Josef.

»Ja. In Torgau. Im Jugendwerkhof.«

»Ich meinte, später, nach der Schließung der Einrichtung.«

Sie verzog das Gesicht, hob die Schultern und ließ sie wieder fallen. »Er ist weiterhin nach Torgau gefahren, glaub ich. Was er da genau gemacht hat, weiß ich nicht.« Sie drückte die Kippe in den Aschenbecher und steckte sich gleich die nächste Zigarette an. »Vielleicht wissen seine ehemaligen Kollegen da ja Genaueres.«

»Hatte er zu dem einen oder anderen Mitarbeiter dieser Anstalt näheren Kontakt?«, erkundigte sich Lüder und hielt seinen Stift über dem Papier wie eine Angel über dem Wasser.

Sie inhalierte einen tiefen Zug und ließ ein paar Ringe in die Luft steigen. »Das müssen Sie diese Leute schon selbst fragen.«

53

»Ich verstehe nicht, warum mir das immer passiert«, sagte Beate. Sie saß im Bett und blickte zu Steffen, der neben ihr lag und schlaftrunken nach ihr tastete, als müsste er sich vergewissern, dass sie wirklich da war. Er drehte sich zu ihr um, rieb sich die Augen und blinzelte sie an.

»Was meinst du?«

»Na, dass ich von der Mordermittlung abgezogen werde. Ich habe keine Veranlassung dazu gegeben.«

Sie bemerkte, dass er sich bemühte, ein Gähnen zu unterdrücken. Die Nacht war recht kurz gewesen.

»Und das ist dir schon mal passiert?«

»Nicht direkt. Aber wie du ja weißt, wurde ich im Herbst 89 ins Büro versetzt und sollte Akten sortieren, weil ich mich für die Montagsdemonstranten in Leipzig eingesetzt habe. Und auch wenn die Situation jetzt anders ist, denn ich ermittle ja weiter, habe ich das Gefühl, abserviert zu werden.«

»Hm.« Steffen schob sich hoch und gab ihr einen schnellen Kuss auf die Wange.

»Das ist sicher blöd für dich, aber hat ja auch seine Vorteile.«

»Welche *Vorteile* denn?« Sie verschränkte die Arme und sah ihn bockig an.

»Zum Beispiel, dass wir beide enger zusammenarbeiten und Dienstbesprechungen im Bett abhalten können.«

Sie lachte wider Willen und boxte ihn gegen die Schulter. »Stimmt. Das ist ein Vorteil. Aber eine Dienstbesprechung ist das hier doch hoffentlich nicht, oder?«

»Was nicht ist, kann ja noch werden. Wie wollen wir weiter vorgehen, um Andreas zu finden?«, fragte er.

»Ich denke, wir sollten zu seiner Mutter fahren. Sie wohnt irgendwo zwischen Leipzig und Altenburg. Bisher habe ich sie nur am Telefon gesprochen. Sie sagt, sie weiß nicht, wo ihr Sohn sein könnte, und dass sie viel zu tun hätte. Sie arbeitet in Schichten in einem Braunkohlewerk. Ich konnte sie nur erwischen, wenn sie Pause hatte. Und sie verhielt sich nicht gerade kooperativ, muss ich sagen. Aber vielleicht fällt ihr ja doch noch etwas ein, wenn wir sie direkt befragen.«

Steffen nickte, und dann grinste er plötzlich. »Siehst du? Schon haben wir eine Dienstbesprechung im Bett.«

Beate verdrehte die Augen. »Wenn du meinst. Und wenn wir schon dabei sind: Warum hast du mir nichts über den Fund der Arrestzelle in dieser Zweitwohnung in der Straße des Friedens erzählt?«

Steffen zuckte mit den Achseln. »Sie wurde ja nicht benutzt. Aber offenbar hatte dieser Direktor nicht vor, sein Erziehungskonzept zu ändern.«

»Es war nicht nur *sein* Konzept«, sagte sie nachdenklich. »Es ist ungeheuerlich, was über die ganzen Jahre in diesem Umerziehungsknast geschehen ist. Und alle, die da gearbeitet haben, waren daran beteiligt.«

»Angeordnet von ganz oben!«, sagte Steffen plötzlich zornig. »Und Margot Honecker wird als Hauptverantwortliche nicht mal dafür belangt. Das ist der eigentliche Skandal!«

Beate musterte ihn überrascht. Er sah wirklich aufgebracht aus. Sie strich ihm durchs Haar, beugte sich zu ihm und küsste ihn auf den Mund.

»Was möchtest du eigentlich frühstücken? Viel im Angebot habe ich nicht. Kaffee. Eier sind noch da, das Brot ist, glaube ich, schon hart. Aber ein paar Möhren liegen noch im Kühlschrank. Übrig gebliebene ... Von den Meerschweinchen.« Sie seufzte traurig.

Er legte den Arm um sie und zog sie an sich. »Die finden wir schon noch. Wir sind doch schließlich ein Team. Ein Ermittlerteam.« Er lächelte sie an. »Und zum Frühstück hätte ich gern eine Tasse Kaffee, schwarz, und ein Ei, weich gekocht.«

Grau-blau-brauner Qualm stieg aus den Schornsteinen des kleinen sächsischen Ortes. Ein schwerer metallischer Geruch lag in der Luft, als Beate und Steffen, von einem Mitarbeiter des Braunkohlewerks geführt, über das Gelände liefen. Die Gegend wirkte auf Beate, als wäre die Zeit hier stehen geblieben. Junge Frauen mit schwarzen Gesichtern kamen ihnen entgegen. Sie schwatzten und lachten, als wäre es ganz normal, wie die Schornsteinfeger herumzulaufen. Beate bemühte sich, sie nicht zu neugierig anzustarren. War das nicht extrem schädlich, ständig diesem Dreck ausgesetzt zu sein? Lohnte es sich, für ein paar Mark mehr seine Gesundheit aufs Spiel zu setzen?

Andreas' Mutter, Blanka Schwalbe, arbeitete in der Maschineninstandsetzungshalle als Dreherin. Der Meister nahm Beate und Steffen vor dem Eingang in Empfang, stellte sich vor und fragte, was sie genau wollten.

In der Halle, in die er sie brachte, herrschte ein solcher Lärm, dass sie ihr eigenes Wort nicht verstanden. Wie sollten sie hier eine Befragung durchführen? Der Geruch nach Metall nahm noch zu. Es kam Beate vor, als legte sich diese Ausdünstung auf ihre Zunge, trocknete ihren Mund und ihren Hals aus. Irgendwo weiter hinten sah Beate im Halbdunkel Funken sprühen.

Frau Schwalbe stand an einer Maschine, die aussah wie ein großes metallenes Insekt, das sich durch eine eiserne Frucht fraß. Beate hatte ihren Besuch vorsichtshalber nicht angekündigt, damit die Frau keine Ausrede erfinden konnte, um dem Gespräch auszuweichen.

Sie und Steffen zeigten ihre Polizeidienstausweise, und Beate sah die Verwirrung, die sich in dem Gesicht zeigte. Die Frau war klein und robust, kräftige Hände und stämmige Schultern zeugten von der Schufterei. Ein paar Minuten arbeitete sie einfach weiter. Metallspäne flogen herum, die vermutlich heiß waren.

Beate trat einen Schritt von der Maschine zurück und versuchte, in Gedanken eine Verbindung herzustellen zwischen dem schmächtigen Andreas und seiner wie ein Kerl wirkenden Mutter. Es gelang ihr nicht.

»Es geht um Ihren Sohn Andreas! Wir hatten schon einmal telefoniert!«, schrie Beate gegen den Lärm an.

Die Frau warf ihr einen unwilligen Blick zu und stellte die Maschine aus.

Es war immer noch laut in der Werkstatt. Der Meister fragte etwas. Beate hielt sich die Hand hinter das Ohr. Es war schwer, ihn überhaupt zu verstehen.

»Brauchen Sie mich noch?«, fragte er.

Beate schüttelte den Kopf, und er verabschiedete sich von ihnen per Handschlag.

Ohne ein Wort stapfte Frau Schwalbe voraus. Sie blickte sich nicht nach ihnen um und ging in einen Raum, in dem ein Tisch und ein paar einfache Stühle zwischen zwei ausgeschalteten Drehmaschinen standen.

Beate schloss die Tür und blieb einen Moment unschlüssig stehen. Steffen lächelte etwas gezwungen. »Dürfen wir uns setzen?«

Die Frau nickte müde und sah sie fragend an.

Von der Heizung kamen Klopfgeräusche, an den Wänden klebte schlierig schwarzer Dreck, vermutlich Kohlenstaub. Ein Radio lief. Beate erkannte die Stimme von Karel Gott.

»Wir suchen nach Andreas«, sagte sie. »Er ist seit einiger Zeit spurlos verschwunden. Wissen Sie, wo er sich aufhalten könnte?«

Die Frau zuckte mit den Schultern. Es sah so gleichgültig aus, dass es Beate schmerzte. »Seit einiger Zeit? Er ist doch schon seit Ende letzten Jahres abgetaucht. Meinen Sie, er hätte sich mal bei seiner Mutter gemeldet? Fehlanzeige. Ich habe aufgehört, mir den Kopf über ihn zu zerbrechen.«

»Andreas ist immerhin Ihr Sohn!«, entfuhr es Beate. »Und er ist noch minderjährig. Es könnte sein, dass er sich in Gefahr befindet.«

Blanka Schwalbe schien durch sie hindurchzublicken. In ihrer Miene zeigte sich keine Regung. »Ich habe Ihnen doch schon am Telefon gesagt, dass ich nicht weiß, wo er steckt«, sagte sie mürrisch.

»Haben Sie irgendwelche Vermutungen? Gibt es Verwandte oder Freunde, bei denen er sein könnte?«

Sie schüttelte den Kopf. »Andreas war fast schon immer ein schwieriges Kind. Das fing an, als wir umgesiedelt wurden, weil man das Dorf, in dem wir wohnten, weggebaggert hat, wegen der Braunkohle. Ein Nachbar hatte das Mehrfamilienhaus am Ende noch in Brand gesteckt. Ob aus Verzweiflung oder weil er sich Geld von der Versicherung erhoffte, weiß ich nicht. Die Feuerwehr konnte zwar die Menschen, aber nicht ihre Habseligkeiten retten. Ein Feuerwehrmann erzählte mir damals, dass Andreas ganz erstarrt vor den Flammen gestanden hätte. Der letzte Blick auf sein Kinderzimmer war jedenfalls der auf einen verkohlten Raum, verbranntes Spielzeug, schwarze Möbel, versengte Schulsachen. Wir konnten praktisch nichts retten. Von da an hat er Blödsinn gemacht, sich herumgetrieben, mit Kerzen und Streichhölzern gespielt, Dinge angezündet. Und ich habe noch drei jüngere Kinder, wissen Sie? Andreas' Hang zu Feuer war mir irgendwann einfach zu riskant. Deswegen kam er erst zur Großmutter und dann ins Heim.«

Beate hörte zu und fragte sich, wann das Band zwischen Mutter und Sohn gerissen war. Falls es überhaupt je eines gegeben hatte.

»Könnte er bei seiner Oma sein?«

»Die ist im Feierabendhaus.«

»Geben Sie uns doch bitte trotzdem die Adresse«, verlangte Steffen.

Frau Schwalbe sah ihn befremdet an, als würde sie ihn jetzt erst wahrnehmen. »Wozu denn?«

Steffen ignorierte die Frage, holte einen Notizblock und einen Stift hervor. »Besser beide Adressen. Die vom Altersheim auch.«

Sie kratzte sich den Kopf und schwieg.

»Wir können Sie ansonsten mit aufs Revier nach Leipzig nehmen, wenn Ihnen das lieber ist.« Beate verlor langsam die Geduld.

»Schon gut«, brummte die Frau. »Muss nur kurz überlegen.« Mit schleppender Stimme nannte sie ihnen schließlich die Adressen.

»Wie sieht es sonst aus mit Kontakten? Können Sie uns vielleicht Freunde von Andreas nennen? Alte Klassenkameraden zum Beispiel?«

Die Frau schüttelte den Kopf.

»Was ist mit Andreas' Vater?«, fragte Beate weiter.

»Den gibt es nicht. Nur einen Erzeuger. Der ist noch vor der Geburt verschwunden.«

»Hatte ihr Sohn denn einen Stiefvater?«

»Mehrere.« Sie lachte, aber es klang nicht gerade fröhlich. »Alle nur kurz. Keiner hat noch Kontakt.« Sie ließ offen, ob zu ihr oder zu ihrem ältesten Sohn. Ein Ausdruck von Verbitterung lag in ihren Augen.

»Haben Sie Andreas in Torgau mal besucht?«

Sie lachte noch einmal verächtlich auf. »Ich arbeite acht Stunden täglich in diesem Werk. Das ist verdammt harte Arbeit. Zu Hause warten meine Kinder, dass ich ihnen was koche, die Hausaufgaben kontrolliere und solche Sachen. Wann soll ich denn zwischendurch noch in der Gegend herumfahren? Andreas hat mir manchmal geschrieben. Da stand, dass es ihm gut geht. Also habe ich mir keine Sorgen gemacht.«

»Die Briefe der Jugendlichen wurden kontrolliert und zensiert«, entgegnete Beate. »Manche, die zu kritisch waren, hat man zurückgehalten.« Sie dachte an den Brief von Andreas aus dem Jugendwerkhof Burg, den sie gelesen hatte. Es war ihm dort keineswegs *gut gegangen*. Er hatte genau das Gegenteil geschrieben. Hatte seine Mutter wirklich gar nichts mitbekommen? Oder wollte sie es nicht wissen?

»Dazu kann ich nichts sagen. Die Betreuer in diesen Werkhöfen sind doch ausgebildete Pädagogen, oder nicht? Die von der Jugendhilfe haben mir versichert, Andreas wäre dort in den besten Händen.«

»Frau Schwalbe, Sie sollten sich die Mühe machen und mal nach Torgau fahren und sich den ehemaligen Werkhof da ansehen. Vielleicht zusammen mit Ihrem Sohn. Dann bekommen Sie höchstwahrscheinlich ein Bild davon, ob es Andreas dort tatsächlich gut ging.«

Die Frau sagte einen Moment nichts mehr und blinzelte sie nur an. Schimmerten da Tränen in ihren Augen? War Beate zu hart zu ihr? Aber sie verstand nicht, dass dieser Frau das Schicksal ihres Sohnes egal zu sein schien.

»Schon klar, Sie halten mich für eine Rabenmutter. Mag sein, dass ich nicht genug für Andreas da war. Aber er ist eben auch ein Rabenkind. Wie andere seiner Sorte, die in diesem Jugendwerkhof gelandet sind. Er hat sich schließlich auch von mir abgewandt. Er hätte ja mal vorbeikommen können, oder nicht? Andreas ist nicht der Unschuldsengel, für den Sie ihn halten. Wenn jemand hinter Gittern landet, hat das seinen Grund.«

Beate schluckte. Was die Frau da sagte, klang für sie wie eine Schutzbehauptung. Aber sollte sie mit ihr etwa noch eine Diskussion anfangen? Stattdessen schob sie ihr eine Visitenkarte über den Tisch. »Falls Ihnen etwas Sachdienliches einfallen sollte, rufen Sie mich bitte an.«

»Das war wohl verschwendete Zeit«, sagte Steffen, als sie in den Wartburg stiegen.

»Scheint so«, erwiderte Beate. »Aber ich habe so ein merkwürdiges Gefühl ... so, als ob wir irgendwas übersehen haben.«

Steffen sah sie fragend an. Aber sie zuckte nur mit den Schultern. »Wenn mir einfällt, was das sein könnte, sag ich dir Bescheid.«

Nachts lag Beate wach, während Steffen neben ihr seelenruhig schlief. Er strömte eine Ruhe aus, die sie nicht erreichte. In Gedanken ging sie noch einmal das unbefriedigende Gespräch mit Andreas' Mutter durch. Sie hatte ihnen kaum Hinweise gegeben und wenig Konkretes gesagt. Vielleicht war es das, was Beate beunruhigte: Das Bild in ihrem Kopf zu Andreas' Kindheit war absolut unscharf, es fehlten die Details. Namen zum Beispiel.

Sie musste die Frau noch einmal anrufen, sie musste sie nach den Namen fragen. Nach den Menschen, die in Andreas Schwalbes Leben eine Rolle gespielt hatten.

Sollte sie Steffen wecken? Ihm von dem Versäumnis berichten? Aber er würde nur irgendetwas murmeln, das sie beruhigen sollte, sich umdrehen und weiterschlafen.

Wenn Almgruber bei dem Gespräch dabei gewesen wäre, wüssten sie die Namen schon längst, dachte sie noch. Er hätte wohl kaum vergessen, nach ihnen zu fragen.

54

Es war kalt in der Zelle. So gut es ging, versuchte Andreas, sich zu wärmen. Eingehüllt in eine Decke, trank er den einigermaßen warmen Tee. Jeden Morgen wurde ihm eine Thermoskanne gebracht. In dem heißen Wasser hing genau ein Teebeutel. Geschmack: Pfefferminz. Menge: ein Liter. Schluck für Schluck teilte er sich das Getränk über den Tag verteilt ein, goss die Tasse immer höchstens halb voll. Am Nachmittag war das Wasser mit Pfefferminzgeschmack nur noch lauwarm. Manchmal bekam er eine fast heiße Suppe hereingereicht. Er löffelte die Schüssel langsam leer. Ließ das Warme eine Weile zwischen Zunge und Gaumen, ehe er schluckte.

Manchmal griff er sich eines der Meerschweinchen. Sie mochten das nicht. Das Tier, das er jagte, versuchte zu flüchten, aber es gab hier ja keinen Ausweg. Wenn er es eingefangen hatte, verfiel es in eine Art Schockstarre. So wie er. Auch Andreas verharrte oft in dieser Bewegungslosigkeit. Starrte die Wand an oder die Tür.

Beinahe waren sie in der gleichen Situation. Nur dass die kleinen Wesen zu viert waren. Und nicht wussten, dass sie im Knast saßen. Ein weiterer Unterschied war, dass sie einfach überall ihren bohnenförmigen Kot hinterließen. Er lachte unwillkürlich auf.

Die Tiere besaßen verschiedenartig gemustertes Fell: braun,

schwarz, braun-weiß, schwarz-weiß. Sie waren unterschiedlich dick. Auch ihre Charaktere waren verschieden. Eines war neugierig, eines ängstlich, eines quiekte, die anderen blieben still. Doch jedes Meerschwein fühlte sich gleich weich an. Viel Wärme strahlten ihre kleinen Körper nicht aus. Aber egal. Andreas spürte das Leben, das in ihnen steckte, den schnellen Herzschlag in seiner Hand.

Er hatte keine Ahnung, woher die Tiere stammten. Es war ihm klar, dass Herr Jemand ihn ruhigstellen wollte. Er brachte ihm sogar Holzbretter und Leim, damit er den Nagern Häuschen bauen konnte. Sich um sie zu kümmern, sie zu füttern, mit ihnen zu sprechen und sogar ihre Köttel zu beseitigen, sie aufzufegen und in dem Kübel für die Notdurft zu entsorgen, lenkte Andreas etwas ab. Ansonsten gab es nichts zu tun. Die Bücher hatte er gelesen. Außer der Bibel, die Herr Jemand ihm neulich gebracht hatte. Die rührte er nicht an. Er glaubte nicht an Gott. Nicht einmal seine Oma glaubte an Gott. Wozu sollte er also die Bibel lesen?

Sein Magen knurrte. Es musste um die Mittagszeit sein.

Tatsächlich erschien Herr Jemand. Brachte Futter für die Tiere und einen Teller für ihn. Die Nudeln waren kalt. Ein zusammengeklebter Batzen. Der Klecks Ketchup machte das Essen nicht besser. Herr Jemand gab sich immer weniger Mühe, ihm vernünftiges Essen zu servieren.

Spontan reichte Andreas die ungenießbare Mahlzeit an den Mann zurück. »Ich esse das nicht! Wieso halten Sie mich fest? Lassen Sie mich endlich gehen!« Aus Rücksicht auf die Schweinchen schrie er nicht. Er wollte die sensiblen Tiere nicht erschrecken. Aber sein Tonfall war kaum misszuverstehen. Er starrte in den Schlitz der Mütze, in die Augen seines Wärters. Wie immer bekam er keine Antwort. Aber der Blick des Mannes wirkte das erste Mal verunsichert. Ein kleiner Triumph.

Herr Jemand reichte ihm den Teller erneut oder versuchte es zumindest. Andreas verschränkte die Arme und schüttelte den Kopf. »Nein!«

Sein Wärter stellte die kalten Nudeln auf den kalten Boden und warf die Tür verärgert zu.

Andreas lachte leise vor sich hin. Hungerstreik war auch eine Waffe.

Die Meerschweinchen kamen nacheinander angetrippelt, rochen an den Nudeln und knabberten an ihnen. Offenbar freuten sie sich über die Abwechslung auf ihrem Speiseplan. Andreas nahm den Teller schließlich hoch und stellte ihn auf die Pritsche. Er wollte nicht, dass die Tiere krank wurden. Er wollte, dass sie am Leben blieben.

Auch das Abendessen verweigerte er. Herr Jemand stellte das Holzbrett mit den Broten vor ihm ab und schloss die Tür. Der Geruch nach Salami stieg Andreas in die Nase, ließ ihm das Wasser im Mund zusammenlaufen. Diesmal hatte sich Herr Jemand mehr Mühe gegeben. Das Brot roch frisch. Etwas Petersilie garnierte die Stullen.

Andreas verfütterte die Kräuter an die Meerschweinchen. Den Rest ließ er unbeachtet.

Wie lange konnte er ohne Nahrung durchhalten?

55

Tanja ging durch den kleinen Wald, der direkt hinter dem Haus von Andreas' Großmutter lag, und sammelte Holz. Es war nicht leicht, trockene Äste zu finden. In den vergangenen Stunden hatte es geregnet, und die Zweige unter ihren Füßen gaben nach wie Gummi.

In ihrem Rucksack trug sie kleine, dicke Äste, Zapfen und Kienäpfel. Sie kam sich vor wie eine Hexe aus einem Märchenfilm. Der Zweig, nach dem sie griff, hatte Dornen. Tanja zuckte zurück, aber dann, mit einem Lächeln, packte sie wieder zu. Sie wollte nicht mehr an *ihn* denken, sie wollte seinen Namen nicht mehr denken. Wie die Bäume hier, die ihre Blätter abgeworfen hatten, wollte sie ihre Vergangenheit abwerfen, die belastenden Erinnerungen loswerden. Torgau loswerden, den Spuk in ihrem Kopf, diesen Direktor, dieses *Monster*. Schließlich war der Mann tot und begraben. Es war, als müsste sie sich das immer wieder ins Gedächtnis rufen, damit sie es glauben konnte. Doch statt Erleichterung spürte sie nur Leere.

Die Leere in ihr war allerdings, wie sie fand, schon ein guter Anfang. Alles sollte leer sein, sauber, frei für das, was kommen würde. Für ihr neues Leben, ihr *richtiges* Leben.

Die Mauer, die sie von der Welt ferngehalten hatte, war gefallen, der geschlossene Jugendwerkhof existierte nicht mehr, der

Mann, der sie als seinen persönlichen Besitz betrachtet hatte, weilte in den ewigen Jagdgründen. Jetzt musste sie nur noch mit den Gespenstern in ihrem Innern klarkommen. Und Andreas finden … Würde er wirklich hier, im Haus seiner Großmutter, auftauchen?

Ihre Hand tat weh, und sie nahm sie hoch und betrachtete sie wie einen Gegenstand. Sie zog sich die Dornen aus der Haut. Es blutete ein wenig, nicht der Rede wert. Der körperliche Schmerz zeigte ihr, dass sie am Leben war.

Nach Einbruch der Dunkelheit tappte Tanja in dem Haus im Dunkel umher, auf der Suche nach Streichhölzern. Sie fand ein Päckchen in einer Schublade in der Küche. War es riskant zu heizen? Doch es war einfach zu kalt auf Dauer. In der Nacht hatten ihre Zähne geklappert vor Kälte. Sie konnte schlecht einschlafen und wachte immer wieder auf.

Ein bisschen Rauch, der aus dem Schornstein waberte, würde schon nicht auffallen, hoffte sie.

Sie öffnete die Klappe und stocherte mit einem Feuerhaken in der Asche herum. Der Ofen schien schon lange erloschen. Sie musste wieder an Andreas denken. Feuer machen war eigentlich seine Aufgabe. Sie sah ihn vor sich, wie er fasziniert in die Flamme einer Kerze starrte, und kicherte ein wenig. Man sah ihm nicht an, dass er ein kleiner Feuerteufel war. Er sah aus wie die Unschuld vom Lande. Aber er kokelte gern. In der Wohnung des Direktors hatte er die Teebeutel entleert, wie eine Rakete aufgestellt und angezündet. Sie waren schnell heruntergebrannt, die Reste wie Ballons in die Höhe geflogen und als Aschewölkchen zurückgekehrt.

Tanja besaß offenbar weniger Talent. Das erste Streichholz brach, als sie es über die Reibefläche zog, beim zweiten flog der

Schwefelkopf ab, auch der dritte weigerte sich, Feuer zu fangen. Wie es aussah, waren die Hölzer feucht geworden.

»Mist!«, zischte sie.

Tanja brauchte eine Weile, ehe es ihr gelang, ein brauchbares Zündholz zu finden und die Flamme zu entfachen. Stück für Stück schob sie ihr Nahrung zu, zerbrochene Zweige, Tannenzapfen und Kienäpfel. Sie zerriss eine alte Zeitung, eine *Wochenpost* mit ausgefülltem Kreuzworträtsel, riss sie in kleine Teile und schob sie in das Feuer.

Schon nach ein paar Minuten begann es ziemlich zu qualmen. Hoffentlich war nicht das Rohr verstopft, sonst brachte sie sich womöglich mit den Abgasen und einer Kohlenmonoxid-Vergiftung um.

»Ach Quatsch«, murmelte sie vor sich hin, »wird schon schiefgehen.«

Tanja ließ beide Klappen offen, hielt die Hände vor das Feuer und wärmte sich wie an einem Kamin. Es knackte und knisterte, wenn die Flammen die Zapfen und Kienäpfel fraßen. Ein paar Funken flogen auf das Blech vor ihren Füßen, und sie trat sie aus. Allmählich wurde der Qualm dicker und floss um sie herum. Sie schloss die obere Klappe. Vorsichtshalber konnte sie ja das Fenster öffnen.

Als sie sich erhob, bemerkte sie durch die Scheibe eine große dunkle Gestalt, die vor dem Haus zu lauern schien.

Das war eindeutig *nicht* Andreas. Hatte der Lichtschein aus dem Ofen sie verraten? Es war zu spät durch die Hintertür abzuhauen. Ihr Plan kam ihr jetzt einfach nur noch dumm vor.

Wer auch immer dort draußen stand, hatte sie bereits im Visier.

56

Seit Stunden hockten Josef und sein junger Kollege Viktor Lüder in dem schmucklosen Torgauer Besprechungsraum, tranken in den kurzen Pausen dünnen Kaffee und befragten nacheinander die ehemaligen Mitarbeiterinnen und Mitarbeiter des Jugendwerkhofs.

Einen besonders intensiven Kontakt schien Georg Bruckner zu seinen Kollegen nicht gehabt zu haben, wie Josef feststellte. Anscheinend kannte niemand ihn näher. Keiner wusste, wo er sich gegenwärtig aufhielt.

»Er war ja fast immer nur nachts da«, sagte die ehemalige Erzieherin Hildegard Hellermann und zog an einer Strähne in ihrem dauergewellten Haar herum. »Er kam meist, wenn ich ging. Oder umgekehrt. Wenn ich Frühdienst hatte und ich morgens erschien, war er mit seiner Schicht fertig.«

»Gab es keine Zusammenkünfte, Dienstbesprechungen oder dergleichen?«, fragte Josef.

»Doch, natürlich. Aber da saß er oft nur schweigend dabei. Die Reden hielten andere.«

Lüder blätterte in einer Akte, die vor ihm auf dem Tisch lag. »Haben Sie sich eigentlich bedankt bei Herrn Bruckner?«

»Bedankt?«, fragte sie erstaunt zurück.

»Na, er hat Sie immerhin aus diesem Fuchsbau im Keller geholt, in den sie der Jugendliche Maik Kerner vor der Flucht der drei Jugendlichen gesperrt hatte.«

Kollege Lüder hatte seine Hausaufgaben gemacht. Er schien die Akten mittlerweile fast auswendig zu kennen.

Hildegard Hellermann schnappte kurz nach Luft bei der Erinnerung und konnte nicht gleich antworten. »Ich war ja dann erst mal im Krankenhaus«, brachte sie schließlich heraus.

»Es gab also hinterher kein Treffen mit Ihrem Retter und Ihnen?«

»Ach Gott, *Retter*. Nun ja, er war zur richtigen Zeit am richtigen Ort. Nicht mehr und nicht weniger.«

Viktor Lüder betrachtete sie stirnrunzelnd.

»Wo ist eigentlich Ihre junge Kollegin? Frau Vogtmann, oder wie heißt sie gleich? Sie war doch dabei. Und vermutlich hat sie mehr mitbekommen als ich, als ich dort ohnmächtig in diesem Loch lag.«

»Beantworten Sie bitte die Frage«, mahnte Josef. Einen Tick zu barsch, wie er selbst fand.

Frau Hellermann sah ihn verwirrt an. In gewissem Sinn hatte sie ja recht, wie er sich eingestehen musste. Beate Vogt war eine Zeugin des Vorfalls. Wäre sie jetzt hier, hätten sie nicht erst in den Akten herumwühlen müssen.

»Sie haben sich nicht mit Georg Bruckner getroffen?«, wiederholte Lüder.

»Nein, es gab kein Treffen mit ihm«, sagte sie hastig. »Wir haben uns ja auch kaum noch gesehen, wissen Sie?«

»Laut Aussagen seiner Nachbarin fuhr Georg Bruckner von seinem Wohnort weiterhin regelmäßig nach Torgau, auch nach der Schließung des Jugendwerkhofs. Haben Sie eine Ahnung, was er dort gemacht hat?«

Josef hob den Kopf und musterte sie.

»Bei mir war er jedenfalls nicht, falls Sie das andeuten wollen.«

Josef verkniff sich gerade so ein Lachen. »Ich will gar nichts andeuten. Wir versuchen herauszubekommen, wo er sich aufhält, das ist alles.«

»Wann haben Sie ihn das letzte Mal gesehen und bei welcher Gelegenheit?«, hakte Lüder nach.

Die Frau zupfte sich nervös am Ohr. »Beim Einkaufen war das. Das ist noch gar nicht so lange her ... Vor ein paar Tagen erst. Aber wann genau ... Er hat jedenfalls Süßigkeiten gekauft. Diese Schokolade mit dem kleinen niedlichen Mohren drauf.«

»Sarotti«, murmelte Almgruber.

»Genau. Das ist mir aufgefallen, weil es mehrere Tafeln waren.«

Josef zwang sich ein Lächeln ins Gesicht. »Haben Sie sonst noch etwas bemerkt? Hat er etwas gesagt?«

Hildegard Hellermann zog nun ausgiebig an ihrem anderen Ohr.

Er blickte sie an und fragte sich, ob das ein Tick von ihr war.

»Das hilft mir, mich zu konzentrieren«, erklärte sie, als sie seinen Blick bemerkte.

Josef nickte ihr zu, etwas verlegen darüber, dass er beim Anstarren ertappt worden war. »Können Sie sich erinnern, ob Herr Bruckner sich mal zu dem Fall des toten Direktors geäußert hat?«

Zögernd schüttelte sie den Kopf. »Viel gesprochen haben wir alle nicht darüber. Der Vorfall war einfach zu schrecklich.« Sie seufzte. »Wobei ... Doch, Kollege Bruckner hat mich beim Einkaufen gefragt, ob es etwas Neues geben würde und man den Täter indessen gefasst hat. Aber ich konnte ihm ja nichts dazu sagen.« Sie zuckte mit den Schultern. »Ich wusste ja nicht mal, dass die

Kripo noch ermittelt«, fügte sie leise hinzu. »Ich dachte ...« Sie verstummte.

»Was dachten Sie?« Josef hätte gern auf seine Uhr gesehen, aber er hielt sich zurück und blickte stattdessen der ehemaligen Erzieherin, so streng er konnte, in die Augen.

»Ich dachte ... der Fall wäre abgeschlossen. Ähm ... *eingestellt* sagt man, oder? Es schien sich ja um einen Selbstmord zu handeln. Der Mauerfall, die Schließung seiner Einrichtung, die Ungewissheit, was jetzt kommt, hätten ihn dazu getrieben, hieß es ja. Es klang erst mal glaubwürdig. Obwohl ich mir das nicht vorstellen konnte. Aber der Polizist, der zuerst ermittelt hat, war ja der Meinung, dass er sich ... na, Sie wissen schon.«

»Wieso konnten Sie sich das nicht vorstellen?«, fragte Lüder.

»Er war nicht der Typ dafür«, antwortete sie. »Einer wie er ... ein Chef durch und durch ... bringt sich doch nicht um.«

»Kommt aber vor«, murmelte Lüder, der etwas auf seinen Block notierte, geistesabwesend. »Denken Sie an Hitler.«

»Ach, das muss jetzt nicht sein«, rutschte Frau Hellermann heraus. Sie kicherte nervös und wurde rot. »Wer denkt schon gern an Adolf Hitler?«

»Mal abgesehen von einigen Historikern wohl niemand«, räumte Josef ein.

Was führten sie hier eigentlich für ein merkwürdiges Gespräch? Und wieso machte Lüder so eine unpassende Bemerkung? Er sah jetzt doch auf seine Uhr. Die Elternversammlung in Halle würde in ein paar Stunden beginnen, und er musste noch zu dem Arzt Dr. Rehling in das Torgauer Krankenhaus, um ihn zu befragen. Anschließend hatte er noch einen Gesprächstermin bei seinem Chef Arno Berg in der Leipziger Dienststelle.

»Falls Ihnen noch etwas einfällt, rufen Sie uns an«, sagte er und reichte Frau Hellermann seine Karte. »Wir danken Ihnen für das Gespräch.«

»Sie haben uns sehr geholfen«, fügte Lüder automatisch hinzu, ohne den Kopf zu heben.

Glatte Lüge, dachte Josef. Aber Hildegard Hellermann lächelte stolz. »Dann hoffe ich, dass Sie den Täter bald erwischen«, sagte sie. »Schließlich möchte man ja wieder ruhig schlafen können.«

Josef hasste Krankenhäuser. Seit dem Tod seiner Frau und seinem eigenen Klinikaufenthalt versuchte er sie zu meiden. Aber der Arzt, der die Leiche des Direktors Karl Zinkner am Tatort untersucht hatte, war stur geblieben, weigerte sich, als Zeuge aufs Revier zu kommen, und hatte sich mit fehlender Zeit und zu viel Arbeit herausgeredet.

Josef wollte das Gespräch so schnell wie möglich hinter sich bringen. Sein Magen knurrte. Zum Mittag hatte er sich nur eine Banane gegönnt. So langsam bekam er Hunger.

Dr. Rehling saß ihm mit einem Gesichtsausdruck im Behandlungszimmer gegenüber, als wäre sein Gast ein Patient, der zu oft kam und höchstwahrscheinlich simulierte. Er presste den Mund zusammen, sodass seine Lippen eine gerade Linie bildeten. Wie bei einem Strichmännchen, dachte Josef. Die Augen des Arztes waren schmale Schlitze, die Miene wirkte verkniffen. So viel Abwehr war ihm selten begegnet.

»Wir brauchen noch ein paar Auskünfte von Ihnen, Herr Doktor.«

»Ihre Kollegen haben mich doch bereits mehrfach befragt!«, sagte der Arzt ungehalten. »Es gibt nichts Neues zu berichten.«

»Aktuell fahnden wir nach Georg Bruckner«, erklärte Josef ruhig. »Er arbeitete als Nachtwache im Jugendwerkhof Torgau. Sie kennen ihn?«

Dr. Rehling zuckte mit den Schultern. »Flüchtig. Wird er verdächtigt?«

»Ich möchte zunächst von Ihnen wissen, ob Sie ihn in der Tatnacht vom neunten auf den zehnten November 1989 am Tatort oder in der Nähe gesehen haben.«

»Das weiß ich nicht mehr. Kann schon sein. Ich wurde von Herrn Braun, dem Hausmeister, angerufen. Als ich am Ort ankam, untersuchte ich natürlich sofort den Patienten, also den Leiter der Einrichtung, und konnte nur den Tod feststellen. Das heißt, ich habe mich auf meine Aufgabe konzentriert. Ich kann Ihnen nicht sagen, ob die Nachtwache im Raum war oder nicht.«

Josef starrte den Mann an und wartete ab. Viele Befragte redeten von sich aus weiter, wenn man einfach keine Fragen stellte. Der Arzt wich seinem Blick aus und schwieg.

»Kam es sonst auch vor, dass sie nachts in die Disziplinaranstalt gerufen wurden?«

»Ja, hin und wieder kam das vor.«

»Weshalb?«

»Wenn einer der Jugendlichen ernsthaft erkrankte, sehr hohes Fieber bekam, Schüttelfrost, Krampfanfälle oder auch bei Suizidversuchen. Also, wenn die Erkrankung oder Verletzung schwerwiegend war.«

»Sind Sie bei diesen Anlässen Herrn Bruckner begegnet?«

»Manchmal schon. Es hatte ja meist nur ein Erzieher Dienst und dazu die Nachtwache. Also lief man sich über den Weg.«

»Wie wirkte er auf Sie? Hatten Sie als Arzt den Eindruck, dass mit ihm etwas nicht stimmen könnte?«

Dr. Rehling runzelte die Stirn. »Wenn ich gerufen wurde, kümmerte ich mich ausschließlich um den Patienten. Meist war auch der Direktor schnell zur Stelle. Und mit ihm besprach ich das weitere Vorgehen. Also zum Beispiel, ob der Patient ins Krankenhaus muss oder nicht. Die Nachtwache habe ich kaum wahrgenommen. Er war da, schloss Türen auf und zu, aber ich habe nicht auf ihn geachtet. Ob er psychisch auffällig war, kann ich Ihnen nicht sagen. Da müssen Sie schon mit dem behandelnden Psychiater sprechen.«

»Also wussten Sie doch, dass er in Behandlung war?«

»Das entnehme ich Ihren Fragen.«

»Es ist Ihnen also nie etwas aufgefallen an Herrn Bruckner?« Josef lehnte sich zurück und sah Dr. Rehling zweifelnd an.

»Doch, schon. Dass er ein komischer Kauz war. Aber da ist er ja nicht der Einzige.«

»Können Sie mir ein Beispiel für sein seltsames Verhalten nennen?«

Dr. Rehling holte tief Luft, als wäre ihm alles zu viel. »Er redete manchmal wirres Zeug. Von Gott, von Dämonen, von Geistern. Ehrlich gesagt, habe ich mich etwas gewundert, dass er dort nachts als Aufsichtsperson herumspaziert. Aber es ging mich nichts an.«

»Sie haben nicht mit dem Direktor darüber gesprochen?«

Der Arzt schüttelte den Kopf. »Wozu? Es war nicht meine Aufgabe. Ich war kein Mitarbeiter des Werkhofs. Ich arbeitete mit Zinkner zusammen, gelegentlich auch mit seinem Stellvertreter, dem Herrn Spieß. Oder mit Frau Hellermann, wenn es um ein Mädchen ging. Und das war's.«

»Das war's? Und was ist mit der Staatssicherheit? Die hatten doch den Fall übernommen, soweit ich informiert bin.«

Ein nervöses Zucken lief über das Gesicht des Arztes. »Selbstverständlich habe ich Auskunft erteilt, wenn ich vom MfS befragt worden bin. Genauso wie ich Ihnen jetzt Auskunft erteile.«

Seine Stimme wirkte jetzt rauer, gepresst. Josef nahm wahr,

dass sich auch die Körperhaltung des Befragten veränderte. Als würde er jeden Moment mit einem plötzlichen Angriff rechnen.

Auf dem Weg nach Leipzig stand Josef eine Weile im Stau. Als er mit Verspätung endlich ankam, war sein üblicher Parkplatz vor dem Revier besetzt. Etwas entnervt stellte er den Wagen einfach irgendwo in der Nähe der Dienststelle ab. Genau genommen im Halteverbot. Na, und wenn schon. Der Opel war schließlich sein Dienstfahrzeug, und er befand sich im Dienst. Seine Sonderrechte als Polizist nahm er ja sonst kaum in Anspruch.

Herr Berg hatte einen Teller mit Keksen, die vermutlich schon etwas verstaubt waren, auf dem Tisch stehen. Josef machte sich darüber her und bekam von Moni, der Sekretärin, sogar noch einen halbwegs vernünftigen Kaffee serviert.

Kauend präsentierte er Arno Berg seine mageren Ermittlungsergebnisse. Keine Spur von Georg Bruckner. Keine Hinweise, wo er sein könnte. Dafür ein paar halb gare Aussagen vom Erzieherpersonal und von diesem Arzt.

»Dr. Rehling erwähnte, dass nachts außer dem Wachmann meist auch ein Erzieher im Jugendwerkhof anwesend war. In der Akte steht dazu allerdings kein Name«, sagte Josef nachdenklich. »Könnte es sein, dass die Sonderermittler vom Amt für Nationale Sicherheit Schriftstücke aus den Akten entnommen und nicht zurückgelegt haben?«

Arno Berg hob seine schweren Schultern. »Das Amt wurde ja in Windeseile aufgelöst. Es herrschte ein einziges Chaos. Schon möglich, dass nicht alles ordnungsgemäß abgeheftet wurde.« Seine Stimme klang ironisch. »Wie Sie vielleicht wissen, sind in dieser Zeit auch etliche Unterlagen vernichtet worden.«

»Schon klar. Aber was ist, wenn hier etwas vertuscht werden sollte?«

Sein Vorgesetzter runzelte die Stirn, seine Augenbrauen zogen sich zusammen, und Josef musste an ein herannahendes Gewitter denken. Hatte er seine Frage zu direkt formuliert?

»Ist das Ihr Ernst, Herr Kollege?«

»Haben Sie sich schon mal gefragt, warum die Spezialkommission der Stasi den Fall überhaupt übernommen hat?«

»Sie meinen doch nicht etwa, dass das MfS dahintersteckt? Hinter einem *Mord*?«, fragte Arno Berg empört.

Doch. Josef meinte genau das. Obwohl er keinerlei Beweise hatte. Aber wieso waren wichtige Hinweise verschwunden?

»Vielleicht nicht so direkt«, räumte er ein. »Ich möchte hier niemanden einfach so bezichtigen. Aber es sollte womöglich nicht ins Licht der Öffentlichkeit gelangen, was da in diesem Werkhof am Tag des Mauerfalls passiert ist. Vielleicht sollte auch das Ganze nicht ins Licht der Öffentlichkeit, also die haarsträubenden, zweifelhaften Praktiken der Umerziehung. Ein Mord würde sicherlich Fragen aufwerfen, die Aufmerksamkeit der Presse auf sich ziehen, die ja jetzt auch in der Zone über bisher Verschwiegenes berichten darf. Insofern halte ich es für wahrscheinlich, dass die Ermittlungsakte vom Amt für Nationale Sicherheit manipuliert wurde. Oder zumindest für nicht ganz unwahrscheinlich.«

Wer weiß, was die Genossen sonst noch alles vertuscht haben, dachte er. Doch die Mimik seines Chefs hellte sich kein bisschen auf, und er wollte ihn nicht noch mehr reizen.

»Ich glaube, Sie haben da ein falsches Bild«, sagte Berg. »Die Spezialkommission hat in den vergangenen Jahren oft gute Arbeit geleistet bei der Aufklärung von Mordfällen. Natürlich gingen diese Verbrechen in der DDR nicht in die Öffentlichkeit. Das heißt aber nicht, dass schluderhaft ermittelt wurde. Im Gegenteil. Die

Genossen konnten in Ruhe die Fälle aufklären, ohne dass sie von sensationsgierigen Reportern bedrängt wurden.«

Josef sagte nichts dazu. Mit Sicherheit hatte auch Arno Berg mit der Stasi zusammengearbeitet. Vermutlich fühlte er sich auf den Schlips getreten. Und vielleicht glaubte er ja sogar, der Kommissar aus dem Westen wäre scharf auf seinen Posten?

Während der Elternversammlung in der Aula der Gehörlosenschule gab es weder etwas zu essen noch zu trinken. Es fiel Josef schwer, sich zu konzentrieren. Irgendwie musste er überlesen haben, dass nur ein Elternbeirat gewählt werden sollte und es – neben einer freundlichen Willkommensrede von der Lehrerin Juliane Siebenbach, Terminankündigungen für Klassenfahrten, Projekttage und ein Fußballspiel – vor allem um zahlreiche formale Dinge ging. Ihm fielen zwischendurch fast die Augen zu. Immerhin war er schon seit dem sehr frühen Morgen auf den Beinen.

Natürlich waren die Kinder bei der Versammlung nicht dabei, und er hatte Florian nur für ein paar Minuten kurz vorher gesehen. Es schien ihm so weit gut zu gehen. Er erzählte ihm von seinem Fußballtraining, und Josef versprach, ihn am nächsten Wochenende wieder nach Leipzig zu holen. Zu seiner Überraschung hatte sich sein Sohn nach Beate Vogt erkundigt. »Seid ihr noch Freunde?« Offenbar machte sich Florian Sorgen um ihn. Freunde zu haben war aus Sicht seines Kindes das Wichtigste überhaupt. Und vielleicht hatte er damit ja nicht ganz unrecht. Florians Besorgnis rührte Josef, auch wenn er im ersten Moment nicht wusste, wie er auf die Frage antworten sollte.

»Wir sind Kollegen«, hatte er schließlich ein wenig verlegen erwidert, aber an dem Ausdruck in Florians Gesicht gesehen, dass es nicht das war, was sein Sohn hören wollte.

Die Elternversammlung zog sich in die Länge. Es gab zu guter

Letzt noch einen Punkt auf dem Zettel mit der Tagesordnung, der »Sonstiges« hieß. Josef überlegte, sich zu melden und vor versammelter Mannschaft seine Beschwerde über das In-der-Ecke-Stehen vorzubringen und das Demütigen von Kindern zu thematisieren. Doch als es so weit war, blickten die meisten schon auf ihre Uhren, rutschten unruhig auf den Stühlen hin und her. Der Erzieher Erhard Holter, der Florian zur Strafe ins Abseits, mit dem Gesicht zur Wand, gestellt hatte, glänzte ohnehin durch Abwesenheit. Jetzt noch eine Debatte lostreten? Vermutlich würde er nur den Unmut der Anwesenden auf sich ziehen. Sein ostfränkischer Dialekt würde ihn verraten. Der aus dem Westen muss ja unbedingt noch Kritik anbringen. Die wissen ja anscheinend alles besser.

Vielleicht hätte er sich auch nicht extra für die Elternversammlung sein edles taubenblaues Hemd und die schwarzen Markenjeans anziehen sollen. Er wirkte sicher auffällig für die Leute hier, fremd. Was will denn der? Dieser Besserwessi! Selbst wenn sie die Vorwürfe nicht laut aussprechen würden.

Wollte er das?

Zusammen mit den anderen Eltern lauschte er in das Schweigen zum Thema Sonstiges hinein. Die Zusammenkunft wurde beinahe hastig beendet. Es war ja auch schon recht spät.

Danach beeilte sich Josef, zu seinem Wagen zu kommen. Der Himmel spannte sich schwarz und sternenlos über ihm. Es nieselte. Er war müde und fühlte sich frustriert.

Lieber hätte er diese wertvolle Zeit, die er mit dieser sinnlosen Elternversammlung vergeudet hatte, mit seinem Sohn verbracht. Schlief er schon? Als er an dem Internatsgebäude vorbeilief, sah Josef zu den Fenstern hoch. Sie waren dunkel. Nur in einem Raum leuchtete noch ein mattes Licht.

»Schlaf gut, Flori«, flüsterte er hinauf. »Schöne Träume.«

Einen Moment spürte er einen Stich in seinem Innern. Wieso konnte er jetzt nicht bei seinem Kind sein? Warum hatte er einen Job, der es ihm unmöglich machte, sich Tag und Nacht um seinen Sohn zu kümmern? Wieso war er Polizist bei der Mordkommission und nicht Lehrer oder Journalist oder Taxifahrer?

Als er losfuhr, registrierte er, dass ihm ein Wagen folgte. Doch er achtete nicht weiter darauf. Die Aula war voller Eltern gewesen. Sie alle fuhren jetzt nach Hause. Vielleicht wohnten sogar manche in Leipzig, so wie er.

Der Parkplatz vor dem Haus, in dem er seit dem Tag der Wiedervereinigung lebte, war heute Abend ebenfalls besetzt. Einer von diesen Gebrauchtwagen, den gewiefte Händler aus dem Westen den Ossis nach der Währungsunion aufgeschwatzt hatten und der mit Beulen und rostigen Stellen übersäht war, stand auf seinem Platz. Josef registrierte es mit einem Achselzucken. Auf ein Ärgernis mehr oder weniger kam es nun auch nicht an. Noch gab es genug Möglichkeiten, den Wagen abzustellen. In einem Jahr würde das vielleicht schon anders aussehen.

Der Regen hatte zugenommen, und als Josef in einer dunklen Sackgasse aus dem Opel stieg, zog er den Kragen seines Mantels etwas höher. Beinahe stolperte er über ein Brett, in dem rostige Nägel steckten und das offenbar aus dem Haufen Sperrmüll stammte, der am Rand der Straße lag. Es war nicht zu übersehen, dass die Leute ihre Möbel, die zum Teil noch aus den fünfziger Jahren zu stammen schienen, entsorgten. Wie Josef aus Berichten von Kollegen wusste, wurde der alte Hausrat meist durch Schränke, Regale und Sofas von IKEA ersetzt. Einzelteile für die Einrichtung der Wohnung heranzuschaffen, die erst noch zusammengebaut werden mussten, war für an die Mangelwirtschaft gewöhnte ehemalige DDR-Bürger offenbar eine leichte Übung.

Er hörte das Knallen einer Wagentür und dann Schritte, die rasch näher kamen, aber blickte sich nicht danach um. So schnell wie möglich wollte er nach Hause, vielleicht noch ein Glas von dem edlen französischen Rotwein trinken, den er sich neulich geleistet hatte, eine Kleinigkeit essen, die Spätnachrichten sehen und dann ins Bett.

Der Schlag auf den Kopf traf ihn völlig unerwartet, wie aus dem Nichts. Josef taumelte ein Stück vorwärts, als wäre er plötzlich betrunken. Als er versuchte, sich umzudrehen, sauste ein zweiter Hieb auf ihn hinab. Etwas fiel neben ihn auf das Kopfsteinpflaster. Josef nahm noch wahr, dass es das Brett war, über das er gerade fast gefallen wäre. Dann sah er Sterne, versuchte zu begreifen, was passierte, und sackte auf die Knie. Blut lief über seine Stirn, seine Augen, er blinzelte, konnte nichts mehr erkennen. Ein brutaler Tritt in den Rücken nahm ihm einen Moment den Atem.

Er fiel lang hin, mit dem Gesicht in eine Pfütze. Wasser drang in seinen Mund, mischte sich mit seinem Blut. Er spuckte es aus, robbte mühsam ein Stück weiter. Ein erneuter Fußtritt, diesmal in die Seite, stoppte ihn.

Das bekam er noch mit, dann spürte er nichts mehr.

57

Beate Vogt saß am Krankenhausbett in der Leipziger Klinik und wartete ungeduldig darauf, dass ihr Kollege Almgruber endlich aufwachte. Er hatte ordentlich was abbekommen. Bisher wusste niemand, von wem er vermöbelt worden war. Aber lebensbedrohlich waren die Verletzungen zum Glück nicht, wie der behandelnde Arzt ihr mitteilte.

Neben der Gehirnerschütterung hatte er eine Platzwunde am Kopf, die möglicherweise von einem Nagel des Brettes stammte, mit dem er niedergeschlagen worden war. Hämatome am Körper zeugten von Schlägen oder Tritten. Bei den Untersuchungen waren von den Ärzten zum Glück keine inneren Schädigungen festgestellt worden. Wer auch immer der Täter war – in Tötungsabsicht schien er offenbar nicht gehandelt zu haben. Das Holzbrett als Waffe, das indessen von der Polizei sichergestellt worden war, deutete darauf hin, dass der Angreifer eher im Affekt zugeschlagen hatte als geplant. Hatte es einen Streit gegeben? Eine zufällige Auseinandersetzung auf dem Parkplatz? Oder hatte die Tat etwas mit ihrem Fall zu tun?

Almgruber stöhnte auf einmal leise. In seinem Gesicht zuckte es. Seine Augenlider zitterten.

Beate betrachtete ihn besorgt und rückte etwas näher an ihn heran. »Josef? Hören Sie mich?«

Er drehte den Kopf in ihre Richtung. »Was ist passiert?«, murmelte er. Mit Mühe hob er die Lider und blinzelte sie an. »Wo ... wo bin ich?«

»Sie wurden angegriffen und niedergeschlagen«, sagte Beate. »Sie sind in Sicherheit. Im Krankenhaus in Leipzig.« Sie erzählte ihm lieber nicht, dass er schon einmal aufgewacht war, sie mit einem falschen Namen angesprochen und wirres Zeug in fränkischem Dialekt geredet hatte.

»Ist Florian auch da?« Umständlich versuchte er, sich aufzurichten und sich umzusehen.

»Nein. Wir haben ihn noch nicht informiert. Möchten Sie, dass er Sie besuchen kommt?«

»Auf keinen Fall! Gut, dass der Bub nichts weiß. Welcher Tag ist heute?«

»Donnerstag. Sie sind noch in der Nacht eingeliefert worden. Also vor ein paar Stunden. Zum Glück hatte ein Anwohner gerade in dem Moment aus dem Fenster geguckt, als der Überfall passierte, und sofort die Polizei verständigt und den Krankenwagen gerufen.«

»Gut«, sagte Almgruber und ließ sich auf das Bett sinken.

»Ja, Glück gehabt. Das hätte auch anders ausgehen können. Wenn der Zeuge nicht aus dem Fenster geschrien hätte, wären Sie womöglich weiter traktiert worden. So sind Ihnen wenigstens die bei solchen Überfällen typischen Rippenbrüche oder Schlimmeres erspart geblieben. Haben Sie den Täter gesehen?«

Er antwortete nicht, blickte nur an die Decke. Beate fragte sich, ob sie zu ungeduldig war. Sollte sie lieber einen Arzt verständigen?

»Ich kann mich nicht erinnern«, sagte Almgruber schließlich langsam. »Ich glaube nicht. Da sind unscharfe Bilder ... aber nicht von einem Menschen.«

»Von was dann?«

»Es hat geregnet.« Er schloss einen Moment die Augen. »Ich erinnere mich an die kalten Regentropfen, die in mein Gesicht fielen. Und ... da lag ein Brett auf der Straße. Neben einem Haufen alter kaputter Möbel. Und dann ... hab ich was gehört, glaube ich. Jemand schlug die Tür eines Autos zu. Es klang laut, ungeduldig. Zornig? Und ... Schritte. Ich habe Schritte gehört.« Er holte tief Luft, öffnete die Lider und sah sie an. »Ich kann mich an kein Gesicht erinnern.«

»Haben Sie sich mit jemandem gestritten?«

»Nicht, dass ich wüsste.« Er versuchte erneut, sich aufzurichten. »Zumindest entsinne ich mich an keinen Streit.«

Beate erhob sich und kurbelte das Krankenbett hoch, sodass er aufrecht sitzen konnte.

»Danke«, sagte er. »Ich kam aus Halle an der Saale. Von einer Elternversammlung. Ich soll Sie übrigens schön grüßen von meinem Sohn.«

Sie nickte ihm zu. »Das ist lieb von Florian.«

»Auf dem Rückweg hatte ich das Gefühl, dass mir jemand folgt, mir hinterherfährt. Aber ... ich habe wohl nicht weiter darauf geachtet. Es war ja schon spät. Ich wollte nach Hause.«

»Wir bekommen schon raus, wer das war«, sagte Beate Vogt zuversichtlich. »Die Spuren werden derzeit untersucht. Und wir haben einen Zeugen, der den Täter beschreiben kann.«

Josef Almgruber schloss die Augen und öffnete sie wieder. Er stöhnte leise.

»Alles in Ordnung?«

»Ja. Mir ist nur ein wenig schwindlig. Und der Kopf tut weh. Nichts Schlimmes«, murmelte er.

»Ich hoffe, es geht Ihnen bald besser«, sagte Beate, die sich etwas hilflos fühlte. »Sie sind hier in guten Händen.«

»Entschuldigung.«

»Was?«

»Entschuldigung.«

Beate schwieg und sah ihn verwundert an.

»Ich habe mich wie ein Arschloch benommen.«

Sie wusste nicht, was sie dazu sagen sollte. »Wenn Sie möchten, kann ich einen Arzt holen«, sagte sie verlegen und musterte seinen Kopfverband, als müsste sie prüfen, ob der noch richtig saß.

»Ich glaube, wir sollten besser wieder zusammenarbeiten«, sagte er leise und ließ einen Moment seine Hand auf ihren Arm sinken. »Sie sind eine gute Polizistin, Beate, und ich habe Mist gebaut.«

Seine Berührung fühlte sich schwer und warm an. Beate hielt still und blickte verwirrt auf seine Finger.

»Ach was. Die Idee, dass wir uns aufteilen, war vielleicht nicht so verkehrt. Immerhin konnte ich mich auf die Suche nach Andreas konzentrieren.«

»Haben Sie ihn gefunden?«

»Leider immer noch nicht. Aber wir waren bei seiner Mutter. Dort hat er sich nicht blicken lassen. Doch es gibt neue Anhaltspunkte, wo er vielleicht sein könnte.«

»Und wo?«

»Nun ja ...« Sie räusperte sich. »Wir werden als Nächstes Andreas Schwalbes Großmutter aufsuchen. Aber mir kam auch noch eine andere Idee. Erst hatte ich vergessen, die Mutter des Jungen nach dem Namen zu fragen«, redete sie vor sich hin, als würde sie ein Selbstgespräch führen. »Das wäre Ihnen sicher nicht passiert, oder?«

»Was meinen Sie? Welchen Namen?« Er holte tief Luft und verzog einen Moment das Gesicht.

»Nach dem Namen, der der Schlüssel zu sein scheint.« Sie machte eine Pause und musterte ihn besorgt. Er sah plötzlich blass aus. »Geht es Ihnen gut? Ich möchte Sie nicht zu sehr belasten.«

»Mir geht es bestens«, behauptete er. »Machen Sie es nicht so spannend.«

»In Ordnung. Ich habe sie am Telefon nach dem Vater von Andreas gefragt. Seinem *Erzeuger*, wie sie ihn genannt hat. Der Junge hat ihn nie kennengelernt. Aber das heißt ja nicht, dass der Mann seinen Sohn nicht auf dem Schirm hatte. Oder sich nicht zumindest eine Zeit lang in seiner Nähe aufhielt.« Sie sprach vorsichtig. Das Eis der neuen Erkenntnis schien noch brüchig zu sein. Und sie war sich nicht sicher, ob sie ihrem Kollegen die Aufregung wirklich zumuten konnte. Aber für einen Rückzieher war es wohl zu spät.

»Sie haben den Namen herausgefunden?«

»Allerdings. Als ich Andreas' Mutter noch einmal angerufen habe, damit sie mir den Namen verrät, wollte sie mir den erst nicht nennen. Aber als ich ihr gesagt habe, dass es vielleicht um Leben und Tod geht, um das Leben ihres Sohnes, hat sie es sich anders überlegt. Der Mann, der Andreas gezeugt und Mutter und Kind bereits vor der Geburt verlassen hatte, heißt ... Georg Bruckner.«

Josef Almgruber lächelte dünn. Er schien nicht im Geringsten überrascht zu sein. »Dieser Nachtwächter? Gute Arbeit«, brachte er hervor.

Beate sah an seinem Gesicht, dass er Schmerzen litt. Sollte sie lieber die Klappe halten und ihn in Ruhe lassen?

»Reden Sie bitte weiter«, sagte er leise, als ahnte er, was sie dachte.

»Ich halte es für möglich, dass Georg Bruckner seinen Sohn Andreas entführt hat und irgendwo gefangen hält.«

Sie sah die Verwirrung in seinem Gesicht. Er atmete tief durch. Sein Blick wurde klarer, als kämen ihre Worte erst jetzt bei ihm an.

»Die Kreise schließen sich allmählich«, sagte er. »Wir suchen also jetzt nach demselben Mann. Noch ein Grund, dass wir wieder zusammenarbeiten sollten, finden Sie nicht?« Er sprach immer noch so, als wäre ihm seine Zunge zu schwer.

Beate fragte sich, ob er das ernst meinte. Immerhin hatte er eine Gehirnerschütterung, und damit war nicht zu spaßen. Durchaus möglich, dass er nicht wusste, was er da redete. Andererseits hatten sie nun tatsächlich einen gemeinsamen Anknüpfungspunkt: die Fahndung nach Georg Bruckner, dem ehemaligen Nachtwächter aus dem Jugendwerkhof in Torgau, den Beate in ihrem Kopf unter dem Spitznamen Urfin abgespeichert hatte. Der schlaue Urfin – ein gewiefter, aber unheimlicher Kerl. Der Gedanke, dass Andreas in seiner Gewalt sein könnte, beunruhigte sie zutiefst.

Schon deshalb war sie ausgesprochen froh darüber, dass Josef wieder mit ihr zusammenarbeiten wollte. Die Spannung, die zwischen ihnen gelegen hatte, schien sich in Luft aufgelöst zu haben. Der Angriff aus dem Hinterhalt auf Almgruber ließ ihre Differenzen kleinkariert und unwichtig erscheinen. Sie würden gemeinsam als Team weiterermitteln. Zwar war er gerade außer Gefecht gesetzt, doch schien er bei der Attacke relativ glimpflich davongekommen zu sein.

Was wäre gewesen, wenn der Angreifer mit einem Spaten oder einem Metallrohr zugeschlagen hätte? Läge Josef dann auf der Intensivstation? Oder in der Leichenhalle? Sie mochte es sich lieber nicht so genau vorstellen.

»In Ordnung. Ich rede mit Berg. Aber Sie müssen sich erst mal ausruhen und wieder zu Kräften kommen«, antwortete sie auf seine Frage und lächelte zurück.

58

Wie erstarrt stand Tanja in dem dunklen Raum und versuchte zu erkennen, was da draußen im Garten von Andreas' Großmutter vor sich ging. Die Gestalt schien sich nicht zu rühren. War sie beobachtet worden? Die ganze Zeit?

Zwar hatte sie die Ofenklappen inzwischen geschlossen und das Licht erst gar nicht eingeschaltet, aber der Rauch, der aus dem Schornstein stieg, war, wenn in der Dunkelheit auch nicht zu sehen, so doch zu riechen. Wer immer dort lauerte, wusste also, dass sich jemand hier aufhielt.

Nach dem ersten Schrecken löste sie sich aus der Bewegungslosigkeit, überzeugte sich davon, dass die Tür abgeschlossen war, und schlich sich hinter die schwere, dunkle, halb zugezogene Gardine. Der Fensterrahmen wirkte marode. Risse zogen sich durch das Holz. Vertrocknete Farbreste blätterten von ihm ab. Im Zweifelsfall war das Fenster kein Schutz.

Auf ihren Fluchten aus den Jugendwerkhöfen war sie hin und wieder in Datschen eingebrochen, um irgendwo zu schlafen und ein paar übrig gebliebene Kekse oder Äpfel aufzustöbern. Wer hier einsteigen wollte, musste sich nicht groß anstrengen. Und auch sie war ja ohne die geringste Anstrengung in dieses Haus eingebrochen. Die Hintertür!, fiel ihr plötzlich ein. Sie war offen! Wieso hatte sie daran nicht gleich gedacht?

Sie beeilte sich nachzusehen. Die Tür war zu. Aber sie fand keinen Schlüssel, und einen Riegel gab es hier auch nicht. Tanja schob einen schweren Sessel unter die Klinke. Fürs Erste musste das genügen. Wenn jemand hereinkam, würde sie es hören. Verhindern könnte sie es ohnehin nicht.

Tanja lief zurück in das vordere Zimmer, wartete einen Moment ab, zwang sich, trotz des Qualms aus dem Ofen ruhig und gleichmäßig zu atmen, ehe sie sich traute, wieder hinauszuspähen. Vielleicht war sie ja auf dem Holzweg? Womöglich kam ja nur ein Bekannter oder Nachbar von Andreas' Großmutter zu Besuch oder wollte nach dem Rechten schauen? Allerdings würde so jemand wohl kaum im Garten herumschleichen.

Sie konnte die schwarze Gestalt nicht mehr ausfindig machen. Aber das musste ja nichts bedeuten. Hatte sich der Eindringling hinter einem Baum versteckt, oder stand er schon direkt vor der Tür?

Was sollte sie tun? Rausgehen und nachsehen? Tanja kaute nervös auf ihrer Unterlippe herum. Sie zog die Gardine ein winziges Stück zurück. Plötzlich sah sie den in Schwarz gehüllten Menschen direkt an der Scheibe vorbeigehen. Sie taumelte ein Stück zur Seite.

Es klopfte. Laut und energisch.

Tanja schlich sich zur Tür und schob schnell noch den Riegel vor.

Es pochte erneut. Die einfache Holztür bebte. Sie spürte ihr Herz einen Satz machen und rasend schnell schlagen. Sollte sie sich verstecken? Und wo? Es gab keinen Schrank, der groß genug war, dass sie hineinpasste. Unter das Bett? Hinter das Sofa? Wie ein Kind beim Versteckspiel? Das kam ihr lächerlich vor.

Sie nahm allen Mut zusammen. »Wer sind Sie? Was wollen Sie?«, schrie sie.

Es wurde still. Das Pochen hörte auf. Sie wartete, lauschte, wartete. Da waren Schritte zu hören, oder?

Die Gestalt stand auf einmal am Fenster. Aber sie konnte das Gesicht nicht erkennen. Es war vollkommen schwarz. Rabenschwarz. Ein Rabe in Menschengestalt. Sie kicherte nervös.

Erst dann bemerkte sie, dass er eine Mütze über dem Gesicht hatte, die manche Leute beim Skilauf trugen, im Schnee, im tiefsten Winter. Man sah nur die Augen. Und die starrten sie an.

Sie erschienen ihr ebenfalls schwarz.

Kannte sie ihn?

»Komm einfach raus, Tanja«, sagte eine Männerstimme. Er sprach nicht laut und nicht leise. »Komm raus, und ich bringe dich zu ihm.«

»Zu wem?«, fragte sie beinahe atemlos und schnappte nach Luft. Wer war der Mann? Woher wusste er, wie sie hieß? Wieso tauchte er hier auf?

»Komm raus, und ich bringe dich zu Andreas.«

Zu Andreas? Wirklich?

»Woher weiß ich, dass ich Ihnen trauen kann?«

»Gar nicht. Entweder du vertraust mir oder nicht.«

Das ist absurd, dachte Tanja. Völlig bescheuert. Sie wusste nicht, was sie tun sollte, und tat nichts.

Die schwarze Gestalt ging gemächlich rückwärts. Verschwand, ohne sich umzudrehen in einem Busch. Es sah aus, als würde der Mann von den Blättern verschluckt werden.

Sie würde nie erfahren, ob es stimmte, was er sagte. Ob er sie zu Andreas bringen konnte.

War sie feige? Ließ sie ihren einzigen Freund im Stich?

Und noch etwas kam ihr in den Sinn: Vielleicht war dieser Mann der Mörder. Und wenn sie ihn entlarvte, käme ihr Vater aus der Schusslinie. Das war es doch, was sie wollte, oder? Niemand würde ihren Vater mehr verdächtigen, wenn sie den richtigen Mörder fand.

Langsam bewegte sie sich auf die Tür zu. Zog den Riegel zurück. Drehte den Schlüssel umständlich im Schloss. Auch diese Tür klemmte. Sie bekam sie nicht gleich auf. Sie stellte sich vor, dass der Fremdling zurückgekommen war und sich gegen sie lehnte.

Unsinn. Er wollte doch, dass sie rauskam. Das Haus war einfach alt. Die Tür aufgequollen, als wäre sie mal feucht geworden.

Als sie draußen stand, hielt sie nach ihm Ausschau, aber sie sah ihn nicht. War er abgehauen? Hatte er die Lust verloren, auf sie zu warten?

Sie hörte ein seltsames Quietschen. Dann bemerkte sie, dass sich die Hollywoodschaukel bewegte, die vor der Hecke zum Nachbargrundstück stand. Es war dunkel dort, und sie erkannte nicht gleich, dass die schwarze Gestalt dort saß und jetzt ruhig vor- und zurückschaukelte. Hin und her und her und hin. Wie ein großes, finsteres Kind.

Er wartete also doch auf sie. Und nahm sich die Zeit, die es kostete.

Wie aufmerksam.

Wieder schüttelte sie dieses merkwürdige Lachen.

Langsam trat sie ein Stück vor die Tür, zeigte ihm, dass sie bereit war. Was sollte schon passieren? Sie fühlte keine Angst.

Entweder er brachte sie zu Andreas, oder er brachte sie um.

59

»Geht es Ihnen schon besser?« Arno Berg starrte ihn irgendwie vorwurfsvoll an.

Josef richtete sich so gerade auf, wie es ihm in dem Krankenhausbett möglich war, und zog die Mundwinkel nach oben. Ob das nach einem richtigen Lächeln aussah, wusste er allerdings nicht. Es war ihm etwas peinlich, im Patientenhemd vor seinem Chef zu sitzen. Außerdem schmerzte sein Kopf, und wenn er sich bewegte, spürte er die Prellungen. Aber das würde er seinem Chef natürlich nicht erzählen.

»Mir geht es gut. Danke der Nachfrage. Ich denke, dass ich bald entlassen werden kann.« Lange aushalten würde er es hier jedenfalls nicht mehr.

Berg seufzte zweifelnd. »Das wäre gut. Wir brauchen Sie. Unsere Personaldecke ist immer noch dünn, wie Sie ja wissen.«

»Ich bin recht zuversichtlich, dass wir den Fall bald aufklären werden«, sagte Josef. »Mit vereinten Kräften«, fügte er zögernd hinzu.

Arno Berg nickte. »Wie ich gehört habe, möchten Sie wieder mit Beate Vogt zusammenarbeiten?«

»Ja. Das möchte ich«, antwortete er zerknirscht. »Es war ein Fehler, *mein* Fehler, dass ... Also nichts gegen Viktor Lüder. Er wird sicher ein guter Ermittler. Und seine Zuarbeiten, insbesondere bei der Auswertung der Akten, waren wirklich hilfreich.«

»Aber?«

»Beate Vogt hat in diesem Fall einfach einen Vorlauf, der sowohl mir als auch Herrn Lüder fehlt. Und sie besitzt das gewisse Gespür …« Josef überlegte, wie er seine Beobachtung genauer formulieren konnte. Mit Kopfschmerzen gelang es ihm nicht so gut, klar zu denken.

»Sie meinen ihre weibliche Intuition?«

»Könnte man so sagen«, murmelte Josef, obwohl er sich nicht sicher war, dass die Bezeichnung das traf, was er meinte. »Es geht ja auch um diese Jugendlichen. Und sie kann sich, glaube ich, in diese jungen Leute hineinversetzen. Sie hat einen Draht zu ihnen.«

Josef dachte an seinen Sohn, an Florians Frage nach Beate Vogt. Bisher hatte er sich noch nie nach einem Erwachsenen erkundigt, weder nach einem Kollegen oder einer Kollegin noch nach einem Freund oder Nachbarn seines Vaters. »Andreas Schwalbe hat ihr diesen Brief zukommen lassen, an sie adressiert. Tanja Wolter hat ihr ihre schmerzliche Geschichte erzählt. Für Jugendliche, die so negative Erfahrungen mit der Macht des Staates gemacht haben, ist das viel.«

»Verstehe.«

»Außerdem fließen die Ermittlungen nun wieder zusammen. Georg Bruckner ist mittlerweile der Hauptverdächtige in dem Mordfall. Und er steht außerdem im Verdacht, Andreas Schwalbe gekidnappt zu haben.«

»Ja. Das ist echt ein Ding!«, rief Arno Berg aus. »Dass es sich hier höchstwahrscheinlich um den Vater des gesuchten Jungen handelt.«

Josef nickte langsam, mit schwerem Kopf. Sein Nacken fühlte

sich ziemlich steif an. »Damit hat er auch ein Motiv. Karl Zinkner hat Bruckners Sohn vielleicht sogar mal vor seinen Augen misshandelt oder in eine Zelle gesteckt. Zumindest hat der Direktor den Jungen weggesperrt – wie die anderen Teenager.«

»Das ist ein Anfangsverdacht«, meinte Berg. »Allerdings auch nicht mehr. Wir sollten vorsichtig sein, solange wir nicht genauestens Bescheid wissen.«

»Natürlich.«

»Wir müssen den Kerl so schnell wie möglich aufspüren.«

»Wenn wir ihn finden, finden wir vermutlich auch Andreas«, meinte Josef. »Oder wenn wir Andreas finden, finden wir wahrscheinlich auch Bruckner.«

Arno Berg zog seine Aktentasche auf den Schoß und öffnete den Schnappverschluss. Er sah sich zur Tür um, als rechnete er damit, dass plötzlich eine Krankenschwester oder eine Putzfrau hereinplatzen würde. Zum Glück lag Josef in einem Einzelzimmer, und sie mussten keine Rücksicht nehmen auf andere Patienten.

»Indessen habe ich den Zeugen vernommen, der den Überfall auf Sie beobachtet hat«, sagte Arno Berg. »Und ich habe hier noch etwas für Sie.« Berg räusperte sich, zog ein Papier aus der Tasche und reichte es Josef.

Es war eine Zeichnung. Ein Phantombild. Es sah ein wenig merkwürdig aus. Besonders die fusseligen Haare und die weit aufgerissenen Augen wirkten seltsam. Der Zeichner schien kein sonderliches Talent zu besitzen.

Josef erkannte den Mann trotzdem.

60

Andreas' Großmutter, der Beate in dem kleinen Zimmer des Seniorenheimes gegenübersaß, wirkte dünn, fast zerbrechlich. Unter ihrer faltigen Haut zeichneten sich ihre dunklen Adern deutlich ab. Die alte Frau fuhr sich ein paarmal nervös durch ihr schlohweißes Haar, als müsste sie prüfen, ob ihre Frisur noch hielt.

»Andreas lebte mehr bei mir als bei seiner Mutter«, sagte sie. »Jedenfalls bevor er ins Heim kam.« Ihre Stimme klang traurig, brüchig, als würde sie gegen einen inneren Widerstand reden. »Eines Tages haben sie ihn einfach aus der Schule abgeholt. Zwei Männer von der Jugendhilfe verfrachteten ihn in ein Auto und brachten ihn in ein Kinderheim. Der arme Junge wusste gar nicht, wie ihm geschieht. Wir konnten uns nicht mal verabschieden. Und ich wurde erst nach einer Woche informiert, wo er überhaupt steckte. Die Sorgen, die ich mir in diesen Tagen gemacht habe, kann ich Ihnen gar nicht beschreiben.« Sie schluchzte auf, stockte einen Moment und rang um Fassung. »Natürlich habe ich Eingaben geschrieben. Jede Menge und immer wieder. Sogar an Margot Honecker, die Volksbildungsministerin. Sie hat nicht reagiert. Antworten auf meine Briefe bekam ich kaum, und wenn, dann waren das förmliche Standardbriefe. Herzlose Zeilen aus irgendeinem Büro, von Leuten, die Andreas nicht persönlich kannten und trotzdem über ihn bestimmten. Unterschrieben waren sie stets mit der Floskel *Mit sozialistischem Gruß*. Die Beschwerden nützten also nichts. Als Andreas ausriss und Ärger machte, wurde er in ein weit entferntes Spezialkinderheim verlegt.«

»Das tut mir leid.« Beate sah in die wässrig blauen Augen der Rentnerin. »Konnten Sie Andreas mal besuchen, als er im Jugendwerkhof in Torgau war? Der Ort liegt ja nicht so weit entfernt von hier.«

»Als ich erfuhr, dass er dort war, habe ich es versucht. Fast sofort bin ich hingefahren in diese Stadt ... zu diesem schrecklichen Gebäude. Ich konnte es nicht fassen: Andreas in diesem *Gefängnis!*« Sie drückte die Hand auf die Brust, als müsste sie ihren Herzschlag beruhigen. »Ich wollte ihn natürlich so schnell wie möglich sehen, mit ihm reden, ihm Mut zusprechen. Aber der diensthabende Erzieher hat mich nicht zu ihm gelassen, hat gesagt, ich muss einen Antrag schreiben, der aber aussichtslos wäre, da ich ja nur die Oma bin. Und nicht die Mutter.« Sie sackte ein Stück in sich zusammen. »Vielleicht war ich nicht hartnäckig genug«, sagte sie leise. »Ich habe es dann gar nicht mehr probiert.«

»Wissen Sie, wo sich Ihr Enkel zurzeit aufhalten könnte?«

Sie blickte an Beate vorbei zum Fenster. »Andreas war nur ein paar Kilometer entfernt von mir und gleichzeitig so weit weg, als wäre er auf dem Mond.«

Beate begriff, dass die Frau ihre Frage nicht wahrgenommen hatte. »Ich verstehe. Aber irgendwo muss er doch sein. Haben Sie eine Ahnung, wo?«

»Leider nein. Ich wünschte, es wäre anders. Waren Sie schon in meinem Häuschen?«

Beate schüttelte den Kopf. »Die Adresse Ihrer alten Anschrift haben wir von Ihrer Tochter erhalten. Aber ich wollte erst einmal mit Ihnen sprechen.«

»Sie können das Haus gern überprüfen. Die Hintertür steht immer offen. Falls Andreas heimkommen möchte, wissen Sie? Ich habe nie aufgehört, auf ihn zu warten. Schon deshalb gebe ich mein Anwesen nicht her. Es gehört immer noch mir. Und Andreas weiß, dass er dort jederzeit unterkommen kann. Den Tipp habe ich dem anderen Polizisten auch schon gegeben.«

»Welchem anderen Polizisten?«, fragte Beate überrascht.

»Es war schon mal einer da. Leider weiß ich den Namen nicht mehr.«

»Herr Lehmann?«

»Kann schon sein.« Die alte Frau tippte sich an den Kopf. »Ich kann mir nicht mehr alles so gut merken.«

Ein anderer als Lehmann kam eigentlich nicht infrage, oder?, überlegte Beate. Vielleicht hatte er sie zu Beginn der Ermittlungen im vorigen Jahr befragt? Allerdings konnte sie sich nicht erinnern, dass er etwas über den Besuch bei Andreas' Großmutter berichtet hatte. Und in der Akte stand auch nichts davon. Weil die Befragung ergebnislos verlaufen war?

»Und Sie haben ihm erzählt, was Sie mir erzählt haben? Von Andreas' eigentlichem Zuhause, dass er also bei Ihnen gelebt hat? Wann war das genau? Ich meine, wann war der Polizist bei Ihnen?«

»Welcher Polizist?« Andreas Großmutter sah Beate verwirrt an.

»Der, der hier war.«

»Vor einem Jahr. Oder einem Monat. Oder letzte Woche. Es kann auch gestern gewesen sein. Spielt das eine Rolle?« Ihr Blick glitt wieder in die Ferne. Die Frau redete weiter, ohne auf Beates Fragen einzugehen.

»Mein Enkel lebte als Kind gern bei mir. Hat viel für sich im Garten oder am Teich gespielt oder ist allein in den Wald gezogen. Und er kam auch später einmal zu Besuch, als ich noch da wohnte. Da war er zwölf oder dreizehn und aus diesem schrecklichen Heim geflüchtet. Ich habe ihn ein paar Tage versteckt und … Ja, jetzt erinnere ich mich. Da tauchte auch ein Polizist auf. Meinen Sie den vielleicht? Das war Herr Heinrich, der ABV, der vorbeikam. Der Abschnittsbevollmächtigte der Volkspolizei. Ihm wurde wohl von einem aufmerksamen Nachbarn zugetragen, dass sich Andreas bei mir versteckt hatte. Er verhielt sich aber anständig. Hat mich gewarnt und ist dann gegangen. Herr Heinrich bekam ab und zu ein Glas selbst gemachte Brombeermarmelade von mir, wissen Sie? Und Andreas ist am nächsten Tag wieder losgezogen. Der Junge wollte nicht, dass ich Schwierigkeiten bekomme.«

Beate hörte ihr zu und versuchte, die Puzzlestücke, die etwas durcheinandergeraten zu sein schienen, zusammenzusetzen. War Herr Lehmann nun bei ihr gewesen? Oder ein anderer Polizist? Oder jemand, der sich als Polizist ausgab? Oder war tatsächlich der ABV gemeint? Beate sah prüfend in das blasse, besorgte Gesicht der alten Frau.

»Sie schauen doch in meinem Haus nach, ja? Andreas hat mir mal eine Postkarte geschrieben, dass er mich bald besuchen kommt.«

Beate fragte lieber nicht, wann das gewesen war.

»Ich werde dort nachsehen. Gleich auf dem Rückweg.«

Die Weißhaarige hielt eine Hand hinter ihr Ohr. »Können Sie etwas lauter sprechen?«

Beate wiederholte, was sie gesagt hatte, und betonte jedes Wort deutlich.

»Sagen Sie mir bitte Bescheid, wenn Sie etwas herausbekommen über meinen Enkel?« Die Frau sprach ebenfalls laut, als wäre auch Beate schwerhörig. »Ich mache mir große Sorgen um ihn!« Sie zitterte plötzlich, als hätte sie Schüttelfrost.

Beate fühlte einen Anflug von Mitleid. »Wenn ich ihn finde, lasse ich es Sie sofort wissen, versprochen.«

»Und sagen Sie ihm, dass er mir am Herzen liegt, ja? Ich bin für ihn da. Auch heute. Immer. Solange ich lebe.«

Beate nickte. »In Ordnung. Ich sag es ihm. Darüber wird er sich sicherlich freuen.« Sie berührte kurz die Hand der alten Dame, die sich kalt und knochig anfühlte und leicht zitterte. »Noch eine andere Frage: Kennen Sie Andreas' Vater? Georg Bruckner?«

Die alte Frau zuckte zusammen. Der Ausdruck in ihren Augen veränderte sich. Beate sah Empörung in ihrem Blick.

»Der ist ein Tunichtgut. Ein Taugenichts. Hat meine Tochter geschwängert und sie dann mit dem Kind im Bauch im Stich gelassen. Er ist mal bei mir aufgetaucht und wollte wissen, in welcher Einrichtung Andreas ist. Da war der Junge noch in diesem Spezialkinderheim. Natürlich habe ich dem Georg nichts gesagt. Aber blöd ist der nicht. Er wird es sicher trotzdem herausgefunden haben.«

Beate behielt lieber für sich, dass Bruckner im Jugendwerkhof Torgau gearbeitet hatte, ohne sich seinem Sohn zu offenbaren. Und dass er Andreas möglicherweise entführt hatte. Sie wollte die Frau nicht zu sehr aufregen. Ihr Besuch war sicher schon anstrengend genug für sie.

»Sonst hatten Sie keinen Kontakt zu Georg Bruckner?«, fragte Beate etwas gequält. »Oder können mir einen Hinweis geben, wo er sich möglicherweise aufhält?«

Sie schüttelte den Kopf. »Ich habe lange nichts mehr von ihm gehört. Zuletzt erzählte mir meine Tochter Blanka, dass er in der Klapsmühle, wie sie sich ausgedrückt hat, gewesen sei. Wegen einer psychischen Störung. Aber Genaues weiß ich nicht darüber.«

Das kleine Haus, an dem Beate ihre MZ abstellte, sah zwar verlassen und verfallen aus, aber gleichzeitig so, als wäre kürzlich jemand hier gewesen. Auf dem Sandweg, der durch den Garten führte, waren Fußabdrücke zu erkennen, die, wie sie bei genauerem Hinsehen feststellte, allerdings verwischt waren. Die Hintertür war mit einem Sessel blockiert, den sie erst beiseiteschieben musste. Wer hatte versucht, den Eingang auf diese simple Art zu verstellen? Und warum? Der Ofen strahlte noch Wärme aus, also hatte jemand geheizt. In der Küche lag ein angebissener Apfel, der fast frisch wirkte.

Beate schaute sich überall um. Auf den ersten Blick sah sie nichts Auffälliges. Alte Möbel, alte Gardinen, ein altes Radio ... Es roch nach Qualm aus dem Ofen, Asche und Staub. Auch irgendetwas Süßliches lag in der Luft, ein strenger Pfefferminzduft, als wäre mal Hustensaft ausgelaufen, der jetzt auf den Möbeln klebte. In dem dunklen Flur hingen noch Kleidungsstücke, ein schwarzer Mantel, ein grauer Blazer. Beate überprüfte die Jackentaschen. Außer gebrauchten Papiertaschentüchern, Fahrkarten und Terminkärtchen für verschiedene Ärzte, fand sie nichts. Wie es aussah, gehörten die Kleidungsstücke der Großmutter von Andreas.

Beate ging in das Bad. Es wirkte schmutzig, das Waschbecken war mit einer schlierigen Schicht überzogen, das Klo schien lange nicht geputzt worden zu sein. Allerdings war die Dusche einigermaßen sauber, ein paar Wassertropfen fanden sich auf den Fliesen, als hätte kürzlich hier jemand geduscht. Auf der Ablage vor dem Wandspiegel lag eine Bürste. Beate nahm sie in die Hand und hielt sie gegen das Licht. Akribisch betrachtete sie jedes einzelne Haar, das in den Borsten hängen geblieben war. Keines war weiß. Keines stammte von der Großmutter, so viel stand fest. Die Haare waren hell, vielleicht blond, lang und dünn. Von Andreas konnten sie also auch nicht sein. Sie stammten vermutlich von einer jüngeren Frau oder einem Mädchen.

Beate lief noch einmal durch die Räume, schaute in den Schubladen nach, in einer Tasche, in einem Koffer …

Schließlich untersuchte sie den provisorischen Schlafplatz genauer: ein zerschlissenes Sofa, eine Decke, ein Kissen. Kein Kleidungsstück, kein Schmuck, kein Notizblock, kein Gegenstand, der Aufschluss geben konnte über die Person, die hier übernachtet hatte.

In der Küche lag neben dem angebissenen Apfel ein Kochbuch auf dem Tisch. Beate starrte es eine Weile an, dann nahm sie es und blätterte darin herum. Dabei segelte ein Zettel heraus und fiel auf den Boden. Sie hob ihn auf und las.

Lieber Andreas,
ein Mann ist aufgekreuzt, der gemeint hat,
er würde mich zu dir bringen.
Ich hoffe mal, das stimmt.
Falls nicht, ruf diese Polizistin an. Frau Vogt.
Der Mann hat mir fünf Minuten Zeit gegeben,
um meine Sachen zu packen.
Mach's gut. Man sieht sich. Hoffe ich jedenfalls.
Tanja

61

Andreas wusste nicht, welcher Tag heute war. Aber er schätzte, dass er seit drei Tagen und drei Nächten nichts mehr gegessen hatte.

Ihm war ein wenig schwindlig, und er fror mehr als sonst in dem Kerker, aber sein Bauch hatte aufgehört zu knurren – wie ein wildes wütendes Tier, das irgendwann eingeschlafen war. Der Essensgeruch von den Speisen, die sein Bewacher ihm weiterhin regelmäßig brachte, machte ihm nichts mehr aus. Er ignorierte ihn einfach.

Das Einzige, was er noch zu sich nahm, war Wasser und Tee. Auf seiner Zunge lag ein schaler Geschmack. Der Geschmack des Hungerns. Wasser oder Tee zu trinken half etwas. Es spülte das Bittere, Fade für ein paar Minuten weg.

Den Tag verbrachte er jetzt damit, auf der Pritsche zu liegen und den Meerschweinchen zuzusehen. Sie wurden allmählich zutraulicher. Wenn seine Hand schlapp hinabhing, kamen sie neugierig näher und schnupperten an seinen Fingern. Er fütterte sie nicht mehr so oft wie am Anfang, aber er versorgte sie noch. Das war er ihnen schuldig. Ganz einfach, weil sie ohne ihn sterben würden.

Manchmal dachte er über seinen Bewacher nach. Herr Jemand verhielt sich wie ein Schachspieler, der seine wichtigste Figur nicht verlieren wollte. Aber wozu? Warum tötete er Andreas nicht einfach, wenn er ihn aus dem Weg räumen wollte? Wieso war es ihm wichtig, dass er weiterlebte?

Die Meerschweinchen waren ein guter Trick. Wäre Andreas allein, hätte er die Zelle längst angezündet. Das Feuerzeug besaß er noch. Das Feuerzeug des Mörders. Herr Jemand hatte auf eine Leibesvisitation verzichtet und es nicht entdeckt. Manchmal holte Andreas es mitten in der Nacht aus seiner Hosentasche und betrachtete es. Manchmal ließ er ganz kurz die kleine Flamme tanzen. Aber er zündete nichts an. Er konnte unmöglich einen Raum in Brand stecken, in dem Tiere lebten. Er musste sie beschützen, durfte nicht zulassen, dass ihnen etwas Böses geschah.

Herr Jemand hatte sich, außer am frühen Morgen, den ganzen Tag noch nicht blicken lassen und abgesehen von ein paar Broten, Tee und Wasser keine Nahrungsmittel gebracht.

Den Teller mit den Broten hatte Andreas zu den anderen Lebensmitteln auf den Tisch gestellt und ihn augenblicklich vergessen.

Dass das Mittagessen heute auszubleiben schien, interessierte ihn nicht sonderlich. Sollte es Herr Jemand etwa aufgegeben haben, ihn durchzufüttern?

Irgendwann – vermutlich war es Nachmittag – wurde Andreas doch unruhig. Was wäre, wenn sein Bewacher gar nicht mehr kam? Wenn er zum Beispiel einen Unfall gehabt hatte? Oder das Interesse an seinem lebenden Spielzeug verloren?

Andreas fing beinahe an, ihn zu vermissen. Immerhin war Herr Jemand ein menschliches Wesen, der von seiner Existenz in diesem Verlies wusste. Der *einzige* Mensch, der davon wusste. Er stellte sich vor, wie er in fünfzig oder sechzig oder hundert Jahren gefunden wurde. Es war feucht und kalt in dem Keller. Vielleicht verwandelte er sich in eine Mumie. Und die vier Meerschweinchen lagen als mumifizierte Fellknäuel neben ihm. Wie kleine Opfergaben. Komischerweise musste er über das Bild in seinem Kopf plötzlich schrecklich lachen. Obwohl er gleichzeitig traurig war. Wurde er denn in der Einsamkeit verrückt? Drehte er langsam, aber sicher durch?

Auch als er die Stimme hörte, zweifelte er an seinem Verstand. Herr Jemand redete nie, wenn er kam. Er führte auch keine Selbstgespräche. Und die Stimme, die Andreas wahrnahm, die diese übliche Stille durchbrach, war weiblich. Sie stellte Fragen. Sie protestierte gegen irgendetwas. Eine aufgeregte, wütende, laute Stimme. Es kam ihm vor, als würde er sie kennen.

Als die Tür aufgeschlossen wurde, richtete Andreas sich auf, setzte sich gerade auf den Rand der Pritsche und wartete ab. Wie ein Kind, das Weihnachten auf die Bescherung wartete. Herr Jemand hatte ihn schon oft überrascht. Das musste er ihm lassen. Er gab sich Mühe. Verteilte sogar Geschenke. Einen anderen Menschen hatte er Andreas bisher nicht gebracht. Das wäre mal etwas Neues.

Der Mensch, der in die Zelle geschoben wurde, hatte – wie auch Herr Jemand – kein erkennbares Gesicht. Nur dass er keine Sturmhaube trug, sondern eine Art Kopfkissenbezug Augen, Mund und Nase bedeckte.

»Scheiße, wo bin ich hier?«, fragte die Stimme.

Andreas war sich jetzt ziemlich sicher, zu wem sie gehörte. Doch er brachte keinen Ton heraus.

Er bemerkte, wie sie sich schüttelte vor Kälte. Oder auch vor Angst. Wieder hier zu sein war schockierender als jeder Albtraum. Sie musste es wissen, musste wissen, wo sie gelandet war, auch wenn sie nichts sah.

Herr Jemand zog Tanja die Bedeckung vom Kopf, schloss die Tür, verriegelte sie und verschwand.

Tanja blickte sich ungläubig um. Sie trug einen Rucksack auf dem Rücken, als wäre sie auf Wanderschaft.

»Andreas?«

Er erhob sich langsam von der Pritsche, immer noch nicht fähig, etwas zu sagen.

War sie echt? Stand da wirklich *Tanja*? Oder litt er schon an Halluzinationen?

62

Tanja hätte am liebsten laut geschrien. Das Geräusch der zuknallenden Riegel hallte in ihr nach. Ihr Herz schlug einen dumpfen Alarm.

Doch sie schrie nicht. Sie riss sich zusammen. *Ihm* zuliebe.

»Andreas! Verflucht noch mal. Warum bist du …? Wieso bin ich …?« Einen Moment blieb ihr die Luft weg, und sie griff sich an den Hals.

Andreas rührte sich nicht. Sie standen sich gegenüber wie Fremde. Und Tanja fragte sich, wie sie so dumm sein konnte. Wieso sie mit dem Kerl hatte mitgehen müssen. Sie konnte nicht fassen, dass sie tatsächlich wieder hier war, in dieser Zelle, in diesem Drecksloch. In Torgau. Wie konnte das sein? Es kam ihr vor, als wäre in diesem Verlies die Zeit stehen geblieben. Es roch scheußlich, offenbar nach dem Kübel für die Notdurft und nach den verdorbenen Lebensmitteln, die überall herumlagen. Das funzlige Licht aus der Schildkrötenlampe versetzte sie sofort zurück in die Zeit, die sie in diesem Horrorhaus verbracht hatte. Die sie vergessen wollte.

Sie starrte einige Sekunden lang in Andreas' Augen, die irgendwie abwesend wirkten und unter denen tiefe blaugraue Ringe lagen. Er erkannte sie kaum wieder, so kam es ihr vor. Er freute sich nicht mal, sie zu sehen. Was suchte sie also hier?

Aber sie war doch wegen ihm gekommen, oder nicht?

Allmählich löste sie sich aus der Starre, warf ihren Rucksack in eine Ecke und ging auf ihn zu. Langsam, um ihn nicht zu erschrecken. Tanja zögerte einen Moment, dann umarmte sie ihn. Er fühlte sich dünn an, geradezu dürr, zerbrechlich. Seine Arme hingen kraftlos herunter.

»He, ich bin's«, sagte sie leise und drückte ihn etwas fester an sich. »Alles wird gut«, versprach sie ihm. Der Spruch passte vielleicht gerade nicht sonderlich, aber was sollte sie sonst sagen? Dass sie sich in einer beschissenen Situation befanden, wusste er ja selbst.

Wie einen Kranken führte sie Andreas zu der Holzpritsche und brachte ihn dazu, sich hinzusetzen. Seine Bewegungen waren merkwürdig mechanisch, wie von einer Marionette. Sie ließ sich neben ihm nieder und legte einen Arm um ihn.

»Kannst du mir sagen, was los ist? Wer ist der Kerl? Was zum Teufel will er denn?«

Es dauerte eine Weile, ehe Andreas antwortete. »Ich weiß es nicht«, flüsterte er. »Er spricht nicht mit mir und zeigt mir nie sein Gesicht.«

»Der geheimnisvolle Unbekannte also. Aber gerade weil er versucht, sich zu verstecken: Irgendwie habe ich das Gefühl, dass ich ihn schon mal gesehen habe. Die Art, wie er geht. Die Stimme ... Er hat nicht viel gesagt, eigentlich fast nichts, doch der Tonfall ... Ich komm schon noch drauf.«

Andreas versank wieder in seinem Schweigen, und Tanja blickte sich in dem engen Raum genauer um. Auffällig waren die kleinen Holzhäuschen, die aussahen wie Spielzeug. Und als sie sich zu ihnen hinabbeugte, bemerkte sie Fell, kleine Ohren und Schnäuzchen mit rosa Nasenlöchern, die neugierig schnupperten. Die Zelle sah zwar immer noch aus wie eine Zelle und roch auch so, gleichzeitig wirkte sie wie ein unaufgeräumtes Kinderzimmer.

»Du hast Haustiere?«, fragte sie überrascht.

Andreas zuckte mit den Achseln. »Er hat sie eines Tages hergebracht«, sagte er leise. »Ich kümmere mich um sie. Im Moment verstecken sie sich. Sie sind sehr scheu.«

»Das ist verrückt«, murmelte sie. »Haustiere im Bunker. Sind das Hamster oder Ratten?«

Andreas sah sie verwundert an. »Meerschweinchen.«

Sie griff nach seiner Hand. »Wenigstens warst du nicht *ganz* allein.«

Er sagte nichts dazu. Seine Mundwinkel deuteten ein Lächeln an, als wollte er ihr einen Gefallen tun.

»Ich werde mich jetzt um dich kümmern«, versprach sie ihm, versprach sie sich selbst. »Wir sind zu zweit. Wir kommen hier raus. Versprochen.«

Andreas wandte den Kopf zu ihr und sah sie mit ausdrucksloser Miene an. Er schien ihr nicht zu glauben.

»Wieso steht das ganze Essen hier herum?«, fragte sie.

Er zuckte mit den Achseln. »Weil er es bringt«, antwortete er matt.

»Er bringt es dir, und du isst nicht?«

»Ich habe keinen Hunger«, sagte er. »Seit ein paar Tagen mache ich einen Hungerstreik.«

»Verstehe. Aber wenn ich uns aus diesem Loch rausbringen soll, musst du was essen. Du brauchst Kraft zum Abhauen. Das verstehst du doch, oder?«

Sein Blick blieb glasig. Aber er nickte leicht. Es war mehr eine Andeutung als ein richtiges Nicken.

»Na also.« Fürs Erste war sie zufrieden. Eine unscheinbare Reaktion war besser als gar keine. Tanja erhob sich und ging an den

Tisch, um unter den verdorbenen Lebensmitteln nach etwas Essbarem zu suchen. Ein mit Leberwurst bestrichenes Brot sah noch einigermaßen frisch aus, und sie schlang es gierig herunter. Eine zweite Scheibe Brot brachte sie Andreas. Er schüttelte den Kopf.

»Nur mal abbeißen«, sagte sie wie eine Mutter zu einem störrischen Kleinkind.

»Ich habe keinen Hunger«, wiederholte er.

Tanja seufzte. Sie aß die Stulle selbst, ging noch einmal zu dem Tisch und kehrte mit ein paar Weintrauben zurück. »Ich bin froh, dass du lebst«, sagte sie und versuchte, ihm eine Traube in den Mund zu stecken.

Er presste die Lippen zusammen, wandte den Kopf zur Seite.

Sie seufzte und teilte die Frucht in zwei Teile und aß die eine Hälfte. »Komm schon. Wir teilen wie Geschwister«, sagte sie und schob ihm einfach das andere Stück in den Mund.

»Ich wollte dich wiedersehen und war auf der Suche nach dir. Die letzten Tage habe ich im Häuschen deiner Großmutter verbracht in der Hoffnung, dass du da irgendwann auftauchst. Stattdessen kam dieser seltsame Mann und hat versprochen, dass er mich zu dir bringt. Besonders vertrauenerweckend wirkt er ja nicht gerade, aber ich wollte dich unbedingt wiedersehen. Ich bin dieses Wagnis *für dich* eingegangen. Deswegen sitze ich jetzt mit dir zusammen im Schlamassel. Was ich damit sagen will: Du solltest etwas dankbarer sein, okay?«

Sie holte tief Luft und lächelte ihn an, als würde sie nur scherzen. Dabei war dieses Lächeln für sie anstrengend, ein Kraftakt, und es übertünchte nur dünn den Schmerz in ihr, die Schreie, die sie eigentlich ausstoßen würde, wäre sie allein in diesem Drecksloch.

Aber sie war ja nicht allein.

Die Wände umgaben sie wie Mauern aus Felsgestein. Als gäbe

es sie für immer und ewig. Tanja hatte gedacht, sie wäre ihnen entkommen. Und nun saßen sie wieder hier fest. Doch sie würde mit Andreas fliehen. Davon war sie überzeugt. Einen Plan würde sie sich schon noch ausdenken. Draußen wartete schließlich die Freiheit auf sie.

»Alles wird gut. Glaubst du mir?«

Andreas antwortete nicht. In seinen Augen sammelten sich Tränen. Ein einzelner Tropfen rann über sein Gesicht. Und langsam, wie in Zeitlupe, begann er zu kauen.

63

Josef verließ das Krankenhaus am Vormittag, nach der Visite. Er entließ sich selbst, gegen den Rat des Arztes. Immerhin hatte er sich diesen Rat noch geduldig angehört. Er solle mindestens einen Tag länger bleiben, meinte der Doktor. Aber er hielt es nicht mal eine Stunde länger dort aus. Die Menschen im Kittel, der Geruch nach Desinfektionsmitteln, das Liegen im Bett, das merkwürdige Essen …

Im Grunde war ihm ja nichts Schlimmes passiert. Keine Rippe, kein Knochen war gebrochen. Der Angreifer war nur mit einem Brett aus dem Sperrmüll und der Energie seiner Wut bewaffnet gewesen. Unangenehm war für Josef, dass er den Angriff nicht hatte kommen sehen, dass er sich nicht hatte wehren, nicht hatte zurückschlagen können.

Die Kopfschmerzen würden ihm so oder so noch eine Weile erhalten bleiben. Egal ob er sich nun in einem Krankenhausbett langweilte oder wieder arbeitete und Beate Vogt zur Seite stand und endlich diesen verdammten Fall löste. Manchmal fühlte er noch einen Anflug von Schwindel, was ihn aber nicht davon abhielt, in seinen Wagen zu steigen, den sein junger Kollege Viktor Lüder von dem Parkplatz abgeholt und vor dem Krankenhaus für ihn abgestellt hatte.

Josef wusste die Gesten und Besuche seiner Kollegen zu schätzen. Sogar ein kleiner Strauß Blumen und etwas Obst hatten an seinem Krankenbett nicht gefehlt. Er war nicht mehr der Besserwessi aus dem unbekannten Nürnberg, von dem seine Kollegen nur wussten, dass es in Bayern lag, in dem – nach Ansicht des einen oder anderen von ihnen – die Leute alle in Dirndln und Lederhosen herumliefen. Er war Josef, der von wem und warum auch immer ordentlich eins über den Schädel bekommen hatte und auf schäbige Art zusammengetreten worden war. Und der deshalb Anspruch auf ein wenig Unterstützung und solidarisches Verhalten hatte.

Dank des Zeugen, des von ihm gezeichneten Phantombildes und seiner Beobachtungen – der Mann hatte sich sogar einen Teil des Nummernschildes merken können –, aber auch dank der Fußspuren am Tatort hatte die Polizei den Täter schnell ermittelt. Der Boden war durch den Regen matschig gewesen, und die Abdrücke der Schuhsohlen hatten wie auf dem Präsentierteller gelegen. Und trotz des schlechten Wetters fanden sich sogar noch ein paar brauchbare Fingerabdrücke auf dem Brett, mit dem er niedergeschlagen worden war.

Josef war froh und verwundert zugleich, dass der Angriff, anders als zuerst vermutet, nichts mit dem Fall zu tun hatte, sondern mit seinem Privatleben. Der Mann hatte offensichtlich aus Frust gehandelt, und weil er einen Sündenbock gebraucht hatte, an dem er seine Wut auslassen konnte.

Um sich umzuziehen, fuhr Almgruber erst einmal nach Hause. Anschließend wollte er ins Revier zur Dienstbesprechung und hoffte, mit Beate Vogt das weitere Vorgehen absprechen zu können.

Als er den Hausflur betrat, bemerkte er, dass sein Briefkasten überquoll. Er bezog immer noch die NZ, die *Nürnberger Zeitung*, die er eigentlich längst hatte abbestellen wollen. In der Post war auch ein Brief ohne Absender. Nur sein Name befand sich auf dem Umschlag.

Er spürte ein Pochen in seinem Kopf, als er den Brief in seiner Wohnung aufriss und auf die Schrift starrte. Als würde der Verfasser der Zeilen direkt an seinem Hirn anklopfen. Er ließ sich in seinen Sessel fallen und betrachtete ratlos das Schreiben. Die Handschrift kannte er nicht. Sie sah groß und kraklig aus. Etwas ungeduldig begann er zu lesen.

Werter Herr Almgruber,
ich muss mich bei Ihnen in aller Form entschuldigen. Ich weiß nicht, was in mich gefahren ist. Geplant hatte ich das Ganze nicht. An diesem bewussten Tag bekam ich meine fristlose Kündigung. Und ich möchte nicht behaupten, dass dies mein Handeln in irgendeiner Weise rechtfertigt. Aber Ihre Beschwerde über mich hat man zum Anlass genommen, da sie das Fass zum Überlaufen brachte, wie mir der Direktor der Gehörlosenschule in Halle erklärte. Was heißen soll, dass Sie nicht der Einzige sind, der sich beschwert hat. Man gab mir die Chance, mich zu bewähren. Und diese Chance habe ich vertan. Das muss ich leider zugeben, obwohl ich es nicht verwerflich finde, Kindern Grenzen aufzuzeigen und sie zu maßregeln, damit sie diese Grenzen auch wahrnehmen. Für eine Weile in einer Ecke zu stehen und vom Geschehen ausgeschlossen zu werden ist nichts, was einem Kind Schaden zufügt. Im Gegenteil. Es bekommt ein wenig Zeit zum Nachdenken darüber, was es falsch gemacht hat. Das ist meine Meinung. Jedoch scheint man das heutzutage anders zu sehen. Meinungsfreiheit heißt wohl auch, dass die Eltern alles besser wissen dürfen und sich in Erziehungsmaßnahmen ausgebildeter Fachkräfte einmischen. Als Pädagoge habe ich meinen Erziehungsauftrag immer ernst genommen. Und das bedeutet eben auch, dass ich dem Kind die Möglichkeit gegeben habe, sein Fehlverhalten abzustellen

und an seinen Defiziten zu arbeiten, um eine vollwertige Persönlichkeit und ein anerkanntes Mitglied unserer Gesellschaft zu werden. Egal, ob dieses Kind nun gehörlos ist oder hörend. Nur wird das nicht mehr wertgeschätzt. Diese Kündigung hat nun bei mir eine erhebliche Wut ausgelöst. Denn die Mühe, die ich mir im Laufe meiner Berufsjahre gegeben habe, die Arbeit und Zeit, die ich investierte, werden nicht anerkannt. Man wird schäbig und unehrenhaft aus dem Bildungssystem ENTLASSEN. Wie würde es Ihnen da gehen? Wären Sie nicht wütend? Können Sie meinen Zorn etwas nachvollziehen?
Verstehen Sie mich nicht falsch. Ich entschuldige mich dafür, dass ich Sie körperlich angegriffen habe. Als ich Sie davonfahren sah in Ihrem schicken Auto, bin ich Ihnen einfach nach Leipzig gefolgt. Ich habe in dem Moment rotgesehen, als Sie ausgestiegen sind, und wusste nicht mehr so recht, was ich da tat.
Das klingt wie eine billige Ausrede, war aber wirklich so. Und deshalb bitte ich Sie, auf eine Anzeige zu verzichten und mir und Ihnen ein Gerichtsverfahren zu ersparen.
Ich muss zugeben: Ich schreibe diesen Brief auch auf Anraten meines Anwalts. Denn er meint, es gibt in solchen Fällen bessere Wege, sich zu verständigen, als über das Gericht. Ich hoffe, dass Sie das auch so sehen und meine Entschuldigung annehmen.
Mit ernst gemeint freundlichen Grüßen
Erhard Holter

Josef stieß ein zorniges Lachen aus. Was bildete der Kerl sich ein? Und woher hatte er die Adresse? Er musste den Brief sogar persönlich vorbeigebracht haben, denn es fehlten Anschrift und Briefmarke.

Offenbar hatte der Anwalt seines Angreifers schon die Akte organisiert und damit die Adresse des Geschädigten, wie es im Amtsdeutsch hieß, herausgefunden. Schnelle, saubere Arbeit. Josef sollte sich nach dem Namen des Mannes erkundigen, falls er mal selbst einen Anwalt brauchte.

Als er das Blatt umdrehte, bemerkte er noch ein Postskriptum mit einer Telefonnummer.

Was erwartete der Mann? Sollte Josef diesen Herrn Holter etwa anrufen und sich mit ihm auf ein Tässchen Kaffee verabreden? Vor allem schien der Typ Mitleid mit sich selbst zu haben und entschuldigte sich nur, weil der Anwalt das als guten Schachzug ansah.

Andererseits verspürte Josef tatsächlich keine Lust auf ein langwieriges Verfahren. Und selbst wenn man Herrn Holter wegen Körperverletzung eine Gefängnisstrafe aufbrummte, minderte das seine gegenwärtigen Kopfschmerzen nicht.

Tabletten hatte er schon genommen, aber sie wirkten nicht wie erhofft. Auch fühlte er eine leichte Übelkeit, ihm war schwindlig, der Kreislauf machte seinem Namen alle Ehre. Wenn er sich zu ruckartig bewegte, drehte sich alles.

Josef beschloss, noch schnell zu duschen, um wacher zu werden. Auf das Rasieren würde er zunächst verzichten. Er wollte nicht noch mehr Zeit verplempern.

Unter der Dusche ließ er kaltes Wasser über sich und vor allem seinen pochenden Schädel laufen. Es half ein wenig. Der Schmerz verzog sich vorerst.

Das Telefon schrillte – es war noch ein altes Osttelefon, das nicht zu überhören war –, und er stapfte nass und nackt aus dem Bad. Er hoffte nur, dass es nicht Erhard Holter war, der sich mit ihm versöhnen wollte.

»Sind Sie wieder fit?«, fragte Beate Vogt direkt und anscheinend etwas atemlos. »Ich habe gehört, dass Sie aus dem Krankenhaus entlassen wurden.«

»Fit wie ein Turnschuh«, antwortete er, obwohl er den Spruch, den er von seinen Ostkollegen übernommen hatte, eigentlich albern fand. Dass er sich selbst entlassen hatte, behielt er lieber für sich.

»Das freut mich wirklich zu hören. Wir haben uns alle Sorgen um Sie gemacht.«

Irgendwie klang sie immer noch besorgt, was Josef etwas unangenehm war und ihn gleichzeitig rührte. »Was gibt es Neues?«, wechselte er abrupt das Thema.

Es kam ihm merkwürdig vor, splitternackt mit seiner Kollegin zu telefonieren. Aber zum Glück sah sie ihn ja nicht.

»Unser Hauptverdächtiger Georg Bruckner scheint nun auch Tanja in seiner Gewalt zu haben«, platzte es aus ihr heraus. Sie erzählte ihm hastig von einem Zettel, den sie im Haus von Andreas ' Großmutter gefunden hatte und der darauf hindeutete, dass Tanja ebenfalls entführt worden oder sie mit dem mutmaßlichen Entführer mitgegangen war.

»Mitgegangen?«, fragte er überrascht.

»Wie auch immer: Sie befindet sich nun genauso in Gefahr wie Andreas. Wir sollten keine Zeit verlieren.«

Sie klang aufs Äußerste angespannt. Er hörte die nervöse Unruhe in ihrer Stimme.

»Irgendwelche Hinweise oder Spuren, wo er die beiden festhalten könnte?«, fragte er, jetzt auch schneller atmend.

»Nein«, sagte sie kurz angebunden. »Die Fahndung nach Bruckner läuft, aber bisher findet sich keine Spur von ihm.« Sie seufzte. »Uns fehlen einfach die Leute. Es wird Zeit, dass wir wieder an einem Strang ziehen, Herr Kollege. Ich hoffe, Sie sind einsatzbereit?« Im Tonfall ihrer Worte schwang ein leichter Zweifel mit.

»Natürlich.« Er betrachtete die Wassertropfen, die an ihm hinabliefen. »Sofort einsatzbereit.« Solange es Sie nicht stört, dass ich nackt bin, dachte er und grinste in den Hörer.

»Schön. Wann sehen wir uns?« Ihre Stimme klang etwas unsicher, als würde sie ihn um ein Date bitten.

Josef verabredete sich mit ihr zur Besprechung in der Leipziger Dienststelle und legte auf.

64

Bis zur Zusammenkunft mit Josef Almgruber, Arno Berg, Viktor Lüder und Steffen waren es noch zehn Minuten Zeit. Beate saß schon am Tisch, trank Kaffee, las den Zettel, den sie im Haus der Großmutter von Andreas gefunden hatte, noch ein paarmal und zerbrach sich den Kopf darüber, was die Zeilen zu bedeuten hatten. Tanja war offenbar freiwillig mit dem Mann mitgegangen. Wegen Andreas. Also hatte sich der Täter noch eine zweite Geisel geholt. Aber wozu?

Wenn ein Vater sein Kind entführte, ging es fast immer um einen Sorgerechtsstreit. Seit dem Mauerfall setzte sich der Entführer des jeweiligen Mädchens oder des jeweiligen Jungen nicht selten ins Ausland ab, um sich vor dem Zugriff der Polizei zu schützen. Hier lag der Sachverhalt aber anders. Georg Bruckner hielt sich, wie es schien, noch in der Nähe auf. Um einen Streit um das Sorgerecht ging es aller Wahrscheinlichkeit nach nicht, denn die Mutter scherte sich nicht groß um ihren Sohn. Vielleicht wäre sie sogar froh, wenn sie die Verantwortung loswurde. Um eine klassische Geiselnahme handelte es sich auch nicht, denn es gab keinerlei Forderungen. Worum ging es ihm also?

Verwunderlich war, dass Bruckner offensichtlich problemlos herausgefunden hatte, wo Tanja steckte. Hatte er sie überwacht?

Und zuvor seinen Sohn? Wo konnte man zwei Menschen verstecken, ohne dass es auffiel?

Auf einmal wurde ihr erst siedend heiß und dann eiskalt. Am liebsten wäre sie aufgesprungen und zur Tür hinausgerannt. Natürlich! Warum war sie nicht eher darauf gekommen?

Doch in diesem Moment traten Arno Berg und Josef Almgruber in den Raum, Steffen und Viktor, die in ein Gespräch vertieft waren, folgten.

Almgruber, der noch etwas blass aussah, wurde umringt, ihm wurde sanft auf die Schulter geklopft, was ihm sichtlich peinlich war. Beate erhob sich, ging auf ihn zu und begrüßte ihn mit einer Umarmung. »Willkommen zurück«, sagte sie leise und meinte nicht nur seine Abwesenheit wegen des Krankenhausaufenthalts.

Josef verstand die Anspielung. »Ab sofort sind wir wieder ein Team, Frau Kollegin.«

»Wird ja auch Zeit«, murmelte sie.

Einen Moment spürte sie die Stoppeln seines Kinns über ihre Wange reiben. Sie löste sich etwas verlegen von ihm und setzte sich.

Steffen schien prompt eifersüchtig zu werden. Er ließ sich dicht neben Beate nieder und nahm unter dem Tisch heimlich ihre Hand. Sie drückte seine Finger kurz, entzog sich ihm dann aber. Schließlich waren sie im Dienst und unter Kollegen. Seine Liebesbekundungen konnte er sich auch für später aufheben.

Arno Berg begrüßte sie mit ein paar knappen Worten. »Ich freue mich, dass wir wieder vollzählig sind. Wie alle wissen, können wir uns keine Ausfälle leisten.« Er nickte Josef Almgruber zu, wünschte ihm weiterhin gute Genesung und mahnte zu mehr Vorsicht.

»Auch wenn man einen feigen Angriff von hinten nicht jederzeit erwarten kann, müsst ihr und müssen Sie genau das tun: den Angriff von hinten jederzeit erwarten.«

Almgruber senkte beschämt den Kopf und brachte ein paar Dankesworte für den Zuspruch und die Besuche in der Klinik hervor.

»Und nun kommen wir mal zu unserem Fall«, sagte Berg ungeduldig. »Wer hat etwas zu vermelden?«

Viktor Lüder hob die Hand. Vor ihm lag wieder einmal ein ziemlich hoher Stapel Akten auf dem Tisch.

»Ich habe herausgefunden, dass es über Georg Bruckner, der zurzeit arbeitslos gemeldet ist, eine Jugendhilfeakte aus seiner Kindheit und Teenagerzeit gibt. Zum Glück ist sie noch erhalten, und so habe ich mir diese und ein paar andere Unterlagen kommen lassen.« Er tippte auf die Sammlung mit den Ordnern und blickte in die Runde. »Der Mann hatte eine schwere Kindheit. Die Eltern flüchteten aus der DDR kurz vor dem Mauerbau und ließen ihren Sohn zurück. Der Junge kam in ein Heim. Dort war er ein Einzelgänger. *Fügt sich nicht ins Kollektiv ein*, ist die häufigste Anmerkung des Erzieherpersonals. Er habe *erhebliche Schwierigkeiten, sich ein- und unterzuordnen* und würde sich *nicht an die Normen des gesellschaftlichen Zusammenlebens halten*. Aufgezählt sind Vergehen wie unerlaubtes Entfernen vom Heimgelände, Disziplinverstöße, Ungehorsam, Beschädigung von Volkseigentum, Vernachlässigung der Ämter, Diebstähle, aggressives und provokantes Verhalten gegenüber Erziehern und Zöglingen. Um es kurz zu machen: Er wanderte von einem Heim ins nächste und landete zur Umerziehung in einem Jugendwerkhof in einem Nest in der Märkischen Heide. Dort traf er auf einen jungen Erzieher, der unter den Jugendlichen schnell als äußerst gewalttätig bekannt wurde und der etliche Jahre später Direktor des Jugendwerkhofs Torgau wurde: Karl Zinkner.«

Viktor Lüder machte eine Pause, als wartete er auf Beifall.

»Es gibt also eine Vorgeschichte«, stellte Arno Berg trocken fest. »Aber wieso wurde der möglicherweise misshandelte Junge später Nachtwächter im schlimmsten Jugendwerkhof der DDR?«

»Um sich an Zinkner zu rächen? Er könnte den Mord lange geplant und nur auf eine passende Gelegenheit gewartet haben«, mutmaßte Lüder.

»Und entführt dann den eigenen Sohn?« Berg runzelte die Stirn. »Und nun auch dieses Mädchen?«

»Vielleicht war das ein merkwürdiger Zufall, dass er in Torgau auf seinen Sohn traf. Aber man darf auch nicht vergessen, dass Bruckner psychisch krank ist. Er wurde häufiger auffällig. Zum Beispiel in seiner Armeezeit. Er wurde aus der NVA sogar rausgeworfen. Danach landete er das erste Mal in einer Klinik. Wie ich herausfand, befand er sich im letzten Jahr wegen einer schizotypischen Persönlichkeitsstörung für ein paar Wochen in einer psychiatrischen Klinik und ist auch noch in Behandlung. Das heißt, grob gesagt, er lebt in seiner eigenen Welt, die nicht unbedingt mit der Realität, wie wir sie kennen, kompatibel ist. Zu der letzten Sitzung bei seinem Psychiater erschien er allerdings nicht mehr und machte auch keinen neuen Termin. Wahrscheinlich hat er seine Medikamente abgesetzt.«

Arno Berg stöhnte und verzog entnervt das Gesicht. Wie Gewitterwolken zeigten sich dunkle Falten auf seiner Stirn.

»Kurz zusammengefasst heißt das also, wir haben es mit einem unberechenbaren Menschen zu tun, der möglicherweise einen Mord begangen und zwei Teenager entführt hat«, sagte Berg. »Gibt es außer Hiobsbotschaften auch Erfolgsmeldungen? Frau Vogt, sagen Sie uns noch etwas zu dem Zettel, den Sie da in der Hand halten? Und was sich bei Ihrer Spurensuche ergeben hat?«

Beate berichtete hastig und in aller Kürze von dem Gespräch

mit Andreas' Großmutter, von dem verlassenen Haus in der Provinz und davon, was sie darin vorgefunden hatte. Sie las Tanjas Notiz vor, die sie eigentlich schon auswendig konnte.

»Es gibt keine Anzeichen dafür, dass Gewalt gegen die Jugendliche angewendet wurde, jedenfalls keine körperliche. Ich gehe davon aus, dass der Mann Tanja Wolter psychisch unter Druck gesetzt und ihr das Gefühl vermittelt hat, dass nur sie Andreas retten kann. Wie es aussieht, ist sie mit ihm mitgegangen.« Beate kämpfte gegen das schlechte Gewissen an, das plötzlich in ihr aufstieg. Hätte sie Tanja warnen sollen?

»Na prima«, sagte Berg sarkastisch. »Und Sie haben nicht zufällig herausgefunden, wo der Mann stecken könnte?«

Sie schüttelte den Kopf. »Nein, aber ich habe eine Vermutung.«

65

Hinter einem Tränenschleier sah Andreas sie an.

Tanja hielt ihm die Frischhaltedose mit den Weintrauben direkt vor das Gesicht.

»Na?«, fragte sie.

Andreas blinzelte, wandte den Blick von ihr ab und starrte in die rosarote Box hinein. Auch wenn er den Inhalt nur verschwommen vor sich sah: Besonders frisch hatte die Dose das Obst nicht gehalten. Der faulig süße Geruch stieg ihm aufdringlich in die Nase.

»Noch ein Träubchen?« Sie legte den Kopf schief, wie ein Vogel, der seinem hungrigen Küken etwas in den Schnabel werfen wollte.

Abwehrend hob er die Hand. »Du nimmst mich nicht ernst«, beklagte er sich. »Ich mache einen Hungerstreik! Was zur Hölle kapierst du daran nicht?«

Seine Wut überraschte ihn selbst. Aber es kränkte ihn, dass ausgerechnet Tanja ihn nicht verstand.

»Ich nehme dich sogar sehr ernst. Wäre ich sonst hier? Aber mit deiner Hungerei schädigst du dich nur. Und ein bisschen Vitamine schaden dir nicht, im Gegenteil. Ein *Bisschen*.« Sie lachte, aber es klang nicht echt.

Müde zuckte er mit den Schultern, obwohl ihm klar war, was

sie wollte: Er sollte essen. Aber das hatte er sich abgewöhnt. Er sah keinen Sinn mehr darin, sich Dinge in den Mund zu stecken, zu kauen, zu schlucken. Am Ende kam alles wieder stinkend aus ihm heraus. Plumpste in den Kübel. Wozu?

Die halbe Traube, die sie ihm in den Mund gesteckt hatte, war ihm schon zu viel gewesen. Er hätte sie am liebsten wieder ausgespuckt. Doch er tat, was sie sich wünschte. *Ihr zuliebe.*

Die Träne, die sich von seinen Wimpern löste und ihm über das Gesicht rann, fühlte sich ebenso fremd an. Als gehörte sie gar nicht zu ihm.

Tanja schob ihm die nächste Frucht zwischen die Lippen und sah ihn mit großen Augen an.

Ihr zuliebe zerbiss er das Ding. Die Traube schmeckte ekelhaft. Nach Plastik. Nach der stinkenden Box, die Herr Jemand ihm täglich brachte. Nach etwas Falschem. Der Saft lief in seinem Mund aus, rann in seine Kehle. Er musste schlucken. *Ihr zuliebe.* Es fiel ihm merkwürdig schwer. Er verschluckte sich. Hustete.

»Noch eine?«

Hustend schüttelte er den Kopf. Wieso war sie hier? Hatte Herr Jemand sie etwa hergeholt, damit er seinen Streik beendete? Steckte sie mit ihm unter einer Decke? Unsinn. Wieso war er immer so misstrauisch?

Tanja seufzte. »Oder etwas anderes? Was Herzhaftes? Da liegen Wiener Würstchen auf dem Tisch, die noch ganz passabel aussehen. Du musst wieder zu Kräften kommen.«

»Mir geht es gut«, sagte er, nach Luft japsend.

Sie sah ihn zweifelnd an. »Eine Wiener mit Bautzner Senf. Dazu 'n trockenes Konsumbrötchen. Bestes Mitropa-Essen«, versuchte sie zu scherzen. »So kommt der junge Herr wieder zu Kräften.«

»Ich bin kräftig genug. Mir geht's gut«, wiederholte er stur.

Seine Sinne schienen – vielleicht durch den Hunger – geschärft. Er konnte sehen, dass sie ihm nicht glaubte.

Andreas erhob sich, ging in die Mitte der Zelle und absolvierte ein paar Liegestütze zum Beweis. Nach einer Weile kamen die Meerschweinchen aus ihren Häusern und schnupperten an seinen Fingern.

»Siehst du?«, sagte er. »Alles bestens. Ich bin topfit. Gib den Tieren die Trauben.« Seine Mundwinkel verzerrten sich. Er hoffte, dass es wie ein Lächeln aussah. »Sie müssen fressen, sonst sterben sie«, fügte er hinzu.

»Ja, in Ordnung. Aber du musst auch ... Andreas, ich halte das nicht lange aus! Ich halte das überhaupt nicht aus! Das verstehst du doch? Ich dreh hier sonst durch. Du willst doch auch hier raus?«

Andreas erhob sich und wischte sich die Hände an der Hose ab. Wie ein Roboter machte er Kniebeugen. Er antwortete nicht.

»Wir sind zu zweit. Der Typ ist allein. Wenn der das nächste Mal reinkommt ...« Sie sprach nicht weiter, sondern sah sich hektisch in der Zelle um. »Wir brauchen eine Waffe. Am besten was aus Metall. Hast du eine Idee?«

Andreas sprang in die Höhe. Hockstrecksprung. In die Hocke, Streckung, Sprung. Dann Liegestütz, Kniebeuge, wieder Hockstrecksprung. *Torgauer Dreier* hieß die Übung, mit der sie täglich schikaniert worden waren im Jugendwerkhof Torgau, in den Monaten der Gefangenschaft. Woche für Woche, Tag für Tag. Der Ablauf war fest in ihm verankert. Er musste nicht darüber nachdenken. Sein Körper spulte den Sport mechanisch ab. Er war nicht so schwach, wie Tanja dachte. Wenn es sein musste, konnte er kämpfen.

Tanja rannte nervös um ihn herum. Es gab nur zwei Gegenstände aus Metall. Und sie waren nicht schwer zu finden. Aber sie sah wohl den Wald vor lauter Bäumen nicht. Sie warf sogar eines der Tierhäuschen um. Wenn sie so weitermachte, würde sie noch auf die Meerschweine treten.

»Hör auf!«, schrie er.

Tanja erstarrte mitten in der Bewegung und blickte ihn verblüfft an. »Womit?«

Andreas verdrehte die Augen, nahm die Trauben aus der Box und verfütterte ein paar davon an die Nagetiere. »Siehst du, sie lieben diese Früchte.«

»Du scheinst dich ja nicht gerade zu freuen, dass ich hergekommen bin.«

»Du bist nicht hergekommen. Er hat dich mir gebracht«, sagte Andreas.

Sie war ein Geschenk, eine Opfergabe. Herr Jemand wusste, was er tat, womit er Andreas einen *Gefallen* tun konnte.

»Spinnst du?« Einen Moment sah sie aus, als wollte sie sich auf ihn stürzen.

Er lachte. Diesmal war es ein echtes Lachen. »Die Waschschüssel ist aus Emaille. Der Leo ist ebenso aus Metall.«

Der Leo. Das war das Knastwort für den Scheißeimer.

Tanja lachte jetzt auch. »Okay, gleich zwei Waffen. Für jeden eine.«

Andreas wurde von diesem merkwürdigen Lachen geschüttelt. Er versuchte, damit aufzuhören, aber er konnte nicht. Es war jetzt eine abgemachte Sache, oder? Sie würden sich befreien.

»Und wohin dann?«, fragte er, als er sich schließlich beruhigt hatte.

Tanja zuckte mit den Achseln. »Erst mal in die Wohnung des Alten«, flüsterte sie. »Ich meine ... da, wo wir uns schon mal versteckt haben. Und dann sehen wir weiter.«

»Dann sehen wir weiter«, wiederholte er mechanisch. Er

fühlte sich irgendwie entrückt. Als wäre er gar nicht wirklich hier. Als würden sie sich im Traum begegnen und Fluchtpläne schmieden. Das war nicht real, oder?

»Ja. Vielleicht gehen wir zusammen nach Portugal.«

»Portugal?« Das klang für ihn, als wollte Tanja mit ihm auf den Mond fliegen.

»Das Land liegt neben Spanien. Ich hab Fotos in einer West-Zeitschrift gesehen. Dort gibt es rote Felsen und das Meer mit Wind, Wellen, Fischen und Segelbooten und so. In den Buchten leben Hippies. Ganz ohne Zwang, ohne Arbeit. Da können wir hin. Und schließen uns den Hippies an, was meinst du?«

»Gute Idee«, sagte er matt, obwohl er keine Ahnung hatte, wovon sie eigentlich sprach. Rote Felsen? Hippies?

»Wir fangen Fische und braten sie am Lagerfeuer«, plapperte Tanja weiter. »Für das Feuer bist du natürlich zuständig.« Sie kicherte überdreht. »Ich bau mir eine Angel und fange die Fische, okay?«

Er wusste nicht, ob sie sich über ihn lustig machte. Aber er grinste jetzt auch. »Liegt der Schlüssel noch unter der Matte?«, fragte er unvermittelt.

»Keine Ahnung, aber den Zweitschlüssel, der in der Wohnung im Flur hing, den hab ich damals mitgenommen.«

Tanja stürzte sich auf ihren Rucksack und wühlte darin herum. »Ganz schön kalt in dem Scheißbunker. Aber ich schwitze wie verrückt«, murmelte sie vor sich hin.

»Meinst du, die Bude ist noch unbewohnt?«

»Davon gehe ich mal aus. Die Leute verlieren ihre Arbeit und verduften. Wer will schon noch in Torgau wohnen?«

»Ich jedenfalls nicht«, sagte er. »Ich will weg. Weit weg. So weit weg wie möglich.«

Tanja reichte Andreas den Wohnungsschlüssel. »Besser, wenn *du* den nimmst.«

66

Sie beobachtete ihn, achtete auf jede seiner Bewegungen. Den Schlüssel, den sie ihm reichte, nahm er wie in Zeitlupe an sich. Andreas wirkte in manchen Momenten irgendwie benebelt, geistesabwesend. Hatte ihr Bewacher ihm was zur Beruhigung gegeben? Vielleicht ein Medikament in den Tee getan? Das wäre für eine Flucht ziemlich ungünstig. Andererseits schien er körperlich einigermaßen fit zu sein.

Er kann es schaffen, dachte sie. Er *muss* es schaffen.

Der Eimer und die Waschschüssel standen griffbereit so neben der Tür, dass der Eintretende sie nicht gleich bemerken würde. Tanja sah sich nach weiteren Dingen um, die man für einen Angriff, um sich aus der Gefangenschaft zu befreien, oder auch für die nötige Selbstverteidigung nutzen konnte. Richtige Waffen gab es hier natürlich nicht. Auch kein Messer, keine Gabel, nicht mal einen Löffel. Auch einen einfachen Aluminiumlöffel hätte man zur Stichwaffe umfunktionieren können, wenn man das obere Teil abbrach und den Stiel an einer Mauerkante scharf schliff. Im Geschlossenen Jugendwerkhof war die Abgabe jedes Löffels genauestens kontrolliert worden. Messer hatte man ihnen ohnehin nicht gegeben.

In einer dunklen Ecke fand sie neben einem geöffneten Päckchen ATA-Scheuerpulver eine Plastikflasche mit dem Desinfektionsmittel Wofasept, das Chlor enthielt und das noch aus dem VEB Chemiekombinat Bitterfeld stammte.

Böser Fehler, dachte sie. Wie kann der Typ so was einfach so herumstehen lassen? Was, wenn Andreas in seiner Verzweiflung davon getrunken hätte? Im Werkhof waren absichtliche Vergiftungen mit Putzmitteln häufig vorgekommen. Das Ziel solcher Aktionen war allerdings stets, ins Krankenhaus eingewiesen zu werden. Doch meist landete man nur wegen sogenannter Selbstverstümmelung in der Arrestzelle.

Tanja stellte sich mit dem Rücken zum Türspion für den Fall, dass sie beobachtet wurde, und schüttelte die Flasche vor ihrem Körper. Sie schien noch genügend Flüssigkeit zu enthalten. Tanja schraubte den Verschluss ab und roch an dem Mittel. Es stank tatsächlich ätzend nach Chemie.

Andreas hockte mit leerem Blick auf dem Rand der Pritsche. Er starrte die schimmlige Wand an oder auch den dreckigen Boden. Er schien nicht zu bemerken, was sie da trieb. Sie musste ihn irgendwie auf das, was kommen sollte, vorbereiten. Nur wie?

Sie setzte sich neben ihn und schob das Desinfektionsmittel unter das Bretterbett. Als sie sich leicht an ihn lehnte, spürte sie das Zittern, das durch seinen Körper lief.

»Ist dir kalt?«

»Mir ist immer kalt«, murmelte er. »Jedenfalls hier«, fügte er hinzu.

»Hm.« Tanja legte den Arm um ihn. »Entspann dich. Meinst du, er beobachtet uns jetzt?«

»Schon möglich.«

Sie lauschten einen Moment. Es war nichts zu hören. Wenn die Klappe des Türspions bewegt wurde, erzeugte das normalerweise ein metallisch scharrendes Geräusch. Aber es blieb still.

»Hör mal, er hat dir doch nichts angetan, oder? Ich meine, dich irgendwie angefasst oder so.«

Andreas schüttelte den Kopf und blickte sie dann fragend an. »Ist es eigentlich warm in Portugal?«

»Ja, da, wo wir hingehen werden, ist es warm.« Sie sagte das im Brustton der Überzeugung. Obwohl sie sich nicht sicher war. Sie hatte nur in dem Haus von Andreas' Großmutter diesen Bericht in der Illustrierten gelesen und sich immer wieder die Bilder angesehen. Auf jedem der Fotos schien die Sonne, beleuchteten die Sonnenstrahlen den zimtfarbenen Sand und das türkisfarbene Meer. Die Felsen standen in dieser Landschaft herum wie versteinerte Dinosaurier.

»Es wird dir da gefallen«, versprach sie. »Es gibt sogar Palmen. Hast du schon mal echte Palmen gesehen?«

»Noch nicht mal falsche.«

»Du wirst sehen: Alles wird gut.«

»Und wenn nicht?«

»Verlass dich drauf.«

»Aber was ist, wenn nicht alles gut wird?«

»Schlechter als jetzt kann es ja nicht werden, oder? Also kann es nur besser werden.«

»Das heißt aber nicht, dass es *gut* wird«, sagte er resigniert.

»Hör zu.« Sie flüsterte jetzt, dicht an sein Ohr gebeugt. »Wenn er das nächste Mal reinkommt, überwältigen wir ihn, und du nimmst den Schlüssel und haust ab. Ich werde ihn noch eine Weile beschäftigen, damit er dir nicht folgen kann, okay? Und dann komme ich nach, und wir treffen uns in der Wohnung. Hast du mich verstanden?«

»Können wir nicht zusammen abhauen?« Er klang immer noch mutlos. Seine Schultern sackten nach unten.

»Nein. Ich muss sicherstellen, dass er dir nicht folgt. Du bist bestimmt ziemlich geschwächt nach der Zeit hinter diesen Mauern. Du kannst vielleicht nicht so schnell laufen.«

Andreas schwieg. Er sah ängstlich zur Tür.

»Du musst mir vertrauen«, sagte Tanja. »Vertraust du mir?«

»Ich möchte auf ein Segelboot. Ich will übers Meer segeln, wenn wir in diesem anderen Land sind. Versprichst du mir, dass wir mit einem Schiff fahren?«

»Ich verspreche es.«

»Gibt es da Delfine?«

»Natürlich.«

Ein schüchternes Leuchten zeigte sich in seinen Augen und verschwand gleich wieder. »Wirklich?«

»Klar.«

»Okay. Ich vertrau dir.«

Sie lächelte ihn an, als wären sie schon in Freiheit. Und auf dem Weg nach Portugal.

»Prima. Was gibt es zu beachten? Wie verhält er sich, wenn er dir das Essen bringt?«

»Für gewöhnlich kommt er nicht rein in die Zelle«, sagte er leise.

»Verstehe.«

Die Erwachsenen hatten in der Zeit ihres Aufenthalts im Jugendwerkhof Torgau die Arresträume nie betreten. Sie blieben stets im Gang stehen. Zur Not, falls ein Insasse aus Verzweiflung ausrastete oder auch nur einen unerlaubten Schritt auf sie zukam, konnten die Erzieher die Tür schnell zuschlagen und verriegeln. Ihnen war das Schicksal der Jugendlichen völlig egal gewesen.

Dieser Unbekannte, der sie jetzt an diesem Ort gefangen hielt, tickte irgendwie anders. Ihm schien etwas an Andreas zu liegen. Sonst wäre sie doch nicht hier, oder? Vielleicht machte der Kerl sich Sorgen, dass sein Gefangener tatsächlich verhungern könnte? Hatte er sie hierhergebracht, damit sie auf Andreas aufpasste? Nun, genau das tat sie ja jetzt.

»Wir müssen ihn dazu bringen, dass er reinkommt«, meinte Tanja.

»Und wie?«

»Kannst du ein bisschen schauspielern? Wenn er aufschließt, sackst du zusammen, wirst ohnmächtig«, schlug sie vor.

Andreas kam nicht mehr dazu, zu antworten. Schritte näherten sich, begleitet vom Schlüsselgeklirr.

»Bereit?«, flüsterte sie.

Er nickte. Sie warf ihm einen prüfenden Blick zu. Sein Gesicht wirkte immer noch blass. Aber er hatte aufgehört zu zittern.

Einen Moment fragte sich Tanja, ob auch sie bereit war, das zu tun, was getan werden musste. Doch was blieb ihr anderes übrig? Niemand besaß das Recht, sie einzusperren. Weder Andreas noch Tanja gehörten hierher. Sie gehörten unter den freien Himmel und nicht in dieses dreckige, versiffte Loch.

Als die Tür aufsprang, sank Andreas beinahe zeitgleich auf den Boden. Es sah so täuschend echt aus, dass Tanja laut und erschrocken aufschrie.

Der Mann stand im Türrahmen und bewegte sich nicht. Er war groß und kräftig. Dass er zupacken konnte, hatte sie schon an seinem harten Griff gemerkt, als er sie herbrachte.

Hatten sie überhaupt eine Chance gegen ihn?

Sie ließ sich zu Andreas nieder, redete laut und so besorgt sie konnte auf ihn ein: »Was ist mit dir? Kannst du was sagen? Kannst du mich hören?« Sie plapperte einfach drauflos und hoffte, dass es dramatisch genug klang. Ihr Bewacher machte immer noch keine Anstalten, in den Raum zu kommen. Mit einem lächerlichen Teller in der Hand schien er einfach nur abzuwarten. Tanja tat so, als würde sie sich damit abmühen, den Bewusstlosen auf die Pritsche zu wuchten.

»Helfen Sie mir! Helfen Sie mir doch!«, schrie sie.

Die dunkle Gestalt rührte sich nicht. Der Mann glotzte sie nur durch die Sehschlitze seiner dämlichen Mütze an.

Dann beugte er sich nach unten und stellte den Teller ab.

Wenn er jetzt wieder ging, wäre ihr Plan hinfällig.

Tanja klatschte in Andreas Gesicht herum, versetzte ihm leichte Ohrfeigen. »Komm schon, wach auf, bitte! Mach doch nicht solchen Mist! Das kann doch nicht sein, dass du …« Klang sie glaubwürdig genug? Spielte das eine Rolle? Der Kidnapper schien es, warum auch immer, auf Andreas abgesehen zu haben, nicht auf sie. Tanja hob den Blick und starrte zu ihm hinüber. »Sie da! Helfen Sie ihm!«

Der Kerl rührte sich immer noch nicht.

Andreas hielt seine Augen geschlossen, gab keinen Ton von sich. Tanja fühlte seinen Puls.

Plötzlich war der Mann neben ihr. Sie hatte ihn gar nicht kommen sehen. Aber er stand da wie ein Soldat in einer finsteren Uniform.

Mit einer Bewegung aus dem Handgelenk drückte er sie ein Stück beiseite, er benutzte nur zwei Finger dafür, als wäre sie eine Katze, die im Weg stand, oder etwas, das er nicht ernst nehmen konnte.

Tanja spürte die Wut in sich wachsen, schnell, unerbittlich. Sie ging von der Pritsche weg rückwärts. Auf Zehenspitzen bewegte sie sich beinahe rhythmisch, als wäre das Ganze ein lang einstudierter Tanz. Der Deckel fehlte. Der Deckel musste nicht mehr abgenommen werden. Das hatte sie schon vorhin getan. Sie wusste, was sich in dem Kübel befand. Etwas Scheiße und einiges an Urin. Eine gute Mischung. Niemand darf mich einsperren, dachte sie. Niemand darf Andreas einsperren. Ihre Hand umfasste den Henkel, sie hob den Eimer langsam und geräuschlos hoch. Ihr Atem ging schneller. Sie musste aufpassen, dass er ihren Atem nicht hörte.

Sie sah sich kurz um. Die Tür war halb geöffnet. Der Schlüssel samt Bund steckte im Schloss. Alles bestens also. Keinen Grund zur ... Pa...

Jetzt wandte er sich in ihre Richtung. Andreas lag bewegungslos auf der Pritsche. Der Mann kam schnell auf Tanja zu, aber sie war schneller.

»Nimm das!«, schrie sie und kippte ihm den Eimer entgegen. Er taumelte zurück, sie lief ihm nach, sprang an ihm hoch wie eine Raubkatze und riss ihm die alberne Mütze vom Kopf, die jetzt klitschnass war, an der jetzt etwas vom stinkenden Inhalt des Kübels klebte.

Ein ernstes Gesicht mit stechendem Blick aus dunklen, fast schwarzen Augen, über die sich auffällige Brauen wölbten, kam zum Vorschein. Die längliche Narbe auf der Wange verlieh ihm ein gefährliches Aussehen. Kannte sie ihn? Oh mein Gott, dachte Tanja. Sie kannte ihn! Egal. Mit voller Wucht schlug sie den Kübel in sein Gesicht, direkt auf die Nase. Aber er schrie nicht, sondern packte ihren Arm. Sie spürte die Härte seines Griffs, versuchte, sich zu wehren, sich ihm zu entziehen, doch sie war wie in einem Schraubstock gefangen. Plötzlich sah sie, wie sich Andreas auf der Pritsche erhob, ein entschlossenes Glitzern in den Augen, den Hocker in beiden Händen.

Er bewegte sich schnell und lautlos, ließ den Holzschemel mit Wucht auf den Kopf des Mannes krachen. Ihr Bewacher drehte sich überrascht nach ihm um.

Tanja beugte sich hinunter und biss dem Mann mit aller Kraft in die Hand. Er ließ sie los, versuchte Andreas zu packen. Doch der sprang zur Seite.

Sie angelte nach der Plastikflasche Wofasept, die unter der Pritsche stand. »Hey!«, schrie sie. Als der Mann sich zu ihr umwandte, schüttete sie ihm die chemische Flüssigkeit direkt ins Gesicht. Der Mann war immer noch stumm wie ein Fisch. Schüttelte sich. Rieb sich die Augen. Tapste umher wie ein Betrunkener. Rückwärts, vorwärts, zur Seite. Schluchzte schließlich verzweifelt auf. Brüllte einmal laut vor Wut.

»Lauf!«, brüllte Tanja jetzt. »Hau ab! Nimm den Schlüssel! Der steckt im Schloss!«

Andreas reagierte nicht. Er starrte sie nur mit weit aufgerissenen Augen an. Sie verpasste ihm einen Stoß. Ein wenig zu heftig, sodass er kurz stolperte.

»Mach schon! Geh! Verschwinde von hier!«

Zögernd setzte er sich in Bewegung. Er sah jetzt den Mann an, nicht mehr Tanja.

»Ich kenn dich doch, Herr Jemand«, brachte er heraus. »Ich kenn dich. Hab dich schon paarmal gesehen.« Seine Stimme klang ratlos, beinahe traurig.

Der Mann streckte die Arme nach ihm aus. »Bleib, Junge! Du bist hier in Sicherheit. Da draußen ...«

Andreas schüttelte den Kopf. »Ich kann nicht. Muss hier weg. Ich kann hier nicht bleiben.« Er schwankte, kämpfte sich wie gegen einen inneren Widerstand Schritt für Schritt zur Tür. »Kann nicht ... kann nicht bleiben, Herr Jemand, verstehst du das nicht?«, stammelte er immer wieder, als müsste er seinem Kidnapper die Flucht erklären, ihn um Verständnis bitten. Dann stolperte er hinaus.

Tanja hörte das Klirren des Schlüssels, die fliehenden Schritte.

Viel zu langsam, dachte sie. Gleichzeitig ging sie rückwärts, bis sie die Wand erreichte.

Der Mann taumelte ihr nach. »Wo will er denn hin?«, fragte er und fing an zu fluchen. »Verdammt noch mal!«, schrie er. »Du musst ihn aufhalten! Kapier es doch! Er darf nicht ...«

Sie hörte ihm nicht mehr zu, blickte zur Waschschüssel hinüber. Keine Chance. Die Schüssel stand auf der anderen Seite. Nicht erreichbar.

»Verstehst du nicht, was ich sage?«, zischte er. »Ruf ihn zurück, zum Teufel!«

Sie griff nach dem kleinen blauen Karton ATA. So ein dämlicher Name, dachte sie noch. Im nächsten Moment schüttete sie ihm das weiße Pulver direkt in die Augen. Das Scheuerpulver staubte wie trockener Schnee.

Er tat nichts, um sich zu schützen. Beinahe sofort sackte er auf die Knie. Als wollte er beten. Dann kroch er auf allen vieren umher.

Tanja versuchte, sich an ihm vorbeizuschieben. Er griff nach ihr. Packte diesmal ihr Bein, riss an ihr, riss sie mit voller Wucht um. Sie fiel. Knallte gegen die Ecke der Steinmauer. Sie sah viele kleine Lichter. War jetzt Nacht? Da oben der schwarze Himmel? Sie versuchte, ein Sternbild zu erkennen: den großen Wagen oder den kleinen. Der Polarstern blinkte hinter ihren Lidern: hell, sehr hell. Der Himmel wurde weiß. Und dann bewegte sich ein schwarzer Fleck durch das Weiß. Sie konzentrierte sich darauf, genauer zu erkennen, was es war. Ein Rabe? Drehte weit über ihr ein Rabe seine Kreise?

Sie spürte ihn mehr, als dass sie ihn sah.

Seinen Flügelschlag. Den Luftzug im Gefieder.

Einen Moment flog sie mit ihm, konnte sie sehen, was er sah: zwei Menschen am Boden.

67

Georg Bruckner konnte es nicht fassen. Was für ein verdammter Fehler, dass er sie hergeholt hatte! Tanja, die Unberechenbare, dieses Miststück!

Tagelang hatte er sie beobachtet, kontrolliert und beschattet. So wie er zuvor Andreas beobachtet, kontrolliert und beschattet hatte. Schließlich war er zu dem Schluss gekommen, dass von ihr keine Gefahr ausging. Sie wirkte matt, lag die meiste Zeit im Bett oder auf dem Sofa, bewegte sich kaum mal nach draußen. Gleichzeitig hatte er geglaubt, dass sie jedoch durchaus fähig sein würde, Andreas von seinem Hungerstreik abzubringen. Und als er dann beobachtete, dass sie sich im Häuschen der Großmutter eingenistet hatte, sah er seine Chance gekommen.

Eine Dummheit. Ein Fehler.

Doch die Einsicht kam zu spät. Andreas war weg. Georg war durch das Scheuerpulver, das in seine Augen geraten war, fast blind. Er war nicht in der Lage, seinem Jungen zu folgen.

Und er war nicht in der Lage, ihn zu halten, wie er jetzt begriff. Selbst die Meerschweine hatten Andreas nur vorübergehend beschäftigt. Georg war auf die Tiere gestoßen, als er dieser Polizistin einmal gefolgt war, um herauszufinden, was sie wusste. Problemlos war er in ihre Wohnung eingedrungen, kurz nachdem die Polizistin sie wieder verlassen hatte. Ein simpler Dietrich hatte gereicht, die Tür zu öffnen. Er hatte nichts gefunden, das ihm über den Ermittlungsstand Aufschluss gab. Aber er war auf die Nagetiere gestoßen, die ein Kind wie Andreas vielleicht mögen würde.

Georg kroch auf dem Boden herum, einige Minuten lang, eine Ewigkeit, so kam es ihm vor. Er konnte fast nichts sehen. Seine Augen brannten höllisch. Seine Nase schmerzte. Blut floss aus ihr, lief ihm in den Mund. War sie gebrochen? Er stemmte sich ein Stück hoch, spuckte das Blut wütend aus. Er besaß noch seine alte Kraft, aber sie nützte ihm nichts. Es sei denn, er würde dieses Mädchen umbringen. Tanja, die ihm alles versaut hatte. Aber wozu sollte das gut sein? Sie wusste nicht, was sie tat. Glaubte, sie würde Andreas schützen. Das konnte er ihr doch nicht verübeln, oder?

Jetzt lag sie stöhnend in der Ecke. Verschwommen nahm er ihre zusammengekrümmte Gestalt wahr. Er strengte sich an, genauer zu erkennen, was mit ihr los war. Ihr Blut mischte sich mit dem weißen Reinigungspulver. So schnell würde sie nicht wieder aufstehen. Geschah ihr recht.

Ein Spruch fiel ihm ein aus seiner Kindheit: *Strafe muss sein.*

Wer hatte das gesagt? Er konnte sich nicht mehr erinnern. Wahrscheinlich hatte er diesen Satz im Heim öfter gehört. Vielleicht sogar von Karl Zinkner, als der noch kein Direktor in Torgau, sondern ein Erzieher in einem normalen Jugendwerkhof gewesen war. Zinkner hatte sich Georgs Gesicht nicht gemerkt, obwohl er da manchmal hineingeschlagen hatte – mit der Faust oder dem Schlüsselbund. Sogar die Narbe auf Georgs Wange war eine Hinterlassenschaft von ihm. Trotzdem hatte Zinkner später den Erwachsenen, den *Kollegen Bruckner*, nicht in Verbindung mit dem dünnen unauffälligen Jungen von damals gebracht. Die Fähigkeit, sich unsichtbar zu machen, hatte sich Georg schon als Kind im Heim antrainiert.

Der Direktor Karl Zinkner hatte ihn meist übersehen. Die Nachtwache war für ihn nicht von Belang. Sie waren sich auch nicht besonders oft über den Weg gelaufen im Dienst. Jedenfalls hatte Zinkner ihn, den Wachmann, nicht weiter wahrgenommen. Selbst dann nicht, wenn der Direktor nachts durch die Gänge schlich. Wozu auch? Kollege Bruckner war nur ein Instrument in seinem Herrschaftssystem. Ungefähr so wichtig wie die Gitter vor den Fenstern oder die Riegel an den Türen. Einer, der dafür sorgte, dass die Jugendlichen nicht ausrissen, sich nicht verletzten, sich nicht umbrachten – oder sonstige Dummheiten begingen.

Ein Mittel zum Zweck. *Der Zweck heiligt die Mittel.* Noch so ein Spruch, der ihm in den Sinn kam. Ihn, Georg, hatte niemand geheiligt. Er war ein Strafversetzter. Nicht der Einzige, der im Jugendwerkhof Torgau arbeitete, und darum fiel es nicht weiter auf. Nach dem verweigerten Schuss auf den *Grenzverletzer*, als er bei der NVA gedient hatte, schoben sie ihn ab, sollte er sich bewähren. Er hätte auch in eine Haftanstalt als Schließer gehen können, nach Cottbus oder Bautzen, oder aber nach Bitterfeld, um dort im Chemiekombinat zu schuften. Natürlich hatte er sich nach dem Aufenthalt in der Klapsmühle für Torgau entschieden. Vorsichtshalber fälschte er Lebenslauf und Papiere und gab sich als Mitarbeiter der Nervenklinik aus. Wahrscheinlich hätten sie ihn aber auch so genommen. Ein Nachtwächter hatte schließlich nicht mehr zu tun, als nachts zu wachen. Und in dem Torgauer Spezialheim für die Spezialfälle befand er sich in der Höhle des Löwen, das war ihm klar gewesen. *Wenn man seinem Feind nah ist, hat man ihn besser unter Kontrolle.* Diesen Spruch hatte er sich selbst ausgedacht.

Dass sein eigener Sohn Andreas in dieser höllischen Anstalt landete, war ein Zufall und auch wieder nicht. Andreas galt als schwer erziehbar und außerdem als Brandstifter. Die Gründe für seine Aufmüpfigkeit interessierten niemanden. Einer wie er wurde weggesperrt in eine Einrichtung, in der er Tag und Nacht überwacht wurde. Torgau war der einzige geschlossene Jugendwerkhof und galt als Endstation. Manche Zufälle waren also doch nicht so zufällig, wie es im ersten Moment schien.

Und er, Georg Bruckner, hatte seinen Sohn nicht beschützt. Er war ein Rabenvater.

Und Andreas ein aus dem Nest gefallenes Rabenjunges.

Niemand würde ihm glauben, dass er Andreas nur schützen wollte. Nicht einmal Andreas selbst. Dabei war ein leer stehendes ehemaliges Gefängnis der perfekte Ort, um sich zu verstecken, sich zu verbarrikadieren. Eine Festung, die den Feind abhielt. Die den Mörder fernhielt von seinem nächsten Opfer.

68

Sobald er sich auch nur etwas bewegte, pulsierte der Schmerz unerträglich in seinem Kopf. Josef nahm noch eine Tablette, spülte sie mit kaltem Kaffee hinunter.

Die Kollegen im Versammlungsraum achteten ohnehin nicht auf ihn. Sie starrten Beate Vogt an, die gerade erzählte, wo ihrer Meinung nach Georg Bruckner stecken könnte. »Ich bin mir ziemlich sicher, dass er dort ist und die beiden Jugendlichen an diesem Ort gefangen hält.«

»Wie kommen Sie zu dieser Annahme?«, fragte Arno Berg. Er wirkte einigermaßen überrascht.

Josef konnte es ihm nicht verübeln. Zwar hieß es, dass ein Täter manchmal an den Tatort zurückkehren würde, allerdings bedeutete es nicht, dass er sich dort tagelang aufhielt und weitere Verbrechen beging. Wenn es denn wirklich so war, musste Bruckner ausgesprochen kaltblütig sein.

»Unser Verdächtiger kennt sich in dem Gebäude aus wie vermutlich kein anderer«, erklärte Beate. »Vielleicht ist es so eine Art zweites Zuhause für ihn geworden. Ein Zuhause mit vielen Räumen, in dem er ungestört ist.«

Arno Berg stützte sein Gesicht in die Hände, als wollte er kurz abtauchen, und holte tief Luft. Einen Moment herrschte Schweigen. »Na schön, gehen Sie nachsehen!«, sagte er schließlich und hieb die Fäuste auf den Tisch. »Kollege Almgruber, fühlen Sie sich schon leistungsfähig genug, Ihre Kollegin zu begleiten?« Er musterte ihn skeptisch.

»Mit mir ist alles in Ordnung«, antwortete Josef. Bis sie in Torgau waren, würden die Kopfschmerzen schon nachlassen. Ein bisschen Ablenkung half sicher auch.

»Wir brauchen noch jemanden, der sich in dem Haus auskennt«, sagte Beate Vogt. »Das Areal mit den Gebäuden ist unübersichtlich. Das Schließsystem ist nicht ganz unkompliziert. Es gibt im Gefängnistrakt drei Etagen mit zahlreichen Gruppen- und Einzelzellen, außerdem den Verwaltungstrakt und den Keller mit den Dunkelzellen, dem Fuchsbau sowie Nebengebäude.«

Arno Berg nickte. »Herr Lüder, schauen Sie in die Akten und kümmern Sie sich schnellstmöglich um den passenden Kandidaten. Wir sollten jetzt keine Zeit mehr verlieren.«

Viktor Lüder zog prompt einen Ordner aus dem Stapel, der vor ihm lag, schlug ihn etwa in der Mitte auf und blätterte kurz. »Alles klar, hab ihn schon.« Er sprang so abrupt auf, dass der Stuhl ein Stück nach hinten kippte. »Ich gehe ins Büro zum Telefonieren.«

Es war ein grauer kalter Tag mit dicken Regenwolken, die tief und bedrohlich aussehend über der Stadt Torgau hingen, sich aber nicht entladen wollten.

Josef stand mit Beate Vogt und Reinold Spieß, dem ehemals stellvertretenden Direktor, vor dem leer stehenden Gebäude des Geschlossenen Jugendwerkhofs. Auch wenn die meisten Gitter entfernt worden waren, wirkte das Haus wie ein Gefängnis aus längst vergangener Zeit. Josef sah zu den Fenstern hinauf und stieß unwillkürlich einen leisen Pfiff aus. »Das Zuchthaus steht hier schon ein paar Jahrzehnte, gell?«

Reinold Spieß warf ihm einen missmutigen Blick zu. Sie hatten drei Stunden gebraucht, um ihn ausfindig zu machen und ihn schließlich mit einem Wartburg, dem Einsatzfahrzeug der MUK, aus einer Torgauer Gaststätte, die sich in der Nähe seiner Wohnung befand, abgeholt. »Na, dass das kein Neubau ist, sieht man ja. Ursprünglich war das eine Militärarrestanstalt«, gab er Auskunft, als wäre er ein Fremdenführer. »1901 erbaut. Später, also nach dem ersten Weltkrieg, wurde es ein Gerichtsgefängnis. Zu Nazizeiten kam der Zellenbau dazu. Tja, die gute deutsche Wertarbeit nutzten dann auch die Sowjets nach 1945, genauer gesagt der NKWD, die Geheimpolizei. Bis das Haus dann 1952 ein Jugendgefängnis und ab Mai 1964 der geschlossene Jugendwerkhof wurde. Ich interessiere mich ein wenig für die Historie des Ortes, wissen Sie?«

»Eine finstere Geschichte«, sagte Josef.

Der Mann zuckte mit den Achseln. »Für die meisten Bürger der Stadt war der Werkhof ein normaler Arbeitgeber. Egal, wer gerade das Sagen hatte.«

»Und heute?«, fragte Josef. »Was wird jetzt aus dem Anwesen?«

»Woher soll ich das wissen?«, fragte Spieß ungehalten. »Das Gebäude wurde kürzlich der Treuhandanstalt übergeben. Ich bewahre zwar den Schlüsselbund für die auf, falls es Besichtigungswünsche gibt, erhalte aber keinerlei Informationen. Vielleicht verkaufen die es ja an einen reichen Wessi, und es wird ein Vier-Sterne-Hotel draus?« Er lachte gekünstelt.

»Vier Sterne wohl weniger«, meinte Josef. »Vielleicht ein Stundenhotel? Gibt ja bestimmt einen gewissen Nachholbedarf im Osten.«

»Stimmt.« Reinold Spieß grinste. Offenbar fand er den Themenwechsel amüsant. »Beate-Uhse-Kataloge fanden ja bereits reißenden Absatz, die gab es direkt nach dem Mauerfall für fünf Mark Ost das Stück, und die Intershops, die jetzt nicht mehr benötigt werden, wandeln sich nach und nach in Sex-Shops um. Hab ich gehört.« Der Mann zwinkerte ihm zu.

»Na, Sie sind ja bestens informiert.« Josef lachte.

»Der real existierende Kapitalismus präsentiert sich also zuallererst mit seinen Geschlechtsteilen aus Plastik, mit Pornos und Reizwäsche. Das macht die moralische Überlegenheit der BRD natürlich auf einen Schlag deutlich«, spottete Reinold Spieß.

Beate Vogt räusperte sich. »Können wir jetzt mal ins Gebäude gehen? Oder möchten die Herren noch weiter miteinander plaudern? Dann geben Sie mir den Schlüssel, und ich mache den Job allein.«

Josef warf ihr einen verwunderten Blick zu. War sie etwa beleidigt? Wieso nahm sie den Small Talk so ernst?

»Sie können sich ja nachher in einer Kneipe weiter über Ihre Erfahrungen mit Sex-Spielzeugen und Erotikheften austauschen«, sagte sie, als sie seinen Blick bemerkte. »Jetzt halten Sie beide bitte die Klappe, wenn wir reingehen, ja? Vergessen Sie nicht, dass wir im Einsatz sind, Kollege Almgruber.«

Er nickte ihr etwas betreten zu. Sah er etwa so aus, als würde er das Ganze nicht ernst nehmen? Als würde er *sie* nicht ernst nehmen?

Reinold Spieß holte mit einem leicht verächtlichen Seitenblick auf Beate Vogt einen überdimensional großen Schlüsselbund aus seiner Aktentasche und schloss die schwere Eingangstür auf.

69

Beate Vogt achtete darauf, dass sie Herrn Spieß möglichst nicht zu nahe kam. Er roch ziemlich penetrant nach Alkohol und Zigarettenrauch. Sie hatten ihn aus einer Stampe abgeholt, in der er offensichtlich ein paar Stunden verbracht hatte. Betrunken wirkte er allerdings nicht.

Durch das Verwaltungsgebäude waren sie schon gegangen, ohne etwas Besonderes festzustellen. In den meisten Räumen herrschte Chaos. Aufgerissene Schränke, herausgezogene Schubladen, Glas auf dem Boden, das von zerstörten Fensterscheiben stammte. Vermutlich war es nicht besonders schwer, von außen mit einer Leiter oder anderen Hilfsmitteln über die Mauer zu steigen und durch eines der demolierten Fenster ins Innere zu gelangen.

Beate fiel auf, dass noch einige der Akten über die eingewiesenen Jugendlichen auf den Tischen, in den Schränken und sogar auf dem Boden herumlagen, und fragte sich, warum die in den vergangenen Monaten immer noch nicht gesichert worden waren. Seit dem letzten Jahr schien sich nicht viel getan zu haben. Sogar Baugerüste standen noch am Gebäude. Manche Gitter, längst nicht alle, waren abgebaut worden und lagen wie schon vor einem Jahr im Hof herum, wie sie bei einem Blick aus dem Fenster feststellte. Der Stacheldraht, der sich noch um Rohre und Blitzableiter zog, schien allmählich schon zu rosten. Zwei aus dem Gefängnistrakt bereits entfernte Zellentüren, außerdem Sichtblenden, die verhindert hatten, dass die Jugendlichen aus dem Fenster sehen konnten, lehnten an der meterhohen Mauer. Hunderte leere Holzkisten lagen ungeordnet auf dem Boden herum. Von Zucht und Ordnung, die einst in dieser Anstalt geherrscht hatten, war nicht mehr viel zu erkennen.

Dennoch sah es aus, als wäre die Zeit hier stehen geblieben. Das ganze Areal wirkte wie ein vergessener Ort, der an Düsternis kaum zu übertreffen war.

In einem Arbeitsraum standen veraltete, plump wirkende Bohrmaschinen. Es roch noch nach Metall und – wie es Beate vorkam – nach dem Angstschweiß der Jugendlichen. Neben einer Maschine nahm sie etwas wahr, das wie ein großer schwarzer Schatten aussah. Lauerte da jemand den unwillkommenen Besuchern auf? Beate trat erschrocken einen Schritt rückwärts. Der Schatten bewegte sich nicht.

Sie zog ihre Taschenlampe hervor und schaltete sie ein. Die mysteriöse Gestalt entpuppte sich zum Glück nur als eine Leiter, die an der Wand lehnte und über die eine schmutzige Wattejacke hing.

Der Gefängnistrakt, den sie nun betraten, wirkte noch beklemmender. Sie liefen schweigend und so leise wie möglich durch die untere Etage. Dem Mann, der sie führte, Reinold Spieß, hatten sie nicht viel zu dem Einsatz gesagt. Nur dass sie auf der Suche nach einem Verdächtigen seien. Er sollte sie durch sämtliche Räume des Jugendwerkhofs lotsen, auch solche, die eventuell etwas versteckt lagen, möglichst lautlos die Türen und Gitter aufschließen, sich dann zurückziehen und ihnen das Feld überlassen.

Natürlich klirrte der Schlüssel trotzdem manchmal in die

Stille hinein. Beate blickte prüfend durch den Spion einer Zelle und zog dann vorsichtig die zwei Riegel vor der Gefängnistür zurück. Almgruber sicherte das Ganze mit gezogener Waffe, ehe sie den Raum öffneten und hineingingen. Spieß hielt sich, wie abgesprochen, ein paar Meter hinter ihnen.

Zwischendurch lauschten sie auf verdächtige Geräusche. Es blieb ruhig. Einmal hörten sie ein Rascheln, ein Tier lief vor ihnen davon. Eine Ratte.

Die Etagen und einzelnen Bereiche waren ebenfalls durch Gitter getrennt und zugeschlossen. Reinold Spieß suchte meist eine Weile nach dem richtigen Schlüssel an dem großen Metallbund. Ein Stockwerk höher befand sich der zweite Jungentrakt, dort lag auch die Zelle, in der der Mord geschehen war. Die Tür war immer noch versiegelt.

Beate wechselte einen fragenden Blick mit Josef Almgruber. Er zuckte nur mit den Schultern. Sie begnügte sich damit, einen Blick durch den Spion zu werfen.

Beate sah ihren Kollegen wieder an und schüttelte den Kopf. Der Raum war menschenleer. Ansonsten schien er unverändert. Nur die Leiche fehlte.

Die Gruppenzelle mit den Dreifachstockbetten, in die sie als Nächstes gingen, wirkte, als wäre sie gerade erst verlassen worden. Sogar die Decken lagen noch ordentlich zusammengelegt auf den Gestellen. In der Ecke stand ein Kübel mit einer angetrockneten weißen Substanz, die leicht nach Chlor roch.

Im Geiste sah sie einen Moment Andreas, der mit leerem Blick vor ihr stand. Blass und verloren, ein Kind, das niemand schützte.

Was für ein Elend, was für ein Grauen, wie viel Leid hatten hier geherrscht? Welche schrecklichen Dinge mussten sich im Lauf der Jahre und Jahrzehnte innerhalb dieser Mauern abgespielt haben?

Es kam ihr vor, als würde der Schmerz immer noch in diesen Zellen hocken.

Der Trakt im oberen Stockwerk, in dem die Mädchen eingesperrt worden waren, unterschied sich nicht von den Bereichen der Jungen. Beate bemerkte die Glasbausteine unter ihren Füßen. Die Jungen mussten gesehen haben, wenn die Mädchen über ihnen langgelaufen waren, wenn sie auf den Gang traten. Aus den Akten wusste sie, dass zahlreiche Insassen wegen verbotener Kontaktaufnahme zum anderen Geschlecht in die Einzelarrestzellen gesperrt wurden – wegen des sogenannten Kassiberns, also des Schmuggelns von streichholzschachtelgroßen Briefchen, oder in einigen Fällen sogar nur wegen Blickkontakt. Erstaunlicherweise hatte das Erzieherpersonal akribisch aufgeschrieben, wer von den Minderjährigen für was bestraft wurde. Die Strafen waren für kleine Delikte oft unverhältnismäßig hart gewesen. Sogar jeder noch so kleine Flirt war sanktioniert worden. Auch Tanja hatte wegen Kleinigkeiten ein paarmal im Arrest gesessen, wie Beate aus dem langen Gespräch mit ihr wusste.

In der Mädchenetage kontrollierten sie ebenfalls diese trostlosen Isolations- und Gruppenräume sowie die Sanitärbereiche. Der Raum mit den fünf Toiletten, von dem Tanja ihr erzählt hatte, löste einen Würgereiz bei Beate aus, als sie ihn betrat – nicht nur, weil es hier immer noch nach einer Mischung aus Urin, Fäkalien und Desinfektionsmitteln stank, als würde sich der Geruch hier konservieren. Die Becken standen nebeneinander, ohne Trennwände oder irgendeinen Sichtschutz. Tanja hatte ihr davon berichtet, dass die Toilettengänge zu festgelegten Zeiten auf Befehl zu erfolgen hatten und der Erzieher an der Tür stand und den Mädchen zusah – auch dann, wenn sie ihre Tage hatten und gezwungen waren, die drei Binden, die sie in dieser Zeit pro Tag erhielten, unter Bewachung zu wechseln. Kaum vorstellbar und absolut würdelos fand Beate diese Grenzüberschreitungen.

Warum taten Menschen anderen Menschen solche Ungeheuerlichkeiten an? Kein Tier würde ein anderes Tier derart demütigen.

Auf eine Spur von Georg Bruckner, Andreas und Tanja stießen sie jedoch auch im Bereich der Mädchen nicht. War ihre Vermutung, dass sie sich irgendwo in dem Areal aufhielten, falsch?

Doch es blieben noch die Zellen im Keller. Wobei die Lebensbedingungen dort naturgemäß noch schlechter waren. Soweit sie sich erinnern konnte, gab es keine Waschräume dort, keine Toilette; es war dunkel und kalt. Mit Schaudern dachte sie an den winzigen Fuchsbau, in den einzelne Jugendliche zur Strafe für ihr widerständiges Verhalten gesteckt worden waren und aus dem sie zusammen mit Georg Bruckner die Erzieherin Hildegard Hellermann befreit hatte. Die Vorstellung, wieder in den Keller zu müssen, löste Beklemmungen in ihr aus. Doch es half nichts. Sie mussten alle Räumlichkeiten nach den Vermissten durchsuchen.

»Hier ist nichts. Wir müssen runter«, sagte sie leise.

Almgruber nickte. Herr Spieß stand schweigend da, als wartete er auf einen Befehl.

Sie wurde nicht recht schlau aus ihm. Er tat, was sie ihm sagten, sein Gesicht blieb dabei die meiste Zeit ausdruckslos. Er ließ sich nicht in die Karten blicken, und Beate wusste nicht, ob er den Auftrag widerwillig erledigte oder froh war über die Abwechslung. Gäbe es den Jugendwerkhof noch, wäre er indessen der Direktor der Disziplinierungsanstalt, fiel ihr ein.

Reinold Spieß führte sie die drei Stockwerke wieder hinunter. Die Gitter zwischen den Etagen hatte er offen gelassen, sodass sie auf dem Rückweg etwas schneller vorankamen.

Das Kellerlicht, das im letzten Jahr noch geflackert hatte, war jetzt offenbar defekt. Niemand hatte sich darum gekümmert. Sie stapften im Schein ihrer Taschenlampen abwärts.

Beate dachte an ihre erste Begegnung mit Georg Bruckner, die genau an diesem Ort stattgefunden hatte. Ihr kam in den Sinn, dass er ihr zunächst unheimlich erschienen war – wie Urfin eben –, dass er sich jedoch, als es darum gegangen war, die Erzieherin aufzufinden, als recht hilfsbereit erwiesen hatte. Vielleicht war diese Beflissenheit ja nur Show gewesen, um sie zu täuschen?

Die Decke im Keller lag so dicht über ihnen, dass sie den Kopf einziehen mussten. Gerade als Beate daran dachte, Reinold Spieß den Schlüssel abzunehmen und ihn nach Hause zu schicken, denn in dem Kellergang konnte man sich nun wirklich nicht verlaufen, hörte sie ein leises Geräusch. Sie zupfte an Almgrubers Jackenärmel und deutete in die Richtung.

Einen Moment blieben sie stehen und lauschten.

Es klang wie ein Stöhnen. Oder ein Wimmern. Und es hörte sich nach einer weiblichen Stimme an. Beate fühlte eine Gänsehaut auf ihrem Rücken.

Beinahe gleichzeitig zogen sie und Josef ihre Waffen und verständigten sich mit Blicken. Beate gab ihrem zivilen Begleiter mit Handzeichen zu verstehen, dass er sich im Hintergrund halten solle. Als die Geräusche deutlicher wurden, winkte sie ihn energisch zurück die Treppe hinauf und bedeutete ihm, zum Ausgang zu gehen.

Spieß beachtete sie gar nicht. Er starrte in die Richtung, aus der die Töne kamen, und runzelte die Stirn, beugte sich angespannt ein Stück vor, als versuche er herauszufinden, zu wem die Stimme gehörte.

Josef Almgruber schlich sich an der Wand entlang weiter vorwärts, Beate folgte ihm.

Die letzte Tür des Zellentraktes stand offen. Ein schwacher

Lichtschein fiel auf den Gang. Wieder erklangen die Klagelaute, die auf Beate an diesem Ort besonders gespenstisch wirkten.

Auf Zehenspitzen lief sie bis ganz nach hinten. Almgruber betrat die Zelle zuerst. Als sie nach ihrem Kollegen in den Raum kam, sah sie zwei Personen am Boden liegen. Beide schienen verletzt. Aber sie stellte fest, dass sie atmeten. Sie lebten also. Beate erkannte Tanja Wolter, die vor sich hin wimmerte, und Georg Bruckner, der entweder ohnmächtig war oder einfach nur still dalag. Almgruber hielt die Waffe auf Bruckner gerichtet. Dabei stand er neben Tanja und versuchte offenbar herauszubekommen, was mit ihr los war.

Beate richtete ihre Waffe ebenfalls auf den Verdächtigen. Almgruber signalisierte ihr, dass sie sich um Tanja kümmern solle, rief per Funkgerät einen Krankenwagen und ging zu dem Liegenden.

Bruckner, der auf dem Bauch lag, rührte sich nicht, er schien vollkommen apathisch zu sein und gab auch keinen Ton von sich. Josef Almgruber fühlte seinen Puls, legte ihm Handschellen an und untersuchte ihn nach Waffen. »Herr Bruckner, können Sie mich hören? Sie sind hiermit vorläufig festgenommen.«

Der Mann antwortete nicht.

Beate deponierte ihre Pistole in Griffnähe und beugte sich tief über das Mädchen. Ihr Gesicht war schneeweiß. Wie es aussah, war Tanja am Kopf verletzt. Blut sickerte aus der Wunde. Auf dem Boden hatte sich eine kleine Lache gebildet. Es schien aber nur eine Platzwunde zu sein. »Keine Sorge, wir sind jetzt bei dir. Gleich kommt Hilfe«, sagte sie leise. »Der Krankenwagen ist unterwegs.«

Tanja stieß wieder dieses wimmernde Geräusch aus, aber diesmal sagte sie auch etwas, ein einziges Wort: »Andreas.«

Beate seufzte unwillkürlich. »Wir haben gedacht, er wäre hier.«

»Ist geflüchtet«, brachte Tanja hervor. Sie versuchte, sich aufzurichten, und automatisch half Beate ihr und stützte sie.

»Es wäre besser, wenn du liegen bleibst. Du bist am Kopf verletzt. Die Sanitäter vom Rettungsdienst sind gleich bei dir.« Schnell griff sie nach der Filzdecke, die auf der Pritsche lag, und schob sie unter Tanjas Oberkörper.

»Andreas!«, sagte Tanja wieder. Ihre Stimme klang jetzt lauter, beinahe panisch. »Ich muss zu ihm! Er ist in der Wohnung des Direktors, in diesem Neubauviertel. Bringen Sie mich hin?«

Beate murmelte ein paar beruhigende Worte. »Wir kümmern uns darum. Und wenn es dir besser geht, kannst du ...«

»Keine ... Zeit ... verlieren«, stammelte Tanja. »Ich muss ... gleich ... zu ihm! Er wartet auf mich.«

Tanja sank kraftlos zurück, als hätte sie sich überanstrengt. Ihr blasses Gesicht wirkte wächsern. Sogar ihre Lippen hatten auf einmal ihre Farbe verloren. Beinahe sah es aus, als würde sie gleich ohnmächtig werden. Vielleicht hatte sie doch mehr Blut verloren, als es auf den ersten Blick schien? Sie redete jetzt so leise vor sich hin, dass Beate sie nicht verstehen konnte. Sie verstand nur die Worte »Scheiße« und »schwindlig«.

»Bleib ruhig, Tanja. Versuch, wach zu bleiben. Wir helfen dir. Und wir helfen auch Andreas, versprochen.« Beate blickte auf und sah Reinold Spieß am Türrahmen lehnen. Er starrte Tanja an. »Sie können gehen. Lassen Sie den Schlüssel hier!«, sagte sie schroff zu ihm.

Wie ein gelehriger Schüler kam er zu ihr und legte den Schlüsselbund neben sie ab. »Bitte schön«, sagte er.

Beate achtete nicht weiter auf ihn. Sie bekam nur am Rande

mit, dass er die Zelle verließ. Sie sprach weiter mit Tanja und hoffte, dass sie nicht das Bewusstsein verlor.

Nach einer Weile fiel ihr auf, dass ihr der Geruch in dem Kerker bekannt vorkam. Das konnte doch nicht sein, oder? Es roch eindeutig nach ...

Sie ließ ihre Blicke durch den halb dunklen Raum schweifen. In den Ecken standen kleine, scheinbar selbst gebastelte Häuschen. Auch etwas Heu und Stroh lag herum. Sie beugte sich so weit hinunter, dass sie mit dem Gesicht fast den kalten dreckigen nach Urin stinkenden Boden berührte, und nahm dunkle Knopfaugen wahr, die sie zu beobachten schienen.

»Das gibt's doch wohl nicht. Gucken Sie sich das mal an!« Völlig verwirrt blickte sie zu Almgruber hinüber, aber der war mit Georg Bruckner beschäftigt.

Beate suchte die Tierhütten mit den Augen ab. Erkannte Krallen, Fell und Schnäuzchen. Sie waren hier. Alle vier. Und sie lebten! Beate grinste ungläubig. Dann versuchte sie, sich zusammenzureißen und sich wieder auf ihre Arbeit zu konzentrieren. Sie sah zu Almgruber hinüber, der sich gerade abmühte, den Verhafteten zum Aufstehen zu bewegen.

»Was fehlt ihm?«, fragte sie.

»Keine Ahnung. Er redet nicht. Seine Nase ist vielleicht gebrochen. Jedenfalls blutet sie ziemlich. Und er hat irgendwas mit den Augen, wie es aussieht.«

Beate sah es jetzt auch: Die Augäpfel waren blutunterlaufen. Immer wieder kniff Bruckner die Lider zusammen. Offenbar konnte er nichts sehen.

70

Andreas trat in die Pedale. Er kam mit dem Fahrrad, das er sich am Markt vor der Fleischerei ausgeliehen hatte, nicht besonders gut zurecht. Es hatte eine Acht im Vorderreifen und entsprach nicht seiner Größe. Ein ziemliches Schrottrad, das vermutlich einer älteren korpulenten Dame gehörte, die es zum Einkaufen für ihren Hackepeter, ihre Koteletts und ihre Bratwürste nutzte. Aber es war das einzige nicht angeschlossene, das er auf die Schnelle hatte finden können. Er würde es zurückbringen, nahm er sich vor. Schon bald, spätestens morgen.

Nach der Zeit in der Dunkelheit der Zelle konnte er nicht besonders gut sehen. Alles schien verschwommen. Die Lichter schmerzten ihn. Die Scheinwerfer entgegenkommender Autos waren ihm noch nie so hell vorgekommen. Vielleicht lag das auch an seinem Hungerstreik. Der Kreislauf machte ihm zu schaffen. Einige Dinge bemerkte er erst, wenn sie direkt vor ihm auftauchten. Eine Laterne war ihm im Weg, dann, als er ihr auswich, eine Mülltonne. Er konnte sie gerade noch so umkurven. Irgendwie kam es ihm vor, als wäre er betrunken. Es fiel ihm schwer, sich zu orientieren. Wo war er? In welcher Straße?

Er fühlte sich erschöpft. Erschöpft von seiner Gefangenschaft, erschöpft von Tanjas Befreiungsaktion, erschöpft vom Suchen nach dem richtigen Weg. Am liebsten würde er sich fallen lassen, einfach auf den Bürgersteig legen und schlafen. Aber das kam nicht infrage. Er musste in diese Wohnung, die vielleicht immer noch auf diese merkwürdig süßliche Art nach dem Direktor stank, und dort auf Tanja warten.

Es schien ihm zu heikel, anzuhalten und jemanden nach dem Weg zu fragen, also fuhr er immer weiter. Vorbei an parkenden Autos, an Laternenpfählen und verbeulten Mülltonnen. An diesen langweiligen Häusern samt all ihren langweiligen, mehr oder weniger weißen Gardinen, dem Kitsch auf manchen Fensterbrettern und ein paar Blumenkästen, in denen zurzeit wenig wuchs. Zum Glück war Torgau keine besonders große Stadt, und er war sich einigermaßen sicher, dass er in die richtige Richtung fuhr.

Nicht schlappmachen, Andreas, hörte er Tanja sagen, als säße sie hinter ihm auf dem Gepäckträger. Er freute sich beinahe über die Halluzination, aber er antwortete ihr nicht, sondern trat weiter in die Pedale, beinahe verbissen, so wie er in der Zelle verbissen seine Sportübungen gemacht hatte, Liegestütze, Hockstrecksprünge, Kniebeugen, und bog schließlich in das Viertel ein. Jetzt wusste er, wo er sich befand. Hielt an, lehnte das Rad einfach an eine Häuserwand, denn der Drahtesel besaß nicht einmal einen Ständer.

Ihm war immer noch etwas schwindlig. Er strauchelte vorwärts, den Bürgersteig entlang, fühlte sich wacklig auf den Beinen. Die Eingänge des Neubaublocks sahen alle gleich aus, aber er hatte sich die Nummer gemerkt.

Als er in dem Haus war, konnte er nicht widerstehen, sich einen Moment auf die Treppe zu setzen. Luft zu holen gegen den Schwindel. Dann kämpfte er sich weiter die Stufen hinauf, hielt sich am Geländer fest und war froh, dass Tanja ihn nicht so sah. So schwach. So … unglaublich … *erbärmlich*. Sie glaubte, dass er stark genug war für diese Flucht, sonst hätte sie ihn nicht losgeschickt. Aber vielleicht irrte sie sich ja?

Seine Füße kamen ihm schwer vor, seine Schritte hallten zu laut. Einmal stolperte er über eine Stufe. Er hoffte, dass niemand seinen holprigen Gang hörte. Einen Moment lauschte er, ob sich irgendwo eine Tür öffnete. Aus einer Wohnung tönten die Geräusche eines Fernsehers, aus einer anderen drang Hundegebell.

Er hatte Glück: Der Schlüssel passte noch.

Andreas schob sich leise in den Flur, drückte die Tür hinter sich zu. Er schlich sich durch die Wohnung, von Raum zu Raum. Die Bude war tatsächlich noch unbewohnt. Tanja hatte also recht gehabt. Alles sah unverändert aus. Jetzt musste er nichts weiter tun. Nichts weiter, als auf sie zu warten.

Er ließ sich auf das Sofa im Wohnzimmer fallen. Schaltete den Fernseher an, um sich ein wenig abzulenken. Das Bild war unscharf, verschwommen, aber wenigstens funktionierte der Apparat noch.

Das Geräusch der Klingel riss ihn aus dem Halbschlaf, riss ihn von der Couch. Kam Tanja schon? Wie lange hatte er in dem Dämmerzustand vor der Glotze verbracht? Vorsichtshalber warf er einen kurzen Blick aus dem Fenster. Ein Taxi fuhr davon. Woher hatte sie denn das Geld für ein Taxi?

Andreas hörte jetzt ein leises Klopfen und taumelte zur Tür. Einen Moment zögerte er, sie zu öffnen. Aber es konnte doch nur Tanja sein. Niemand sonst wusste, dass er hier war.

Andreas zwang sich zu einem Lächeln, als er die Klinke herunterdrückte.

Aber es war nicht Tanja.

Es war ...

Sofort versuchte Andreas, die Tür wieder zuzuschieben.

Zu spät.

71

Josef stand vor dem betongrauen Gebäude des ehemaligen Jugendwerkhofs und wartete auf die Verstärkung aus Leipzig. Bruckner wurde in dem zweiten der eingetroffenen Rettungswagen, der am Straßenrand parkte, notversorgt. Tanja war bereits auf dem Weg ins Krankenhaus, und seine Kollegin Beate Vogt hatte sich mit dem Dienstfahrzeug auf den Weg in die Straße des Friedens begeben – in der Hoffnung, Andreas in der Wohnung des ehemaligen Direktors anzutreffen.

Obwohl Josef seit zehn Jahren keine Zigarette mehr angerührt hatte, war ihm jetzt nach einem Glimmstängel zumute. Aus dem Westen oder Osten, *Camel* oder *Club* – völlig egal. Wie konnte man Jugendliche, zum Teil halbe Kinder, in so ein Horrorhaus sperren? Er wollte es sich nicht vorstellen, aber unwillkürlich hatte er dieses Bild vor Augen: sein Sohn Florian in so einer Zelle. Die aufkommende Übelkeit verdrängte sogar seine Kopfschmerzen.

Der Verdächtige Georg Bruckner sollte nach der Behandlung durch die Notfallsanitäter eigentlich abgeholt und in das Krankenhaus der JVA Leipzig gebracht werden. Aber bisher war die angeforderte Verstärkung nicht aufgetaucht. Wie lange es noch dauerte, bis diese eintraf, konnte man ihm auf dem Revier nicht sagen. Personalmangel, verstärkt durch einen hohen Krankenstand, sei die Ursache, hieß es lapidar. Außerdem hielt ein am Vormittag verübter bewaffneter Banküberfall auf die Kreissparkasse Delitzsch die Kriminalpolizei derzeit auf Trab.

Josef fragte sich, wann Georg Bruckner vernehmungsfähig sein würde. Auf seine Fragen hatte er jedenfalls bisher überhaupt nicht reagiert. Fakt schien zu sein, dass er Andreas und später Tanja entführt und in einer Zelle im Keller des Gebäudes festgehalten hatte. Und wie es nach den Indizien aussah, war er auch der Mörder des Direktors. Jedenfalls sprach so einiges dafür: Er war zur fraglichen Zeit am Tatort gewesen, kannte den Direktor aus seinem früheren Leben und hatte alte Rechnungen mit ihm offen gehabt. Sein Sohn Andreas hatte sich zudem in der Gewalt ausgerechnet jenes Mannes befunden, durch den schon Georg Bruckner in seiner Jugend Leid erfahren hatte. Welcher Vater würde da nicht ausrasten?

Der Fall schien gelöst. Erleichterung wollte bei Josef trotzdem nicht aufkommen.

Wenn die Kollegen ausblieben, musste er eben selbst Bruckner als begleitender Bewacher des Krankentransports ins nächstgelegene Krankenhaus bringen. Vielleicht konnte er ihm unterwegs ja doch ein paar Antworten auf seine Fragen entlocken.

In Gedanken rauchte er die Zigarette noch zu Ende, warf die Kippe weg und trat sie aus. Imaginäre Zigaretten zu rauchen war auf jeden Fall gesünder.

Georg Bruckner blinzelte ihm von seiner Trage aus entgegen, als Josef in den Rettungswagen stieg. Seine Nase war stark geschwollen, seine Augen sahen extrem gerötet aus. Kaum zu glauben, dass ein Mädchen den Mann so verunstaltet hatte. Allerdings ja nicht gerade irgendein Mädchen ... Die Verzweiflung, die Tanja dazu getrieben hatte, mochte er sich kaum vorstellen.

Josef überprüfte kurz die Handschellen. Sie saßen noch so, wie sie sitzen sollten.

»Sie werden jetzt erst einmal in die Torgauer Klinik gebracht«, erklärte er. »Von dort überstellt man Sie in das Krankenhaus der JVA Leipzig. Sie werden des Mordes und der Entführung verdächtigt.«

»Was den Mord an dem Direktor betrifft, habt ihr den Falschen«, sagte Bruckner auf einmal rau. »Du solltest dich schleunigst auf den Weg machen, um Andreas zu finden. Der Junge befindet sich in Gefahr!« Die Worte klangen wie ein einziges Zischen. Spuckebläschen traten über seine Lippen.

Josef wich unwillkürlich etwas zurück. »Machen Sie sich keine Sorgen. Meine Kollegin ist schon auf dem Weg zu ihm.« So sicher, wie er tat, war Josef nicht. Andererseits konnte er sich wohl kaum auf das Gerede des Hauptverdächtigen einlassen.

»Dann ist sie auch in Gefahr«, sagte Bruckner leise.

Josef schwieg, aber die Unruhe in ihm wurde stärker. Er hatte jetzt zwei Möglichkeiten: dem Mann zu glauben oder ihm nicht zu glauben. Womöglich ging es jetzt um das Leben seiner Kollegin. Um Beate.

72

Andreas ging durch den Flur der Wohnung langsam rückwärts, wich wortlos vor dem Eindringling zurück.

Er wusste, dass er gegen ihn kaum eine Chance hatte. Und der Mann schien es auch zu wissen. Er lächelte böse, kalt. In aller Seelenruhe wandte er sich zur Wohnungstür um und zog sie zu.

»Wo ist der Schlüssel? Gib mir den Schlüssel, Andreas«, sagte er beinahe sanft. Er schien sich unheimlich sicher zu fühlen, bei dem, was er tat.

Vielleicht war das eine Chance? Wenn auch eine winzig kleine?

»Moment. Ich hole ihn«, sagte Andreas ruhig. Er hielt den Kopf gesenkt, den Blick auf den Boden gerichtet.

Statt ins Wohnzimmer ging er ins Bad, schloss sich ein. Stand einen Moment still gegen die kalte Kachelwand gelehnt da. Schluckte. Verdammte Scheiße, was passierte hier?

Der Mann im Flur kam ihm beinahe sofort hinterher, wummerte gegen die Tür. »Mach keinen Unsinn, Junge. Ich bin gekommen, um dich in Sicherheit zu bringen. Frau Vogt schickt mich. Die Polizistin. Die kennst du doch?«

Andreas glaubte ihm kein Wort. Er hatte ihn gesehen. In jener Nacht. Als der Direktor tot am Baugerüst hing, an dem Rohr in der Zelle. Jetzt war er sich sicher. Er hatte den Täter erkannt. Jetzt erkannte er ihn wieder.

»Komm schon! Öffne die Tür! Ich will doch nur dein Bestes, Junge!«

Andreas schwieg. Was sollte er tun? Gab es eine Fluchtmöglichkeit? Das Fenster war sehr klein. Aber wenn er sich ein bisschen Mühe gab, konnte er sich vielleicht hindurchquetschen. Allerdings lag die Wohnung im obersten Stockwerk. Nach unten zu springen, wäre Selbstmord. Und den Gefallen wollte er ihm nicht tun. Dem Mörder.

Andreas versuchte, sich darüber klar zu werden, in welcher Situation er steckte. Er wurde angegriffen. Aufgeben kam nicht infrage. Er musste sich wehren. Ihm blieb keine andere Wahl. Mit einem Schlag fühlte er sich hellwach. Der Dämmerzustand, in dem er sich befunden hatte, war wie weggeblasen. Er begann, sich nach einer Waffe umzusehen. So einfach würde er es dem Mörder nicht machen. Andreas könnte das Fenster zerschlagen oder den Spiegelschrank. Aber womit? Und reichte eine Scherbe zur Verteidigung aus?

Einen Moment sah er sich im Spiegel, als würde er ein Bild an der Wand betrachten. Struppiges, verfilztes Haar, eingefallene Wangen, Augenringe und ein Ausdruck im Gesicht, der ihm sagte, dass er zu allem entschlossen war. Die Stärke kehrte in ihn zurück. Tanja hatte sich nicht geirrt. Er würde kämpfen.

»Andreas? Sei vernünftig. Ich will dir nichts tun. Mach die Tür auf. Dann können wir über alles reden.«

Natürlich antwortete er nicht. Der Mann schien ihn für dumm zu halten, für einen Feigling.

Das ist gut, dachte er. Das musste er sich zunutze machen.

Seine Finger zitterten nicht, als er den Spiegelschrank öffnete. Der süßliche Geruch stieg ihm in die Nase, den er sonst so abscheulich fand. Aber diesmal freute er sich darüber.

Er fand Spraydosen. Ein Deo-Spray für Männer. Ein Flo-

rena-Haarfestiger. Und sogar ein Mückenspray. Alles brennbar. Kurz schüttelte er die Behälter, um ein Gefühl dafür zu bekommen, wie viel sich jeweils in ihnen befand. Nur in dem Deo war noch genug Inhalt, wie ihm schien.

Ausprobieren wollte er es lieber nicht. Er durfte sich nicht verraten. Und musste das Zeug sparen für die Gegenwehr. Das Feuerzeug steckte wie ein Talisman in seiner Hosentasche. Er holte es hervor. Ließ die Flamme einmal kurz springen. Funktioniert also, dachte er, ruhig bleiben. Der Mann hatte aufgehört zu klopfen. Einen Augenblick lang war es still. Andreas lauschte. Er hörte nur ein paar Straßengeräusche.

War der Mörder gegangen?

Unsinn.

Der Eindringling begann, gegen die Tür zu treten. Mit Wucht, systematisch, rhythmisch. Andreas stellte sich in Position. Das Feuerzeug im Anschlag. Die Spraydose im Anschlag. Die Show konnte beginnen. Die Flammenwerfer-Show.

Fast kam es ihm wie ein Spiel vor. Nur fragte er sich, worum es eigentlich ging und was es zu gewinnen gab. Die Freiheit? Wirklich? So langsam glaubte er nicht mehr daran. Irgendwie geriet er nur von einem Schlamassel in den nächsten. Beinahe sehnte er sich in den Keller zurück, zu Herrn Jemand, der ihm wenigstens nicht nach dem Leben trachtete, zu Tanja, die ihren Arm um ihn legte und ihn zu trösten versuchte.

Der Rahmen der Tür gab mit einem lauten Knacken nach. Andreas sah den Fuß, einen schwarzen schweren Stiefel. Der Mann trat noch einmal zu. Und in dem Spalt erschien das wutverzerrte Gesicht, die irren Augen.

Andreas wich nicht zurück, im Gegenteil. Er knipste das Feuerzeug an und trat näher, trat so nah wie möglich an seinen Gegner heran. »Erkennen Sie es?«, fragte er leise. »Erkennen Sie dieses Feuerzeug?«

Andreas drückte auf den Knopf der Sprühdose. Ein atemberaubend süßer Geruch umhüllte ihn. Er achtete nicht darauf. Er musste das Spray zum Brennen bringen. Die Flamme war plötzlich da, wuchs, schoss auf seinen Feind zu. Der Mann schrie laut und gellend auf. Vor Wut? Oder war er getroffen worden?

Andreas hörte ein plumpsendes Geräusch. War er auf den Boden gefallen? Doch einen Herzschlag lang später knallte die halb zerborstene Tür gegen die Wand des Badezimmers. Jetzt erst bemerkte Andreas, dass der Angreifer etwas in der Hand hielt. Mechanisch wich er ein Stück zurück. Aber was sollte das nützen?

Der Mann richtete eine Pistole auf ihn. »Schluss mit den Mätzchen! Lass das Spray fallen!«

Seine Augenbrauen waren versengt, seine Wangen sahen knallrot aus. Auch seine Stirn hatte etwas abbekommen, und die komischen Fusseln auf seinem Schädel waren angekokelt. Der süße Geruch aus der Spraydose mischte sich mit dem Gestank der verkohlten Haare.

Andreas musste lachen. Er lachte über die Mimik. Er lachte über die verbrannte Frisur. Er lachte, als er hörte, dass es klingelte. Kam jetzt doch noch Tanja? Kein passender Zeitpunkt. Er lachte, als er den brennenden Strahl aus der Dose auf den Badteppich richtete. Die Kunstfasern fingen sofort Feuer. Und wie es brannte! Andreas lachte. Verbeugte sich vor den züngelnden Flammen, als wären sie sein Publikum. Böse Flammen, die sich lustig durch alles fraßen, was sie zu fassen bekamen.

Andreas sprühte noch etwas von dem schrecklich süßen Direktorenduft in die Luft. In aller Seelenruhe legte er die Dose in den Kreis des Feuers, holte die beiden anderen, den Haarfestiger und das Zeug gegen die Mücken, aus dem Spiegelschrank und stellte sie dazu.

Der Mann sah ihn irritiert an.

Dann hob er langsam die Waffe.

73

Beate stellte den Wartburg in einer Seitenstraße ab und warf noch einen prüfenden Blick auf die Rückbank. Die Meerschweine hockten alle vier wie erstarrt in der Holzkiste, die sie mit Stroh und Heu ausgelegt hatte. Die Gurkenstückchen und Salatblätter rührten sie nicht an. Das schnelle, ungeduldige Einfangen, der ungewohnte Transport und die Hektik, die um sie herum geherrscht hatte, schien den sensiblen Geschöpfen den Appetit zu verderben.

»Alles in Ordnung? Ich bin gleich wieder da«, erklärte sie ihnen und verdrängte den Anflug von schlechtem Gewissen. Sie hatte keine Ahnung, ob die Tiere an ihrer Tonlage erkannten, dass sie keine Angst haben brauchten, aber sie hoffte es. Warum hatte Georg Bruckner sich die Mühe gemacht, die Nagetiere aus ihrer Wohnung zu entführen? Damit sein Sohn etwas zum Spielen besaß? Oder weil dieser Urfin-Wächter einfach einen Knall hatte und nicht ganz zurechnungsfähig war? Sicher würden das die bevorstehenden Verhöre noch ergeben, aber vielleicht konnte sie Andreas ja auch gleich selbst fragen.

Allerdings zweifelte sie daran, dass der Junge sich tatsächlich in der Wohnung des Direktors aufhalten würde. Es musste alles andere als ein angenehmer Ort für ihn sein. Vielleicht war er ja doch auf dem Weg nach Hause? Oder trampte zur Großmutter, der einzigen Verwandten, die ihn zu vermissen schien?

Beate würde schnell nachsehen und, falls sie ihn nicht antreffen sollte, erst mal die vier Meerschweinchen in ihre Wohnung bringen. Wie es aussah, waren sie so weit okay, aber eine gründliche Inaugenscheinnahme stand noch aus. Außerdem mussten die Krallen dringend geschnitten werden.

Vorsichtshalber klingelte Beate, als sie unten vor der Haustür stand. Zum einen konnte sie nicht ausschließen, dass neue Mieter eingezogen waren, auch wenn kein Name auf dem Schild stand, zum anderen wollte sie Andreas vorwarnen und ihren Besuch lieber ankündigen, sollte er sich da oben aufhalten.

Nichts rührte sich. Es schien niemand da zu sein. Beate wartete noch ein paar Sekunden ab. Kurz dachte sie daran, einfach zurück zum Auto zu gehen. Der Tag war anstrengend genug gewesen. Schließlich musste sie auch mal Feierabend machen, sich um ihre Tiere und dann um sich selbst kümmern. Doch natürlich gab sie der Erschöpfung, die sie in diesem Moment spürte, nicht nach. Sie musste den Dingen auf den Grund gehen. Das war schließlich ihr Job, und das war sie Andreas und Tanja schuldig.

Als eine alte Frau mit roter Baskenmütze, grauem Mantel und Aldi-Tüte aus dem Haus kam, hielt Beate ihr freundlich grüßend die Tür auf, nutzte die Gelegenheit und schlüpfte hinein. Die Frau bedankte sich nicht, musterte sie stattdessen misstrauisch, sagte aber nichts.

Als Beate die Stufen hinaufstieg, nahm sie nach einer Weile einen merkwürdigen Geruch wahr. Es stank angesengt, als hätte jemand etwas anbrennen lassen. Einen Braten? Einen Kuchen? Aber nach etwas Essbarem roch es nicht.

Sie fühlte Unruhe in sich aufsteigen. Als sie vor der Tür stand, wurde der Geruch stärker, und sie tastete nach ihrer Waffe. Doch ... da war nichts! Was zum Teufel? Das Halfter war leer! Wo verdammt noch mal ... »Scheiße!«, flüsterte sie. »Das darf ja wohl nicht wahr sein!«

Etwas stimmte hier nicht, stimmte ganz und gar nicht. Sie versuchte sich in Erinnerung zu rufen, wann sie ihre Waffe das letzte Mal gesehen hatte. In dieser Zelle im Keller ... Sie hatte auf ihn gezielt. Auf Georg Bruckner. Und dann?

Was spielte das für eine Rolle? Ihre Dienstwaffe, eine Makarow, war nicht mehr da. Entweder hatte sie sie aus Schussligkeit dort in diesem Verlies gelassen oder verloren, oder sie war ihr geklaut worden. Von wem? Der Schreck brannte wie Säure in ihr, doch Zeit, darüber nachzudenken, blieb ihr nicht.

Niemand öffnete die Tür, aber sie zweifelte nicht daran, dass der Gestank nach Rauch aus der Wohnung kam. Sie musste schleunigst hinein und nachsehen, was da los war. Ohne große Hoffnung schaute sie unter der Fußmatte nach – und konnte es kaum fassen: Da lag tatsächlich immer noch der Schlüssel.

Einen Moment zögerte sie, ihn ins Schloss zu stecken. Sollte sie nicht noch schnell versuchen, Almgruber zu erreichen? Aber sie nahm plötzlich Geräusche wahr. Etwas donnerte auf den Boden, gleichzeitig spürte sie ein leichtes Vibrieren unter ihren Füßen. Sie hörte Stimmen, konnte aber kein Wort verstehen. Es klang nach einem Streit, nach einem erstickten Schrei. Nach einem Kampf?

So leise sie konnte, schloss sie die Tür auf, überlegte einen Moment, dann zog sie den Schlüssel ab und schob ihn wieder unter die Matte. Sie lugte durch den Schlitz in den Flur hinein. Es war nichts zu erkennen. Ein dicker Faden Qualm waberte über den Läufer. Wo kam der her?

Es war sicher unklug, unbewaffnet und allein in eine Wohnung zu gehen, in der was auch immer gerade eskalierte. Und es verstieß außerdem gegen die Dienstvorschriften. Aber blieb ihr eine Wahl?

Die dumpfen Geräusche waren auf einmal verstummt. Sie schlich weiter durch den Flur bis zur Tür des Wohnzimmers. Als sie über einen Schuh stolperte, der im Weg lag, blieb sie erschrocken stehen. Doch es war schon zu spät. Jäh wurde die Tür aufgerissen, und sie blickte in den Lauf einer Waffe – *ihrer* Waffe!

Als sie den Mann, der die Pistole auf sie richtete, erkannte, glaubte sie erst an einen Irrtum.

»Ich bin's nur«, sagte sie und kam sich im nächsten Moment dämlich vor.

»Das sehe ich. Immer hereinspaziert in die gute Stube, junge Dame!«

Verwirrt folgte Beate der Anweisung. Sie fühlte sich, als würde sie schnurstracks in ihren eigenen Albtraum hineinlaufen. »Wie ... wie kommt es ...?«, stammelte sie. »Sie waren doch eben noch ...«

»Tja, so schnell sieht man sich wieder.« Seine Worte sollten wohl locker wirken, aber er klang aufs Äußerste angespannt.

»Was ... Was machen Sie denn hier?«, fragte sie perplex.

Als sie in das Zimmer trat, erblickte sie Andreas: Er kniete, halb hinter einem wuchtigen Sessel verborgen, auf dem Boden, die Hände hinter dem Kopf verschränkt. Sein rechtes Auge war zugeschwollen. Er war mit einem Tuch geknebelt und atmete heftig durch die Nase.

»Das Gleiche wollte ich Sie gerade fragen.« Der Mann vor ihr stieß ein kaltes Lachen aus. »Dass wir uns so schnell wiedersehen! Wer hätte das gedacht? Jetzt gesellen Sie sich doch erst mal zu unserem kleinen Feuerteufel. Wegen ihm sind Sie doch gekommen, oder?«

»Wieso tun Sie das?«

»Machen Sie einfach, was ich sage!«, entgegnete er scharf, in völlig verändertem Tonfall. »Sie haben die Kontrolle verloren, merken Sie das nicht?«, schrie er sie plötzlich an. »Erst Ihre Waffe und dann die Kontrolle! Auf die Knie! Und nehmen Sie Ihre Handschellen und ketten Sie sich mit dem Bengel zusammen!«

»Ich habe die Makarow nicht verloren. Sie haben Sie gestohlen!«, brachte Beate wütend hervor. Erst jetzt begriff sie, dass Reinold Spieß offensichtlich nicht nur der Dieb ihrer Pistole war. Dass sie höchstwahrscheinlich mit Georg Bruckner den Falschen erwischt hatten. Ihr wurde übel. Panik kroch in ihre Adern.

»Sie haben die Waffe auf den Boden gelegt, und ich habe die günstige Gelegenheit genutzt, sie an mich zu nehmen, das stimmt«, gab er zynisch grinsend zu. »Es war Ihr Fehler!«

»Herr Spieß, warum ...?«

»Klappe halten! Tun Sie, was ich sage!«, brüllte er und hielt den Pistolenlauf an Andreas' Schläfe. »Muss ich noch deutlicher werden?«

Beate schüttelte stumm den Kopf und ließ sich auf die Knie fallen. Nervös fummelte sie an der Halterung an ihrem Gürtel herum. Vorsichtig griff sie nach Andreas' dünnem Handgelenk und sagte leise: »Es tut mir leid.« Die Schelle klickte zu, aber sie achtete darauf, dass sie nicht zu eng saß. Mit ein wenig Geschick würde er sich befreien können. Sie unterließ es jedoch, den Jungen mit einem Blick oder einem anderen Signal darauf hinzuweisen. Mit dem zweiten Metallring kettete sie sich an ihn.

»Den Schlüssel für die Acht!«, forderte Spieß.

Sie gab ihm, was er verlangte, hielt ihm den Handschellenschlüssel hin. »Was haben Sie vor?«, fragte sie ihn.

»Ich wüsste nicht, dass Sie das etwas angeht«, antwortete er. »Aber ich verrate es Ihnen trotzdem. Eigentlich hat mich unser Brandstifter hier auf die Idee gebracht: Es wird in diesem Zimmer gleich ein hübsches Feuer ausbrechen, und während ich aus dem Haus spaziere, werden Sie beide … nun ja, gegrillt, könnte man sagen. Keine Sorge, ich weiß, wie man jemanden mit einem einzigen gezielten Schlag betäubt. Sie werden nicht viel spüren.« Er lachte rau.

»An Ihrer Stelle würde ich mir das überlegen«, sagte Beate. »Hier wohnen Leute. Irgendwer hat Sie bestimmt gesehen.« Ihr Herz schlug einen wilden Takt, aber sie versuchte, sich nichts anmerken zu lassen.

Reinold Spieß winkte ab und deutete auf Andreas. »Der Bengel ist als Brandstifter ja schon auffällig geworden und hat gerade im Bad eifrig gekokelt. Ein paar Spuren von dem Jungen finden sich bestimmt.« Der Mann starrte sie eiskalt an. »Und tja, wenn man euch zwei so entdeckt … wird man denken, dass Sie den geflüchteten Jugendlichen wohl gerade festnehmen wollten und dabei leider, leider … Na, das brauche ich ja nicht weiter ausführen.« Er zog eine übertrieben traurige Grimasse wie ein schlechter Schauspieler im Theater.

Beate kämpfte gegen das Entsetzen an, das sich in ihr ausbreitete. Sie musste mit dem Kerl reden, sie musste ihn in ein Gespräch verwickeln, irgendwie Zeit schinden.

»Sie haben Ihren Kollegen, den Direktor Karl Zinkner, umgebracht«, stellte sie fest. »Warum?«

Der Mann seufzte tief. »Verstehe, Sie möchten noch ein wenig plaudern. Na gut, gönnen wir uns fünf Minuten.« Mit überheblicher Geste ließ er sich in den Sessel fallen und blickte verächtlich auf seine Gefangenen herab. »Der Genosse Zinkner wusste, dass ich wegen Misshandlung von minderjährigen Häftlingen im Jugendhaus Dessau in die Disziplinaranstalt nach Torgau strafversetzt worden war. Hinter meinem Rücken hat er brisante Details über den Tod eines siebzehnjährigen Strafgefangenen herausgefunden. Er hat einfach nicht damit aufgehört, in dieser Angelegenheit, die ihn gar nichts anging, herumzuschnüffeln. Dabei war das damals ein Unfall, ich schwöre es.« Er hob die Hand und kreuzte breit grinsend Zeige- und Mittelfinger. »Allein dafür hätte mich der Herr Direktor hinter Schloss und Riegel bringen können. Was wohl auch seine Absicht war. Um den toten Jugendlichen ging es ihm mit Sicherheit nicht. Todesfälle von Minderjährigen gab es ja schließlich auch in seiner Disziplinaranstalt. Interessiert haben ihn diese sogenannten *besonderen Vorkommnisse* nur insofern, als er der Polizei Rede und Antwort stehen und einen Bericht liefern musste. Warum er mich unbedingt zu Fall bringen wollte, hatte sicherlich mehrere Gründe. Sollte er seine Stellung aus irgendwelchen Gründen verlieren, wäre ich sein Nachfolger geworden. Das passte ihm natürlich überhaupt nicht.«

Reinold Spieß lachte wieder. »Auch dass ich IM war, Inoffizieller Mitarbeiter, und ihn bei der Stasi angeschissen hatte, hat er zumindest geahnt. Er fühlte sich von mir beobachtet, ausspioniert. Ich wusste von ihm, dass er Jugendliche missbraucht hat, und noch ein paar andere Dinge, die er unbedingt geheim halten wollte. Gemeinsame verschwiegene Urlaubsreisen mit dem einen oder anderen minderjährigen Fräulein aus seinem Umerziehungskönigreich, zuletzt mit der Jugendlichen Wolter, dann der Plan mit dem Wohnheim für seine Lieblinge, die er weiter unter Kontrolle halten und sexuell ausbeuten wollte. Wussten Sie, dass er auch auf Jungs stand? Es ging ihm nicht um Sex an sich, sondern um Macht. All das war nicht schwer herauszubekommen. Wir haben uns gegenseitig bedroht und in Schach gehalten, verstehen Sie? Keiner konnte nachgeben. Die Situation war aussichtslos. Es war nur die Frage, wer wen zur Strecke bringt. Und tja ... Ich war schneller. Das ist alles. Pech nur, dass der Bengel mich gesehen hat. Das wurde mir erst klar, als er diesen Zettel an die Polizei in

Torgau geschickt hat. Und Pech für mich, dass mein Führungsoffizier und Ihr Kollege, Genosse Oberleutnant Lehmann, nicht mehr im Dienst war und das Schmierblatt abfangen und rechtzeitig vernichten konnte.«

»Sie und Lehmann stecken unter einer Decke?«, platzte es aus ihr heraus.

»So weit würde ich nicht gehen. Aber eine Hand wäscht die andere, das ist schon ein passender Spruch. Er hat mit ein paar fragwürdigen Zersetzungsmethoden ja noch versucht, Sie von dem Fall abzubringen. Er hielt nicht viel von Ihnen, das wird Ihnen sicher nicht entgangen sein. Politisch stufte er sie als eine Konterrevolutionärin ein. Er dachte, wenn er sie zermürbt, gehen Sie freiwillig ins Büro zurück und ihm nicht länger auf die Nerven. Ich habe ihm gleich gesagt, dass eine solche lächerliche Zersetzungsmaßnahme vergebliche Liebesmüh ist, aber er wollte nicht auf mich hören.«

Beate dachte an die seltsamen Dinge, die sie in ihrer Wohnung gefunden hatte. Zersetzungsmaßnahme? Dieses Wort hörte sie zum ersten Mal. »Das ist doch verrückt«, sagte sie.

»Wem sagen Sie das. Genau mein Reden. Auch wenn ich mir das dann ein bisschen abgekupfert und die Autoreifen Ihres Kollegen zerstochen habe, um ihn etwas aufzuhalten. Verwirrung stiften und Ablenken sind auch Sinn dieser Maßnahmen. Haben Sie noch weitere Fragen?« Er blickte auf seine Uhr. »Wir können noch eine Minute plaudern, ehe ich ein bisschen brennbares Material um euch zwei Hübsche verteile, die hässlichen Gardinen anzünde und mich mit einem letzten feurigen Gruß verabschiede.«

Beate spürte ein leichtes Ziehen an dem gefesselten Handgelenk, beugte ihren Oberkörper ein Stück vor, als würde sie dem Mann konzentriert lauschen wollen, und gab Andreas Deckung, der offenbar versuchte, sich zu befreien.

»Ja, ich habe noch eine Frage«, antwortete sie. »Wie haben Sie es angestellt, dass es wie Selbstmord aussah? Sie wären ja fast damit durchgekommen.«

Er lächelte breit, als wäre er tatsächlich stolz auf sich. »Die Baustelle war meine Chance, das habe ich gleich gewusst und alles sorgfältig geplant und vorbereitet. In die Zelle ragte ein Stück dieser Laufbohle ins Fenster, falls Sie sich erinnern, und ein Gerüst hatte diese im Raum fest an den Wänden verankert. Die Gerüstbauer haben wirklich gute Arbeit geleistet, davon konnte ich mich überzeugen. Ich hatte mich mit Zinkner in diesem Raum verabredet, um über den Fortschritt der Bauarbeiten zu reden, genauer gesagt: Es ging um das möglichst effektive Verwischen der Spuren, also darum, den Knast-Charakter der Einrichtung verschwinden zu lassen. Die Nachtwache Georg Bruckner musste ich natürlich erst ausschalten. Er hockte ohnehin im Fernsehraum vor dem Apparat, und ich habe ihm einen Tee mit einschläfernder Wirkung gebracht. Karl Zinkner erschien sogar pünktlich zu unserer Verabredung. An dem Thema war ihm ja auch gelegen. Zunächst führten wir eine kleine, aber feine Diskussion, die dann eifriger wurde und prompt in einen Streit ausartete. Ein Problem für mich war, dem Herrn Direktor die Schlinge um den Hals zu legen. Aber dank meiner Karateausbildung bekam er im Laufe unserer Besprechung einen schnellen Schlag gegen den Kehlkopf. *Peng!*«

Reinold Spieß schlug mit der Faust so dicht an Beates Gesicht vorbei, dass sie den Luftzug auf ihrer Haut spürte. »Er hat den Hieb nicht kommen sehen, wie auch, wir waren ja ins kollegiale Streitgespräch vertieft. Nun ja, er fiel so, wie ich es geplant hatte. Genau unter die eine Verankerungsstange. Vorsichtshalber versetzte ich ihm noch einen zweiten Schlag auf die Halsschlagader.

Das ging alles problemlos. Er sank in eine tiefe Bewusstlosigkeit. Aber wie jetzt weiter? Haben Sie eine Idee?«

Beate schluckte, kämpfte gegen ihre Übelkeit und starrte ihn wie betäubt vor Abscheu und Furcht an. Er hatte also alles geplant. Von A bis Z.

»Na? Keine Idee? Ich verrate es Ihnen. Auf der Baustelle hatte ich einen Flaschenzug gefunden, und ich wusste gleich, dass der mir nützlich sein würde. Der Direktor bekam noch einen Tragegurt um seinen Leib geschlungen und ... ich mache es jetzt kurz: Ich hängte den Bewusstlosen an den Haken, hievte ihn mittels Flaschenzug so hoch, wie ich ihn haben wollte, legte ihm die Schlinge um den Hals, nahm ihm den Gurt ab und stieß den Hocker um. Er hat noch ein Weilchen gezappelt. Griff sich sogar einmal kurz an die Gurgel und versuchte das Seil abzubekommen. Aber so richtig wach wurde er nicht mehr. Er fuchtelte nur so mit seinen Gliedmaßen herum, bis er schließlich damit aufgehört hat. Zum Schluss zuckte er noch mal. Das war's. Sehen Sie es vor sich?«

Sie sagte nichts. Aber er schien auch nicht auf eine Antwort zu warten.

»Ob Sie es glauben oder nicht: Das Ganze hat nur ein paar Minuten gedauert. Natürlich benutzte ich Handschuhe, räumte nach der Tat die Werkzeuge in die Kiste und stellte diese auf das Brett vor das Fenster. Zu guter Letzt schüttete ich noch einen Eimer mit Bauschutt auf den Boden, sodass eine Staubwolke entstand, die sich über mögliche Spuren legte, ehe ich vom Tatort verschwand.«

»Der perfekte Mord«, sagte Beate. »Doch den gibt es bekanntlich nicht. Jemand hatte Sie nach der Tat gesehen.«

Reinold Spieß seufzte theatralisch. »Nicht alle glaubten an Suizid. Dieser Kriminaltechniker war ja von vornherein misstrauisch. Und Sie, wenn ich das erwähnen darf, ebenso. Also plante ich ein Ablenkungsmanöver und ließ den Jugendlichen Kerner aus seiner Zelle entkommen. Nach seiner Flucht würde man ihn vielleicht des Mordes verdächtigen. Oder auch, falls er bei der Entweichung jemandem etwas antun sollte ...«

»Ihrer Kollegin Frau Hellermann«, sagte Beate.

»Aber der Plan ging nicht auf. Und als mir später klar wurde, dass es einen Zeugen gab, fing ich damit an, einiges dafür zu tun, den Jugendlichen Schwalbe ausfindig zu machen, glauben Sie mir. Ich habe Andreas in Leipzig gesucht und war sogar bei seiner trottligen verheulten Großmutter, hab mich als Polizist ausgegeben, damit sie mir verrät, wo der Bengel steckt. Doch Kollege Georg Bruckner war mir offenbar immer eine Nasenlänge voraus.« Reinold Spieß erhob sich. »Ich würde ja gern weiter mit Ihnen plaudern, doch ich fürchte, die Zeit drängt ein wenig, und ich muss mich allmählich von Ihnen verabschieden.« Er deutete eine Verbeugung an. »Es tut mir leid, dass Ihre Karriere am heutigen Tag endet«, behauptete er. »Und nun dürft ihr beide aufstehen. Ich schlage nicht gern Leute k. o., die vor mir knien.«

Beate wechselte einen Blick mit Andreas, der ein Stück versetzt hinter ihr hockte. Ihre Handschelle war leichter geworden. Der Junge hatte sich also von der Metallfessel befreit.

»Sie müssen das nicht tun«, sagte sie. »Nehmen Sie mich als Geisel und lassen Andreas unbeschadet und lebend in der Wohnung zurück.«

»Eine Geisel wäre nur eine Last«, entgegnete Spieß. »Und ausgerechnet eine Polizistin als Pfand? Wozu sollte ich so ein Risiko eingehen? Sie können sich Ihre Vorschläge sparen. Stehen Sie auf!«

Beate wollte etwas erwidern, als es plötzlich ohrenbetäubend knallte. Der Boden bewegte sich unter ihnen, die Wände wackelten, als zeitgleich die Tür aufsprang, Holzsplitter in den Raum schossen und das ganze Haus zu beben schien. Die Glasvitrine ging zu Bruch, es regnete Scherben, Porzellan aus dem Schrank flog durch das Wohnzimmer. Die Lampe über ihren Köpfen schwang wie verrückt hin und her. Beate hörte das leise Knistern von Feuer, und nach einer Schrecksekunde bemerkte sie schwarzen Qualm, der ins Zimmer waberte.

Reinold Spieß zog die Waffe und blickte verwirrt umher. Er hielt die Pistole in Richtung Tür, als rechnete er mit unangenehmem Besuch, dann, als niemand kam, wieder auf Beate.

Andreas riss sich den Knebel aus dem Mund und lachte laut und hysterisch los. Spieß stieß ein wütendes Zischen aus und richtete die Pistole jetzt auf den Jungen. Beate sprang auf, versetzte dem Mann mit aller Kraft einen Schlag mit der Handschelle. Sie traf ihn an der Schläfe, und er ging zu Boden. Jetzt war er es, der kniete, und sie rammte ihm den Fuß ins Gesicht, schlug mit dem Metallring schnell und hart ein paarmal auf ihn ein, versuchte, ihm die Waffe zu entreißen, *ihre* Waffe. Wie kam er dazu, ihre Waffe zu stehlen? Er trat nach ihr, sein Fuß, der in einem Militärstiefel steckte, traf heftig ihren Bauch. Sie fiel nach hinten, rappelte sich jedoch sofort wieder auf, stürzte zu ihm und schlug mit der Handschelle auf seine Finger, die die Pistole hielten. Doch er ließ nicht los. Mit schnellem Griff versuchte sie, sein Handgelenk zu packen, aber er besaß eine enorme Kraft, er entzog sich ihr beinahe mit Leichtigkeit.

Beate sah noch den Lauf der Waffe, die nach einem Ziel suchte, als sich der Schuss löste.

74

Als Josef den Opel am Straßenrand an der Torgauer Wohnsiedlung parkte und aus dem Wagen stieg, hörte er einen lauten Knall. Erschrocken fuhr er zusammen. Glassplitter prasselten ihm wie Hagel entgegen. Eine Fensterscheibe war offenbar von einer Explosion geborsten, und er sah auf einmal Qualm und Flammen aus dem Fenster steigen.

Für den Bruchteil einer Sekunde stand er wie erstarrt da. Dann stieß er einen wüsten Fluch aus, zwang sich jedoch zur Ruhe, forderte per Funk in der Einsatzzentrale die Feuerwehr, den Rettungsdienst und Streifenwagen an, im nächsten Augenblick rannte er auf das Haus zu. Glasscherben knirschten unter seinen Füßen. Er drängte sich an einem Mann vorbei in das Gebäude hinein und hechtete die Stufen hinauf. Auf dem letzten Absatz vor der Wohnung stolperte er, unterdrückte es diesmal, seinem Ärger Luft zu machen, und fing sich im nächsten Moment. Vor der Wohnungstür blieb er stehen. Er zog seine Waffe, atmete tief ein und aus. Sollte er klingeln? Wohl besser nicht. Mit dem Fuß schob er die Matte beiseite, auf der sich Staub und Dreck sammelte. Ihm entfuhr ein nervöses Lachen, als er den Schlüssel sah.

Er schob sich durch den völlig verqualmten Flur, warf einen Blick ins Badezimmer, in dem es brannte: Die Asche auf dem Boden war wohl mal ein Badvorleger gewesen. Ein paar plüschige

Reste, in denen Glut züngelte, waren noch zu erkennen. Er bemerkte die Überbleibsel von Spraydosen, die womöglich explodiert waren und den Brand mit ausgelöst hatten. Das Fenster fehlte bis auf den Rahmen komplett, Handtücher loderten vor sich hin, als wäre das ihre eigentliche Aufgabe. Das Feuer im Bad schien jedoch nicht auf andere Wohnbereiche übergegriffen zu haben. Die Explosion hatte allerdings erhebliche Schäden verursacht.

Unvermittelt krachte ein Schuss. Josef spürte, dass ihm der Schweiß ausbrach. Kalter Schweiß, eine eiskalte Angst packte ihn im Nacken. Er schüttelte sie ab, schüttelte sich wie ein Hund, verschwand in einer Ecke des Korridors, blieb in Deckung. Die Tür zum Wohnzimmer stand offen. Er sah Beate Vogt, die auf dem Boden lag, Andreas kauerte neben ihr, starrte zu jemandem hoch, das Gesicht kreideweiß.

Josef schob sich ein Stück vor, erblickte zuerst das rosafarbene Hemd, dann die dunklen Schweißflecken unter den Achseln. Das war doch ... Nicht zu fassen! Wieso denn der? Reinold Spieß? Es blieb ihm keine Zeit, darüber nachzudenken.

»Lassen Sie die Waffe fallen!«, schrie er und trat mit der Walther im Anschlag einen halben Schritt vor.

Der Mann drehte sich zu ihm um, hob die Hände, als wolle er sich ergeben, und schoss im selben Moment. Der Schuss verfehlte Josef knapp. Schlug offenbar in der gegenüberliegenden Wand ein. Er sprang hinter den Türrahmen.

Was war mit Beate? Er biss sich auf die Unterlippe, konzentrierte sich auf den nächsten Schritt. Was sollte er tun? Er konnte nicht einfach in den Raum hineinballern. Die Gefahr, seine Kollegin oder den Jungen zu treffen, war zu groß.

»Geben Sie auf!«, forderte er. »Polizei und Feuerwehr werden gleich hier sein! Legen Sie die Waffe weg und kommen Sie mit erhobenen Händen heraus!«

Josef hörte ein dumpfes Geräusch, als würde jemand auf den Teppichboden fallen. Dann ein Stöhnen. Beates Stimme klang anders, irgendwie verzerrt, als wäre sie nicht ganz bei sich. Wie schwer verletzt war sie? Er wagte einen schnellen Blick um die Ecke.

Reinold Spieß hielt sie unter den Achseln gepackt und zog sie als Schutzschild vor seinen Körper. Wahrscheinlich war ihm Beate beim ersten Versuch, sie vor sich zu halten, nach unten weggerutscht. Sie wirkte schlaff und kraftlos und blickte Josef verwirrt an. Ihr Arm war blutverschmiert. Blutspritzer hatten sich auch auf ihrer Kleidung verteilt.

»Sie hat es so gewollt«, behauptete Spieß, der aus Nase und Mund blutete. Auch am Kopf hatte er eine Platzwunde. Das Blut sickerte an der Schläfe hinab und tropfte auf sein rosafarbenes Hemd. »Sie hat sich mir als Geisel angeboten. Als ich nicht wollte, hat sie sich ein wenig ausgetobt, wie Sie sehen. Ich überlege gerade, ob ich ihren Vorschlag nicht doch noch annehmen sollte.« Seine Stimme klang kalt und zynisch, aber darunter lag noch etwas anderes, ein anderer Ton. Unsicherheit? Verzweiflung? Angst? Das Gefühl von Ausweglosigkeit?

»Das Angebot steht nicht mehr«, brachte Beate Vogt heiser heraus.

Josef war froh, ihre Stimme zu hören. Ein deutliches Lebenszeichen trotz ihres augenscheinlich schlechten Zustands.

»Ich glaube, Sie sind gerade nicht in der Lage, das zu entscheiden«, entgegnete der Mann, und offenbar umklammerte er sie so fest, dass sie vor Schmerz stöhnte.

»Wie wäre es, wenn wir beide unsere Waffen niederlegen?«,

schlug Josef vor. »Sie lassen die beiden gehen. Dann können wir reden.«

»Vielleicht ein anderes Mal. Heute bin ich schon mit Frau Vogt verabredet, wie Sie sehen.« Er stieß ein merkwürdiges Lachen aus, das ein wenig klang, als hätte er sich an seinem eigenen Blut verschluckt. Ein paar rote Blasen quollen beim Sprechen über seine lädierten Lippen. Beate hatte offenbar heftige Gegenwehr geleistet.

»Da werden Sie nicht weit kommen. Sie ist verletzt«, stellte Josef fest.

»Na so was aber auch.« Reinold Spieß grinste mit blutverschmiertem Mund. »Bis zu Ihrem Wagen schaffen wir es vielleicht. Wenn Sie so nett wären, mir den Schlüssel zu geben? Ich bezahle mit dem Bengel da, unserem Feuerteufel.«

»Können Sie haben«, sagte Josef. »Allerdings nur, wenn Sie beide freilassen.«

»Sehr witzig. Wenn ich unten bin, werde ich wegen Mordes verhaftet. Ihre Idee ist leider komplett dämlich.«

»Ich würde Sie bis zu meinem Auto begleiten«, schlug Josef vor. »Bisher weiß noch niemand außer uns, was hier oben überhaupt los ist.« Allmählich kam er sich vor wie auf einem orientalischen Basar. Aber er konnte nur hoffen, dass der Täter sich auf den Handel einließ. Es galt vor allem anderen, seine Kollegin Beate und den Jungen zu schützen. Sie befanden sich in Gefahr, in Lebensgefahr. Allem Anschein nach hatte Spieß den Direktor umgebracht. Es gab für ihn nichts mehr zu verlieren, und er war bewaffnet.

Mittlerweile war die ganze Wohnung voller Rauch. Josefs Augen tränten, und er fragte sich, ob es Reinold Spieß auch so ging. Sollte er einen Angriff wagen?

Nein, zu gefährlich, er musste weiterverhandeln. Was konnte er ihm noch bieten?

»Der Opel ist vollgetankt«, log er. »Sie müssen sich keine Sorgen machen. Und er hängt jeden Ost-Streifenwagen mit Leichtigkeit ab.«

»Sie sind ja wirklich fürsorglich«, sagte Spieß. »Wie rührend.«

»Nehmen Sie mein Angebot an und lassen Sie nicht nur den Jungen, sondern auch Frau Vogt frei. Sie würde Ihnen nichts nutzen. Sie muss in ein Krankenhaus.«

Einen Moment sagte der Mann nichts. Josef lauschte in sein Schweigen hinein. Feuerwehr und Streifenwagen mussten jeden Moment hier sein. Viel Zeit blieb dem Täter nicht mehr. Aber wenn er sich in die Ecke gedrängt fühlte, konnte er immer noch um sich schießen.

»Also schön«, sagte Reinold Spieß schließlich. »So eine Spritztour ins Blaue mit einer Westkutsche wollte ich schon immer mal machen.«

»In Ordnung. Sie bekommen den Schlüssel und den Wagen. Ich begleite Sie nach unten. Unsere Waffen bleiben aber hier.«

Spieß verzog die Mundwinkel. »Netter Versuch. Aber so haben wir nicht gewettet«, sagte er. »Sie wissen, dass das für mich nicht infrage kommt. *Sie* lassen *Ihre* Waffe hier. Eine Walther PPK, richtig? Schießt sicher perfekt. Aber ich nehme lieber die Ihrer Kollegin mit. Auch wenn die Makarow nicht gerade die beste Pistole ist, aber ich habe schon bei der NVA gelernt, mit ihr zu schießen. Glauben Sie also nicht, dass ich nicht weiß, wie man sie benutzt.«

»Wenn ich mich darauf einlasse, woher weiß ich, dass Sie sich an die Vereinbarung halten und meine Kollegin und den Jungen ... in Ruhe lassen?« Am Leben lassen, hätte er beinahe gesagt, und eigentlich hatte er das auch gemeint.

»Gar nicht«, antwortete Spieß. »Sie müssen mir schon vertrauen.«

Josef dachte an seinen Sohn Florian. Wer würde sich um ihn kümmern, wenn seinem Vater etwas passierte? Einem Mörder zu vertrauen, der ihn mit der Waffe bedrohte, war sicher das Dümmste, was er sich vorstellen konnte. Aber was blieb ihm anderes übrig, fragte er sich wieder. Er hatte keine Wahl, oder? Würde er ihm allein gegenüberstehen, wäre das etwas anderes. Vielleicht konnte er ihn ja unten am Wagen überwältigen, wenn die herannahenden Kollegen schon in Sichtweite waren?

»In Ordnung«, sagte er. »Ich vertraue Ihnen, lassen Sie uns gehen.«

Er kam ein Stück aus der Deckung, hielt die Pistole hoch über seinen Kopf und legte sie dann vorsichtig auf den Fußboden. Betont deutlich klimperte er mit dem Autoschlüssel. »Wir sollten uns beeilen.«

Reinold Spieß hob Beate ein Stück an, als wäre sie eine Schaufensterpuppe, und drückte sie in den Sessel. »Und schön sitzen bleiben!«, knurrte er. »Sonst ... wissen Sie ja, was Ihnen blüht.«

Josef sah es sofort: Für diesen einen Moment hatte der Mann die Makarow auf den Tisch gelegt. Er schien sich plötzlich sehr sicher zu fühlen. Doch Josef stand zu weit weg, um sich auf die Waffe zu stürzen.

Andreas kauerte immer noch am Boden. Ohne einen Ton zu sagen, beobachtete er seinen ehemaligen Erzieher. Als sich Spieß die Waffe vom Tisch holen wollte, wandte sich Andreas blitzschnell zu ihm um und trat ihm mit Wucht in die Kniekehlen. Halt suchend drehte sich Reinold Spieß um. Andreas trat ihm ohne Pardon zwischen die Beine. Der Mann strauchelte, Andreas schob sich ihm mit seinem ganzen Körper so in den Weg, dass der Mann über ihn stolperte und auf den Bauch fiel. Der Junge stürzte auf den Tisch zu, und im nächsten Moment hielt er die Waffe in den Händen.

Reinold Spieß blickte verwirrt umher, wollte aufspringen.

»Unten bleiben! Keine Bewegung«, sagte Andreas leise, drohend. Er zielte auf den Kopf des Liegenden. Ging einen Schritt vor und hielt ihm den Lauf in den Nacken. »Jetzt bist du dran, Arschloch!«

Beate schob sich aus dem Sessel und wankte wie betrunken auf den Jungen zu. »Andreas, gib mir die Waffe!«

Er schien sie nicht zu hören. Sein Finger berührte den Abzug.

»Andreas, nicht«, sagte Beate sanft. »Tu's nicht.«

Josef hob seine Pistole vom Boden auf. »Ist schon gut, Andreas«, sagte er. »Gib ihr die Waffe. Ich übernehme.«

»Das Schwein hat den Tod verdient«, sagte Andreas wütend. »Er wollte uns umbringen! Er wollte *mich* umbringen! Weil ich ihn gesehen habe in der Nacht, als der Mord passierte. Gesehen und gehört. Ich hab ihn erkannt. Ich weiß, dass er es war. Aber wer wird mir schon glauben, wenn ich einen Erzieher beschuldige? Einem wie mir? Einem, der im Werkhof gelandet ist?«

»Ich glaube dir«, sagte Beate. Beschwichtigend hob sie die Hand der unverletzten Seite.

Andreas achtete nicht auf die Geste. »Und ich wollte, dass die Polizei ihn erwischt. Deswegen habe ich Ihnen geschrieben«, sagte er, ohne Beate anzusehen. »Wenn Sie sich bewegen, schieße ich, ist das klar?«, schrie Andreas den Liegenden an.

Reinold Spieß antwortete nicht. Er lag regungslos da.

»Ob das klar ist?«

»Klar«, sagte der Mann knapp.

»Gut gemacht, Andreas«, sagte Josef. »Wir haben ihn jetzt. Heb die Pistole schön langsam hoch. Pass auf, dass du nicht aus Versehen schießt.«

»Wieso aus Versehen?« Andreas lachte blechern. Er beugte sich ein Stück tiefer zu dem Mann am Boden. »Du stirbst jetzt«, sagte er leise. »Na, wie fühlt sich das an?«

»Du bist nicht so wie er.« Josef kam es vor, als würde er in diesem Moment zu seinem Sohn reden, als hätte er Florian vor sich. »Du bist kein schlechter Mensch.«

»Doch. Ich war im Jugendwerkhof Torgau. Da kommt man nicht hin, wenn man gut ist. *Du bist selbst schuld, dass du hier bist*, hieß es immer. *Du bist nichts wert*, hat der da zu mir gesagt. Mehr als einmal. *Leute wie du sind Abschaum*. Das war so sein Standardspruch.«

»Du hast keine Schuld. Das haben sie dir nur eingeredet«, sagte Beate. »Das stimmt nicht, dass du nichts wert bist. Im Gegenteil. Du hast dein Leben noch vor dir. Ein gutes Leben. Wenn du jetzt keinen Fehler machst. Du möchtest doch ein gutes Leben?«

Josef bewegte sich langsam, wie in Zeitlupe, auf Andreas zu. »Du hast sicher schon Pläne für die Zukunft, Andreas«, sagte er. »Es gibt keinen Jugendwerkhof Torgau mehr. Der Mann da kommt in den Knast. Und du wirst frei sein. Du kannst gehen, wohin du willst. Du kannst dir die Welt ansehen. Zusammen mit Tanja. Sie hat dich nicht im Stich gelassen, oder? Meinst du, sie möchte, dass du ihn umbringst?«

»Ja«, sagte Andreas.

»Das glaube ich nicht«, widersprach Josef mit seiner sanften Vaterstimme. »Ich denke, dass sie vor allem will, dass *dir* nichts passiert. Dass ihr beide frei seid. Wenn du ihn tötest, wirst du nie frei sein. Nie mehr. Und damit meine ich nicht das Jugendgefängnis, in dem du landen wirst. Du bist in deinem ganzen Leben nicht mehr frei, wenn du einen Menschen tötest.«

Andreas' Mimik blieb unbewegt, sein Gesicht war immer noch totenblass, aber Josef sah eine Träne, die über seine Wange lief.

»Bleiben Sie liegen, nehmen Sie Ihre Hände nach hinten, ich lege Ihnen jetzt Handschellen an!«, befahl Josef.

»Schaffen Sie mir erst diesen Bengel vom Hals!«, forderte Reinold Spieß.

»Halten Sie den Mund!«, entgegnete Josef schroff. »Tun Sie, was ich Ihnen sage! Ansonsten garantiere ich für nichts! Ist das klar?«

Andreas sah zu ihm auf. In seinen Augen spiegelte sich immer noch diese Verlorenheit. Aber da war auch noch etwas anderes. Vertrauen? Vertraute der Junge ihm? Josef wagte kaum, es zu hoffen.

Als die Handschellen um die Gelenke des ehemaligen Erziehers klickten, zögerte Andreas kurz, dann händigte er Josef die Waffe aus. Josef atmete auf und klopfte dem Jungen auf die Schulter. »Gut gemacht«, sagte er leise. »Du hast ihn erwischt. Wir haben ihn.«

Feuerwehrsirenen waren aus der Ferne zu hören. Sie kamen näher und näher.

»Ohne dich hätten wir das nicht geschafft, Andreas«, sagte Josef ernst. Sein Blick wanderte zu Beate hinüber, die sich erschöpft in den Sessel fallen ließ, die Hand fest auf die Wunde am Oberarm gepresst. Er musterte sie mit gerunzelter Stirn, betrachtete besorgt ihren Arm, das Blut. »Wie geht's dir?«

»Duzen wir uns jetzt endlich?«, fragte sie und lächelte.

»Sieht so aus.«

»Da muss erst einer auf mich schießen, ja?«, scherzte sie. »Es ist nur ein Streifschuss, Josef. Unterhalb der Schulter. Nicht tief, glaub ich. Halb so wild.«

Er lächelte zurück. »Der Rettungsdienst ist schon da.«

Beate streckte die Hand nach ihm aus, und einen Moment betrachtete er verwundert ihre Finger, glaubte, sie wolle eine Berührung, einen Trost vielleicht. Aber sie deutete jetzt mit einem Anflug von Ungeduld auf die Makarow, und er reichte ihr ihre Waffe.

75

Als Tanja erwachte, war um sie herum alles weiß. Weißes Bettzeug, ein weißes Kissen, eine Frau in einem weißen Kittel, die sich über sie beugte. Sie lächelte Tanja an, und sogar ihre Zähne schienen von einem unnatürlich strahlenden Weiß zu sein.

»Wie geht es Ihnen?«, fragte sie höflich.

Tanja antwortete nicht. Ihre Finger tasteten über ihren Kopf. Etwas fühlte sich fremd an. Sie trug einen Verband, der breit war wie ein Turban.

»Wo bin ich?«

»Im Krankenhaus. Von dem Blutverlust haben Sie wohl das Bewusstsein verloren«, erklärte die Frau. Ihre Worte hörten sich hohl an, als würde sie durch ein Rohr sprechen.

»Wie lange bin ich denn schon hier?«, fragte Tanja heiser. Ihre Stimme klang eingerostet. Sie räusperte sich. Ihre Zunge fuhr über ihre Lippe, die sich anfühlte, als wäre sie aus Papier. Und wo war ich vorher, dachte sie, ohne es jedoch auszusprechen.

Die Frau, wohl eine Krankenschwester, fühlte ihr den Puls und lächelte auf diese künstliche Art, die Tanja sofort misstrauisch machte.

»Seit gestern sind Sie bei uns. Anfangs waren sie noch ansprechbar. Dann sind Sie plötzlich weggedriftet. Sie erinnern sich nicht, oder?«

Tanja wandte den Blick von der Frau im Kittel ab und sah zum Fenster hinaus, als könnte sich da draußen die Antwort auf diese merkwürdige Frage befinden. Woran sollte sie sich denn erinnern? Die Wolken hingen steingrau und schwer über den Häusern. Es sah nach Regen aus, vielleicht auch nach Schnee. Der Anblick machte sie müde, obwohl sie ja wahrscheinlich genug geschlafen hatte. Tanja fröstelte, es war warm in dem weißen Zimmer, aber ihr war kalt, und sie zog die Decke ein Stück höher. Am liebsten würde sie ganz unter ihr verschwinden. Aber das war vielleicht unhöflich?

Die Krankenschwester musterte sie mit gerunzelter Stirn, und Tanja fragte sich einen Moment, ob sie mal wieder etwas falsch machte. Die Frau reichte ihr eine Tasse Tee und nötigte sie zu trinken. Ein fader Pfefferminzgeschmack breitete sich auf ihrer Zunge aus. Tanja trank nur einen winzigen Schluck. Das widerlich lauwarme Gesöff erinnerte sie nun doch an etwas: an den Tee im Jugendwerkhof.

»Haben Sie Hunger? Ich kann Ihnen Essen bringen.«

Tanja reichte die Tasse zurück, schüttelte schwerfällig den Kopf. »Keinen Hunger«, sagte sie.

»Dann später vielleicht? Nachher wird auch noch ein Arzt nach Ihnen sehen.«

Tanja blickte zu der Frau auf. Ihr wurde schwindlig, als würde sie in einem Karussell herumgewirbelt werden. Ihr war übel. Sie wollte weg von all dem Weiß.

Unter der Bettdecke war es angenehm schwarz.

Da wollte sie bleiben. Für eine Weile.

Sie erwachte davon, dass jemand sie an der Schulter gepackt hielt und sie schüttelte. Tanja hob ihre Lider und blinzelte den Mann an, der wie die Frau, die ihr schon auf die Nerven gegangen war, ebenfalls einen weißen Kittel trug.

War das der Arzt? Wollte er sie aus ihrer Besinnungslosigkeit wecken? Oder was sollte die derbe Behandlung? Sein Gesicht kam ihr bekannt vor. Die Narbe auf der Wange ...

Wie hieß er noch gleich?

»Sie sind kein Arzt«, sagte sie.

»Wo ist Andreas?«

»Andreas?«, fragte sie zurück.

Sie sah die Verwunderung in seinem Blick. Aber sie wusste auch damit nichts anzufangen. Er ließ sie los, seine Gestalt verschwamm vor ihr, und Tanja versank. Unter das Weiß, dahin, wo es schwarz war.

Spät in der Nacht öffnete Tanja das Fenster und ließ das Schwarz in sich hinein. Es nahm Besitz von ihr, füllte sie aus wie die Schatten ihrer Vergangenheit, die sie nicht losließen. Für diesen Augenblick erstickte das Schwarz den Schrei, der in ihr saß, die Verzweiflung über das, was ihr angetan worden war. Die Stille in ihr war sanft und schwarz und kalt. Sie nahm ihr die Angst und jedes Gefühl. Ihren Körper legte sie ab, damit er schlafen konnte. Sie fühlte sich leicht wie dieses Wort, das sie erst wieder lernen musste: ich.

Das Ich war ein Vogel. Die Federn glänzten, ihr Ich schlug mit den Flügeln. Es waren schwarze Flügel. Dann stieg sie hinauf und flatterte ein paar Runden. Sie flog und wurde zum Raben in ihrem Traum, der vielleicht gar kein Traum war. Der Augenblick schien ihr einfach und gut, einfach und gut und zum Sterben schön. Sie sah hinab, erkannte auf einmal ihre Mutter, die an ihrem Bett saß und schlief. Ihr Gesicht sank wie eine schwere Blüte zur Brust, und ihre breiten Hände hielten ihren Leib, als erwarte sie ein

Kind. Sie sah aus, als hätte sie jemand aus Blei gegossen. Tanja weckte sie nicht.

Ihre Flügel wurden zu groß für das enge Zimmer. Sie musste sie ein wenig einziehen, um nicht immer wieder an die Decke zu stoßen und gegen die Lampe, die hin und her schaukelte, als wäre sie betrunken von all dem Schwarz.

Dann, wie von selbst, trugen die Schwingen sie hinaus. Hinaus in die Nacht, die weich und feucht war. Sie flog. Flog ohne Furcht. Hinein ins Schwarz. Über die Dächer der Stadt, über das Schloss, das aussah wie aus einem Märchen, über den Graben, in dem Bären lebten, über die Elbe, diesen unerbittlichen Strom, über die Mauer, über den Stacheldraht, über den Sportplatz, auf dem sie geschunden wurde, über das finstere Gebäude, in dem sie nicht sie selbst sein durfte.

Als sie zurückkehrte, wachte sie auf. Ihre Mutter saß tatsächlich an ihrem Bett, das Kinn auf die Brust gesenkt, und schlief.

Tanja erhob sich, trat an das offene Fenster. Es war immer noch Nacht, der Himmel immer noch schwarz. Sie beugte sich vor, atmete tief die kalte Luft ein.

Einen Moment dachte sie daran, zu springen, den schwarzen Gedankenstrom abzustellen – ein für alle Mal.

Aber der Moment verging, und sie schloss das Fenster.

76

Nachdem ihre Wunde von den Notfallsanitätern des Rettungsdienstes versorgt und genäht worden war, fuhr Beate nach Hause. Das Angebot, sie in ein Krankenhaus zu bringen, hatte sie abgelehnt. Sie musste sich endlich um ihre Meerschweine kümmern – und auch um sich selbst. Am dringendsten brauchte sie ein ausgiebiges Bad, mit heißem Wasser und viel Schaum. Danach würde sie die Schmerztabletten nehmen, sich ins Bett legen und erst einmal ausschlafen. Sie fand ihre Wünsche im Großen und Ganzen bescheiden und hoffte daher, dass sie ohne Probleme realisierbar waren. Zum Arzt gehen konnte sie auch am nächsten Tag noch, falls nötig.

Reinold Spieß, der Mann, der sie angeschossen hatte, saß jetzt dort, wo er hingehörte: hinter Gittern. Den Mord an dem Direktor des Geschlossenen Jugendwerkhofs Karl Zinkner hatte er vor Zeugen bereits zugegeben. Das Motiv schien Beate auch einigermaßen klar. Die Details und alles Weitere würden sich durch die Vernehmungen des Täters noch aufschlüsseln lassen.

Sie dachte auch an ihren ehemaligen Kollegen Lehmann, der versucht hatte, sie durch Stasi-Tricks, sogenannte Zersetzungsmaßnahmen, in eine psychische Krise zu manövrieren. Die Idee kam ihr gruslig und kindisch zugleich vor. Vermutlich war es nicht einmal strafbar, dass Lehmann ihr eine Nixe ohne Kopf und die

Attrappe einer Schlange in die Wohnung gelegt und außerdem noch ihre Eier geklaut hatte, damit sie an ihrem Verstand und sich selbst zweifelte. Nun ja, wenigstens existierte das MfS nicht mehr. Die Zeit der Zersetzung war vorbei. Hoffentlich für immer. Aber was wäre gewesen, wenn sich die Stasi nicht aufgelöst hätte? Wo wäre sie gelandet? Was gab es noch alles, das ihr Leben beeinflusst hatte, von dem sie nichts wusste?

Sie musste unbedingt mit Steffen darüber reden. Hatte er, der Spurensucher, nicht beim Fund der seltsamen Dinge in ihrer Wohnung angedeutet, dass Horch und Guck dahinterstecken könnte? Und sie war mehr als nur skeptisch gewesen, sie hatte ihm nicht geglaubt.

Als sie die Wohnungstür öffnete, fiel ihr ein, dass sie das Schloss immer noch nicht ausgetauscht hatte. Sie war in solchen Dingen absolut nachlässig. Offenbar hatte sie noch nicht mal richtig abgeschlossen, sondern einfach die Tür zugezogen. Jeder Einbrecher hätte leichtes Spiel bei ihr.

Sie trug die Kiste mit den Meerschweinchen vor sich her, die sich – was sie sonst nie taten – aneinanderkuschelten. War das ein gutes oder ein schlechtes Zeichen? Vielleicht konnten ja auch diese sensiblen Geschöpfe einen Schock erleiden? Sie glaubte einmal gelesen zu haben, dass Meerschweine die Nähe zueinander suchten, kurz bevor eines von ihnen starb. Aber eigentlich sahen sie noch putzmunter aus.

Beate setzte die Tiere in ihr Gehege, legte frisches Heu hinein und seufzte zufrieden. Sie hatte kaum noch damit gerechnet, sie zurückzubekommen. Manchmal geschahen eben doch Wunder.

Susi quiekte auf einmal laut, stellvertretend für die anderen Nager, verlangte nach Salat, Möhren oder was Beates Kühlschrank sonst so hergab.

»Ja, ist ja gut. Ich hab's verstanden«, sagte Beate.

Als sie die Küche betrat, stand plötzlich ein Mann vor ihr. Sie stieß einen schrillen Schrei aus, wich einen Schritt zurück. Legte ihre Hand automatisch auf ihre Makarow. Wenigstens war die Waffe diesmal noch da. Von dem Eindringling sah sie nur einen Teil: seine Füße, seine Beine, seinen Bauch. Ein riesiger Blumenstrauß versperrte ihr die Sicht.

»Willkommen zurück«, hörte sie. Und dann sah sie, dass es Steffen war. Er tauchte neben dem Strauß auf und grinste verlegen. »Ich bin auf der Suche nach einer passenden Vase«, murmelte er.

»Eine Vase?«, fragte sie, als hätte sie das Wort noch nie gehört. Sie lächelte Steffen verwirrt an.

»Ich hatte versucht, dich zu erreichen, und im Büro angerufen, aber Moni hat mir gesagt, du seist auf dem Heimweg. Ich dachte, ich überrasche dich mal.«

Stimmt ja, sie hatte ihm einen Schlüssel überlassen. Dumm von ihr.

Aber über die Rosen und Margeriten und über sein verliebtes Lächeln freute sie sich dann doch. Er legte den Strauß auf dem krümligen Küchentisch ab und nahm sie behutsam und vorsichtig in die Arme. Sie musste sich eingestehen, dass es ihr gefiel. Mehr als nur das.

»Tut es noch weh?«, fragte er sanft und begutachtete ihren verbundenen Arm.

Sie hörte die Sorge, die er sich um sie machte, schüttelte den Kopf. »Nicht so sehr.«

»Ich bin für dich da, das weißt du?«, fragte er.

»Ja, das weiß ich.« Sie schmiegte sich an ihn und küsste ihn. »Die Überraschung ist dir gelungen.«

Vielleicht konnten sie am nächsten Morgen ja auch gemeinsam ausschlafen und den neuen Tag mit frischen Brötchen, Rührei und viel Kaffee beginnen.

77

Josef war mit seinem Opel auf dem Weg nach Halle an der Saale. Neben ihm saß Andreas, der sich geweigert hatte, sich zum Jugendamt der Stadt Leipzig bringen zu lassen.

»Ich gehe in kein Heim mehr. Auch nicht für ein paar Stunden. Überhaupt *nie mehr*!«

Seine Mutter arbeitete in der Spätschicht und bekam nicht frei. Als Josef sie angerufen hatte, musste er am Telefon ewig warten, ehe sie endlich im Büro des Braunkohlewerks an den Hörer ging. Sie hatte alles andere als erfreut gewirkt, von ihrem Sohn zu hören. »Wie stellen Sie sich das vor? Ich kann doch aus der Produktion nicht einfach weg! Wegen der Grippewelle sind wir sowieso schon zu wenige Leute. Und es finden gerade Entlassungen statt. Soll ich vielleicht meine Arbeit verlieren, nur um Andreas aus Leipzig von Ihrer Polizeidienststelle abzuholen? Außerdem habe ich auch kein Auto!«

»Ich könnte ihn bringen.«

»Hören Sie mir nicht zu? Ich hab Nachtschicht! In der Instandsetzungshalle kann ich nicht einfach mal bei der Maschine auf Stopp drücken und gehen!«

»Was schlagen Sie vor?«, hatte er gefragt, inzwischen ziemlich genervt.

»Können Sie ihn nicht erst mal betreuen? Wenigstens ein,

zwei Tage? Oder Sie bringen ihn zu der Jugendfürsorgerin. Das ist doch schließlich ihre Aufgabe, sich um solche Kinder zu kümmern.«

Solche Kinder? Josef hatte ungewollt aufgelacht, obwohl ihm nicht nach Lachen zumute gewesen war. Kurz war ihm danach, sich zu streiten und der Frau die Meinung zu sagen über ihr unmögliches Verhalten. Aber er konnte Andreas nicht länger warten lassen. Und seinen Sohn Florian, der heute ein wichtiges Fußballspiel hatte, bei dem sein Vater zuschauen sollte, auch nicht.

»Na schön«, hatte er schließlich gesagt, »aber ich brauche eine schriftliche Genehmigung von Ihnen für die Betreuung von Andreas.«

»Bekommen Sie.«

»Mit Datum von heute.«

»Selbstverständlich, Herr Kommissar.«

Er hatte auf ein Danke gewartet. Aber das kam natürlich nicht. Mehr beunruhigte ihn jedoch der Gedanke, dass Frau Schwalbe ihren Sohn gar nicht bei sich aufnehmen wollte. Wie es aussah, musste er schnellstmöglich für den Jungen eine Lösung suchen.

Vorsichtshalber hatte er Arno Berg angerufen, um ihn über das Ergebnis des Gesprächs und den Wunsch der Mutter zu informieren.

»Ich nehme ihn jetzt mit zu einem Fußballspiel nach Halle. Da ist er ein bisschen abgelenkt.« Er hatte einen Moment gewartet, dass Arno Berg ihm erzählen würde, gegen welche dienstlichen Vorschriften er damit verstieß. Aber sein Chef schien ihm gar nicht zuzuhören. »Wir haben den Mörder«, sagte er, »das ist das Wichtigste. Aber ...«

»Aber?«

»Der Entführer von Andreas und Tanja, Georg Bruckner, ist aus dem Krankenhaus getürmt.«

»Wie bitte?« Josef glaubte, sich verhört zu haben. »Da war doch ein Polizist vor der Tür, der ihn bewachen sollte.«

»Bruckner hat sich irgendwie einen Kittel besorgt und ist als angeblicher Arzt aus dem Krankenhaus marschiert.«

»Der Klassiker.«

»Sozusagen.«

»Ich denke nicht, dass er Andreas nachstellen wird. Wir wissen jetzt, wer er ist.«

»Passen Sie gut auf den Jungen auf!«

»Das werde ich.«

In dem Auto blieb Andreas fast die meiste Zeit still.

Josef versuchte, Gas zu geben, er war spät dran, aber die zahlreichen Schlaglöcher, Risse und Rillen im Asphalt bremsten ihn aus. Man könnte fast meinen, die Löcher sind absichtlich gegraben worden, dachte er. Damit er sich an die Straßenverkehrsordnung hielt oder die Fahrt nicht so langweilig war.

Mehr um sich von seinem Ärger abzulenken, erzählte er Andreas von seinem Sohn. »Er heißt Florian, ist zehn Jahre alt und wohnt in einem Internat der Gehörlosenschule. Er ist also gehörlos. Und er spielt gern Fußball. Heute findet sein bisher wichtigstes Spiel statt. Deswegen habe ich gedacht, wir fahren gemeinsam dorthin. Das ist doch in Ordnung für dich?«

»Klar.« Andreas sah zum Fenster hinaus. Es schien ihn nicht weiter zu interessieren, wohin sie fuhren.

»Das war sicher alles schwer zu verkraften für dich. Diese ganzen … Ereignisse. Erst die Zeit im Keller … in dieser Arrestzelle …« Josef merkte, dass er sich schuldig fühlte. Weil es ihnen nicht gelungen war, Andreas vor all dem, vor diesem Unheil zu schützen.

»Herr Jemand hat mir nichts Böses getan«, sagte Andreas. »Es war keine gute Zeit, aber er hat mir nichts getan.«

»Herr Jemand?«

Der Junge zuckte mit den Achseln. »Ich kenne seinen richtigen Namen nicht. Wir kannten zwar die Nachnamen der Erzieher in Torgau, aber nicht die der Leute, die da sonst noch gearbeitet haben.«

»Er heißt Georg Bruckner und er ist ... dein Vater.« Josef wusste nicht, ob er befugt war, diese alles verändernde Information weiterzugeben. Aber von seiner Mutter würde Andreas die Wahrheit vermutlich nie erfahren. Und Andreas hatte ein Recht darauf, Bescheid zu wissen.

Andreas sagte eine Weile nichts. Er nahm seinen Daumen in den Mund und knabberte minutenlang an seinem Fingernagel.

»Warum hat er das getan? Mich da unten in der Zelle eingesperrt?«, fragte er dann.

»Ich kann es dir noch nicht genau sagen, aber ich vermute, er wollte dich schützen.«

»Vor dem Mörder?«

»Ja.«

»Ach so.« Andreas zuckte mit den Achseln, als wäre diese Auskunft nicht besonders wichtig für ihn.

»Er hätte besser zur Polizei gehen sollen«, meinte Josef.

»Und dann?« Andreas wandte den Kopf und sah ihn von der Seite an.

Josef wusste nicht, was er erwidern sollte. »Wie auch immer«, sagte er schließlich. »Er hat dich beschützt. Auf seine Weise. Aber dass er Tanja quasi auch noch entführt und sie schließlich sogar verletzt hat ...«

»Verletzt? Scheiße! Wie geht es ihr?«, unterbrach Andreas ihn.

Josef erzählte ihm, was passiert war, das, was er bisher wusste. »Sie ist noch im Krankenhaus. Es geht ihr sicher schon besser.«

»Wann kann ich sie besuchen?«

»Bald«, antwortete er. »Lass ihr noch etwas Zeit. Wenn sie sich erholt hat, fahren wir sie besuchen, einverstanden?«

Andreas nickte.

»Es gibt noch etwas, das ich dir sagen muss.« Josef seufzte. »Georg Bruckner, also Herr Jemand, wie du ihn nennst, war auch im Krankenhaus und ...«

»Ist er tot?«

»Nein. Er ist nicht tot. Er ist abgehauen. Wir wissen nicht, wo er sich derzeit befindet. Ich sage dir das nur, damit du Bescheid weißt.«

»Ach so. Aber jetzt muss er mich ja nicht mehr beschützen.«

»Stimmt.«

Das Spiel um die Schulmeisterschaft hatte zum Glück noch nicht begonnen, obwohl sie fünf Minuten zu spät kamen. Das Publikum stand schon am Sportplatz und wartete. Von den Mannschaften war noch nichts zu sehen. Josef umkurvte mit Andreas im Schlepptau eine Getränkebude, aus der es nach Glühwein roch, und ging auf Florians Klassenlehrerin zu, die er am Rand des Spielfelds entdeckte.

»Sie haben heute noch jemanden mitgebracht, wie schön«, sagte Juliane Siebenbach, lächelte Andreas liebenswürdig an und begrüßte beide per Handschlag.

Der Junge warf ihr einen erstaunten Blick zu, den sie gar nicht zu bemerken schien.

»Florian ist mit den anderen Spielern noch in der Umkleidekabine. Er wird sich so freuen, Sie zu sehen!«

»Ich hatte schon Angst, wir kommen zu spät«, sagte Josef.

»Es gibt eine kleine Verzögerung. Unser Schiedsrichter ist bisher nicht aufgetaucht.« Sie seufzte. »Leider ist der Bursche aus der Nachbarschule nicht so zuverlässig. Aber vielleicht ist er auch krank. Im Moment geht ja die Grippe wieder um.« Frau Siebenbach schaute auf die Uhr. »So langsam müssen wir loslegen, sonst werden alle, die Spieler und die Eltern, unruhig. Dann muss das Spiel eben ohne Schiedsrichter stattfinden.«

Andreas sah die Lehrerin an. »Ich kann das doch machen«, sagte er.

Josef warf ihm einen überraschten Blick zu. »Warum nicht? Gute Idee.«

»Kennst du dich mit Fußballregeln aus?«, fragte die Lehrerin.

»Klar! Ich war selbst in einer Mannschaft und hab später die Kleinen trainiert. Schiedsrichter war ich auch schon mal.« Dass er von einem Kinderheim sprach, erwähnte er nicht. Und Frau Siebenbach fragte nicht nach.

»Und du würdest das wirklich tun?«

Andreas nickte mit ernstem Gesicht, runzelte die Stirn und starrte die Lehrerin unverwandt an, als würde er darauf warten, dass doch noch eine Absage kam.

»Prima. Dann haben wir jetzt einen Schiri!«

Zehn Minuten später standen die beiden Mannschaften auf dem Platz. Josef winkte seinem Sohn zu, der auch einmal kurz in seine Richtung sah und ihm lässig zunickte. Natürlich winkte er nicht zurück.

An den Rändern des Fußballfeldes standen Eltern und Großeltern herum und warteten darauf, dass es endlich losging. Der Schiedsrichter fehlte noch. Josef sah zu der Umkleidekabine hinüber. Vielleicht traute sich Andreas ja doch nicht? Doch dann kam ein junger Mann in kurzer Hose und schwarzem langärmligem

Trikot, das ihm ein bisschen zu groß war, mit federnden Schritten angelaufen und stellte sich in die Mitte.

»Wow«, sagte Josef leise. »Er sieht ganz anders aus.«

»Verwandtschaft? Ist der nette Junge ein Neffe von Ihnen?«, fragte die Lehrerin.

»Nein. Er ist ein Heimkind ... im Moment nur ... ohne Heim.« Er warf ihr einen schnellen Blick zu und stellte Betroffenheit in ihrer Miene fest.

Andreas hielt eine kleine orange-gelbe Flagge hoch, die offenbar die Trillerpfeife ersetzte, und das Spiel begann. Die Kinder der Gehörlosenschule spielten in Blau-Weiß, die gegnerische Mannschaft in Rot.

Die beiden Teams waren in etwa gleich stark, nach Josefs Einschätzung. Aber die Gehörlosen sahen ihre Chancen schneller kommen und verständigten sich problemlos auch auf größere Entfernung mit Handzeichen. Zur Halbzeit stand es 2:1 für die Blau-Weißen.

Andreas hatte eine gelbe Karte gezückt und einmal auf Elfmeter entschieden.

»Er ist richtig gut«, sagte Frau Siebenbach. Sie trat von einem Fuß auf den anderen. Entweder war sie nervös, oder sie fror.

»Ja«, antwortete Josef. »Das ist er.« Er war fast ein bisschen stolz: auf seinen Sohn, der mit Bravour über das Feld jagte, und auf Andreas, der sich sofort auf die besondere Situation eingestellt hatte.

»Der Junge, also Andreas, braucht Hilfe«, sagte er leise.

»Inwiefern?«

»Seine Mutter arbeitet in Schichten in einem Braunkohlewerk. Der Vater ...« Er wollte jetzt lieber nichts von Georg Bruckner erzählen. » ... ist nicht verfügbar. Andreas bräuchte eine Unterkunft. Wenigstens vorübergehend. Und er ist ... heimgeschädigt.

Sie haben ihn als Kind von einer Einrichtung in die nächste gesteckt. Er geht in kein Heim, weigert sich strikt. Er war zum Schluss im Geschlossenen Jugendwerkhof Torgau inhaftiert.«

Er wartete darauf, dass sie fragte, was er denn verbrochen habe, um dort, in einer Disziplinierungsanstalt für Schwererziehbare, zu landen. Aber sie fragte nicht.

»Der Arme«, sagte sie bloß.

»Andreas hat wirklich schlimme Dinge erlebt.«

»Wir haben ein Gästezimmer. Da kann ich ihn unterbringen. Meinen Sie, das ist okay für ihn? Ein Internat ist zwar kein Heim, aber auch ein Haus mit Regeln.«

»Denke schon, dass ihm das recht wäre.« So wie er die Lehrerin angesehen hatte, dachte Josef und grinste. »Ein wenig Zuwendung wäre für ihn schon sehr viel.«

»Verstehe. Ich muss allerdings noch mit meinem Chef reden. Aber er wird sicher nichts dagegen haben.«

Josef nickte. »Danke.«

»Wir haben zu danken.«

»Wieso?«

»Dass Sie den Überfall auf Sie nicht zur Anzeige bringen. Obwohl mein Kollege oder ehemaliger Kollege das sicher verdient hätte. Es tut mir wirklich schrecklich …«

»Schon gut«, unterbrach er sie. »Ich bin froh, dass Florian so eine tolle Lehrerin hat.«

Juliane Siebenbach lächelte verlegen. Sie zog ihren Mantelkragen etwas höher. Es war ein windiger, wechselhafter Tag. Die Luft roch nach dem kommenden Winter, und sie fröstelte offenbar. Vielleicht wollte sie auch nur verbergen, dass ihr die Röte ins Gesicht stieg.

Josef legte kurz seine Hand auf ihren Rücken. »Sie frieren! Ich lade Sie gern auf einen heißen Tee oder auf einen Glühwein ein, wenn Sie möchten.«

Mai 1991

Lagos, Portugal

Andreas erwachte, als die Sonne aufging. Tanja schlief noch. Seit zehn Tagen lebten sie nun in dieser Felsenbucht. Es kam ihm immer noch wie ein Traum vor, wie etwas, das nicht in sein Leben passte. Und doch war er hier.

Nach dem ersten Flug seines Lebens und nach einer Reise mit der Bahn war er in einer Landschaft angekommen, in der rote Felsen wie Riesen am Strand und im Wasser standen. Auf dem Meer schimmerte ein weiches rötliches Licht, und auf den Wellen tanzte ein blaues Fischerboot.

Zum Schlafen hatten sie sich dünne Reisematratzen aus Schaumstoff besorgt, die man zusammenrollen konnte. Manchmal wurden die Matten von den ans Ufer schlagenden Wogen feucht, und sie mussten sie in der Sonne trocknen lassen.

In der Nachbarbucht lebten junge Leute mit ein paar Hunden. Sie waren alle einige Jahre älter als Tanja und Andreas, braun gebrannt und meist fröhlich.

Manchmal trafen sie sich abends am Lagerfeuer, manchmal spielte einer Gitarre, manchmal stiegen sie über Klippen, liefen in den Ort, um im Supermarkt das Lebensnotwendigste einzukaufen. Sie brauchten nicht viel, hauptsächlich Gemüse und Wasser, Futter für die Hunde. Manchmal stritten sie sich und versöhnten sich wieder. Hin und wieder spielten sie auch Fußball, fast immer barfuß. Manchmal halfen sie sich gegenseitig, wenn sich jemand an einer scharfen Muschelschale, einem Stein oder den Stacheln von Seeigeln verletzte oder – wie es einmal passiert war – wenn einer von ihnen gar von einem Skorpion gestochen wurde. Aber meist blieben Tanja und Andreas für sich. Schwammen im Meer, sammelten Muscheln, die so groß waren, dass man sie als Schälchen für Nüsse nutzen konnte, redeten darüber, wie man sich eine Angel baute oder wie man ein Feuer anzündete, wenn die Streichhölzer alle und die Feuerzeuge leer waren, oder sie bereiteten sich eine einfache Mahlzeit zu.

Abends am Feuer ließen sie sich von ihren Nachbarn ein paar Gitarrengriffe beibringen. Auf der Praça Gil Eanes, dem zentralen Platz des Ortes, versuchten sie ab und zu, mit Straßenmusik etwas Geld zu verdienen. Und Tanja konnte verdammt gut singen, fand Andreas. Einmal erwähnte sie, dass sie das Singen ja oft geübt habe – *dort*, in der Zelle, in dieser Stadt an der Elbe. Vielleicht weil es *dort* verboten gewesen war und man sich jeden Ton genau überlegen musste, schwang in ihren Klängen mehr mit, als sich aussprechen ließ, und bewegte ihr Sound das vorbeischlendernde Touristen-Publikum. Ansonsten redeten sie nicht von Torgau, erwähnten die Vergangenheit mit keinem weiteren Wort.

Auch über Maik sprachen sie selten. Kurz vor ihrem Abflug nach Portugal hatten sie beide vor Gericht aussagen müssen und versucht, sich zu seinen Gunsten zu äußern und ihn in Schutz zu nehmen. Maik war schon längere Zeit nicht mehr in Spanien gewesen, sondern vor einer Weile zurückgekehrt und hatte sich an einem Banküberfall in irgendeinem Nest in Sachsen beteiligt, um irgendwie schnell an D-Mark zu kommen. Es tat Andreas leid, dass Maik in Haft saß, in einem Jugendgefängnis, schon wieder hinter Gittern. Aber er wusste auch, dass Maik stark war und dass nichts so schlimm sein konnte wie der Geschlossene Jugendwerkhof in Torgau. Er würde es schon überstehen.

Andreas vermisste Maik nicht, aber ihm fehlte Juliane ein bisschen, die Lehrerin aus der Gehörlosenschule, die ihn in den letzten Monaten unter ihre Fittiche genommen und ihn sogar zu einer Schiedsrichterausbildung geschickt hatte. Sie meinte, er besäße ein Schiri-Naturtalent. Den Sohn des Kommissars, Florian Almgruber, und die anderen Kinder der Schule hatte er einmal die Woche auf dem Sportplatz trainiert. Und er hatte auch von ihnen gelernt. Er beherrschte jetzt einige Grundbegriffe des Lebens und des Fußballs in der Gebärdensprache – Gesten, mimische Ausdrücke und Handbewegungen.

Juliane hatte ihn in einer Schule in Halle an der Saale angemeldet. Aber er war bald dadurch aufgefallen, dass er Fächer, die er nicht mochte, wie Mathe und Chemie, geschwänzt, seine Hausaufgaben regelmäßig vergessen und sich gelegentlich auf dem Schulhof geprügelt hatte.

Juliane war zunehmend enttäuscht von ihm gewesen. Und als eines Tages im Frühjahr Tanja auftauchte und meinte, sie hätte das Geld, das sie bräuchten, jetzt zusammen, ging er mit ihr – ohne sich zu verabschieden. Sie besuchten noch Andreas' Mutter und ließen sich eine Reisevollmacht unterschreiben. Sie kritzelte ihre Unterschrift auf das Papier, ohne die Worte durchzulesen.

Tanja hatte nach ihrer Entlassung aus dem Krankenhaus tagsüber in einem Hotel in Leipzig als Zimmermädchen und abends in einem Restaurant im Zentrum der Stadt als Kellnerin gearbeitet. Von dem Lohn kaufte sie die Flugtickets. Vom angesammelten Trinkgeld würden sie, wenn sie sparsam waren, eine Weile leben können.

Gleich nach seiner Ankunft hatte Andreas an Juliane eine Postkarte geschrieben. Und irgendwann würde er sie auch abschicken.

Andreas betrachtete Tanja, die immer noch zusammengerollt auf ihrer Matratze schlief, ein Stück neben der Feuerstelle vom vorigen Abend. Es sah nicht danach aus, dass sie bald aufwachen würde.

Unter einem kleinen Felsen klemmte der Ball, den er sich von ihrer Straßenmusik gekauft hatte. Andreas holte ihn hervor und lief ein paar Meter. Unter einer hohen Klippe rollte er den Ball auf seinen rechten Fuß und balancierte ihn ein paar Sekunden auf der Schuhspitze, ehe er ihn hochwarf und mit dem Bein wieder auffing.

In die Felsen waren unförmige Stufen eingelassen, und aus dem Augenwinkel bemerkte Andreas jetzt einen Mann in einem weißen Hemd, der den steilen Weg umständlich herabkletterte. Es war kein Einheimischer, und für einen Touristen war er früh dran, aber Andreas achtete nicht weiter auf ihn. Als Andreas den Ball mit den Knien jonglierte, flog er plötzlich wie von selbst in die Richtung des Ankömmlings. Der Unbekannte lachte und spielte ihn zurück.

»Obrigado!«, rief Andreas.

»Bitte schön!«, antwortete der Mann auf Deutsch.

Andreas nahm die Stimme wahr, blickte auf, und jetzt erkannte er sogar aus der Entfernung die Narbe auf der Wange. Herr Jemand blieb einen Moment stehen, winkte ihm zu, ging dann aber hinunter zum Strand und lief langsam, die Hände in den Taschen, davon.

Andreas presste den Ball an seine Brust und spürte sein Herz schlagen. Wind kam auf, eine Brise fuhr ihm durch die Haare. Er hörte das Klatschen der Wellen schneller werden und sah Herrn Jemand lange nach.

Nachbemerkung

Die Handlung des Romans »Rabenkinder« und der Kriminalfall sind fiktiv, die Figuren sind ausgedacht. Den Geschlossenen Jugendwerkhof (GJWH) in Torgau gab es jedoch tatsächlich. Die im Jahr 1901 erbaute Arrestanstalt wurde in der Zeit des Nationalsozialismus 1937/38 durch einen Zellenbau ergänzt, diente ab 1945 in der Sowjetischen Besatzungszone dem NKWD, der sowjetischen Geheimpolizei, als Untersuchungsgefängnis und anschließend in der DDR zunächst bis 1963 als »Jugendhaus« (Jugendhaftanstalt), bevor das Gefängnis dann von 1964 bis November 1989 von der Jugendhilfe der DDR als Geschlossener Jugendwerkhof genutzt wurde.[4] Eingewiesen in die Disziplinaranstalt wurden Jugendliche zwischen vierzehn und siebzehn, die als »schwer erziehbar« galten, weil sie beispielsweise die Schule geschwänzt hatten, und die in einem der »offenen« Jugendwerkhöfe auffällig geworden waren, etwa durch mehrfache Flucht oder durch aufsässiges Verhalten gegenüber dem Personal und den rigiden Erziehungsmethoden. Der GJWH Torgau galt als gefürchtete Endstation für diese Jugendlichen. Gitter vor den Fenstern und zwischen den Etagen, meterhohe Mauern, Wachhunde und Stacheldraht machten das Areal zu einer ausbruchssicheren Festung. Schon in der Einweisungszeit sollte durch einen absichtlich herbeigeführten explosionsartigen Schock, durch Anbrüllen und körperliche Gewalt vonseiten der Erzieher, das Abschneiden der Haare sowohl bei Jungen als auch bei Mädchen, eine demütigende Leibesvisitation, tage- und nächtelange Haft in Isolationszellen die als rebellisch angesehene Persönlichkeit des Minderjährigen gebrochen werden, um den Jungen oder das Mädchen dann zu angepasstem Verhalten und Systemtreue zu zwingen und umzuerziehen.

Der Alltag der Insassen bestand im Wesentlichen aus Drillsport, harter Arbeit und Putzdiensten. Bestrafungen erfolgten bereits bei geringsten »Verfehlungen« – wenn beispielsweise bei der Arbeit oder beim Extremsport die Norm nicht geschafft wurde. Essensentzug und Essenszwang, Strafsport und Arreststrafen – auch Dunkelhaft – waren alltäglich. Oft wurde das ganze Kollektiv bestraft, wenn ein Einzelner sich nicht regelkonform verhielt. Es herrschte ein militärischer Befehlston, und es kam zu zahlreichen körperlichen Übergriffen durch Erzieher und Erzieherinnen, die mit Schlagstöcken, Handschellen und Knebelketten ausgerüstet waren.

Langjähriger Direktor war Horst Kretzschmar, der 1964 im Torgauer Jugendwerkhof eingestellt worden war, ab 1968 bis zum Frühjahr 1989 die Leitung übernahm und seine Macht uneingeschränkt ausübte. Betroffene berichten über körperliche und sexuelle Übergriffe als Machtdemonstration durch den Direktor.[5] Am Tag des Mauerfalls starb er an einer Krankheit.

Im November 1989 wurde der GJWH Torgau nach einer telefonischen Anweisung aus dem Büro der Volksbildungsministerin Margot Honecker aufgelöst, und die Jugendlichen wurden in ihre Stammwerkhöfe zurücküberwiesen. In der Folgezeit begannen bauliche Maßnahmen, bei denen man Gitter, Sichtblenden, Gefängnistüren entfernte und auch Akten vernichtete.

Zwar wurde der Zellentrakt 1996 zu Wohnungen umgebaut, doch blieben die Dunkelzellen und der *Fuchsbau* im Keller erhalten. Außerdem befindet sich im ehemaligen Verwaltungsgebäude eine Gedenkstätte mit einer Dauerausstellung. Oft kehren Betroffene noch einmal nach Torgau zurück, um jenen Ort zu besichtigen, in dem sie einst rechtsstaatswidrig weggesperrt wurden und den sie heute als freie Menschen wieder verlassen, auch wenn viele das Trauma von damals bis heute prägt.

(Grit Poppe, Juli 2022)

Anmerkungen

1. Abschnittsbevollmächtigter der Volkspolizei
2. Verdammt noch mal!
3. Es handelt sich hier um aufgefundene Originalinschriften. Aus: Einweisung nach Torgau. Berlin 2002. S. 163
4. https://www.jugendwerkhof-torgau.de/Historie/Geschichte-des-Gebaeudes/459/
5. Vgl. Grit und Niklas Poppe: »Die Weggesperrten. Umerziehung in der DDR – Schicksale von Kindern und Jugendlichen«, Berlin 2021, S. 237, S. 260, S. 283.